Ullstein

ÜBER DAS BUCH:

1793 – Gibraltar. Die blutige Revolution in Frankreich wurde auf der anderen Seite des Kanals mit nervöser Schadenfreude beobachtet. Doch als aus dem Durcheinander eine noch stärkere Nation hervorgeht, finden sich die Engländer mit der Unvermeidlichkeit eines neuen Krieges ab. Ihre Devise lautet wie immer – mit der Flotte siegen oder untergehen. Eines ihrer ältesten Linienschiffe ist die *Hyperion*, mit der Kapitän Richard Bolitho, von Gibraltar kommend, in einem kühnen Handstreich die Insel Cozar erobert. Von seinem eifersüchtigen Admiral im Stich gelassen, muß Bolitho sich der französischen Übermacht stellen – eine Seeschlacht, die nicht nur über das Schicksal der Blockade entscheidet, sondern auch darüber, ob Bolitho jemals Falmouth und seine ihn dort erwartende Verlobte wiedersehen wird.

DER AUTOR:

Alexander Kent kämpfte im Zweiten Weltkrieg als Marineoffizier im Atlantik und im Mittelmeer und erwarb sich danach einen weltweiten Ruf als Verfasser spannender Seekriegsromane. Seine marinehistorische Romanserie um Richard Bolitho machte ihn zum meistgelesenen Autor dieses Genres neben C. S. Forester. Seit 1958 sein erstes Buch erschien (*Schnellbootpatrouille*), hat er über vierzig Titel veröffentlicht, von denen die meisten bei Ullstein vorliegen. Sie erreichten eine Gesamtauflage von 15 Millionen und wurden in 14 Sprachen übersetzt. – Alexander Kent, dessen wirklicher Name Douglas Reeman lautet, lebt in Surrey, ist Mitglied der Royal Navy Sailing Association und Governor der Fregatte *Foudroyant* in Portsmouth, des ältesten noch schwimmenden britischen Kriegsschiffs.

Alexander Kent

Nahkampf der Giganten

Flaggkapitän Bolitho
bei der Blockade Frankreichs

Roman

Ullstein

maritim
Ullstein Buch Nr. 23493
im Verlag Ullstein GmbH,
Frankfurt/M – Berlin
Titel der Originalausgabe:
Form Line of Battle!
Aus dem Englischen
von Karl H. Kosmehl

Neuauflage der
deutschen Erstausgabe

Umschlaggestaltung:
Hansbernd Lindemann
Umschlagillustration:
Chris Mayger

Printed in Germany 1994
Gesamtherstellung:
Ebner Ulm
ISBN 3-548-23493 3

Januar 1995
Gedruckt auf alterungsbeständigem
Papier mit chlorfrei
gebleichtem Zellstoff

Vom selben Autor
in der Reihe
der Ullstein Bücher:

Die Feuertaufe (40044)
Strandwölfe (40065)
Kanonenfutter (22933)
Zerfetzte Flaggen (23192)
Klar Schiff zum Gefecht (23063)
Die Entscheidung (22725)
Bruderkampf (23219)
Der Piratenfürst (3463)
Fieber an Bord (22460)
Des Königs Konterbande (22330)
Nahkampf der Giganten (23493)
Feind in Sicht (20006)
Der Stolz der Flotte (23519)
Eine letzte Breitseite (20022)
Galeeren in der Ostsee (20072)
Admiral Bolithos Erbe (20485)
Der Brander (20591)
Donner unter der Kimm (20973)
Die Seemannsbraut (22177)
Mauern aus Holz, Männer aus Eisen
(22824)

Außerdem 22 moderne Seekriegsromane

Die Deutsche Bibliothek –
CIP-Einheitsaufnahme

Kent, Alexander:
Nahkampf der Giganten : Flaggkapitän
Bolitho bei der Blockade Frankreichs ;
Roman / Alexander Kent. [Aus dem Engl.
von Karl H. Kosmehl]. – Neuaufl. der
dt. Erstausg. – Frankfurt/M ; Berlin :
Ullstein, 1995
(Ullstein-Buch ; Nr. 23493 : Maritim)
ISBN 3-548-23493-3
NE: GT
Vw: Reeman, Douglas [Wirkl. Name] →
Kent, Alexander

Inhalt

I Die alte *Hyperion*

Die Fregatte *Harvester,* vor neun Tagen von Spithead ausgelaufen, drehte elegant in die leichte, ablandige Brise und ließ den Anker fallen. Das Echo ihrer Salutschüsse rollte wie ferner Donner von der hohen Wand des ewigen, immer gleichen Felsens von Gibraltar zurück. Ihr junger Kapitän blickte noch einen Moment von der Höhe des Achterdecks auf das von Matrosen wimmelnde Hauptdeck: von den scharfen Kommandos und gelegentlich auch mal vom Rippenstoß eines ungeduldigen Deckoffiziers angetrieben, schwangen die Männer die Boote aus. Das Einlaufen in einen Hafen war jedesmal ein kniffliges, spannungsreiches Manöver; der Kapitän war keineswegs der einzige an Bord, der genau wußte, daß auf den in geringer Entfernung vor Anker liegenden großen Linienschiffen, dessen mächtigstes die Konteradmiralsflagge im Vortopp führte, schon mehrere Teleskope höchst kritisch auf sein kleines Schiff gerichtet waren.

Mit einem letzten Blick schritt er nach achtern und kreuzte nach Steuerbord hinüber, wo ein hochgewachsener, schlanker Mann einsam an den Finknetzen lehnte.

»Soll ich nach einem Boot signalisieren, Sir? Oder genügt Ihnen eins von meinen?«

Kapitän Richard Bolitho riß sich aus seinen Gedanken und wandte sich dem Kapitän der Fregatte zu.

»Danke, Captain Leach; ich nehme Ihr Boot. Das geht schneller.« Er glaubte, eine Spur von Erleichterung in den Augen des Mannes zu sehen; es war ihm klar, daß es für einen so jungen Kommandanten, der noch nicht einmal planmäßiger Fregattenkapitän war, keineswegs angenehm gewesen sein mochte, ihn als Passagier an Bord zu haben.

Etwas weniger dienstlich fuhr er fort: »Sie haben ein feines Schiff, und es war eine flotte Reise.« Trotz der Morgensonne überflog ihn ein leichter Schauder, und er merkte, daß Leach ihn interessiert musterte. Aber was konnte dieser junge Mann schon davon wissen, wie ihm zumute war? Während sich die Fregatte durch den Ärmelkanal gekämpft und Brest gerundet hatte, wo wieder einmal britische Geschwader in jedem Wetter draußen waren und die französische Flotte blockierten, waren Bolithos Gedanken weit über den stampfenden Bugspriet hinausgeeilt – bis zu diesem Augenblick jetzt. Dann war es weitergegangen, quer über die Biskaya mit ihren tobenden Stürmen und tückischen Strömungen; und noch weiter nach Süden, bis die portugiesische

Küste wie ein blauer Nebelstreifen weit achteraus lag. Bolitho hatte viel Zeit gehabt, an das zu denken, was vor ihm lag: sein neues Schiff, und was es ihm im Lauf der Zeit alles bringen würde. Bei seinen einsamen Gängen auf dem gischtübersprühten Achterdeck hatte er nie vergessen, daß er hier nur Passagier war; mehr als einmal mußte er sich zurückhalten, um sich nicht in die Schiffsführung einzumischen.

Aber jetzt, im Schatten des mächtigen Felsens von Gibraltar, mußte er sich derlei Gedanken aus dem Kopf schlagen. Er war nicht mehr der unabhängige Fregattenkapitän, der eigene Initiative entwickeln konnte, wie sie ein solches Kommando verlangte. In ein paar Minuten würde er ein Linienschiff übernehmen, eins von denen, die dort so behäbig und selbstbewußt an den Ankertrossen schwojten – nur zwei Kabellängen* entfernt. Achtern vom Flaggschiff lag eins, das sah er sich genauer an. Ein Zweidecker, eines von den Vierundsiebzig-Kanonen-Schiffen, die das Rückgrat der weit auseinandergezogenen englischen Geschwader bildeten. Die Fregatte unter seinen Füßen stampfte sogar im stillen Wasser der Reede, ihre sich verjüngenden Masten kreisten vor dem verwaschenen blauen Himmel, ihre Takelage summte wie vor Unbehagen über die Notwendigkeit, so nahe bei diesen klobigen Schiffen ankern zu müssen. Im Vergleich zu der Fregatte wirkte der Zweidecker vierschrötig und unbeweglich mit seinen himmelhohen Masten und breiten Rahen, der doppelten Reihe von Stückpforten; er bot ein Bild der Massigkeit und Stärke; die flinken Hafenboote nahmen sich neben ihm wie Wasserkäfer aus.

Leach sah zu, wie die Gig ums Schiff herum zur Fallreepspforte gerudert wurde. Bolithos persönlicher Bootsführer stand neben einem Stapel Gepäck wie ein mächtiger Wachhund beim kostbaren Besitz seines Herrn.

»Da haben Sie einen guten Mann, Sir«, sagte er.

Lächelnd folgte Bolitho seinem Blick. »Allday ist bei mir seit . . .« Der Rückblick auf die vergangenen Jahre machte ihm keine Mühe, so als warte jeder Gedanke, jede Erinnerung nur darauf, wieder aufzutauchen. »Mein erster Bootsmann ist ’82 bei den Saintes** gefallen. Seitdem dient Allday bei mir.«

Es waren nur ein paar erklärende Worte, aber was bedeuteten sie nicht alles für Bolitho; auch Alldays Anblick war eine ständige Erin-

* 1 Kabellänge entspricht $^{1}/_{10}$ Seemeile = 185,3 m.

** kleine Gruppe, zu den ›Inseln über dem Winde‹ in der Karibik gehörig (s. Kent, ›Zerfetzte Flaggen‹).

nerung. Die Seeschlacht bei den Saintes, sein Dienst auf der Fregatte *Phalarope*, all das lag jetzt elf Jahre zurück; und wieder war England im Krieg.

Nachdenklich blickte Leach in Bolithos ernstes Gesicht. Während der ganzen ereignislosen Reise von Spithead bis Gibraltar hatte er das Bedürfnis empfunden, ihm menschlich näherzukommen, aber irgend etwas hatte ihn davon abgehalten. Er hatte schon viele Passagiere nach Gibraltar gebracht: Garnisonsoffiziere, Kuriere, Ersatz für Verunglückte oder Gefallene, denn der Krieg expandierte bereits nach allen Richtungen. Normalerweise war diese Aufgabe eine ganz nette Abwechslung im täglichen Einerlei. Aber etwas an Bolithos leidenschaftsloser, fast zurückgezogener Art hatte einen näheren Kontakt verhindert. Jetzt betrachtete er Bolitho mit einer Mischung aus Interesse und Neid. Bolitho war ein Kapitän von höherem Dienstalter und im Begriff, einen neuen Abschnitt seiner Karriere zu beginnen; wenn er auch nur etwas Glück hatte, würde er in ein paar Jahren, vielleicht schon in Monaten, auf der Anwärterliste für den Admiralsrang stehen.

Nach dem, was Bolitho soeben gesagt hatte, mußte er Mitte oder Ende der Dreißig sein. Er war groß und so schlank, daß er überraschend jugendlich wirkte, und wenn er lächelte, wirkte auch sein Gesicht jünger. Es hieß, Bolitho sei zwischen den Kriegen mehrere Jahre in der Südsee stationiert gewesen, hätte sich dort ein schlimmes Fieber geholt und sei als schwerkranker Mann zurückgekommen. Das konnte stimmen, dachte Leach. Da waren die tiefen, scharfen Linien um Bolithos Mund, und unter der gleichmäßigen Bräune wies seine Haut an den Backenknochen und unter den Augen jene Transparenz auf, die für eine solche Krankheit charakteristisch war. Aber das in den Nakken zurückgekämmte Haar war schwarz, ohne den geringsten Schimmer von Grau; und mit der einzelnen Strähne über seinem rechten Auge sah er aus wie ein Draufgänger, der sich ständig im Zaum halten mußte.

Ein Leutnant trat grüßend herzu. »Boot ist klar, Sir.« Bolitho streckte die Hand aus. »Also, dann einstweilen adieu, Leach. Zweifellos werden wir bald wieder zusammenkommen.«

Jetzt lächelte der Fregattenkapitän zum erstenmal. »Das hoffe ich auch, Sir.« Er schnippte ärgerlich mit den Fingern. »Das hätte ich doch beinahe vergessen! Ich habe einen Midshipman* an Bord, der für Ihr

* Seekadett oder Fähnrich zur See, Offiziersanwärter.

Schiff bestimmt ist. Soll er mit Ihnen zusammen fahren?«

Es hörte sich so distanziert an, als spräche er von einem überflüssigen Gepäckstück; und trotz seiner inneren Spannung mußte Bolitho grinsen. »Wir waren schließlich alle mal Midshipmen, Leach. Ja, er kann mitkommen«, nickte er. Dann stieg er zur Fallreepspforte hinab, wo die Bootsmannsmaaten und eine Abteilung Marine-Infanteristen zur Ehrenbezeugung angetreten waren. Seine Kisten und Koffer waren bereits weg; Allday wartete an der Schanz und blickte Bolitho aufmerksam entgegen. »Alles verstaut, Captain«, meldete er und klopfte dienstlich mit den Knöcheln der geballten Faust an die Stirn**.

Bolitho nickte. Allday hatte etwas äußerst Zuverlässiges an sich. Zwar war er nicht mehr der schlanke, geschmeidige Toppmatrose von einst. Er war breiter und stärker geworden und sah in seinem blauen Jackett und den weißen Segeltuchhosen so kraftvoll und unzerstörbar aus wie ein Felsen. Aber seine Augen waren noch immer dieselben: nachdenklich und leicht amüsiert. Ja, es war gut, ihn heute bei sich zu haben.

Dann erblickte Bolitho den Midshipman: ein flüchtiger Eindruck von einem blassen, feingeschnittenen Gesicht und einem mageren, schlaksigen Körper, der anscheinend nicht stillhalten konnte.

Merkwürdig, dachte er, daß ich den Jungen nie an Bord gesehen habe, obwohl es auf einer Fregatte so eng ist.

Leach schien seine Gedanken erraten zu haben. »Er ist fast die ganze Reise seekrank gewesen«, sagte er wegwerfend.

Freundlich fragte Bolitho: »Wie heißen Sie, mein Junge?«

»S ... S ... Seton, Sir«, stotterte der Midshipman, wurde rot und schwieg.

Gefühllos sagte Leach: »Er stottert auch noch. Heutzutage müssen wir anscheinend alles nehmen.«

Bolitho verbarg sein Lächeln. »Gewiß.« Dann fuhr er fort: »Schön, Mr. Seton, gehen Sie bitte zuerst ins Boot.« Er sah, wie der Junge versuchte, diese neue Komplikation in seiner Karriere geistig zu verarbeiten, und befahl: »Weitermachen, Allday!«

Kaum vernahm er das Getriller der Pfeifen und das grobe Kommandogebell; erst als die Gig von der Fregatte klargekommen war und dem Druck der Riemen mit schäumender Bugwelle durch das ruhige

** ein damals (und manchmal noch heute) in England übliches Äquivalent für die vorschriftsmäßige »Ehrenbezeugung durch Anlegen der rechten Hand an die Kopfbedekkung«, wenn man keine trägt (d. Ü.).

Wasser des Hafens glitt, gönnte er sich einen weiteren Blick auf sein neues Schiff.

Allday folgte seinen Augen und sagte gleichmütig: »Na, da ist sie ja wieder, Captain. Die alte *Hyperion*.«

Während die kleine Gig stetig über das blaue Wasser zog, konzentrierte sich Bolitho auf die vor Anker liegende *Hyperion*. Allday hatte seine Bemerkung vielleicht ganz gedankenlos hingeworfen; aber seine Worte schlugen eine andere Saite in Bolithos Gedächtnis an, und er betrachtete es nicht mehr als bloßen Zufall, daß er jetzt aufs neue mit diesem alten Schiff zusammentraf.

Die *Hyperion* war tatsächlich ein alter Kasten: vor einundzwanzig Jahren hatte ihr Kiel zum erstenmal Salzwasser geschmeckt; es war also logischerweise unvermeidbar, daß er sie ab und zu wieder zu Gesicht bekam, da ihn sein Dienst ständig von einem Teil der Welt zum anderen führte. Aber immer, wenn er seelisch und körperlich die Grenze seiner Kräfte erreicht hatte, war dieses alte Schiff irgendwo in der Nähe gewesen. Bei den blutigen Seeschlachten in der Chesapeake Bay* und bei den Saintes, als seine eigene geliebte Fregatte fast zum Wrack geschossen wurde, hatte er ihren stumpfen Bug sich durch den dichtesten Pulverdampf schieben sehen; aus ihrem Rumpf blitzte Kanonenfeuer, ihre Segel hatten Löcher wie Pockennarben, doch mit aller Macht hielt sie ihren Platz in der Gefechtslinie.

Bolitho kniff die grauen Augen zusammen. Die Sonnenreflexe auf dem Wasser warfen ein Muster aus tanzenden Lichtern an die hohe Bordwand. Er wußte, daß die *Hyperion* mehr als drei Jahre lang ständig im Dienst gewesen war. Soeben kam sie aus Westindien, und die Wogen der Hoffnung auf rasche Abmusterung und wohlverdiente Ruhe für Schiff und Mannschaft gingen hoch.

Aber während die *Hyperion* majestätisch in friedlichen Geschäften unter der karibischen Sonne gesegelt war und Bolitho in seinem Haus in Falmouth verzweifelt gegen das verzehrende Fieber gekämpft hatte, sammelten sich wiederum die Kriegswolken über Europas Himmel und verdichteten sich. Die blutige Revolution in Frankreich wurde auf der anderen Seite des Kanals zuerst mit nervöser Schadenfreude beobachtet – es war verständlich, daß die Engländer recht zufrieden zusahen, wie ein alter Feind von innen heraus geschwächt wurde, ohne

* siehe Bruderkampf, Ullstein Buch 3462.

daß es sie etwas kostete. Aber als sich die wilde Wut noch weiter ausbreitete und nach England durchsickerte, daß aus dem Durcheinander von Exekutionskommandos und blutigem Pöbelaufruhr eine neue, sogar noch stärkere Nation hervorging, da fanden sich die Männer, welche die Schrecken des Krieges kennengelernt hatten, mit der Unvermeidlichkeit eines neuen Krieges ab.

Bolitho hatte sein Bett verlassen und war mit dem besorgt protestierenden Allday nach London gefahren. Die falsche Lebhaftigkeit dieser Stadt war ihm stets zuwider gewesen, ihre endlosen, schmutzigen Straßen und im Kontrast dazu die Pracht der großen Häuser der Reichen; aber er war entschlossen, notfalls auf den Knien zu bitten um ein neues Schiff. Nach wochenlangem Antichambrieren und fruchtlosen Unterredungen hatte er die Aufgabe bekommen, unter den widerwilligen Bewohnern der Städte am Medway Rekruten für die Schiffe zu werben, die jetzt endlich neu in Dienst gestellt wurden.

Vom Standpunkt der Admiralität, die eine erschöpfte Flotte erweitern und neu ausrüsten mußte, war es klug, Bolitho als Rekrutenwerber einzusetzen. Seine erfolgreichen Unternehmungen als junger Fregattenkapitän waren noch in guter Erinnerung, und im Kriegsfalle war er gerade der richtige Kommandant, um Landratten an die Unsicherheit und Härte der See zu gewöhnen. Unglücklicherweise sah Bolitho selbst die Sache weniger enthusiastisch. Irgendwie war es bezeichnend für seinen Charakter, daß er diesen Auftrag als einen Beweis mangelnden Vertrauens seiner Vorgesetzten empfand, beruhend wahrscheinlich auf seiner eben überstandenen Krankheit. Ein kranker Kapitän konnte eine Gefahr sein, nicht nur für sich selbst und sein Schiff, sondern auch für die lebenswichtige Befehlskette, deren Schwächung Verderben und Niederlage bringen konnte.

Im Januar des nächsten Jahres schwirrten den Engländern die Köpfe bei der Nachricht, daß der König von Frankreich von seinem eigenen Volke hingerichtet worden war; und ehe man den Schock verdaut hatte, erklärte der neue französische Nationalkonvent den Krieg. Es war, als sei die gesamte französische Nation toll geworden und habe das Land aus der Bahn der Vernunft geworfen. Selbst Spanien und Holland, die ehemaligen Verbündeten, hatten ebenfalls Kriegserklärungen empfangen und warteten jetzt wie England auf den ersten wirklichen Zusammenstoß.

Und so hatte die alte *Hyperion* fast ohne Ruhepause wieder Segel gesetzt. Erst nach Brest, und dann, wie zu erwarten, als Mitglied der

Kanalflotte, welche dieBlockade aufrechterhielt und die französischen Schiffe abpaßte, die dort unter den Kanonen der Küstenbatterien Schutz suchten.

Bolitho hatte sich weiter mit der Rekrutenanwerbung herumgeplagt. Die Verzweiflung darüber, daß er kein direktes Kommando bekam, trug nur dazu bei, seine Gesundheit aufs neue zu schwächen.

Endlich, als der Winter dem Frühling wich, hatte er Order erhalten, sich nach Spithead zu begeben und dort Passage nach Gibraltar zu nehmen. Und nun saß er in der Gig und tastete nach dem dicken Umschlag in seiner Brusttasche. Er gab ihm das unumschränkte Kommando über das himmelhohe Schiff da vorn, gegen das alles andere klein und bedeutungslos wurde. Schon vernahm er die schrillen Bootsmannspfeifen, das Tappen nackter Füße, das Klirren der Musketen – sein Schiff bereitete sich vor, ihn zu empfangen. Hatten sie schon auf ihn gewartet? Würden sie seine Ankunft mit Freude oder Unlust begrüßen?

Es war ein großer Unterschied, ob man das Kommando nach einem Kapitän übernahm, der befördert wurde oder in Pension ging, oder ob man eines toten Mannes Schuhe anzog.

Die Gig rundete den schweren Bug, und Bolitho blickte hoch zu der glänzenden Galionsfigur. Das ganze Schiff war neu gestrichen worden, und auch ihre Vergoldung sah frisch und sauber aus. Eine Kleinigkeit nur, aber sie zeigte, daß das Schiff gut instandgehalten wurde. Der Sonnengott Hyperion stieß sein Dreizack vor, und seine Krone war die aufgehende Sonne selbst. Nur die beiden starren blauen Augen unterbrachen das gleichmäßige Gold. Wie viele Feinde des Königs mochten wohl durch Gischt und Pulverqualm in dieses starre Goldantlitz geblickt und Minuten später den Tod gefunden haben?

Bolitho vernahm ein erschrecktes Stöhnen, wandte den Kopf und sah Midshipman Seton auf die turmhohen Masten mit den festgemachten Segeln starren. Angst füllte sein Gesicht, seine Hand war verkrampft wie eine Vogelklaue, als er nach dem Dollbord der Gig faßte. Ruhig fragte Bolitho: »Wie alt sind Sie, Mr. Seton?«

Der Junge riß die Augen von dem Schiff los und murmelte: »S... Sechzehn, Sir.« Ernsthaft nickte Bolitho. »Nun, ich war ungefähr ebenso alt, da kam ich auf ein Schiff, das war ziemlich genauso wie dieses hier. Und im selben Jahr wurde die *Hyperion* gebaut.« Ein knappes Lächeln. »Wie Sie sehen, Mr. Seton, leben wir alle beide noch.«

Er sah an dem bleichen Gesicht des Midshipman, wie die Gemütsbewegungen einander jagten, und war froh, nicht erwähnt zu haben, daß es sich damals um sein zweites Schiff gehandelt hatte. Denn Bolitho war schon seit seinem zwölften Jahr zur See gefahren. Warum mochte der Vater Seton wohl so lange gewartet haben, bis er seinen Sohn zur Marine schickte?

Er reckte sich hoch. Das Boot schoß zur Fallreepspforte, eine Stimme ertönte: »Boot ahoi?,« und Allday rief durch die hohlen Hände: »*Hyperion!*«

Nun bestand kein Zweifel mehr, falls dem je so gewesen war. Jeder einzelne Mann an Bord wußte nun, daß der straffe Offizier mit dem goldbetreßten Hut sein neuer Kommandant war und nächst Gott der absolute Herrscher über alle auf diesem Schiff. Alle waren sie in seine Hand gegeben – er konnte jedermann auspeitschen oder hängen lassen, ebensogut aber auch Leistungen belohnen und Schwächen anprangern.

Nach dem Kommando »Riemen hoch!« faßte der Bootsmann mit dem Haken in die Großrüsten, und Bolitho brauchte seine ganze Selbstdisziplin, um reglos im Heck sitzenzubleiben. Seltsamerweise war es der seekranke Midshipman, der den Zauber brach. Er machte Miene, an der Bordwand hochzuklettern; aber Allday knurrte: »Noch nicht, junger Herr!«, und zog ihn auf seinen Sitz zurück. »Der Ranghöchste geht zuletzt ins Boot, aber zuerst hinaus, kapiert?«

Bolitho starrte auf die beiden und vergaß sie sofort. Er drückte das Gehänge fest an den Schenkel, denn einmal hatte er erlebt, wie ein neuer Kapitän über seinen Degen gestolpert und rücklings ins Boot gefallen war. Steifbeinig kletterte er das Fallreep hoch und trat durch die geschnitzte und vergoldete Schiffspforte.

Als er den Hut lüftete, war er fast überwältigt von der unmittelbaren Reaktion, die von allen Seiten, von unten und von oben, zu kommen schien. Die Ehrenbezeugung, die mit den schrillen Querflöten begonnen hatte, als sein Gesicht über der Schanz erschien, war in ein wildes Crescendo ausgebrochen, in dem er zuerst nur mit Mühe die Einzelheiten unterscheiden konnte: die Trommeln und Pfeifen des kleinen Spielmannszuges der Marine-Infanterie, das Klirren und Klappern der präsentierten Musketen und das Schwirren der gezogenen Degen vereinten sich zur Geräuschkulisse der Begrüßungszeremonie.

Irgendwie beengten ihn die scharlachroten Reihen der Seesoldaten, das Blau und Weiß der versammelten Schiffsoffiziere, die dichtgedrängten, bezopften Köpfe der Matrosen, die aus dem ganzen Schiff eiligst zusammen- und vom Dienst weggerufen worden waren.

Er hätte eigentlich darauf vorbereitet sein müssen, aber da er so lange auf Fregatten Dienst getan hatte, verwirrten ihn diese plötzlichen Menschenmassen auf einem Schiff. Doch als der erste Schreck vorbei und sein Blick rasch über die Reihen der blanken Geschütze, die frischgescheuerten Planken, das dichte Netzwerk des Riggs fuhr, wurde ihm – und vielleicht zum ersten Male – der ganze Umfang seiner neuen Verantwortung klar.

Bis zu diesem Augenblick hatte er die *Hyperion* nur als neue Umgebung betrachtet, in der es sich etwas anders leben würde als bisher. Jetzt, als die Spielleute plötzlich verstummten und ein großer, schlanker, ernsthaft blickender Leutnant ihm entgegentrat, begriff er, was es mit diesem Kommando wirklich auf sich hatte. Diese Erkenntnis überraschte ihn und machte ihn zugleich demütig. Der plumpe, einhundertachtzig Fuß* lange Rumpf der *Hyperion* umschloß eine völlig neue Welt. Eine merkwürdige, festumgrenzte Existenz, in der einige sechshundert Männer – Offiziere, Matrosen und Seesoldaten – zusammenlebten, arbeiteten und, wenn es sein mußte, starben, jedoch durch Dienstrang und Disziplin streng in einzelne Gruppen geschieden waren. Es war kaum verwunderlich, daß manche Kommandanten von Linienschiffen dem Bewußtsein ihrer Macht und Bedeutung erlagen.

Der schlanke Offizier beobachtete ihn gespannt, doch mit dienstlich ausdrucksloser Miene. Lieutenant Quarme, Sir«, stellte er sich vor. »Ich bin der Dienstälteste an Bord.«

Bolitho nickte. »Danke sehr, Mr. Quarme.« Er faßte in die Brusttasche und holte seine Bestallung hervor. Durch den Lärm und die plötzliche Erregung überkam ihn eine Schwäche, so daß er nach all dem Warten und Bangen der letzten Wochen auf einmal das Bedürfnis nach Ruhe und Alleinsein in seinem neuen Quartier empfand.

Dieser Quarme sieht wie ein tüchtiger Offizier aus, dachte er. Plötzlich stand ihm Herrick vor Augen, sein ehemaliger Erster Leutnant auf der *Phalarope* und der *Tempest*, und von ganzem Herzen wünschte er, Herrick und nicht Quarme stünde jetzt vor ihm, um ihn zu begrüßen.

Quarme schritt langsam die Reihen der Offiziere ab, Namen murmelnd, hier und da dienstliche Erläuterungen gebend. Bolithos Miene blieb dabei völlig unbewegt. Es war noch viel zu früh für Lächeln und näheres Kennenlernen. Die wirklichen Charaktere würden erst später

* = ca. 60 m

hinter diesen starren, respektvollen Gesichtern hervortreten. Es scheint eine ziemlich durchschnittliche Kollektion zu sein, dachte er vage – aber was für eine Menge Leute gegen die paar Offiziere an Bord einer Fregatte! Er schritt die Reihe entlang, an den Leutnants und höheren Deckoffizieren vorbei bis zu den in faszinierter Spannung wartenden Midshipmen. Er dachte an den jungen Seton – was mochte der wohl von diesem ehrfurchtgebietenden Schauspiel halten? Wahrscheinlich war er völlig erschüttert.

Zwei Offiziere der Marine-Infanterie standen stramm vor den Reihen der Männer in Scharlachrot mit dem weißen, über Kreuz geschnallten Lederzeug und den silbernen Knöpfen; und im zweiten Glied standen die niederen Deckoffiziere, die Handwerker, von denen es abhing, ob ein Schiff lebte oder starb: Bootsmann, Zimmermann, Küfer und so weiter.

Bolitho fühlte den warmen Sonnenschein auf der Wange und entfaltete rasch seine Papiere. Die Leute drückten sich näher heran, um besser hören und sehen zu können; manche schlugen die Augen nieder, als er sie ansah, als ob sie Angst hätten, schon jetzt aufzufallen.

Mit klarer Stimme und unbewegt verlas Bolitho seine Bestallung, dieses Schreiben an Richard Bolitho, Esqu., das von Admiral Samuel Hood unterzeichnet war und den Befehl enthielt, das Kommando über Seiner Britannischen Majestät Schiff *Hyperion* zu übernehmen. Die meisten Männer hatten derlei Bestallungen schon öfter gehört, doch als er die knappen, dienstlich-formellen Sätze verlas, war ihm die tiefe Stille bewußt, die ihn umgab. Als hielte das ganze Schiff den Atem an.

Bolitho rollte seine Papiere zusammen und steckte sie wieder in die Brusttasche. Aus dem Augenwinkel sah er, wie Allday sich langsam zum Achterdecksniedergang hinschob. Nach alter Gewohnheit hielt er sich auch hier den Rückzug vor lästigen Formalitäten und Unbequemlichkeiten offen.

Trotz der über die Finknetze scheinenden Sonne fühlte sich Bolitho leicht schwindlig, und ein Frösteln überlief ihn unvermittelt. Doch er biß die Zähne zusammen und zwang sich, völlig reglos stehenzubleiben. Dies war ein kritischer Moment. Der Eindruck, den er jetzt auf die Männer machte, konnte eines Tages ihr Schicksal entscheiden – und seines auch. Scheußlich, wenn er jetzt einen Fieberanfall bekäme und alle Zeugen seiner demütigenden Schwäche würden! Überraschenderweise gab ihm diese Vorstellung seine innere und äußere Festigkeit zurück.

Er hob die Stimme. »Ich will Sie nicht länger vom Dienst abhalten, denn es gibt viel zu tun. Die Trinkwasserboote werden gleich längsseits kommen, denn ich beabsichtige, diesen günstigen Wind zu nutzen und heute nachmittag Segel zu setzen.« Er sah die beiden Leutnants rasche Blicke tauschen und fuhr in härterem Ton fort: »Meine Segelorder besagt, daß ich mich mit diesem Schiff unverzüglich dem Geschwader Lord Hoods vor Toulon anzuschließen habe. Sobald wir dort sind, werden wir uns die größte Mühe geben, den Feind in seinen Häfen festzuhalten. Und wenn irgend möglich, werden wir ihn zu stellen und zu vernichten suchen.«

Ein leises Murmeln ging durch die dichtgedrängten Reihen, und Bolitho erriet, daß viele hoffnungsvolle Seelen bis zum letzten Moment, auch noch als das Schiff von der Brest-Blockade abgezogen und nach Gibraltar beordert worden war, geglaubt hatten, die *Hyperion* würde nach Hause segeln. Seine Worte, seine neue Bestallung hatten diese Hoffnung zerschlagen. Jetzt, mit dem ersten Stück windgefüllter Leinwand, würde jede Meile, die der algenbewachsene Kiel verschlang, sie noch weiter von England weg führen. Und für manchen wurde es bestimmt eine Reise ohne Wiederkehr.

Etwas ruhiger sprach er weiter: »England liegt im Kriege mit einem Tyrannen. Wir brauchen jedes Schiff und jeden loyalen Mann, um ihn zu stürzen. Jeder gebe sein Bestes. Ich für mein Teil will das ebenfalls tun.«

Mit einem kurzen Nicken drehte er sich auf dem Absatz um. »Machen Sie weiter, Mr. Quarme. Teilen Sie Leute zur Wasserübernahme ein, und sorgen Sie dafür, daß der Zahlmeister reichlich frisches Obst an Bord nimmt.« Er blickte über die nebeldurchzogene Bai nach Algeciras hinüber. »Da wir ja neuerdings mit Spanien verbündet sind, sollte das nicht allzu schwer fallen.«

Der Erste Offizier faßte an den Hut. Dann rief er aus: »Drei Hurras für König George!«

Langsam schritt Bolitho nach achtern. Er fühlte sich ausgelaugt und eisig kalt. Die Hurras waren zwar rasch genug gekommen, aber sie klangen mehr wie eine Pflichtübung, ohne echtes Gefühl.

Er stieg die Stufen hinauf und schritt über das geräumige Achterdeck. Als er unter der Kampanje den Kopf einzog, sagte Allday gemächlich grinsend: »Ist nicht nötig, daß Sie sich bücken, Captain. Hier haben Sie reichlich Platz.«

Richard Bolitho schob die Papiere auf seinem Tisch etwas beiseite und lehnte sich zurück, um die Augen auszuruhen. Er blickte auf seine Taschenuhr und merkte überrascht, daß er fast sechs Stunden lang pausenlos über den Schiffsbüchern und Berichten gebrütet hatte, wobei sich sein geschäftiger Geist die ganze Zeit der Geräusche draußen und oben an Deck bewußt gewesen war. Mehr als einmal war er versucht gewesen, seine konzentrierte Arbeit zu unterbrechen und in die Sonne hinauszugehen, sei es auch nur, um sich zu überzeugen, daß der Bordbetrieb normal ablief; aber jedesmal hatte er sich dazu gezwungen, sitzenzubleiben und mit dem Studium der Schiffsangelegenheiten fortzufahren.

Zeit und Erfahrung würden ihm zeigen, wo die wirklichen Stärken und Schwächen seines neuen Schiffes lagen; schon in diesen paar Arbeitsstunden in seinem Quartier hatte er sich im Geiste ein brauchbares Bild gemacht. Nach allem, was er gelesen und überprüft hatte, schien die *Hyperion* unter dem verstorbenen Kommandanten Turner das normalste Schiff gewesen zu sein, das man sich nur vorstellen konnte. Das Strafbuch, das sich Bolitho zuerst angesehen hatte – seiner Erfahrung nach der sicherste Maßstab für einen Kapitän und seine Schiffsführung –, wies die übliche Liste kleiner Vergehen auf; Auspeitschungen und Degradierungen gab es nicht mehr, als normalerweise zu erwarten waren. Während der Stationierung in Westindien hatte es mehrere Todesfälle durch Fieber und Unfälle gegeben (meist auf Unvorsichtigkeit zurückzuführen). Auch die Logbücher wiesen nichts Besonderes auf.

Stirnrunzelnd lehnte sich Bolitho noch weiter im Stuhl zurück. Das war alles so normal, sogar langweilig für ein Schiff mit der kriegerischen Vergangenheit der *Hyperion*, daß es den Eindruck einer gewissen Lässigkeit machte.

Wieder sah er sich in seinem neuen Quartier um, als wolle er sich ein schwaches Abbild des früheren Bewohners verschaffen. Es war, fand er, eine geräumige, sogar elegante Kajüte und im Vergleich zu der kargen Enge an Bord einer Fregatte der reine Palast. Der Salon, in dem er saß, nahm die ganze Breite des Hecks ein und maß über dreißig Fuß von einer Wand zur anderen; die hohen Heckfenster, unter denen der geschnitzte Schreibtisch stand, schimmerten im Abendlicht und umrahmten das farbenprächtige Panorama des weiträumigen Hafens mit seinen vielen vor Anker liegenden Schiffen.

Es gab noch einen ebenso großen Speiseraum, und an den beiden

Schmalseiten je einen kleineren abgetrennten Verschlag: das Schlafkabinett und die Kartenkammer.

In plötzlichem Impuls stand Bolitho auf und ging zu dem Eßtisch aus Mahagoni hinüber. Er hatte sechs Ausziehplatten; Turner schien gern Gäste bei sich gesehen und sie großzügig bewirtet zu haben. Alle Stühle, auch die lange Sitzbank unter den Heckfenstern, waren mit feinem grünem Leder bezogen; und über dem üblichen Bodenbelag aus schwarz-weiß-gewürfelter Leinwand lag ein üppiger Teppich – mit dem Geld, das er gekostet hatte, konnte man mehrere Monate lang die Heuer einer Fregattenbesatzung bestreiten, schätzte Bolitho.

Er suchte sich einzureden, seine innere Spannung, die nicht weichen wollte, beruhe eher auf mangelndem Selbstvertrauen als auf realen Ursachen.

Er starrte sein Bild im Kajütspiegel an, sah die Falten auf der Stirn, die Schweißflecken auf dem Hemd. Automatisch strich er die schwarze Strähne aus der Stirn; dabei rührten seine Finger an die tiefe Narbe, die von der Braue schräg nach oben bis zum Haaransatz verlief. Ein seltsamer Gedanke, daß die *Hyperion* damals in nur wenigen Meilen Entfernung vorbeigesegelt war, als jenes Entermesser ihn niederstreckte und für den Rest seines Lebens zeichnete.

Ein nervöses Klopfen an der Tür, und ehe Bolitho antworten konnte, ging sie auf, und ein schmalschultriger Mann in einfachem blauem Rock kam mit einem Silbertablett herein.

Bolitho blickte ihm unwillig entgegen. »Was ist?« Der Mann schluckte mühsam. »Mein Name ist Gimlett, Sir. Ich bin Ihr Kajütsteward, Sir.« Er hatte eine piepsige Stimme, und bei jeder Silbe bleckte er große vorstehende Zähne wie ein verängstigtes Kaninchen.

Bolitho bemerkte, wie die Augen des Mannes zu einem Seitentischchen glitten, auf dem er sein zweites Frühstück angerichtet hatte. Es war noch unberührt. Bolitho hatte es, was der armselige Gimlett nicht wußte, überhaupt nicht bemerkt. Sein Ärger über die Störung legte sich etwas. Die Angst auf dem Gesicht des Mannes war durchaus echt. In der Flotte kursierte das Gerücht von einem jähzornigen Kapitän, der seinen Steward auspeitschen ließ, nur weil dieser einen Becher Kaffee verschüttet hatte.

Gimlett sagte: »Wenn das Frühstück nicht nach Ihrem Geschmack war, Sir, dann werde ich . . .«

»Ich hatte keinen Hunger.« Das stimmte zwar nicht, war jedoch ein brauchbarer Kompromiß. »Aber danke, Gimlett, daß Sie daran dachten.« Auf einmal interessierte ihn dieser Steward. »Haben Sie Captain Turner lange gedient?«

»Jawohl, Sir.« Gimlett trat nervös von einem Fuß auf den anderen. »Und er war ein guter Herr, Sir. Sehr rücksichtsvoll, wirklich.«

»Sie stammen wohl aus Devon?« fragte Bolitho mit flüchtigem Lächeln.

»Aye, Sir. Ich war Erster Pferdeknecht im ›Goldenen Löwen‹ in Plymouth, habe aber bei Captain Turner angeheuert, um meinem Vaterland besser zu dienen.« Doch da fiel sein Blick auf den Stoß Papiere auf Bolithos Tisch, und er sprach hastig weiter: »Also – ich hatte ein bißchen Ärger mit einem Zimmermädchen, Sir. Da war's schon besser so.«

Bolithos Lächeln wurde breiter. Anscheinend fürchtete Gimlett, sein früherer Herr könnte irgendwo den wahren Grund seines Anheuerns schriftlich niedergelegt haben. »So waren Sie also mit Captain Turner nur in Westindien? Und nicht mit ihm an Land, bei ihm zu Hause?« Diese letzte Frage stellte er, weil Gimlett ihn so verständnislos ansah.

»Nein, Sir.« Seine Augen huschten durch die geräumige Kajüte. »Dies hier war sein Zuhause, Sir. Er hatte keine Familie, bloß das Schiff.« Wieder schluckte er, als habe er schon zuviel gesagt. »Kann ich abräumen, Sir?«

Bolitho nickte nachdenklich und trat wieder ans Fenster. Das war die bisher beste Erklärung. Unter Turner war die *Hyperion* eine schwimmende Behausung geworden, eher ein Lebensraum als ein Kriegsschiff. Und ihre Besatzung, seit drei Jahren ohne Feindberührung oder sonstige große Härten fern von England, war vermutlich ebenso unvorbereitet auf die Anforderungen, die Blockade und Krieg an sie stellen würden.

Zweimal im Lauf des Tages war Quarme, der Erste Offizier, bei Bolitho gewesen, um zu melden, wie es voranging. Auf Bolithos beiläufige Fragen hatte er mehr oder weniger zugegeben, daß Turner zwar ein guter Kapitän gewesen war, aber keine Initiative entwickelt hatte. Jedoch war es schwierig herauszufinden, was Quarme wirklich dachte. Er war achtundzwanzig Jahre alt, ruhig, verschlossen, und machte den Eindruck eines Mannes, der auf seine Chance wartete. Daran mochte er durchaus recht tun – überall wurden Schiffe in Dienst gestellt, und es gab bereits Ausfälle durch Tod und Verwundung. Wenn nichts dazwischenkam, konnte Quarme noch in diesem Jahr ein eigenes kleines

Kommando erhalten. Bolitho war zuerst stutzig geworden, weil Turner keine Beurteilung des Leutnants hinterlassen hatte, die ihn für dergleichen qualifizierte. Inzwischen aber hatte er sich ein Bild von seinem Vorgänger gemacht, und es begann ihm zu dämmern, daß Turner wahrscheinlich gewünscht hatte, das Schiff und alles an Bord, einschließlich der Offiziere, möge so bleiben, wie es war. Eine einleuchtende, aber egoistische Haltung.

Es gab noch einen weiteren Faktor in Turners Persönlichkeit, der ihm zu schaffen machte. Unter den privaten Papieren, die Quarme nach Turners Tod geöffnet hatte, fand sich so etwas wie ein Testament. Es enthielt ein paar Legate an einige entfernte Verwandte – aber was Bolitho auffiel, war das sauber geschriebene Kodizill am Schluß: »... und dem nächsten Kommandanten dieses Schiffes hinterlasse und vermache ich alle meine Möbel und Ausrüstungsgegenstände, meinen Weinvorrat und meine persönliche Habe in der aufrichtigen Hoffnung, daß er alles auch weiterhin zu seinem und des Schiffes Nutzen verwenden möge.«

In der Tat ein merkwürdiges Vermächtnis. Erst wollte Bolitho alles durch Allday einpacken und in die Garnison bringen lassen. Aber dann hatte er es sich anders überlegt, denn in seiner Ungeduld, zur *Hyperion* zu stoßen, hatte er England in höchster Eile verlassen und führte – abgesehen von seinen Uniformen und einigen wenigen privaten Habseligkeiten – nichts mit sich, was das Leben an Bord eines Linienschiffes erleichtern konnte. Nun, während er sich in der großen Kajüte umsah, war er doch nicht ganz mit dieser Lösung zufrieden. Es war, als hätte er Turner, indem er auf dessen ausgefallenen Wunsch einging, die Möglichkeit gegeben, noch an Bord zu bleiben. Er mochte tot und bestattet sein, aber hier in der Kapitänskajüte schien das Gedenken an ihn fast in der Luft zu hängen, als sei er noch persönlich gegenwärtig.

Wieder klopfte es, und diesmal war es Quarme. Er trug den Hut unterm Arm, und über seine dienstlich-gemessene Miene spielten Sonnenreflexe. »Offiziere wie befohlen in der Messe versammelt, Sir«, meldete er. Noch während er sprach, wurden an Deck vier Glasen* der Nachmittagswache angeschlagen – er mußte wohl draußen vor der Tür auf den richtigen Moment gewartet haben.

* An Bord wird jede halbe Stunde durch Glockenschläge markiert. Eine Wache dauert vier Stunden, also acht Glasen. Die Bezeichnung rührt von der Dreißig-Minuten-Sanduhr (= Stundenglas) her, früher dem einzigen Zeitmesser an Bord (d. Ü.).

»Recht so, Mr. Quarme. Ich bin bereit.« Er nahm den Uniformrock von der Stuhllehne, rückte die Halsbinde zurecht und zog ihn an. »Ich bin mit dem Logbuch fertig, Sie können es mitnehmen.«

Quarme antwortete nicht, sondern blickte auf den alten Degen, der am polierten Schott hing. Alldays erste Handlung war es gewesen, ihn dort aufzuhängen; und als Bolitho den Blicken Quarmes folgte, dachte er an seinen Vater und Großvater. Selbst im hellen Sonnenlicht sah der Degen schwärzlich und alt aus. Doch auch wenn er nichts anderes von Falmouth mitgebracht hätte als diesen Degen, wäre ihm der mehr wert gewesen als alles, was er sonst besaß. Halb und halb erwartete er, daß Quarme eine Bemerkung machen würde. Herrick hätte das getan. Aber diese Vergleiche waren unnütz. Kalt befahl er: »Gehen Sie voran, bitte!«

Seit seinem allerersten Kommando, der winzigen Schaluppe *Sparrow,* hatte Bolitho immer darauf geachtet, daß er seine Offiziere so bald wie möglich näher kennenlernte. Während er jetzt hinter Quarme auf das Achterdeck hinaustrat und die breite Stiege zum Hauptdeck hinunterschritt, fragte er sich, wie seine neuen Untergebenen beschaffen sein würden. Jedesmal befiel ihn bei solchen Anlässen eine gewisse Nervosität, obwohl er sich oft genug gesagt hatte, daß gespannte Erwartung viel eher Sache der anderen war.

Die Offiziersmesse lag direkt unter seiner eigenen Kajüte; wie dort liefen die Heckfenster über die ganze Breite des Raumes. Aber an den Wänden lagen winzige Schlafkammern, und in den Ecken standen dicht an dicht Seekisten und alles mögliche, was zur persönlichen Ausrüstung der einzelnen gehörte. Auch zwei Geschütze der oberen Batterie von Zwölfpfündern befanden sich im Raum; und Bolitho empfand eine flüchtige Befriedigung darüber, daß seine eigenen Räume nicht wie dieser hier aus- und umgeräumt werden mußten, wenn »Klar Schiff zum Gefecht« befohlen wurde; dabei gab es immer ein furchtbares Durcheinander, und manches ging zu Bruch.

Die Messe war ziemlich voll, die Anwesenden mußten stehen, denn Bolitho hatte ausdrücklich befohlen, daß außer den fünf Leutnants und den Offizieren der Marine-Infanterie auch die Midshipmen und höheren Deckoffiziere anwesend sein sollten. Diese letzteren bildeten, wie er aus hart erworbener Erfahrung wußte, das wahre Bindeglied zwischen Achterdeck und Mannschaftslogis.

Er setzte sich ans obere Ende des langen Tisches und legte den Hut auf die zusammengerollte Karte. »Setzen Sie sich, meine Herren, oder bleiben Sie stehen – ganz nach Belieben. Meinetwegen brauchen Sie Ihre Gewohnheiten nicht zu ändern.« Höfliches Gelächter – der Kommandant war genaugenommen nur Gast in der Offiziersmesse; was passieren würde, wenn man ihm diese Gastfreundschaft versagte, war jedoch eine andere Frage. Bolitho rollte die Karte auf und war sich dabei bewußt, daß aller Augen mehr an ihm als an der Karte hafteten.

»Wie Sie vorhin gehört haben, sollen wir zu Lord Hood stoßen. Es gibt in Toulon gewisse Elemente – Franzosen zwar, doch strikt gegen die gegenwärtige revolutionäre Regierung –, die mit einiger Nachhilfe durchaus einen Umsturz einleiten könnten. Wenn wir unsere Stärke zeigen und jede Gelegenheit nutzen, um den Schiffsverkehr des Feindes zu schädigen, haben wir eine Chance, diese Situation zu fördern.« Er schaute auf und sah das blasse Gesicht des kleinen Seton, von den Schultern zweier Offiziere eingerahmt. Gleichmütig fuhr er fort: »Etwa Mitte Juni wird Lord Hood genügend Kräfte versammelt haben, um all das zu ermöglichen. Jedes Schiff wird gebraucht. Daher ist es von grundlegender Wichtigkeit, daß jeder einzelne Offizier sein Äußerstes tut, um den Ausbildungsstand und damit die Kampfbereitschaft zu verbessern.« Sein Blick überflog die gespannten Gesichter. »Vermutlich werden wir in nächster Zeit keine Gelegenheit haben, unsere Fehlstellen aufzufüllen – ist das klar?«

Leise sagte Quarme: »Ich glaube, der Zweite Offizier hat eine Frage, Sir.«

Bolitho blickte hinüber zu einem müde und gelangweilt dreinschauenden Offizier, der auf einer Seekiste saß. »Ihr Name ist mir entfallen«, sagte er.

Der Leutnant sah ihm kühl ins Gesicht. »Sir Philip Rooke, Sir.« Sein Ton klang keinesfalls aufsässig, trotzdem konnte Bolitho die Herausforderung in den blassen Augen des Leutnants erkennen.

»Ja, *Mr.* Rooke, und Ihre Frage?« Bolithos Stimme war ebenso unbewegt.

Gleichmütig erwiderte Rooke: »Wir sind jetzt drei Jahre auf See. Das Unterwasserschiff ist grasgrün und die *Hyperion* so langsam wie eine alte Kuh.« Ein zustimmendes Murmeln ließ sich hören, und Rooke fuhr fort: »Captain Turner war davon überzeugt, daß wir vor Brest abgelöst und noch in diesem Monat nach Portsmouth zurücksegeln würden.«

Bolitho musterte ihn nachdenklich. Rooke war also der erste, der die Maske fallenließ. Trocken erwiderte er: »Captain Turner ist tot.

Aber ich bin davon überzeugt, er hätte sich auf keinen Fall die Chance entgehen lassen, mit der *Hyperion* seine Pflicht zu tun.«

Rowlstone, der Schiffsarzt, ein kleiner, ungesund aussehender Mann mit tiefgefurchtem, talgweißem Gesicht, sprang auf. »Ich habe getan, was ich konnte, Sir! Er starb an Herzversagen.« Mit wilden Augen blickte er sich um. »An seinem Schreibtisch! Ich konnte ihm nicht mehr helfen, verstehen Sie?«

Rooke starrte ihn wütend an. »Was wissen Sie denn, Mann? Sie sind doch eher ein Schlächter als ein Arzt!«

Ashby, der Hauptmann der Marine-Infanterie, zog den Bauch ein und schnippte ein Stäubchen von seiner handschuhengen Uniform. »Kommandant Turner war ein guter Mann. Wir vermissen ihn alle, jawohl.« Er sah Bolitho fest ins Gesicht. »Bin aber Ihrer Ansicht, Sir. Wir haben schließlich Krieg. Äh – Hauptsache: kämpfen. Jawoll.«

»Danke, Captain Ashby«, lächelte Bolitho trocken. »Das ist sehr beruhigend.«

Dann blickte er hinüber zu Gossett, dem Segelmeister* und Steuermann. Der war ein Kerl wie ein Faß, und obwohl er am Tisch saß, war sein Kopf fast in gleicher Höhe mit dem des verzweifelten Schiffsarztes, der immer noch stand. »Und Sie, Mr. Gossett? Was ist Ihre Meinung?«

Gossett legte die Fäuste auf die polierte Tischplatte und blickte sie nachdenklich an – sie waren auch ein Anblick: wie zwei Schinkenknochen. Mit tiefer Stimme antwortete er: »Wir haben einen tüchtigen Vorrat an Spieren und Segeln, Sir. Sie mag ja ein alter Kasten sein, aber sie kann immer noch mit besseren und jüngeren Fahrzeugen mithalten.« Er grinste so breit, daß die kleinen blanken Augen fast im gebräunten Gesicht verschwanden. »Ich hab mal so'n alten Vierundsiebziger aus 'ner Schlacht rausgesegelt, mit nur einem Mast, und das ganze untere Geschützdeck vollgeschlagen!« Er gluckste, als wäre das ein riesiger Spaß gewesen.« Die *Frogs** werden uns bereit finden, wenn sie in Reichweite kommen, Sir!«

Bolitho erhob sich. Er hatte den Topf zum Kochen gebracht, und die nächsten Tage würden ihm mehr über diese Männer verraten. »Schön,

* Navigationsoffizier (»Master«) und für die unmittelbare Schiffsführung verantwortlich (d. Ü.).

* Ein damals bei den britischen Streitkräften gebräuchlicher Spottname für die Franzosen (*frog-eaters* = Froschfresser, wegen ihrer Vorliebe für gebackene Froschschenkel). Vergleichbar dem Ausdruck ›Krauts‹ für die Deutschen (d. Ü.).

meine Herren«, sagte er knapp. »Der Wind kommt immer noch frisch aus Nordwest. Segelsetzen in einer Stunde.« Er sah zu Quarme hinüber. »Lassen Sie ›Alle Mann‹ pfeifen, und machen Sie klar zum Ankerlichten. Wir haben neunhundert Meilen vor uns, bis wir das Geschwader sichten. Nutzen Sie die gut aus!« Er blickte im Kreise herum. »*Sie alle!*«

Die Messe begann sich zu leeren. Er schritt rasch zu dem sonnengebleichten Achterdeck hinauf. Er wußte nicht warum, aber es war ein schlechter Anfang gewesen. Vielleicht litt er noch unter dem Fieber, vielleicht war er auch einfach müde vom langen Hoffen und Harren. Aber andererseits war es auch möglich, daß er für ein Schiff wie die *Hyperion* noch gar nicht reif war.

Er verhielt einen Augenblick und starrte in die turmhohen Masten und auf die winzigen Gestalten, die wie sorglose Affen dort oben herumwerkten.

Allday kam übers Deck. »Ich habe Gimlett gesagt, daß er Ihr Seezeug rauslegt, Captain.« Er atmete tief ein und fuhr fort: »Ich bin froh, daß ich wieder auf einem Schiff segele. Ich hatte ein bißchen die Nase voll von den Hügeln – jeden Tag derselbe Anblick!«

Bolitho fuhr herum, aber er beherrschte sich. Es wäre zu billig gewesen, den Ärger über seine Müdigkeit und die unbefriedigende Dienstbesprechung an Allday auszulassen.

»Wenigstens werden die Frauen in Falmouth eine Weile vor Ihnen Ruhe haben, Allday!«

Der Bootsmann sah Bolitho nach, bis dieser unter der Kampanje verschwunden war, und grinste dann übers ganze Gesicht. »Der braucht keine Angst zu haben. Er hat sich nicht verändert, und so leicht wird ihn auch nichts ändern!« Dann lehnte er sich gegen die Finknetze und starrte über die Bucht auf die verankerten Schiffe.

II Demonstration der Stärke

Bolitho hatte seine Kajüte verlassen und ging raschen Schrittes zum Achterdeck. Unter dem Schutz der Kampanje standen die beiden Rudergasten am mächtigen Doppelrad und nahmen dienstliche Haltung ein, als er vorbeikam. Doch er blieb nur kurz stehen, um einen Blick auf den Kompaß zu werfen. Nordost zu Nord. Die Kompaßrose schien seit Tagen in dieser Position festgeklemmt zu sein. In den acht langen

Tagen seit Gibraltar war die *Hyperion* nur mühselig und langsam vorangekommen und hatte knapp einen Durchschnitt von drei Knoten* halten können. Zweimal hatten sie sogar in Flaute festgelegen. Seit dem Ankerlichten hatten sie alles in allem nur 520 Meilen* zurückgelegt.

Aber als er in das helle Sonnenlicht hinaustrat, konnte er den Unterschied nicht nur sehen, sondern auch fühlen. Vor ein paar Minuten war ein Midshipman atemlos in die Kajüte gerannt gekommen und hatte gemeldet, daß die schwache Brise endlich auffrische; und er sah selbst, wie der Wimpel im Masttopp peitschend ausschlug und die neugesetzten Segel sich mit frischen Kräften spannten.

Quarme drehte sich von der Achterdeckreling zu ihm um und faßte an den Hut. »Ich habe Bramsegel setzen lassen, Sir. Hoffen wir, daß der Wind sich hält.« Er sah überanstrengt aus.

»Er wird schon, Mr. Quarme.« Bolitho war ohne Rock und Hut. Er fühlte mit einer Art sinnlichem Behagen, wie der Wind sein Hemd aufplusterte und ihm die trockenen Lippen kühlte. »Wir können gleich auch noch die Royals setzen.«

Er stützte sich mit den Handflächen auf die von der Sonne ausgedörrte Reling und blickte auf das Hauptdeck hinunter. Die sechzehn Kanonen der Steuerbordbatterie waren ausgerannt, und die Geschützbedienungen, nackt bis zum Gürtel, waren beim Exerzieren. Vom unteren Geschützdeck her vernahm er das Quietschen und Rumpeln der Lafetten, als die schweren Vierundzwanzigpfünder es den oberen Geschützen nachtaten. Ohne aufzublicken, sagte er: »Fünfzehn Minuten haben Sie heute für ›Klar Schiff‹ gebraucht – das ist zu lange, Mr. Quarme.«

»Die Männer sind müde, Sir.« Quarme bemühte sich, das möglichst beiläufig zu sagen. »Aber es ist schon etwas besser geworden, scheint mir.«

Da das Schiff schon so lange Dienst tat, immer mit der gleichen Besatzung, waren allgemeine Seemannschaft und Segeldrill in Ordnung. Das Segelsetzen und -bergen ging so flott, daß es für einen Binnenländer aussehen mußte, als sei gar nichts dabei. Bolitho wußte aus Erfahrung, daß ein Kriegsschiff beim ersten Auslaufen normalerweise mehr gepreßte, ahnungslose Landratten als ausgebildete Seeleute an Bord

* Geschwindigkeitsbezeichnung = Seemeilen je Stunde.
** 1 Seemeile = 1,85 km.

hatte; daher war er froh, daß seine Leute schon so lange auf See dienten. Aber ein Linienschiff war keine Fregatte, es brauchte normalerweise nur genug Seemannschaft, um auf Position und am Feind zu bleiben; komplizierte Manöver waren nicht seine Sache. Erst wenn es in Schußposition und zu massiver Feindberührung kam, wenn es bis zum Sieg oder Untergang kämpfen mußte, erwies sich sein wahrer Wert. Und wie Quarmes Meinung darüber auch sein mochte – Bolitho wußte, daß die Geschützausbildung auf der *Hyperion* erschreckend unzulänglich war.

Tag für Tag hatte er mit den Geschützen jede nur denkbare Lage üben lassen. Von den Hauptbatterien bis zu den kurzrohrigen Karronaden, von den Zwölfpfündern des Achterdecks bis zu den Musketen der Seesoldaten hatte er Waffen und Männer schonungslos durchgearbeitet. Wenn dabei, wie Quarme behauptete, Verbesserungen erzielt worden waren, so befriedigten sie ihn keineswegs.

Schließlich sagte er: »Wir nehmen die Steuerbordbatterie nochmals vor. Sagen Sie es durch!«

Er ging nach Lee hinüber, während Quarme seinen Befehl über das Hauptdeck brüllte. Da das Schiff auf Backbordbug segelte und in der frischen Brise heftig krängte, mußten die Geschütze gegen die Schräglage des Decks in Position gebracht werden, ehe man mit dem eigentlichen Exerzieren anfangen konnte; und Bolitho bemerkte, wie einige Matrosen, die im Moment nicht so viel zu tun hatten, einen Augenblick Pause machten und zusahen.

Da war zum Beispiel Buckle, der grauhaarige Segelmacher, der mit seinen Leuten auf Deck hockte und die letzte Partie der schweren Schlechtwettersegel, die sie vor Brest gebraucht hatten, reparierte. Die Nadeln in den ledergeschützten Fäusten ruhten, die Männer hatten sich umgedreht und starrten hinüber. Sogar Gossett, der Master, in dessen riesiger Hand ein Sextant blinkte, hielt bei der geduldigen Belehrung inne, die er zwei Interesse heuchelnden Midshipmen erteilte, und runzelte die Stirn, als Leutnant Rookes Stimme über das Deck schallte: »Also aufgepaßt jetzt! Geschütze innenbords und klar zum Laden!« Er stand auf dem Steuerbord-Decksgang, der oberhalb der Batterie entlanglief und das Achterdeck mit der Back verband. Wütend starrte er auf seine Männer hinunter, das Gesicht fleckig vor Hitze und Ungeduld. »Der nächste, der einen Rammstock fallen läßt oder über seine eigenen Füße stolpert, tanzt an der Gräting!« Er zog seine Uhr aus der Tasche. »Jetzt!«

Grunzend vor Anstrengung, auf den sandbestreuten Planken ausrutschend, warfen sich die Männer an die Geschütze; der Schweiß rann in glänzenden Bahnen über ihre Rücken, als sie die langen Rohre aus den offenen Stückpforten bis zum Anschlag der Gleitschienen zurückholten.

In den letzten acht Tagen hatte Bolitho ein wachsames Auge auf Rooke gehabt. Er schien seinen Dienst recht ordentlich zu versehen, hatte aber eine unangenehme Art und verlor leicht die Ruhe. Gestern erst hatte Bolitho einen Wettkampf zwischen den beiden Batterien des Hauptdecks arrangiert, und Backbord hatte mit drei Minuten Vorsprung gewonnen. Rooke war fast aus der Haut gefahren. Jetzt, als seine Männer über ihren Geschützen hockten, konnte Bolitho die Spannung direkt körperlich spüren.

»Laden!« brüllte Rooke. Ein wildes Durcheinander. Schimpfend trieb jeder Stückführer seine Männer an, die Übungskartuschen in die Mündungen stießen und das Laden mit Kugeln markierten, während andere, die Zugleinen in den Fäusten, darauf warteten, die Geschütze durch die offenen Stückpforten auszurennen.

»Besser diesmal, Sir«, murmelte Quarme. Bolitho sagte nichts dazu. Aber es hatte deutlich besser geklappt, trotz des Übereifers bei manchen jüngeren Matrosen. Er sah, wie Rooke an die Reling trat, als wolle er seine Leute noch mehr antreiben – er mußte ja wissen, daß sein Kommandant auf dem Achterdeck war.

»Ausrennen!« brüllte Rocke. Gehorsam quietschten die Lafetten über die zerfurchten Planken, fieberhaft stürzte jeder Stückführer vor, um den Entlüftungsstutzen zu verschrauben – da: ein scharfes Klirren und Klappern, die drei vordersten Schützen fielen lang hin. Alle anderen Stückführer hielten die Rechte hoch, nur beim ersten Geschütz herrschte totales Durcheinander.

»Was, zum Deibel!« kreischte Rooke. »Was ist das für eine blutiggottverdammte Sauerei?«

Auf dem Oberdeck grinsten ein paar Zuschauer unverhohlen, und als Bolitho sich umdrehte, sah er, wie der Wachoffizier, Leutnant Fowler, auf seine Füße starrte und sich das Taschentuch auf den Mund preßte.

Mit langen Schritten kam Rooke den Decksgang entlang, bis er direkt über dem Geschütz stand, das versagt hatte. »Bell, dafür will ich deine Rückenwirbel sehen! Ich lasse dich peitschen, bis . . .«

Der Stückführer starrte zu ihm hinauf und hob hilflos die Hände.

»War ich doch gar nich', Sir! War der junge Herr da!« Er zeigte auf Midshipman Seton, der sich eben zwischen zwei noch benommenen Matrosen hochrappelte. »Der is' über sein' Dolch gestolpert, Sir, und die andern beiden sind über ihn gefallen!«

»Halt den Mund!« Rooke schien zu merken, daß aller Augen auf ihn gerichtet waren. Etwas leiser fragte er: »Und was haben Sie diesmal angestellt, *Mister* Seton?«

Der Junge hob seinen Hut auf und sah sich um wie ein Tier in der Falle. »Sir, ich . . . Ich . . .« Es dauerte ein paar Sekunden, bis er die Sprache wiederfand. »Ich wollte an der Zugleine mit anfassen, Sir.«

»Ach, tatsächlich?« Rooke sprach jetzt ganz leise. Er fuhr sich mit der Hand über den Mund. »Stehen Sie nicht da wie ein sabberndes altes Weib! Reißen Sie sich gefälligst zusammen, wenn ich mit Ihnen spreche!«

Bolitho wandte sich ab. Es war ihm unerträglich, Seton so leiden zu sehen, doch jede Einmischung hätte jetzt nur Rookes Autorität bei den Leuten untergraben.

Aber Rooke hatte noch nicht genug. Mit lauter Stimme fragte er: »Warum, in Gottes Namen, haben Ihre Eltern Sie bloß zur See geschickt, Mr. Seton? Es muß doch auch andere Berufe geben, wo Sie Schaden anrichten können!«

Ein paar Matrosen lachten, und dann antwortete Seton heiser: »I . . . Ich habe keine, Sir. M . . . Meine Eltern sind . . .« Er konnte nicht weitersprechen.

Die Hände in die Hüften gestemmt, starrte Rooke verächtlich auf ihn hinunter. »Keinen Vater, keine Mutter, Mr. Seton? Da müssen Sie ja ein noch schäbigerer Bastard sein, als ich dachte!«

Bolitho fuhr herum. »Mr. Quarme, lassen Sie die Geschütze sichern und die Bedienungen wegtreten.« Er warf einen raschen Blick nach oben. »Der Wind hält sich. Sie können jetzt die Royals setzen.« Er wartete, bis die Bootsmannspfeifen den Befehl weitergegeben hatten und die Männer in dichtem Schwarm die Jakobsleitern aufenterten. »Und Mr. Rooke soll sich bei mir melden.«

Bolitho ging nach Luv hinüber und kreuzte die Hände auf dem Rükken. Wie die anlaufende Brise das blaue Wasser rippte, das hier und da schon weiße Kämme trug! Nach dem Mittagsbesteck mußten sie etwa dreißig Meilen südöstlich von Tarragona sein, aber so weit er sehen konnte, war die See leer. Doch seine Berechnungen waren bereits vom Ausguck im Großtopp bestätigt worden, der dort oben, fast zweihundert Fuß über Deck, auf seinem schwingenden, gefährlichen Sitz hockte. Er allein hatte bisher die fernen Berge Spaniens gesehen. Bolitho war froh, daß er sich entschlossen hatte, ausreichend Seeraum zu gewinnen und die seinem Kurs entgegenlaufende Küstenströmung zu meiden. Außerdem brachte ihm diese Entscheidung den günstigsten Wind; und wenn der sich hielt, würde er Hoods Schiffe um so schneller finden.

»Sie wollten mich sprechen, Sir?« Rooke sah ihn mißtrauisch an. Sein Atem ging noch rasch von der Anstrengung.

»Stimmt«, sagte Bolitho kühl. »Ihre Männer haben sich ganz gut gehalten. Mit etwas Übung wird das noch besser werden.« In Rookes Augen blitzte es auf – amüsiert oder verächtlich? Langsam fuhr Bolitho fort: »In Zukunft wollen Sie es sich bitte versagen, Mr. Seton so zu demütigen.«

Rookes Miene war wie aus Holz. »Er braucht Disziplin, Sir. Wie alle.«

»Völlig meine Meinung. Aber Disziplin ist eines, und Schikane ist etwas anderes, Mr. Rooke.« Sein Ton war scharf. »Es fördert die Disziplin nicht, wenn Sie einen Midshipman vor jenen Leuten beleidigen, die vielleicht eines Tages in der Schlacht von ihm abhängen.«

»Ist das alles, Sir?« Rookes Hände zitterten an seinen Hosennähten.

»Im Moment ja.« Bolitho blickte nach oben, wo eben die letzten Royals flappten und sich dann unter dem Druck des Windes härteten. Gegen den Himmel glänzte die volle Besegelung wie weiße Pyramiden. »Sie werden mehr erreichen, wenn Sie den Leuten ein gutes Beispiel geben, Mr. Rooke«, sagte er noch. Stirnrunzelnd sah er hinter dem Leutnant her, der steifbeinig zum Decksgang schritt. Er hatte sich Rooke zum Feind gemacht – aber es war unwahrscheinlich, daß ein Mann seiner Art überhaupt jemandes Freund war.

Zögernd trat Quarme herzu. »Die Geschichte tut mir leid, Sir. Er wird manchmal ein bißchen deutlich.«

Bolitho blickte ihm ins Gesicht. »Schade, daß *Sie* nicht etwas deutlicher geworden sind, Mr. Quarme. Es paßt mir nicht, daß ich Ihre Arbeit tun muß.«

Quarme sah ihn an, als hätte er einen Schlag ins Gesicht bekommen. »Meine Arbeit, Sir?«

»Ja. Ich habe nicht erwartet, daß ich meinen Offizieren Menschenführung erst beibringen muß. Schließlich sind Sie Mr. Rookes unmittelbarer Vorgesetzter.« Er ließ die Worte wirken. »Erledigt«, schloß er dann. »Ich möchte nichts weiter dazu sagen.« Aber als er an der gegenüberliegenden Deckseite auf und ab schritt, wurde ihm klar, daß die Sache noch lange nicht erledigt war.

Die nächsten Tage unterschieden sich nur wenig von den vorangegangenen: Segel- und Geschützexerzieren hatten den Vorrang vor dem sonstigen Dienstbetrieb an Bord. Die *Hyperion* hatte den letzten Landvorsprung Kataloniens gerundet und kreuzte mit Nordostkurs in den Golfe du Lion. Es war eine monotone Etappe, wenig geeignet, die allgemeine Gereiztheit und Nervosität zu beheben. Während seiner täglichen Spaziergänge an Deck war sich Bolitho seiner Isolation bewußt und der Schranke, die er selbst zwischen sich und den Offizieren aufgerichtet hatte. Doch sie mußte sein, das war ihm jetzt klarer denn je. Wenn sie wollten, konnten sie ihn ablehnen, sogar hassen; aber sie mußten zusammengeschweißt, zu einer Waffe geschmiedet werden, die er gebrauchen konnte, wenn die Zeit kam.

Quarmes Haltung Rooke gegenüber begriff er immer noch nicht ganz. Sah er die beiden zusammen, dann kam ihm Quarme, der sonst in allen Dienstangelegenheiten sehr tüchtig und fleißig war, immer so merkwürdig nervös und unsicher vor. Vielleicht imponierte ihm Rookes adelige Herkunft. Es war sogar bei Stabsoffizieren (von ehrgeizigen Ersten Leutnants ganz zu schweigen) nichts Ungewöhnliches, daß sie sich bis zur Servilität von einem Untergebenen beeindrucken ließen, der vielleicht Einfluß bei Hofe oder im Parlament hatte und ihnen unter Umständen zu einer rascheren Beförderung verhelfen konnte. Aber das war hier wahrscheinlich nicht der Fall. Die beiden dienten zu lange auf dem gleichen Schiff, da hätte sich so etwas eigentlich schon ergeben müssen.

Bolitho saß an seinem Tisch und stocherte lustlos in dem von Gimlett servierten Essen herum. Durch die Heckfenster sah er ihr kurzes Kielwasser und hörte das Schlagen und Quietschen des Rudergeschirrs, während das Schiff schwerfällig vor dem stetigen Wind segelte, der keinen Strich abwich. In der Abendsonne tanzten Millionen Lichtreflexe auf der See, und beim Anblick der endlosen Reihen kleiner kabbliger, weißköpfiger Wellen fühlte er sich noch einsamer.

Da klopfte es an die Tür, und Midshipman Piper trat vorsichtig über das Süll in die Kajüte. Unter Vollzeug schien die *Hyperion* wie ein Brett mit immer gleicher Krängung zu liegen, so daß es gegen die offene Tür aussah, als stemme Piper sich schräg gegen einen starken

Wind. »Mr. – Mr. Inch läßt respektvoll melden, er glaubt, daß wir das Geschwader gesichtet haben, Sir.«

»So – glaubt er das?« Bolitho spürte merkwürdige Erleichterung. Endlich passierte etwas, das die allgemeine Apathie brach.

»Sir?«

Bolitho lächelte. Inch war der jüngste Leutnant, ein eifriger, wenn auch wenig selbstsicherer junger Mann, der es natürlich vermied, sich eindeutig festzulegen.

»Wie hat sich Mr. Seton eingelebt?« fragte er.

Piper verzog das Gesicht, so daß er aussah wie ein runzliges Äffchen. »Er fühlt sich nicht ganz wohl, Sir«, seufzte er. »Hat sich noch nicht an die Bordroutine gewöhnt.«

Bolitho verbarg ein Lächeln. Auch Piper war erst sechzehn, redete aber so selbstsicher wie ein Admiral.

Er schritt an dem Posten stehenden Seesoldaten vorbei auf das Achterdeck hinaus. Der Wind war immer noch sehr frisch; aber voraus war über dem stampfenden Bugspriet schon eine Landzunge zu erkennen. Sie hatten den ganzen Tag darauf zugehalten, einmal, als sie durch eine größere offene Bucht segelten, hatten sie sie aus dem Auge verloren, doch als sie das äußere Vorland gerundet hatten, war sie sofort wieder in Sicht gekommen.

»Ausguck meldet sechs Segel in Backbord voraus, Sir«, sagte Quarme förmlich. Über die Schulter des Ersten hinweg sah Bolitho Inchs langes Gesicht zu Quarmes Worten unbestimmt nicken.

»Recht so. Zwei Strich anluven, damit wir ihren Kurs schneiden.«

Er schritt über das Deck. Die Bootsmannsmaaten brüllten: »Alle Mann an die Brassen!« Und die Matrosen strömten aus dem Logis an Deck. Wie festgerammt stand Gossett neben dem Ruder und biß sich auf die Unterlippe, als die mächtigen Rahen rundkamen. »Stützen, Mann!« knurrte er den Rudergast an. »Voll und bei!« Dann warf er einen Blick nach oben auf die donnernden Segel, und langsam breitete sich ein Lächeln über seine Züge. Dieses Lächeln kannte Bolitho – Gossett war zufrieden.

Er nahm sein Teleskop und fing mit den Beinen das unregelmäßige Rollen des Schiffes ab, denn die *Hyperion* segelte jetzt höher am Wind, der peitschend übers Vorschiff fegte.

»Hinauf mit Ihnen, Mr. Piper«, blaffte Quarme, »und machen Sie gefälligst eine genaue Ansprache!«

Bolitho sah voraus die hohen, gleichmäßig verteilten Segelpyramiden wie polierte Muschelschalen im Sonnenlicht glänzen. Selbst von Deck aus waren sie nicht zu verkennen.

»Auf Signale achten und sofort Meldung machen!« befahl er.

Da tönte auch schon, vom Winde getragen wie ein Flötenton, Pipers Stimme vom Großmast herab: »Sechs Linienschiffe, Sir! Das vorderste führt die Admiralsflagge!«

Die sechs Schiffe lagen auf dem anderen Bug; Bolitho sah sie im Teleskop immer größer und in den Einzelheiten deutlicher werden, bis das vorderste, ein mächtiger Dreidecker mit der Admiralsflagge am Großtopp, die ganze Linse ausfüllte, so daß er den gischtbesprühten Rumpf mit der rot und goldenen Galionsfigur deutlich erkennen konnte. Angestrengt ausspähend, wartete er: an der Rah stiegen drüben winzige schwarze Bälle empor und öffneten sich dann flatternd zu bunten Streifen.

»Flaggschiff signalisiert, Sir!« rief Inch. Er hüpfte vor Aufregung, als hätte er persönlich das Geschwader an die Kimm gezaubert.

Caswell, der Signal-Midshipman, hockte bereits im Besan und hatte sein riesiges Glas auf einen Block gestützt, daß es so fest lag wie ein Kanonenrohr.

»Sie setzt unser Rufzeichen, Sir!« Langsam bewegten sich seine Lippen, als er ablas:» *Victory* an *Hyperion:* Position in Luv einnehmen!«

Rasch warf Quarme ein: »Der Admiral wird Sie an Bord bestellen, Sir!«

»Glaube ich auch.« Bolitho preßte die Hände auf dem Rücken zusammen, um seine Erregung zu meistern. »Gehen Sie über Stag!« befahl er. »Dann lassen Sie mein Boot klarmachen.«

Quarme nickte, hob seine Sprechtrompete und befahl: »Achtung! Klar zur Wende!«

Vom Ruder her erklang Gossetts bellende Stimme: »Klar ist!« Und als die Matrosen an die Brassen rannten, befahl er: »Leeruder!« Im Vorschiff wurden die Brassen losgeworfen, und die *Hyperion* schwang langsam durch den Wind; jeder Block, jedes Segel schlug und killte wie in Wut über den plötzlichen Kurswechsel.

Vom Hauptdeck her erklang erst ein schmerzlicher Aufschrei und dann die scharfe Stimme eines Bootsmanns: »Beeilung, du Tölpel! Lord Hood sieht dir zu!«

Atemlos und stöhnend stemmten die Männer an den Brassen die Fersen ein und holten die mächtigen Rahen rund, immer weiter, immer mehr, bis die Segel mit jubilierendem Gebrüll überkamen und sich dann wieder füllten, während das Schiff unter ihnen sich langsam auf den anderen Bug legte. Bolitho sah Gossetts befriedigtes Grienen und sagte: »Sie reagiert gut, Mr. Gossett. Langsam, aber sehr zuverlässig.« Und zum Ersten Offizier gewandt: »Wir wollen die Royals wegnehmen, Mr. Quarme.«

Auf den neuen Befehl hin enterten noch mehr Matrosen auf, und während die Segel unter den Händen der Toppgasten kürzer wurden und schließlich verschwanden, rief Midshipman Caswell, der bei dem Manöver zur Gegenseite gerannt war: »Flaggschiff an *Hyperion:* ›Bitten Kommandanten baldmöglichst an Bord!‹«

»Bestätigen!« bellte Bolitho. »Baldmöglichst« von einem Admiral bedeutete »sofort oder noch früher«. »Gig klar!« befahl Bolitho.

Während die sechs Schiffe näher kamen, drehte die *Hyperion* in den Wind. Donnernd protestierten die Segel, jedes einzelne Stag, alle Wanten vibrierten wie Cellosaiten.

Die Kommandantengig war bereits ausgeschwungen, und als Bolitho seinen Degen aus den Händen des nervösen Gimlett entgegennahm, brüllte Allday: »Fier ab!« Als Bolitho an der Fallreepspforte stand, dümpelte das Boot schon längsseits, die weißen Riemen standen hoch wie zwei Reihen polierter Walrippen. Beinahe hätte er den richtigen Zeitpunkt verpaßt; aber als das Boot knirschend an der Bordwand scheuerte, sprang er und betete zu Gott, er möge richtig abgekommen sein.

Erleichtert atmete Allday aus. »Riemen bei! Zu . . . gleich!« Dann riß er die Pinne hart herum, und als Bolitho wieder zu Atem gekommen war, lag die *Hyperion* schon ein gutes Stück achteraus. Eben schwang sie noch einmal herum, um die richtige Position zum Flaggschiff einzunehmen, und als er sah, wie sich die Segel wieder füllten und die Bugwelle aufsprühte, konnte er einen Anflug von Stolz nicht unterdrücken. Er war erst knapp zwölf Tage an Bord, und doch konnte er sich kaum noch an die Zeit davor erinnern.

Nach einer weiteren beschwerlichen Kletterei zur Fallreepspforte des Flaggschiffs empor wurde Bolitho von dessen Kommandanten empfangen und nach kurzer formeller Begrüßung sofort in die große Heckkajüte geleitet. War Bolithos Quartier auf der *Hyperion* schon sehr geräumig, so logierte der Admiral in jeder Hinsicht noch großartiger.

Hood saß auf der Bank unter den Heckfenstern und hatte zu seiner Bequemlichkeit ein Bein auf einen Stuhl gelegt. Wie ein Schattenriß hob sich sein massiges Haupt ab, als er auf die Schiffe hinausstarrte, die langsam im Kielwasser der *Victory* folgten. Er stand nicht erst auf, sondern bedeutete Bolitho durch eine Handbewegung, sich auf den Stuhl neben den Schreibtisch zu setzen. »Freut mich sehr, daß Sie hier sind, Bolitho. Sie scheinen ganz gut über die Jahre gekommen zu sein.«

Vorsichtig nahm Bolitho Platz und studierte seinen Vorgesetzten mit Interesse und Bewunderung. Er wußte, daß Hood auf die Siebzig zuging; aber außer einem gewissen Ansatz zum Doppelkinn und einer etwas verlangsamten Sprechweise schien er sich in den elf Jahren seit ihrem letzten Zusammentreffen nicht viel verändert zu haben. Die buschigen Brauen und die große Adlernase dräuten noch wie damals. Und die Augen, die ihn jetzt aufmerksam und abschätzend über den Tisch hinweg musterten, glänzten klar wie bei einem jungen Mann.

Unvermittelt fragte der Admiral: »Wie gefällt Ihnen das Schiff, he? Gut genug für Sie?«

»Ich bin recht zufrieden, Sir.« Bolitho wußte, daß Lord Hood kaum Zeit mit unnötiger Konversation verschwendete, und daher wunderte ihn diese Frage. Vielleicht spürte Hood seine Jahre doch etwas. Wäre nicht Krieg gewesen, hätte er sich jetzt eines ruhigen Lebensabends erfreut, weit weg von den Sorgen eines Flottenkommandeurs.

Ohne Pause sprach Hood weiter: »Ich weiß über Sie Bescheid. Was Sie damals bei den Saintes gemacht haben, war großartig.« Er seufzte. »Ich wünschte, ich hätte die *Barfleur,* mein altes Flaggschiff, aber sie steht unter Lord Howe bei der Kanalflotte.« Er stemmte sich hoch und schritt schwerfällig durch die Kajüte. »Sie haben die Geheimdienstberichte gelesen, nehme ich an«, sagte er über die Schulter. Ohne eine Antwort abzuwarten, schritt er weiter. Er konnte voraussetzen, daß sich jeder Kommandant, der zu seiner Flotte stieß, vorher mit allen verfügbaren Informationen versorgt hatte – wenn er Kommandant bleiben wollte. »Dort drüben in Toulon liegen zwanzig französische Linienschiffe. Ich werde dafür sorgen, daß sie so lange nicht herauskommen, bis ich mich entschlossen habe, was als nächstes zu tun ist.«

Bolitho verarbeitete diese Information. Das britische Geschwader, das ständig vor der französischen Küste patrouillierte, wurde immer größer; daher wären die Franzosen verrückt gewesen, wenn sie ihre Schiffe in Toulon bei Ein- oder Auslaufversuchen exponiert hätten.

Und für Marseille galt das gleiche. Scharf sprach Hood weiter: »In einer Woche etwa habe ich einundzwanzig Schiffe unter meiner Flagge, und dann werde ich wissen, was ich tue. Comte Trogoff befehligt die französischen Schiffe in Toulon, und unsere Agenten dort haben bereits gemeldet, daß er zu Verhandlungen neigt. Wie viele in Toulon ist er königstreu gesinnt. Aber seine Lage wird gefährlich. Wenn er nicht der Unterstützung durch seine Landsleute absolut sicher sein kann, wird er uns nie gestatten, Soldaten zu landen und den Hafen zu besetzen.«

Nachdenklich erwiderte Bolitho: »Meiner Meinung nach hat er nicht mehr viel Zeit, sich zu entscheiden, Sir.«

Lord Hood zog eine Grimasse, die bei ihm ein Lächeln bedeutete. »Bei Gott, da haben Sie recht! Es liegen Berichte vor, daß der französische General Carteau bereits auf dem Marsch nach Süden ist. Hoffentlich weiß auch Trogoff davon, denn so oder so dürften seine Tage gezählt sein, wenn wir ihm nicht helfen.« Er fuhr sich mit der Hand quer über die Kehle. »Er dürfte nicht der erste französische Admiral sein, der aufs Schafott steigt. Nicht einmal einer vom ersten Dutzend!«

Bolitho versuchte, sich in die Lage des unglücklichen Admirals zu versetzen. Der mußte tatsächlich eine schwierige Entscheidung treffen.

Bolitho spürte, wie das mächtige Hundert-Kanonen-Flaggschiff jenseits der geschlossenen Tür vor Leben wimmelte, konnte das Knarren der Spieren und Blöcke, die dumpfen Befehle hören. Und drüben, auf seinem eigenen Schiff, warteten Quarme und die anderen gespannt, wie es weitergehen würde. Querpfeifen schrillten vom Oberdeck, er hörte Getrappel und Kommandos. Zweifellos kam noch ein Kommandant an Bord, von einem der achteraus liegenden Schiffe.

Gelassen fuhr der Admiral fort: »In dieser Situation kommt es darauf an, daß wir einen vertrauenerweckenden Beweis unserer Stärke liefern. Und das darf auf auf keinen Fall schiefgehen, besonders in diesem frühen Stadium nicht.« Er blickte Bolitho bedeutsam an. »Haben Sie schon von der Insel Cozar gehört?«

»Äh – jawohl, Sir.« Er sah die Ungeduld in Hoods Augen aufblitzen und fuhr rasch fort: »Wir haben sie in der Nacht zum Sechsten passiert.«

»Und das ist alles, was Sie von Cozar wissen, nehme ich an?«

»Sie liegt vor der französischen Küste, Sir, gehört aber zu Spanien.«

»Na, das ist schon besser«, entgegnete der Admiral trocken. »Die

Dinge liegen so, daß der hingerichtete König Louis den Spaniern die Insel gegen bestimmte Konzessionen in der Karibischen See überlassen hat. Cozar liegt etwa 125 Meilen westsüdwestlich von dem Stuhl, auf dem Sie jetzt sitzen. Ein elendes, sonnengedörrtes Stück Land, das die Spanier bis vor kurzem als Strafkolonie benutzten. Mit ihrer gewohnten Verachtung für Menschenleben haben sie erkannt, daß nur Skorpione und Sträflinge dort existieren können.« Unbeweglich stand Hood da und blickte auf Bolitho hinab. »Aber Cozar hat einen wesentlichen Vorzug«, fuhr er fort. »Nämlich einen großartigen natürlichen Hafen – und sonst überhaupt keine Ankergründe. An jedem Ende ist ein Kastell, und eine gutplazierte Batterie könnte eine ganze Flotte beliebig lange in Schach halten.«

Bolitho nickte. »So dicht vor der französischen Küste gelegen, ließe sich die Insel wie eine steinerne Fregatte verwenden. Unsere Schiffe hätten eine sichere Nachschubbasis und einen guten Unterschlupf bei Schlechtwetter und könnten von dort aus Vorstöße gegen die Küstenschiffahrt unternehmen.«

Hood schwieg dazu; und plötzlich wurde es Bolitho klar, was der Admiral mit seiner »vertrauenerweckenden Demonstration der Stärke« gemeint hatte. Gelassen fuhr er fort: »Wir könnten von dort aus eine zweite Invasion starten, wenn sich die Aktion Toulon als erfolgreich erweisen sollte.«

Hood warf ihm einen grimmigen Blick zu. »Endlich haben Sie begriffen. Gut, Bolitho!« Er schritt wieder zum Fenster. »Unglücklicherweise könnte es den Franzosen bereits eingefallen sein, wie wichtig Cozar ist. Vor einer Woche habe ich die Schaluppe *Fairfax* hingeschickt, um zu rekognoszieren. Seitdem haben wir von ihr nichts mehr gesehen und gehört.« Er schlug wütend die Hände zusammen. »Spanien ist zwar neuerdings unser Alliierter, aber wer kann sagen, wie lange so eine Allianz Bestand hat, wenn Not am Mann ist?«

Ein nervöses Klopfen an der Tür, und Hoods Adjutant, ein Flaggleutnant, steckte ängstlich den Kopf herein. Hood warf ihm einen wütenden Blick zu. »Raus, zum Teufel!« Dann wandte er sich wieder an Bolitho. »Ich habe zur Zeit ein spanisches Geschwader bei mir. Falls wir Cozar attackieren und besetzen, muß der Hauptanteil daran *scheinbar* bei den Spaniern liegen.« Er zog die Brauen hoch. »Das wird unsere Beziehungen festigen und den Franzosen zeigen, daß wir mit Spanien nicht nur aus Angst verbündet sind, sondern auf Grund gegenseitigen Respekts.« Er lächelte grimmig. »So muß das also aussehen, eh?«

Bolitho rieb sich nachdenklich das Kinn. »Und Sie wollen, daß die *Hyperion* mit dabei ist, Sir.«

»Genau. Von allen meinen Kommandeuren sind Sie, glaube ich, am besten dazu geeignet. Ich erinnere mich, daß Sie damals in der Karibik einige sehr erfolgreiche Aktionen unternommen haben. Ihre Initiative und Phantasie sind genau das, was wir im Moment brauchen.« Etwas geniert blickte er zur Seite. »Sie segeln mit zwei spanischen Linienschiffen, aber die Aktion läuft unter dem Oberbefehl von Vizeadmiral Sir William Moresby. Kennen Sie ihn?«

Bolitho schüttelte den Kopf. Hoods Worte beschäftigten ihn noch intensiv. Von so weit war er gekommen und hatte gehofft, an wirklichen Kämpfen teilzunehmen – und nun das! Die *Hyperion* würde hin- und wieder zurücksegeln und nichts leisten außer einem obskuren Beitrag zu einem örtlich begrenzten Scharmützel. Saßen die Spanier erst einmal sicher auf ihrem eigenen Territorium, würden sie es sehr eilig haben, die *Hyperion* wieder loszuwerden – um Vizeadmiral Moresby würden sie sich dabei wenig scheren. Hood sah ihn ernsthaft an. »Moresby ist ein guter Flaggoffizier*. Er weiß Bescheid.«

Bolitho merkte, daß das Gespräch beendet war, und stand auf, wandte sich aber um, als Hood abschließend sagte: »Ich wollte mit Ihnen persönlich sprechen, damit Sie sich über die Bedeutung dieser Mission klar sind. Was auch passieren mag, ich bitte, dies wörtlich aufzufassen: die Insel muß ohne Verzögerung genommen werden. Wenn die Franzosen Zeit haben, dort eine richtige Garnison zu installieren, dann bekommen sie einen Versorgungsstützpunkt für ihre Flotte und können alles ausspionieren, was ich tue. Mein Geschwader ist sowieso schon bis an die Grenzen des Möglichen auseinandergezogen. Ich kann es mir nicht leisten, noch mehr Schiffe auszuschicken, um die Insel ständig zu kontrollieren. Ist das klar?«

Die Tür öffnete sich ein paar Zoll, und der Flaggleutnant sagte verzweifelt: »Entschuldigung, Mylord, aber der Kapitän der *Agamemnon* ist an Bord und bittet um eine Unterredung.«

Statt wie sonst wütend aufzufahren, lächelte Hood, was ziemlich selten vorkam. »Das ist der junge Captain Nelson; gleiches Dienstalter wie Sie, Bolitho. Na, diesmal wird er enttäuscht.« Seine halb beschatteten Augen funkelten. »Er wird von Cozar gehört haben. Auch er

* Marineoffizier mit der Berechtigung zum Führen der Admiralsflagge.

liebt es nämlich, gelegentlich auf eigene Faust zu handeln, genau wie Sie.«

Bolitho spielte mit dem Gedanken, einen Kommandowechsel vorzuschlagen, doch Hood sprach bereits weiter: »Aber seine *Agamemnon* ist ein schnelles Schiff. Ich brauche sie hier, falls etwas schiefgeht.«

»Jawohl, Sir.« Bolitho dachte an Rookes verächtliche Worte: »Sie ist so langsam wie eine alte Kuh«, und fuhr fort: »Die *Hyperion* wird schon zeigen, was sie kann.«

Der Admiral sah ihm ins Gesicht. »Habe nie daran gezweifelt, mein Junge.« Er lachte in sich hinein, während Bolitho zur Tür schritt. »Und ich glaube kaum, daß der Krieg schon morgen zu Ende geht. Da wird es noch oft genug Gelegenheiten für Sie geben!«

Bolitho trat aus der Tür und prallte fast mit dem nervösen Flaggleutnant zusammen, der ihm sofort ein großes versiegeltes Kuvert in die Hand drückte und dabei murmelte: »Ihre Segelorder, Sir. In einer Stunde wird Vizeadmiral Sir William Moresby seine Flagge von der *Cadmus* auf die *Hyperion* überführen. Darf ich Ihnen empfehlen, daß Sie schnellstens wieder an Bord Ihres Schiffes gehen, Sir? Sir William legt, äh, großen Wert darauf, vorschriftsmäßig empfangen zu werden.«

Bolitho stieß einen Grunzer aus und eilte zur Fallreepspforte. Der Kopf schwirrte ihm von diesen Neuigkeiten und Ereignissen. Die *Cadmus* war ein großer Dreidecker. Zweifellos braucht Lord Hood sie ebenfalls, dachte er bitter.

Der Kapitän des Flaggschiffs wartete schon bei der zum Seitepfeifen angetretenen Abteilung und lächelte Bolitho sorgenvoll zu. Es mußte ziemlich schwierig sein, ein Schiff zu führen, das Lord Hood an Bord hatte.

Doch als Bolitho in seine wartende Gig kletterte, vergaß er Hood und beschäftigte sich mit dem Problem, aus der *Hyperion* ein Flaggschiff zu machen. Ein Dreidecker war sie nicht. Sir William würde sie etwas eng finden.

Das Boot stieß ab, und Bolitho merkte, daß Allday an der Pinne gespannt zu ihm herübersah. Dann blickte er sich nach der turmhohen *Victory* um – dort dachte vermutlich kein Mensch mehr an seinen kurzen Besuch an Bord. Doch als sein Blick auf das breite Achterdeck des Flaggschiffs fiel, sah er oben einen schlanken, beinahe schmächtigen Mann an den Finknetzen lehnen und zu ihm herunterschauen. Dessen Uniform war noch ausgeblichener als Bolithos eigene, und sein Haar war zu einem steifen, unmodernen Zopf gebunden. Als das Boot flott um das Heck der *Victory* schor, sah Bolitho, wie der Mann die Hand hob – es mochte ein Gruß sein oder auch eine Geste der Resignation. Bolitho hob zum Gegengruß die Hand an den Hut. Zweifellos Nelson von der *Agamemnon*, dachte er. Ein schmächtiges Kerlchen, gar nicht wie ein Linienschiffskapitän; und dort auf dem riesigen Achterdeck der *Victory* sah er ganz verloren und verlassen aus. Also, dieser Nelson hatte wirklich keinen Grund, neidisch zu sein, dachte er böse. Nur zu gern hätte er ihm die Aktion Cozar überlassen.

Allday senkte den Kopf und fragte leise: »Gute Nachrichten, Captain? Bleiben wir beim Geschwader?«

Bolitho warf ihm einen wütenden Blick zu. »Kümmern Sie sich um Ihren Kram! Dieses Boot wackelt mit dem Hintern wie eine Hafenhure!«

Allday wartete, bis Bolitho sich wieder umgedreht hatte, und lächelte dann in sich hinein. Die ganzen letzten Monate hatte er sich um die Gesundheit seines Kapitäns Sorgen gemacht. Doch Ärger von oben war besser als jede Medizin, dachte er frohgemut. Nur – die Franzosen konnten sich jetzt auf etwas gefaßt machen!

III Sir Williams letztes Wort

Bolitho blieb unter der Kampanje stehen, bis sich seine Augen an das Dämmerlicht gewöhnt hatten, und trat dann aufs Achterdeck hinaus. Auf den ersten Blick gab es noch keine Anzeichen dafür, daß die Morgenröte bereits hinter der Kimm wartete, doch als er hochblickte, erkannte er, daß die Sterne hinter dem schwarzen Gewebe der Takelage und den geisterhaften Umrissen der Segel verblaßten, und daß der Himmel nicht mehr samtschwarz, sondern geheimnisvoll purpurn war. Jedesmal hatte Bolitho aufs neue seine Freude an diesem Anblick.

Ein Schatten nahte sich von der Achterdecksreling: Quarme. »In einer halben Stunde geht die Sonne auf, Sir. Ich habe wie befohlen das Wecken eine Stunde früher angesetzt. Die Leute haben auch schon gegessen.«

Bolitho nickte. »Recht so.« Er konnte jetzt schon besser sehen. Längsseit verzischten Glut und Asche im Meer: die Köche warfen die Reste des Kombüsenfeuers über Bord – auch das hatte er befohlen. Auf einmal fühlte er sich steif und verkrampft. Hätte er sich doch nur Zeit gelassen, noch einen Becher Kaffee zu trinken!

Vizeadmiral Moresby bewohnte Bolithos Quartier, daher hatte er selbst in einer provisorischen Koje im Kartenraum geschlafen. Die meisten anderen Kommandanten hätten unter diesen Umständen die Kajüte des Ersten Offiziers okkupiert; aber in seiner derzeitigen grüblerischen Stimmung fühlte sich Bolitho in der Abgeschlossenheit des kleinen Kartenraumes wohler, mochte es auch etwas eng sein.

Seit fast drei Tagen hielt die *Hyperion,* gefolgt von zwei spanischen Linienschiffen, Kurs auf die Insel Cozar. Es waren ungemütliche Tage mit irritierenden Konferenzen zwischen Moresby und dem spanischen Admiral gewesen, wobei nicht viel mehr geklärt wurde, als daß jeder beabsichtigte, nach seinem eigenen Kopf zu handeln. Jetzt lagen die beiden Schiffe mehrere Meilen achteraus; ohne Sinn für Dringlichkeit und Zeitplanung hatten sie zur Nacht einfach beigedreht.

»Toppgasten aufentern, Mr. Quarme«, sagte Bolitho unvermittelt. »Lassen Sie Bramsegel, Groß und Fock reffen. Marssegel und Klüver genügen für unser Vorhaben.«

Quarme gab den Befehl weiter, und unmittelbar darauf setzte hektische Aktivität über Deck ein.

Nach Bolithos sorgfältiger Berechnung lag die Insel jetzt etwa vier Meilen an Steuerbord voraus; und vor der achtern aufgehenden Sonne würden verschlafene Wachtposten die *Hyperion* um so schlechter ausmachen können, je weniger Segel sie führte. Auch daß sie weniger Fahrt machte, würde dabei nur von Vorteil sein.

Doch alle seine sorgfältig geplanten Vorsichtsmaßregeln konnten sich als sinnlos erweisen, denn der spanische Admiral hatte am Vorabend, als er mit seinen beiden Kommandanten zu einer weiteren langen Konferenz an Bord der *Hyperion* gekommen war, ausdrücklich erklärt, es sei durchaus möglich, daß Cozar noch in spanischer Hand sei; Bolithos komplizierte Vorbereitungen, seine heimliche Annäherung mochten bloßer Zeitverlust sein. Zwar konnte Bolitho die Franzosen nicht leiden, doch er hatte Respekt vor ihnen und unterschätzte sie keineswegs. Es wäre dumm gewesen, die Möglichkeiten zu übersehen, die ihnen eine so mächtige Festung bot.

Der spanische Admiral, Don Francisco Anduaga, war ein stolzer, schlanker, hochmütiger Aristokrat, der von Anfang an ungeniert deutlich machte, was er davon hielt, unter Moresbys Oberbefehl zu stehen. Moresby war klein, untersetzt, aggressiv, und Anduagas Stolz interessierte ihn einen Schmarren. Wie ein hartnäckiger Terrier wühlte er in ihren Plänen herum. Und es gab in der Tat sehr wenige Punkte, über die sich die beiden Admirale einig waren. Die Spanier akzeptierten das britische Signalsystem und in großen Zügen den Plan der Annäherung, aber das war schon fast alles. Jedoch bei seinem letzten Besuch hatte Anduaga wenigstens einen nützlichen Beitrag geleistet. Er hatte einen tief brünetten Leutnant mitgebracht, der tatsächlich auf Cozar Dienst getan hatte, als es noch Strafkolonie gewesen war. Seine Informationen waren eindrucksvoll, aber günstig nur für diejenigen, die auf der Insel saßen und sie beherrschten.

Cozar war knapp fünf Meilen lang und schien der ungastlichste Fleck der Erde zu sein. Von gefährlichen Klippen und verstreuten Felsen umgeben, war es nur durch die große natürliche Bucht an der Südseite erreichbar; dann gab es noch einen zweiten Landeplatz direkt unter den Kanonen der starken Bergfestung. Am anderen Ende lag ein Hügel mit einem alten Maurenkastell und einer kleineren Batterie, um jeden abzuwehren, der tollkühn genug war, bei Tag oder Nacht die Klippen zu stürmen. Und in der Mitte zwischen diesen beiden erhob sich ein dritter, über tausend Fuß hoher Berg, von dem aus selbst ein Halbblinder jedes sich nähernde Schiff sehen konnte, noch bevor es voll über der Kimm stand.

»Ein scheußlicher Ort, *Capitano*«, hatte der Spanier mit melancholischem Augenrollen gesagt. »Nicht einmal geeignet für wilde Tiere.«

Aber Bolitho wollte mehr wissen. »Was ist mit Trinkwasser? Gibt es genug?«

»O nein. Sie sind vom Regen abhängig, der in einer künstlichen Zisterne aufgefangen wird. Wenn mehr gebraucht wird, muß es per Schiff geholt werden.« Verlegen schlug er die Augen nieder. »Von der Hafenstadt St. Clar; aber damals waren wir natürlich noch mit Frankreich alliiert, verstehen Sie.«

Ärgerlich war Moresby dazwischengefahren: »Wenn Sie daran denken, ihnen die Wasserversorgung abzuschneiden, Bolitho, dann müssen Sie sich was anderes einfallen lassen. Für eine Blockade bleibt uns keine Zeit, und überhaupt wissen wir gar nicht, welche Vorräte sie haben.«

Irritiert hatte Anduaga von einem zum anderen geblickt. »Aber was machen Sie sich alle für Sorgen?« Er hatte eine sanfte, seidenweiche Stimme, die durchaus zu der absoluten Überlegenheit paßte, mit der er allen Mitmenschen gegenübertrat. »Die achtzig Kanonen meiner *Marte* können sie in Stücke hauen! Doch ich versichere Ihnen, es wird keine Franzosen dort geben.« Grausam glitzerten seine Augen. »Die spanische Garnison weiß ganz genau, daß sie es mit *mir* zu tun kriegt, wenn sie so dumm ist und sich diesen französischen Kuhbauern ergibt!«

Eine Stimme unterbrach Bolithos düsteres Grübeln: »Land! Land in Luv voraus!«

Nervös fuhr er herum. »Fallen Sie einen Strich ab, Mr. Gossett!« Und zu Quarme: »Lassen Sie ›Klar Schiff zum Gefecht‹ anschlagen, bitte, aber lassen Sie noch nicht laden oder ausrennen.«

Wieder schrillten die Pfeifen, und als sich die dunklen Decks mit wimmelnden Gestalten füllten, fragte Quarme gelassen: »Wollen Sie dem Admiral Bescheid sagen, Sir?«

Unter Deck erhob sich ein mächtiges Getrampel und Gescharre: Trennwände wurden umgelegt, allerlei herumstehendes Geschirr unter die Wasserlinie geschafft, damit die Geschützbedienungen nicht behindert wurden.

»Sir William wird es wohl schon gemerkt haben, Mr. Quarme«, entgegnete Bolitho trocken.

Er hatte kaum ausgeredet, da spritzte ein Midshipman von der Kampanje herbei und stammelte ganz außer Atem: »Empfehlung vom Admiral, Sir, und . . . und . . .« Er stockte, weil ihn alle gespannt anblickten.

»Also mein Junge, was hat er nun gesagt?« fragte Bolitho.

Der arme Midshipman stammelte: »Er hat gesagt: ›Was, zum Deibel, soll der Quatsch‹?«

Bolitho hielt seine Stimme unter Kontrolle. »Richten Sie Sir William meinen Respekt aus und informieren Sie ihn, daß ich soeben ›Klar Schiff zum Gefecht‹ habe anschlagen lassen.« Und mit einem kalten Blick auf Quarme: »Aber wie ich sehe, dauert das bereits über zehn Minuten.« Er sah, wie Quarme erstarrte, und fuhr gleichmütig fort: »Geben Sie mir mein Glas.« Dann zog er sich in die Besanwanten hinauf und enterte auf, die erstaunten Blicke der anderen in seinem Rükken. Langsam quälte er sich zur Besansaling empor und spürte dabei die klammen, schwankenden Webeleinen durch die Schuhsohlen; zu seinem eigenen Ärger war sein Griff fester als nötig, beinahe ein krampfhaftes Anklammern. Große Höhen waren ihm zuwider, und zwar seit er zum erstenmal, als zwölfjähriger Midshipman, aufgeentert hatte. Auch jetzt tat er es nur aus Wut und Stolz, das wußte er recht gut, und dieses Wissen ärgerte ihn um so mehr.

Er hakte ein Bein um die hölzerne Spiere und zog das Teleskop aus. Tief unter ihm lag das Deck in bleichem Dämmerlicht, aber es war schon hell genug, um Einzelheiten auszumachen: die schwarzen Verschlüsse der Kanonen unter den Decksgängen; am Vormast das Karree von Hauptmann Ashbys Seesoldaten; fast schwärzlich schimmerten die scharlachroten Uniformen in dem seltsamen Licht; und achtern, bei der Heckreling, konnte er den schwachen Lichtschimmer aus dem Oberlicht erkennen. Sir William mußte inzwischen hellwach sein. Er würde knurren und schimpfen, weil er keine Meldung bekommen hatte; aber Bolitho hatte inzwischen gelernt, daß der Admiral sehr schnell mit Vorwürfen bei der Hand sein würde, wenn er als Kommandant irgend etwas übersah. Doch all das vergaß er, während er sein Glas aufstützte und mit elastischen Muskeln das Schwanken und Vibrieren des Mastes auffing. Da lag die Insel, unverkennbar. Sie näherten sich ihr von Südosten, dicht am Wind und auf Steuerbordbug, so daß sich die drei Berge überschnitten und gegen den stumpfgrauen Himmel so aussahen wie ein riesiger, zerknautschter Dreispitz.

Vom Hauptdeck her scholl ein metallisches Klirren zu ihm empor, gefolgt von dem wütenden Schimpfen eines Unteroffiziers, den er nicht sehen konnte. Bolitho schob sein Glas zusammen und enterte rasch ab. In der Eile vergaß er sogar seine Höhenangst.

»Sorgen Sie dafür, daß die Männer still sind, Mr. Quarme! Wir sind weniger als drei Meilen von der Insel entfernt. Wenn die drüben tatsächlich noch schlafen, dann möchte ich nicht, daß sie vorzeitig aufwachen.«

»Das war *ich*, Bolitho! Auch ich wollte noch ein bißchen schlafen!«

Bolitho fuhr herum und erblickte den Admiral, der wie ein bleiches Gespenst unter der Kampanjetür stand. Er hatte nur einen Rock über sein langes weißes Nachthemd geworfen, und auf seinem Schädel saß wie der Löschtrichter auf einer Kerze noch die rote Nachtmütze. Es gelang Bolitho, in dienstlichem Ton zu antworten: »Ich muß um Entschuldigung bitten, Sir. Aber es schien mir klüger, auf alles vorbereitet zu sein.«

Der Admiral glotzte ihn böse an. »Das sagen *Sie!*«

Hinter ihm tauchte Gimlett auf, nervös ein Tablett mit zwei Gläsern balancierend. Das war Moresbys tägliches Morgenritual. Das eine Glas enthielt ein rohes Ei, das andere zur Hälfte Brandy. Bolitho blickte weg, weil ihm jedesmal beinahe übel wurde, wenn der Admiral diese seltsame Mischung hinuntergoß.

Moresby schmatzte mit den Lippen und sagte mürrisch: »Wird ja endlich heller.« Er fuhr so heftig herum, daß die Quaste seiner Nachtmütze in der frischen Brise wie ein Wimpel tanzte. »Wo stecken die verdammten Dons?«

»Die brauchen Stunden, bis sie uns eingeholt haben, Sir.« Bolitho versuchte,sich, seinen Eifer nicht anmerken zu lassen. »Vielleicht können wir noch etwas dichter heran? Der Meeresboden fällt hier ziemlich steil ab, bis auf achtzig Faden*.«

Der Admiral knurrte: »Sieht ja alles ruhig aus. Vielleicht hatte Don Anduaga doch recht.« Er runzelte die Stirn. »Hoffentlich!«

Doch Bolitho blieb hartnäckig. »Ich habe ein komplettes Landkommando eingeteilt, Sir: neunzig Seesoldaten und hundert ausgesuchte Matrosen. Wir könnten die Boote eine Kabellänge vor der Hafeneinfahrt absetzen, ehe die Garnison überhaupt merkt, was geschieht.«

Moresby seufzte. »Nun mal sachte. Mir gefällt die Geschichte genausowenig wie Ihnen, aber Lord Hoods Befehle sind ganz eindeutig: Wir lassen die Dons zuerst landen.« Er schritt zur Kampanje zurück. »Und überhaupt würden Sie ganz schön dumm dastehen, wenn es Ärger gibt und die Spanier erst einen Tag später kommen. Sie haben ja gehört, was der Leutnant über die Verteidigungsanlagen gesagt hat. Die schießen Ihre Männer zusammen, bevor sie überhaupt aus den Booten sind!«

Bolitho erwiderte mit gedämpfter Stimme: »Aber nicht so früh am Morgen, Sir. Auf den Überraschungseffekt kommt es an. Wenn uns die Festungsbesatzung erst gesehen hat, kriegen wir nie wieder eine Chance.«

»Ich ziehe mich jetzt an.« Moresbys Stimme klang gefährlich ruhig. »Mein Gott, Fregattenkapitäne sind doch alle gleich. Keinen Sinn für Verantwortung oder Risiko!«

Bolitho schritt zweimal das Achterdeck auf und ab, um seine Gedanken zu ordnen. Moresby war schon ziemlich alt für seinen Dienstgrad und daher wahrscheinlich übervorsichtig.

Gossett sang aus: »Insel querab, Sir!«! Mit zusammengekniffenen Augen musterte er die gebraßten Rahen.

Bolitho nickte. Die Nervenanspannung hatte ihn unkonzentriert gemacht. Er hatte kaum ernstlich geglaubt, daß Moresby Hoods Be-

* Längenmaß für die Wassertiefe. 1 Faden = 1,829 m.

fehl ignorieren würde, aber im stillen doch auf so etwas gehofft. Müde sagte er: »Gut, Mr. Gossett, lassen Sie halsen!«

Die *Hyperion* wandte sich gegen die ablandige Dünung und ging pflichtgetreu mit dem Heck durch den Wind; sofort faßten die Segel wieder die leichte Brise, die übers Wasser strich.

»Auf Backbordbug bleiben, Mr. Gossett!« Bolitho vergegenwärtigte sich im Geiste die Seekarte. »Am diesseitigen Landarm der Bucht springt eine lange Felsbarriere ins Meer vor. Vielleicht steht da ein Posten!«

Er dachte an die Kanoniere, an seine Offiziere, die überall im Schiff gespannt warteten. Grinsen würden sie, dachte er bitter, und denken, ihr neuer Kapitän hätte mehr Angst als Umsicht. Alles Exerzieren, alle Vorbereitungen waren umsonst, wenn seine instinktive Vorsicht sich als überflüssig erwies.

Er blickte zum Wimpel empor: er glänzte blaßgolden wie gesponnene Seide. Und als er über den Bug nach vorn spähte, stellte er fest, daß die Kimm als dunkler Streifen sichtbar geworden war: wie schnell die Sonne in diesen Breiten aufgeht, dachte er. Diese Feststellung deprimierte ihn. Mit der Sonne würde die Hitze kommen, der Drang zur Unbeweglichkeit und hilflosen Passivität, so daß das Schiff über seinem Spiegelbild dümpeln und kaum noch Fahrt machen würde.

»An Deck! Zwei Schiffe in Lee voraus!«

»Dann haben die Dons also doch nicht lange geschlafen, Sir«, murmelte Quarme.

»Vielleicht haben sie unserem Admiral nur nicht so recht getraut.« Bolitho starrte auf die glasige Dünung. »Richten Sie Sir William meine Hochachtung aus und melden Sie ihm, daß die Spanier bald eintreffen werden.«

Quarme zögerte. »Soll ich die Männer vom Achterdeck wegtreten lassen?«

»Sie sollen tun, was ich Ihnen sage, weiter nichts!« Bolitho bereute seinen Ausbruch sofort, blieb aber abgewandt an der Reling stehen, während Quarme mit seiner Botschaft hinwegeilte.

Blutrot und böse stieg die Sonne über die scharfe Kimm und malte einen immer breiter werdender Pfad auf die leere Wasserwüste. Dann sah Bolitho die Bramsegel der beiden spanischen Schiffe. Das geheimnisvolle Morgenlicht tauchte sie in Feuer – ganz unwirklich sahen sie aus.

Moresby erschien an Deck, und Bolitho wandte sich zu ihm um. Der

Admiral trug seine Galauniform mit goldenen Tressen an Hut und Rock, dazu seinen besten Degen, als ginge es zur Flottenparade.

»Ein herrlicher Tag, Bolitho«, sagte er tief einatmend. Auf sein Fingerschnippen hin reichte ihm der Signal-Midshipman ein Fernrohr. Minutenlang hielt er es auf die beiden Schiffe gerichtet.

Dann seufzte er resigniert. »Signal an die *Marte!* Sie soll eine achterliche Position einnehmen.« Er blinzelte in die Sonne und fügte hinzu: »Und Sie werden dann halsen und das Geschwader auf dem Rückweg zur südlichen Einfahrt anführen. Wenn nichts geschieht, laufen wir in den Hafen ein.« Er warf das Glas dem Midshipman wieder zu. »Don Anduaga kann diese verdammte Insel von mir aus haben.« Damit schritt er nach achtern und sah wortlos zu, wie die Signalflaggen zur Rah hochschossen.

Stetig stieg die Sonne über den glitzernden Horizont, und die Sicht wurde immer klarer, als würde die Gardine von einem Fenster gezogen. Hier gab es kein dämmeriges Halblicht, in dem sich die Augen eingewöhnen konnten. In der einen Minute war es noch Nacht, und in der nächsten . . .

Bolitho riß sich aus diesen zwecklosen Gedanken und schritt nach achtern, um die beiden spanischen Schiffe zu beobachten. Wie sie da direkt vor der Sonne standen, boten sie einen großartigen Anblick. Beide hatten sie Segel gekürzt, aber von Masten und Rahen wehten so viele farbenfreudige Flaggen und prächtige Banner, daß man nicht unterscheiden konnte, ob sie signalisierten oder sich nur geschmückt hatten, um einen unblutigen Sieg zu feiern.

Die *Marte*, Anduagas Flaggschiff, bot einen Anblick wie aus dem Bilderbuch. Von der prächtigen Galionsfigur bis zu eleganten, schräg einfallenden Heck war sie eitel Farbe und Bewegung. Auf dem Oberdeck konnte Bolitho das muntere Gewimmel der spanischen Soldaten ausmachen, die den Hauptteil des Landungskommandos bilden sollten.

Er wandte sich ab und richtete das Glas auf die Insel. Im hellen Sonnenlicht wirkte sie nicht halb so bedrohlich: auf den Bergen, die von weitem ganz grau ausgesehen hatten, wuchs niederes Gestrüpp und sonnendürres Unterholz. Nur der große runde Festungsturm verlieh dem friedlichen Bild etwas Bedrohliches. Nichts rührte sich, nur die Brandung schlug an die Klippen. Der Naturhafen lag noch in tiefem Schatten, so daß nicht einmal der scharfäugige Ausguck erkennen konnte, ob sich dort etwas bewegte.

»Also schön, Bolitho«, sagte Moresby kurz, »ein Schuß! Wir sind ja dicht genug dran.« Er hatte ziemlich leise gesprochen, aber in der gespannten Stille klangen seine Worte beinahe laut. Bolitho winkte zum Hauptdeck hinunter. Pearse, der Stückmeister, zündete den vordersten Zwölfpfünder und trat vor dem zurückfahrenden Rohr zur Seite. Der laute Krach des Einzelschusses löste ein Echo aus, das um die ganze Bucht zu rollen schien. Mit protestierendem Gekreisch flogen Möwen hoch.

Bolitho hielt sein Glas auf den oberen Rand der Festung gerichtet und sah mit angehaltenem Atem, daß eine Flagge eilig am Mast emporstieg, die sich eine Sekunde später in der frischen, ablandigen Brise entfaltete. Er ließ das Teleskop sinken und blickte den Admiral an. Moresby lächelte grimmig.

Selbst ohne Glas war die Flagge leicht zu erkennen: das kräftige Gelb und Rot Spaniens.

Moresby entschied: »Signal an die *Marte:* ›Wenden und in Kiellinie Hafen anlaufen‹.« Und mit einem kalten Blick auf Bolitho: »Sie behalten den Kurs zunächst bei und schließen sich dann an!«

Als Midshipman Caswell die Order hastig auf seiner Schiefertafel notierte, wandte Bolitho ein: »Meiner Meinung nach sollten wir lieber ein Boot vorschicken, Sir. Einen Kutter vielleicht?«

Moresby blickte zu den aufsteigenden Flaggen empor und winkte Bolitho zu sich an die Reling. »Ich habe schon zu viel Zeit vertrödelt. Denken Sie, mir liegt daran, daß die Dons überall herumerzählen, wir hätten Angst, unseren eigenen Augen zu trauen?« Er schob entschlossen das Kinn vor. »Vergessen Sie nicht: mit dieser Operation sollen wir bei den Spaniern Stärke demonstrieren!«

»Die *Marte* hat anscheinend Order bestätigt, Sir«, rief Caswell unsicher. In der Tat setzte das spanische Flaggschiff mehr Segel, sein Umriß verlängerte sich merkbar, als es sich der Insel zuwandte. Die *Princesa,* ein etwas kleineres Schiff mit vierundsechzig Kanonen, scherte aus; in wilder Konfusion schlugen ihre Segel, als sie sich bemühte, dem Führungsschiff zu folgen.

Gossett musterte die Spanier mit offensichtlicher Verachtung. »Haben das Signal wohl überhaupt nicht gesehen!« knurrte er. »Am Abend sind sie bestimmt allesamt besoffen!«

Moresby sagte: »Ich schlage vor, Sie lassen Ihre Leute wegtreten, Bolitho, und Geschütze und Stückpforten sichern, bevor wir wenden.«

Und mit plötzlichem Ärger: »Das war genug Affentheater für einen Tag!«

Mit geballten Fäusten ging Bolitho nach Luv hinüber. »Haben Sie gehört, Mr. Quarme?« Der Erste nickte ausdruckslos und unbewegt. »Also machen Sie weiter!«

»An Deck! Masten tief innen im Hafen!«

Einige Matrosen blickten zu der winzigen Gestalt des Ausgucks empor, aber die meisten starrten stumpf nach achtern auf die glanzvollen spanischen Schiffe.

Bolitho riß Quarme die Sprechtrompete aus der Hand. »Was für ein Schiff, Mann?«

»Is' nich' viel, Sir.« Dann schien dem Mann klarzuwerden, daß er mit seinem Kommandanten sprach, und er wurde deutlicher: »Wohl 'ne Schaluppe, Sir!«

Mit zwei Schritten war Bolitho an der Reling. »Befehl belegt!« schrie er zu den Leuten hinunter, die bereits die Haltegiens der Zwölfpfünder festzurrten und die Stückpforten verriegelten.

Dann blickte er Moresby an und sagte: »Diese Schaluppe, Sir – es kann die *Fairfax* sein, die Lord Hood zum Rekognoszieren hergeschickt hat!« Abwartend preßte er die Hände hinterm Rücken zusammen.

Dem Admiral war anzusehen, daß er unsicher wurde.

Bolitho fuhr fort: »Falls das wirklich unser Schiff ist, dann ...«

Moresby wandte den Blick ab. »Mein Gott, Mann! Wenn das stimmt ...« Heiser vor Erregung befahl er: »Signal an die *Marte*: Rückzug auf Position achteraus! Und das gleiche Signal an die *Princesa*!«

Aber das spanische Flaggschiff hatte die Wende bereits ausgefahren und lag in der frischen Morgenbrise schon auf direktem Kurs zum Hafen.

»Schuß vor den Bug, verdammt! Damit der Kerl das Signal sieht!« blaffte Moresby wütend. Aber bei den Geschützbedienungen herrschte noch das Durcheinander, das immer eintrat, wenn plötzlich Gegenorder gegeben wurde. Und so dauerte es volle drei Minuten, bis das Buggeschütz bellte.

»Keine Bestätigung, Sir!« rief Caswell atemlos.

Leutnant Inch, der sich an der allgemeinen Diskussion nicht beteiligt hatte, sagte unvermittelt: »Ich sehe Rauch, Sir.«

Bolitho hob das Teleskop und musterte das rauhe, graue Gestein, das in dem gleißenden Sonnenlicht auf einmal unheimlich drohend wirkte. Als er das Glas fixiert hatte, konnte er hinter den unteren Mauern ein Hitzeflimmern ausmachen, das sich rasch verstärkte. Er hörte noch Inchs zweifelnde Worte: »Also, Pulverrauch ist das nicht!« Dann blickte er zu Moresby hinüber und sah die Verzweiflung auf dessen Gesicht. »Eine Feueresse!« sagte der Admiral dumpf. »Die machen Kugeln heiß, bei Gott!«

Der Ausguck stieß einen überraschten Schrei aus, und alle fuhren herum: In Sekundenschnelle war die spanische Flagge über der Festung verschwunden; jetzt stieg dort eine andere empor, und als sie sich in der hellen Sonne entfaltete, ließ Moresby ein ungläubiges Gemurmel vernehmen, als hätte er bis jetzt, wenn auch wider besseres Wissen, immer noch Hoffnung gehabt.

Mit einem harten Klick schob Bolitho sein Teleskop zusammen. Die weiße Flagge mit der neuen Trikolore als Gösch fegte jeden Zweifel hinweg. »Kursänderung, Mr. Gossett! Ruder Ost zu Nord!« befahl er, wandte sich sodann Moresby zu und fragte möglichst leise: »Was jetzt, Sir?«

Der Admiral riß den Blick von der *Marte* los. Offenbar hatte auch Anduaga die französische Flagge gesehen, und ebenso offenbar konnte er nichts tun. Die Hafeneinfahrt war kaum eine Meile breit, und der französische Kommandant hatte abgewartet, bis der mächtige Schatten der *Marte* die gedachte Linie zwischen der Festung und der weitausladenden Landzunge passiert hatte; dann erst hatte er seine wahre Flagge gezeigt.

Die *Marte* fiel etwas ab, holte ihre Rahen über und schob sich dichter an die Festung heran. Wahrscheinlich hoffte Anduaga, in dem breiteren Fahrwasser des Hafens einen Schlag machen zu können und mit einem einzigen raschen Manöver wieder die offene See zu gewinnen.

Aber selbst für eine wendige Fregatte wäre das ein Kunststück gewesen. Die Matrosen der *Marte* wurden durch die dichtgedrängten Soldaten behindert, und jeder Rest Ordnung wurde zur völligen Konfusion, als das erste Geschütz der Festungsbatterie Feuer eröffnete. Noch dazu hatte der Kapitän der *Marte* nicht in Betracht gezogen, daß ihm die vorspringende Landzunge den Wind wegnahm. Hilflos flappten die Segel, und ein paar lange Minuten gehorchte das Schiff dem Ruder nicht.

Moresbys Stimme klang gepreßt. »Zur Hafeneinfahrt, Bolitho!

Wir müssen Anduaga Feuerschutz geben!« Er fuhr herum, denn die Luft erzitterte unter einer vollen Salve der Festungsbatterie. Hohe Fontänen stiegen um das spanische Flaggschiff auf, aber immer noch hatte dieses keinen einzigen Schuß abgegeben.

»Zwei Strich Backbord, Mr. Gossett!« befahl Bolitho. Dann blickte er zu Quarme hinüber. »Geschütze laden und ausrennen!« Er wunderte sich, wie ruhig seine Stimme klang, denn ihm war, als müßte bei Moresbys letztem Befehl sein ganzes Innere aufschreien. Es war so zwecklos, der *Marte* zu folgen. Schon von dem Moment an, da die französische Flagge gehißt wurde, war es sinnlos gewesen. Kein Schiff konnte gegen eine gutplazierte Festungsbatterie etwas ausrichten. Und dann auch noch heiße Kugeln! Verzweifelt schaute er zu den Rahen seiner *Hyperion* empor, die unter dem Zug der Brassen knirschend überkamen. Jede Leine, jede Spiere, jede Planke über der Wasserlinie war trocken wie Zunder. »Eimerkette bilden, Mr. Quarme!« rief er. »Sie wissen, was passiert, wenn auch nur *eine* heiße Kugel länger als eine Minute in den Planken steckt!«

Moresby senkte sein Glas. »Signal an *Princesa*: Position achteraus einnehmen!« Übers Wasser kam Trommelklang, und das Vierundsechzig-Kanonen-Schiff rannte seine Geschütze aus.

»Zu spät!« stieß Bolitho unwillkürlich hervor.

Der Admiral sah ihn nicht an. »Vielleicht kann sich die *Marte* noch zurückziehen. Wenn wir sie mit allen Kräften unterstützen ...« Er brach ab und erstarrte: eine mächtige Flammenzunge schoß an der Bordwand des Flaggschiffs hoch. Sie war so riesig, daß die *Marte* dagegen ganz klein aussah. Zwar hatte sie endlich ihre Geschütze ausgerannt, aber schon als die Oberdeckbatterie eine unregelmäßige Salve feuerte, hatte die Flammenwand die ganze Steuerbordseite verschluckt, so daß die schlagenden Segel und die bunten Flaggen in Sekundenschnelle nur noch Asche im Wind waren.

Brauner Rauch trieb wie eine Nebelwand von der Steinmauer oberhalb der Klippen über die See, alle paar Sekunden donnerten die schweren Geschütze, und mit jedem Schuß wurde die Feuersbrunst unten schlimmer. Irgendwie waren Klüver und Fock der *Marte* verschont geblieben, so daß die Brise das Schiff herumschwang. Die träge Drehung trieb die Flammen jedoch quer über das Oberdeck, und in zwei Minuten brannte es hellauf vom Bug bis zur Kampanje; von dem überfüllten Achterdeck sprangen winzige Gestalten ins Meer, wo schon viele um ihr Leben kämpften und in den glitzernden Wellen

Schutz vor den Flammen suchten.

Bolitho riß sich von diesen Schrecken los und konzentrierte sich auf den Abhang, der dem Bug der *Hyperion* direkt gegenüberlag.

»Ein Strich Steuerbord!« Er hörte, wie Caswell erschüttert Atem holte, und vernahm in der unheilschwangeren Stille auf der *Hyperion* das Prasseln und Knistern des brennenden Schiffes – als wäre er mitten in einem Alptraum. Die todgeweihte *Marte* trieb immer näher, bis die vorspringende Landzunge sie gnädig den Blicken entzog. Aber dahinter sah man den schwarzen Rauchpilz hochsteigen, dem ein dichter Schauer sprühender Funken entwich; gnadenlos zerhackte die Festungsbatterie das geschlagene Schiff zu einem Haufen schwelender Wrackteile.

Bolithos Mund war knochentrocken, aber er durfte nicht an sich denken. Die *Marte* hatte eine Besatzung von etwa siebenhundert Mann gehabt. Dazu kamen über zweihundert Soldaten und hundert Pferde, die jetzt vor Angst und Schrecken tobten.

Vom Berghang kam ein gelbroter Blitz, und dann folgte ein Schlag hoch über dem Deck. Bolitho blickte auf das qualmende Loch im Großbramsegel, und dann auf den Admiral.

»Wir *müssen* angreifen, Bolitho«, sagte Moresby mit zusammengebissenen Zähnen. »Was anderes können wir doch gar nicht tun!«

Bolitho sah einem weiteren Geschoß nach, das an der Großrah vorbeipfiff und wie eine tollwütige Schlange über die Wellenkämme tanzte. »Wir müssen uns zurückziehen!« entgegnete er. »Bei allem Respekt, Sir – aber diese Runde haben wir verspielt.« Wieder staunte er über seine steinerne Ruhe, obwohl sich sein Schiff mit jeder Minute der Hafeneinfahrt näherte. Noch eine Viertelstunde, dann mußte er wenden. So oder so. Mit eiserner Beherrschung sprach er weiter: »Die Frogs können uns zu Kleinholz hauen, Sir. Und wenn wir wirklich bis zur anderen Seite des Hafens kommen und einen Landeversuch machen, dann warten sie schon am Ufer auf unsere Boote.«

Er sah Moresbys verzweifelte Miene und konnte seine Erwägungen nur ahnen. Was der Admiral zu diesem Zeitpunkt auch unternahm, es mußte zum Ruin seiner Laufbahn führen. Ein Achtzig-Kanonen-Schiff vernichtet, seine Mannschaft verbrannt oder gefangengenommen, und dazu noch die französische Flagge über Cozar, unberührt, unerreichbar! Schließlich verdrängte Bolitho sein Mitleid und sagte rauh: »Um Gottes willen, Sir! Gegen diese Geschütze können wir nicht an!«

Da blickte Moresby zu seinem Admiralswimpel hoch, der am Vormast flatterte, und sagte mit seiner alten Entschlossenheit: »Führen Sie Ihr Schiff, wie Sie wollen, Bolitho! Aber wir werden vor diesen verräterischen Hunden nicht kneifen!« Kirschrot vor Wut schrie er: »Jetzt nicht – und niemals! Das ist mein letztes Wort!«

Bolitho blickte ihm fest und kalt ins Gesicht und trat zur Reling. »Steuerbordbatterie feuerklar, Mr. Quarme! Volle Elevation! Wir feuern, sobald wir die Landzunge gerundet haben.« Flüchtig sah er hoch: noch verdeckte ein Berggrat das Schiff vor den feindlichen Kanonieren. Aber es war nur eine Frage der Zeit, bis die *Hyperion* ins Schußfeld von mindestens sieben Geschützen schwersten Kalibers geriet.

Auf allen Decks pfiffen die Bootsmannsmaaten den Befehl aus, und die Geschützmündungen beider Batterien hoben sich mit metallischem Kreischen himmelwärts. Als dann der Schatten des Schiffs beinahe den Fuß der Klippe streifte, senkte sich tiefes Schweigen über alle Decks; sogar das Dröhnen der feindlichen Kanonen war verstummt.

Ashbys Marine-Infanteristen, die in dichtem Pulk im Achterschiff in Bereitschaft gestanden hatten, verteilten sich jetzt auf Deck und in den Netzen, die geladenen Musketen schußbereit. Leutnant Shanks, Ashbys Stellvertreter, stand an der Kampanjereling, den schweren Schleppsäbel noch in der Scheide; trotzig schien er die hoffnungslose Unterlegenheit von Musketenfeuer gegenüber glühenden Kanonenkugeln zu ignorieren.

»Sir!« rief Caswell eben, »die *Princesa* dreht ab!«

Tatsächlich. Ob der Anblick der auf die Küste zuhaltenden *Hyperion* den spanischen Kapitän erschreckt oder geängstigt hatte – jedenfalls entschied er sich dafür, dem eigenen Urteil zu gehorchen und nicht dem letzten verzweifelten Signal Moresbys.

»Dieser feige Hund!« murmelte der Admiral heiser. »Den lege ich für diese Schweinerei in Eisen!«

Bolitho ignorierte ihn, was angesichts des nahen Todes für sie alle nicht auffiel. Seine Angst vor Verwundung und Qualen unter dem Messer des Schiffsarztes, die ihn sonst jedesmal vor einer Seeschlacht befiel, war einer dumpfen Resignation gewichen. Seltsam – wäre er nicht so eigensinnig und hartnäckig gewesen, hätte er jetzt noch in Kent Rekruten anwerben können. Er dachte an Moresbys Starrköpfigkeit und wurde plötzlich wütend. Daß seine Leute – mochten sie nun aus Vaterlandsliebe aufs Schiff gekommen sein oder weil der blinde Zufall sie einem Preßkommando in die Fänge getrieben hatte – ihr Leben einem Mann wie Moresby anvertrauen mußten, der, wenn alles schiefgegangen, wenn bewiesen war, daß er falsch gehandelt hatte, keinen anderen Rat wußte als einen sinnlosen Heldentod! Und wenn dann die alten Planken der *Hyperion* neben denen der *Marte* verrotteten, würde die französische Flagge immer noch über der Festung wehen!

Ein breiter Strahl Sonnenlicht fiel über das Achterdeck, und mit Schrecken bemerkte Bolitho, daß sein Schiff bereits in das ruhigere Wasser der Hafeneinfahrt glitt. Dort drüben lag der fernere Landarm der Einfahrt, ein unvollendeter Wall, dessen Steine in der Sonne glänzten wie die Zähne eines Riesen. Er konnte jetzt die kleine Schaluppe ausmachen, die in einer Bucht zwischen hohen Hügeln wie im Schutze grüner Mauern vor Anker lag. Ein paar winzige Gestalten ruderten in einem Kutter an ihrem Bug vorbei, ohne sich um das zu kümmern, was sich unterhalb der Festung abspielte. Sie waren so unbekümmert, daß sie zu rudern aufhörten, als sich der Bugspriet der *Hyperion* in die Einfahrt schob; ja, ein Mann stand sogar auf und spähte herüber.

Bolitho klammerte sich an die Reling, fühlte sein Herz wie mit Trommelschlegeln gegen seine Rippen klopfen. »Mr. Rooke!« Der Leutnant blickte, die Augen mit der Hand vor der grellen Sonne beschattend, vom Hauptdeck zu ihm empor. »Sie leiten die Beschießung! Rollende Salve aller Geschütze, immer zwei und zwei, sobald Sie auf Schußweite sind! Auf die Brustwehr der Festung!«

Rooke nickte und wandte sich dann wieder zu seinen Geschützführern um, die geduckt an den Kanonen hockten. Die *Hyperion* nahm die Einfahrt vorsichtiger, als es die sorglose *Marte* getan hatte, und so mußte die französische Batterie noch etwas warten. Als das Schiff langsam um ein paar vorspringende Klippen glitt, hörte Bolitho Schrekkensrufe aus den Masttopps. Er lehnte sich über die Netze und sah, was von Anduagas Flaggschiff übriggeblieben war. Die *Marte* brannte immer noch, aber eine Explosion im Rumpf mußte ihr den Kiel herausgerissen haben; nun lag sie wie ein Scheiterhaufen quer über einer Sandbank, völlig entmastet, den Rumpf fast bis zum unteren Geschützdeck heruntergebrannt. Um sie herum trieb ein Teppich von Asche und verkohlten Holzstücken, und dazwischen die verwundeten, verstümmelten, schreiend um sich schlagenden Schiffbrüchigen. Manche hielten sogar wie in einem makabren Totentanz die zahlreichen treibenden Leichen ihrer Kameraden umklammert.

»Feuer frei!« erklang Rookes scharfer Ruf. Ohne Eile verließ die Breitseite die Bordwand der *Hyperion*; jedes Geschütz der oberen Batterie feuerte zugleich mit seinem schwereren Partner im Unterdeck.

Bolitho spürte das Schiff erschauern, als glitte es über ein Riff. Aufmerksam verfolgte er die Einschläge in der Mauer der Festungsbatterie – ein paar Splitter flogen wie Kieselsteine in die Luft, das war alles. Wie aus der Ferne hörte er das wilde Geschrei seiner Geschützführer: »Laden! Ausrennen!« Die Rohre stießen wie im Wettlauf durch die offenen Stückpforten und quietschten dabei ohrenbetäubend.

Und dann feuerten die ersten beiden Geschütze der Festungsbatterie. Die eine Kugel kam zu hoch und krachte in den fernen Steinwall. Die zweite traf das Schiff dicht unterhalb des Achterdecks. Alle Planken erzitterten, und ein Löschkommando rannte mit Eimern herzu, um die Rauchfäden zu ersticken, die von der im Holz steckenden Eisenkugel hochwirbelten.

»Feuer!« Wieder glitten die Geschütze auf dem schrägliegenden Deck innenbords, der Pulverqualm wurde durch die Stückpforten zurück über das ganze Schiff getrieben und biß in die Augen der Kanoniere, die fieberhaft die heißen Rohre ausputzten und neue Ladungen hineinrammten.

Jetzt waren sie schon innerhalb des Hafens. Noch weitere Geschütze der Festungsbatterie beteiligten sich an der Kanonade, und Bolitho registrierte mindestens zwei Treffer im Unterdeck. Irgendwo schrie ein Mann gellend und unaufhörlich, so daß ein paar Pulverjungen, die mit Kartuschen aus dem Magazin gerannt kamen, wie erstarrt stehenblieben.

»Einen Strich Backbord, Mr. Gossett!« Das Ruder bewegte sich, ein Matrose griff, um dem Rudergast zu helfen, mit aller Kraft in die abgewetzten Speichen.

Drüben galoppierte ein einzelner Reiter über den Grat und hielt an, um sein Teleskop auszuziehen. Wie ein blasierter Zuschauer im Theater starrte er das Schiff an, und Leutnant Shanks schnarrte wütend: »Eine Guinea für den ersten, der ihn trifft!« Die Seesoldaten feuerten eifrig, sie waren froh, daß es endlich etwas für sie zu tun gab, obschon jeder wußte, daß die Musketen nicht halb so weit trugen. Immerhin scheute das Pferd, der Kavallerist trat eiligst den Rückzug an, und die Seesoldaten grinsten einander durch den Pulverdampf zu, als hätten sie eine ganze Armee in die Flucht geschlagen.

Bolitho fuhr herum, als wieder ein Geschoß heranheulte und wie ein Hammerschlag in sein Schiff fuhr. Diese Kugel war durch eine Stückpforte geflogen, schlug mit metallischem Laut gegen einen Vierundzwanzigpfünder und raste dann als Abpraller in eine Gruppe Matrosen auf der gegenüberliegenden Bordseite. Bolitho hörte die verzweifelten Rufe der Offiziere und das schreckliche Schreien der Verwundeten; dann sah er zu Moresby hinüber, aber der blickte starr geradeaus; eine Hand am Degen, mit der anderen nervös gegen seinen Oberschenkel trommelnd.

»Feuer im unteren Geschützdeck, Sir!« Midshipman Piper kam atemlos angerannt und rutschte beinahe aus, als er zu seiner Meldung strammstand. Sein Äffchengesicht war rauchgeschwärzt. »Und zehn Mann verwundet!« Er schluckte. »Alles ein einziges Blutbad da unten, Sir!«

Bolitho fand irgendwie Zeit, die Kaltblütigkeit des Jungen zu bewundern. Später würde er noch zusammenklappen – wenn er lange genug lebte.

»Teilen Sie noch mehr Löschkommandos ein, Mr. Quarme! Aber schnell!« Er riß sich vom Anblick der Rauchfahne los, die aus dem vorderen Niedergang emporstieg.

Es war hoffnungslos. Je näher das Schiff kam, ein um so besseres Ziel bot es. Bolitho konnte jetzt den Pier sehen, und auch der war dicht mit Soldaten besetzt, deren Waffen in der Sonne blinkten. Hier und da blitzte eine Muskete auf – sie schossen auf diejenigen Schiffbrüchigen der *Marte*, die noch Kraft genug hatten, um an Land zu schwimmen. Er war so wütend, daß ihm der Kopf dröhnte und er kaum noch denken konnte. Schließlich hielt er es nicht mehr aus. Da wurde sein Schiff der Vernichtung preisgegeben, für nichts und wieder nichts!

Er wandte sich brüsk zu Moresby um, spürte aber noch bei der Wendung einen heißen sandigen Luftzug im Gesicht. Er wollte einen Warnruf ausstoßen, doch da traf die Kugel schon ein Geschütz unmittelbar neben ihm und zerbarst in einer Wolke heulender Splitter. Drei Seesoldaten stürzten aus den Netzen und wanden sich blutend auf den Planken; der Rudergänger, der Bolitho noch vor ein paar Minuten aufgefallen war, brach ächzend in die Knie und preßte die Hände auf den Bauch, um seine Eingeweide festzuhalten, die blutig hervorquollen.

»Der Admiral ist getroffen!« schrie Quarme, stürzte zur Reling und kniete bei Moresby nieder. »Arzt zu mir! Schnell!«

Mit zwei langen Schritten war Bolitho drüben. »Auf Ihre Gefechtsstation, Mr. Quarme!« Aus dem Augenwinkel sah er gerade noch, wie Gossett den Verwundeten wegstieß und in eine Qualmwolke griff, wo er einen Mann beim Arm erwischte und zum Rad zerrte. Er vernahm die Schreie ringsum, doch als der Qualm über das Schanzkleid wirbelte, bestand seine ganze Welt nur noch aus diesem kleinen Stück des sonnendurchglühten Achterdecks. Moresby starrte zu ihm empor; sprechen konnte er nicht, denn ein Splitter hatte seine Kehle aufgerissen.

Midshipman Caswell stand zitternd da, schluckte die aufsteigende Übelkeit hinunter, dann riß er sich zusammen, kniete nieder und bettete Moresbys Kopf in seinen Schoß.

Ohne den Blick von der bleichen, starren Miene des Admirals zu nehmen, befahl Bolitho: »Klar zum Wenden, Mr. Gossett!«

Moresby schien zu begreifen; er versuchte den Kopf zu heben, aber ein Blutstrom schoß aus der Wunde und floß über seine seidene Weste.

»Jetzt!« brüllte Bolitho. »Leeruder!« Unten an Deck holten die Männer fluchend die Brassen durch; und die Rahen, schwebende Schatten über dem Qualm, kamen langsam über.

Immer noch donnerten die Geschütze, und als eine plötzliche Fallbö den Qualm vertrieb, kam es Bolitho von seinem Standpunkt aus so vor, als schwinge die Festung um das Schiff, mit dem Achterdeck als Drehpunkt. Er empfand einen plötzlichen, fast stechenden Stolz auf seine müde alte *Hyperion*. Sie reagierte großartig. Sie konnte ja nichts dafür, daß ein Narr sie ins Unglück geführt hatte. Er kniete sich neben Moresby nieder, dessen Zunge bebte, als wolle sie sich losreißen. Caswells junges Gesicht war vor Angst und Mitleid verzerrt, und Tränen, die er nicht zurückhalten konnte, zogen bleiche Bahnen durch die fettige Pulverschwärze auf seinen Wangen.

»Sie hatten recht, Bolitho«, flüsterte Moresby mühsam, »hol' Sie der Teufel!« Er zuckte zusammen, als eine Kugel über die Kampanje jaulte und ein Stag wie einen Wollfaden zerschnitt. »Ich hätte das voraussehen müssen ...« Ein neuer Blutstrom aus der Wunde erstickte seine Stimme.

»Schon gut, Sir«, sagte Bolitho ruhig. »Ich bringe das Schiff hier wieder hinaus.«

Moresby schloß die Augen. »Weglaufen vor denen!« Er stöhnte schmerzlich auf. »Mein Leben lang bin ich nie ...«

Bolitho hätte sich viel lieber um sein Schiff gekümmert, aber eine plötzliche Mitleidsregung hielt ihn neben Moresby fest. »Wir rennen nicht weg, Sir. Wir kommen wieder und nehmen die Batterie, Sie werden's schon sehen!«

Ein Geschützführermaat kam mit weit aufgerissenen Augen aufs Achterdeck gerannt. »Cap'n, Sir!« Er stand starr beim Anblick des hingestreckten Admirals und meldete dann etwas leiser: »Feuer aus, Sir!«

Moresby hatte Bolithos Worte anscheinend noch gehört. »Natürlich«, murmelte er, »Sie sind ja ein kornischer Dickkopf, Bolitho. Die konnte ich noch nie leiden. Zu verdammt widerspenstig, zu ... zu ...« Blut strömte ihm über Hals und Weste, und sein Haupt sank an Caswells Brust zurück – zum letzten Mal.

Bolitho stand auf. »Kommen wir frei?« Gossett starrte ihn nur an. »Nun?«

Der Master leckte sich die Lippen und nickte dann. »Da, sehen Sie, Sir!« Wieder glitt die Hafeneinfahrt am Schiff vorbei, diesmal achteraus. Vor ihnen lag die *Marte*, deren Rumpf noch immer brannte, deren Planken noch immer die Toten trugen. Ertrunkene Männer und Pferde trieben um den Bug der *Hyperion*; nur widerstrebend schienen sie ihr Platz machen zu wollen.

Nur noch wenige Schüsse gaben dem Schiff das Geleit, denn der Pulverdampf und der Rauch des brennenden Flaggschiffes bildeten einen sehr wirkungsvollen Schirm. Oder vielleicht waren die französischen Kanoniere auch zu siegestrunken, um sich noch um die fliehende *Hyperion* zu kümmern. Sie hatten auch allen Grund dazu, dachte Bolitho bitter.

»Halsen, Mr. Gossett!« befahl er. »Gehen Sie auf Ostkurs, sobald wir klar von der Einfahrt sind!« Und zu allen, die noch auf dem Achterdeck standen, sagte er ausdruckslos: »Ich habe dem Admiral versprochen, daß wir wiederkommen.«

Dann erblickte er die unbeschädigte *Princesa*, die immer noch weit draußen lag, unerreichbar für die Festungsgeschütze. »Signal an *Princesa*.« Seine Stimme klang ihm selbst völlig fremd. »Kommandant unverzüglich zu mir an Bord!« Stumm blickte er sich um: das blutverschmierte Deck, die Verwundeten, die sich verzweifelt dagegen wehrten, unter Deck gebracht zu werden, wo das Messer des Schiffsarztes auf sie wartete, die zerfetzte Planke, deren Splitter Moresby getötet hatte, und der tote Admiral selbst. »Und wenn der spanische Kapitän sich weigert, dem Befehl nachzukommen, eröffne ich das Feuer auf die *Princesa*!«

Gossett warf einen scheuen Blick auf Bolithos Gesicht und wandte sich ab. Er wußte, daß Bolitho im Ernst gesprochen hatte. Eigentlich hätte der Kommandant erleichtert sein müssen, dachte Gossett, aber er sah gar nicht danach aus, obwohl er sein Schiff gerettet hatte und Moresbys Verblendung ehrenvoll entgegengetreten war. Aber in Bolithos Augen glomm eine solche Wut, wie sie Gossett in seiner ganzen Dienstzeit noch nicht gesehen hatte: es war der Blick eines gereizten Raubtiers. Tief innen fühlte der Master, daß Bolitho diesen Blick behalten würde, bis die *Hyperion* im Hafen von Cozar ankerte und die Küstenbatterie unschädlich gemacht war.

Ein paar Matrosen schrien Hurra, und Bolitho sagte knapp: »Geschütze festzurren, Mr. Quarme. Danach melden Sie mir alle Verluste und Schäden! Zum Hurraschreien ist vielleicht später Zeit, jetzt haben wir anderes zu tun.« Er starrte nach achtern in die driftende Rauchwand, die das Schiff wie ein Vorhang verdeckte.

Quarme wischte sich das schweißnasse Gesicht mit dem Ärmel. »Schließen wir uns dem Geschwader wieder an, Sir?« Er zuckte zusammen, als Bolitho das mit einem kalten Blick beantwortete, und fuhr eilig fort: »Ich meine nur, Sir, beide Admirale sind tot, und . . .«

Bolitho wandte sich ab. »Dann müssen wir eben sehen, wie wir allein zurechtkommen, nicht wahr, Mr. Quarme?«

IV Ein Angriffsplan

Lieutenant Ernest Quarme trat in die Kapitänskajüte, den Hut vorschriftsmäßig unter dem linken Arm, und kniff die Augen zusammen, weil ihn das helle Sonnenlicht blendete, das durch die hohen Heckfenster fiel und Wände und Mobiliar in einem seltsam grünlichen Schein erglänzen ließ. »Sie haben befohlen, Sir?«

Bolitho lehnte am Fenster und starrte ins Kielwasser der *Hyperion*, das träge und blasenwerfend von dem algenbewachsenen Ruder ablief. Er brauchte ein paar Sekunden, um seine Augen an das Halbdunkel der Kajüte zu gewöhnen; dann setzte er sich auf die Fensterbank und winkte Quarme auf den Stuhl daneben. Er merkte, daß der Erste ihn gespannt ansah, obwohl seine Gesichtszüge nichts von dem verrieten, was er denken mochte – Bolitho konnte nur hoffen, daß seine eigene Miene ebenso undurchdringlich war.

Knarrend und flüsternd dümpelte das Schiff langsam auf Südostkurs. Die Segel waren kaum gefüllt, boten aber den Männern, die an Deck arbeiteten, immerhin Schutz vor der Sonne. Gedämpft waren die Hammerschläge und das Knirschen der Sägen zu hören, denn Cuppage, der Schiffszimmermann, reparierte mit seinen Maaten die Schäden und Narben, die der kurze heftige Kampf hinterlassen hatte.

Bolitho rieb sich die Augen und versuchte, die Müdigkeit zu vertreiben. Wenn nur auch die anderen Narben so leicht zu beseitigen gewesen wären. Aber Wut, Erleichterung über das glückliche Entkommen, dazu die Erregung des Kampfes waren bald in dumpfen Trübsinn umgeschlagen, der wie eine Gewitterwolke über dem ganzen Schiff hing. Das kurze, einseitige Gefecht lag jetzt zwei Tage zurück: zwei Tage eintönigen Aufkreuzens und Patrouillierens, wobei sie ständig die Insel und ihre Flagge als höhnische Erinnerung an ihren Mißerfolg vor Augen hatten.

Wieder und wieder hatte sich Bolitho den Kopf nach einem Plan zermartert; aber jeder Plan erschien ihm immer fragwürdiger und gefährlicher, je mehr Zeit verstrich.

Doch an diesem Morgen war die Entscheidung gefallen. Als es dämmerte, lag die *Hyperion* etwa sieben Meilen westlich der Insel. Dieses Gebiet hatte sich Bolitho ausgesucht, weil er es für die geeignete Basis zu einem raschen Vorstoß auf den geschützten Hafen hielt und er den vorherrschend ablandigen Wind ausnutzen konnte. Er hatte die *Princesa*, das spanische Vierundsechzig-Kanonen-Schiff, an die andere Seite der Insel beordert, wo sie die beste Möglichkeit hatte, die von den Franzosen gekaperte Schaluppe *Fairfax* abzufangen, wenn sie versuchen sollte, auf diesem Kurs zu entwischen.

Die Schaluppe war ein wichtiges Glied in seiner Gesamtplanung. Die französische Garnison hatte kein anderes Schiff zur Verfügung, um die Nachricht von Moresbys Angriff und dem patrouillierenden britischen Geschwader zum Festland zu melden, und wenn von dort nicht ein Versorgungsschiff kam, würde Cozar im Belagerungszustand bleiben. Bolitho hatte mit der Idee gespielt, die *Fairfax* mit einem Handstreich herauszuholen; aber davon war er sofort abgekommen. Insgeheim wußte er, daß diese Idee mehr Balsam für seinen verletzten Stolz als wirklich von Wert war. Moresbys Angriff war der *Hyperion* schon teuer genug zu stehen gekommen: acht Tote und sechzehn Verwundete. Und der Schaden für die Kampfmoral war überhaupt nicht zu messen.

Doch als das Morgenlicht stärker wurde, hatte der Ausguck gemeldet, daß von der *Fairfax* nichts mehr zu sehen sei. Das war der entscheidende Schlag. Irgendwie mußte sie in der Nacht entwischt sein; jetzt, als die Mittagssonne gnadenlos auf das ausgebleichte Deck niederbrannte, ankerte sie bestimmt schon in St. Clar und überbrachte die Sensationsmeldung von dem abgeschlagenen Angriff der Engländer. Die Küstenverteidigung würde alarmiert werden und, was noch schlimmer war, die Franzosen würden erfahren, wie stark das abgeschlagene britische Geschwader war. Höchstwahrscheinlich warteten in den Buchten und Häfen dieses französischen Küstenstrichs mehrere Linienschiffe schon auf die Chance, die Schmach der Hoodschen Blockade zu rächen. Es war bekannt, daß mehrere solcher Schiffe durch die britischen Sperren geschlüpft waren, und vermutlich befand sich bereits Verstärkung für sie in unmittelbarer Nähe.

Bolitho zürnte sich selbst, weil ihm die *Fairfax* durch die Lappen gegangen war. Allerdings hätte er damit rechnen können, denn kein Linienschiff war schnell genug, eine Sloop im Dunkeln zu erwischen, und die Batterie dort oben sorgte schon dafür, daß die *Hyperion* bei Tageslicht nicht zu dicht herankam.

Nachdenklich blickte Bolitho zu Quarme hinüber. »Wie ist die Sicht jetzt?«

Quarme zuckte die Achseln. »Ändert sich stündlich, Sir. Augenblicklich knapp zwei Meilen.«

Bolitho nickte. Seit dem ersten Tageslicht hatte der Wind immer mehr abgeflaut, so daß die milchige See sich nur wenig kräuselte – ein paar elende kleine Böen hatten sie gerade so viel angetrieben, daß das Schiff sich steuern ließ. Im Lauf des Morgens war Nebel aufgekommen, der hin und her wogte und manchmal sogar die Insel längere Zeit verhüllte. Spielt auch keine Rolle mehr, dachte er resigniert; die Garnison weiß sowieso, daß wir da sind. Und die Schaluppe war entwischt.

»Darf ich fragen, was Sie vorhaben, Sir?« unterbrach Quarme sein Nachdenken.

Bolitho sah ihn an. »Haben Sie einen Vorschlag zu machen?«

Quarme senkte den Blick. »Es steht mir zwar nicht zu, Sir, aber ich glaube doch, es wäre klug, Lord Hood zu informieren.« Er schien eine Unterbrechung zu erwarten; als sie ausblieb, fuhr er fort: »Bis jetzt kann Ihnen niemand einen Vorwurf machen. Aber wenn der Admiral nicht rechtzeitig Meldung bekommt, wird er Ihnen das sehr übelnehmen.«

»Danke sehr, Mr. Quarme, daran habe auch ich gedacht.« Bolitho stand auf und machte ein paar Schritte auf dem Teppich. Eine Sekunde lang starrte er seinen Degen an, der neben der Tür hing. »Aber wir haben nur zwei Schiffe. Wenn ich die *Princesa* mit Depeschen losschicke, weiß kein Mensch, was für eine Geschichte der Admiral zu hören kriegt, ganz egal, was ich geschrieben habe. Und wenn wir selbst segeln – glauben Sie wirklich, daß der Spanier mit einem plötzlichen Angriff vom Festland her allein fertig wird?«

Sichtlich betroffen trat Quarme von einem Fuß auf den anderen, und Bolitho fuhr lächelnd fort: »Vielleicht denken Sie, daß ich zum Kommandanten der *Princesa* zu grob war?«

Deutlich stand ihm das Bild vor Augen: der unglückselige Spanier hatte eben dort gesessen, wo Quarme jetzt saß, ein verdüsterter, übelnehmerischer Mann, der zuerst so getan hatte, als verstünde er kaum englisch. Aber unter Bolithos schneidenden Worten fingen seine Augen bald an, erst vor Wut und dann vor Scham zu funkeln. Bolitho hatte ihm sehr deutlich seine Meinung darüber gesagt, daß die *Princesa* sich nicht am Gefecht beteiligt hatte. Da war der Spanier aufgesprungen und hatte mit wutverzerrtem Gesicht geschrien: »Ich protestiere! Ich konnte die Hafeneinfahrt nicht rechtzeitig erreichen. Ich werde mich bei Admiral Hood wegen Ihrer Anwürfe beschweren!« Stolz warf er den Kopf hoch. »Ich bin in hohen Regierungskreisen nicht unbekannt!«

Bolitho hatte ihm kalt ins Gesicht geblickt, in Gedanken beim Todeskampf des spanischen Flaggschiffs, dessen verbrannte Wrackteile um den Bug der *Hyperion* trieben.

»Sie werden sogar noch bekannter werden, *Capitano*, wenn ich Sie wegen Feigheit vor dem Feind unter Arrest stelle! Admiral Moresby hat mir vor seinem Tode die volle Befehlsgewalt übertragen.« Überraschend leicht war diese Lüge über seine Lippen gekommen. »Und nichts von dem, was Sie bis jetzt gesagt haben, überzeugt mich davon, daß Sie überhaupt wert sind, am Leben zu bleiben!«

Bolitho hatte den Anblick eines gedemütigten Mannes immer als etwas Scheußliches empfunden; jetzt mußte er sich zwingen, die Angst und den moralischen Zusammenbruch dieses Mannes mitanzusehen. Aber das war vor zwei Tagen gewesen, als noch eine geringe Chance bestanden hatte, ihre gemeinsame Niederlage irgendwie wettzumachen. Inzwischen jedoch mochte der Spanier gewisse eigene Ideen entwickelt haben, wie er persönlich auf seine Kosten kommen konnte.

»Ich bin trotz allem der Meinung«, sagte Quarme, »daß Sie Lord Hood informieren sollten, Sir. Was der spanische Kapitän getan oder nicht getan hat, dürfte für die Zukunft wenig bedeuten.«

Bolitho wandte sich ärgerlich ab, ärgerlich über sich selbst und über Quarme, weil er ganz genau wußte, daß dieser recht hatte. Doch im Unterbewußtsein hörte er Hoods Worte: »Die Insel ist unverzüglich einzunehmen!« Unverzüglich. Zur Zeit hatte der Admiral an Bord der *Victory* sicherlich mit seinen eigenen Problemen genug zu tun: der Geheimpolitik in Toulon, der Demonstration der Stärke, die er so ausführlich erläutert hatte. Und inzwischen marschierte die französische Armee immer weiter südwärts, auf die Küste zu.

Gelassen erwiderte Bolitho: »Anscheinend sind Sie und ich öfter verschiedener Meinung. Sie waren ja auch dagegen, daß ich Sir William Moresby zusammen mit den gefallenen Matrosen auf See bestatten ließ.«

Der Themawechsel verwirrte Quarme. »Nun ja, ich meinte, unter diesen Umständen . . .«

»Admiral Moresby fiel im Gefecht, Mr. Quarme. In meinen Augen besteht kein Unterschied zwischen seinem Tod und dem Tod derjenigen, die ihr Leben für ihn gelassen haben.« Bolithos Stimme war noch ruhig, aber eiskalt. »Sir William ruht auf dem Meeresgrund ebenso sicher wie auf jedem Kirchhof.« Er trat wieder ans Heckfenster. »Unsere Männer sind entmutigt. Wenn gleich die erste Schlacht verlorengeht, ist das schlecht für die Moral. Es hängt so viel davon ab, daß sie Vertrauen zu uns haben, wenn sie der nächsten Breitseite ins Gesicht sehen müssen. Die toten Matrosen sind zusammen mit ihrem Admiral gefallen. Daher sollten sie sein Grab und auch die Zeremonien mit ihm teilen!«

Quarme öffnete schon den Mund zu einer Entgegnung, aber er fuhr erschrocken herum, denn von draußen her drang ein Ruf bis in die Kajüte: »An Deck! Segel in Südwest!«

Bolitho starrte Quarme an. »Kommen Sie mit!« befahl er kurz. »Vielleicht sind die Franzosen schon da.«

Auf dem Achterdeck fiel die Sonne seine Schultern an wie Glut aus einem Feuerofen, aber Bolitho spürte es kaum. Er blickte erst zur Insel hinüber und dann zum Masttopp hinauf. Von Cozar war noch immer nichts zu sehen. Aber draußen über der gleißenden See war der Nebel aufgerissen und hatte sich gelichtet. Midshipmann Caswell reichte ihm ein Fernglas. »Kann der Ausguck sie schon ansprechen?« fragte Bolitho. Im Teleskop konnte er wenig mehr erkennen als einen splittergroßen weißen Streifen, der sich kaum von der Kimm abhob.

»Ein kleines Schiff, Sir!« meldete der Ausguck. »Ist allein und steuert Ostkurs.«

»Entern Sie auf, Mr. Quarme«, sagte Bolitho, »und melden Sie mir, was Sie sehen!« Er wußte, daß die anderen ihn aufmerksam beobachteten, und unterdrückte seinen Wunsch, selbst aufzuentern.

Leutnant Rooke war Wachoffizier. Er stand an der Achterdeckreling, das Teleskop unterm Arm, den Hut in die Stirn gezogen, um seine Augen vor dem blendenden Glast zu schützen. Wie immer war seine Uniform tadellos; neben den anderen in ihren fleckigen Hemden oder – wie die meisten – mit nacktem Oberkörper sah er aus wie ein Londoner Dandy.

Bolitho achtete nicht auf sie und versuchte auch, nicht Quarmes hoher, schlanker Gestalt nachzustarren, der rasch zur Saling aufenterte. Rooke hatte bestimmt seinen Spaß an der Geschichte, dachte er grimmig. Sobald sie wieder beim Geschwader waren, würde er nichts Eiligeres zu tun haben, als sich über den Mißerfolg seines Kommandanten auszulassen. Aber dieser Gedanken, redete Bolitho sich ein, war unfair. Wahrscheinlich beruhte seine Abneigung gegen Rooke nur auf seiner grundsätzlichen Aversion gegen die Bevorzugung von Adligen in der Marine. Bekam jemand den Adelstitel für Tapferkeit und wirkliche Verdienste – gut und schön. Aber später wurde dieser Titel oft genug zu einer Belastung für ehrgeizige Nachkommen. In London hatte Bolitho jedesmal eine ganze Anzahl von dieser Sorte getroffen: verwöhnte, egoistische junge Stutzer, die das Offizierspatent ihrer Geburt und ihrem Reichtum verdankten und trotz der Uniform, die sie mit so viel Prahlerei trugen, keine Ahnung von der Marine hatten.

Da rief Quarme: »Jetzt erkenne ich sie ganz genau, Sir. Sieht wie eine Schaluppe aus. Hält Ostkurs.«

»Sie wird Depeschen und Post für die Gibraltar-Flotte an Bord haben«, sagte Rooke. Die anderen blieben stumm, waren aber wohl der gleichen Meinung. Bolitho blickte zu Gossetts massiger Gestalt hinüber. »Sie kennen diese Gewässer, Mr. Gossett. Wird sich das Wetter halten?«

Der Master runzelte die Stirn, bis seine Augen fast in dem gebräunten Gesicht verschwanden. »Nicht lange, Sir. Diese leichten Böen kommen und gehen, aber ich schätze, noch vor acht Glasen frischt der Wind auf.« Er wollte sich damit keineswegs großtun; sein Urteil gründete sich auf lange Erfahrung.

Bolitho nickte. »Sehr schön, Mr. Gossett. Pfeifen Sie ›Alle Mann‹. Fertigmachen zum Halsen. Wir ändern den Kurs und fangen diese Schaluppe ab.«

Keuchend erschien Quarme an Bolithos Seite. »Wir können ihr doch signalisieren, daß sie uns ansegeln soll, Sir.« Er schien fast empört darüber, daß ein Linienschiff einem so kleinen Fahrzeug entgegenkommen sollte.

Bolitho blickte ihn ernst an. »Sobald wir nahe genug sind, signalisieren Sie bitte. Ich will sie jetzt nicht mehr außer Sicht verlieren.«

Quarme begriff nicht. »Was soll ich signalisieren, Sir?«

Die Bootsmannspfeifen riefen an die Brassen. Unten auf dem Hauptdeck rissen sich die Matrosen aus ihrer Schlaffheit und eilten auf Stationen. »Signalisieren Sie: ›Beidrehen und Befehle abwarten‹«, sagte Bolitho ruhig.

»Verstehe. Sie wollen also doch Depeschen an Lord Hood schicken, Sir.« Quarme biß sich auf die Lippen und nickte bedeutsam. »Meiner Ansicht nach die beste Entscheidung. Keiner kann Ihnen einen Vorwurf machen, Sir.«

Bolitho beobachtete die Marine-Infanteristen, die wie stets im Gleichschritt und ganz unseemännisch an die Besanbrassen marschierten. »Ich habe nicht die Absicht, Lord Hood zu berichten, Mr. Quarme. Jedenfalls nicht eher, als bis es tatsächlich etwas zu berichten gibt.«

Es dauerte fast zwei Stunden, bis die Schaluppe auf Signaldistanz war; doch eine Stunde vor Ende der Nachmittagswache hatten beide Schiffe gehalst. Sie lagen jetzt auf Südkurs und bewegten sich von der nebelverhangenen Insel weg. Bolitho ließ dem Kommandanten der Schaluppe signalisieren, er solle an Bord kommen. Als beide Schiffe Segel gekürzt hatten, begab er sich wieder in seine Kajüte und schickte nach Quarme.

»Eine Viertelstunde nach der Ankunft des Kommandanten bitte ich alle Offiziere in meine Kajüte, Mr. Quarme.« Er kümmerte sich nicht um das erstaunte Gesicht des Ersten, sondern fuhr knappen Tones fort: »Auch alle Deckoffiziere der Freiwache, ist das klar?«

»Aye, aye, Sir.« Quarmes Augen schweiften zum Heckfenster, wo die kleine Schaluppe hurtig auf den Wellen ritt. »Darf ich fragen, was Sie vorhaben, Sir?«

Unbewegt sah Bolitho ihm ins Gesicht. »In fünfzehn Minuten, Mr. Quarme.«

Er bezwang die nagende Ungeduld, bis er hörte, wie das Boot längsseit kam und die schrillen Querpfeifen die Ankunft des Kommandanten verkündeten. Aber als Lieutenant Bellamy, Kommandant Seiner Majestät Schaluppe *Chanticleer*, dem das alles genauso unverständlich war wie Mr. Quarme, endlich in die Kajüte trat, war Bolitho wenigstens äußerlich wieder vollkommen ruhig.

Bellamy war ein junger, schlacksiger, besorgt blickender Offizier, der ständig auf das Schlimmste gefaßt schien.

Bolitho kam sofort zur Sache. »Tut mir leid, daß ich Sie so unvermittelt an Bord rufen mußte, Bellamy; aber als dienstältester Offizier dieses Geschwaders brauche ich Ihre sofortige Hilfe.«

Bellamy verarbeitete diesen Anfang zunächst ziemlich gefaßt. Auch stellte er Bolithos Recht, sein Schiff zu stoppen, nicht in Abrede; Bolitho nahm an, daß ihm die Bezeichnung »dienstältester Offizier« imponiert hatte.

Er fuhr fort: »Dort drüben liegt Cozar, das, wie Sie vielleicht wissen, jetzt in der Hand des Feindes ist. Ich beabsichtige, diesen Zustand zu ändern, und zwar unverzüglich.« Er blickte den Leutnant forschend an. »Jedoch ist Ihre Mitwirkung dabei unerläßlich, verstehen Sie?«

Offensichtlich verstand Bellamy nicht. Wenn schon ein Vierundsiebziger sich nichts zutraute, dann schien es ihm ziemlich unwahrscheinlich, daß seine kleine, leichtgebaute Schaluppe viel ausrichten konnte. Aber trotzdem nickte er. Vielleicht nur, um Bolitho bei Laune zu halten, diesen Geschwaderkommandeur, der allem Anschein nach nur über ein einziges Schiff verfügte.

Bolitho lächelte. »Also gut – ich will Ihnen sagen, was ich vorhabe.«

Fünfzehn Minuten später öffnete Quarme wortlos die Tür und ließ die Offiziere der *Hyperion* an sich vorbei in die Kajüte treten. Ihre Blicke, die zunächst geschäftig in diesem geheiligten Quartier umherirrten, hefteten sich schließlich auf den fremden Leutnant.

Gelassen blickte Bolitho ihnen entgegen. »Also, meine Herren, wenigstens haben wir jetzt einen Plan.« Nun blickten sie alle Bolitho an und ließen ihn auch nicht mehr aus den Augen.

»In einer Stunde gehen wir auf Nordkurs und kreuzen in Richtung

Festland. Die Zeit wird knapp, und es gibt eine Menge zu tun. Die Franzosen werden wohl kaum versuchen, während der Nacht Cozar anzusegeln. Erstens ist das nicht ganz ungefährlich, und zweitens könnten sie auf die *Princesa* stoßen.« Er entrollte eine Seekarte auf dem Tisch. »Ich beabsichtige, morgen früh bei Sonnenaufgang hier auf dieser Position zu stehen, nordwestlich der Insel; und sobald uns die Garnison gesichtet hat, wird Leutnant Bellamy seine Sloop direkt in den Hafen segeln.«

Hätte er das persönliche Erscheinen Gottvaters angekündigt, so hätte die Wirkung nicht größer sein können. Einige Offiziere starrten Bellamy so ungläubig an, als ob sie von diesem eine Erklärung oder Bestätigung erwarteten; doch der blickte nur stumm auf seine Füße hinunter. Andere wechselten erschrockene Blicke und musterten Bolitho, als wollten sie sich vergewissern, daß er nicht verrückt geworden sei.

Mit leichtem Lächeln fuhr Bolitho fort: »In der nächsten Stunde wird eine unserer Karronaden auf die *Chanticleer* geschafft.« Er biß die Zähne zusammen, denn mit diesen Worten hatte er sich und jeden Anwesenden festgelegt. »Außerdem nimmt sie einhundert Matrosen und alle Marine-Infanteristen an Bord.«

Hauptmann Ashby konnte sich nicht länger beherrschen. »Aber was soll daraus werden, Sir? Ich meine, verdammt noch mal, Sir . . .« Er verfiel in hilfloses Schweigen. Dann erklang Rookes elegant-nachlässige Stimme von der anderen Seite der Kajüte: »Die *Frogs* sollen also denken, die Schaluppe sei die *Fairfax*, die wieder im Hafen einläuft, Sir?«

Wortlos nickte Bolitho. Der schlaue Rooke war jedenfalls den anderen ein ganzes Stück voraus. »Genau.«

Es gab ein großes Durcheinander, allerlei Gemurmel und vielerlei Fragen; starrköpfig wandte Quarme ein: »Aber wie soll das klappen, Sir? Ich meine, die *Chanticleer* ist zwar eine Schaluppe, aber doch mit der *Fairfax* gar nicht zu verwechseln. Sie ist älter und kleiner!« Und mancher in seiner Nähe nickte dazu.

»Eine gute Frage, Mr. Quarme.« Bolitho verschränkte die Hände hinter dem Rücken. »Dennoch weiß ich aus Erfahrung, daß die Menschen gewöhnlich das sehen, was sie erwarten.« Ganz langsam blickte er sich im Kreise um. »Und der Feind wird eine Schaluppe sehen, die von der *Hyperion* gejagt wird. Sie werden auf *uns* feuern, um ihr Dekkung zum Einlaufen zu geben. Wenn sie merken, was wirklich gespielt wird, ist die Schaluppe bereits im Hafen und so dicht am Pier, daß sie sich im toten Winkel der französischen Geschütze befindet.«

Jeder hörte ihm jetzt mit gespannter Aufmerksamkeit zu. Selbst die Midshipmen reckten die Hälse, um ihn besser zu verstehen.

»Es muß allerdings schnell gehen, meine Herren«, fuhr er fort. »Die Franzosen können jetzt jeden Moment Verstärkung senden. Und ein scharfäugiger Ausguck könnte den Unterschied zwischen den beiden Schaluppen erkennen, ehe wir im Hafen sind. Aber die Garnison hier besteht aus Landsoldaten. Brauche ich noch mehr zu sagen?« Überraschenderweise gab es tatsächlich hier und da Gelächter. Das war wenigstens ein Anfang.

Bolitho blickte sich um. »Haben wir eine französische Flagge? Die neue, meine ich.«

Mehrfaches Kopfschütteln.

Bolitho suchte mit den Augen den grauhaarigen Segelmacher. »Schön, Mr. Buckle, Sie haben dreißig Minuten, um eine anzufertigen. Also fangen Sie an!«

Er wartete die Antwort nicht ab, sondern wandte sich an den Stückmeister der Hyperion. »Mr. Pearse, Sie können sofort mit dem Verladen der Karronade beginnen. Suchen Sie eine gute Mannschaft aus und nehmen Sie das Boot, das Ihnen am geeignetsten scheint.«

Er blickte ihm nach, der hinter dem Segelmacher die Kajüte verließ, und fuhr gelassen fort: »Bei unserem letzten Angriff waren wir minutenlang durch eine Landzunge vor der Batterie gedeckt. Wenn wir unser Schiff auf dem gleichen Kurs halten wie damals, wird der Gegner wahrscheinlich schnell ein paar Geschütze von der anderen Seite so verlegen, daß er besser feuern kann. Inzwischen werden sie ziemlich selbstsicher sein und voraussetzen, daß wir nicht direkt vor ihre Kanonen segeln. Dadurch bekommt die Schaluppe sogar noch bessere Chancen.«

Erregtes Gemurmel. Das war zumindest ein Plan. Allerdings gab es noch vieles zu klären und zu erklären. Aber ein Plan war es immerhin.

»Also schön, meine Herren, Sie können gehen. Fangen Sie an. Ich komme gleich an Deck und kümmere mich selbst um die erste Phase.«

Als sie die Kajüte verließen, wandte sich Bolitho nochmals Lieutenant Bellamy zu. Von diesem hatte er irgendeine Äußerung, vielleicht sogar Protest erwartet; aber Bellamy hatte nichts gesagt, und Bolitho war keineswegs sicher, daß er auch nur die Hälfte von dem begriffen hatte, was da auf ihn zukam.

»Danke sehr, Bellamy«, sagte er. »Sie waren mir eine große Hilfe.«

Der Leutnant starrte ihn an und schluckte. »Tatsächlich?« Er schluckte nochmals. »Äh – vielen Dank, Sir.«

Bolitho folgte ihm an Deck und sah ihm nach, wie er unsicheren Schrittes zur Fallreepspforte ging. Dann atmete er ganz langsam aus. Da hatte er sich allerhand geleistet, wirklich! Er hatte Lord Hood nicht gemeldet, daß das Unternehmen Cozar gescheitert war. Er hatte sich den Oberbefehl über eine Aktion angemaßt, die verlustreich und katastrophal enden konnte. Er hatte sogar eine Depeschen und Post befördernde Schaluppe widerrechtlich angehalten, für seine Zwecke eingesetzt und wahrscheinlich der Vernichtung preisgegeben.

Er blickte zum Masttopp auf und sah, daß der Wimpel sich hob und in der auffrischenden Brise flatterte. Wenn es davor noch irgendein Argument gegen diese Aktion gegeben hätte – jetzt gab es keines mehr. Die Konsequenz seiner ersten Anweisungen machte jeden Widerruf unmöglich. Zweifeln hatte jetzt keinen Sinn mehr. Bolitho ging zur Wetterseite hinüber und schritt dort in tiefer Konzentration auf und ab.

Mit einem heftigen Ruck erwachte Bolitho und starrte sekundenlang zu Allday hoch, der, einen schweren Krug in der Hand, über ihn gebeugt stand.

»Tut mir leid, daß ich Sie wecken muß, Captain«, sagte er mit seiner gelassenen Stimme, »aber es wird schon hell.« Er hob den Krug und goß den heißen Trank ein, während Bolitho seine Gedanken sammelte und sich in der winzigen Kajüte der Schaluppe umsah. Oberhalb des Sessels, in dem er tief erschöpft eingeschlafen war, konnte er das bleiche Rechteck des Skylights sehen; und in der plötzlichen Erkenntnis des Kommenden erstarrte er in seinem Sessel wie ein Mann, der aus einem Alptraum aufschreckt und feststellen muß, daß sein Traum Wirklichkeit ist.

Der heiße bittere Kaffee rann ihm angenehm durch den Magen. »Wie ist der Wind?«

Allday hob die Schultern. »Schwach, aber stetig, Captain. Immer noch aus Nordwest.«

»Gut.« Er stand auf und fluchte, denn er war mit dem Kopf gegen den niederen Decksbalken gestoßen. Allday verkniff sich ein Grinsen. »Nicht viel los mit diesem Schiff, wie, Captain?«

Bolitho rieb sich die Arme, um die Blutzirkulation wieder in Gang zu bringen, und entgegnete kühl: »Mein erstes Kommando war auch eine Schaluppe, Allday. Kaum anders als diese.« Dann lächelte er resigniert. »Aber Sie haben recht. So ein Fahrzeug ist nur für sehr junge oder sehr kleine Leute.«

Die Tür öffnete sich, und Leutnant Bellamy steckte den Kopf herein. »Aha, Sie sind schon geweckt worden, Sir.« Er grinste. »Schönes Wetter für uns!«

Bolitho musterte ihn verwundert. Erstaunlich, wie sich Bellamy für diesen Plan engagiert hatte! Wenn etwas schiefging, würde er allerhand zu erklären haben. In der Marine konnte man sich nicht immer damit herausreden, daß man nur Befehle ausgeführt hätte.

Gebückt folgte ihm Bolitho über die kurze Leiter auf das Achterdeck. Es war sehr kühl; das bleiche Frühlicht schien über Wolkenfetzen und kabbelige See. Erschauernd dachte er sehnsüchtig an seinen Uniformrock. Aber wie die anderen hatte er alles weggelassen, was ein aufmerksamer feindlicher Wachtposten sehen und identifizieren konnte.

Bellamy deutete nach Backbord voraus. »Cozar liegt dort drüben, etwa fünf Meilen entfernt, Sir. Jetzt ist es bald soweit.«

Bolitho ging zur Heckreling und spähte angestrengt achteraus. Er spürte die stetige Brise auf der Haut, doch von der *Hyperion* war noch nichts zu sehen. Langsam trat er zu dem ungeschützten Ruderrad. In der Stille klangen seine Schuhsohlen merkwürdig laut auf den Planken.

Nochmals überdachte er die vergangenen hektischen Stunden und suchte nach einem Fehler in seinem Plan. Quarme war sichtlich enttäuscht gewesen, als er ihm das Kommando über die *Hyperion* übertrug. Selbst Bolithos geduldige Erläuterungen hatten seine Stimmung nicht heben können. Eines war sicher: wenn sich die Franzosen nicht täuschen ließen oder wenn die Schaluppe überwältigt wurde, bevor sie am Pier war, würde keiner an Bord überleben. Es war Bolithos Plan, also trug er auch persönlich das Risiko. Indessen konnte er auch Quarme verstehen. Quarme war Berufsoffizier; er hatte nur wenig Geld und keine einflußreichen Verwandten, die seine Karriere fördern konnten. Seine Beförderung hing davon ab, daß er ein Enterkommando oder ein so gewagtes Unternehmen wie dieses hier führte. Andere avancierten durch Tod oder Beförderung ihrer Vorgesetzten. Vielleicht hatte Quarme schon darauf spekuliert, daß er durch Kapitän Turners plötzliches Ableben ein Stück weiterkam.

Aber wenn auf Cozar alles schiefging, brauchte die *Hyperion* einen guten, vernünftigen Mann als Kommandanten, und Quarme hatte bewiesen, daß er durchaus fähig war, das Schiff zu führen.

»Die Kimm wird klarer, Sir«, sagte Bellamy aufgeregt und zerrte an seiner Uhr. »Mein Gott, dieses Warten!«

Tatsächlich wurde es heller. Bolitho konnte schon das Oberdeck der Schaluppe und den Bugspriet sehen, der wie ein schwarzer Finger in den bleichen Himmel stach.

Hätte das kleine Fahrzeug nicht so verzögert auf Ruder und Wind reagiert, hätte man sich nur schwer vorstellen können, daß sich unter Deck sämtliche Marine-Infanteristen Hauptmann Ashbys und außerdem fünfzig Matrosen der *Hyperion* drängten, und daß noch weitere fünfzig, unbequem unter einer Persenning verborgen, an Deck hockten. Es war ein Glück, daß Bellamy bereits knapp an Leuten gewesen war, aber trotzdem wurde jeder Kubikzoll Stauraum und das ganze Logisdeck gebraucht, um die Männer unterzubringen.

Die Matrosen der *Chanticleer* saßen oder standen an der Schanz herum, sprachen kaum und warteten darauf, jeden Fetzen Leinwand zu setzen, sobald der Befehl kam.

Flüchtig schoß Bolitho die schreckliche Möglichkeit durch den Kopf, daß Quarme es nicht schaffen würde, rechtzeitig zur Stelle zu sein. Die ganze Nacht hindurch war die Schaluppe weit vorausgesegelt, damit nicht etwa ein spionierendes Fischerboot oder ein Küstensegler sie im Geleit fahren sah, womit die einzige Erfolgschance ruiniert gewesen wäre, ehe die Aktion überhaupt begonnen hatte.

Er musterte die Steuerbordbatterie. Die Schaluppe war mit achtzehn leichten Geschützen armiert, deren Breitseite an dieser mächtigen Festung kaum einen Kratzer verursachen würde.

»Ah!« seufzte Bellamy, als der goldene Rand der Sonnenscheibe über der Kimm aufglänzte. Und da lag auch die Insel, vielleicht vier Meilen voraus. Die buckligen Höhen und das dunkle Viereck der Festung standen schwarz vor dem immer heller werdenden Sonnenlicht. Von Westen sieht die Insel ganz anders aus, dachte Bolitho. Doch als er das Fernrohr ans Auge hob, konnte er die weißen Brecher am Fuße des Vorgebirges erkennen. Dagegen wirkte die Steilküste sehr hoch und mächtig.

Wieder überkam ihn ein Schauer, und er mußte an die langen Monate seines Krankenlagers in Falmouth denken. Mühelos konnte er sich das große Haus ins Gedächtnis rufen, den Blick auf die Mole und

Pendennis Castle, die er vom Fenster seines Krankenzimmers hatte sehen können, wenn er nicht gerade zu benommen und schwindlig gewesen war. Dazu das Haus mit den großen, nachgedunkelten Porträts der Bolithos, die alle auf See gelebt und auf See den Tod gefunden hatten. Denn er war der letzte seine Geschlechts; es gab niemanden außer ihm, der die Familientradition fortführen konnte.

Er dachte auch an Nancy, seine jüngste Schwester. Sie hatte ihn zusammen mit Allday durch die vielen schweren Fieberanfälle gebracht. Sie liebte ihn innig, das wußte er recht gut, und versuchte bei jeder Gelegenheit, Mutterstelle an ihm zu vertreten.

Gelassen beobachtete er die rasch dahinziehenden Wolken. Wenn er heute umkam, würde das alte Haus Nancy gehören. Sie war mit einem Gutsbesitzer aus Falmouth verheiratet, einem Landedelmann, der nur für die Parforcejagd und gutes Essen lebte. Er hatte schon längst ein Auge auf Bolithos Haus geworfen und würde nur zu gern einziehen.

»Ihr Degen, Captain«, flüsterte Allday. Automatisch hob Bolitho die Arme und spürte den festen Druck des Gurtes um seine Mitte, als Allday die Schnalle schloß und dabei murmelte: »Ein bißchen lockerer geworden, seit Sie ihn das letzte Mal getragen haben, Captain.« Er schüttelte den Kopf. »Sie brauchen eine ordentliche Portion kornischen Hammelbraten!«

»Machen Sie nicht so ein verdammtes Theater!« Bolitho senkte die Hand und fuhr über den abgewetzten Degengriff. Er hätte den alten Degen in der Kajüte der *Hyperion* hängen lassen sollen. Aber der Gedanke, daß er jemand anderem in die Hände hätte fallen können, oder – noch schlimmer – auf Nancys Gatten übergehen, war ihm unerträglich. Der Kerl hätte ihn bestimmt zwischen Hirschgeweihen und ausgestopften Fuchsköpfen an die Wand gehängt, denn für ihn war die Waffe nur ein Schaustück mehr.

Bolitho versuchte, sich daran zu erinnern, wie ihm sein Vater den Degen überreicht hatte, aber er konnte sich von dem stolzen alten Herrn mit dem einen Arm und dem dicken, graumelierten Haar kein klares Bild mehr machen.

Er zog die Klinge ein paar Zoll weit aus der Scheide und sah den rasiermesserscharfen Stahl im jungen Sonnenlicht aufglitzern. Alt – aber so echt und treu wie eh und je. Er stieß sie in die Scheide zurück und fuhr herum, als er Bellamy erleichtert murmeln hörte: »Bei Gott, da ist sie ja!«

Der Rumpf der *Hyperion* lag noch in tiefem Schatten, aber die Bram- und Marssegel standen so klar und weiß im Sonnenlicht wie die eines Geisterschiffes. Während er noch hinüberblickte, erschienen wie durch Zauberkraft auch die Royals, und plötzlich wehte Gischt um den Bug. Der Landwind hatte das Schiff erreicht; es rollte wie in einer müden Verneigung.

Allday sagte: »Sie ändert den Kurs – hat uns gesehen.«

Im Vorschiff der *Hyperion* blitzte es kurz auf, und Sekunden später war ein dumpfes Krachen zu hören. Erschrocken zogen alle an Deck der Schaluppe die Köpfe ein, als das Geschoß über das kleine Schiff heulte, aber weit vor ihnen ins Meer klatschte. »Verdammt!« keuchte Bellamy. »Das war knapp!«

Bolitho spürte die gleiche eiskalte Erregung wie schon so oft, und das Grinsen fror auf seinem Gesicht wie eine Maske fest. »Sollte es auch. Das muß doch echt aussehen.« Er faßte den empörten Bellamy am Arm. »Los! Ran jetzt!«

Der Leutnant brüllte durch die hohlen Hände: »Alle Mann aufentern! Setzt Großsegel und Fock!« Die Männer eilten auf Stationen, und er rannte zur gegenüberliegenden Reling. »Heißt die Flagge, zum Teufel!« Aber sogar er war beinahe überrascht, als die selbstgemachte Trikolore an die Gaffel stieg und herausfordernd im Winde flatterte.

Die Schaluppe gehorchte den Segeln gut; in der langen ablandigen Dünung flog Gischt in großen weißen Streifen von ihrem Bug.

Der einzige andere Offizier der *Chanticleer* machte sich jetzt bemerkbar. »Geschützbedienung auf Stationen! Geschütze ausrennen!«

Die Stückpforten sprangen auf, und die schlanken Rohre reckten sich wie neugierige Hundenasen über die milchig schimmernde Bugwelle. Im Vorschiff, festgebunden wie ein stumpfschnauziges Raubtier, stand die zweite Karronade der *Hyperion*. Sie war bereits geladen und überprüft worden, während Bolitho in seinem unbequemen Sessel geschlummert hatte. Diese Kanone verschoß eine mächtige Kugel von achtundsechzig Pfund, die beim Aufschlag zerbarst. Sie war mit Bleischrot gefüllt und wirkte auf kurze Entfernung mörderischer als alles bisher Bekannte. Vielleicht würde sie heute über Erfolg oder Scheitern der Aktion entscheiden.

Wieder jaulte eine Zwölfpfünderkugel über ihre Köpfe und warf eine halbe Kabellänge vor dem Bug der Schaluppe eine hohe Wassersäule auf.

Bolitho wandte sich Rooke zu, der neben ihm auftauchte, die

schlanke Gestalt in ein geborgtes Matrosenjackett gehüllt. Doch selbst so wirkte er elegant. Gepreßt sagte er: »Das ist bestimmt unser Mr. Pearse, Sir. Der feuert jeden Schuß persönlich ab, oder ich müßte mich sehr täuschen.« Er biß die Zähne zusammen, als die dritte Kugel hart längsseit niederfuhr und die Geschützbedienungen der Schaluppe mit Sprühwasser überschüttete.

»Pearce hat sicherlich ein gutes Auge«, sagte Bellamy, aber es klang doch etwas unbehaglich.

Ferner Trompetenschall übertönte das Sausen der Takelage und das Zischen des Spritzwassers. Bolitho hob sein Glas ans Auge. Über der Festung stieg die Flagge hoch; Sonne funkelte auf einem Teleskop über der Batterie oder auf einem Geschützrohr.

»Kursänderung, Bellamy!« befahl er knapp. »Denken Sie daran, was ich Ihnen sagte: runden Sie die Landzunge so dicht wie irgend möglich!«

Und Bellamy gab seine Kommandos. Die *Hyperion* halste und schwang bedrohlich herum, bis sie fast parallel zur Schaluppe lag. Sie war noch eine gute Meile entfernt, aber unter dem mächtigen Druck ihrer Segel und des achterlichen Windes lief sie schnell und gut. Jeder Beobachter an der Küste mußte annehmen, daß sie sich verzweifelt anstrengte, die Schaluppe zu überholen und abzufangen, ehe sie einen Schlag machen und den sicheren Hafen erreichen konnte.

Von der Klippe her antwortete jetzt ein Dröhnen, und alle lauschten auf das hohe Jaulen des Geschosses, das über ihre Masten hinwegflog.

»Ich sehe keinen Schaden«, sagte Rooke.

Bolitho biß sich auf die Lippen. Durchs Glas hatte er erkannt, daß im bauchigen Großsegel der *Hyperion* ein Loch klaffte. Wirklich ein guter Schuß! »Wenigstens konzentrieren sie sich im Moment auf Quarme«, sagte er; aber er mußte sich Mühe geben, daß seine Worte einigermaßen heiter klangen – in Wirklichkeit war ihm keineswegs so zumute. Im steigenden Licht besaß die *Hyperion* eine eigenartige, schwer zu erklärende Schönheit. Er konnte die drohende Galionsfigur sehen, die Wasserreflexe an der hohen Bordwand, und er fühlte etwas wie körperlichen Schmerz, als wieder ein Geschütz der Batterie feuerte und dicht am Heck des alten Schiffes eine Wasserfontäne aufspritzte. Der kann als Abpraller in den Rumpf gegangen sein, dachte er grimmig. Er warf einen Blick auf die Brustwehr der Festung – noch kein Rauch zu sehen. Aber sie würden nicht lange brauchen, um die Glut der über Nacht heruntergebrannten Essen anzufachen; dann würden sie mit glühenden Kugeln schießen, und jeder Treffer konnte die *Hyperion* in eine brennende Hölle verwandeln.

Quarme war viel zu dicht unter Land. Vielleicht hatte er sich verschätzt – oder wollte er dem Feind einen möglichst realistischen Eindruck bieten?

»Der Narr dort soll sich besser verstecken!« hörte er Rooke schimpfen. Zwei hornhäutige Füße ragten unter der Persenning hervor; ein Deckoffizier ließ seinen Tampen darauf niedersausen – ein Schrei, und weg waren sie.

Bellamy war natürlich mehr an seinem eigenen Schiff interessiert als an der Gefahr, in der sich die *Hyperion* befand. Er stand neben dem Ruder und achtete scharf auf Kompaß und Segel, denn die dunkle Landzunge sprang ihnen entgegen wie ein Stier, der die *Chanticleer* auf die Hörner nehmen wollte.

Er senkte die Hand. »An die Brassen! Schneller, faule Bande!« Unter protestierendem Quietschen und Knarren erzitterte die Schaluppe und ging dann unter dem Druck von Wind und Ruder auf den anderen Bug. Ein einzelnes Riff hätte beinahe ihren Kiel angekratzt, als sie das Vorgebirge rundeten. Dahinter winkte das flache Wasser des Hafenbeckens einladend wie eine gutbeköderte Falle.

»Kürzen Sie jetzt die Segel, Mr. Bellamy«, sagte Bolitho ruhig. »Und die Männer unter Deck sollen sich fertigmachen!« Seine Hand am Degengriff war feucht von Schweiß.

Er wandte sich um und beobachtete, wie sich der Umriß der *Hyperion* verkürzte – sie schickte sich an zu halsen, um näher an die Küste zu kommen. Auch sie hatte jetzt gerefft. Er hielt den Atem an, denn dicht an ihrem Rumpf sprangen wieder zwei Fontänen hoch. Die Franzosen feuerten jetzt schneller; anscheinend war, wie er es vorausgesehen hatte, die Batterie zur See hin verstärkt worden. Er drehte sich um. Lieber wollte er nach vorn blicken, als noch länger die gefährlichen Manöver der *Hyperion* mitansehen. Eine Anzahl Matrosen der Schaluppe drängten sich auf der Back zusammen und starrten zur breiten Hafeneinfahrt. Ärgerlich rief er ihnen zu: »Schaut nach achtern, ihr Idioten! Als Franzosen müßt ihr mehr Angst vor der *Hyperion* haben als vor eurem eigenen Ankerplatz!«

Seine Worte machten die Männer sicherer und lockerten auch seine eigene Spannung.

»Da ist die Pier, Sir«, sagte Rooke. Bolitho nickte. Es war nur ein primitiver hölzerner Steg, von dem sich ein schmaler Pfad in eine Kluft zwischen den Bergen schlängelte. Dort war es schon recht lebendig, und er konnte eben noch das Rohr eines alten Feldgeschützes ausmachen, das sich zwischen seine mächtigen eisenbeschlagenen Räder duckte.

»Stetig jetzt, Mr. Bellamy!« Er mußte sich die trocknen Lippen lecken. »Steuern Sie zunächst den Liegeplatz hinter der Pier an! Aber wenn Sie auf Kabellänge ran sind, nehmen Sie die Segel weg und Kurs auf den Steg! Inzwischen sind Sie im Windschatten der Berge, aber das Schiff müßte genug Restfahrt haben, um glatt reinzukommen.«

Widerwillig löste Bellamy die Augen vom Bug. »Wird der Bordwand nicht behagen, Sir!« Aber dann grinste er breit. »Bei Gott, das ist besser, als Flottenpost fahren!«

Bolitho warf schnell einen Blick auf Inch, den pferdegesichtigen jüngsten Leutnant der *Hyperion*, dessen Kopf vom Niedergangsluk eingerahmt war – hinter ihm warteten, enganeinandergepreßt wie Erbsen im Faß, die restlichen Männer des Landungskommandos. Für die muß es noch schlimmer sein, ging es ihm durch den Kopf. In dem engen, stockfinsteren Laderaum zusammengepfercht, hatte ihnen nur die eigene Angst und der Geschützdonner Gesellschaft geleistet.

»Winkt den Soldaten an Land zu!« rief Bolitho. Einige Matrosen glotzten ihn verständnislos an. »*Winkt*! Ihr seid doch gerade dem verdammten Engländer entwischt!«

Seine Stimme klang so wild und böse, daß tatsächlich ein paar Männer in gellendes, irres Gelächter ausbrachen und wie verrückt zu den Leuten an der Pier hinübergestikulierten. Und die winkten zurück!

Erleichtert wischte Bolitho sich die Stirn mit dem Hemdsärmel und sagte: »Wenn Sie soweit sind, Mr. Bellamy . . .«

Ein kurzer Blick nach achtern zeigte ihm, daß die Hafeneinfahrt tatsächlich schon von der keilförmig vorspringenden Landzunge verdeckt war. Darüber konnte er die obersten Rahen der *Hyperion* sehen und verspürte ungeheure Erleichterung, denn sie halste bereits wieder und nahm Kurs auf die offene See, wo ihr nichts mehr passieren konnte.

»Jetzt! Leeruder!« schrie Bellamy heiser. Als Bolitho wieder nach vorn blickte, zeigte der Bugspriet bereits auf die Kluft zwischen den Bergen. Vorsichtig zog er den Degen aus der Scheide und ging zum Vorschiff, wo die Karronade wartete.

V Kurz und scharf

Mit gerefften Segeln glitt die *Chanticleer* stetig auf den primitiven hölzernen Steg zu, wo sich etwa dreißig französische Soldaten eingefunden hatten und zusahen, wie das Schiff einlief. Etwas seitlich von den schwatzenden Soldaten hatte ein hochmütiger, schnurrbärtiger Offizier zu Pferde Posten bezogen. Reglos saß er im Sattel, nur seine Hände und Füße bewegten sich leicht, um das nervöse Pferd zu beruhigen, denn immer noch feuerte die Festungsbatterie hinter der *Hyperion* her, die schon nicht mehr zu sehen war.

Aber dann, als die überladene Schaluppe schwankend näher kam, schienen die vordersten Soldaten zu merken, daß etwas nicht stimmte. In den nächsten Sekunden überschlugen sich die Ereignisse. Im Vorschiff schrillte eine Pfeife, die letzte Stückpforte sprang auf, die Karronade schob sich unbeholfen vor und wurde sichtbar, die Persenning an Deck wurde weggerissen, darunter und aus allen Niedergängen schwärmten Seesoldaten und Matrosen heraus – auf einmal wimmelte das Deck der Sloop von Menschen. Die französischen Soldaten wichen zurück, um sich auf dem geschützten Pfad in Sicherheit zu bringen; aber es war zu spät, denn hinter ihnen versuchten ihre Kameraden, zum Steg vorzustoßen; hier und da rief noch der eine oder andere Hurra und winkte der Trikolore im Masttopp zu.

Die Karronade brüllte los wie Donner. Zwischen den engen Klippen war die Druckwelle der Explosion so stark, daß sie ein paar kleine Steinlawinen löste. Hunderte erschrockener Seevögel flatterten unter Protestgeschrei auf und zogen hoch am Himmel ihre wirbelnden Kreise.

Die mächtige Kugel pflügte durch die dichtgedrängten Soldaten und schlug hinter ihnen in die Lafette des Feldgeschützes. Ein zweites helles Aufblitzen; und als sich der Pulverqualm von Deck verzogen hatte, sah Bolitho den blutigen Pfad, den die Kugel gerissen hatte: rechts und links stürzten Soldaten sterbend nieder.

Er senkte den Degen: »Feuer!«

Jetzt kamen die kleinen Bordgeschütze an die Reihe. Sie waren mit Schrapnell geladen, und sobald ihr peitschenartiger Knall sekundenlang die Todesschreie und das Schmerzgebrüll an Land übertönte, mähten die Ladungen aus den kleinkalibrigen Rohren alle, die noch standen, nieder wie Gras.

Bolitho sprang über die Schanz an Land; seine Schuhsohlen rutschten auf Blut und Fleischfetzen; wie ein lebender Strom folgten ihm die Männer, und ihre Augen glühten dumpf, als wären sie halb betäubt von der Schlächterei ringsum.

Schrapnells bohrten sich in den Steg, und mit protestierendem Knarren kam die *Chanticleer* zum Stehen. Ihr Deck bebte, als Matrosen und Seesoldaten an Land stürzten, wo die Offiziere sie in provisorischer Marschordnung formierten.

Nur eine Handvoll Franzosen rannten den Pfad zurück, verfolgt von den Musketenschüssen eifriger Marine-Infanteristen und dem Hohngeschrei der Matrosen, die meist mit Piken und Entermessern bewaffnet waren.

Bolitho packte Ashby am Arm. »Sie wissen, was zu tun ist. Ziehen Sie Ihre Abteilung gut auseinander. Es muß so aussehen, als wären wir doppelt so viele.«

Ashby nickte heftig, sein Gesicht glühte scharlachrot vom Rennen und Schreien.

Es brauchte noch viel mehr Geschrei, um die erregten Seesoldaten in Marschordnung auf den Pfad zu bringen. Hell hoben sich die roten Uniformen von dem schwärzlich-blutigen Hintergrund aus zerfetzten Leichen und gekrümmten Verwundeten ab.

Erst jetzt bemerkte Bolitho, daß der französische Offizier auf seinem Pferd irgendwie vor dem mörderischen Blei verschont geblieben war. Ein Matrose sprang vor und wollte dem Pferd in die Zügel fallen, aber mit einer einzigen raschen Bewegung zog der Offizier seinen Säbel und hieb ihn nieder. Lautlos sank der Mann zu Boden, und wie ein Seufzer stieg es aus den Reihen der wartenden Seesoldaten auf. Ein einzelner Pistolenschuß, und der Offizier sank, würdevoll bis zum bitteren Ende, aus dem Sattel; still und stumm lag er neben dem ersten Gefallenen des Landekommandos.

Leutnant Shanks reichte die noch rauchende Pistole seiner Ordonnanz. »Laden!« befahl er kurz und wandte sich dann formell an Hauptmann Ashby: »Ich denke, Sie sollten das Pferd nehmen, Sir.«

Elegant schwang sich Ashby in den Sattel und blickte auf Bolitho herab. »Ich reite den Pfad entlang, Sir. Die Festung müßte in etwa zwanzig Minuten zu erreichen sein, glaube ich.« Er wandte sich im Sattel um und beobachtete mit soldatisch-sachverständigem Interesse, wie die erste Abteilung Marine-Infanteristen im Laufschritt ausschwärmten, um auf beiden Seiten des Tales zu rekognoszieren. Ihre roten Röcke leuchteten durch das spärliche Unterholz.

Zwei Trommler und zwei Pfeifer bezogen Position an der Spitze des Haupttrupps; dann folgte Leutnant Inch mit siebzig Matrosen, die er ebenfalls in eine Art Marschkolonne gebracht hatte. Ashby zog sich den Hut in die Stirn. Auf dem erbeuteten Pferd sah er, wie Bolitho fand, höchst militärisch aus.

»Bajonett pflanzt – auf!« brüllte der Hauptmann. Bolitho wandte sich um und starrte auf die steilen Klippen des Vorgebirges. Von seinem Standort aus konnte er nicht einmal die Brustwehr der Batterie sehen. Seine eigene Abteilung Matrosen wartete unter Rooke und einem Midshipman am Ende der Pier.

»Nach rechts! Im Eilschritt – marsch!« ertönte Ashbys heiseres Kommando.

Es war wie ein irrer Traum, dachte Bolitho: Ashby auf dem Grauschimmel an der Spitze seiner Männer . . . Der dumpfe Tritt der Stiefel, als die Abteilung gleichmütig durch die blutige Masse marschierte, die das grimmige Artilleriefeuer der Schaluppe hinterlassen hatte. Und noch unwirklicher wurde die Szene, als Trommler und Querpfeifer den munteren Marsch »Lustige Dragoner« intonierten. Es kam Bolitho wie Hohn vor, daß den Spielleuten unter solchen Umständen ausgerechnet diese Melodie eingefallen war.

Steifbeinig ging er zu Rooke hinüber. »Wir müssen sofort abrükken!« Er deutete auf die hinabgestürzten Felsbrocken, die wie ein zerrissenes Halsband den Fuß der Klippe säumten. »Da müssen wir längsklettern, bis wir unterhalb der Batterie sind. Es sind gut zwei Kabellängen; wir müssen also schnell machen, ehe die Garnison sich von dem Schreck erholt.«

Rooke verzog das Gesicht. »Wenn die Franzosen Ashbys Armee am Haupttor aufkreuzen sehen, werden sie denken, das Ende der Welt ist da!«

Bolitho nickte. »Hoffentlich. Wenn nicht, kriegen wir mehr als nur Steine auf den Kopf!«

Rutschend und keuchend kämpfte sich die Reihe der Matrosen am Fuße der Klippen entlang. Wieder hörten sie das Donnern schwerer Geschütze, und Bolitho konnte sich denken, daß Quarme einen weiteren Scheinangriff begann. Jetzt mußte die Garnison das Landeunternehmen durchschaut haben; aber sie konnten wenig mehr tun als stillzusitzen und den eigentlichen Angriff zu erwarten. Wenn sie, wie es Rooke angedeutet hatte, Ashbys zuversichtlichen Anmarsch über die einzige Straße der Insel sahen, mußten sie eigentlich annehmen, daß der Angriff aus dieser Richtung kommen würde.

Bolitho hatte alle Einzelheiten, die er über die Festung in Erfahrung bringen konnte, gesammelt und genau studiert. Hoffentlich hatten die Franzosen in der Zwischenzeit an der Gesamtanlage nichts geändert. Der kreisrunde Bergfried, der Hauptturm der Festung, war von einer achteckigen Blendmauer umgeben, die in regelmäßigen Abständen tiefe Schießscharten aufwies. An der Landseite der Brustwehr befand sich ein tiefer Graben, über den unterhalb der Festungsmauer eine Brücke führte.

Aber nach der See zu, und über der Klippe selber, gab es nur die Blendmauer. Wer diese Festung entworfen hatte, mußte es für unwahrscheinlich gehalten haben, daß der Feind über die Hafeneinfahrt hinausgelangen könne; und für ebenso unwahrscheinlich, daß jemand die hundert Fuß hohen Klippen erkletterte.

Bolitho rutschte aus und fiel bis zum Gürtel ins Wasser. Es war trotz der Sonne sehr kalt, und die plötzliche Abkühlung beruhigte seine Nerven.

Sie kämpften sich mühsam vor. Das Tempo verlangsamte sich bereits, denn das Gedränge auf dem engen Schiff hatte kein Training für solchen Sport ermöglicht.

Rooke keuchte: »Das Fort ist möglicherweise schwerer zu nehmen als wir gedacht haben, Sir. Vielleicht muß Ashby einen Frontalangriff machen.«

Bolitho musterte ihn kurz. »Wie die meisten alten Festungen ist auch diese unter der Voraussetzungen gebaut, daß alle Angriffe von See herkommen. Daran, daß so ein Fort auch von innen her aufgerollt werden könnte, denken die Festungsarchitekten anscheinend nie.«

Bewußt übersah er die Unsicherheit in Rookes schmalem Gesicht. Flüchtig dachte er an Pendennis Castle, in deren Schatten er aufgewachsen war und die er von seinem Fenster aus unzählige Male studiert hatte. Auch diese Festung war gebaut worden, um Stadt und Hafen Falmouth gegen Angriffe von See her zu verteidigen. Und dann, während des Bürgerkrieges, war es ganz anders gekommen: die alte Burg hatte ihre Verteidigungswaffen landwärts gerichtet, um den anrückenden Truppen Cromwells* Widerstand zu leisten und König

* Oliver Cromwell stürzte 1649 König Charles I. und ließ ihn hinrichten. War dann bis zu seinem Tode (1658) als »Lord-Protector« ein ungeliebter Herrscher (d. Ü.).

Charles' letzte Bastion zu schützen. Auf einem alten Bild in Bolithos Haus bildete die Belagerungsszene den Hintergrund für das Porträt von Captain Julius Bolitho, der versucht hatte, die Blockade zu brechen und seine Schiffsladung zu der belagerten Burg durchzubringen. Doch der Versuch war mißglückt. Er fiel durch eine Musketenkugel, die ihm die Schande ersparte, gehängt zu werden. Und so oder so war die Feste Pendennis gefallen.

Mühsam zog sich Bolitho den Grat eines von der See glatt gewaschenen Felsens entlang und starrte an der Klippe empor. »Ich glaube, hier sind wir richtig.« Sein Herz paukte ihm gegen die Rippen, und schweißnaß klebte ihm das Hemd am Körper.

Es sah wirklich sehr steil aus, aber wenn er die Entfernung richtig geschätzt hatte, so mußten sie direkt unter der runden Kuppe des Vorgebirges sein, wo die Brustwehr bis auf ein paar Fuß an die Felskante heranreichte.

»Mr. Tomlin, sind Sie bereit?« Tomlin war der Bootsmann der *Hyperion*, ein untersetzter, stark behaarter, ungewöhnlich kräftiger Mann. Aber trotz seines gewaltigen Körperbaus und seiner Muskelkraft hatte Bolitho niemals gesehen, daß er einen Matrosen, über den er sich ärgerte, geschlagen hätte.

Jetzt stand er auf einem Felsbrocken und hielt einen schweren Wurfhaken in seiner mächtigen Hand. »Fertig, Sir.« Wenn er den Mund öffnete, sah man, daß ihm zwei Vorderzähne fehlten, was seiner schon furchterregenden Erscheinung beim Grinsen noch einen greulich irren Akzent aufsetzte.

Bolitho musterte sein Detachement. Die Männer waren vom Sprühwasser der Brandung und vom klebrigen Schleim der Algen durchweicht und sahen wildäugig und desperat aus.

Er sprach langsam, aber knapp. »Mr. Tomlin klettert als erster hoch und sichert den Haken. Dann ich; danach folgen die anderen, aber nie mehr als zwei auf einmal. Verstanden?« Wortlos nickten einige, und er fuhr fort: »Keiner gibt einen Laut von sich, ehe ich es befehle. Wenn wir gesehen werden, ehe wir oben und über der Mauer sind, können wir nicht wieder zurück.« Er blickte ihnen grimmig in die Gesichter.

»Tut genau, was ich tue, und bleibt zusammen!«

Er mußte das plötzliche Mitgefühl unterdrücken, das ihn angesichts dieser erschöpften, aber ihm blind vertrauenden Matrosen überkam. Doch sie mußten ihm vertrauen, anders ging es nicht. Also nickte er kurz. »Schön, Mr. Tomlin. Nun lassen Sie mal sehen, ob Sie Kraft in den Armen haben!«

Wenn man Tomlin zusah, kam einem die Klippe gar nicht mehr so steil vor. Wie ein junger flotter Toppmatrose enterte er auf. Fünfzehn Fuß unter dem Klippenrand war ein schmaler Saum, und hier erst machte er Gebrauch von dem schweren Wurfhaken, den er tief und fest in einige Felsvorsprünge hineintrieb. Sein klobiger Körper stand wie der groteske Wasserspeier einer gotischen Kathedrale gegen den Himmel. Dann warf er die starke Leine hinunter und blickte in die zu ihm emporgewandten Gesichter.

Bolitho prüfte die Leine und kletterte los. Der Felsen war rauher, als er gedacht hatte, die wenigen Vorsprünge und Vertiefungen waren schlüpfrig von Möwenkot, so daß er keuchend nach Atem rang, als Tomlin ihn ganz unzeremoniell packte und neben sich auf die Platte hievte. Dabei grinste er sein zahnlückiges Raubtiergrinsen.: »Ganz schön fix, Sir! Jetzt die anderen!« Und er winkte mit seinem riesigen Daumen.

Bolitho war keines Wortes fähig. Er richtete sich mühsam auf und schätzte die nächste und letzte Etappe dieser Kletterei ab. Über dem Rand der Klippe konnte er jetzt die Mauerkrone der Brustwehr sehen, und darüber einen Streifen verwehenden Pulverqualm von der Batterie. Außerdem zwei Schießscharten, aber beide waren leer, und er nahm an, daß die Geschütze auf die andere Seite geschafft worden waren, um das Feuer auf die *Hyperion* zu verstärken.

Unten splitterten ein paar Steine – die ersten Matrosen kletterten hoch. Aber er wagte nicht hinunterzublicken. Die mörderische Spannung und die körperliche Anstrengung forderten ihren Zoll.

»Also gut, ich gehe jetzt nach oben.« Neidisch blickte er in Tomlins häßliches Gesicht und fragte sich, wie dieser so ruhig und selbstsicher sein konnte. »Sorgen Sie mir dafür, daß sich die Leute still verhalten!«

Tomlin grinste. »Den ersten Schweinehund, der auch nur flüstert, schmeiß' ich persönlich die Klippe runter, Sir!« Und Bolitho wußte, daß es ihm damit ernst war.

Er begann, sich den steilen Klippenhang hinanzuziehen. Unvermittelt spürte er die Sonne im Nacken und den stachligen Ginster unter seinen zupackenden Fingern. Seine ganze Welt bestand nur noch aus diesem kleinen Stück Felsen, und selbst die Zeit schien Sinn und Realität verloren zu haben.

Aus dem Augenwinkel konnte er das Meer sehen, glasklar und blau, die Kimm glänzte so stark, daß es seinen Augen weh tat. Von seinem Schiff war nichts zu sehen, aber am Erzittern der Klippe unter den dumpfen Abschüssen der Batterie merkte er, daß es nicht weit weg sein konnte. Dann hob er den Kopf und sah die Brustwehr. Sie war so nahe, daß er Grasbüschel und winzige blaue Blumen sehen konnte, die zwischen den wetterzerklüfteten Steinen wuchsen, und auch die hellen Narben neben den Schießscharten, Spuren des ersten Angriffs der *Hyperion*. Als er sich über den Grat zog und so schnell wie möglich an den Fuß der Brustwehr kroch, kam er sich nackt und schutzlos vor. Jeden Moment konnte der Anruf eines Postens erfolgen oder eine Musketenkugel ihn tödlich in den Rücken treffen. Die nächste Schießscharte lag nur ein paar Fuß über der Klippe. Er wagte kaum zu atmen, als er sich langsam auf die Knie hob und über ihren Rand spähte. Eine Sekunde lang vergaß er die Gefahr, in der er sich befand, und die Verantwortung für das Kommende und fühlte sich merkwürdig unbeteiligt, wie ein bloßer Zuschauer, distanziert von Wirklichkeit und Schmerz, von Raum und Zeit.

Beim Bau der achteckigen Mauer, die das Zentrum der Festung umgab, hatte man sich weniger um sichere Fundamente gekümmert, sondern so gebaut, daß sie sich dem bergigen Gelände anpaßte, als könne nichts sie jemals erschüttern. Bolithos Schießscharte war eine der höchsten der Mauer, und durch sie konnte er über den massigen Festungsturm hinaus bis zum äußersten Ende der Batterie sehen. Er erkannte sogar die Straße, die zwischen den Bergen unterhalb des Tores verschwand, und die wimmelnden Gestalten der keuchenden, halbnackten Soldaten, die immer noch Kugeln zu den auf See gerichteten Geschützen schleppten. Selbst im Sonnenglast war zu erkennen, daß die Kugeln heiß waren, und obwohl jede einzelne von zwei Soldaten in einem eisernen Gestell getragen wurde, beugten die Träger ihre Oberkörper von der Hitze weg, während sie über den steinigen Boden trabten.

Bolitho hörte, wie sich die Matrosen in seinem Rücken über den Klippenrand quälten, und vernahm Rookes geflüsterte Drohungen und Befehle. Rechts und links von ihm faßten sie Posten. Aber er drehte sich nicht um. Er sah sich genau die flache Erdschanze unterhalb der Festungsmauer an, in der die Munitionsträger wie geschäftige Maulwürfe verschwanden. Dort lag zweifellos das Magazin und die Feuerstelle, geschützt von mächtigen Erdaufschüttungen für den Fall, daß ein feindliches Geschoß dank eines blinden Glückstreffers einschlagen sollte.

»Alle da, Sir«, meldete Rooke. Er hatte einen Riß in der Wange, und seine Augen glühten – vor Überanstrengung oder unterdrückter Spannung.

»Gut.« Bolitho erstarrte und preßte das Gesicht an den warmen Stein. Von weit weg vernahm er gedämpft die Trommeln und Pfeifen von Ashbys Abteilung. Fast vergaß er seine eigene gefährliche Situation, als er in der Ferne die scharlachrote Marschkolonne mit dem stolz trabenden Grauschimmel an der Spitze um die Wegbiegung kommen sah. Die roten Uniformröcke der Marine-Infanteristen schienen waagrecht vorwärtszugleiten, nur die weißen Hosenbeine darunter bewegten sich im Gleichtakt. So sah die auf dem gewundenen Pfad anmarschierende Kolonne tatsächlich wie eine glänzendrote Raupe mit stählern-stachligem Rücken aus. Ashby hatte seine Sache gut gemacht. Die einzelnen Gruppen marschierten, wie Bolitho befohlen hatte, in Abständen, so daß man glauben konnte, sie seien weit zahlreicher. Jetzt konnte er auch das Ende der Kolonne sehen: Inchs Matrosen, eine schwankende, auseinandergezogene, weiß und blaue Masse in einer ordentlichen Staubwolke, die auf eine viel stärkere Truppe schließen ließ.

»Wie stark sind die Franzosen, Sir?« fragte Rooke. Bolitho kniff die Augen zusammen, um die französischen Artilleristen besser beobachten zu können, die eben jetzt die anrückende Kolonne erstmals gesehen hatten. Etwa fünfzig Soldaten befanden sich seiner Meinung nach in der Batterie. In der Festung selbst konnten zweimal, ja dreimal so viele sein. Doch das bezweifelte er. Nur wenige Köpfe hoben sich, soweit er sehen konnte, vom Himmel ab; außer diesen erkannte er nur noch ein paar Soldaten auf dem einen Wachturm neben dem Doppeltor.

»Stark genug für ihre Zwecke, Mr. Rooke«, erwiderte er. Auch die Verteidigungskräfte jenseits der Mauer hatte er gesehen. Ashbys Truppe würde sich mit denen auseinandersetzen müssen, falls sein eigener Plan schiefging und Ashby angreifen mußte. Zwei steile Dämme, einer davon schien neu zu sein. Zwar konnte er von hier aus nichts erkennen, aber bestimmt waren sie mit zugespitzten Pfählen und anderen Hindernissen armiert. Jede angreifende Truppe würde von Schrapnell- und Musketenfeuer niedergemäht werden, ehe sie auch nur den Hauptgraben unterhalb der Mauer erreicht hatte.

Ashby tat, was er konnte, um mit seinem Anmarsch ein möglichst imponierendes Schauspiel zu bieten. Die Marine-Infanteristen bildeten ständig neue Gruppen und Abteilungen oder flankierten die eigene Marschkolonne. Wahrscheinlich kam ihnen das Ganze ebenso rätselhaft vor wie oben den Franzosen, die ihren Anmarsch beobachteten.

»Wir haben nur ein paar Minuten Zeit«, sagte Bolitho eindringlich. »Die Franzosen werden bald merken, daß alles nur Bluff ist.« Unwillkürlich duckte er sich, als ein einzelnes Geschütz von der anderen Mauer her losdonnerte, und fuhr dann fort: »Die *Hyperion* kann ihre Scheinangriffe auch nicht stundenlang fahren. Wenn eine dieser glühenden Kugeln an einer Stelle trifft, wo unsere Leute nicht rechtzeitig hinkommen, brennt das Schiff lichterloh.«

Rooke zog den Degen und sah die beiden Pistolen in seinem Gürtel nach. »Ich bin bereit«, sagte er mit fester Stimme. »Aber ich meine immer noch, wir sollten das Haupttor zu erreichen versuchen. Wenn wir dort sind, ehe die *Frogs* es bemerken, können wir Ashby den Weg für einen Frontalangriff freimachen.«

»Und wenn nicht?« entgegnete Bolitho gelassen. »Dann hauen sie uns kurz und klein und können Ashby vernichten, wann und wie sie wollen.« Er leckte sich die trockenen Lippen und glitt von der Schießscharte.

Alle Matrosen beobachteten ihn scharf – sie versuchten, ihr eigenes Schicksal aus seinen Augen zu lesen. Er sprach weiter: »Wenn ich Befehl gebe, klettern wir durch diese beiden Schießscharten über die Brustwehr.« Er war sich wohl bewußt, wie die kostbaren Sekunden verrannen, aber die Männer mußten ganz genau verstehen, was sie zu tun hatten. »Es sind etwa fünfundsiebzig Yards bis zum Festungstor zu überwinden. Jetzt steht es offen – aber wenn sie uns zu früh sehen, knallen sie uns die Tür vor der Nase zu!« Er rang sich ein Lächeln ab. »Also rennt, als wäre der Teufel hinter euch her! Wenn wir die Festung einnehmen, wird sich die Außenbatterie ergeben. Auf sich allein gestellt, wäre sie verloren.«

Plötzlich zuckte er zusammen: einer von denen, die ihn da gespannt anblickten, war Midshipman Seton. Rooke bemerkte sein Stutzen und sagte obenhin: »Ich hielt es für richtig, daß er mitkommt, Sir. Wir brauchen alle erfahrenen Leute für später.«

Bolitho musterte ihn kühl. »Auch Leutnants sind nicht immun, Mr. Rooke!«

Da mischte sich Tomlin mit seiner groben Stimme ein: »Die Batterie hat wieder Feuer eröffnet, Sir. Machen sich anscheinend keine Sorgen wegen Captain Ashby.«

Bolitho zog den Degen und strich sich die Haarsträhne aus der Stirn. »Also dann hinüber, Jungs! Wer einen Laut von sich gibt, den lasse ich auspeitschen.«

Auch der Furchtsamste unter den Männern wußte, daß diese Drohung gegenstandslos war. Wenn die Franzosen sie jetzt entdeckten, würde die Peitsche ihre geringste Sorge sein.

Bolitho stand langsam auf und warf ein Bein über den Rand der Schießscharte. Die Mauer war sehr dick, aber er spürte eine stützende Hand unter seinem Arm und wußte, daß Allday dicht hinter ihm war. Merkwürdigerweise hatte er während des langsamen Vormarsches durch die Klippen überhaupt nicht an seinen Bootsführer gedacht. Vielleicht weil er sich schon so lange auf ihn verließ, daß seine Treue und sein Mut ihm selbstverständlich erschienen. Unvermittelt sagte er: »Wenn ich falle, Allday, dann bleiben Sie bei Mr. Rooke. Er wird alle Hilfe brauchen, die er kriegen kann.«

Allday blickte ihn ruhig und aufmerksam an. »Aye, aye, Captain.« Dann warf er das schwere Enterbeil über die Schulter und fuhr fort: »Aber wahrscheinlich zielen die Franzosen eher auf *ihn*.« Und bei diesen Worten grinste er. »Mit allem Respekt, Sir, aber Sie sehen so zerlumpt aus, daß es sich nicht lohnt, auf Sie zu schießen!«

Bolitho musterte ihn. »Eines Tages gehst du zu weit, du frecher Bursche.«

Dann erschien Rooke an der Spitze der zweiten Abteilung und begann den Durchstieg. Bolitho sprang zu Boden und rannte auf den runden Turm zu. Unwichtige Einzelheiten traten während seines Laufs über das Glacis hart und klar hervor: kleine weiße Steinsplitter, ein weggeworfenes Hemd, ein grobgezimmerter, zerbrochener Stuhl, ein irdener Weinkrug glitten blitzschnell an ihm vorbei, als er mit seinem Schatten um die Wette auf die Festungsmauer zurannte.

Keuchend erreichte er sie, preßte sich gegen die mächtigen Steinblöcke und wartete, bis die anderen bei ihm waren. Es war kaum zu glauben, aber bis jetzt hatte sie tatsächlich noch keiner gesehen. Und von hier sah es so aus, als wären sie allein auf der Insel; denn die breite Silhouette des Turmes verbarg Kanonen und Tore, Gräben und Soldaten.

Er gab ein Zeichen mit dem Degen und ging längs der Mauer vor.

Der Torbogen wurde durch die Rundung des Turmes zunächst verdeckt, und als er ihn schließlich erreichte, war er fast ebenso überrascht wie die beiden französischen Soldaten, die dort auf ihren Musketen lehnten. Der eine ging aufs Knie und legte seine Muskete an; der andere, aufgeweckter oder nicht ganz so tapfer, drehte sich um und floh durch die schmale Öffnung ins Innere. Bolitho schlug die Muskete beiseite und rannte hinter ihm her. Ohne es recht zur Kenntnis zu nehmen, hörte er den furchtbaren Schrei des Postens, den ein Entermesser niederhieb, ehe er feuern konnte. Sekundenlang war er geblendet, als er in das kühle Dunkel des Turmes stürzte; doch als er einen Moment verhielt, um sich zu orientieren, sah er eine steile Wendeltreppe und hörte von oben laute Alarmrufe.

»Mr. Tomlin!« schrie er, »blockieren Sie das Tor!«

Die hereinhastenden Matrosen rannten ihn fast um. »Dann das untere Stockwerk durchsuchen!« Er wandte sich um und rannte auf die Wendeltreppe zu, halb betäubt vom Widerhall der Rufe und des wilden Gebrülls, als die erste Angst der Männer in Raserei umschlug.

Hinter einer Treppenbiegung krachte ein Schuß hervor, und knapp unter Bolitho schrie ein Matrose auf und stürzte rücklings in die Nachfolgenden. Eine kleine Tür zu einem engen Gang stand offen, und Bolitho erblickte einen französischen Soldaten, der mit gefälltem Bajonett im Laufschritt angriff. Bolitho konnte die Treppe weder hinauf noch hinunter; als das Bajonett schon dicht vor seiner Brust war, blitzte Alldays Enterbeil im Halbdunkel auf, und der Soldat fiel, Kopf voran, hinter dem toten Matrosen auf die Stufen.

Mit Abscheu starrte Bolitho auf die zerschmetterte Muskete zu seinen Füßen nieder. Eine abgetrennte Hand hielt nach wie vor den Kolben umklammert, als sei sie trotz Alldays wildem Axthieb noch lebendig.

Gepreßt sagte er: »Weiter, Jungs! Noch zwei Stockwerke!« Er schwenkte den Degen, und in seinem Kopf schwirrte der gleiche krankhafte Wahnsinn, der seine Männer erfaßt hatte.

Aber an der letzten Treppenwindung stießen sie auf eine dichte Linie Soldaten, deren Musketen ohne zu wanken auf die andrängende Masse der Matrosen gerichtet waren, und deren aufgepflanzte Bajonette mörderisch glitzerten. Jemand schrie einen Befehl, und ihre ganze Welt explodierte in Musketenfeuer. Bolitho wurde von fallenden Leibern beiseitegestoßen, in seinen Ohren gellten Schreie und Flüche, als die vordere Reihe der Soldaten niederkniete und nun das zweite Glied auf kürzeste Entfernung feuerte. Die steinernen Stufen wurden schlüpfrig von Blut; rechts und links stießen und drängten sich die Männer, um dem Gemetzel zu entfliehen. Der Schwung des Angriffs, Bolitho wußte es, war gebrochen. Gewiß, sie hatten die Festung unbemerkt erreicht, und das hatte sie in ein irres Hochgefühl versetzt, aber nun war es in kopflose Panik umgeschlagen. Er sah die Schulter an Schulter stehenden Soldaten, die jetzt die Treppe herunterkamen; ihre Bajonette waren bereit, das Vernichtungswerk zu vollenden.

Mit einem Schrei, der wie verzweifeltes Aufschluchzen klang, warf sich Bolitho über die letzten Stufen hinauf; sein Degen schlug die vordersten beiden Bajonette beiseite, die nach seinem zerfetzten Hemd stießen, und mit aller Kraft hieb er auf die Männer des zweiten Gliedes ein. Die erschrockenen Soldaten standen zu dicht, um ihre langen Musketen voll ausnützen zu können, und er sah im Gesicht eines Mannes, den sein Degen wie ein Puppe zur Seite fegte, eine dunkelrote Wunde aufklaffen. Er fühlte, wie sie taumelten und gegen ihn stießen, ja sogar ihren warmen Schweiß, als sie wie eine lebendige Flutwelle über die Steinstufen quollen. Jemand stieß ihm einen Gewehrkolben ins Kreuz, und mit schmerzverdunkeltem Blick sah er einen barhäuptigen Offizier, der verzerrten Gesichts seine Pistole im Anschlag hielt. Mit einer letzten verzweifelten Anstrengung riß Bolitho den Degen hoch und führte einen so starken Hieb nach dem Mann, daß er seine Schulter im Aufprall erzittern fühlte. Die Klinge fuhr dem Offizier durch Kragen und Epaulette, in lautlosem Todesschrei öffnete sich sein Mund, und aus der durchschnittenen Arterie schoß ein Blutstrahl empor wie eine scheußliche rote Blume. Immer mehr Matrosen warfen sich nun in das Kampfgewühl. Bolitho selbst merkte, wie er rückwärts stolperte, aber jemand hielt ihn fest und schrie seinen Namen. Dann wurde er wieder vorwärtsgedrängt, über Leichen und schreiende Verwundete hinweg; und die britischen Matrosen stürmten auf das helle Rechteck am oberen Ende der Treppe zu.

Wie im Traum sah Bolitho, daß Rookes Degen in einen Mann neben der Tür fuhr und der Leutnant weiterstürmte, ohne auch nur aus dem Tritt zu kommen. Ein langer, bezopfter Matrose hieb sein Enterbeil dem sterbenden Franzosen mit solcher Kraft in die Schulter, daß er den Fuß gegen den Körper des Mannes stemmen mußte, um es wieder herauszureißen.

Allday stützte ihn. Sein mächtiges Beil pfiff wie die Sense eines Schnitters, sobald ein Überlebender versuchte, über den einzigen

Fluchtweg, die Treppe, nach unten zu entkommen.

Bolitho verdrängte Schmerz und Übelkeit – ihm wurde klar, daß seine siegestrunkenen Männer, wenn er nicht sofort etwas tat, jeden Franzosen umbringen würden, der noch im Turm war. Er schob Allday beiseite und folgte den anderen in den Sonnenschein hinaus. »Die Flagge!« rief er Rooke zu. »Nieder mit ihr, Mann!«

Mit wilden Augen fuhr Rooke herum. Da sah er Bolitho und kam wieder zu Sinnen. »Hast du gehört? Los, Strohkopf!« krächzte er. Ein Matrose neben ihm, der gerade dabei war, einen verwundeten Franzosen mit nackten Händen zu erwürgen, ließ mit einem Schmerzensruf davon ab, weil Rooke ihm die flache Klinge auf die Schulter gehauen hatte.

Allday wartete, bis die französische Flagge auf den Steinplatten lag; dann wickelte er sich einen britischen Wimpel vom Leib und reichte ihn dem atemlosen Matrosen. »Heiß *den,* Bursche!« Mit geschultertem Enterbeil sah er zu, wie die britische Flagge hochstieg und sich in der warmen Brise entfaltete. »Da haben sie was dran zu kauen!« grinste er.

Bolitho trat an die Brustwehr und stützte sich schwer auf die verwitterten Steine. Unter ihm starrten die französischen Artilleristen verzweifelt zu der britischen Flagge auf und dann zur *Hyperion* hinaus, die eben über Stag ging und Kurs auf die Hafeneinfahrt nahm.

Ihm war speiübel, und er war todmüde, trotzdem blieb noch viel zu tun. Mühsam wandte er sich um und musterte die atemlosen Sieger. Von den fünfundzwanzig, mit denen er angetreten war, schienen nur noch wenige übrig zu sein. »Bringt die französischen Soldaten in einen sicheren Gewahrsam«, sagte er. Tomlin erschien in der offenen Tür. »Nun?«

Der Bootsmann tippte sich grüßend mit der Faust an die Stirn. »Hier is' 'n französischer Offizier, Sir. Der Kommandeur der Batterie.« Tomlins Fangzähne glitzerten vor Vergnügen. »Hat sich ergeben, Sir.«

»Ja, schon gut.« Er konnte dem Franzosen nicht ins Gesicht sehen – dieser wunde, gedemütigte Blick des Besiegten . . . »Mr. Rooke«, befahl er, »gehen Sie hinunter und entwaffnen Sie die Batterie. Dann öffnen Sie das Festungstor, begrüßen Hauptmann Ashby und richten ihm mein Kompliment für gute Arbeit aus.«

Rooke eilte hinweg, und Bolitho hörte fernes Hurrarufen. Ob vom Schiff oder von Ashbys Marine-Infanteristen, das wußte er nicht, und es war ihm auch völlig gleichgültig.

Jetzt schwamm Alldays Gesicht in sein Blickfeld. »Sind Sie verletzt, Captain?« fragte der Bootsmann besorgt. »Ich glaube, Sie sollten sich ein bißchen ausruhen.«

Bolitho schüttelte den Kopf. »Lassen Sie mich nachdenken. *Ich muß nachdenken!*« Er wandte sich um und erblickte Seton, der bleich und entsetzt auf einen verwundeten Franzosen zu seinen Füßen starrte. Der Mann hatte einen Stich in den Magen bekommen. Blut strömte aus seinem offenen Mund, aber er klammerte sich noch ans Leben; es war herzzerreißend und mitleiderregend, wie seine Worte im Blut erstickten. Vielleicht empfand er in diesen letzten Augenblicken Seton irgendwie als Retter.

»Helfen Sie ihm, mein Junge«, sagte Bolitho. »Er kann keinen Schaden mehr anrichten.« Aber Seton wich zurück, seine Lippen zitterten, als der Mann seinen Schuh mit blutiger Hand berührte. Seton konnte das Zittern nicht beherrschen, und Bolitho sah, daß sein Dolch noch in der Scheide stak. Der muß ein dutzendmal durch die Hölle gegangen sein, dachte er. Laut aber sagte er: »Er ist nicht mehr unser Feind. Lassen Sie ihn wenigstens nicht sterben, ohne daß jemand bei ihm ist!« Er wandte sich ab, konnte nicht mitansehen, wie der verstörte Midshipman sich neben diesen blutenden Todgeweihten hinkniete, der seine Hand umklammerte, als sei sie das Kostbarste auf der Welt.

»Das kommt noch, Captain«, sagte Allday leise. »Mit der Zeit lernt er's schon.«

»Es ist kein Spiel, das man lernen kann, Allday«, antwortete Bolitho leeren Blickes. »Und ist auch nie eines gewesen.«

Ashby kam die Treppe heraufgepoltert, ein mächtiges Grinsen spaltete sein Gesicht. »Bei Gott, Sir! Eben gehört, was Sie getan haben!« Begeistert schlug er die Hände zusammen. »Bei Gott, Sir, das war großartig, wirklich!«

Bolitho blickte zur *Hyperion* hinunter. Sie hielt jetzt direkt auf die Hafeneinfahrt zu; er konnte die Matrosen unterscheiden, wie sie zu den Booten schwärmten und sie klarierten.

»Sie müssen quer durch die Insel zu dem anderen Fort marschieren, Ashby«, sagte er zu dem Hauptmann. »Die Besatzung wird sich wahrscheinlich schnell ergeben, wenn Sie dem Kommandanten klarmachen, daß er jetzt allein ist.«

Doch Ashby rührte sich nicht. Sein Gesicht, so scharlachrot wie seine Uniform, schien alles andere zu verdecken, und seine Stimme dröhnte in Bolithos Kopf: »Prachtvoller Sieg, Sir. Genau was wir brauchten. Wirklich prachtvoll!«

»Wie Sie meinen, Ashby«, erwiderte Bolitho. »Aber jetzt gehen Sie bitte und tun, was ich gesagt habe.« Gott sei Dank, daß er weg ist, dachte er, als er den immer noch aufgeregt vor sich hin redenden Hauptmann im Treppenaufgang verschwinden sah.

Hatte er eigentlich gewußt, was er tat, als er sich den französischen Bajonetten entgegenwarf? Oder war es der Wahnsinn des Kampfes gewesen, und dazu vielleicht die Angst vor Niederlage und Schande?

Unten auf der Batterie wimmelten die Brustwehren von durcheinanderschreienden Matrosen; zwei Mann hatten sich auf Ashbys Pferd geschwungen und trabten grinsend wie die Kinder zwischen den verstörten Gefangenen herum.

Allday sagte: »Er hat recht, Captain. Als Sie losgingen, war es aus mit denen.« Er schüttelte den Kopf. »Ganz wie in alten Zeiten. Kurz und scharf, und am Ende blutige Nasen!«

Bolitho blickte auf Seton hinunter. Der hockte immer noch bei dem französischen Soldaten, hielt dessen blutige Hand umklammert und blickte mit entsetzten, starren Augen in das Gesicht des Mannes.

Allday folgte Bolithos Blick und sagte gedämpft: »Er ist tot, Mr. Seton. Sie können ihn jetzt alleinlassen.«

Bolitho erschauerte. Es war vorbei. »Ich brauche einen Kurier zur *Chanticleer«, sagte er. »Mr. Bellamy muß sofort absegeln und die Princesa* benachrichtigen, daß wir die Insel genommen haben.« Als er sich rasch umdrehte, stand Seton neben ihm. Noch zitterten seine Lippen, und über die bleichen Wangen rannen Tränen.

Aber seine Stimme war jetzt fester und seltsam entschlossen. »Ich gehe, Sir, wenn Sie meinen, ich kann das.«

Bolitho legte ihm die Hand auf die Schulter und blickte ihn sekundenlang aufmerksam an. Alldays Worte klangen in ihm nach: »Mit der Zeit lernt er's schon.«

»Schön, Mr. Seton«, sagte er langsam. »Ich bin ganz sicher, daß Sie es können.«

Er sah dem Jungen nach, der steifbeinig zum Treppenaufgang schritt; reglos hingen seine Arme herab, und er hielt den Kopf von den starräugigen Toten und stöhnenden Verwundeten abgewandt. Das hätte ich sein können, dachte Bolitho müde. Vor zwanzig Jahren bin auch ich beinahe zusammengebrochen, und jemand hat mir durch ein paar mitfühlende Worte geholfen. Mit zusammengekniffenen Augen blickte er nachdenklich in die Sonne. Aber trotz aller Mühe konnte er sich weder an die Worte noch an den Mann erinnern, der ihm den Verstand gerettet hatte, als damals, genau wie jetzt bei Seton, seine Knabenwelt in Scherben ging. Da richtete er sich auf und stieß den Degen in die Scheide. »Kommen Sie, Allday«, sagte er. »Gehen wir uns ansehen, was wir da erobert haben!«

VI Verhandlungen

Eilig trat Bolitho in seine Kajüte und warf die Tür heftig hinter sich zu. Minutenlang empfand er dankbar den willkommenen Schatten, obwohl er wußte, es war nur eine Illusion nach der gnadenlosen Hitze auf dem Achterdeck, wo er eben einer Auspeitschung vor versammelter Mannschaft beigewohnt hatte.

Gimlett, sein Steward, schlurfte nervös an ihm vorbei und starrte ihn beinahe ehrfürchtig an, als er Hut und Rock abwarf und sich das Hemd aufriß, noch bevor er seinen Degen abschnallte. Wortlos warf er Gimlett die Sachen zu und trat müde an das offene Heckfenster. Die Szene, die ihn begrüßte, war unverändert: das glatte, glitzernde Wasser des Ankerplatzes und die kahlen, in der Hitze flirrenden Berge über den hochaufragenden Klippen der Insel Cozar. Sogar das Schiff kam ihm unbeweglich, leblos vor. Das war auch keine Täuschung, denn die *Hyperion* war vorn und achtern direkt an der Armierung der Hafeneinfahrt festgemacht, so daß sie einen eventuellen Angreifer, der sich etwa nicht von der Batterie auf dem Felsen abschrecken ließ, jederzeit mit einer vollen Breitseite empfangen konnte.

Sein Blick fiel auf die Glaskaraffe mit dem Becher, die Gimlett ihm hingestellt hatte. Fast automatisch trank er den herben Rotwein, den sie in der eroberten Festung vorgefunden hatten. Er vermittelte die Illusion einer kurzen Erfrischung, aber wie ein nie weichendes Gespenst war der Durst bald wieder da.

Bolitho warf sich auf die Sitzbank unter dem Fenster und horchte auf das Getrappel oben, als die letzten der wegtretenden Männer unter Deck verschwanden. Es war fast Mittag, und trotz der Sonnensegel über dem Luk und Niedergang glühte das Schiff bereits wie ein Feuerofen.

In all seinen Dienstjahren als Flottenoffizier hatte er sich nie an den Anblick einer Auspeitschung gewöhnen können. Irgend etwas rührte jedesmal an seinen innersten Nerv, oder es gab einen unerwarteten Zwischenfall, der die elende Prozedur noch verlängerte.

Mit zusammengezogenen Brauen goß er sich einen zweiten Becher Wein ein. Der eben bestrafte Mann war ein Schandfleck auf dem blanken Schild von Bordroutine und Disziplin gewesen; dennoch spürte Bolitho immer noch eine merkwürdige Unruhe, obwohl alles vorbei war und der Delinquent sich irgendwo im Orlopdeck befand, wo der Arzt ihm den zerhauenen Rücken salbte und pflasterte.

Der Mann hatte Durst gehabt, ganz einfach. Im Dunkel der Nacht hatte er versucht, eines der Fässer mit dem stinkenden, halb verdorbenen Trinkwasser aufzubrechen, und ein Korporal hatte ihn dabei erwischt.

Zwei Dutzend Hiebe – nach den Maßstäben des Unterdecks ein ziemlich mildes Urteil. In der Kriegsflotte herrschte eben schnelle und strenge Disziplin. Wenn ein Mann etwas ausgefressen hatte, konnte er durchaus Glück haben und nicht erwischt werden. Wenn aber doch – nun, dann wußte er, was ihm bevorstand.

Dieser Mann hatte trotz langer Dienstzeit auf einem Dutzend Schiffen bisher Unannehmlichkeiten solcher Art vermeiden können. Vielleicht hatte er mehr Angst um sein Ansehen und seinen Stolz als vor den Schmerzen gehabt. Aber nach den ersten fünf Schlägen hatte er angefangen zu schreien und sich mit nacktem Oberkörper wie ein Gekreuzigter an der blutbespritzten Grating gewunden.

Angeekelt starrte Bolitho in sein leeres Glas. Jetzt war es ruhig im Schiff; kein Rufen, keine winselnde Melodie des Schiffsfiedlers, kein Herumtoben der Midshipmen. Vom Feuer ihres überraschenden Sieges war kein Funken mehr vorhanden, kein Hochgefühl mehr übrig, das die lastende Dumpfheit gelockert hätte, die wie ein böses Omen über dem Schiff hing.

In plötzlich aufsteigender Wut knirschte er mit den Zähnen. Drei lange Wochen war es her, daß sie die Festung gestürmt und die französische Flagge niedergeholt hatten, und mit jedem träge dahinkriechenden Tag wurden Spannung und Bitterkeit stärker.

Ein nervöses Klopfen an der Tür, und Whiting, der Zahlmeister, spähte vorsichtig herein. »Sie haben mich rufen lassen, Sir?« Er schwitzte mächtig, denn er war außerordentlich dick; ein mehrfaches Doppelkinn wackelte bei jedem Schritt auf seiner Brust. Normalerweise lachte er gern und oft; doch wie die meisten seines Berufes besaß er scharfe, unfehlbare Augen, und es hieß, er wisse bis zur letzten Käserinde auswendig, was an Vorräten in der Schiffslast war. Wie er so dastand und nervös von einem Fuß auf den anderen trat, erinnerte er Bolitho an einen riesigen Wels.

»Ja, das habe ich, Whiting.« Er tippte auf die Papiere vor ihm auf dem Tisch. »Haben Sie das Trinkwasser nochmals kontrolliert?«

Der Zahlmeister ließ den Kopf hängen, als ob es irgendwie seine Schuld wäre. »Aye, aye, Sir. Wenn wir die Ration auf eine Pinte* pro Mann und Tag kürzen, reicht es noch eine Woche.« Zweifelnd schob er die Unterlippe vor. »Aber selbst dann werden sie mehr Würmer zu trinken kriegen als Wasser, Sir.«

Bolitho stand auf und stützte die Handflächen auf das heiße Fenstersims. Das Wasser unter ihm war so klar, daß er die kleinen Fische über ihren eigenen Schatten auf dem harten Sandgrund des Ankerplatzes hin und her schießen sah. Was sollte er tun? Was *konnte* er tun? Drei Wochen wartete er jetzt darauf, daß die *Chanticleer* von der Flottenbasis zurückkehrte und Hilfe brachte. Er hatte einen ausführlichen Bericht für Lord Hood geschrieben und erwartet, daß ein Versorgungsschiff schon nach wenigen Tagen eintreffen würde. Aber zwei Wochen lang hatte sich überhaupt nichts am Horizont gezeigt. Zu Anfang der dritten Woche hatte der Ausguck auf der Festung eine französische Fregatte von Nordwesten gemeldet. Etwa eine Stunde lang hatte das feindliche Segel wie eine Feder über der Kimm gestanden, war dann aber verschwunden. Ja, dachte er wütend, die Franzosen konnten warten. Ein paar Tage nach dem Angriff der *Hyperion* wäre ein Versorgungsschiff für die Garnison fällig gewesen. Jetzt enthielt die flache Zisterne nur Staub, und in der gnadenlosen Sonne lagen die britischen Matrosen wie tot herum und hatten nur eine Pinte am Tag, um den quälenden Durst zu stillen.

Es würde noch mehr Auspeitschungen geben, dachte er trübsinnig, stieß sich vom Fensterbrett ab und trat zum Seitenfenster. Weit hinten in der kleinen Bucht sah er die *Princesa* reglos wie ein geschnitztes Modell über ihrem eigenen Schatten liegen. Vielleicht, so überlegte er, hatte er ihretwegen und nicht zum Schutz vor einem Angriff von See her befohlen, daß die *Hyperion* am entgegengesetzten Ende der Bucht ankerte. Von dem Moment an, als die *Princesa* festgemacht hatte, war es zwischen den britischen und den spanischen Matrosen zu Reibereien, einige Male sogar zu offenen Prügeleien gekommen.

Nach der ersten Woche fruchtlosen Wartens hatte ihn der spanische

* = 0,57 Liter.

Kapitän an Bord besucht und war ohne Umschweife zur Sache gekommen: Auf der Insel befanden sich fast hundert französische Gefangene. Hundert zusätzliche Bäuche, die mit Nahrung und Frischwasser gefüllt werden mußten.

»Wir müssen sie liquidieren«, hatte *Capitano* Latorre eindringlich gesagt. »Sie sind nutzlos für uns!« Sein Blutdurst war ein weiterer Grund für Bolithos Entscheidung, die Kontrolle über die Hauptfestung selbst in der Hand zu behalten. Ashbys Seesoldaten hausten dort; die spanischen Soldaten von der *Princesa* mußten sich mit dem alten maurischen Fort am anderen Ende der Insel begnügen.

Latorre war wütend gewesen, sowohl über Bolithos Weigerung, die Gefangenen abzuschlachten, als auch über seine ebenso entschiedene Absage, die spanische Flagge über der Batterie wehen zu lassen.

Der Zahlmeister unterbrach sein Grübeln. »Diese Spanier haben Wasser genug, Sir, bestimmt.« Er zog eine wütende Grimasse. »Hol sie der Teufel!«

Bolitho blickte ihn gelassen an. »Vielleicht, Mr. Whiting, haben Sie recht. Aber läge die *Hyperion* nicht hier mit ausgefahrenen Geschützen, dann wäre der tapfere *Capitano* Latorre wohl längst weg. Würde ich fordern, daß er mich seine Vorräte inspizieren läßt, so gäbe das eine Katastrophe. Und wir sollen ja, wie ich mich dunkel erinnere, bei dieser Aktion Verbündete sein.«

Aber der Zahlmeister hatte keinen Sinn für Ironie. »Dons oder *Frogs* – trauen kann man beiden nicht!«

Das Gespräch wurde unterbrochen, als Quarmes Kopf in der Türöffnung erschien.

»Ja, Mr. Quarme?« Bolitho hörte Whiting erleichtert aufseufzen, weil damit die Last von seinen fetten Schultern genommen war.

Quarme sah erschöpft aus. »Signal von der Batterie, Sir. Die französische Fregatte ist wieder in Nordwest gesichtet worden – Gott weiß, was sie als Wind benutzt!« Er trocknete sich das Gesicht. »Ich wünschte beim Himmel, auch wir wären da draußen!«

Bolitho nickte dem Zahlmeister zu. »Machen Sie weiter, Mr. Whiting. Aber sorgen Sie dafür, daß die Wasserfässer rund um die Uhr bewacht werden!« Als sich die Tür hinter Whiting geschlossen hatte, fuhr er fort: »Diese Fregatte wird ein Auge auf unsere Masttopps halten oder auf die Flagge über der Batterie.«

Quarme hob die Schultern. »Zeitverschwendung. Selbst mit Ashbys wenigen Leuten könnten wir die Insel gegen eine ganze Flotte halten!«

Bolitho warf ihm einen scharfen Blick zu. Merkwürdig, daß der Mann so wenig Phantasie hatte. »Damit keinerlei Zweifel aufkommt, Mr. Quarme: wenn wir nicht innerhalb einer Woche Wasser bekommen, müssen wir die Insel aufgeben!« Wütend wandte er sich ab. »Die Franzosen wissen, wie es mit unserem Wasser steht, ebenso wie sie wissen müssen, daß man uns keinen Nachschub geschickt hat.« Er beschattete die Augen mit der Hand und starrte zu den hohen Klippen hinüber. Dort unten hoben sich im stehenden Wasser die verkohlten Reste der *Marte* wie schwarze Knochen ab. »Und ohne günstigen Wind ist es vielleicht auch dann schon zu spät. Der Durst hat unseren Leuten mächtig zugesetzt.«

»Hilfe ist vielleicht schon unterwegs, Sir.« Quarme folgte ihm mit den Augen bei seinem rastlosen Auf-und-Ab-Schreiten in der Kajüte. »Lord Hood *muß* Ihren Bericht ja erhalten haben.«

»So? Muß er?« Bolitho blieb stehen, wütend über Quarmes leere Vertrauensseligkeit und sein eigenes Unvermögen, eine Lösung zu finden. »Das freut mich zu hören. Donnerwetter, Mann, die *Chanticleer* kann ja gesunken sein. Jetzt, in dieser Minute, kann sie Feuer oder eine Meuterei an Bord haben!«

Quarme lächelte mühsam. »Das halte ich für unwahrscheinlich . . .«

Kalt starrte Bolitho ihn an. »Dann glauben Sie also, wir sollen weiter abwarten, wie?«

Quarmes Lächeln gefror. »Ich wollte nur sagen: wir konnten ja nicht wissen, daß es so kommen würde; mehr kann schließlich niemand von uns verlangen, Sir. Wir haben die Insel befehlsgemäß eingenommen und unseren Auftrag nach besten Kräften erfüllt.«

Bolitho gewann auf einmal seine Gelassenheit wieder. »Befehle auszuführen ist nicht immer die letzte Lösung, Mr. Quarme. Im Dienst des Königs mögen Sie noch so viele Siege und Triumphe erringen – aber machen Sie nur einen Fehler, dann sind alle Ihre Verdienste ausgelöscht.« Er zog sich das Hemd von der feuchten Haut ab. »Wenn man sein Bestes tut, dann ist das eben manchmal noch nicht gut genug.«

Mißmutig setzte er sich. »Sehen Sie den Tatsachen ins Auge. Was wir noch an Wasser besitzen, ist nicht der Rede wert, aber wir haben ausreichend Wein und Branntwein. Früher oder später müssen ein paar Hitzköpfe wild werden, und dann werden wir noch mehr als diese verdammte Insel verlieren!« Er deutete zur Klippe hin. »Was bilden Sie sich ein, wie lange wir ohne Ashbys Seesoldaten an Bord eine Besatzung halbverdurstcter Matrosen unter Kontrolle halten können?«

Quarme starrte ihn entsetzt an. »Ich mache schon mehrere Jahre auf diesem Schiff Dienst, Sir, und kenne die meisten Leute gut. Sie würden niemals ...«

»Ich weiß nicht«, erwiderte Bolitho mit einer heftigen Handbewegung, »ob ich Sie wegen Ihres Vertrauens bewundern oder wegen Ihrer Ahnungslosigkeit bemitleiden soll!« Ohne sich um Quarmes ärgerliches Erröten zu kümmern, sprach er weiter: »Ich habe eine Meuterei aus nächster Nähe erlebt. Eine häßliche, schreckliche Angelegenheit.« Er starrte auf das höhnisch glitzernde Wasser. »Auch da waren es ganz normale Matrosen. Nicht besser, nicht schlechter als unsere. Die Menschen ändern sich nicht, nur die Situationen.«

Mühsam schluckte Quarme. »Wenn Sie meinen, Sir ...«

Bolitho fuhr auf seiner Bank herum, denn eben hatte Allday die Tür einen Spaltbreit geöffnet. »Ja?«

Allday warf einen kurzen Blick auf den Ersten Offizier und sagte: »Entschuldigung, Captain, aber ein Seesoldat mit einer Meldung von Captain Ashby ist an Bord gekommen.« Er schob sich in die Kajüte. »Er läßt respektvoll anfragen, Sir, ob Sie dem dienstältesten französischen Offizier eine Unterredung gewähren wollen.«

Bolitho riß seine Gedanken vom Bild der leeren Wasserbehälter los. »Aus welchem Grund, Allday?«

Der Bootssteurer zuckte die breiten Schultern. »Private Gründe, Captain. Er möchte Sie bloß mal sprechen.«

»Verdammte Unverschämtheit!« grollte Quarme. »Weil Sie die Dons daran gehindert haben, ihnen die Hälse abzuschneiden, bilden sich diese Franzosen anscheinend ein, Sie würden ihnen alles Mögliche bewilligen!«

Bolitho blickte unbewegt über Quarme hinweg. »Mein Kompliment an Captain Ashby, und er möchte den Mann unverzüglich herüberschicken. Ich empfange ihn.«

Quarme ballte die Fäuse. »Brauchen Sie mich, Sir?«

Mit nachdenklichem Gesicht stand Bolitho auf. »Wenn ich Sie rufen lasse, Mr. Quarme.« Er sah ihm nach, als er steifbeinig zur Tür schritt, und fügte bedeutsam hinzu: »Im Krieg muß man die Segel nach dem Wind setzen, Mr. Quarme. Auch die kleinste Brise darf man nicht auslassen, wenn man auf eine Leeküste zutreibt.«

Der dienstälteste überlebende Offizier der Garnison von Cozar war ein Artillerieleutnant namens Charlois, ein schwergebauter Mann, schon etwas bei Jahren, mit faltigem, melancholischem Gesicht und hängendem Schnurrbart, der in seiner schlechtsitzenden Uniform und den schweren Stiefeln keineswegs soldatisch wirkte. Bolitho entließ Leutnant Shanks, der den Gefangenen an Bord gebracht hatte, und forderte dann den Franzosen auf, am Tisch Platz zu nehmen. Er sah dessen gierigen Blick, als er zwei Gläser Wein einschenkte; doch ließ er sich nicht von dem wenig imponierenden Äußeren des Offiziers täuschen. Immerhin hatte dieser die Hauptbatterie der Festung befehligt. Seiner Vorsorge, seinem Können und seiner Sorgfalt war es zuzuschreiben gewesen, daß die großen, aber uralten Kanonen des Forts das spanische Flaggschiff mit seinen achtzig Geschützen innerhalb weniger Minuten in ein flammendes Inferno verwandelt hatten, bis schließlich das Pulvermagazin in die Luft flog und der Sieg vollkommen war. Von den etwa tausend spanischen Matrosen und Seesoldaten hatten weniger als ein Dutzend die Katastrophe überlebt. Diese waren von der trägen Strömung an die gegenüberliegende Seite des Naturhafens getrieben worden, und nur das hatte sie vor der endgültigen Vernichtung durch die französischen Scharfschützen gerettet.

Charlois hob sein Glas und sagte stockend: »*Your health, Captain*!« Dann goß er den Wein auf einen Zug hinunter.

Bolitho blickte ihn ernsthaft an. »Sie sprechen gut englisch.« Zeitverschwendung mit leeren Redensarten war ihm zuwider; doch wußte er, daß so etwas manchmal nötig war, damit jeder die Stärken und Schwächen des anderen abschätzen konnte.

Der Offizier breitete die plumpen Hände aus. »Ich war im letzten Krieg Gefangener in England, in einer Festung in Deal.«

»Und warum wollen Sie mich sprechen, Lieutenant? Haben Sie Schwierigkeiten mit Ihren Männern?«

Der Franzose biß sich auf die Lippen und warf ein paar rasche Blicke umher. Dann senkte er die Stimme und erwiderte: »Ich habe über unsere Zwangslage nachgedacht, Captain.« Er schien zu einem Entschluß gekommen zu sein. »Ihre und meine. Sie haben kein Wasser für Ihre Leute und können nicht viel länger bleiben, *n'est-ce pas*?«

Bolitho ließ sich nichts anmerken. »Wenn Sie nur deshalb gekommen sind, um mir das zu sagen, war Ihre Fahrt überflüssig, *m'sieu*.«

Charlois schüttelte den Kopf. »Ich bedaure, daß ich Sie verletzt habe, Captain. Aber ich werde langsam alt und bin über die natürliche Vorsicht eines Offiziers, der noch Karriere machen möchte, hinaus.« Er lächelte, als dächte er an ein Geheimnis. »Aber ich muß mich auf

Ihr Wort als Gentleman verlassen können, daß alles, was ich Ihnen jetzt sage, strikt unter uns bleibt. Ich habe Frau und Kinder in St. Clar und wünsche nicht, daß sie meinetwegen leiden.«

Ehe Bolitho antworten konnte, fuhr er fort: »Sie sind sich wohl nicht klar darüber, daß meine Soldaten nicht zur regulären Armee gehören, eh? Sie sind Milizen, zum größten Teil in St. Clar selbst rekrutiert und alle miteinander aufgewachsen. Wir sind einfache Leute und wollten weder Krieg noch Revolution; aber wir mußten damit fertig werden, so gut es ging. Mit dem Garnisonskommandeur war es etwas anderes – der war Berufsoffizier.« Müde hob er die Schultern. »Aber er ist im Kampf gefallen.«

Bolitho legte die Hände auf den Tisch und verschränkte die Finger, um seine wachsende Ungeduld zu meistern. »Was wollen Sie mir eigentlich erzählen?«

Charlois senkte die Lider. »Es geht die Rede, daß Ihr Lord Hood die Stadt Toulon attackieren will. Die dortige Bevölkerung hat sehr gemischte Gefühle, weil der König bei der Revolution den Tod gefunden hat.« Er holte tief Atem. »Nun, Captain, in meiner kleinen Heimatstadt denkt man genauso.«

Bolitho erhob sich und trat zu der Seekarte, die auf dem Eßtisch ausgebreitet lag. Er wußte, was dieses Bekenntnis den französischen Offizier gekostet hatte, und was es für seine Zukunft bedeuten mußte, wenn durchsickerte, daß er – wenn auch nur in Worten – sein Vaterland an einen englischen Kapitän verraten hatte. Endlich fragte er: »Wieso können Sie dessen so sicher sein?«

»Ich habe Anzeichen dafür gesehen«, entgegnete Charlois melancholisch. »St. Clar ist eine Kleinstadt, genau wie hundert andere auch. Wir haben ein paar Weinberge, ein bißchen Fischerei, ein bißchen Küstenhandel. Bis zur Revolution gingen die Geschäfte langsam, aber zufriedenstellend. Doch diese Unruhe in Toulon und weiter östlich brachte alles durcheinander. Eben jetzt schickt die Regierung eine Armee, um die Royalisten ein für allemal zu zerschmettern. Und wenn das erst erledigt ist, werden sie noch weitergehen. Bei einem Krieg mit England kann unsere Regierung auch nicht die kleinste Unbotmäßigkeit riskieren.«

Bolitho wandte sich um und sah ihm aufmerksam ins Gesicht. »Sie meinen, diese Armee wird auch in St. Clar einmarschieren?«

Charlois nickte bedeutsam. »Es wird Hinrichtungen und Repressalien geben. Alte Schulden werden mit Blut bezahlt werden. Das wäre das Ende für uns.«

Erregung stieg in Bolitho auf, als er die Worte des Franzosen überdachte. Letzten Endes hatte Lord Hood doch gesagt, daß die Einnahme Cozars hauptsächlich deswegen so wichtig war, weil sie bei den Franzosen der Eindruck hervorrufen würde, man wolle das Festland an mehreren Punkten zugleich angreifen. Aber selbst er hatte nie daran gedacht, daß die Franzosen eine solche Invasion willkommenheißen würden.

Charlois musterte ihn besorgt und gespannt. »Wir könnten unterhandeln. Das ließe sich arrangieren. Ich kenne den Bürgermeister gut, er ist mit meiner Cousine verheiratet. Es wäre nicht schwierig.«

»Es klingt sogar zu einfach, *m'sieu*. Mein Schiff wäre in Gefahr, wenn sich Ihre Worte als unzutreffend erwiesen.« Er hielt aufmerksam nach einem Zeichen von Schuldbewußtsein Ausschau, doch las er nur Verzweiflung in den Augen des Mannes.

»Ich habe viele Tage darüber nachgedacht. Sie haben meine Männer in Gefangenschaft, und in St. Clar halten sie die Besatzung Ihrer *Fairfax* fest, die wir hier überwältigt haben. Man könnte über einen Gefangenenaustausch verhandeln. Das ist doch nichts Ungewöhnliches, eh? Und dann, wenn die Anzeichen günstig sind, könnten wir erkunden, ob es nicht möglich wäre, gemeinsam mit Toulon gegen die Königsmörder zu kämpfen!« Er schwitzte mächtig, aber nicht nur vor Hitze.

Bolitho biß sich auf die Lippen, bis der Schmerz seine rasenden Gedanken beruhigte. »Na schön.« Er sah Charlois fordernd an. »Ich will aber zusätzlich Wasser.«

Charlois erhob sich mühsam, doch offensichtlich erleichtert. »Das wäre kein Problem, *Capitaine*. Die Insel sollte in einem Monat oder so Nachschub bekommen, und die Lastkähne mit Wasser liegen bereits in St. Clar.«

Bolitho trat an die Tür. »Der Erste Offizier zu mir!« Dann schritt er wieder zum Tisch und sah dem französischen Offizier sekundenlang in die Augen. »Wenn Sie versucht haben, mich zu täuschen«, sagte er gemessen, »so werden Sie das bereuen.«

Quarme trat ein. »Sir?«

»Schaffen Sie alle französischen Gefangenen an Bord, und zwar innerhalb einer Stunde. Inzwischen habe ich die neuen Befehle für Captain Ashby fertig, denn wir segeln ohne ihn.«

Quarme starrte ihn an. »Wir segeln, Sir?«

Bolitho gab dem wartenden Pikett ein Zeichen, Charlois an Deck zu führen, und sagte dann gelassen: »Sofort alle Boote zu Wasser. Unsere Männer können das Schiff aus dem Hafen schleppen. Mit einigem Glück erwischen wir draußen eine ablandige Brise und können Kurs aufnehmen.«

Quarme begriff anscheinend immer noch nicht, was da vor sich ging. »Aber Sir, die Leute sind zu durstig und erschöpft für eine so schwere Arbeit. Manche liegen wie tot unter Deck!«

»Dann scheuchen Sie sie hoch, Mr. Quarme!« Er blickte durchs Fenster auf die in der Hitze flirrenden Berge. »Geben Sie alles Wasser aus, bis zum letzten Tropfen! Ich will das Schiff schleunigst auf See haben, verstehen Sie? Heute abend will ich in St. Clar sein und dort verhandeln.« Er sah, daß Quarme völlig verwirrt war, und fuhr beinahe freundlich fort: »Vielleicht ist das die Brise, von der ich vorhin sprach.« Oben auf Deck hörte man das Schrillen der Pfeifen und wie das Wachtboot klariert wurde. »Noch vor dem nächsten Morgenrot, Mr. Quarme, werden wir einiges verändert haben. Entweder haben wir den Weg für weitere Operationen auf dem Festland geebnet – oder wir sind Kriegsgefangene.« Er lächelte breit in Quarmes starres Gesicht. »So oder so – auf jeden Fall bekommen wir zu trinken.«

Langsam schritt Bolitho über das Achterdeck und hielt seine Uhr dicht an die Kompaßlampe. In ihrem düsteren Schein erkannte er, daß es halb vier Uhr morgens war; vor weniger als einer Viertelstunde hatte er zuletzt auf die Uhr gesehen. Ebenso langsam ging er wieder auf die andere Seite des Achterdecks, jeder Schritt eine konzentrierte Anstrengung, um die Spannung und die immer stärker werdende Verzagtheit zu unterdrücken. Es war volle zwei Stunden her, daß die *Hyperion* beigedreht und ihre Jolle in das schwarze, wogende Wasser abgefiert hatte. Zwei Stunden Warten und Grübeln, während die *Hyperion* kaum zwei Meilen vor dem großen Festlandkeil langsam patrouillierte. Bald würde es heller werden. Er starrte durch das schwarze Liniengewirr der Takelage zu den hellen, unbewegt funkelnden Sternen auf, und es kam ihm vor, als stünden manche nur ein paar Fuß über dem langsam kreisenden Besantopp. In ihrem bleichen Glanz standen die Segel geisterhaft weiß und verletzlich vor dem nachtschwarzen Himmel. Die ablandige Brise hielt sich und wirkte nach der Tageshitze eiskalt. Obwohl das Schiff gefechtsklar war, ruhten die meisten Geschützbedienungen neben ihren Kanonen, noch völlig erschöpft von dem anstrengenden Verholen aus der Einfahrt von Cozar. Sie hatten sich an den Riemen abgelöst, als die Boote das Schiff wie Zugochsen von seinem Liegeplatz weggeschleppt hatten, und nun waren ihre Hände wund und voller Schwielen. Einmal hatte es ausgesehen, als wolle die *Hyperion* auf den Bänken vor dem Hafenbecken stranden, und nur mit äußerster Anstrengung, unter den Schlägen und Flüchen der Deckoffiziere, konnten die Männer sie freiholen. Aber selbst das war noch nicht genug. Die erschöpften, keuchenden Matrosen hatten hoffnungsvoll nach achtern gestarrt, ob die Segel nicht ein Zeichen von Leben verrieten. Doch die Leinwand hing wie zum Hohn schlapp von den Rahen, als gäbe es überhaupt keinen Wind auf der Welt.

Sonnengedörrte, erschöpfte Männer waren schon unter günstigen Umständen kaum eine geeignete Schleppmannschaft für die schwere *Hyperion*. Ihre etwa sechzehnhundert Tonnen schienen mit den winzigen Booten, die an ihrem mächtigen Bug zerrten, zu spielen wie ein Junge, der ein paar Maikäfer am Faden hat. Und dann, als schon einer der Kutter zurückgefallen war, weil die Ruderer auf die Schläge und Drohungen des verzweifelten Midshipman einfach nicht mehr reagierten, war die Leinwand plötzlich ins Zittern geraten; müde und ungläubig hatten die Männer auf die Segel und das wie von Katzenpfoten gekräuselte, plötzlich lebendig gewordene Wasser gestarrt. Als es Abend und Nacht wurde, fand das Schiff allmählich seine Kraft wieder, und ein auffrischender Nordwest führte es vorwärts und um die ferne Küstenlinie herum.

Sobald es völlig Nacht geworden war, hatten sie Segel gekürzt und waren immer näher an diesen mächtigen Block tieferer Finsternis herangekreuzt, hinter dem der geschützte Hafen von St. Clar lag.

Jetzt wartete er dort vorn, wie verloren unter den Sternen und vor dem welligen Bergland dahinter. Es gab weder Hafenlichter noch Leuchtfeuer, und mehr als einmal hatte ein nervöser Ausguck ein kleines Fahrzeug auf Gegenkurs gemeldet; aber es waren immer nur irgendwelche dunklere Schatten in der Strömung gewesen, die ihn getäuscht hatten – eine schlimme Nervenprobe für ihn und die ganze Mannschaft.

Bolitho stützte die Hände auf die Reling und blickte starr in die Dunkelheit. Er konnte es nicht lassen, immer wieder darüber nachzudenken, was er getan hatte; und während die Minuten vergingen, kam zu seiner inneren Unsicherheit noch die wachsende verzweifelte Spannung hinzu.

Er hatte Leutnant Charlois gestattet, in der Jolle an Land zu gehen und mit seinen Freunden in St. Clar Kontakt aufzunehmen. Die Erfolgschancen dieses skizzenhaften Planes waren von vornherein gering, und Bolitho quälte sich mit Zweifeln und Erwägungen darüber, was er noch hätte tun können, um ihm wenigstens etwas mehr Aussichten zu geben. Es war kein Trost, daß er noch alle französischen Gefangenen an Bord hatte. Ohne Wasser konnte er sich ebensogut der Garnison von St. Clar ergeben oder sein Schiff vor der Küste versenken.

Er dachte auch an Leutnant Inchs aufgeregtes Pferdegesicht, als er ihm den Befehl über die kleine Besatzung der Jolle erteilt hatte. Inch war ein sehr diensteifriger und mutiger Offizier, aber in solchen Dingen fehlte ihm jede Erfahrung; und Bolitho wußte, daß er ihn im Grunde nur deshalb abkommandiert hatte, weil er der jüngste Leutnant und daher am entbehrlichsten war, wenn Charlois sich für Verrat statt für Unterhandlungen enscheiden sollte.

Plötzlich fiel ihm Midshipman Seton ein. Merkwürdig, daß dieser sich freiwillig gemeldet hatte, Inch zu begleiten, und noch merkwürdiger, daß Bolitho irgend etwas fehlte, weil Seton nicht an Bord war. Aber wenn der Junge auch furchtbar stotterte – etwas konnte er besser als jeder andere an Bord: er sprach fließend französisch.

Quarme tauchte neben ihm auf. »Haben Sie Befehle, Sir?«

Bolitho starrte mit zusammengekniffenen Augen auf den fernen Landbuckel und versuchte, sich daran zu erinnern, wie er auf der Seekarte aussah. »Gehen Sie auf Steuerbordbug, Mr. Quarme.«

Quarme zögerte. »Da geraten wir aber sehr dicht unter Land, Sir.«

Bolitho sah an ihm vorbei. »Beordern Sie zwei gute Lotgasten in die Rüsten. Wir müssen der Jolle jede mögliche Chance geben.«

Er vernahm die Geräusche beim Dichtholen der Brassen und das Gurgeln der See am Ruder. Wozu das alles? Wenn Inch bereits gefangengenommen war, bedeutete es nur eine Verlängerung der Qual. Mit der Morgensonne würde die Katastrophe kommen. Das Ende.

Ein Aufklatschen draußen, und die dröhnende Stimme des Lotgasten: »Zwanzig Faden!«

Unter den Finknetzen bewegte sich etwas; er sah den kleinen, affengesichtigen Midshipman Piper auf Zehenspitzen zum Land hinüberspähen. Merkwürdig, wie er und Seton sich angefreundet hatten. Der kecke, unbekümmerte Piper und der nervöse, stotternde Seton. Aber an den gespannten Bewegungen Pipers merkte Bolitho, wie eng ihre Freundschaft geworden war.

». . .und vierzehn dreiviertel«, sang der Lotgast aus, und Bolitho empfand das wie Spott. Hinter diesem Landvorsprung gab es beträchtliche Untiefen. Hinter ihm knarrte das große Rad, und der Rudergast meldete: »Nordwest zu West, Sir, voll und bei!«

Quarme kam wieder zu ihm. Er war anscheinend sehr nervös. »Wenn dieser Wind abflaut, Sir, kommen wir vom Festland nicht klar.«

Bolitho wandte sich ihm in der Dunkelheit zu. »Das weiß ich so gut wie Sie, Mr. Quarme. Und sogar noch besser, denn die Verantwortung liegt bei mir.«

Quarme blickte zur Seite. »Entschuldigung, aber ich dachte . . .«

Er verstummte, als der Lotgast erschrocken ausrief: »Zehn Faden!«

Bolitho rieb sich das Kinn. Untiefen. Ein Wort nur, aber es war wie die Bestätigung der totalen Niederlage. Wie von fern hörte er sich sagen: »Wir gehen tiefer in die Bucht hinein. Wenn wir auf der anderen Seite sind, wird es hell, und dann . . .«

Er fuhr herum. Eine Stimme rief: »Boote Backbord querab, Sir!« Noch während er zu den Finknetzen rannte, schrie der Ausguck: »Drei, nein, vier Boote, Sir!«

Bolitho ergriff ein Teleskop und suchte die dunklen Wellen mit den hellen Sternenreflexen darauf ab. Der Kopf schmerzte ihm vor Konzentration. Und dann sah er sie, niedrige schwarze Gebilde mit Umrissen aus weißem Schaum.

»Mein Gott, die rudern aber!« stieß Rooke hervor. »Schwere Kutter, wie es scheint.«

Bolitho schob das Glas zusammen und reichte es Midshipman Caswell. Aber ehe er etwas sagen konnte, hörte er dicht an seinem Ohr Quarmes Stimme, scharf, eindringlich, kaum beherrscht. »Boote unter Langriemen, Sir! Das sind Rudergaleeren. Mein Gott, die kenne ich von Indien her. Sie haben ein großes Geschütz im Bug, rudern einem Schiff direkt unter den Bug und schießen es zu Kleinholz, ehe es manövrieren und zurückfeuern kann!«

Seine Stimme mußte bis an die andere Seite des Achterdecks gedrungen sein, denn Bolitho sah mehrere Gesichter sich zu ihm wenden und hörte plötzlich erschrockenes Gemurmel.

»Nicht so laut, Mr. Quarme! Wollen Sie, daß unsere Leute durchdrehen?«

Doch Quarme konnte sich anscheinend nicht mehr zurückhalten. »Ich wußte ja, daß so was passieren würde! Aber Sie wollten nicht hören! Ihnen geht es nur um Ihren eigenen Ruhm, alles andere ist Ihnen egal!« Er hatte jetzt sogar Tränen in der Stimme, schien weder zu wissen noch zu bedenken, was er da sagte.

»Seien Sie still, Mann!« fuhr Bolitho ihn an. »Nehmen Sie sich gefälligst zusammen!«

Messerscharf schnitt Rookes Stimme durch das Dunkel: »Ich habe alles gehört, Sir!« Die Boote schien er ganz vergessen zu haben. Und alles andere wohl auch, außer der Tatsache, daß Quarme nun dienstlich ein toter Mann war; Rookes Worte klangen wie ein Pistolenschuß.

Quarme fuhr herum und starrte ihn an; sein Körper wurde auf einmal ganz schlaff, und er schwankte mit dem Rollen des Schiffs wie ein Trunkener.

Es war wie ein lebendes Bild, eine Ansammlung regloser Statuen, ohne Einfluß auf das Kommende: Gossett, massig, unbeweglich neben dem Rad; die Geschützbedienungen neben den Neunpfündern des Achterdecks, geduckt und wachsam wie erschreckte Tiere. Caswell und Piper, sprachlos vor Schreck, und Rooke an der Reling, Hände auf den Hüften, den Kopf zur Seite geneigt, das Gesicht bleich vor dem Nachthimmel.

Als hätte die See selber gesprochen, durchbrach von unten her eine Stimme die Stille: »*Hyperion* ahoi! Bitte an Bord kommen zu dürfen!«

Bolitho wandte sich um. Das war Lieutenant Inch gewesen. Gelassen befahl er: »Beidrehen, bitte! Und signalisieren Sie Mr. Inch, daß er längsseit kommen kann. Öffnen Sie die Enternetze für ihn, aber passen Sie auf, falls die anderen irgendwelche Tricks vorhaben!«

Quarme erwachte aus seiner Trance und machte eine Bewegung, als wolle er die Order automatisch ausführen, auf Grund von Disziplin und Gewohnheit. Bolithos Worte jedoch ließen ihn erstarren. »Sie sind abgelöst, Mr. Quarme. Gehen Sie in Ihre Kajüte! Mr. Rooke, Sie übernehmen!«

Quarme stammelte: »Ich meinte doch nur . . .« Damit drehte er sich um und schritt zur Treppe. Die Männer machten ihm den Weg frei. Sie schämten sich für ihn, und doch konnten sie die Blicke nicht von dem Unglücklichen losreißen.

Bolitho schritt zur Achterdecksleiter und blieb dort eine Weile stehen, bis er Wut und Enttäuschung überwunden hatte und sich achselzuckend mit den Tatsachen abfand. Hätte Rooke nichts gesagt, hätte er Quarmes Insubordination ignorieren können. Hätte sich Quarme nur noch ein paar Sekunden zurückgehalten, nur so lange, bis Inch sich gemeldet hatte, so wäre nichts passiert. Aber tief im Innern wußte er: nie wieder würde er Quarme voll vertrauen können; Rookes Eingreifen spielte da gar keine Rolle. Quarme hatte Angst gehabt, und früher oder später mußte er wieder Angst haben, und dann würde diese Angst vielleicht nicht nur ihn, sondern andere das Leben kosten. Jeder Mensch hatte Angst, wenn er kein Idiot war, das wußte Bolitho genau. Aber die Angst auch zu zeigen, war unverzeihlich.

Säbelklirrend stieg Leutnant Inch die Achterdecksleiter empor und drängte sich atemlos durch die Männer, die ihm schweigend entgegenblickten. »Melde mich zurück, Sir!« Aufgeregt grinste er über sein ganzes langes Gesicht. »Wir haben den Bürgermeister von St. Clar mit an Bord.«

»Und die anderen Boote, Mr. Inch, was sollen die?« Bei dem bedeutungsschweren Ton dieser Frage wurde sich Inch der gespannten Atmosphäre bewußt. Er schluckte. »Ich habe die Wasserkähne gleich mitgebracht, Sir. Ich dachte, das spart Zeit.«

Reglos starrte Bolitho ihn an. »Spart Zeit . . . Hm.« Und er dachte an Quarme, der dort unten in seinem Privatgefängnis hockte. An Rooke und an all die anderen, die, zum Guten oder zum Schlechten, von ihm abhängig waren.

Unsicher nickte Inch. »Aye, Sir. Die Franzosen haben sich wirklich anständig verhalten . . .« Erschrocken blickte er an sich herunter, denn etwas Langes, Dunkles war ihm unter dem Rock hervorgerutscht und Bolitho vor die Füße gefallen.

»Und was ist das, Mr. Inch?« fragte Bolitho. Die Spannung hielt ihn gepackt wie ein Schraubstock. Kläglich erwiderte Inch: »Ein Laib frisches Brot, Sir.«

Aus der Dunkelheit klang hilfloses Gelächter auf. Die Midshipmen und Geschützbedienungen fielen ein, obwohl die meisten kein Wort verstanden hatten. Aber es lag Erleichterung, Verzweiflung, Dankbarkeit darin – alles zugleich.

Langsam sagte Bolitho: »Schön, Mr. Inch. Sie haben heute Nacht gute Arbeit geleistet.« Noch spürte er, wie die nervöse Spannung an seinen Worten wie an Geigensaiten zupfte. »Jetzt heben Sie Ihr Brot auf und gehen Sie an Ihren Dienst.«

Inch entfloh durch die Reihen der kichernden Matrosen, und Bolitho fuhr fort: »Klar zum Ankerwerfen, Mr. Rooke. Wie der Fünfte Offizier eben ganz richtig sagte, spart es Zeit.«

Er drehte sich auf dem Absatz um. »Weitergeben an *lieutenant*

Charlois und seinen Bürgermeister: ich empfange beide in meiner Kajüte.« Erst als er unter der Kampanje unnötigerweise den Kopf einzog, fiel die gespannte Wachsamkeit von ihm ab. Jetzt konnte und würde ihn nichts mehr überraschen. Wasserübernahme in Schußweite eines feindlichen Hafens, ein Laib frisches Brot auf den Planken des Achterdecks. Und ein Offizier, der nicht im feindlichen Feuer, sondern unter dem Druck seiner Zweifel zusammengebrochen war.

Er hörte das Klappern der Blöcke und das protestierende Schlagen der Segel: schwerfällig drehte sich das Schiff in den Wind, um vor Anker zu gehen. Unten wartete Allday schon, und auf dem Tisch stand ein volles Glas Brandy.

»Was starren Sie mich an, Allday?« Ärgerlich blickte er auf sein Spiegelbild im Heckfenster. Selbst im schwachen Licht der beiden Hängelampen erkannte er, wie erschöpft, ja beinahe verstört er aussah.

»Sind Sie gesund, Captain?« fragte Allday besorgt.

Müde sank Bolitho auf die Fensterbank und starrte seinen Degen an. »Diesmal ist es nicht das Fieber, Allday«, seufzte er.

Der Bootsführer nickte. »Das kommt alles wieder klar, Captain.« Ärgerlich fuhr er herum, als draußen vor der Tür Schritte erklangen. »Soll ich sie wegschicken?«

»Nein, Allday«, erwiderte Bolitho mit einem raschen Blick voller Zuneigung; »wenn alles wieder klarkommen soll, wie Sie prophezeien, dann müssen wir jetzt ein bißchen was dafür tun.«

Flotten Schrittes trat Midshipman Piper in Bolithos Kajüte, blieb aber stehen, als er seinen Kommandanten nachdenklich durch die großen Heckfenster starren sah.

»Mr. Rooke meldet mit Respekt, Sir, daß der Ausguck soeben Cozar in Lee voraus gesichtet hat.« Hoffnungsvoll glitten seine Augen zu einem unberührten Teller mit Essen, der auf dem Tisch stand.

Bolitho wandte sich nicht um. »Danke.« Halb im Selbstgespräch fuhr er fort: »Wenn alles klappt, laufen wir also in etwa drei Stunden ein.«

Überrascht von diesem Vertrauensausbruch, nickte Piper gravitätisch. »Aye, Sir, Bramsegel und Royals ziehen großartig, da werden wir keine Schwierigkeiten haben.«

Bolitho wandte sich um und sah ihn blicklos an. »Sie können etwas für mich tun, Mr. Piper.« Was der Junge eben gesagt hatte, war gar nicht bis in sein Bewußtsein gedrungen. »Bestellen Sie Mr. Quarme, er soll sofort zu mir kommen.«

»Aye, aye, Sir.« Piper eilte hinweg und überlegte sich, wie er diese vertrauliche Unterhaltung mit dem Kommandanten den weniger informierten Bewohnern des Midshipman-Logis schildern würde.

Bolitho ließ sich wieder auf die Sitzbank fallen und starrte fast angeekelt auf das unberührte Mahl. Er hatte Hunger, gewiß, aber beim bloßen Gedanken an Essen wurde ihm regelrecht übel. Merkwürdig, daß er, obwohl alles so planmäßig gelaufen war, weder Freude noch Befriedigung empfinden konnte. In der frischen nordwestlichen Brise pflügte das Schiff wie neubelebt durch die weißköpfige See, und selbst das harte Sonnenlicht war nicht mehr so drohend und gefahrverkündend. Alle Segel standen, alle Wanten und Stage summten wie die Saiten eines gut gestimmten Instruments; es war, als freue die *Hyperion* sich selbst über ihre neue Vitalität. Und noch anderes war an Bord zu hören, das ihm eigentlich sein Selbstvertrauen hätte zurückgeben müssen: die Leute sangen oder tauschten Zurufe bei der Arbeit aus, denn sie hatten keine unmittelbaren Sorgen mehr – Trinkwasser war reichlich vorhanden, und Durst, der Schrecken des Matrosen, war nur noch eine fernliegende Drohung wie andere Mißgeschicke auch.

Bolitho starrte auf das schäumende Kielwasser und das Dutzend kreisender Möwen, die dem Schiff folgten, seit es von St. Clar ausgelaufen war. Sogar jetzt noch konnte er nur schwer glauben, was geschehen war: die geheimnisvollen Boote, die fremdartigen französischen Stimmen in der Dunkelheit; der aufgeregte Inch, das Gespräch mit *lieutenant* Charlois und dem Bürgermeister von St. Clar. Letzterer war ein kleiner, ledergesichtiger Mann im Samtrock gewesen, lebhaft, mit raschen Gesten und entwaffnendem Lachen. Während die Mannschaft eifrig die Trinkwasserbehälter an Bord hievte, hatte Bürgermeister Labouret Charlois' Angaben vollauf bestätigt: Die Leute von St. Clar liebten die Engländer nicht; aber sie kannten sie auch nicht. Die Revolution dagegen kannten sie und wußten, was in ihrem Namen bisher geschehen war und was noch geschehen würde, wenn es so weiterging.

Bolitho hatte fast ohne Unterbrechung zugehört. Im Geist sah er die Revolution mit neuen Augen und empfand dabei das gleiche unbehagliche Gefühl wie damals, als seine Männer an Bord der Fregatte *Phalarope* gemeutert hatten. Diese Meuterei hatte ihre Ursachen in den Handlungen anderer gehabt und war ausgebrochen trotz aller seiner

Bemühungen, sie zu verhindern und alte Fehler wieder gutzumachen. Doch als sie kam, war sie ebenso schnell und schrecklich, als hätte er sie selbst provoziert. Und als er den beiden Franzosen zuhörte, hatte er tiefes Mitgefühl empfunden. Für sie mochte St. Clar der Mittelpunkt der Welt sein, aber er wußte, daß ihre Sache bereits verloren war.

»Ich habe mein Wort gehalten, *Capitaine*«, hatte Charlois geschlossen. »Sie bekamen Wasser und die Besatzung der *Fairfax*.« Dabei hatte er etwas verlegen gelächelt. »Die Schaluppe selbst mußten wir einstweilen behalten, das verstehen Sie doch? Es wäre nicht gut, unsere Karten ganz aufzudecken – eh?«

Bolitho verstand durchaus. Wenn Lord Hood einen weiteren Angriff auf das Festland scheute, dann mochte die Schaluppe den Bürgern von St. Clar als einziges Zeugnis ihrer Loyalität vor einem rachedürstenden Revolutionsgerichtshof dienen.

In der hellen Morgensonne hatte die *Hyperion* Anker gelichtet und war vor den auffrischenden Wind gegangen. Die Franzosen hatten nicht nur die Besatzung der Schaluppe überstellt und Trinkwasser geliefert, sondern sogar die verbrauchten und halbverfaulten Wasserfässer der *Hyperion* durch neue ersetzt. Das war eine Geste des guten Willens; sie hatten auch noch berittene Wächter ein Stück landeinwärts geschickt, damit sie sicher sein konnten, daß die Anwesenheit der *Hyperion* unentdeckt geblieben war.

Im Frühlicht, als die Wasserleichter abgelegt hatten, war Rooke aber doch die Bemerkung entfahren: »Ich bezweifle, daß die *Frogs* diesen Handel lange geheimhalten können. Irgendein verdammtes Fischerboot wird die Nachricht an die nächste Garnison verkaufen.«

Kalt hatte ihm Bolitho erwidert: »Mag sein, daß Sie solchen Verrat schon erlebt haben, Mr. Rooke. Doch bei mir zu Hause in Cornwall ist die Loyalität ganzer Städte und Dörfer durchaus nichts Ungewöhnliches.« Darauf hatte Rooke geschwiegen. Vielleicht hatte er im bleichen Morgenlicht eine Warnung in den Augen seines Kommandanten gelesen.

Mißmutig starrte Bolitho jetzt das Schriftstück an, das vor ihm auf dem Tisch lag. Noch ein paar Zeilen, und er war fertig. Wenn er von Lord Hood Rat und volle Unterstützung bekam, war eine richtige Invasion immer noch möglich. So oder so würde St. Clar zum Kampfgebiet werden.

Er streckte die Hand aus und griff nach dem unvollendeten Bericht. Dieser eine Punkt war ein Fleck auf dem Ganzen und erfüllte ihn mit tiefem Mißmut. Er mußte mit Quarme sprechen, ihm sagen, er solle den Mund halten. Dann ließ es sich vielleicht irgendwie arrangieren, ihn nach England zu schicken. Jetzt, da sich das Land wieder im Krieg befand, war es unwahrscheinlich, daß der Ausrutscher eines kleinen Leutnants viel Aufsehen erregen würde. Quarme konnte von neuem anfangen. Wenn er ihn auf eigene Verantwortung fortschickte, konnte er ihn vor dem Kriegsgericht retten, mit dem Risiko allerdings, selbst den Prozeß gemacht zu bekommen. Blieb nur noch Rooke. Stirnrunzelnd biß er sich auf die Lippe. Aber in erster Linie kam es auf Quarme an und wie er es verkraftet hatte, so lange mit seinen Gedanken allein zu bleiben.

Es klopfte, doch als er aufblickte, sah er nicht Quarme, sondern den Steuermann.

»Tut mir leid, Mr. Gossett, aber wenn es nicht sehr wichtig ist, müssen Sie später kommen.«

Gossett schien schwer erschüttert. Sein mächtiger Körper schwankte mit dem Schiff wie ein Baum im Wind.

»Ich habe den jungen Mr. Piper getroffen, Sir. Er war sehr aufgeregt, und da dachte ich, ich sag' Ihnen lieber selbst, was passiert ist.«

Bolitho starrte ihn an. Plötzlich überlief es ihn eiskalt.

Langsam nickte Gossett. »Mr. Quarme ist tot, Sir. Hat sich in seiner Kajüte erhängt.«

»So. Erhängt.« Bolitho wandte sich ab, um sein Entsetzen zu verbergen. Gossett räusperte sich laut. »Der arme Kerl. Hat in letzter Zeit große Sorgen gehabt.«

Bolitho wandte sich um und blickte dem Steuermann ins Gesicht. »Als ich Cozar mit der *Chanticleer* nahm, konnte ich beobachten, wie die *Hyperion* ihre Scheinangriffe fuhr und das Feuer der Batterie auf sich zog. Das war erstklassige Seemannschaft.« Er ließ seine Worte wirken und merkte, daß Gossetts Augen erschrocken aufflackerten. »Seemannschaft«, fuhr er fort, »die in jahrelangem Dienst und in feindlichem Feuer erworben sein mußte.«

Gossett trat von einem Fuß auf den anderen. »Wird schon so sein, Sir.«

»*Sie* haben die *Hyperion* an jenem Tage gesegelt, nicht wahr? Ich will die Wahrheit wissen.«

Fast trotzig hob der Steuermann den Kopf. »Jawohl, Sir. Mr. Quarme war 'n guter Offizier. Aber, wenn Sie mir die Freiheit erlauben, er hatte 'ne Menge Ärger mit seiner Frau. Die stammte aus vornehmer Familie und wollte 'n feines Leben führen.« Resigniert hob er die Schultern. »Aber Mr. Quarme war eben Leutnant und weiter nichts, Sir.«

»Sie meinen, er hatte kein Geld?« fragte Bolitho tonlos.

»So ist es, Sir.« Wütend verzog der Steuermann das tiefbraune Gesicht. »Und dann dieses dreckige Gerede, daß er irgendwelche Gelder unterschlagen haben soll, die er in Verwahrung hatte . . .«

Bolitho hob die Hand. »Warum hat man mir das nicht gesagt?«

Gossett sah verlegen zur Seite. »Wir alle wußten doch, er würde nie was von seinem eigenen Schiff klauen, Sir. Nich' wie manche andere, die ich auch nennen könnte. Er hatte vor, die Sache mit Cap'n Turner durchzusprechen und Klarheit zu schaffen. Hat mir sogar erzählt, daß Cap'n Turner wußte, wer das Geld wirklich geklaut hat.«

Ruhig erwiderte Bolitho: »Aber Captain Turner starb an Herzschlag.« Er dachte an den Ausbruch Rowlstones bei der ersten Dienstbesprechung und an die aggressive Art, mit der Rooke dem Doktor über den Mund gefahren war.

Verlegen erwiderte Gossett: »Tut mir leid, daß ich's Ihnen nicht gesagt habe, Sir, nach allem, was Sie für das Schiff getan haben. Aber ich hatte das Gefühl, daß ich ihm das schuldig war, wissen Sie.«

»Ja, verstehe.« Bolitho legte die Hand flach auf den unvollendeten Bericht. »Aber das ist keine Entschuldigung, Mr. Gossett. Ihre Loyalität schulden Sie dem Schiff, nicht einem einzelnen. Trotzdem danke, daß Sie es mir erzählt haben. Ich hätte es wohl auch so gemacht.« Er fügte hinzu: »Das bleibt aber unter uns, Mr. Gossett.«

Heftig nickte der Steuermann. »Bleibt es, Sir.«

Noch lange, nachdem Gossett gegangen war, saß Bolitho reglos am Fenster. Dann trat er an den Tisch, nahm die Feder auf und schrieb rasch den Schluß des Berichts:

» . . .jener tapfere Offizier, der, wie oben erwähnt, das Schiff unter ständigem feindlichen Feuer mit großer Kühnheit und unter Hintansetzung seiner persönlichen Sicherheit geführt hat, nahm sich später unter tragischen Umständen das Leben. Er war meiner Überzeugung nach ein kranker Mann, der sich, hätte er nicht seine Gesundheit dem Wohle des Schiffes geopfert, einen Platz in der Kriegsmarine errungen hätte, an dem sein Name noch lange in Erinnerung geblieben wäre.« Er unterschrieb den Bericht und starrte minutenlang darauf nieder.

Es ist wenig genug, dachte er bitter, und nützt Quarme gar nichts. Aber in England würde es denen, die Quarme noch als den Mann gekannt hatten, den Gossett vor Unheil zu schützen versucht hatte, ein gewisser Trost sein.

Dennoch wußte Bolitho mit Sicherheit: Wenn Unheil angriff, dann meist von innen her. Und dagegen gab es keine Verteidigung.

VII Ein edler Ritter

Nur unter Marssegeln und Fock fuhr die *Hyperion* eine Halse und nahm dann endgültig Kurs auf die Hafeneinfahrt. Auf dem Oberdeck und den Decksgängen trieben sich Matrosen der Freiwache herum und starrten beinahe ehrfürchtig auf die Szenerie, die sie jenseits der Festung und des kahlen Vorgebirges grüßte. Bolitho hob sein Teleskop und schwenkte es langsam von einer Seite zur anderen. Kaum zu glauben, daß es die gleiche leere Ankerstelle war, die er am Tag vorher verlassen hatte. Als der Ausguck gemeldet hatte, daß er hinter den Klippen Mastspitzen ausmachen könne, hatte Bolitho das für eine von Hoods Versorgungsschiffen oder allenfalls für eine Fregatte mit Depeschen und neuer Segelorder gehalten. Doch als das Schiff langsam auf die buckligen Hügel zuglitt, wurde ihm klar, daß es sich um ganz etwas anderes handelte.

In der Mitte des Naturhafens lag ein hochbordiger Dreidecker vor Anker, an dessen Hauptmast ein Konteradmiralswimpel schlaff herabhing. Jenseits dieses Schiffes, nahe an der Pier, ungefähr dort, wo die Karronade die französischen Soldaten dezimiert hatte, lag noch ein großes Fahrzeug, seinem Bau nach ein Versorgungsschiff. Im flacheren Wasser östlich davon ankerte eine kleine Schaluppe, die er sofort als die *Chanticleer* erkannte. Die spanische *Princesa* lag noch an derselben Stelle wie am Vortag; aber noch eindrucksvoller als die Schiffe selbst war die Geschäftigkeit an Bord und der Betrieb im Hafen.

Um die Schiffe herum sowie zwischen ihnen und der Pier verkehrten Boote jeder Form und Größe: Kutter, Gigs, Barkassen und Jollen in unübersehbarer Zahl; und als Bolithos Glas den Abhang erfaßte, sah er ein großes, rechteckiges Zeltlager, an dessen vereinzelten Lagerfeuern sich winzige, scharlachrote Gestalten zu schaffen machten. Anscheinend war jetzt auch britische Infanterie auf der Insel.

Zusammenfahrend merkte er, daß die *Hyperion* schon die schützenden Arme der Einfahrt passiert hatte; doch Rooke stand, wie er mit einem raschen Blick feststellte, immer noch steif an der Achterdeckreling, die Sprechtrompete wie bei der Parade unterm Arm.

»Halsen Sie gefälligst!« befahl Bolitho ärgerlich.

Rooke wurde rot und hob die Trompete: »Klar zum Halsen! An die Luvbrassen!«

Bolitho preßte die Lippen zusammen. Im Kampf und bei der täglichen Routine war Rooke ein recht brauchbarer Offizier; aber jedesmal, wenn er die mächtige *Hyperion* in engen Gewässern verantwortlich führen sollte, wurde er merklich kleiner.

Pearse, der Stückmeister, stand am Vormast und spähte unter der schützenden Hand zum Achterdeck hinauf. Bolitho nickte kurz, und mit dumpfen Salutschüssen, deren Echo rund um die Klippen rollte, erwies die *Hyperion* dem Konteradmiral, wer das auch sein mochte, ihren Respekt.

Bolitho wußte, daß er sich um den Salut nicht weiter zu kümmern brauchte. Das war Routinesache. Während die Geschütze im Fünfsekundenabstand krachten und das Schiff in einer Wolke driftenden Pulverqualms weiterkroch, schätzte er die Entfernung ab. Mit Augen und Verstand nahm er die glatte Wasserfläche unter den hohen Klippen, den immer lebloser hängenden, langen Admiralswimpel wahr.

»An die Marsschoten!« schrie Rooke atemlos. »Hol dicht!« Die sonnenbraunen Matrosen auf den sich nach außen verjüngenden Rahen bewegten sich im Takt und völlig gleichgültig gegenüber der schwindelnden Höhe.

»Leeruder!«

Mit der fast ganz abgeflauten Brise drehte sich die *Hyperion* in den Wind; was sie noch an Segeln führte, verschwand, als Bolitho ein rasches Handzeichen gab, und vom Vorschiff kam der Ruf: »Laß fallen Anker!« Mit halbem Ohr hörte er den Anker ins Wasser platschen und die Trosse polternd abrollen. Endlich war auch der Salut vorbei, und er konnte wieder klar denken.

Midshipman Caswell unterbrach die plötzliche Stille. Er hatte sein Glas auf das Flaggschiff gerichtet, denn er mußte die Signalflaggen unter seinen Rahen als erster erkennen, sobald sie sich entfalteten. »*Tenacious* an *Hyperion*: ›Bitte Kommandant in fünfzehn Minuten an Bord‹!« verkündete er.

Allday wartete schon an der Kampanje. »Gimlett soll meine Paradeuniform bereitlegen«, rief Bolitho ihm zu. »Und dann lassen Sie mein Boot zu Wasser!« Er fragte Gossett, der auf den mächtigen Dreidecker starrte: »Kennen Sie ihn?«

Nachdenklich schob Gossett die Unterlippe vor. »Die *Tenacious* lag eine Zeitlang mit uns vor Brest, Sir. Dann mußte sie nach Plymouth zur Überholung. Damals hatte sie keinen Admiral an Bord.«

Caswell sah von seinem Flottenhandbuch auf. »*Tenacious*, neunzig Kanonen, Sir. Kommandant Matthew Dash.«

In Bolithos Hirn formte sich ein vages Bild. »Ich habe ihn einmal getroffen«, sagte er nur. Dennoch, es würde eine ganze Menge davon abhängen, was für ein Mann der Konteradmiral war. Bolitho eilte in seine Kajüte, warf den abgewetzten Dienstrock ab und zerrte sich die ausgebleichte Weste vom Leib. Dann fuhr er rasch in ein sauberes Hemd und kämmte sich, während Gimlett ihn wie ein ängstliches Gespenst umflatterte. Lord Hood ist ja alt genug, um auf solche Äußerlichkeiten keinen großen Wert zu legen, dachte Bolitho grimmig, aber sein Konteradmiral ist da offenbar anderer Ansicht. Die fünfzehn Minuten Frist sprachen für sich selbst.

Er hörte sein Boot längsseit dümpeln und Alldays scharfe Kommandos. Und die ganze Zeit gingen ihm die Möglichkeiten im Kopf herum, die sich jetzt aus der Anwesenheit eines Neunzig-Kanonen-Linienschiffes und der neu eingetroffenen Soldaten ergaben. Lord Hood mußte die Wichtigkeit seines ersten Berichtes erkannt haben. Anscheinend war die bevorstehende Aktion bereits mehr als eine skizzenhafte Idee.

Er fluchte, als Gimlett ihm das Halstuch zurechtzupfte und an dem Degen herumzerrte. Wie ein altes Weib ist der Kerl, dachte er verzweifelt.

Rooke erschien in der offenen Tür. »Gig ist klar, Sir.« Jetzt, da das Schiff vor Anker lag, schien er sich wesentlich wohler zu fühlen.

Bolitho fuhr in die Ärmel des goldbetreßten Galarocks mit den weißen Aufschlägen und sagte: »Alle Boote zu Wasser, Mr. Rooke. Schicken Sie die Mannschaft der *Fairfax* an Land, und warten Sie dann weitere Befehle ab.« Er steckte den mit so viel Mühe formulierten Bericht ein und fuhr fort: »Nächstesmal, wenn wir einen Hafen anlaufen, müssen Sie versuchen, ein Gefühl für das Schiff zu bekommen, verstehen Sie?«

»Der Wind machte mir Sorge, Sir«, antwortete Rooke unbewegten Gesichts. »Sie hat so starken Bewuchs am Unterwasserschiff, daß sie unberechenbar ist.«

Bolitho griff nach seinem Dreispitz. »Bis auf weiteres fungieren Sie auf der *Hyperion* als Erster Offizier und sind dementsprechend für alles verantwortlich. Dazu gehört auch der Wind und jede verdammte Einzelheit binnen- und außenbords – verstanden?«

Rooke stand stramm. »Aye, aye, Sir.«

»Gut.« Er schritt wieder in das Sonnenlicht hinaus, an der Abteilung vorbei, die zum Seitepfeifen angetreten war, blieb aber an der Fallreepspforte noch einen Moment stehen. »Wie ich sehe, fährt die *Chanticleer* den Postwimpel, Mr. Rooke. Ich schicke ein paar Depeschen hinüber; und wenn unsere Leute etwa Briefe haben, dann schicken Sie sie mit.« Er hielt inne; sein Blick fiel auf die angetretene Reihe Bootsmannsmaaten mit ihren angesetzten Querpfeifen, auf die Trommeljungen mit ihren weißen Garnhandschuhen und auf Leutnant Inch mit seinem Teleskop. Daß keine Seesoldaten dabei waren, kam ihm seltsam vor.

»Mr. Quarmes persönliche Sachen packen Sie am besten zusammen und schicken sie mit hinüber«, sagte er dann abschließend. Er suchte in Rookes Augen nach einem Schimmer von Bedauern oder Mitleid. Aber der faßte nur an seinen Hut und trat beiseite. Unter dem Schrillen der Querpfeifen kletterte Bolitho hinunter in das wartende Boot.

Captain Dash von der *Tenacious* begrüßte Bolitho herzlich. Er war etwa Mitte Fünfzig, ein untersetzter, derber Mann mit rauher, kratziger Stimme, doch wenn er lächelte, wirkte er freundlich und gutmütig. Er war eines der seltensten Produkte der Kriegsmarine, denn er hatte seine Karriere im Unterdeck begonnen; als Schiffsjunge war er freiwillig eingetreten und hatte es, was Bolitho sich kaum richtig vorstellen konnte, durch Anstrengung und Willenskraft, mit Zähnen und Klauen, bis zum Kommandanten eines Linienschiffs gebracht.

Bolitho ging neben ihm zu der breiten Achterdecksleiter und fragte: »Wann sind Sie eingetroffen?«

»Heute vormittag«, grinste Dash. »Seitdem ist hier der Teufel los.« Er zeigte mit seinem verarbeiteten Daumen auf den Transporter. »Das ist die *Welland*, ein ehemaliger Indienfahrer. Hat fünfhundert Mann vom 91. Infanterieregiment gebracht, und außerdem die Hälfte der großschnauzigsten Sergeanten von ganz England – so hört sich's wenigstens an.« Dann wurde er unvermittelt ernst. »Ich war in Gibraltar, als die Schaluppe von Lord Hood mit meiner neuen Segelorder kam.« Er zuckte die Schultern. »Deshalb führt mein Schiff jetzt eine Konteradmiralsflagge, und ich muß mich anständig benehmen.«

»Wie ist er denn?«

»Schwer zu sagen. Seit er an Bord ist, muß ich springen wie'n Hündchen; aber meist bleibt er in seiner Kajüte. Er wartet jetzt auf Sie.«

Bolitho lächelte. »Ich habe noch gar nicht nach seinem Namen gefragt.«

Dash zog sich die Leiter hinauf. »Er ist erst vor kurzem Flaggoffizier geworden.« Und mit einem Blick zum Großmast: »Sie stehen jetzt unter Flagge von Sir Edmund Pomfret, Ritter des Bath-Ordens, Konteradmiral der Überseeflotte.« Er brach ab und sah Bolitho unsicher an. »Sie kennen ihn doch?«

Bolitho blickte zur Seite, denn der Kopf schwirrte ihm. Also Edmund Pomfret. Das konnte nicht wahr sein! Er versuchte, sich an sein erstes Zusammentreffen mit Pomfret zu erinnern. Das war im Gasthaus »König George« in Portsmouth gewesen. Er war in diese Stadt gerufen worden, um seine Bestallung als neuer Kommandant der Fregatte *Phalarope* entgegenzunehmen, vor nun fast zwölf Jahren. Auf dem Weg zu seinem neuen Schiff war er an einem anderen Kapitän vorbeigekommen, der darauf wartete, den ganzen Zorn des Admirals über sich ergehen zu lassen. Dieser war gerade als Kommandant der *Phalarope* abgelöst worden, und zwar wegen sinnloser Grausamkeit und totaler Gleichgültigkeit für das Wohlergehen, ja sogar für Leben und Tod seiner Mannschaft. Und dieser Mann, der den Keim der Meuterei auf der *Phalarope* gelegt hatte, war Edmund Pomfret gewesen!

Dash verhielt einen Moment vor der Tür der großen Kajüte. Zwei Marine-Infanteristen starrten ohne Lidschlag unter ihren schwarzen Tschakos hervor. »Fühlen Sie sich wohl, Bolitho? Ich höre, Sie hatten das Fieber, und . . .«

Bolitho tätschelte ihm beruhigend den Arm.

Er klopfte an die Tür und hörte eine scharfe Stimme: »Herein!«

Pomfret saß an einem mächtigen Tisch und unterschrieb ein Schriftstück, das ihm sein Flaggleutnant vorlegte. Ohne aufzusehen, winkte er Bolitho zu einem Stuhl. »Nehmen Sie Platz, Captain. Ich muß das hier noch durchlesen.«

Pomfret hatte sich ziemlich verändert; überraschenderweise sah er in der schweren, goldbestickten Admiralsuniform jünger aus, als es seinen vierzig Jahren entsprach; nur unter der glänzenden Seidenweste machte sich deutlich ein Bauch bemerkbar, und seine Stirn furchten tiefe Falten, die sich anscheinend nie glätteten. Aber der kleine, verdrießliche Mund war wie früher, auch die blassen, vorstehenden Augen, die nun über das Papier huschten. Er hatte volles, rötliches

Haar, und seine Haut schien von der Art zu sein, die keine Sonne verträgt; sie war fleckig vor Hitze, trotz der schattig-kühlen Kajüte.

Jetzt sah Pomfret auf und schwenkte die Hand. »Weitermachen, Fanshawe. Aber seien Sie wenigstens nächstes Mal etwas fixer!« Der Leutnant verschwand eiligst, und Pomfret richtete jetzt zum erstenmal den Blick voll auf Bolitho.

»Ein Narr, dieser Mann!« Seine Stimme war ruhig, aber scharf; er schien sich zu ärgern. »Na, Bolitho – was haben Sie für sich selbst zu sagen?«

Bolitho griff nach seinem versiegelten Bericht. »Ich komme soeben von St. Clar, Sir.«

Pomfret trommelte mit den Fingern einer Hand auf die Tischplatte. Anscheinend hielt er sich absichtlich zurück. »Ihr Hauptmann hat mir das alles schon erzählt. Was ich wissen will: was, zum Teufel, haben Sie sich eigentlich dabei gedacht, überhaupt nach St. Clar zu segeln?«

»Ich mußte Wasser für mein Schiff beschaffen, Sir. Von der Flotte kam kein Nachschub, überhaupt keine Nachricht. Ich mußte selbst einen Entschluß fassen.«

Pomfret schob die Unterlippe vor. »Außerdem haben Sie, glaube ich, mit dem Feind unterhandelt?«

»Jawohl, Sir. Einer der Gefangenen –« Mit seidenweicher Stimme unterbrach ihn Pomfret: »Der ehemaligen Gefangenen, meinen Sie?«

»Er gab mir Grund zu der Hoffnung, daß St. Clar uns in Zukunft recht nützlich sein könnte, Sir.« Bolitho konnte sich atmen hören; in seinem Innern brannten Ärger und Unmut wie Feuer.

»Ich halte nicht viel von Siegen durch Nachgiebigkeit, Bolitho. Die Franzosen sind und bleiben unsere Feinde. In Zukunft werden Sie ausschließlich Befehle ausführen, sonst nichts. Wir verhandeln nicht, sondern handeln, und das mit Nachdruck.« Er kräuselte verächtlich die Lippen. »Brüderlichkeit interessiert uns hier nicht.«

Gleichmütig sprach Bolitho weiter: »Ich habe den Tod meines Ersten Offiziers zu melden, Sir. Es steht alles im Bericht.«

Pomfret sah gar nicht nach dem Kuvert hin, sondern erwiderte kalt: »Sie scheinen große Anziehungskraft für Tod und Verderben zu besitzen, Bolitho. Ihr Erster Offizier, vorher das spanische Flaggschiff mit Admiral Anduaga, und natürlich Ihr eigener Kommandant, Sir William Moresby.«

Bolitho wurde rot vor Empörung. »Das ist unfair, Sir! Gerade bei Sir William habe ich mich befehlsgemäß verhalten!«

Pomfret winkte scheinbar freundschaftlich ab. »Sachte, Bolitho! Sie müssen lernen, sich zu beherrschen.«

Bolitho entspannte sich etwas. Jetzt wußte er, was ihm bevorstand. Ihm fiel ein, was er zu Quarme gesagt hatte: »Die Menschen ändern sich nicht.« Gelassen erwiderte er: »Bei der Einnahme von Cozar waren unsere Verluste sehr gering, Sir.«

»So hörte ich.« Pomfret lehnte sich zurück. »Nun – in Zukunft wird manches anders werden, denn Sie stehen jetzt unter meinem Kommando. Und dafür können Sie nur sich selbst die Schuld geben, denn Sir William ist schließlich auf Ihrem Schiff ums Leben gekommen. Ich bin lediglich in seine Schuhe getreten, Bolitho, genau wie Sie in die Captain Turners.« Ein flüchtiges Lächeln. »So, das wäre also das. Ich war unterwegs nach Neu-Holland und der Botany Bay*, als mich in Gibraltar die neuen Befehle erreichten. Ich sollte Gouverneur werden und aus diesem widerlichen Haufen von Sträflingen und Idioten, die dort für uns eine neue Kolonie gründen, etwas halbwegs Vernünftiges machen.« Seine Wangen röteten sich vor unterdrückter Wut. »Nun möge Gott ihnen helfen!«

Langsam sagte Bolitho: »Hätte ich gewußt, daß Sie kommen, Sir, dann hätte ich auf Cozar gewartet. Aber das Trinkwasser . . .«

Pomfret nickte finster. »Ah ja, das Trinkwasser! Sie sind immer noch derselbe, scheint mir. Zu weich!« Er nickte nochmals. »Oh, ich habe nichts vergessen, Bolitho, nur keine Angst!«

»Besten Dank, Sir.«

Pomfret sprang beinahe auf. »Seien Sie nicht so impertinent!« Wie erschöpft von der Hitze, sank er wieder in den Stuhl und fuhr etwas ruhiger fort: »Die Menschen respektieren Schwäche nicht, das sollten Sie inzwischen gelernt haben.«

Bolitho standen plötzlich die unglücklichen Sträflinge in der Botany Bay vor Augen. Hunderte waren wegen aller möglichen Vergehen dorthin deportiert worden. Da die amerikanischen Kolonien nicht mehr zur Verfügung standen, hatte sich England entschlossen, seine unerwünschten Verbrecher auf die andere Seite der Welt zu schicken; dort mochten jene wenigen, die Not und unbekannte Krankheiten überlebten, für ihr Vaterland, das sie verstoßen hatte, neue Gebiete erschließen. Ob sie jemals erfahren würden, dachte er, was sie für ein Glück gehabt hatten, daß ihnen wenigstens Pomfret erspart geblieben war?

* südlich von Sydney, heutiges New South Wales.

Wie im Selbstgespräch redete Pomfret weiter: »Ich habe es satt, bei solchem Geschmeiß von Ehre und Loyalität zu hören. Die lügen, betrügen und saufen doch nur und kümmern sich einen Dreck um anständige Seeoffiziere wie Sie und mich.«

Bolitho wußte nicht genau: meinte er Sträflinge oder Matrosen – oder machte er da keinen Unterschied? Er entgegnete: »Auf alle Fälle sind es Männer, Sir, und ich verachte keinen, nur weil er nicht dieselben Überzeugungen hat wie ich.«

Pomfret musterte ihn mit zusammengekniffenen Augen. »Dann sind Sie ein noch größerer Narr, als ich dachte.« Er beugte sich vor, um seinen Worten stärkeres Gewicht zu verleihen. »Sie befehligen keine Fregatte mehr, Bolitho. Unter meiner Aufsicht werden Sie lernen, Ihre Pflicht so zu tun, wie es sich für den Kommandanten eines Vierundsiebzigers gehört – verstanden?«

»Jawohl, Sir.« Bolitho blickte ihn unbewegt an. »Aber bisher war ich allein und handelte, wie ich es für richtig hielt. Wir haben die Männer der *Fairfax* wieder, und vielleicht auch bald die Schaluppe.«

Pomfret trocknete sich das Gesicht mit einem seidenen Tuch. »Haben Sie auch die Offiziere der *Fairfax*?«

»Nein, Sir. Die Franzosen hatten sie bereits nach Norden transportiert, um sie eventuell auszutauschen.«

»Schade«, antwortete Pomfret mit einem abwesenden Nicken. »Ich hätte die Dummköpfe vors Kriegsgericht gestellt, weil sie sich das Schiff mit einem so blöden Trick wegnehmen ließen. Aber im Moment habe ich andere Sorgen.« Er blätterte in einigen Papieren. »Ich werde Lord Hood über die derzeitige Situation berichten, und inzwischen wollen wir auf dieser makabren Insel eine richtige Garnison aufbauen.« Herausfordernd blickte er in Bolithos ernstes Gesicht. »Sie sieht ja aus wie der nutzloseste Fleck der Erde!«

»Die Insel hat einen guten Hafen, Sir. Es gibt auch noch ein altes Dorf, wo früher die Sträflinge untergebracht waren. Aber das ist jetzt zerfallen. Die Festung haben Sie gesehen, und ...«

Stirnrunzelnd unterbrach ihn Pomfret: »Sie können Ihre Seesoldaten wiederhaben. Die Armee übernimmt jetzt die Insel, unter meinem Kommando natürlich.«

Natürlich, dachte Bolitho wütend. »Und meine Segelorder, Sir?«

Pomfret gähnte. »Fanshawe gibt sie Ihnen umgehend, sonst hol' ihn der Teufel. Sie werden unverzüglich nach Gibraltar segeln und meine Anordnungen *wörtlich genau* ausführen!« Er ignorierte Bolithos überraschte Miene. »Ich befehligte einen Konvoi von Sträflingstransportern, als das hier losging. Sie werden ihn herbringen.«

»Aber was wird aus St. Clar, Sir?« Es war Bolitho, als würde die Kajüte drückend eng.

»St. Clar steht immer noch, wenn Sie zurückkommen, Bolitho.« Es klang wie eine Zurechtweisung. »Lord Hood hat mir hier das Oberkommando übertragen und mir damit freie Hand gegeben, um aus diesem ziemlich unbefriedigenden Anfang einen vollen Erfolg zu machen!«

Steif stand Bolitho auf. »In Gibraltar – sind das Versorgungsschiffe, Sir?«

»Zum Teil. Aber das alles steht in Ihrer Order. Seien Sie unbedingt in Gibraltar, bevor der ganze Konvoi abgesegelt ist. Sonst wäre ich gar nicht erfreut, kann ich Ihnen versichern!« Und als Bolitho sich zum Gehen anschickte, fügte Pomfret noch hinzu: »Ich habe mich um dieses Kommando nicht beworben, Bolitho. Aber nun, da ich es habe, werde ich es auch erfolgreich zu Ende führen, und wer mir dabei Schwierigkeiten macht, kriegt Ärger. So wahr mir Gott helfe!« Er hatte mit großer Entschiedenheit gesprochen, aber auf einmal schien er genug von diesem Gespräch zu haben. »Anschließend werde ich Ihren Bericht lesen und sehen, was er taugt. Ich nehme an, Sie wollen Ersatz für Ihren toten Leutnant?«

»Jawohl, Sir.«

»Schön, sprechen Sie mit dem Flottenkommandanten in Gibraltar. Dazu haben Sie meine Erlaubnis.«

Bolitho verschluckte seine Erwiderung. Erstaunlich, wie die Beförderung einen Menschen bis zur Überheblichkeit verändern konnte. Er sagte nur: »Dann werde ich sofort Anker lichten, Sir.« Noch in der Tür hörte er Pomfret ihm nachrufen: »Sie haben meine Befehle jederzeit *wortgetreu* auszuführen!«

Kapitän Dash erwartete Bolitho bei der Fallreepspforte, eine Menge Fragen im Gesicht. »Na, Bolitho, ist er der Mann, an den Sie sich erinnerten?«

Bolitho starrte zu den schlanken Masten der *Hyperion* hinüber. »Genau der.« Und mit einem Blick nach unten zu der wartenden Gig: »Ich glaube, wir haben eine interessante Zeit vor uns.«

Eine knappe Stunde nach der kurzen Besprechung bei Konteradmiral Pomfret hatte die *Hyperion* bereits Anker gelichtet, und ihr Bugspriet strebte wieder der fernen, lockenden Kimm zu. Die Besatzung mußte glauben, ein Fluch laste auf dem Schiff, es sei dazu verdammt, ewig zu segeln, bis die Planken verrotteten und die Männer ins Meer fielen. Daß auf einmal so viele Schiffe vor Cozar lagen und sogar Infanterie auf der Insel war, hatte großes Interesse erregt: die Matrosen der *Hyperion* waren sogar irgendwie stolz darauf gewesen, als hätten sie dadurch, daß sie allein nach St. Clar gesegelt waren und tollkühn dicht am Feind geankert hatten, diese ganze Operation in Gang gesetzt.

Als jedoch »Klar zum Ankerlichten« gepfiffen wurde und Ashbys Marine-Infanteristen betrübt von der Festung wieder an Bord stampften, fiel die aufgeflammte Begeisterung in sich zusammen und verwandelte sich in Verwirrung und Enttäuschung.

Doch wenigstens brauchten die Offiziere der *Hyperion* nicht ständig neue Tricks zu erfinden, um die Mannschaft auf der Rückreise nach Gibraltar zu beschäftigen. Trotz des klaren Himmels frischte der Wind erheblich auf, sobald sie Cozar zurückgelassen hatten. Während das alte Schiff stampfend seinen Weg nach Südsüdwest nahm und die Südküste von Spanien umrundete, lag es manchmal so hoch am Wind, daß es ihn fast von vorn hatte und mühsam gegenan kreuzen mußte. Tag um Tag ging es so, ohne Atempause. Kaum waren die Männer von den Masten herunter und zu einer kurzen Rast im Logis, da gellte schon wieder der Ruf: »Alle Mann an Deck!« und »Aufentern zum Segelkürzen!«

Nicht daß es unter Deck viel Erholung gab. Die Stückpforten waren wegen des peitschenden Spritzwassers abgedichtet, und der Gestank nach Bilgewasser und hastig geschmortem Essen konnte aus dem engen Logis nicht abziehen. Die *Hyperion* wurde mit dem kurzen, knüppeligen Seegang schlecht fertig. Das monotone Quietschen der Lenzpumpen tönte so regelmäßig und unaufhörlich durchs Schiff, daß man es gar nicht mehr bemerkte, bis es beim Wachwechsel auf kurze Zeit verstummte.

Am Morgen des zehnten Tages lief das Schiff dankbar in die Reede unterhalb des Felsens von Gibraltar ein; die Mannschaft war zu erschöpft und niedergeschlagen, um sich über Reisezweck oder Zukunft Gedanken zu machen.

Reglos saß Bolitho in der Kajüte. Die feucht an ihm klebende Kleidung widerte ihn an, aber er war zu müde, um aufzustehen. Ihm war, als sei er während der ganzen Reise nie länger als fünf Minuten unter

Deck gewesen, und in der eleganten Kajüte fühlte er sich deplaciert und schmutzig. Die vier Leutnants, die das Schiff noch besaß, waren diensteifrig genug gewesen, aber ihnen fehlte jede Erfahrung mit schwierigem Wetter. Bolitho war überzeugter denn je, daß Kapitän Turner die eigentliche Schiffsführung nie jemand anderem als Quarme oder Gossett anvertraut hatte; jetzt wurden die Resultate dieser Einseitigkeit schmerzhaft deutlich.

Rooke trat ein und meldete müde: »Signal von der Fregatte *Harvester*, Sir. Hat Depeschen für Sie.« Seine Stimme war tonlos vor Erschöpfung. Er schwankte, riß sich aber unter Bolithos prüfendem Blick zusammen. Stärker als seine Kameraden war er sich seiner Unzulänglichkeit bewußt, und diesmal konnte er keinem anderen die Schuld zuschieben.

Bolitho erhob sich mühsam aus dem Sessel und trat ans Heckfenster. Durch die salzverkrustete Scheibe konnte er die Fregatte vor Anker liegen sehen. Ihr roter Wimpel hob sich leuchtend gegen den Felsen ab. Ihm schien, als hätte sie sich seit damals, als er nach seiner Ankunft aus England von Bord gegangen war, überhaupt nicht vom Fleck gerührt. War es wirklich erst zwei Monate her? Ihm kam es so lange vor wie ein ganzes Leben.

Knapp zwei Kabellängen vor der Fregatte lagen die drei schweren Transporter und eine kleine, tänzelnde Achtzehner-Schaluppe. Wieder fielen ihm Pomfrets Befehle ein. Er hatte sie dutzende Male durchgelesen, und sie waren ihm die ganze Zeit nicht aus dem Kopf gegangen, auch als er sein Schiff in die kreischende Hölle aus Wind und Gischt hineintrieb. Nun, alle an Bord würden sie bald genug zu hören bekommen, dachte er müde. Mit einem Mann wie Pomfret stellte man sich am besten von Anfang an auf den richtigen Fuß.

»Soll ich ein Boot hinüberschicken, Sir?« fragte Rooke.

»Nein.« Bolitho rieb sich mit den Fingerknöcheln die Augen. »Signalisieren Sie der *Harvester* und der Schaluppe *Snipe*: ›Kommandanten sofort zu mir an Bord!‹«

Rooke war verunsichert. »Gehören die auch zu unserem Geschwader, Sir?«

»Ja, Mr. Rooke. Und das Geschwader fährt Geleit für die drei Transporter nach Cozar.«

Bei diesen Worten mußte er an Pomfret und sein Flaggschiff denken. Der hätte das Geleit ebensogut selbst übernehmen können; wenn er eine Fregatte oder auch nur die *Chanticleer* nach Cozar vorausgeschickt hätte, wäre das ungewisse Warten auf neue Befehle schnell vorbei gewesen. Aber Pomfret war mit seinen Begleitschiffen und einem ziemlich schnellen Transporter losgesegelt; an Bolithos Schwierigkeiten und seinen Mangel an Frischwasser hatte er überhaupt nicht gedacht – oder sie waren ihm gleichgültig gewesen.

Als er sich vom Fenster abwandte, war Rooke bereits draußen, und an der Tür stand Gimlett, zeigte grinsend seine Eichhörnchenzähne und rieb sich nervös-erwartungsvoll die Hände.

»Ein neues Hemd, Gimlett!« befahl Bolitho. »Und legen Sie mir gleich eine frische Uniform aus. Ich habe Besuche zu machen.« Er rieb sich das Kinn und fuhr fort: »Ich will mich waschen und rasieren, ehe die beiden Kommandanten an Bord kommen.«

Als Leach, der Kommandant der Fregatte, und Tudor, der Kommandant der *Snipe*, in seine Kajüte geführt wurden, war Bolitho wenigstens äußerlich so frisch und munter wie ein Mann, der seine Tage an Land in einem komfortablen Haus verbracht hatte. Er wartete, bis Gimlett seinen Besuchern Wein eingeschenkt hatte, und sagte dann: »Willkommen an Bord, meine Herren. Ich nehme an, Sie sind sofort segelfertig?«

Leach nickte. »Admiral Pomfret hat uns instruiert, bei den Transportern zu bleiben, nachdem der erste Geleitzug abgesegelt war. Wie es scheint, werden derartige Schiffe, wenn sie ungeschützt segeln, in den letzten Wochen regelmäßig angegriffen, und mir ist wohler, wenn Ihre *Hyperion* auf uns aufpaßt.« Er lehnte sich etwas bequemer zurück. »Freut mich übrigens, Sie wiederzusehen, Sir. Ich nehme an, der junge Seton ist seine Seekrankheit inzwischen los?«

Tudor, ein breitgesichtiger Leutnant, sprach jetzt zum erstenmal. Entweder hatten ihm der Wein oder Leachs offenbare Vertrautheit mit Bolitho Mut gemacht. »Ich weiß nicht, ob ich das richtig verstanden habe, Sir ...« Die beiden blickten ihn an, und er fuhr leicht verwirrt fort: »Der Admiral hat befohlen, daß eines der für Neu-Holland bestimmten Schiffe, die *Justice*, hierbleiben soll. Es ist mir klar, daß die beiden Vorratsschiffe für unser Geschwader lebenswichtig sind –«, er hob hilflos die Schultern –, »aber ein Sträflingsschiff sollte nicht unbewacht zurückbleiben.«

Bolitho blickte ihn ernst an. »Es bleibt auch nicht zurück.« Gleichzeitig setzten sie ihre Gläser ab und blickten ihn einer wie der andere erschrocken an. »Die *Justice*«, fuhr Bolitho fort, »segelt mit uns nach Cozar.«

»Aber, Sir«, protestierte Leach, »das ist doch ein Sträflingsschiff! Herrgott, sie hat dreihundert Gefangene an Bord!«

»Das weiß ich.« Bolitho blickte auf den Tisch nieder, wo Pomfrets Order lag. Er konnte Leachs Verwirrung durchaus begreifen. Pomfret mußte Bellamy von der *Chanticleer* bis aufs Hemd ausgefragt haben, bevor er diese überraschende Entscheidung traf. Wie er in seiner Order geschrieben hatte: ». . . anscheinend ist ein Teil der Befestigungsanlagen auf Cozar in schlechtem Zustand und völlig unzureichend. Da keine anderen Arbeitskräfte für die Instandsetzung zur Verfügung stehen und mir Lord Hood volle Entscheidungsgewalt übertragen hat, beabsichtige ich, einen Teil des Sträflingstransports, nämlich die Belegschaft des Transports *Justice*, dazu zu verwenden, und unterstelle diese hiermit meinem Kommando.«

Wieder einmal hatte Pomfret ganz klar erkennen lassen, daß ihm der Verbrauch von Menschen weniger bedeutete als etwa der von Segeltuch oder Spieren.

»Darf er denn das?« fragte Leach eindringlich. »Ich meine – ist es legal?«

»Vielleicht gibt es ein paar Anfragen im Parlament, Leach. Aber vermutlich kümmert sich kein Mensch darum. Manche werden der Ansicht sein, daß ein Transport von Verbrechern das Land schon zu viel Geld kostet, besonders jetzt, da wir wieder im Kriege mit Frankreich sind. Diese Leute werden es für durchaus vernünftig halten, daß die Sträflinge ihre Überfahrt sozusagen abarbeiten.«

Jedoch Leach war eigensinnig. »Aber Sie – halten auch Sie es für richtig?«

Bolitho verschränkte die Finger unterm Tisch. »Das geht Sie nichts an, Leach!« Er sprach schärfer als beabsichtigt und wußte, daß Leach seine innere Unsicherheit daran so deutlich erkannte, als hätte er seine wahren Gedanken laut ausgesprochen.

Tudor sah zu Boden. »Wenn das so ist . . .«

Auf einmal wurde Bolitho wütend. »Wenn das so ist, dann wollen wir die Sache unverzüglich in Angriff nehmen, nicht wahr, Tudor?«

»Soll ich den Kapitän der *Justice* informieren, Sir?« versuchte Leach die Spannung zu lockern. »Er ist ein schwieriger Mann und hat für die Marine nicht viel übrig.«

»Ich werde es ihm selbst sagen«, erwiderte Bolitho und schritt zum Fenster. »Keine angenehme Aufgabe.«

Leach wechselte das Thema: »Ich höre, Sie brauchen einen Ersten

Offizier, Sir? Mein eigener ist ein guter Offizier, bei dem längst ein Avancement fällig wäre.«

Bolitho starrte zum Sträflingsschiff hinüber, als sähe er es zum erstenmal. »Danke, Leach, das ist anständig von Ihnen. Sowohl mir gegenüber als auch Ihrem Leutnant, den Sie vermutlich nicht gern verlieren würden.« Er schüttelte den Kopf. »Aber damit müssen wir noch eine Weile warten. Der Wind krimpt die ganze Zeit und frischt immer mehr auf. Wir müssen bald weg, sonst kommen wir nicht mehr raus und müssen den Sturm auf Reede abwettern.«

Leach nickte. »So weht es schon seit Tagen vom Atlantik.« Er stand auf und griff nach seinem Hut. »Ich bin ganz Ihrer Meinung. Wir müssen möglichst bald in See gehen.«

Bolitho geleitete die beiden Offiziere an Deck. Als sie in ihren Booten waren, befahl er: »Meine Gig, bitte! Ich will zur *Justice* hinüber.«

Am kurzen Blickwechsel seiner Offiziere merkte er, daß sie ganz genau wußten, was vor sich ging. Neuigkeiten liefen auf irgendwelchen geheimnisvollen Wegen schneller von einem Schiff zum anderen als durch das ausgeklügeltste offizielle Signalsystem.

»Haben Sie Befehle, Sir?« fragte Rooke.

»Besorgen Sie mittlerweile so viel frisches Obst, wie die Boote tragen können. Aber um acht Glasen gehen wir ankerauf, verstanden?«

Damit kletterte er ins Boot und wickelte sich in seinen Mantel, als wolle er seine Gedanken vor den Blicken der neugierigen Matrosen verbergen.

»Ablegen! Zu-gleich!« blaffte Allday. Leise sagte er über Bolithos Schulter: »Komischer Name für 'n Sträflingsschiff, Sir*. Aus dem Bodmin-Gefängnis sind ein paar Leute deportiert worden, die haben bloß mal 'n Brot gestohlen. Ist das vielleicht *Gerechtigkeit*?«

Bolitho duckte sich vor dem Sprühwasser, das wie Hagel über ihn wegpeitschte. Seltsam, daß Allday und seinesgleichen, die selber gewaltsam zur Marine gepreßt worden waren, so viel Mitgefühl für diese Leute, aber keines für ihre Kameraden empfanden, die wie sie selbst Heimat und Familie entrissen worden waren. Doch genau wie Allday wußte er, daß es da Unterschiede gab; und auch wenn er sich nicht daran stören durfte, würden sie ihm doch ständig bewußt bleiben.

»Boot ahoi!« ertönte eine grobe Stimme vom verwitterten Deck des Transporters herab.

* Justice = Gerechtigkeit

Laut und deutlich antwortete Allday: »Kommandant Seiner Majestät Linienschiff *Hyperion* kommt an Bord!«

Bolitho erschauerte unter seinem Mantel. Die *Justice* stank nach menschlichem Zerfall, nach Verwesung.

VIII Passagier an Bord

Kapitän Hoggan von der *Justice* stand mit verschränkten Armen mitten in seiner unordentlichen Kajüte und betrachtete Bolitho unverhohlen amüsiert. Er war ein muskulöser Mann mit dickem, ungekämmtem Haar; sein schwerer Rock, der für den Nordatlantik besser geeignet gewesen wäre, sah aus, als hätte er darin geschlafen.

»Wenn Sie dachten, ich hätte was dagegen, haben Sie sich getäuscht.« Er deutete auf eine Schnapsflasche. »Möchten Sie ein Glas, bevor Sie gehen?«

Bolitho blickte sich in der Kajüte um. Seekisten und Gepäckstücke aller Art türmten sich an den Wänden; es gab auch ein blankes Gestell mit Musketen und Pistolen. Wie kam ein ehrlicher Seemann dazu, so einen Posten anzunehmen? Ein Schiff zu befehligen, das sein Geld verdiente, indem es eine elende Menschenfracht nach der anderen transportierte? Wahrscheinlich enthielten diese Kisten die persönliche Habe von Sträflingen, die während der Überfahrt gestorben waren. Bei diesem Gedanken verging Bolitho der Durst. »Nein, Captain, ich trinke nicht«, erwiderte er kalt.

»Wie Sie wollen.« Die enge Kajüte roch auf einmal nach Rum, denn Hoggan schenkte sich ein großes Glas randvoll. »Was ist schon dabei?« fragte er. »Auf Ihren Befehl bringe ich also dieses Mistpack nach Cozar. Was danach kommt, ist Pomfrets Problem.« Er kniff ein Auge zu. »Für mich ist das eine kurze Reise – und dann ab nach Hause, zum selben Preis. Viel besser, als monatelang auf See zu liegen und dann in der Botany Bay!«

Trotz der dumpfen Hitze in der Kajüte erschauerte Bolitho. »Schön. Sie werden also Anker lichten, sobald ich signalisiere. Richten Sie sich nach allen Anweisungen, die Sie von meinem Schiff bekommen, und halten Sie immer Ihre Station!«

Hoggans Miene wurde härter. »Meine *Justice* ist kein Kriegsschiff!«

»Sie steht jedenfalls unter meinem Befehl.« Bolitho versuchte, die Verachtung zu unterdrücken, die er für diesen Mann empfand. Er blickte auf seine Taschenuhr. »Jetzt seien Sie so gut und lassen Sie die Gefangenen antreten. Ich will ihnen sagen, was geschieht.«

Hoggan schien protestieren zu wollen. Aber dann grinste er und murmelte: »Das ist ja die Höhe! Warum machen Sie sich diese Mühe mit den Kerls?«

»Tun Sie bitte, was ich sage!« befahl Bolitho mit abgewandtem Blick. »Die Leute haben wenigstens das Recht, zu erfahren, was aus ihnen wird.«

Hoggan stapfte hinaus; Minuten später hörte Bolitho draußen Befehlsgebrüll, dann stand Hoggan wieder in der Kajütentür und verbeugte sich ironisch. »Die Gentlemen sind bereit, Captain!« meldete er mit breitem Grinsen. »Ich muß für ihr rauhes Äußere um Entschuldigung bitten, aber sie haben den Besuch eines Offiziers des Königs nicht erwartet!«

Bolitho warf ihm nur einen kalten Blick zu und trat auf das windgepeitschte Deck hinaus. Schmale Wolkenfetzen jagten hoch oben über die kreisenden Mastspitzen, und Bolitho merkte, daß der Wind immer mehr auffrischte.

Dann blickte er vom Hauptdeck hinunter in die dichtgedrängte Masse der zu ihm emporgerichteten Gesichter. Die *Justice* war nicht viel geräumiger als eine große Fregatte, doch war ihr Rumpf, wie er wußte, wesentlich tiefer; bei ihr kam es nicht auf Schnelligkeit an, sondern auf reichlichen Frachtraum. Und doch schien es unwahrscheinlich, daß alle diese zerlumpten, verzweifelten Männer die lange Reise nach Neu-Holland überlebt hätten, denn das Schiff hatte außer ihnen noch eine volle Mannschaft und entsprechende Vorräte an Bord. Er musterte die beiden Decksgänge: anders als bei einem Kriegsschiff waren sie nicht nur nach außen, sondern auch nach innen bestückt; die gefährlich aussehenden Drehbassen waren nicht nach See, sondern auf die unten versammelten Sträflinge gerichtet. Sie waren ganz unterschiedlich gekleidet; vom feinen, aber verschmutzten Wollstoff bis zu stinkenden Gefängnislumpen war alles vorhanden; hier und da fiel ein ehemals farbenprächtiges Gewand auf und machte das Bild noch fremdartiger. Durch Habgier oder Unglück entwurzelt, standen sie jetzt stumm auf dem schwankenden Deck. In ihrem Gesichtern waren alle möglichen Gefühle von ängstlicher Erwartung bis zur stumpfen Verzweiflung zu lesen.

Einige Wachtposten auf den Decksgängen trugen Peitschen, die sie geübt gegen ihre Stiefel schnippen ließen, während sie darauf warteten, daß Bolitho endlich seine Rede hielt und sich dann um seine eigenen Angelegenheiten kümmerte.

Lernten die Menschen denn nie aus früheren Ereignissen? fragte sich Bolitho. Sinnlose Brutalität hatte mit vernünftiger Ordnung und Disziplin nichts zu tun. Erst vor einem knappen Jahr waren einige Meuterer der *Bounty*, die das Pech gehabt hatten, erwischt zu werden, in Portsmouth vor den Augen der ganzen Flotte an den Rahen gehenkt worden; und doch interessierten sich manche Leute mehr für Bestrafung als für die Frage, wie man Meutereien verhindern konnte.

»Ich werde euch nicht lange aufhalten.« Bolithos Stimme übertönte ohne Anstrengung das Knarren der Spieren und Blöcke. »Ich bin nicht hier, um euch zu richten oder zu verurteilen. Das haben bereits andere getan. Ich habe euch nur zu eröffnen, daß euer Transport nach Neu-Holland verschoben worden ist. Für wie lange, das kann ich jetzt noch nicht sagen.« Nun hörten alle mit höchster Spannung zu. »Dieses Schiff segelt im Geleitzug nach der Insel Cozar, die etwa sechshundert Meilen entfernt ist. Dort werdet ihr durch eure Arbeit einen Beitrag im Kampf gegen die Feinde unseres Vaterlandes leisten!«

Wie ein einziger Seufzer stieg es von den dichten Reihen hoch; und als Bolitho, verwundert über diese Reaktion, Hoggart anblickte, sagte der gleichgültig: »Manche hatten Frauen und Kinder dabei.« Er deutete unbestimmt nach Lee. »Die sind schon mit dem Hauptkonvoi vorausgesegelt.«

Angewidert von Hoggans Gleichgültigkeit und entsetzt darüber, was seine Worte für die Sträflinge bedeuteten, starrte Bolitho hinunter. Er hätte daran denken müssen, daß Männer und Frauen auf verschiedenen Schiffen transportiert wurden – eine durchaus zweckmäßige Maßnahme. Aber er hatte diese Menschen nur als gesichtslose Wesen gesehen; daß manche auch Familie hatten, war ihm gar nicht in den Sinn gekommen. Und da tönte auch schon eine Stimme zu ihm empor: »Aber meine Frau, Sir! Was soll sie ohne mich anfangen?«

»Halt's Maul, du verrotztes Schwein!« brüllte Hoggan.

Bolitho hob die Hand. »Ich will versuchen, darauf zu antworten, Captain.« Zu den Sträflingen gewandt, fuhr er fort: »Der Krieg läßt uns in dieser Sache keine Wahl. Meine eigenen Männer haben seit vielen Monaten keinen Fuß an Land gesetzt, manche seit Jahren nicht. Auch sie haben Familien ...«

Der Mann von unten rief dazwischen: »Aber meine Frau ist nicht in ihrer Heimat, sondern weit weg, irgendwo da draußen ...« Unvermittelt schien der Ärmste den ganzen Schrecken des Begriffs Deportation zu erfassen.

Bolitho sprach weiter: »Ich werde für euch tun, was ich kann. Wenn ihr gute Arbeit leistet und gehorcht, wird sich das bestimmt zu euren Gunsten auswirken. Strafnachlaß oder Aufhebung des Urteils liegen durchaus im Bereich der Möglichkeiten.« Er wollte weg von diesem Elendsschiff, hatte aber nicht das Herz, ihnen einfach den Rücken zu drehen und sie ihrer Verzweiflung zu überlassen. »Denkt immer daran: Wer oder was ihr auch sein mögt, Engländer seid ihr alle und steht einem gemeinsamen Feind gegenüber.«

Er brach ab, denn Allday sagte leise: »Die Boote der *Hyperion* kommen zurück, Captain. Mr. Rooke macht sich wohl Sorgen wegen dem Wind.«

Bolitho nickte und wandte sich an Hoggan. »Sie können klarmachen zum Ankerlichten. Wir segeln sofort.« Er sah noch, wie die Masse der emporgewandten Gesichter in kleine ratlose Gruppen auseinanderbrach, und fuhr eindringlich fort: »Versuchen Sie, ihnen das Leben nicht noch schwerer zu machen, Captain.«

Mit offenkundiger Feindseligkeit sah Hoggan ihn an. »Wollen Sie mir etwa Befehle erteilen, Sir?«

»Da Sie es so ausdrücken – ja!« Bolithos Augen wurden kalt und hart. »Und ich mache Sie persönlich dafür verantwortlich.« Ohne ein weiteres Wort schritt er hinter Allday her.

Während die Gig tapfer einen immer heftiger werdenden Tanz mit den weißbemützten Wellen austrug, starrte Bolitho zur *Hyperion* hinüber und dachte über die Wandlung, die er – so kam es ihm jedenfalls vor – während seines kurzen Besuchs auf der *Justice* durchgemacht hatte. Er wußte, daß es auf Täuschung beruhte, aber nach der Atmosphäre von Hoffnungslosigkeit und Verfall auf dem Sträflingsschiff kam ihm die *Hyperion* wie eine vergleichsweise heile Welt vor. Beim Anblick ihrer hohen, gischtübersprühten Bordwand und der zweckmäßigen, zielstrebigen Arbeit der Männer wurde er ruhiger; seine durcheinanderwirbelnden Gedanken beruhigten sich. Schnell kletterte er durch die Pforte und passierte, indem er flüchtig an den Hut tippte, die zu seinem Empfang angetretene Abteilung. Er befahl Leutnant Inch: »Sofort Boote einholen und festmachen! Und melden Sie Vollzug!« Dann erst hatte er das vage Gefühl, daß irgend etwas nicht stimmte. Normalerweise hätte er das sofort gemerkt, aber er hatte zu lebhaft an die Sträflinge gedacht. Inch starrte nach achtern; er folgte seinem Blick und begriff, warum der Leutnant so nervös war.

Allday, der eben durch die Fallreepspforte kletterte, konnte sich nicht enthalten auszurufen: »Na so was! Ein Frauenzimmer auf dem Achterdeck!«

Mit erzwungener Ruhe und gefährlich leise fragte Bolitho: »Wollen Sie bitte so freundlich sein und mir erklären, was das zu bedeuten hat, Mr. Inch?«

Der Leutnant schluckte verlegen. »Sie kam in einem Boot an Bord, Sir. Von der Festung. Sie hat einen Brief . . .«

Bolitho schob ihn beiseite. »Ich werde das selbst in Ordnung bringen, da Sie ja anscheinend den Verstand verloren haben!« Mit langen Schritten ging er nach achtern und die Decksleiter hinauf; er hatte Herzklopfen vor Ärger.

Da stand, stirnrunzelnd und nervös, Leutnant Rooke, und neben ihm Midshipman Seton, der merkwürdigerweise trotz des Captains gefahrdrohender Miene lächelte.

Dann erst sah er das Mädchen. Es trug ein grünes Samtkleid, zu dem ein breiter spanischer Sonnenhut, mit rotem Band unterm Kinn festgebunden, stark kontrastierte. Sie bemühte sich, den Hut in der steifen Brise festzuhalten und gleichzeitig zu verhindern, daß ihr das lange Haar ums Gesicht peitschte.

»Wollen Sie mir dafür bitte eine Erklärung geben?« fragte Bolitho, gereizt von einem zum andern blickend.

Rooke setzte zum Sprechen an, aber das Mädchen sagte gelassen: »Ich bin Cheney Seton, Captain, und habe für Sie einen Brief von Sir Edmund Pomfret.« Sie fuhr mit der Hand in eine Rocktasche und brachte ein Kuvert zum Vorschein; dabei blickte sie fest in Bolithos ärgerliches Gesicht. Ihre großen Augen waren so blaugrün wie die See, rätselhaft und sehr ernst; auch ihre Stimme verriet nichts über ihre Gedanken und Gefühle. Etwas ratlos nahm Bolitho den Brief entgegen; er hatte den Sinn ihrer Worte nicht gleich erfaßt.

»Seton, sagten Sie?«

»S-Sir, sie ist m-meine Schwester . . .« Midshipman Seton verstummte unter Bolithos kaltem Blick.

Unbewegt fuhr das Mädchen fort: »Tut mir leid, wenn ich Ihnen Ungelegenheiten verursache, Captain.« Sie deutete auf ein Häufchen Gepäck. »Aber wie Sie sehen, liegt hier kein Irrtum vor.«

Bolitho sah Seton streng an. »Wußten Sie davon, Mr. Seton?«

»Er hat nichts gewußt.« Sie sprach mit einer gewissen Schärfe, und wäre Bolitho nicht so wütend gewesen, hätte er vielleicht gesehen, daß sie sich kaum noch beherrschen konnte. »Ich war beim Geleitzug nach Neu-Holland.« Sie zuckte die Achseln, als sei das jetzt unwichtig. »Nun soll ich mit Ihnen zu dieser Insel segeln.«

»Wollen Sie mich bitte nicht unterbrechen, Miss, äh, Seton, wenn ich mit einem meiner Offiziere spreche!« Bolitho war bereits etwas unsicher geworden; aus dem Augenwinkel sah er ein paar neugierige Matrosen unterhalb des Achterdecks.

Ebenso scharf wie er erwiderte sie: »Dann wollen Sie bitte nicht von mir sprechen, als sei ich ein Stück Inventar Ihres Kanonenboots, Captain!«

Dalby, der Dritte Offizier, der sich in Hörweite befand, sagte hilfsbereit: »Das ist kein Kanonenboot, Miss. ›Linienschiff‹ heißt das bei der Marine.«

Jetzt brüllte Bolitho los: »Und wer hat *Sie* gefragt, Mr. Dalby?« Wütend fuhr er herum. »Mr. Rooke, bitte lassen Sie ›Klar zum Ankerlichten‹ pfeifen, und geben Sie die entsprechenden Signale an den Geleitzug!« Dann wandte er sich wieder Miss Seton zu. Jetzt ließ sie die Arme hängen, denn anscheinend machte es ihr nichts mehr aus, daß ihr Haar, tief kastanienbraun, wie er feststellte, vom Wind gezaust wurde.

»Wenn Sie mitkommen wollen, Miss Seton, kann ich mir diese Geschichte etwas ausführlicher anhören.«

Allday und Gimlett eilten voraus, und Bolitho folgte ihnen mit dem Mädchen den Kampanjeniedergang hinunter. Es war schlank und trug den Kopf trotzig hoch. Dieser verdammte Pomfret soll zur Hölle fahren, dachte er wütend. Warum hatte er ihm nichts von diesem Mädchen gesagt? Schlimm genug, daß er die *Hyperion* zu einer Zeit, in der es durchaus zum Kampf kommen konnte, überhaupt nach Gibraltar geschickt hatte. Aber dann noch Setons Schwester vorzufinden und sie wie ein weiteres Stück von Pomfrets Privatgepäck mitnehmen zu müssen, war beinahe mehr, als er ertragen konnte.

Sie trat in die Kajüte und blickte sich mit der gleichen ernsthaften Aufmerksamkeit um wie vorhin an Deck. Etwas ruhiger begann Bolitho: »Und nun können Sie mir die Sache vielleicht erklären?«

»Haben Sie etwas dagegen, daß ich mich setze, Captain?« fragte sie und blickte ihn gelassen an.

»Bitte sehr.« Bolitho riß den Brief auf und trat damit zum Fenster. Da stand es. So weit, so gut. Schließlich sagte er: »Ich weiß immer noch nicht, warum Sie nach Cozar wollen.«

»Und ich weiß nicht, ob Sie das etwas angeht, Captain.« Sie faßte die Armlehnen ihres Sessels fester. »Aber da es bald allgemein bekannt sein wird – ich reise nach Cozar, um Sir Edmund Pomfret zu heiraten.«

Bolitho starrte sie sprachlos an. »Ach so«, sagte er endlich. »Verstehe.«

Sie lehnte sich im Sessel zurück; mit ihrem Trotz war es offensichtlich vorbei. »Das glaube ich kaum«, erwiderte sie müde. »Aber wenn Sie mir freundlicherweise sagen wollen, wo ich wohnen kann, werde ich mir Mühe geben, Ihnen aus dem Weg zu gehen.«

Bolitho sah sich ratlos um. »Hier. Ich lasse mir im Kartenraum ein Bett aufstellen. Hier haben Sie Platz genug.«

Sekundenlang hatten ihre Augen einen Ausdruck, als amüsiere sie sich heimlich. »Wenn Sie meinen, Captain?«

Jetzt kam Allday – für Bolitho wie der Strohhalm eines Ertrinkenden. »Bringen Sie meine Sachen in den Kartenraum, Allday! Ich will mich sofort umziehen – meine Alltagsgarnitur!« Zum Teufel mit dem Mädchen, dachte er; es macht sich über mich lustig, weil ich mich wie ein Narr anstelle. »Also holen Sie Gimlett, und sagen Sie ihm Bescheid!«

Allday warf einen raschen Blick auf das Mädchen im Sessel. Doch sein Gesicht blieb ausdruckslos. Er sagte nur: »Sieht nach einer steifen Brise aus, Captain.« Damit verschwand er.

Ein paar Minuten später kam Bolitho aufs Achterdeck, und die Unterhaltung der Offiziere verstummte wie abgeschnitten, als hätte er sie angebrüllt.

Rooke meldete: »Transporter haben Anker kurzstag, Sir.« Er nahm sich mächtig zusammen; wahrscheinlich, dachte Bolitho, freut es ihn wenig, das Schiff unter dem Teleskop jedes Kapitäns in Gibraltar aus dem Hafen segeln zu müssen. Bolitho hatte seinen kleinen grausamen Spaß daran. »Schön, Mr. Rooke«, sagte er kurz, »setzen Sie Segel, bitte.« Gossett blickte wie ein trauriger Bullenbeißer herüber. »Stecken Sie einen Kurs in Luv der Landspitze ab, Mr. Gossett, und stellen Sie zwei gute Männer ans Ruder.« Er konnte sich nur mit Mühe beherrschen, so ärgerlich war er, als er an der Reling Aufstellung nahm und den Blick langsam über sein Schiff schweifen ließ. Die Männer standen schon an den Speichen des Ankerspills, die Seesoldaten an den Brassen, die Toppgasten warteten auf den Befehl zum Aufentern.

»Signal an Geleitzug: ›Anker lichten‹«, befahl er, nahm ein Teleskop zur Hand und beobachtete, wie die Transportschiffe seeklar machten.

Als die Flaggen hochstiegen, setzte Rooke das Sprachrohr an und brüllte: »Klar bei Gangspill!« Tomlin, der Bootsman, zeigte grinsend seine beiden Hauer und winkte bestätigend mit der Hand. Rooke leckte sich nervös die Lippen. »Setzt Vorsegel! Aufentern und Toppsegel los!«

Wortlos sah Bolitho zu, als die Toppgasten wie eine menschliche Flutwelle aufenterten, denn die Rohrstöcke der Deckoffiziere und Bootsmannsmaaten trieben die Säumigen mit mehr Enthusiasmus an als sonst. Anscheinend spürten sie die Gereiztheit ihres Kommandanten und wollten kein Risiko eingehen.

»Hol' dicht die Brassen!«

Keuchend vor Anstrengung warfen sich die Männer am Gangspill in die Speichen; der mächtige Anker riß sich aus dem Schlick und Sand des Hafens, schwerfällig legte sich die *Hyperion* in die stärker auffrischende Brise. Dann traf sie die volle Kraft des Windes, sie krängte noch mehr, die Matrosen auf den Rahen kämpften mit Händen und Füßen, um die großen Bäuche der sich unter ihnen entfaltenden Segel zu bezwingen. Mehr und mehr nahm die *Hyperion* Fahrt auf, die Rahen spannten sich knarrend wie riesige Bogen. Die Ankermannschaft verkattete flink den Anker, dann pflügte die *Hyperion*, schon auf Kurs, durch die Gischt stiebenden Wellen; und die Zuschauer an der Küste sahen sie ihres stolzen Namens würdig.

»Alle Schiffe sind Anker auf, Sir«, meldete Caswell.

»Recht so. Signalisieren Sie: ›Auf Station wie befohlen‹.« Er zog sich den Dreispitz fest in die Stirn und blickte zum Wimpel empor. Der stand steif wie ein Speer.

»Neues Signal: ›So viele Segel wie möglich setzen‹.« Nur nicht gleich zu viel signalisieren, dachte er grimmig. Später würde er noch Veranlassung genug haben, die Säumigen anzutreiben.

Wie ein Terrier hinter den Bullen überholte die winzige Schaluppe *Snipe* unter geschwelltem Großsegel das vorderste Transportschiff. Ihr Platz war an der Spitze des Konvois. Die *Hyperion* und die Fregatte würden in Luv bleiben, in diesem Falle also achteraus; so hatten sie die Möglichkeit, jederzeit schnell vorzustoßen, wenn sie ihr Geleit verteidigen mußten.

Bolitho musterte die *Harvester* im Teleskop: ihr schlanker Bug stieg und fiel kraftvoll und graziös wie ein schönes starkes Raubtier mit den nun anrollenden großen Hochseewellen. Die *Hyperion* schob in diesem Seegang nur lässig ihre mächtige Schulter vor und hüllte sich dann in Gischt wie in ein Tuch. Bei dem achterlichen Wind arbeitete das Deck in stetigem Stampfen; die Luft darüber war erfüllt vom Jaulen der Takelage und dem alles beherrschenden Schlagen und Rauschen der Segel, in denen die Matrosen, von unten winzig anzusehen, immer noch kämpften, um entsprechend Bolithos jüngstem Befehl mehr Segel zu setzen.

Auf einmal fiel ihm die Frau wieder ein, die dort unten in seiner Kajüte saß. Ihretwegen war er so gereizt. Aber dann sah er Gossetts besorgtes Gesicht und sagte: »Wir müssen wahrscheinlich bald reffen, Mr. Gossett, aber erst einmal wollen wir den Wind ausnutzen, damit wir möglichst rasch von Land freikommen.« Der Master nickte sichtlich erleichtert. Vermutlich begriff er besser als mancher andere an Bord, daß es keinen Sinn hatte, ein Schiff bis zum Mastbruch zu segeln, bloß damit der Kommandant seinen Ärger abreagieren konnte.

Stärke und Richtung des Windes blieben fast gleichmäßig günstig bis zum vierten Tag nach Gibraltar. Bis dahin war das Geschwader gut 420 Meilen gesegelt. An Bord der *Hyperion* konnte sich niemand an eine so schnelle Reise erinnern. Es hatte kaum Zwischenfälle gegeben. Gegen Abend des vierten Tages schoß der Wind plötzlich nach Nordosten aus und flaute etwas ab. Bolitho fand jedoch, als er an der Luvseite des Achterdecks stand und die prachtvolle, kupferrot glänzende untergehende Sonne bewunderte, er könne zufrieden sein. Die Schiffe waren gut zusammengeblieben; sogar jetzt konnte er, wenn er über den stampfenden Bug nach vorn blickte, die Rümpfe der Transporter in dem seltsamen Licht so aufglänzen sehen, als wären sie aus poliertem Metall. Das größte Schiff, die *Erebus*, führte; ihr folgte in angemessenem Abstand als zweite die *Vanessa*. Beide waren gutgeführte Schiffe, und wie sie da im schwindenden Sonnenlicht glänzten, sahen sie mit ihren aufgemalten falschen Stückpforten und der straffen Takelage tatsächlich wie Kriegsschiffe aus. Nach ihnen kam die *Justice*. Ihr Rumpf war von stumpfem Schwarz, denn sie lag schon im Schatten. Ihre Matrosen arbeiteten noch in der Takelage, um wie auf den anderen Schiffen die Segel für die Nacht zu kürzen.

Das Sausen des Windes im Rigg wurde unvermittelt übertönt von Gelächter aus der Offiziersmesse. Vermutlich, dachte Bolitho, nützten die Leutnants ihre Freiwache und die seltene Gelegenheit, eine Dame zu bewirten, nach besten Kräften aus.

Er verschränkte die Hände auf dem Rücken und nahm seinen Spaziergang längs der Luvreling wieder auf, wobei ihm die beiden Rudergasten und Dalby, der Wachoffizier, interessiert zuschauten. Letzterer hatte sich diskret nach Lee verzogen.

Merkwürdig, wie Cheney Seton das ganze Schiff im Sturm erobert hatte. Obwohl sie sich immer nur kurze Zeit bei der Kampanje aufhielt, fanden sich jedesmal eine ganze Anzahl Matrosen ein, die dort eigentlich gar nichts zu suchen hatten, und lächelten ihr freundlich zu – oder starrten sie auch bloß an wie eine Erscheinung.

Gimlett war natürlich in seinem Element. Wie eine Gluckhenne bemutterte er Cheney Seton und schützte sie gegen jeden Eindringling energischer, als Bolitho es ihm je zugetraut hätte. Und sie hielt ihr Wort. Sie ging Bolitho aus dem Weg und tat nichts, was sie auch nur von fern mit der Schiffsführung in Konflikt bringen konnte.

Je heftiger ihm die Gedanken durch den Kopf schossen, um so schneller wurden auch seine Schritte; denn ihm war wieder einmal klar geworden, daß Miss Seton es gerade durch ihre Zurückhaltung erreicht hatte, nicht sich, sondern ihn zu isolieren, und zwar noch stärker als sonst. Vielleicht war sie nur aus diesem Grund Inchs Einladung zum Dinner in der Offiziersmesse gefolgt. Halb und halb hatte Bolitho erwartet, ebenfalls eingeladen zu werden, aber das hatten sie nicht getan. Wie er auf dem immer dunkler werdenden Deck auf und ab ging und dem Klatschen seiner Schuhsohlen auf den Planken lauschte, hoffte er fast, daß irgend etwas Unvorhergesehenes, etwa ein Windwechseln eintreten möge, damit er »Alle Mann« pfeifen lassen und die fröhliche Gesellschaft dort unten stören konnte. Jedesmal, wenn er sich in seinem engen Kartenraum zur Ruhe begab, konnte er sich kaum an den Gedanken gewöhnen, daß das Mädchen nur ein paar Fuß von ihm entfernt schlief oder in seiner eigenen Kajüte speiste, während er sich verkroch wie ein unartiger Schuljunge. Noch seltsamer war, daß er auch nach vier Tagen kaum mehr von ihr wußte, als in der Minute, als sie an Bord gekommen war. Was er über sie gehört hatte, waren Informationen aus dritter oder vierter Hand, und um so rätselhafter, weil sie unvollständig waren. Der Steward des Midshipmanlogis hatte Midshipman Piper seinem Kameraden Caswell erzählen hören, was Seton ihm über seine Schwester anvertraut hatte. Der Steward hatte es natürlich Gimlett weitererzählt, der mit sichtlichem Widerstreben und nur unter Prügelandrohung einiges davon Allday enthüllt hatte. Und dieser wiederum hatte, etwa während Bolitho sich rasierte oder er ihm, wenn das Schiff mitten in der Nacht in eine heftige Bö geriet, in seinen schweren Bordmantel half, beiläufig darüber gesprochen. Bolitho hatte es ebenso beiläufig zur Kenntnis genommen und somit nicht nur Zeit gespart, sondern auch das Gesicht gewahrt.

Als er jetzt an Deck hin und her ging, das Kinn tief im Schal vergraben, machte er sich im Geist ein Bild von dem Mädchen, das Pomfrets junge Frau werden sollte. Cheney zählte sechsundzwanzig Jahre und war bis vor kurzem in Pomfrets Londoner Haus als eine Art Haushälterin tätig gewesen. Das war Bolitho im ersten Moment ziemlich verdächtig vorgekommen, doch nach Alldays Angaben hatte Pomfret es zum beiderseitigen Vorteil so arrangiert, damit sie ihren kränklichen Vater pflegen konnte, der aus irgendeinem Grund, den Bolitho nicht erfuhr, in diesem Hause wohnte, als sei es sein eigenes. Ihr Vater war jetzt tot, und sie hatte auf der ganzen Welt nur noch ihren Bruder. Ihre Mutter war bei einem Aufstand auf Jamaika umgekommen; revoltierende Sklaven hatten die Setonsche Farm überfallen, mehr weil sie in ihrem Weg lag, als aus irgendeinem besonderen Grund. Bolithos Stirnrunzeln vertiefte sich. Das war interessant. Pomfret war damals einem vor Jamaika operierenden Geschwader zugeteilt gewesen und wahrscheinlich irgendwie mit den Setons bekanntgeworden; zumindest in jenen Tagen mußte die Familie des Mädchens ziemlich wohlhabend und einflußreich gewesen sein. Aber was danach geschehen war, daraus wurde Bolitho nicht ganz klug. Nur eines war klar: ihre trotzige Haltung, die er zunächst für angeborene Arroganz gehalten hatte, war lediglich Notwehr. Es konnte nicht leicht für sie gewesen sein, allein in London zurechtzukommen. Ein letztes Stückchen Information hatte ihm Allday erst heute früh verpaßt: Pomfret hatte die Vormundschaft über Midshipman Seton übernommen. Anscheinend lag dem Admiral sehr viel daran, seine Position bei dem Mädchen zu stärken, dachte Bolitho.

Leutnant Dalby kam über das stockdunkle Deck und faßte an den Hut. »Alle Lampen brennen vorschriftsmäßig«, meldete er.

Bolitho blieb stehen und suchte die langsamen Transporter mit den Augen. Jeder führte eine einzelne Laterne, und so waren sie auch während der Nacht untereinander ständig in Sichtkontakt. Es war seine Idee gewesen, und auch er hatte es schon als übertriebene Vorsicht empfunden. Andererseits hatte die Schaluppe *Snipe*, dem Konvoi weit voraus wie ein stöbernder Terrier, nachmittags signalisiert, daß sie im

Südwesten ein unbekanntes Segel ausgemacht hatte. Es war seitdem nicht wieder gesichtet worden, aber man mußte vorsichtig sein. Wahrscheinlich ein spanischer Kauffahrer, dachte er, obwohl der Geleitzug ziemlich weit draußen stand, über sechzig Meilen vom nächsten Land entfernt. Immerhin waren sie im Golf von Valencia und kamen mit jedem Tag der französischen Küste näher.

»Recht so, Mr. Dalby.« Er hatte wenig Lust, sich mit dem Dritten zu unterhalten, der zu leicht ins Schwatzen kam, wenn man ihm Gelegenheit dazu gab. Doch Dalby sprach schon weiter: »Wenn sich das Wetter hält, sind wir in fünf Tagen vor Cozar, Sir.« Er schlug laut die Hände zusammen, denn nach des Tages Hitze war es jetzt empfindlich kalt. »Hoffentlich wird Miss Seton von ihrer neuen Heimat nicht enttäuscht sein.«

Das war auch ein Punkt, über den sich Bolitho des öfteren Gedanken gemacht hatte. Aber daß dieser Dalby so leichthin darüber redete, versetzte ihn in eine unvernünftige Wut.

»Kümmern Sie sich gefälligst um Ihren Dienst, Mr. Dalby«, fuhr er ihn an. »Sie hätten schon längst die Wache herausrufen und die Luvbrassen dichtholen lassen müssen, die schlagen ja wie Glockenseile!«

Dalby verschwand eiligst, und Bolitho seufzte. Es ging ihn zwar überhaupt nichts an – aber wie konnte Pomfret ein Mädchen nach Cozar holen, in diese sonnengebleichte Hölle?

Am Achterdecksniedergang bewegte sich etwas, und er sah zwei Gestalten an Deck kommen und nach Lee hinübergehen. Die eine war Cheney, fest in ihren langen Mantel gehüllt, die Kapuze überm Haar; die andere war ihr Bruder, der beim Dinner in der Offiziersmesse als Begleitung fungiert hatte; vermutlich war er über die plötzliche Beliebtheit, die ihm die Anwesenheit seiner Schwester verschaffte, höchst erfreut.

Seton erblickte den einsamen Bolitho und sagte rasch: »M-muß gehen. H-hab' in einer Stunde W-wache!« Er verschwand eiligst unter Deck, und das Mädchen wandte sich um. Bleich hob sich sein Gesicht vor der dunklen See ab. »Gute Nacht, Captain!« Sie hob flüchtig die Hand und stützte sich dann gegen den Mast, denn die *Hyperion* nahm eben wieder eine steil anrollende Welle. »Das war ein sehr netter Abend.«

Sie wandte sich zur Kampanje, doch Bolitho rief rasch: »Äh – Miss Seton!« Sie hielt inne und drehte sich wieder um. »Ich, äh, fragte mich gerade, ob Sie sich in der Kajüte auch wohl fühlen?«

In der Dunkelheit leuchtete ihr Lächeln auf. »Danke sehr, Captain, durchaus.«

Bolitho fühlte, daß er tatsächlich rot wurde, und geriet in Wut über seine eigene Dummheit. Was hatte er sich bloß dabei gedacht? Doch sie fuhr gelassen fort: »Fast tut es mir leid, daß wir bald am Ziel sein werden.«

Zögernd ging Bolitho über das trennende Deck zu ihr hinüber und sagte: »Darüber habe auch ich mir schon Gedanken gemacht. Cozar ist eigentlich kein passender Ort für ein Lady.«

»Ich weiß, Captain.« In ihrer Stimme lag weder Zurückweisung noch Feindseligkeit.

Dalby kam rasch übers Deck und starrte die beiden verwundert an. »Brassen zur Nacht gesichert, Sir«, meldete er.

Wütend fuhr Bolitho herum. »Verschwinden Sie, Mr. Dalby!« knurrte er und wandte sich wieder dem Mädchen zu. Es hielt die Hand vor den Mund und schüttelte sich vor unterdrücktem Lachen. »Der Arme! Sie haben ihn zu Tode erschreckt!« Doch gleich nahm sie sich wieder zusammen. »Ich kann mir nicht vorstellen, warum Ihre Leute Sie so mögen. Sie sind doch furchtbar streng!«

Bolitho wußte nicht, was er sagen sollte. »Ich wollte ihn nicht . . .« setzte er an, doch kam er sich so blöd vor, daß er mit verlegenem Grinsen abbrach. »Bitte um Entschuldigung, Miss Seton«, brachte er schließlich zustande, »ich will versuchen, mich zu bessern.«

Sie nickte nur. »Dann gehe ich jetzt in meine Kajüte, Captain«, sagte sie.

Bolitho folgte ihr einen halben Schritt. »Vielleicht könnten wir gelegentlich zusammen essen?« Er war furchtbar verlegen, und um es noch schlimmer zu machen, war er sich dessen auch bewußt. »Vielleicht noch bevor wir in Cozar sind?«

Einen gräßlichen Augenblick dachte er, sie würde ihren Sieg dadurch krönen, daß sie so tat, als habe sie nichts gehört. Doch dann blieb sie, anscheinend nachdenklich, neben dem Ruder stehen. »Das wäre sehr nett, Captain. Ich will es mir morgen überlegen.« Und damit verschwand sie. Mit Augen, die wie helle Glasmurmeln glitzerten, starrten die beiden Rudergasten ihren völlig verwirrten Kommandanten an.

Bolitho war das gleichgültig. Er freute sich über alle Maßen; und was irgendeiner seiner Leute von ihm denken mochte, kümmerte ihn in diesem Moment merkwürdigerweise überhaupt nicht.

Am nächsten Morgen war Bolitho schon sehr früh auf und hatte sich besonders sorgfältig rasiert und gekleidet. Das war allerdings nichts Ungewöhnliches; denn obwohl er Sonnenuntergänge auf See liebte, faszinierte und belebte ihn die Morgenfrühe noch mehr. Die Luft atmete sich frischer, und die See war in der bleichen Morgensonne noch ohne jede Bösartigkeit.

Er ging aufs Achterdeck und postierte sich an der Reling. Geschäftig liefen die Matrosen auf dem Oberdeck hin und her, arbeiteten mit Schwabber und Bimsstein und übertönten mit ihren vergnügten Zurufen das stete Klappern der Lenzpumpe.

Rooke hatte, während Bolitho sich rasierte, um Erlaubnis ersucht, die Bramsegel zu setzen, und der Anblick der schimmernd weißen Leinwand hoch oben erfüllte ihn gerade heute mit besonderer Freude. Überhaupt war er hochzufrieden. Das Schiff benahm sich ausgezeichnet, und die Männer waren viel vergnügter als früher. Beim Gedanken an den Vorabend empfand er allerdings kurz eine schmerzliche Ungewißheit. Das Mädchen würde das Schiff sehr bald verlassen. Hoffentlich ging diese neue Atmosphäre von Kameradschaft und Zusammengehörigkeit nicht mit ihm von Bord.

Aber er wußte genau, daß er mit diesen Überlegungen nur seine eigenen Gefühle erforschte. Wäre er noch im Zweifel gewesen, so hätte ihm der plötzliche Schmerz beim bloßen Gedanken, sie zu verlieren, die richtige Antwort gegeben. Es war natürlich absolut lächerlich. So oder so, in Kürze war sie Frau eines Admirals, und zweifellos würde Pomfret seinen Einfluß zu nützen wissen und alsbald seine Flagge in angenehmerer Umgebung hissen.

Hinter ihm murmelte Gossett einen Gruß, und als Bolitho sich umwandte, sah er Cheney langsam auf die Reling zuschreiten, das Gesicht dem noch dunstigen Sonnenlicht zugewandt. Schon als sie an Bord kam, war sie sonnengebräunter gewesen als bei jungen Damen üblich; seit er wußte, daß sie auf Jamaika aufgewachsen war, wunderte ihn das nicht mehr. Und die Tage auf See hatten ihrer Bräune einen wunderschönen Goldton verliehen; er empfand ihren Anblick, als sie so dastand und die milde Morgensonne genoß, als außerordentlich herzbewegend.

Verlegen lächelnd lüftete er seinen Dreispitz. »Guten Morgen, Miss Seton. Ich hoffe, Sie haben gut geschlafen?« Er sprach lauter als beabsichtigt, und ein Schiffsjunge neben dem Neunpfünder erstarrte über seinem Bimsstein und glotzte zu ihm empor.

»Sehr gut, Captain«, lächelte sie. »Besser als seit Tagen.«

»Äh – na, fein.« Er kümmerte sich nicht um die neugierigen Matrosen am Ruder. »Wie Sie sehen, hält sich der Geleitzug gut, und auch der Wind benimmt sich sehr anständig.«

Sie sah ihn an, und plötzlich wurden ihre Augen ernst. »Dann erreichen wir Cozar also planmäßig?«

»Ja«, nickte er und hätte beinahe hinzugefügt: »Leider.« Er riß sich zusammen und blickte zum Wimpel empor. »Ich habe dem Zimmermann Auftrag gegeben, ein paar Möbel anzufertigen, damit Sie es auf Cozar gemütlicher haben.«

Sie sah ihn immer noch an, und er spürte, wie ihm die Wangen heiß wurden. »Er hat es selbst vorgeschlagen«, schloß er verlegen.

Ein paar Sekunden schwieg sie. Dann nickte sie langsam, und ihre Augen glänzten wieder. »Vielen Dank, Captain. Das war sehr nett von Ihnen.«

Die Matrosen, die Rudergasten, der Offizier der Wache – alle schienen meilenweit weg zu sein. »Ich wünschte nur, ich könnte mehr für Sie tun«, antwortete er leise.

Sie wandte sich ab und blickte auf die See; das lange Haar verbarg ihr Gesicht, und er bekam einen furchtbaren Schreck: Nun war er zu weit gegangen, sie würde nichts mehr mit ihm zu tun haben wollen; geschah ihm ganz recht.

Aber sie sagte nur: »Vielleicht sollten wir lieber nicht mehr zusammen essen, Captain. Vielleicht wäre es besser, wenn ...«

Sie brach ab, denn von oben ertönte die Stimme des Ausgucks: »An Deck! Die *Snipe* geht über Stag, Sir! Sie hat Signal gesetzt!«

Diese Meldung riß Bolitho aus der Niedergeschlagenheit, in die ihn Cheneys Worte versetzt hatten.

»Hinauf mit Ihnen, Mr. Caswell, und stellen Sie fest, was sie will!« Und zu dem Mädchen sagte er möglichst ruhig: »Bitte entschuldigen Sie. Ich wollte keineswegs andeuten, daß ich ...« Hilflos suchte er nach Worten.

Sie wandte sich ihm wieder zu, und er sah, daß sie Tränen in den Augen hatte. »Sie brauchen sich nicht zu entschuldigen, Captain, glauben Sie mir. Sie haben nichts gesagt, was ...«

»An Deck! Signal lautet: ›*Snipe* an *Hyperion*: Fremdes Segel mit Kurs Nordnordwest‹.« Caswell mußte schreien, um den Wind zu übertönen.

Als Bolitho sich wieder Cheney zuwenden wollte, war sie nicht mehr da. Mühsam sagte er: »Recht so. Signal an *Snipe* ...« Er zog die Brauen zusammen. Jeder Gedanke kostete ihn körperliche Anstrengung. »Signal: ›Sofort rekognoszieren!‹ Und an den Geleitzug: ›Segel kürzen‹.« Caswell glitt an einem Backstag hinunter und rannte auf Signalstation.

Bolitho schritt an der Heißleine vorbei zur Reling. Ein Signalwimpel nach dem anderen wurde aus dem Gestell genommen und glitt schlangengleich zur Rah hinauf. Eine Meile achteraus legte sich die Fregatte *Harvester* leicht in den Wind, und auf mehr als einem erhobenem Teleskop blinkte die Sonne, als die vielfarbigen, so bedeutsamen Signale sich entfalteten.

Bolitho bemerkte Rookes erwartungsvollen Blick und befahl: »Nehmen Sie die Royals weg, Mr. Rooke, sonst überholen wir noch das Geleit.«

Jedes verfügbare Teleskop war auf das ferne weiße Federchen gerichtet, als die kleine Schaluppe ihren Kurs änderte und dem Horizont zu segelte. War es wieder einmal falscher Alarm? Aber im Moment konnte Bolitho weder Spannung noch Erleichtung empfinden.

Die Minuten zogen sich hin. Im Vorschiff wurden acht Glasen angeschlagen: Wachwechsel.

Allday kam übers Achterdeck. »Sie haben noch nicht gefrühstückt, Captain«, sagte er besorgt.

»Hab' keinen Hunger«, erwiderte Bolitho achselzuckend. Er schimpfte nicht einmal mit Allday, weil dieser ihn beim Nachdenken gestört hatte.

Eine volle Stunde verstrich, bis die Bramsegel der Schaluppe wieder an der sich nun schärfer abzeichnenden Kimm auftauchten. Caswell enterte in den Großmast auf und balancierte geschickt das leichte Rollen des Schiffes aus.

»Signal von *Snipe*, Sir.« Er rieb sich die tränenden Augen und versuchte es noch einmal. »Ich kann es nicht genau ausmachen.« Beinahe wäre er abgestürzt, denn ein paar unregelmäßige Wellen hoben die *Hyperion* an. Dann rief er: »Signal lautet: ›Feind in Sicht‹, Sir.«

Bolitho nahm die Meldung seltsam unbewegt entgegen. »Na schön«, sagte er nur. »Signal an Geleitzug: ›Feind in Sicht – Klar Schiff zum Gefecht‹.«

Rooke starrte ihn verwundert an. »Aber, Sir, vielleicht wollen sie uns gar nicht angreifen.«

»Die sind nicht so weit gesegelt, um uns guten Tag zu sagen, Mr.

Rooke«, erwiderte er schneidend. Drüben auf der *Justice* wurde es plötzlich lebendig, als die neuen Signale auswehten. »Nein, sie sind hinter den Transportern her.«

Er blickte sich um: alle Männer auf dem Deck, dessen Planken vom Reinschiff noch naß waren, standen reglos und sahen voller Spannung zu ihm auf. Hier wie auf den anderen Schiffen erwartete man seine Befehle.

Gelassen sagte er: »Mr. Rooke, lassen Sie ›Klar Schiff zum Gefecht‹ anschlagen!«

Zwei kleine Trommeljungen der Marine-Infanterie rannten zum Backborddecksgang, stülpten sich ihre schwarzen Tschakos auf, hängten sich die Trommeln um und nahmen die Schlegel zur Hand. Das ganze Schiff hielt den Atem an, als die beiden, die Gesichter vor Konzentration verzerrt, ihren Wirbel schlugen. Auch die *Harvester* und die beiden Transporter nahmen das Signal auf.

Bolitho zwang sich, bewegungslos an der Reling stehenzubleiben, während die Matrosen an Deck strömten und die Marine-Infanteristen, deren Uniformen in der stärker werdenden Morgensonne so rot wie Blut leuchteten, achtern und oben in den Toppen Stellung bezogen. Unter Deck zeigten dumpfe Hammerschläge beim Abbau der Zwischenwände und sonstige Geräusche, daß das Schiff von einem schwimmenden Heim zu einer tödlichen Waffe umgewandelt wurde.

Wieder blickte er auf die ruhige See, aber sie tröstete ihn wenig. Der Morgen war ihm schon verdorben gewesen, ehe die *Snipe* ihre Meldung gemacht hatte.

Rooke faßte an den Dreispitz. Er schwitzte mächtig. »Schiff ist klar zum Gefecht, Sir.« Dabei fiel ihm wohl ein, daß Bolitho früher nie mit der Zeit zufrieden gewesen war, und er fügte hastig hinzu: »In weniger als zehn Minuten diesmal, Sir.«

»Gut«, nickte Bolitho ernst.

»Soll ich Befehl zum Laden geben, Sir?«

»Noch nicht.« Jetzt endlich fiel ihm sein Frühstück ein, und er verspürte heftigen Hunger. Bestimmt würde er keinen Bissen essen können, aber mit irgend etwas mußte er sich beschäftigen. Er blickte auf das zwischen den Stagsegeln durchscheinende Sonnenlicht und bekam plötzlich Angst. Vielleicht war er heute abend schon tot. Oder er krümmte sich, was noch schlimmer wäre, schreiend unter dem Messer des Schiffsarztes. Hastig leckte er sich die trockenen Lippen und sagte zu den Offizieren: »Sie haben alle gefrühstückt, ich noch nicht. Ich bin im Kartenraum, wenn Sie mich brauchen.« Damit wandte er sich um und schritt langsam zum Niedergang.

Gossett sah ihm nach und flüsterte bewundernd: »Habt ihr das gesehen, Jungs? Eiskalt wie der Polarwind ist unser Cap'n!«

IX Wie eine Fregatte

Midshipman Piper lugte in den Kartenraum, wartete einen Moment, bis er wieder bei Atem war, und meldete: »Empfehlung von Mr. Rooke, Sir: Feind ist jetzt in Sicht.«

Mit betonter Gelassenheit hob Bolitho den Becher zum Mund und nippte. Natürlich war sein Kaffee eiskalt.

Ebenso gelassen fragte er: »Und, Mr. Piper? Weiter nichts?«

Der Knabe schluckte heftig. Er konnte sich kaum vom Anblick seines Kommandanten losreißen, den es überhaupt nicht zu berühren schien, daß die Gefahr plötzlich so nahe gerückt war.

»Drei Segel, Sir. Zwei Fregatten und ein größeres Schiff.«

»Ich komme gleich.« Er wartete, bis der Junge hinausgeeilt war, und schob dann das unberührte Frühstück vom Tisch. Mit einem Blick auf die Seekarte wurde ihm seine völlig isolierte Lage wieder bewußt. Hätte die weit vor dem Geleitzug operierende *Snipe* die Schiffe in irgendeiner anderen Position gesichtet, hätte er ein bißchen Optimismus aufbringen könne. Aber so – der Feind befand sich direkt in Luv und auf konvergierendem Kurs zu diesem ungünstig zusammengesetzten Konvoi. Der Gegner konnte sich Zeit lassen und sich den passendsten Moment zum Angriff aussuchen.

Er setzte den Dreispitz auf und stieg rasch aufs Achterdeck. Die Brise war noch frisch, doch die Luft schon viel wärmer. Er zwang sich dazu, langsam zur Reling zu schreiten und auf das Oberdeck hinunterzusehen, während doch jeder Nerv in seinem Körper danach schrie, hastig nach einem Teleskop zu greifen und sich den Feind genauer anzusehen.

Unter den Decksgängen warteten schweigend die Geschützbedienungen bei ihren Kanonen. Dort war das Deck mit Sand bestreut, damit die nackten Füßen der Matrosen besseren Halt fanden, wenn der Kampf erst im Gange war: neben jedem Zwölfpfünder stand ein frischgefüllter Wassereimer für den Schwabber oder zum Löschen, falls Planken oder Tauwerk, beide trocken wie Zunder, Feuer fangen sollten. Bei jedem Niedergang hielt ein Marine-Infanterist mit aufgepflanztem Bajonett Wache, breitbeinig das leichte Rollen des Schiffes ausgleichend, dessen Pflicht es war, jeden vor Angst kopflosen Matrosen, dem der Kampf an Deck zu heiß wurde, daran zu hindern, daß er nach unten floh.

Endlich nahm Bolitho doch ein Teleskop und richtete es über die Finknetze. Das Sträflingsschiff taumelte massig vor der Linse vorbei, doch dann hatte er das Glas richtig eingestellt und auf einen Punkt dicht unter der Kimm fixiert, direkt auf den Backbordbug des vordersten feindlichen Schiffes. Er brauchte den Kopf nicht zu wenden, sondern wußte auch so, daß die Umstehenden ihn beobachteten. Sie hatten sich die aufkommenden Schiffe schon längst genau angesehen. Jetzt wollten sie wissen, wie er reagierte, und das würde sie entweder zuversichtlich stimmen oder verunsichern. Er biß die Zähne zusammen und versuchte, möglichst ausdruckslos dreinzublicken.

Mit vorsichtigen Bewegungen des Glases glich er das Rollen der *Hyperion* aus und sah die beiden Fregatten. Sie segelten so dicht beieinander und mit dem Bug fast auf sein Glas zu, daß sie tatsächlich wie ein einziges riesiges, sonderbar gebautes Fahrzeug aussahen. Das eine lag etwas voraus, hatte auch mehr Segel gesetzt, und eben entfalteten sich unter seinem Blick auch noch die Bramsegel. Sechsunddreißig Kanonen hatte sie mindestens, und die zweite Fregatte war nicht viel kleiner.

Doch weiter achteraus und auf Steuerbordbug lag ein Linienschiff. Wie die Fregatten fuhr es keine Flagge; aber der Bau des Vorschiffs, der elegante Schwung der Masten waren nicht zu verkennen: ein französischer Zweidecker, wahrscheinlich aus einem der Mittelmeerstützpunkte ausgelaufen, um Hoods Blockade zu testen. Bolitho senkte das Glas und blickte zu den Transportern hinüber. Da haben die Franzosen gleich zu Anfang einen guten Happen, dachte er grimmig.

»Wir behalten diesen Kurs bei, Mr. Rooke«, sagte er. »Hat keinen Zweck, nach Süden auszuweichen. Der Gegner ist im Vorteil, wenn er in Luv bleibt, und südwärts« –, er lächelte flüchtig –, »liegt nur Afrika, weiter nichts.«

Rooke nickte. »Aye, Sir. Glauben Sie, daß sie angreifen werden?«

»In spätestens einer Stunde geht's los, Mr. Rooke. Der Wind könnte abflauen. Ich würde an ihrer Stelle bestimmt angreifen.«

Aus dem, was er im Teleskop gesehen hatte, versuchte er, sich ein Bild von dem französischen Zweidecker zu machen. Er war nur ein bißchen größer als die *Hyperion*; aber, und das schlug stark zu Buche, er würde vermutlich schneller sein, denn er hatte ausgiebig im Hafen gelegen. Dockarbeiter und Takler hatten sich ausführlich mit ihm beschäftigen können.

Er faßte einen Entschluß. »Ruder zwei Strich Backbord. Wir beziehen Position dicht achteraus vom Geleit. Signal an die *Harvester*: ›Gehen Sie sofort auf Station in Luv des Führerschiffs‹.«

»Und die *Snipe*, Sir?« fragte Rooke gespannt.

»Die kann wohl ihre gegenwärtige Position beibehalten.« Er stellte sich das Unheil, die totale Zerstörung vor, welche die Breitseite einer Fregatte auf einem so zerbrechlichen Schiffchen anrichten mußte.

»Jetzt ist der Gegner am Zug – und das sehr bald.«

Mit rundgebraßten Rahen kreuzte die *Hyperion* langsam das Kielwasser der anderen Schiffe, während die *Harvester*, Bram- und Royalsegel wie in plötzlichem Kampfeseifer ballonartig gebläht, kühn am Heck der *Justice* vorbeirauschte und sich ebenso schwungvoll der *Erebus*, dem vordersten Transportschiff, näherte.

»Die feindlichen Fregatten sind über Stag gegangen, Sir«, rief Leutnant Dalby. Bolitho beschattete die Augen. Beide Schiffe schwangen herum und krängten stark im Wind. Nach dem Manöver mußten sie parallel zum Geleitzug laufen, mit etwa fünf Meilen Abstand. Selbst ohne Glas konnte Bolitho ausmachen, daß ihre Stückpforten noch geschlossen waren. Zweifellos konzentrierten sich die beiden Kommandanten vorerst darauf, in möglichst günstige Schußposition zu kommen.

Der Zweidecker hielt majestätisch seinen Kurs, als wolle er achteraus am Geleit vorbei, ohne es überhaupt zu beachten. Sein Kommandant tat genau das, was Bolitho ebenfalls getan hätte: er ließ die beiden Fregatten auf das Geleit los und entweder die *Harvester* oder das Führerschiff angreifen – oder beide zugleich. Wollte die *Hyperion* näher heran, um der *Harvester* beizustehen, würde sie einige Zeit brauchen, um zurückzusetzen und das Geleit von achtern zu schützen; inzwischen konnte der Zweidecker bereits zugeschlagen haben. Es war die älteste Lektion in Kriegskunst: *divide et impera* – teile und siege.

»Kurs Nord zu Ost, Sir, voll und bei«, meldete Gossett.

»Recht so.« Er starrte zum Mastwimpel hoch. »Signal an Geleit: ›Alle verfügbaren Segel setzen!‹« Und Rooke befahl er scharfen Tones: »Schnell wieder die Royals los, ich will sehen, was der Zweidecker darauf unternimmt.«

Unter Vollzeug schloß die *Hyperion* zu den Transportern auf, und augenblicklich reagierten die französischen Schiffe. Das Linienschiff hatte zweifellos erwartet, daß Bolitho zum Geleit aufschließen und es so gut wie möglich vor einem Zangenangriff schützen würde. Eine Flucht war unwahrscheinlich und auch nicht sinnvoll. Doch da die englischen Schiffe bereits außer Schußweite zu kommen drohten, hatten die Franzosen gar keine Wahl – sie mußten die Jagd aufnehmen.

Hauptmann Ashby atmete langsam aus. »Da – bei Gott!« Der hohe Zweidecker wendete bereits; wild flappten die Segel, als er duch den Wind ging. So schnell reagierte er auf Bolithos Taktik, daß er übermäßig krängte, als wolle seine Großrah die Wellenkämme streifen. Unter den Gischtbrettern, die das Manöver aufwarf, verschwanden die unteren Stückpforten völlig.

Der Segeldrill auf dem Franzosen war offenbar lange nicht so gut wie auf der *Hyperion* – wahrscheinlich weil jener mehr Zeit im Hafen als auf offener See verbracht hatte. Doch innerhalb einer Viertelstunde standen ihre Bram- und Royalsegel wie eine riesige Pyramide aus strahlend weißer Leinwand.

»Sie überholt uns, Sir«, sagte Rooke tonlos. »In einer halben Stunde ist sie gleichauf.« Doch Bolitho blickte unbewegt nach vorn und beobachtete die *Justice*. Sie war jetzt eine knappe Meile entfernt und konnte wie die anderen Transporter das Tempo nicht mithalten. Die beiden feindlichen Fregatten lagen näher an dem Führerschiff: angestrengt durch das Gewirr der Takelage spähend, sah er an der vordersten Fregatte eine Reihe kurzer Mündungsfeuer aufblitzen, begleitet von einer Rauchwolke.

Es schien Stunden zu dauern, bis das dumpfe Rumpeln der Kanonen an sein Ohr drang; und dann sagte Bolitho: »Sie können jetzt laden lassen, Mr. Rooke. Sorgen Sie dafür, daß die erste Breitseite ordentlich Schrapnell enthält, das bringt Glück!«

Gewöhnlich war die erste Salve auch die letzte, bei der man einigermaßen Zeit hatte, genau zu zielen. Danach war das Feuern mehr Routine – und Gefühlssache. Und im unteren Batteriedeck würde es noch schlimmer sein. Dort hatten sie kaum Platz genug zum Aufrechtstehen und feuerten in einem Inferno von Enge, erstickendem Qualm, halber Finsternis und Grauen, das besser im Verborgenen blieb.

»Die *Harvester* schießt zurück, Sir!«

Bolitho nickte. Mit halbem Auge sah er, wie seine Kanoniere die mattglänzenden Kugeln von den Gestellen holten und sie in die gähnenden Rohre rammten. Erfahrenere Geschützführer prüften jede Kugel mit beinahe liebevoller Gründlichkeit. Manche waren besser gerundet als andere. Diese wählten sie für die erste Breitseite aus.

»Signal an *Harvester*: ›Nach Belieben Feindberührung aufnehmen‹.« Er mußte über die hohle Phrase beinahe lächeln. Als ob das irgend jemandem beliebte!

»Ausrennen, Sir?« fragte Rooke, der querab nach Backbord starrte: mühelos verkürzte der Franzose seinen Abstand zum Geleitzug. Der Kommandant war kaltblütig genug, um gerade noch in Luv der langsameren *Hyperion* zu bleiben. Brach Bolitho aus, mußte er sein verwundbares Heck der französischen Breitseite präsentieren. Auf diese kurze Entfernung reichte das aus, um aus den mittleren Decks ein Schlachthaus zu machen und die *Hyperion* wahrscheinlich obendrein noch zu entmasten. Behielt er seinen jetzigen Kurs bei, so würde es einen Kampf Schuß um Schuß geben, wobei der Franzose im Vorteil war und die *Hyperion* nach keiner Seite über Stag gehen konnte, ohne eine schwere Salve einstecken zu müssen.

»Noch nicht, Mr. Rooke.« Er hatte seine Stimme gut in der Gewalt; doch als er sah, wie sich der Schatten des anderen Schiffes über der glitzernden See hob und senkte, kam ihm die Idee, daß Rooke wahrscheinlich glaubte, er wolle kneifen – entweder aus Angst oder weil ihm einfach kein Plan einfiel, wie er sein Schiff retten konnte.

Wieder ein rascher Blick zum Masttopp. Er wagte kaum hinzusehen, weil er fürchtete, sein Auge könne ihn täuschen. Aber der Winkel des Wimpels hatte sich etwas verändert.

»Der Wind ist einen Strich ausgeschossen, nicht wahr, Mr. Gossett?« fragte er möglichst beiläufig.

Der Master starrte ihn an. »Ja, stimmt, Sir. Nur ein bißchen«, antwortete er anscheinend verwundert, daß das überhaupt der Rede wert sei.

Bolitho versuchte, möglichst ruhig zu überlegen. Er mußte seine ganze Willenskraft aufwenden, um nicht auf den fernen Geschützdonner der einsam kämpfenden *Harvester* zu hören, und auch um seine schleichende Befürchtung zu unterdrücken, daß er die Lage von Anfang an falsch beurteilt hatte.

»Na schön. Mr. Rooke, Segel kürzen! Weg mit den Royal- und Bramsegeln!« Die Toppgasten enterten auf, und er verschränkte die Hände hinterm Rücken. »Jetzt können Sie die Backbordbatterie ausrennen lassen.«

Die *Hyperion* schien in ein Wellental zu sinken, als die Zugkraft der oberen Segel wegfiel. Der Bewuchs am Unterwasserschiff wirkte bremsend; Bolitho sah den Kreuztopp erzittern wie einen Baum im Wind und konnte das Vibrieren noch in den Planken unter seinen Schuhsohlen spüren.

Dann schritt er nach Backbord hinüber und beugte sich über die Reling, um zu beobachten, wie die dunkle Reihe der Stückpforten hochklappte. Sekunden später hörte er das Quietschen der Lafetten, als die schwitzenden Matrosen sich in die Züge warfen und ihre schweren Waffen gegen die Schräglage des Decks verholten. Sonnenlicht berührte die schwarzen Mündungen, als sie die offenen Pforten durchstießen, und Rooke rief: »Batterie ausgerannt, Sir!«

Mit leichtem Erschauern wandte sich Bolitho wieder dem Franzosen zu. Der stand jetzt kaum eine Kabellänge achteraus, und obwohl er ebenfalls Segel kürzte, mußte er innerhalb weniger Minuten auf gleicher Höhe sein. Für den französischen Kommandanten würde es so aussehen, als hätte Bolitho vergeblich versucht, sein Geleit unter Vollzeug in Sicherheit zu bringen, und als fiele er jetzt zurück, um die Quittung für seine Dummheit in Empfang zu nehmen.

Bolitho leckte sich die staubtrockenen Lippen. Langsam sagte er zu Gossett: »Klar zum Halsen, Mr. Gossett! In zwei Minuten will ich hart vor seinem Bug über Stag gehen!« Gossetts völlig verdutzte Miene entging ihm, denn er spähte nach dem anderen Zweidecker aus. Der hatte seine Steuerbordbatterie ausgerannt, und auf den Decksgängen sah er zusammengedrängte Gestalten und Sonnenreflexe auf Musketen und Entersäbeln.

Gossett hatte inzwischen die Sprache wiedergewonnen. »Aye, aye, Sir.«

»Wir segeln auf Gegenkurs zurück und greifen seine andere Seite an«, erläuterte Bolitho kurz. Ein unbewußtes starres Grinsen lag auf seinem Gesicht, und er verspürte die gleiche sinnlose Wut, die er auf Cozar mit aller Willenskraft gezügelt hatte. Rooke nickte und hob die Sprechtrompete. Unter seiner Sonnenbräune war er erbleicht, aber irgendwie brachte er die Befehle zustande. »Klar zum Halsen!«

Bei »Stützruder!« warf Gossett sein ganzes Körpergewicht mit ins Rad, um den keuchenden Rudergasten zu helfen.

Sekundenlang schien das Schiff verrückt zu werden; und als die Männer die Schoten loswarfen und der Schiffsrumpf auf den Druck des Ruderes zu reagieren begann, ging im Schlagen der Segel und dem gequälten Jaulen der Takelage sogar der ferne Geschützdonner unter.

»Hol' dicht die Brassen!« Rooke tanzte fast vor verzweifelter Ungeduld. »Hol' dicht bei Großsegel!«

Was sich der Franzose bei dem verzweifelten Manöver der *Hyperion* denken mochten, blieb Bolitho völlig unklar; eiskalt rann ihm der Schweiß von der Stirn, als er zu dem Zweidecker hinüberstarrte. Vielleicht hatte er doch zu lange gewartet. Das feindliche Schiff schien wie eine riesige Klippe über dem Achterdeck der *Hyperion* aufzuragen; mühsam arbeitete sich die alte Dame herum, und es sah aus, als könne nichts den Franzosen daran hindern, sich blindlings in ihre Backbordseite zu bohren.

»Hol' dicht, ihr Hunde!« Rooke war so heiser, daß sich seine Stimme fast überschlug. Doch die Männer hingen schon fast waagrecht an den Brassen, sie stemmten die Fersen ein und zerrten wie verrückt, sie hörten und dachten überhaupt nichts mehr und sahen nichts anderes als die turmhohen, unbeweglichen Segel, die alles andere auslöschten.

Aber die *Hyperion* reagierte: Über der mächtig schlagenden Leinwand kamen die Rahen herum, die Segel bauschten sich wie Ballons und ächzten im Wind, das Deck krängte immer stärker dem anstürmenden Bug des Franzosen entgegen.

Bolitho klammerte sich an die Reling und brüllte: »Achtung: Geschützführer – Feuer frei! Weitersagen an die untere Batterie!« Der Schweiß machte ihn fast blind, und er zitterte vor Erregung. Irgendwie hatte die *Hyperion* seine unmöglich scheinenden Forderungen erfüllt und war direkt vor dem Bug des Gegners durch den Wind gegangen. Jetzt, auf Gegenkurs, segelte sie bereits den Franzosen wieder an, der sein Stückpforten noch dicht hatte und somit noch nicht verteidigungsbereit war.

Auf dem Hauptdeck herrschte ein einziges wirbelndes Chaos: die Männer der Steuerbordbatterie rannten hinüber zur anderen Seite und schienen dort nicht gleich ihre richtigen Stationen zu finden. Der Bug der *Hyperion* schor an der Back des Franzosen vorbei; ihr Schatten glitt über die durcheinanderrennden Franzosen wie ein Unheilswolke.

Leutnant Inch rannte an den Geschützen entlang; auf sein Handzeichen donnerten die ersten beiden los. Die Schiffe rauschten so schnell aneinander vorbei, daß der Effekt fast dem einer vollen Breitseite gleichkam, so rasch sprang die spitzen roten Feuerzungen aus dem

Rumpf der *Hyperion*.

Bolitho wäre beinahe zu Boden gegangen, als sich die Achterdeck-Neunpfünder einmischten. Rundum und oben, hörte er das erregte Schreien und Fluchen von Ashbys Marine-Infanteristen; sie feuerten blindlings in die Rauchwand, die von dem Franzosen hochwuchs und hinter der eine Hölle von Tod, Blut und Zerstörung wütete. In einer Entfernung von vielleicht zwanzig Yards passierten sie die immer noch geschlossenen gegnerischen Stückpforten.

»Schluß mit dem verdammten Hurragebrüll!« schrie Bolitho. »Laden und ausrennen!« Er hatte seinen Degen in der Faust, obwohl er sich nicht erinnern konnte, wann er ihn gezogen hatte. »Backbordkarronade feuerklar!« Vom Vorschiff her starrte ihn die Bedienung des stumpfschnauzigen, niederen Geschützes an. Die Männer waren von Rauchschwaden umgeben; ihre Köpfe schienen frei im Raum zu hängen. Er wandte sich Gossett zu: »Klar zum Halsen. Jetzt kreuzen wir sein Heck; wir haben ihm den Wind weggenommen!«

»Da, Sir! Der Vortopp fällt!«

Bolitho rieb sich die tränenden Augen und wandte sich um; mit einer Art müder Würde begann der obere Vormast des Franzosen zu wanken und brach dann ab. Er sah die winzigen Gestalten, die sich verzweifelt an die Rahen klammerten und dann wie Fallobst abgeschüttelt wurden, als die riesige Spiere mit dem ganzen Rigg und den zerfetzten Segeln nach vorn in die Rauchwand stürzte.

Aber die *Hyperion* schwang schon wieder herum. Die Männer an den Brassen keuchten und husteten, als die Geschütze erneut feuerten. Der Lärm und Qualm des Kampfes machten sie taub und blind. Bolitho eilte übers Deck, ohne drüben die rauchumwehten, durchlöcherten, in Fetzen hängenden Segel aus den Augen zu lassen, denn jetzt passierte die *Hyperion* das Heck des Feindes. Eine Fallbö brachte etwas bessere Sicht; die Heckaufbauten lagen, knapp fünfzig Fuß vor dem eigenen Bug, frei im Schußfeld. Er unterschied die hohen Kajütfenster, das wohlbekannte, hufeisenförmige Heck, das die französische Schiffskonstrukteure so liebten, und die Männer, die sich über dem Schiffsnamen *Saphir* zusammendrängten. Sie schossen mit Musketen, und er sah einige seiner Vorschiffmatrosen fallen und sich in Qualen winden; der Geschützdonner übertönte ihre Schreie.

Aber dann, als der Bugspriet der *Hyperion* seinen schwarzen Schatten über den Streifen sichtbaren Wassers warf, feuerte die Karronade. Einen Sekundenbruchteil, bevor der Rauch wieder über das Wasser wirbelte, sah Bolitho, daß die Reihe der Heckfenster wie unter einem wilden Windstoß barst, und er konnte sich das Blutbad im überfüllten unteren Batteriedeck der *Saphir* vorstellen – vom Heck zum Bug war die geballte Ladung durch den ganzen Rumpf geflogen. In einem engen Raum voller Matrosen, die von der schnellen Rache der *Hyperion* schon halb betäubt gewesen waren, mußte die Hölle ausgebrochen sein.

Er zwang sich, nicht mehr daran zu denken, sondern sich auf das Oberdeck der *Hyperion* zu konzentrieren. Als das Schiff gewichtig das Heck des Feindes rundete, konnte die Backbordbatterie nur halb so viele Schüsse lösen wie beim ersten Angriff. Die ängstliche Spannung, unter der die Männer gestanden hatten, als die *Saphir* so selbstbewußt herankam, hatte sich in rauschartige Erregung verwandelt; Bolitho sah, als er durch die Rauchwolken spähte, mehr als einen Kanonier, der, statt sich um seinen Dienst zu kümmern, entzückt hoch in die Luft sprang, weil er von den Schrecknissen dort drüben, jenseits des schmalen Streifens Wasser, auch etwas sehen wollte.

Bolitho legte die hohlen Hände an den Mund und brüllte: »Mr. Inch! Backbordgeschütze doppelt laden! Durchsagen an Unterdeck: ebenfalls!«

Inch nickte heftig. Sein Dreispitz saß schief, sein langes Gesicht war von Pulverrauch geschwärzt.

Die *Saphir* krängte leicht nach Backbord; der ins Wasser gefallene Mast wirkte wie ein großer Treibanker, so daß es ein paar kostbare Minuten länger dauerte, ihr Heck zu runden. Obgleich die *Hyperion* nun praktisch wieder in Lee stand, hatte die *Saphir* mit ihren zerschossenen Spieren und Segeln keinen Vorteil von der Luvposition. Als der Bugspriet der *Hyperion* scharf an der hohen Kampanje des Franzosen vorbeischnitt und die Buggeschütze mit erneuter Wut ihre Ladung ausspuckten, sah Bolitho große Stücke Holz aus dem Schanzkleid hochfliegen; in einem Funkenregen riß eines der feindlichen Geschütze aus der Halterung und rutschte seitlich auf die Bedienungsmannschaft, deren Todesschreie die britischen Kanoniere nur zu größeren Anstrengungen anspornten.

Dann, als beide Schiffe quer durch den Qualm pflügten, feuerte die obere Batterie der *Saphir* zum erstenmal. Es war eine stotternde Salve, deren Flammenzungen jetzt durch den treibenden Rauch stießen. Ihre Detonationen mischten sich mit denen der Breitseite der *Hyperion*. Die Distanz hatte sich wieder verringert, und beide Schiffe lagen jetzt knapp dreißig Fuß auseinander. Die Kanoniere der *Saphir* hatten gefeuert, als das Schiff im Wellental lag, und Bolitho spürte das Deck unter sich erzittern, als eine Kugel nach der anderen in den massigen Rumpf seines Schiffes einschlug oder jaulend in die unsichtbare Welt jenseits der Rauchwolken flog. Aus den Masten des Franzosen kamen Musketenschüsse, und Bolitho erhaschte einen kurzen Blick auf einen Offizier, der mit seinem Degen auf ihn deutete, als wolle er den Schützen das Ziel weisen. Musketenkugeln schlugen dumpf in die Finknetze neben ihm, und er sah einen Matrosen entgeistert auf seine Hand starren: ein Querschläger hatte ihm einen Finger abgeschnitten, so sauber wie mit der Axt.

Unter gebrüllten Beschimpfungen erwiderten Ashbys Seesoldaten das Feuer, und bald hing mehr als ein Franzose leblos im Rigg, als Zeichen ihrer Treffsicherheit.

Wieder kam eine unregelmäßige Salve aus den oberen Stückpforten der *Saphir*, doch die Masten der *Hyperion* blieben unbeschädigt. Zwar waren die Segel ziemlich durchlöchert, aber nur wenige Blöcke und Spieren baumelten frei oder fielen in die Netze, die er zum Schutz der Kanoniere hatte aufriggen lassen. Eben rannte ein kleiner Schiffsjunge übers Deck, gebeugt unter einer Last Pulver aus dem Magazin. Ein Kanonier wurde von seinem Zwölfpfünder weg durch die Luft geschleudert und fiel mit aufgerissenem Leib, aus dem die Eingeweide hingen, dem Jungen vor die Füße. Der hielt nur einen Moment inne und rannte dann blindlings weiter an sein Geschütz, zu entgeistert, um überhaupt auf das Ding zu achten, unter dessen Todeszuckungen die Decksplanken sich immer roter färbten.

Oben im Qualm sah Bolitho die französische Flagge an der Gaffel wehen. Das weiße Tuch mit der blau-weiß-roten Gösch wirkte seltsam sauber und schien mit der irrsinnigen Hölle unten kaum etwas zu tun zu haben; Bolitho hatte gerade noch Zeit, sich zu fragen, wer sich wohl die Mühe gemacht hatte, die Flagge noch zu hissen.

»Ihr Großmars hat's weggerissen, Sir«, brüllte Gossett heiser und schüttelte vor lauter Begeisterung den Rudergänger im Takt zu seinen Worten. »Mein Gott, sehen Sie sich das arme Luder bloß an!«

Ashby schritt über das Achterdeck, die Breeches blutbespritzt, der Degen baumelte an einer Goldschnur von seinem Handgelenk. Er faßte grüßend an den Hut, unbekümmert um die jaulenden Musketenkugeln und das Schmerzgebrüll, das jetzt auf beiden Schiffen ertönte. »Sobald Sie befehlen, können wir entern, Sir! Ein ordentlicher Ansturm, und wir hauen ihnen das Rückgrat aus dem Leib!« Dabei grinste er tatsächlich.

Ein Seesoldat, die Hände vors Gesicht geschlagen, fiel rücklings aus den Netzen und lag reglos an Deck. Eine Musketenkugel hatte ihm den Schädel fast auseinandergerissen. Wie Porridge war sein Hirn auf den Planken verschmiert.

Bolitho blickte weg. »Nein, Captain, so gern ich sie als Prise hätte – ich muß zuerst an das Geleit denken.« Er sah einen hochgewachsenen französischen Matrosen drüben an den Finknetzen stehen und seine Muskete genau auf ihn richten. Der Mann hob sich scharf von der Rauchwand ab, unbekümmert um alle Gefahr, nur von dem Drang beseelt, den britischen Kapitän zu töten. Seltsamerweise konnte Bolitho einfach dastehen und es sich wie ein Zuschauer ansehen: hell blitzte die Muskete auf, der Knall ging unter im Donnern der schweren Geschütze, während die *Hyperion* vom Rückstoß der Breitseite bockte. Bolitho spürte, wie die Kugel ihn am Ärmel zupfte – nicht stärker als eines Mannes Finger. Hinter sich hörte er einen schrillen Aufschrei, und ohne aufzusehen wußte er, daß die Kugel doch noch ein Opfer gefunden hatte. Aber sein Blick hing an dem unbekannten Schützen. Der mußte ein tapferer Mann sein, oder das Schicksal seines Schiffes hatte ihn in eine so irre Wut versetzt, daß er seiner eigenen Sicherheit nicht achtete. Er stand noch auf dem Schandeck, da riß ihn ein Neunpfündergeschoß der *Hyperion* mitten auseinander, so daß der Oberkörper mit wild schlagenden Armen längsseit ins schäumende Wasser stürzte, während die gespreizten Beine noch sekundenlang fest und entschlossen stehenblieben.

Mit der *Saphir* sah es übel aus. Die Segel waren schwärzliche Fetzen, nur Klüver und Besanuntersegel schienen noch intakt. Dünne rote Blutströme rannen aus ihren Speigatten und zu Seiten der Pforten herab. Bolitho konnte den Umfang der Zerstörung nur raten. Bezeichnenderweise griff die untere Batterie des Feindes überhaupt nicht in den Kampf ein, die mächtigen Vierundzwanzigpfünder blieben stumm und ohnmächtig. Ein Wunder, daß das ganze Schiff noch nicht in Flammen aufgegangen war. Doch er wußte aus böser Erfahrung, daß solche Äußerlichkeiten täuschen konnten. Die *Saphir* mochte immer noch zum Kampf fähig sein, und ein einziger, genau gezielten Schuß konnte die *Hyperion* so lange außer Gefecht setzen, daß sie den schwer errungenen Vorteil wieder einbüßte.

»Mr. Rooke!« rief er. »Royal- und Bramsegel setzen!« Unten an Deck blieb den Matrosen der Mund vor Erstaunen offen, denn sie konnten nicht glauben, daß Bolitho den schwer angeschlagenen Zweidecker entkommen lassen wollte. »Danach die Steuerbordgeschütze ausrennen!« Und zu Gossett: »Nehmen Sie Kurs auf den Geleitzug! Wir luven an und sehen dann, wie weit wir kommen.«

Die Deckoffiziere trieben bereits die vom Kampf erschöpften Matrosen an die Brassen; Bolitho wandte sich um und sah den Franzosen rauchumhüllt achteraus bleiben. Beinahe vergnügt fing die *Hyperion* den Wind in ihren pockennarbigen Segeln und nahm Kurs auf die anderen Schiffe.

Ein halbnackter Geschützführer, dessen muskulöser Oberkörper vom Rauch so schwarz und blank wie der eines Negers war, sprang auf seine Lafette, schrie: »Ein Hurra auf den Cap'n, Jungs!«, und geriet fast außer sich, als sich die Männer in einem wilden Hurraschreien und Armeschwenken abreagierten. Ein Kanonier verließ sogar seine Gefechtsstation und tanzte auf und ab, die nackten Füße klatschten auf dem blutüberströmten Deck, und sein Zopf flog im Takt zu seinem wilden Hüpfen.

Ashby grinste. »Kann man ihnen nicht übelnehmen, Sir!« Er winkte den Männern zu, um sich für Bolithos grimmige Miene zu entschuldigen. »Das war 'n herrlicher Trick vorhin! Bei Gott, Sie haben sie gesegelt wie eine Fregatte. Hätte nie geglaubt, daß so was möglich wäre.«

Bolitho sah ihn ernst an. »Zu jeder anderen Zeit wäre ich dankbar, das zu hören, Captain Ashby. Aber jetzt scheuchen Sie um Gottes willen die Leute an die Arbeit!« Eilig schritt er nach Luv hinüber. Fast wäre er in einer glänzenden Blutlache ausgerutscht, als er das Fernglas hob, um nach dem Geleit auszuschauen.

Endlich kam die *Hyperion* von der treibenden Rauchwolke frei, und er konnte die *Justice* sehen. Sie lag ziemlich weit hinter den anderen Schiffen und dem heißen Gefecht dort vorn, das diese ebenfalls in eine Wolke wirbelnden Rauches hüllte. Darüber konnte er die Bramsegel der *Harvester* ausmachen – sie standen also noch, so unwahrscheinlich ihm das vorkam. Ihre meisten anderen Segel waren weg, und eine französische Fregatte schien fast längsseit zu liegen, Rah an Rah.

Dann wurde ihm beinahe schlecht: eine stetig wachsende Flammenwand erhob sich zwischen den beiden Fregatten, und als eine kurze Bö den Rauch wie einen Vorhang teilte, sah er die kleine *Snipe* brennend und wie eine Fackel hilflos vor dem Wind treiben. Sie war entmastet und hatte schon gefährlich Schlagseite. Die tiefen Geschoßspuren auf ihrem flachen Deck, die mit dem Seegang rollenden Leichen neben den zerschossenen, umgestürzten Kanonen verrieten ihm, daß sie bei diesem Gefecht nicht untätig zugeschaut hatte.

Die Transporter schienen, da sie von der kämpfenden *Harvester* geschützt wurden, noch intakt zu sein; doch als der Rauch sich wieder einmal lichtete, schor die zweite französische Fregatte aus und nahm deutlich Kurs auf die *Vanessa*. Die Fregatte hatte zwar ihren Besantopp eingebüßt, aber dem schwerfälligen Kauffahrer war sie noch mehr als gewachsen. Zwei Buggeschütze auf ihrem Vorschiff hatten das Feuer eröffnet; unbewegt sah Bolitho, wie von dem prunkvollen Heck der *Vanessa* Holzstücke absplitterten und hochflogen wie vom Wind gepflückt.

»Ein Strich Backbord!« befahl er heiser, und der Bugspriet der *Hyperion* fuhr suchend an der Reihe ferner Schiffe entlang wie ein stöbernder Jagdhund – hatte der Feind nicht bemerkt, daß sie sich von der *Saphir* gelöst hatten?

Erst als die Fregatte beinahe das Heck des Transporters gekreuzt hatte, wurde es drüben unruhig. Doch da war es bereits zu spät. Wegen der hilflosen *Vanessa* konnte sie nicht zurück, und wegen des Windes konnte sie nicht wenden. Verzweifelt holte sie die Brassen dichter, und mit fast mitschiffs gebraßten Rahen krängte sie in der frischen Brise so stark, daß die Beobachter an Deck der *Hyperion* das kupfern beschlagene Unterwasserschiff im dunstigen Sonnenlicht wie Gold glänzen sahen.

Zielbewußt strebte die *Hyperion* an den Heckaufbauten der *Vanessa* vorbei; ungerührt starrte das Titanenhaupt ihrer Galionsfigur zu dem rauchgeschwärzten Transporter hinüber.

Bolitho hob den Degen; seine Stimme hielt gerade noch einen übereifrigen Geschützführer zurück, der schon an seiner Reißleine zupfte. »Erst beim Abwärtsrollen feuern!« Die Klinge blinkte in der Sonne, und für manchen an Bord der verzweifelten Fregatte drüben war es das letzte, was er auf dieser Welt sah. »Jetzt!« Der Degen fuhr blitzend nieder, und als die *Hyperion* schwer in ein Wellental glitt und die Doppelreihe der Mündungen sich leicht der See zuneigte, barst die Luft unter einer wütenden Breitseite. Es war die erste Salve der Steuerbordbatterie, und die Wucht der Doppelladungen schmetterte mit der zerstörenden Kraft einer Lawine in den ungeschützten Rumpf der Fregatte.

Das feindliche Schiff schien sich taumelnd erheben zu wollen; Vor- und Hauptmast fielen gleichzeitig unter einem wüsten Gewirr von laufendem Gut und weiß aufsplitternden Spieren.

Nur wenige Minuten würde es dauern, bis die *Vanessa* hinderlich zwischen der *Hyperion* und der Fregatte liegen mußte, aber die Geschützbedienungen brauchten kein Antreiben. Als der Bugspriet mit flatterndem Klüver das zerschossene Heck des Transporters passierte, feuerte die gesamte Backbordbatterie nochmals; im Hagel der Geschosse fiel der letzte Mast des Franzosen, und damit war der niedrige Rumpf nur noch ein schwimmendes Wrack.

Wieder brüllten die Männer Hurra, und die Matrosen auf dem Achterdeck der *Vanessa* stimmten ein. Diese war, als die letzte Breitseite an ihr vorüberrauschte, etwas zurückgefallen. Mancher an Bord mußte befürchtet haben, die *Hyperion* könne in ihrer Kampfeswut nicht mehr zwischen Freund und Feind unterscheiden. Inzwischen kletterten ihre Matrosen in die Luvwanten und winkten schreiend herüber; und als der alte Zweidecker langsam aufkam und seine Leute zurückwinkten und -schrien, weinte mancher hemmungslos.

Bolitho verschränkte die Finger fest hinterm Rücken, damit sie nicht so stark zitterten. »Signal an die *Justice*: ›Mehr Segel setzen und auf Station gehen!‹«

Noch halb betäubt nickte Caswell, aber trotz seiner Benommenheit war er fähig, seine Signalgasten an die Leinen zu rufen.

»An Deck! Die andere Fregatte dreht ab, Sir!« schrie der Ausguck – er schien ebenso wild wie die anderen zu sein. Caswell senkte sein Glas und bestätigte die Meldung. »Die *Harvester* signalisiert, Sir. Sie kann die Verfolgung nicht aufnehmen, Segel und Rigg zu stark beschädigt.«

Bolitho nickte. Kein Wunder. Der Kapitän der *Harvester* hatte sich mit zwei Fregatten gleichzeitig geschlagen, ohne andere Unterstützung als die winzige *Snipe*. Er hatte Glück gehabt, daß er noch lebte.

»Signalisieren Sie der *Harvester* folgendes, Mr. Caswell«, sagte er und runzelte nachdenklich die Stirn; der Text durfte nicht banal oder gleichgültig klingen, denn die Männer der *Harvester* hatten gezeigt, was sie konnten. Langsam fuhr er fort: »›Sie haben reiche Ernte* gehalten. Gute Arbeit‹.«

Eifrig kritzelte Caswell auf seiner Schiefertafel. »Und Sie können ruhig jedes einzelne Wort ausbuchstabieren!« schloß Bolitho. Er beschattete die Augen, als die ausgebrannte *Snipe* kenterte und mit dumpfem Zischen sank. Treibgut markierte die Stelle wie Pockennarben.

* Harvest = Ernte (d. Ü.).

Heiser sagte Gossett: »Die *Erebus* hat Boote ausgesetzt und sucht nach Überlebenden, Sir.«

Bolitho antwortete nicht. Selten machte ein Matrose sich die Mühe, schwimmen zu lernen. Bestimmt waren kaum noch welche übrig, die vom letzten großen Gefecht der *Snipe* erzählen konnten.

Mühsam sagte er: »Ich wünsche einen ausführlichen Bericht über Verluste und Schäden, Mr. Rooke.«

Der Leutnant starrte immer noch auf die feindlichen Schiffe. Dwars von ihnen rollte die entmastete Fregatte hilflos in den Wellen, und es würde noch lange dauern, bis sie ins Schlepptau genommen werden konnte. Eher war damit zu rechnen, daß sie an Ort und Stelle sank. Die andere Fregatte holte zu dem zerstörten Zweidecker auf; über dem treibenden Rauch gingen Signale hoch, bunt und geschäftig.

Bolitho sagte: »Wir müssen uns um unser Geleit kümmern. Die beiden da können auf die Endabrechnung noch warten.« Er sprach laut und vernehmlich und es schien, als spräche er mit seinem Schiff.

Caswell rief: »Die *Justice* hat bestätigt, Sir!« Dann grinste er: »Die *Harvester* auch.« Er blickte in die geschwärzten Gesichter der Untenstehenden. »›Habe Aktion eingestellt‹, signalisiert sie.«

Schmerzhaft spürte Bolitho, wie sich seine ausgetrockneten Lippen zu einem Lächeln verzogen. Diese dienstlich-formelle Antwort Leachs sprach Bände über die Zähigkeit des Mannes. »Bestätigen!«

Unten an der Achterdecksleiter stand ein Sanitätsmaat, die Arme bis zu den Ellbogen voll Blut. Bei diesem Anblick empfand Bolitho wieder jene vertraute Verzweiflung über das Leiden, die Wunden, die den Sieg so bitter machten.

»Was ist?«

Unsicher sah der Mann sich an Deck um, staunte anscheinend, daß es noch einigermaßen ganz war. Unter der Wasserlinie, wenn der Schiffsrumpf unter den Rückstößen und Einschlägen schwankte und zitterte, die schreienden Verwundeten zu versorgen, war bestimmt keine leichte Arbeit. »Schiffsarzt läßt melden, Sir, Mr. Dalby hat's erwischt; er möchte Sie sprechen, Sir.«

Bolitho zuckte zusammen. Dalby, undeutlich erinnerte er sich an das Gesicht des Leutnants, wie er es zuletzt gesehen hatte. »Schwer?« fragte er.

Der Mann schüttelte bedauernd den Kopf. »Nur noch Minuten, Sir.«

»Übernehmen Sie, Mr. Rooke. Signalisieren Sie dem Geleit, sie sollen ihre alten Stationen wieder einnehmen, sobald die *Erebus* ihre Boote wieder eingeholt hat.«

Rooke faßte an den Dreispitz. »Aye, aye, Sir.«

Bolitho kletterte die Leiter hinunter und merkte plötzlich, wie steif seine Beine waren und daß ihn die Kiefer vor Anstrengung schmerzten. Hier und dort streckte ein Matrose, der tapferer war als die anderen, die Hand aus, um ihn zu berühren, und einer rief sogar: »Gott segne Sie, Cap'n!«

Bolitho hörte nichts. Er brauchte alle seine Kraft, um weiterzugehen, und er wußte nur eins: sie hatten gewonnen, aber wie immer waren die Kosten des Sieges nicht zu ermessen.

Bolitho duckte sich unter den niederen Decksbalken und tastete sich durch das Halbdunkel des Orlopdecks*. Im Vergleich hierzu war die Luft auf dem Achterdeck frisch und rein, selbst auf dem Höhepunkt einer Seeschlacht; denn hier, tief im Bauch des Schiffes, gab es nur wenig Ventilation, und sein Magen rebellierte gegen den Gestank nach Bilgewasser, Rum und Blut.

Rowlstone, der Arzt, wußte schon lange, daß sein winziges Lazarett völlig unzureichend für die vielen Verwundeten von den oberen Decks war; und als Bolitho in den Lichtkreis der schwingenden Laternen trat, sah er, daß das ganze Revier vor dem säulendicken Mastfuß voller Verwundeter lag. Die *Hyperion* stampfte heftig in einer von achtern anrollenden See, so daß die Laternen irre, unberechenbare Kreise zogen und seltsame, tanzende Schatten auf die gewölbte Bordwand warfen oder sekundenlang kleine Bildausschnitte wie Teilstücke eines alten, nachgedunkelten Gemäldes hervorhoben.

Über dem Knarren der Planken und dem dumpfen Anprall der See vernahm Bolitho ein stetiges Stimmengewirr, hier und da ein Wimmern oder einen scharfen Schmerzensschrei. Aber die meisten Verwundeten lagen ganz still da, nur ihre Augen folgten dem Licht der kreisenden Laternen oder starrten stumpf auf die kleine Gruppe um den blank gescheuerten Tisch, wo Rowlstone, das blasse, talgige Gesicht verzerrt vor Konzentration, an einem Matrosen arbeitete, den zwei Santitätsmaaten festhielten. Der Mann hatte wie jeder Schwerverwundete eine kräftige Portion Rum bekommen. Und doch rollte, während Rowlstones Säge gnadenlos durch sein Bein zog, sein Kopf

* Zwischendeck eines Linienschiffs. Enthält Midshipmenlogis und Lazarett (d. Ü.).

hin und her; der Lederriemen zwischen seinen Zähnen erstickte sein Schmerzensgeheul, Rum und Erbrochenes ertränkten seine verzweifelten Proteste. Geschäftig sägte Rowlstone, die Hände ebenso blutig wie die schwere Schürze, die ihn vom Kinn bis zu den Zehen bedeckte. Endlich gab er seinen Maaten ein Zeichen; ohne weitere Umstände hoben sie den Matrosen vom Tisch und schafften ihn in das barmherzige Dunkel jenseits der Laternen.

Der Arzt blickte auf und sah Bolitho. Inmitten der Verwundeten und Verstümmelten wirkte der stattliche Kapitän plötzlich klein und verletzlich.

Leise fragte Bolitho: »Wieviele?«

»Zehn Tote, Sir.« Der Arzt wischte sich die Stirn mit dem Unterarm, was einen roten Strich über dem rechten Auge hinterließ. »Bis jetzt.« Er blickte über die Schulter, denn zwei seiner Assistenten schleppten soeben einen neuen Mann zum Tisch. Wie es im Seegefecht oft passierte, war er von Holzsplittern getroffen; und als die Sanitätsmaaten ihm die blutbefleckte Hose herunterzogen, sah Bolitho den großen, gezackten Holzzahn unterhalb des Magens im Fleisch stecken. Sekundenlang starrte Rowlstone ohne zu blinzeln den Mann an. Dann sagte er ausdruckslos: »Dreißig Schwerverwundete, Sir. Etwa die Hälfte davon könnte durchkommen.«

Ein Sanitäter goß dem Verwundeten Rum in den offenen Mund. Der konnte den schieren Sprit anscheinend nicht schnell genug schlukken, und dabei wichen seine Augen, Schrecken und zugleich Hoffnung geweitet, nicht von Rowlstones Händen.

Der Chirurg griff nach seinem Messer und deutete seitwärts. »Mr. Dalby liegt da drüben, Sir.« Fast verzweifelt blickte er auf den Verwundeten und fuhr dann fort: »Wie die meisten ist er im unteren Batteriedeck verwundet worden.«

Bolitho trat zur Seite, denn der Arzt beugte sich jetzt über den nackten Körper auf dem Tisch. Der Verwundete wurde augenblicklich starr, und Bolitho glaubte, den ersten Schnitt des Messers am eigenen Leibe zu fühlen.

Dalby lehnte halb sitzend, die Schultern gegen eine der starken Rippen des Schiffes gestützt, auf einer Matratze. Bis auf einen breiten, durchgebluteten Verband um den Leib war er nackt, und bei jedem seiner offenbar schmerzhaften Atemzüge sickerte Blut durch die dicke Binde. Als Kommandeur der unteren Batterie war er bei der ersten französischen Breitseite verwundet worden. Trotz seiner Wunde sah er jetzt, als er die Augen öffnete und seinen Kommandanten anstarrte, fast erleichtert aus.

Bolitho kniete sich neben ihn. »Kann ich etwas für Sie tun?«

Dalby schluckte mühsam, und ein paar Tropfen Blut glitzerten auf seinen Lippen. »Wollte Sie sprechen, Sir.« Er faßte die Matratzenkanten fester und hielt den Atem an. »Muß Ihnen sagen . . .«

»Nicht sprechen, Mr. Dalby.« Bolitho sah sich nach sauberem Verbandszeug um, fand nichts und tupfte dem Leutnant die Lippen mit seinem eigenen Taschentuch ab.

Aber Dalby, dessen Augen plötzlich zu glänzen begannen, beugte sich mühsam vor. »Hat mich ganz verrückt gemacht, Sir. Dieses Geld . . . *Ich* hab's genommen.« Mit schlaffem Mund sank er gegen die Bordwand. »Quarme hatte nichts damit zu tun. Ich brauchte es unbedingt, wissen Sie . . . Unbedingt!«

Traurig blickte Bolitho ihn an. Es spielte gar keine Rolle mehr, wer das Geld genommen hatte. Quarme war tot, und Dalby würde ihm schon bald folgen.

»Schon gut, Mr. Dalby. Das ist jetzt vorbei.«

Dalby erschauerte heftig; plötzlich troffen ihm Brust und Arme vor Schweiß. Doch als Bolitho ihn berührte, fühlte er sich eiskalt und klamm an, schon wie ein Leichnam.

Undeutlich murmelte er: »Hatte Schulden. Alles verspielt.« Er starrte Bolitho an, doch seine Augen fanden kein rechtes Ziel mehr. »Ich hätt's Ihnen gesagt, aber . . .«

Hinter Bolitho schrie ein Mann auf. Der Ton drang Bolitho direkt ins Hirn, aber er beugte sich vor, um zu hören, was Dalby ihm noch sagen wollte. Diesem strömte das Blut jetzt stärker aus dem Mund; verzweifelt blickte Bolitho sich um und rief einen Midshipman an, der sich über einem nackten bandagierten Verwundeten beugte. »He – bringen Sie mir eine frische Binde!«

Der Midshipman wandte sich um und eilte herzu, eine saubere Binde in der ausgestreckten Hand. Ensetzt und überrascht starrte Bolitho hoch. »Aber um Gottes willen, Miss Seton, was machen Sie hier?«

Das Mädchen antwortete nicht gleich, sondern kniete sich neben Dalby hin und tupfte ihm Blut und Speichel von Gesicht und Brust. Selbst noch im gelben Laternenschein schien Bolithos Irrtum begreiflich: In Uniformrock und weißer Kniehose, das starke kastanienbraune Haar im Nacken zusammengebunden, war Cheney Seton leicht für einen Jüngling zu halten.

Dalby starrte sie an und versuchte zu lächeln. »Kein Kanonenboot, Miss. ›Linienschiff‹ heißt das bei der Marine . . .« Sein Kopf sank zur Seite, und er war tot.

Bolitho sagte: »Ich hatte doch angeordnet, daß Sie bis auf weiteres in der Fähnrichsmesse bleiben sollten!« Er fühlte sich auf einmal nicht mehr erschöpft und verzweifelt, sondern eher ärgerlich. »Hier ist keineswegs der rechte Ort für Sie!« Ihre Uniform und das am Hals offene Hemd waren blutbefleckt.

Ernsthaft, betroffen und anteilnehmend blickte sie ihm ins Gesicht. »Sie brauchen sich um mich keine Sorgen zu machen. Auf Jamaika habe ich viele Menschen sterben sehen.« Sie wischte sich eine Haarsträhne aus den Augen. »Als das Gefecht anfing, wollte ich helfen.« Sie blickte auf Dalby nieder. »Ich mußte einfach helfen.« Dann sah sie wieder Bolitho an, und ihre Augen hatten einen fast flehenden Ausdruck. »Verstehen Sie das nicht?« fragte sie, streckte die Hand aus und faßte seinen Ärmel. »Bitte seien Sie nicht böse.«

Lange sah sich Bolitho auf dem wüsten Orlopdeck um. Die nackten Körper der Verwundeten und Toten lagen durcheinander, wie makabre Skulpturen, und Rowlstone operierte an seinem Tisch mit einer Selbstverständlichkeit, als existiere für ihn nur, was vor ihm im schwankenden Lichtkreis der Laterne lag. Ruhig entgegnete Bolitho: »Ich bin nicht böse. Wahrscheinlich hatte ich nur Angst um Sie. Jetzt haben Sie mich beschämt.« Er wollte aufstehen, war aber zu keiner Bewegung fähig.

Sie antwortete: »Ich horchte auf den Kanonendonner und fühlte das Schiff beben, als würde es auseinandergerissen. Und die ganze Zeit dachte ich an Sie dort oben – so ungeschützt.«

Bolitho beobachtete schweigend ihre ausdrucksvollen Hände, das Heben und Senken ihrer Brust, während sie das Furchtbare aufs neue durchlebte.

»Da wollte ich diesen Männern hier unten helfen«, fuhr sie fort. »Ich dachte, sie würden es mir verübeln, daß ich am Leben und noch heil war.« Sie senkte die Augen, und er sah ihre Lippen zittern. »Geflucht und geschimpft haben sie weiß Gott genug, aber keiner hat sich beklagt, nicht einer!« Wieder sah sie ihm in die Augen, diesmal beinahe mit Stolz. »Und als sie hörten, Sie würden herunterkommen, haben sie tatsächlich versucht, Hurra zu rufen!«

Bolitho stand auf und half Cheney auf die Füße. Sie weinte jetzt, fast tränenlos, und widerstrebte nicht, als er sie durch die tiefhängenden Laternen zum Niedergang führte.

An Deck überraschte es ihn, daß die Sonne immer noch so hell schien, daß die Schiffe weitersegelten, unbekümmert um das, was achteraus lag, und um die Männer, die sie trugen. Er schritt über das Achterdeck mit seinen großen roten Flecken und den zersplitterten Planken, vorbei an den Rudergasten, die genau auf den Kompaß und den Stand jedes einzelnen pockennarbigen Segels achteten. An der Kajütentür sagte er leise: »Versprechen Sie mir, daß Sie sich hinlegen.«

Sie wandte sich um und blickte ihm forschend in die Augen. »Müssen Sie schon gehen?« Doch dann zuckte sie leicht die Schultern, oder vielleicht war sie auch nur erschauert. »Das war eine dumme Frage. Ich weiß ja, was Sie zu tun haben. Alle oben warten auf Sie.« Ihre Geste bei diesen Worten umfaßte das ganze Schiff und jeden Mann an Bord. Schüchtern berührte sie seinen Arm und schloß: »Ich habe vorhin den Ausdruck Ihrer Augen gesehen und verstehe Sie jetzt besser.«

Von oben hörten sie einen Ruf: »Captain, Sir, die *Harvester* bittet um Erlaubnis, für die Bestattungen beizudrehen!«

»Erteilt!« rief Bolitho zurück. Sein Blick war noch immer auf das Gesicht des Mädchens gerichtet, und sein Verstand wehrte sich dagegen, an die tausend Dinge zu denken, die seiner harrten. Endlich sagte er: »Sie haben uns heute sehr geholfen. Ich werde das nicht vergessen.«

Er wandte sich um, der Sonne zu, und hörte noch ihre leise Erwiderung: »Ich auch nicht, Captain!«

X Ein guter Offizier

Sir Edmund Pomfret stand neben dem großen Heckfenster in seiner Tageskajüte, sorgfältig den einfallenden grellen Sonnenschein meidend. Während des ganzen Berichts hatte er die gleiche Stellung beibehalten: breitbeinig, die Arme auf der Brust verschränkt, Bolitho den Rücken zuwendend, so daß dieser weder des Admirals Gesicht sehen noch dessen Stimmung erraten konnte. Die *Hyperion* hatte erst die Transporter und dann die schwer beschädigte *Harvester* in die schützenden Arme des Naturhafens einlaufen lassen und dann in der Morgenfrühe unterhalb der Bergfestung Anker geworfen. Bolitho hatte eigentlich erwartet, sofort auf die *Tenacious* gerufen zu werden; doch aus Gründen, die nur Pomfret kannte, hatte er bis sieben Glasen der Vormittagswache warten müssen, ehe das kurze Signal »Kommandant unverzüglich an Bord« auf dem Flaggschiff erschien.

Jetzt, als Bolitho die ausführliche Beschreibung seiner Verteidigung des Konvois abschloß, fühlte er sich so müde und schlapp, als hätte er ein Schlafmittel eingenommen; daher konnte er seinen Worten so distanziert zuhören, als beträfen sie jemand anderen. Pomfret hatte ihn nicht gebeten, Platz zu nehmen. Außer ihm war noch ein rotgesichtiger Infanterie-Oberst in der Kajüte, den Pomfret kurz als Sir Tonquil Cobban, Kommandeur der auf Cozar stationierten Soldaten, vorstellte. Jedoch war Pomfret ebenfalls stehengeblieben, und trotz seiner breitbeinigen Positur und der unbewegten Schultern wirkte er nervös und gereizt.

»So haben Sie also die *Snipe* verloren, wie?« fragte er unvermittelt.

Es klang wie eine Anklage, doch Bolitho erwiderte nur müde: »Wenn ich noch ein weiteres Begleitschiff gehabt hätte, Sir, dann wäre es vielleicht anders gekommen.«

Ungeduldig riß Pomfret den Kopf hoch. »Wenn, wenn! Die ganze Zeit höre ich immer nur ›wenn‹!« Etwas ruhiger fuhr er fort: »Und Ihre eigenen Verluste?«

»Sechzehn Tote und sechsundzwanzig Verwundete, von denen die meisten wohl durchkommen werden.«

»Hm.« Langsam wandte Pomfret sich um und trat an seinen Schreibtisch, auf dem eine große farbige Seekarte lag. Lässig sagte er: »Ich hätte noch ein paar Tage auf Sie gewartet, aber dann wäre ich auch ohne Nachschub abgesegelt.« Er warf Bolitho einen forschenden Blick zu. »Ich habe Nachricht von Lord Hood. Seine Truppe ist in Toulon gelandet, und ich habe Befehl, St. Clar einzunehmen.«

»Jawohl, Sir.« Auf diese Nachricht hatte Bolitho gewartet, doch nun, da sie kam, erschien sie ihm wie eine Wende zum Negativen. Er wußte, daß Pomfret und der Colonel ihn genau beobachteten, und gab sich Mühe, seine Gedanken in Zaum zu halten. Er fragte: »Wünschen Sie, daß ich nochmals mit den Stadtvätern verhandle, Sir?«

Pomfret runzelte die Stirn. »Keineswegs. Ich war in Ihrer Abwesenheit nicht faul und habe alles fest in der Hand, das kann ich Ihnen versichern.« Er wandte sich mit einem flüchtigen Lächeln dem Oberst zu. »Die *Frogs* müssen sich jetzt anständig benehmen, eh?«

Nun erst sprach der Colonel. Er hatte eine dumpfe, dröhnende Stimme und trommelte sich bei jedem Wort auf den tadellosen Uniformrock. »Jawohl, bei Gott! Da General Carteau auf Toulon marschiert, haben unsere neuen Alliierten in St. Clar gar keine andere Wahl, als uns zu unterstützen!« Der Gedanke schien ihm Spaß zu machen.

Pomfret nickte. »Nun, Bolitho, ich wünsche, daß Sie Ihr Schiff unverzüglich wieder seeklar machen.«

»Die Reparaturen sind in vollem Gang, Sir. In den vier Tagen nach dem Gefecht haben wir alle Schäden an der Takelage beseitigt, und auch die meisten Innenreparaturen sind schon fertig.«

Da Pomfret die Seekarte studierte, bemerkte er nicht, wie sich Bolithos Miene plötzlich verändert hatte. Vier Tage. Obwohl er sich die ganze Zeit bemüht hatte, nicht daran zu denken, fiel ihm jetzt alles wieder ein. Er hatte gehofft, die sichere Rückkehr mit den Transportschiffen und die Anstrengung, sein Schiff wieder seeklar zu machen, würden die Erinnerung an diese vier Tage zurückdrängen, bis sie durch Zeit und Entfernung so undeutlich wurde, daß sie nicht mehr schmerzte. Aber ganz ohne sein Zutun hatte er auf einmal wieder das Gesicht Cheneys vor Augen, wie sie ihm zugehört hatte, als er ihr von seinem Schiff erzählte, während sie auf dem Achterdeck gemeinsam den Matrosen und Zimmerleuten zusahen, welche die Narben der Schlacht beseitigten.

Am zweiten Abend, kurz vor Sonnenuntergang, war Bolitho mit ihr über den Luvdecksgang geschritten und hatte ihr das komplizierte Labyrinth des Riggs erläutert, die Sehnenstränge, welche die Kraft des Schiffes weiterleiteten. Da hatte sie leise gesagt: »Danke, daß Sie mir das erklärt haben. Damit haben Sie mir das Schiff lebendig gemacht.«

Cheney hatte das alles weder langweilig noch komisch gefunden. Es hatte sie wirklich interessiert, auch wenn seine Art zu sprechen nur deshalb so eindringlich war, weil Schiffe das einzige waren, wovon er etwas verstand, das einzige Leben, das er kannte.

In diesem Moment war ihm klargeworden, daß sie unabsichtlich die Wahrheit getroffen hatte. »Ich freue mich, daß Sie es so sehen«, hatte er geantwortet und dann auf die dunklen Geschütze im Schatten der Decksgänge gedeutet. »Die Leute an Land sehen so ein Schiff weit draußen vorbeisegeln, denken aber selten an die Menschen, die darin leben und sterben.« Dabei hatte er auf das leere Vorschiff gestarrt und sich all jene vorgestellt, die vor ihm auf diesem Schiff gewesen waren und nach ihm kommen würden. Seine Hände umklammerten die Reling. »Sie haben ganz recht – ein Schiff besteht nicht bloß aus Holz.«

An einem anderen Abend hatten sie miteinander in der Kajüte gespeist, und wieder hatte sie ihn zum Erzählen gebracht – von seinem Zuhause in Cornwall, seinen Reisen, den Schiffen, auf denen er gedient hatte.

Während die Seemeilen unter dem Kiel der *Hyperion* wegglitten, schienen sie beide zu empfinden, daß aus diesem seltsamen Gefühl von Kameradschaft und Verständnis etwas anderes erwuchs. Sie sprachen nicht davon; doch während der letzten beiden Tagen mieden sie einander und kamen nur noch in Gesellschaft anderer zusammen. Kaum war der Anker klatschend gefallen, kam auch schon ein Boot längsseits: Lieutenant Fanshawe, Pomfrets Adjutant, holte Cheney ab.

Sie war in demselben grünen Kleid aufs Achterdeck gekommen, das sie getragen hatte, als er sie zum erstenmal sah, und hatte zu der düsteren Festung auf den kahlen Bergen hinübergestarrt. Bolitho merkte, daß viele Matrosen auf den Decksgängen oder in den Wanten standen, und er spürte die Traurigkeit, die über dem Schiff hing. Sogar die Deckoffiziere konnten oder mochten die Leute nicht an die Arbeit zurücktreiben und sahen ebenfalls zu, wie das Mädchen tapfer den versammelten Offizieren die Hände schüttelte und seinen Bruder auf die Wange küßte. Bolitho selbst hatte sich Mühe gegeben, in möglichst formellem Ton zu sprechen. »Wir alle werden Sie vermissen.« Gossett hatte heftig dazu genickt. »Es tut mir leid, daß Sie so viel durchmachen mußten . . .« Und dann wußte er nicht weiter.

Sie hatte ihn mit einer gewissen Bestürzung angesehen, als würde ihr erst jetzt, angesichts der Insel, klar, daß die Reise unwiderruflich zu Ende ging. Dann hatte sie gesagt: »Ich danke Ihnen, Captain. Ich hatte es sehr gut an Bord.« Und hatte ringsum in die stummen Gesichter geblickt. »Es waren Tage, die ich nie vergessen werde.«

Bolitho fuhr zusammen, denn auf einmal hörte er wieder Pomfrets Stimme. ». . . und ich nehme an, Sie werden Ihre Verluste mit den Überlebenden der *Snipe* ersetzen oder auch auf den Transportern geeignete Leute finden.«

»Jawohl, Sir.« Mühsam konzentrierte er sich auf die vielen Einzelheiten, die noch zu erledigen waren. Dalby war tot, und er hatte Caswell zum Vizeleutnant befördert, um die Lücke in seinem Offiziersstab zu füllen. So war das eben: ein Mann starb, ein anderer stieg auf.

Die Schwerverwundeten mußten an Land oder auf eines der Transportschiffe geschafft werden, wo sie ordentlich gepflegt werden konnten. Der Bestand an Kugeln, Pulver und zahllosen anderen Dinge mußte ergänzt werden.

Cobban erhob sich, seine gewaltigen, blankgewichsten Stiefel knarrten heftig. Er war sehr groß; wenn er stand, wirkte Pomfret neben ihm wie ein Zwerg. »Nun«, dröhnte er, »ich gehe an Land. Wenn wir St. Clar am Fünften einnehmen wollen, ist vorher viel zu tun.« Er hängte den Säbel ein und runzelte nachdenklich die Stirn. »Immerhin ist es im September kühler, da marschiert es sich besser. Meine Truppen werden jedenfalls tun, was ihnen befohlen wird.« Und Bolitho sah an den schmalen, zusammengepreßten Lippen des Colonel, daß ihm seine Offiziere vermutlich ziemlich gleichgültig waren – von den einfachen Soldaten ganz zu schweigen.

Pomfret wartete, bis Cobban draußen war, und sagte dann gereizt: »Sehr lästig, das Militär, aber unter diesen Umständen ...« Er tippte flüchtig auf die Karte. »Ich nehme an, Miss Seton befand sich während der Schlacht an einem sicheren Ort?«

Vielleicht weil er dauernd an sie gedacht hatte oder auch, weil seine Müdigkeit ihm einen Streich spielte, kam es Bolitho vor, als klinge Pomfrets Frage nervös oder sogar argwöhnisch.

»Jawohl, Sir«, antwortete er und schlug die Augen nieder, als ihm wieder die nackten Gestalten im Orlopdeck, die schwingenden Laternen, das Mädchen in blutbespritzter Uniform in den Sinn kamen.

»Gut«, nickte Pomfret. »Freut mich zu hören. Ich habe sie in der Festung untergebracht. Das wird ausreichen, bis ...« Er beendete den Satz nicht. Es war auch nicht nötig.

Bolitho erwiderte nur: »Meine Zimmerleute haben ein paar Möbel gebaut. Ich dachte, dann würde es Miss Seton in der Festung etwas gemütlicher haben.«

Pomfret blickte ihn sekundenlang an. »Aufmerksam von Ihnen. Höchst aufmerksam. Ja, Sie können die Sachen hinüberschaffen lassen, sobald es Ihnen paßt.« Er schritt zum Fenster und sprach rasch weiter: »Wir segeln am Ersten des Monats. Haben Sie Ihr Schiff bis dahin fertig!« Er starrte zum schwarzen Rumpf des Sträflingsschiffes hinüber. »Abschaum! Der letzte Dreck von Newgate, selbstverständlich. Aber für das, was hier zu tun ist, genügen sie.« Und ohne sich umzudrehen, schloß er: »Das wär's, Bolitho.«

Bolitho trat in die blendende Helle hinaus. Pomfret hatte nicht einmal ihm oder seinen Leuten gratuliert, daß sie die kostbaren Transporter gerettet und dabei sogar noch zwei Angreifer zu Wracks geschossen hatten. Typisch für den Mann, dachte er bitter. Solche Leistungen waren für Pomfret offenbar selbstverständlich. Nur zu einem Mißerfolg hätte er etwas gesagt, und Bolitho konnte sich auch vorstellen, was.

Stumm kletterte er in seine Gig und setzte sich auf der Heckbank zurecht. Als sich die Riemen hoben und wie Schwingen ins Wasser tauchten, mußte er an Dalby und die Verzweiflung seiner letzten Minuten denken. Glücksspiel war der Fluch und Untergang so manchen guten Offiziers. Monatelang in der Enge ihres Schiffes eingesperrt, auf ihre eigene Gesellschaft angewiesen, durch harte Disziplin von den Männern getrennt, die sie zu führen hatten – da war es durchaus nichts Ungewöhnliches, daß Männer wie Dalby ihr Letztes auf eine Karte setzten und verloren. Erst harmlose Zerstreuung, dann grausame Wirklichkeit – Bolitho wußte genau, wie gefährlich das Spiel war. Sein eigener Bruder hatte des Vaters Herz gebrochen, indem er einen Offizierskameraden in sinnlosem Duell wegen einer Spielschuld getötet hatte.

Er riß sich aus seinem dumpfen Brüten und befahl scharf: »Kurs auf den Transporter dort drüben!«

Allday blickte zu ihm auf. »Die *Erebus*, Captain?«

Bolitho nickte. »Sie hat die Überlebenden der *Snipe* an Bord.«

Allday legte Ruder und sagte nichts. Es war kaum Sache eines Linienschiffkommandanten, sich in eigener Person um ein paar eventuelle Rekruten zu kümmern; es konnten auch nur eine Handvoll Männer mit dem Leben davongekommen sein. Aber er wußte aus Erfahrung: Bolitho hatte schwere Sorgen. Wenn er sich so benahm wie jetzt, sagte man besser überhaupt nichts.

Jedenfalls wartete der Kapitän der *Erebus* schon darauf, Bolitho zu begrüßen. Er grinste zum Willkommen über das ganze tiefgebräunte Gesicht. »Ich wollte Ihnen danken, Captain!« Lange schwenkte er Bolithos Hand wie einen Pumpenschwengel. »Sie haben mein Schiff gerettet! So was hab' ich noch nie gesehen! Als Ihre alte *Hyperion* dem Franzmann unterm Bugspriet durchging, da dachte ich, nun ist es passiert!«

Bolitho ließ ihn eine Weile reden und sagte dann: »Danke, Captain. Aber Sie können sich wohl denken, warum ich hier bin?«

Er nickte. »Aye. Aber ich fürchte, es kommen nur sechs Mann und ein Offizier für Sie in Frage. Die drei anderen werden wohl sterben, bevor die Woche um ist.« Er brach ab und starrte Bolitho erschrocken an. »Ist Ihnen nicht wohl, Sir? Sie sind ja auf einmal ganz blaß!« Er faßte ihn beim Arm.

Bolitho machte sich frei und verfluchte die Freundlichkeit des Mannes und seine eigene Anfälligkeit für das alte Fieber. Er fühlte das Deck unter sich schwanken, als liege das Schiff draußen im Sturm und nicht im geschützten Hafen.

»Ich will wieder auf mein Schiff, Captain«, erwiderte er kurz. »Mir fehlt nichts.« Suchend sah er sich nach Allday um, denn er bekam plötzlich Angst, daß er vor dem fremden Kapitän und dessen Leuten zusammenbrechen könnte.

Es war schlimmer als sonst. Seit er Kent verlassen hatte, um nach Gibraltar zu segeln, hatte es ihn nicht so schlimm geschüttelt. Seine Gedanken drehten sich wie sein Gesichtsfeld, sogar den Kapitän der *Erebus* sah er nur verschwommen wie durch heiße Luft. Aber Allday war zur Stelle. Sanft und doch fest fühlte er die Hand des Bootsmanns an seinem Arm und ließ sich zur Leiter führen. Wie bei einem Blinden scharrten seine Sohlen über die Planken.

Der Kapitän rief ihm nach: »Aber der Offizier der *Snipe*, Sir! Soll ich ihn hinüberschicken?« Die Frage überspielte nur seine Verwirrung, denn er wußte, wenn er Bolitho seine Hilfe anbot, würde er es nur schlimmer machen.

Bolitho wollte antworten, doch der Schüttelfrost war so stark, daß er kein Wort herausbrachte. Er vernahm Alldays Knurren: »Augen ins Boot, gefälligst!« und erriet, daß seine Mannschaft ihn beobachtete.

Allday blickte zum Kapitän der *Erebus* auf und sagte kurz: »Schikken Sie ihn nur, Sir. Er wird bestimmt gebraucht.«

Der Kapitän nickte. Anscheinend kam ihm gar nicht zum Bewußtsein, daß ihm hier ein einfacher Bootsmann Befehle erteilte.

»Zum Schiff, Allday!« sagte Bolitho schwach. »Bringen Sie mich um Gottes willen schnell an Bord!«

Allday wickelte Bolitho in den Bootsmantel und legte ihm den Arm um die Schultern, sonst wäre Bolitho wie ein Toter von der Bank gerutscht. Allday kannte das schon; Mitleid und Zuneigung erfüllten ihn. Und wütend war er auch. Wütend über den Admiral, der Bolitho so lange aufgehalten hatte, obwohl nur ein blinder Narr übersehen konnte, daß die Seeschlacht ihn die letzten körperlichen und seelischen Reserven gekostet hatte.

»Legt ab!« bellte er. »Riemen bei, zu-gleich!« Die Riemen hoben und senkten sich. »Durchholen! Pullt wie noch nie!« Und mit einem

Blick auf Bolithos verzerrtes Gesicht setzte er halb für sich selbst hinzu: »Das wenigstens könnt ihr fur ihn tun!«

Langsam öffnete Bolitho die Augen und starrte zum Oberlicht am Kopfende seiner Koje empor. Wenigstens das dumpfe Brausen in seinen Ohren schien schwächer geworden zu sein; er hörte zwischendurch Schiffsgeräusche, das stetige Rauschen des Wassers an der Bordwand und ferne Stimmen.

Vorsichtig versuchte er, Arme und Beine zu bewegen, aber die unter der Matratze festgestopften Decken hielten ihn so fest, daß er stillhielt und lieber versuchte, seine Gedanken in Ordnung zu bringen. Er erinnerte sich noch daran, wie er von Bord der *Erebus* gegangen und in seine Gig geklettert war. Es war ihm erschienen, als käme die Gig überhaupt nicht näher an die *Hyperion* heran; die ganze Zeit hatte er die größte Mühe gehabt, sich in dem rollenden Boot aufrecht zuhalten; nur unbestimmt spürte er die Gegenwart der schwitzenden Rudergasten und Alldays Arm um seine Schultern.

Das Fieber hatte grausam gewütet. Manchmal umschwebten ihn Gesichter, Hände hielten ihn fest oder betteten ihn um, ohne daß er etwas dagegen tun konnte. Zwischendurch mußte er geträumt haben, um würgend und schwitzend zu erwachen, denn seine Kehle war staubtrocken und seine Zunge so dick geschwollen, daß er zu ersticken glaubte. Wach oder im tiefen Erschöpfungsschlaf, war er sich hin und wieder eines weißen Dreiecks bewußt, das er noch nie gesehen hatte. Es schien zu kommen und zu gehen wie ein Segel, nie nahe genug, um es zu identifizieren, und doch verband er in Gedanken etwas Tröstendes, Angenehmes damit.

Langsam wandte er den Kopf, spürte Schweiß auf seinem Kissen und die feuchtkalte Umarmung der Laken. Neben der Koje saß Gimlett, die Schultern vor Konzentration vorgebeugt, und beobachtete ihn. Sein Körper schien vor und zurück zu schwingen wie ein menschliches Pendel.

»Seit wann liege ich hier?« fragte Bolitho. Kaum erkannte er die eigene Stimme wieder.

Gimlett rückte sein Kissen bequemer zurecht. »Drei Tage, Sir.« Erschrocken fuhr er zurück, denn Bolitho wollte die Decken beiseitestoßen.

»Drei Tage!« Ungläubig starrte Bolitho in dem engen Gelaß umher. »Himmeldonnerwetter, ich muß aufstehen!«

Ein grimmig lächelnder Allday glitt in seinen Gesichtskreis. »Sachte, Captain! Ihnen ging's ziemlich schlecht.« Er beugte sich über ihn und steckte die Decken sogar noch fester.

In hilfloser Wut schloß Bolitho die Augen. »Verdammt noch mal, Allday! Helfen Sie mir auf! Ich befehle es Ihnen, verstanden?«

Doch Allday blieb unbeirrbar ruhig. »Tut mir leid, Captain, aber der Schiffsarzt sagt, Sie sollen liegenbleiben, bis . . .«

Plötzlich merkte Bolitho, daß die Koje stetig schwankte, daß Gimlett und Allday *wirklich* schwankten. Als er mühsam den Kopf wandte, sah er rötliche Sonnenstrahlen im Takt mit dem regelmäßigen Heben und Senken des Schiffes um das Oberlicht spielen.

»Mein Gott, wir sind auf See!« murmelte er undeutlich. Allday und Gimlett wechselten einen kurzen Blick, und Bolitho fragte rasch: »Wie hat Rooke sie aus dem Hafen bekommen?«

Allday trat so nahe heran, daß Bolitho die dunklen Schatten der Erschöpfung unter seinen Augen sehen konnte. »Ging alles klar, Captain, glauben Sie mir.« Er deutete zum offenen Fenster. »Wir ankern östlich von Cozar, unter dem maurischen Fort. Heute vormittag haben wir den Hafen verlassen – die See war so glatt wie'n Jungfernbauch!«

Aber Bolitho wollte sich nicht beruhigen. Denn in den drei Tagen, die er nutz- und hilflos in seiner Koje lag, hatte sich eine kleine Invasionsflotte segelfertig gemacht. Zu Dutzenden mußten die Signale vom Flaggschiff zu jedem Schiff im Hafen gegangen sein; und was Pomfret jetzt von ihm dachte, mochte der Himmel wissen.

»Wie spät ist es?« fragte er .

»Drei Glasen der ersten Hundewache, Captain.« Allday setzte sich auf einen Stuhl und streckte die Beine. Jetzt, da sein Kommandant dem Zugriff des Fiebers entronnen schien, war er beinahe vergnügt. »Der Admiral hat seine Order geschickt, und außerhalb dieses Schiffes weiß unter Garantie kein Mensch von Ihrer Krankheit.«

Bolitho schloß die Augen. Er konnte sich leicht vorstellen, wie Allday und Gimlett ihn bewacht hatten. Ihre abgespannten Gesichter, ihre offenbare Freude über seine Besserung sprachen Bände. Aber um dieses elende Fieber vor dem versammelten Geschwader geheimzuhalten, brauchte es mehr Leute als einen Bootsführer und einen Steward. In der Erkenntnis, daß die gesamte Schiffsmannschaft dabei mitgewirkt haben mußte, fühlte er plötzlich Tränen der Rührung in seine Augen steigen.

Gelassen sagte Allday: »Nichts zu befürchten, Captain. Sie müssen bloß wieder gesund und kräftig werden.« Er grinste. »Diese ganze Hafenroutine war eine gute Schulung für die jungen Herren.« Er sah, daß Bolitho wieder die Augen öffnete, und fuhr fort: »Der Leutnant von der *Snipe* hat übernommen und die ganze Zeit als Erster Offizier Dienst gemacht. Das Flaggschiff hat zugestimmt, Captain.« Er unterdrückte ein Lächeln. »Sie brauchen nur noch zu bestätigen.«

Beruhigt sagte Bolitho: »Dann muß er ein guter Offizier sein.«

»O ja, das ist er.« Jetzt konnten Allday und Gimlett ihr Grinsen nicht mehr zurückhalten.

Bolitho starrte mit wachsender Gereiztheit von einem zu anderen. »Na? Was soll dieses verdammte Getue?« rief er; aber das strengte ihn so an, daß er erschöpft in die Kissen zurückfiel und nicht einmal Widerstand leistete, als Gimlett ihm die Stirn mit einem feuchten Tuch wischte.

Dann hörte er eine Bewegung an der Tür und Alldays gelassene Stimme: »Das wird er sein, Captain.« Er wartete nicht erst, bis Bolitho etwas sagte, sondern ging zur Tür und öffnete sie. Die *Hyperion* hatte an ihrem Kabel so geschwojt, daß die kleine Kajüte im Augenblick in tiefem Schatten lag. Und als Bolitho den Hals reckte, um den Mann im Türrahmen zu erblicken, glaubte er zunächst, noch im Fiebertraum zu liegen. Denn da war das weiße Dreieck wieder. Doch als er schärfer hinsah, merkte er, daß es sich weder um eine Phantasiegebilde noch um eine Alptraumszene handelte. Der Leutnant trug einen Arm quer vorm Leib in einem Dreieckstuch, das sich von seiner dunklen Gestalt tatsächlich so hell wie ein kleines Segel abhob.

Als das Schiff langsam zurückschwojte und das Licht nun voll auf des Mannes Antlitz fiel, vergaß Bolitho Fieber und Spannung. Immer noch fehlten ihm die Worte, doch er wußte, daß der andere ähnlich bewegt war.

Endlich brachte er hervor: »Um Gottes willen, sagt mir, daß ich nicht träume!«

Lachend antwortete Allday: »Das ist er, Captain, Lieutenant Thomas Herrick – oder was noch von ihm übrig ist!«

Bolitho zog die Hand aus den Decken und ergriff Herricks Rechte, die dieser ihm entgegenstreckte. »Es tut wirklich gut, Sie zu sehen, Thomas.« Er fühlte den festen, harten Gegendruck, den er von früher kannte.

Ernst blickte Herrick auf ihn herunter. »Und ich kann gar nicht sagen, wie mir zumute ist, Sir.« Er schüttelte den Kopf. »Es ging Ihnen dieser Tage ziemlich schlecht, aber bald wird alles wieder beim alten sein.«

Bolitho konnte die Hand nicht loslassen. »Jetzt wird es bestimmt besser, Thomas.« Das Wiedersehen mit Herrick hatte ihn so mitgenommen, daß er sich plötzlich ganz schlapp fühlte; doch er fragte weiter: »Wo haben Sie gesteckt? Was haben Sie gemacht?«

Allday unterbrach. »Ich glaube, Captain, Sie sollten sich eine Weile ausruhen. Später kann ich Ihnen . . .«

»Maul halten, verdammt!« krächzte Bolitho. »Oder ich lasse dich auspeitschen!«

Doch Herrick sagte: »Er hat recht, Sir. Liegen Sie schön ruhig, ich erzähle Ihnen schon, was es zu erzählen gibt.«

Bolitho legte sich zurück und schloß die Augen. In dem gleichen gelassenen Ton, den er so gut kannte, begann Herrick seinen Bericht. Sofort hatte Bolitho ihn wieder vor Augen, wie er damals gewesen war: der eigensinnige, idealistische Leutnant an Bord der *Phalarope* in den westindischen Gewässern, und später auf der Fregatte *Tempest* in der weiten Wasserwüste der Südsee. Und vor allem sah er ihn als das, was er in erster Linie war: ein treuer Freund, dem er vertraute.

Herrick hatte sich etwas verändert, war breiter geworden und hatte graue Strähnen im Haar. Aber sein rundes Gesicht strahlte immer noch Zuverlässigkeit aus, und die Augen, die Bolitho jetzt in seiner Koje forschend musterten, leuchteten so blau wie bei ihrem ersten Zusammentreffen.

Gelassen berichtete Herrick: »Als die *Tempest* im Jahr 1791 abgerüstet wurde, hatte ich die feste Absicht zu warten, bis ich wieder unter Ihnen anmustern konnte. Ich nehme an, Sie wußten das.« Er seufzte. »Aber als ich nach Hause, nach Rochester kam, war mein Vater tot, und das Geld reichte gerade zum Überleben. Mein Vater war Schreiber; ihm gehörte nicht einmal das Haus, in dem wir aufgewachsen waren. Und ich war auf Halbsold; da mußte ich nehmen, was ich kriegen konnte. Ich heuerte auf einem Ostindienfahrer an. Früher hatte ich mir geschworen, das niemals zu tun, aber jetzt war es noch ein Glück für mich – große Teile der Kriegsmarine waren abgerüstet, und die Leute lungerten beschäftigungslos an Land herum. Ich dachte, bis ich wieder nach England zurückkam, wären Sie vielleicht gesund. Aber da hatten wir schon Krieg.«

Mühsam warf Bolitho ein: »Ich habe versucht, Sie zu finden, Thomas.« Er öffnete die Augen nicht, merkte aber, daß Herrick sich aufrichtete.

»Tatsächlich, Sir?«

»In Rochester. Ich habe mit Ihrer Mutter gesprochen und mit Ihrer Schwester, die Sie in all den Jahren unterstützt haben. Ich wußte gar nicht, daß sie gelähmt ist.«

Herrick war tief betroffen. »Sie hat mir nie davon erzählt.«

»Ich hatte sie darum gebeten. Sie waren auf See, und da ich Sie gut genug kenne, dachte ich, Sie würden Ihre sichere Stellung sofort aufgeben, wenn Sie glaubten, ich hätte Ihnen ein Schiff anzubieten. Und das war damals nicht der Fall.«

Wieder seufzte Herrick. »Es waren schwierige Zeiten, Sir. Aber ich bekam eine Stelle auf der *Snipe* und stach mit dem Sträflingskonvoi von Torbay aus in See. In Gibraltar erhielten wir neue Segelorder, und das andere wissen Sie ja.«

Bolitho öffnete die Augen und blickte Herrick aufmerksam ins Gesicht. »Aber Tudor, Ihr Kommandant, war doch in Gibraltar bei mir an Bord. Er wußte, daß ich einen erfahrenen Ersten brauchte. Er muß es Ihnen doch gesagt haben.«

Herrick wandte den Blick ab. »Hat er auch. Aber ich habe Sie verlassen, als die *Tempest* außer Dienst gestellt wurde. Nun wollte ich nicht eine alte Freundschaft ausnutzen, um mir neue Vorteile zu verschaffen.«

Bolitho lächelte melancholisch. »Sie haben sich nicht verändert, Thomas. Immer noch so stolz! Aber der Verlust der *Snipe* war ein harter Schlag für Sie. Der Krieg weitet sich immer mehr aus, und bei dem erhöhten Bedarf müßten Sie eigentlich in kurzer Zeit Kapitän werden. Dann wären Sie auch bald Fregattenkapitän geworden und hätten das erreicht, was Sie voll und ganz verdienen.« Er bemerkte die plötzliche Verwirrung in Herricks Miene und fuhr rasch fort: »Wenn wir St. Clar eingenommen haben, wird ein dienstälterer Leutnant als Kommandant der Schaluppe *Fairfax* benötigt – falls es sie dann noch gibt.« Er wollte sich auf die Ellbogen aufstützen, aber Herrick drückte ihn sanft ins Kissen zurück. »Sie müssen unbedingt mit Sir Edmund sprechen, Thomas«, redete Bolitho weiter. »Wenn Sie hier an Bord bleiben, werden Sie nie Kommandant!«

Herrick stand auf und richtete seine Armschlinge. »Ich habe es schon einmal verpaßt. Nun möchte ich lieber bei Ihnen bleiben, wenn Sie mich haben wollen.« Er sah, wie Bolitho den Kopf wegdrehte, und schloß mit fester Stimme: »Das entspricht nämlich genau meinen

Wünschen!«

Bolitho sah ihn wieder an – er wußte nicht, was er dazu sagen sollte.

»Außerdem«, fuhr Herrick fort und lächelte, so daß er in dem halben Licht beinahe jungenhaft aussah, »außerdem weiß ich, daß ich eine bessere Prisenchance habe, wenn ich bei Ihnen bleibe. Und vergessen Sie nicht: ich war Pomfrets Dritter auf der *Phalarope*. Wenn er irgendwelche Vergünstigungen zu vergeben hat, dann bestimmt nicht an mich!«

»Sie können darüber scherzen, Thomas«, erwiderte Bolitho, »aber ich glaube, Sie treffen da eine Fehlentscheidung.« Er streckte den Arm aus und ergriff wieder Herricks Hand. »Aber bei Gott, es ist eine Wohltat, Sie wieder an Bord zu haben!«

Herrick ging, und Gimlett sagte: »Ich glaube, Sie sollten ein bißchen Suppe essen, Sir.«

Bestimmt erwiderte Bolitho: »Weg mit dem Zeug! Ich stehe sofort auf, und wenn auch nur, um eure ungeschickten Pfoten loszuwerden!«

Allday sah zu Gimlett hinüber und kniff ein Auge zu. »Ich glaube, dem Käpt'n geht's tatsächlich besser!«

Der nächste Morgen war hell und klar, und als Bolitho aufs Achterdeck hinaustrat, tat ihm der salzige Wind wohler als jede Medizin. Auch hatte es während der Nacht aufgefrischt, und der Mastwimpel stand in seiner vollen Länge waagrecht ab.

Herrick hatte ihn gesehen und faßte an den Dreispitz. »Anker ist kurzstag, Sir. Klar zum Auslaufen.« Sein Ton war dienstlich, aber als sich ihre Augen trafen, verspürte Bolitho eine leise Erregung, als hätten sie ein Geheimnis miteinander.

»Recht so, Mr. Herrick.« Er nahm ein Teleskop und musterte die ankernden Schiffe. Es war ein kleines, aber eindrucksvolles Geschwader, das Bolitho, der mehr an die Einzelkämpfe einer Fregatte gewöhnt war, wie eine kleine Flotte vorkam. In sorgfältig berechnetem Abstand zerrten die beiden schweren Linienschiffe an ihren Ankertrossen. Die spanische *Princesa* war nicht mehr so festlich beflaggt wie damals; vermutlich, dachte Bolitho, hatte Pomfret ihrem Kommandanten klargemacht, daß kein Grund vorlag, sein Schiff so herauszuputzen. Die *Tenacious* lag am weitesten landeinwärts. Eben erschien ein neues Signal an ihrer Rah, und auf dem Oberdeck wurde es lebendig.

»Signal vom Flaggschiff«, ertönte Midshipman Pipers quäkende

Stimme. »›Anker auf‹, Sir!«

In Lee schimpfte Caswell: »Das hätten Sie auch eher sehen können, Mr. Piper!«

Piper murmelte eine Entschuldigung, und Bolitho verbarg ein Lächeln. Als provisorischer Leutnant hatte Caswell anscheinend mühelos vergessen, daß er noch vor vier Tagen Pipers Dienst getan und alle Vorwürfe eingesteckt hatte, berechtigte wie unberechtigte.

»Bringt das Schiff in Fahrt«, sagte Bolitho. »Wir runden die Landzunge in Luv.«

Herrick setzte die Sprechtrompete an. Seine Stimme, seine Bewegungen waren vollkommen ruhig. »Klar bei Ankerspill! Setzt Stagsegel!«

Bolitho schritt zu den Finknetzen hinüber und beobachtete, wie das Transportschiff *Welland* und die beiden Versorgungsschiffe, die er von Gibraltar hier her eskortiert hatte, mit der gelenkten Konfusion des Segelsetzens fertig wurden.

»Signal vom Flaggschiff«, meldete Piper laut. »Beeilen!«

Herrick wandte sich halb um und rief: »Los die Bramsegel!« Die Augen mit der Hand beschattend, verfolgte er die hektische Aktivität über Deck; es bauschte sich erst ein, dann ein zweites Segel und schlug ungeduldig in der frischen Brise.

»Anker ist klar, Sir!« Das war Rookes Stimme. Wie mag der sich wohl mit Herrick als neuem Vorgesetzten abfinden? fragte sich Bolitho.

»An die Brassen!« brüllte Herrick. »Sie da, Mr. Tomlin, scheuchen Sie die Kerls nach achtern! Ran an die Besanfallen!«

Bolitho überlief es, aber es war kein Fieberschauer, sondern die altbekannte Erregung, und sie war so stark wie eh und je. Um Herrick brauchte er sich keine Sorgen zu machen. Der hatte einen schwerfälligen Indienfahrer mit hohem Tiefgang gesegelt, dessen Mannschaft vermutlich aus einem Dutzend Ländern kam und sich nur unzureichend verständigen konnte – da mußte er die gutgedrillte Mannschaft der *Hyperion* als Erleichterung empfinden.

Gewichtig wie gepanzerte Ritter kreuzten die drei Linienschiffe langsam um die flache Landspitze von Cozar. Die *Tenacious* führte; *Hyperion* und *Princesa* folgten mit je einer Viertelmeile Abstand – ein imponierendes, prächtiges Bild.

Die drei Transporter mit den rotröckigen Soldaten an Bord kreuzten vorsichtiger mehr in Lee, während die Schaluppen *Chanticleer* und

Alisma vorn und achtern wie wachsame Schäferhunde um die wertvolle Herde patrouillierten. Die schwer beschädigte *Harvester* war im Hafen geblieben, um ihre Reparaturen zu vollenden. Bis weitere Hilfe kam, war sie das einzige Schiff, das die Insel schützte.

Die letzte Fregatte Pomfrets, die *Bat*, war schon zwei Tage früher ausgelaufen und würde bei einigem Glück bereits an der französischen Küste rekognoszieren, für den Fall, daß es dort in letzter Minute Schwierigkeiten gab.

»Neues Signal vom Flaggschiff, Sir!« Piper war schon ganz heiser. »›So viel Segel setzen, wie der Wind erlaubt!‹«

Herrick glich mit wippenden Zehen ein plötzliches Rollen der *Hyperion* aus, die eben eine steile, weißbemützte See durchstieß. »Beeilung! Setzt Bramsegel!« Er beugte sich über die Reling und deutete mit der Sprechtrompete auf einen Mann. »Du da mit dem Dolch! Ein bißchen lebhaft, sonst kriegst du den Zorn des Bootsmanns zu spüren!« Und dabei grinste er wie über einen heimlichen Spaß.

Gossett sang aus: »Kurs Nord zu West, Sir! Voll und bei!«

Das Deck erzitterte, als sich immer mehr Segel an den vibrierenden Rahen entfalteten und die fixen Toppgasten kühn in schwindelnder Höhe ausschwärmten und sich gegenseitig anfeuerten.

Piper keuchte: »He, Seton, faß mit an! Ich habe keine Puste mehr!«

Bolitho wandte sich um, momentan abgelenkt durch Midshipman Seton, der zu Piper rannte, um seinem Freund an den Fallen zu helfen. Dann hob er wieder das Glas und richtete es auf die Insel, die unter seinem Blick wie ein brauner Schatten im Morgendunst versank. Er konnte gerade noch das kleine maurische Fort und das zerfallene Mauerwerk darunter ausmachen, und auch eine Gruppe spähender Gestalten: Sträflinge, die bereits am Wiederaufbau der vernachlässigten Verteidigungsanlagen arbeiteten. Doch jetzt sahen sie den Schiffen nach und fragten sich zweifellos, ob auch sie jemals England oder wenigstens ein anderes Land als diese verdammte Insel zu Gesicht bekommen würden.

Bolitho dachte an jemand anderen. Als Piper den Bruder des Mädchens bei Namen gerufen hatte, empfand er aufs neue jene bohrende, schmerzhafte Unruhe, die das Fieber vorübergehend gedämpft hatte. Da merkte er, daß Herrick unter dem Rand seines Dreispitzes zu ihm herüber sah, und versuchte, die Erinnerung an das Mädchen zu verdrängen. Wenigstens hatte er jetzt Herrick.

Aber ungeachtet dieses Trostes stellte er sein Glas neu ein, und als das Geschwader auf ein weiteres Signal des Flaggschiffes über Stag ging und Kurs auf die französische Küste nahm, spähte er noch immer nach Cozar hinüber.

XI Eine Geste des Vertrauens

Leutnant Thomas Herrick rückte die Schultern in dem schweren Ölzeug zurecht und lehnte sich in den Wind. Seine Augen waren wund von Salz und Gischt, und als er nach vorn zum stampfenden Vorschiff blickte, konnte er kaum glauben, daß die zweite Wache eben begonnen hatte, denn es war bereits so dunkel wie in der tiefsten Nacht. Verbissen kehrte er dem heulenden Wind den Rücken und ließ sich von ihm zum Ruder drücken, wo vier durchweichte Matrosen mit den Speichen rangen und ängstlich auf die wenigen stehenden Segel starrten, während sich das Schiff krachend und rollend der Bö in die Zähne warf. Obgleich die *Hyperion* außer den gerefften Bramsegeln kein Tuch fuhr, war der Druck beträchtlich, und das Brausen der See ging unter im Inferno der knatternden Segel, dem dämonischen Geheul des Riggs und dem melancholischen Janken der Pumpen.

Herrick blickte kurz auf den schaukelnden Kompaß und sah, daß die *Hyperion* nach wie vor Kurs hielt, fast rechtweisend Nord. Wie lange würden sie sich wohl noch mit diesem Wetter herumschlagen müssen? überlegte er. Vor vier Tagen erst war das Geschwader von Cozar ausgelaufen, doch ihm kam es wie ein Monat vor. In den ersten beiden Tagen war es bei klarem Himmel und lebhaftem Nordwest ganz gut gegangen; unter Pomfrets ständigem Signalisieren waren die Schiffe so tief in den *Golfe du Lion* eingedrungen, daß jede französische Patrouille denken müßte, sie wollten eher in Toulon zu Lord Hood stoßen, als ein Unternehmen auf eigene Faust starten. Dann jedoch, als der Wind ausschoß und auffrischte, als tiefhängende, schwarzbäuchige Wolken den Himmel bedeckten, waren Pomfrets Signale noch hektischer geworden, denn die schwerbeladenen Transporter konnten die befohlenen Stationen kaum halten, und die beiden Schaluppen tanzten wie Ruderboote in dem immer wütenderen Seegang.

Regen gab es auch noch, aber die See ging so hoch, daß die hart arbeitenden Matrosen kaum wußten, ob Gischt oder Regen sie bis auf die Haut durchweichte und wie mit Klauen nach den Füßen derer griff, die mit den nassen Segeln kämpften, um sie festzumachen, ehe sie wie

Papier von den Rahen gerissen wurden.

Am dritten Tag gelangte Pomfret zu einer Entscheidung: Das Geschwader sollte nördlich von St. Clar beidrehen und den Sturm abwettern; die *Hyperion* jedoch sollte sich absetzen, auf Südkurs gehen und die Einfahrt des kleinen Hafens sperren, bis das ganze Geschwader einlief. Irgendwo im Norden der Einfahrt stampfte bereits die einsame Fregatte *Bat* in der hochgehenden See und bemühte sich, die andere Seite der Bucht zu blockieren.

Herrick stieß einen wütenden Fluch aus, denn ein Gischtbrett fegte über die Finknetze, traf ihn ins Gesicht und lief ihm wie eisiger Rauhreif an Bauch und Beinen herab. Je mehr er an Pomfret dachte, um so wütender wurde er. Sobald Herrick versuchte, die Handlungsweise Pomfrets zu analysieren, kam er ihm vor wie damals an Bord der *Phalarope*: launisch, ausweichend, zu plötzlichen, blinden, unvernünftigen Wutanfällen neigend. Merkwürdig, daß man in der kleinen, klösterlich abgeschlossenen Welt der Kriegsmarine seine alten Feinde nie loswurde, dachte er. Die Freunde jedoch kamen und gingen; selten nur kreuzte man ihren Pfad ein zweites Mal.

In der vorigen Nacht, als die Matrosen wieder einmal aufgeentert waren, um Segel zu kürzen, hatte Herrick diese Gedanken Bolitho anvertraut. Doch der hatte weder über den Admiral noch über dessen Motive sprechen wollen; und Herrick fand denn auch, daß es unfair von ihm gewesen war, seine eigenen Zweifel auch nur zu erwähnen. Bolitho war ihm ein echter Freund und ein Mann, den er mehr als jeden anderen bewunderte, aber zuerst und vor allem war er Kommandant. Ein Kommandant, den die Last der Verantwortung einsam machte, und der weder Vorzüge noch Schwächen seiner Vorgesetzten mit Untergebenen diskutieren durfte, ganz gleich, was er selbst von ihnen hielt.

Aber Herrick blieb davon überzeugt, daß Pomfret, auch wenn er im Lauf der Jahre dazugelernt haben sollte, einen alten Groll nicht vergaß. Er blieb hart und rücksichtslos, Charakterzüge, die in der Marine ziemlich häufig vorkamen, doch darüber hinaus hegte er die felsenfeste Überzeugung, daß er immer recht hatte und nie etwas falsch machen konnte.

Auf der Reise von England her hatte Herrick gehört, daß Pomfrets künftiger Posten in Neu-Holland eher ein Strafkommando als eine Belohnung war. Der Gedanke hatte sicher etwas für sich, denn es war unwahrscheinlich, daß England im Krieg mit einem so mächtigen

Feind wie Frankreich einen Mann von Rang und Erfahrung Pomfrets als Kommandeur einer Sträflingskolonie ans andere Ende der Welt schicken würde – es sei denn, man wollte verhindern, daß er an entscheidenderer Stelle Schaden anrichtete.

Und seine Manie für schriftliche Befehle, seine ständigen Signale, die seinen Untergebenen wenig Raum für Eigeninitiative ließen – all das schien auf einen Mann zu deuten, der fest entschlossen war, sich zu bewähren, und zwar ein- für allemal.

Bestimmt war er ein ausgezeichneter Organisator; selbst Herrick mußte ihm das zugestehen. Während Bolitho fiebernd in seiner Kajüte gelegen und er als Erster Leutnant das Schiff geführt hatte, waren die Beweise dafür augenfällig gewesen. Die Sträflinge arbeiteten an der Ausbesserung der verfallenden Festungsanlagen und bauten einen neuen steinernen Pier; die Soldaten, schwitzend und sonnenverbrannt, wurden unaufhörlich für die Landung in St. Clar gedrillt. Herrick lächelte schadenfroh: im Augenblick mußte die Truppe allerdings zu seekrank sein, um irgend etwas unternehmen zu können; das würde Pomfrets Laune noch verschlechtern. Und dabei war morgen der Tag X. Wenn es das Wetter irgend erlaubte, sollte das Geschwader in die Bucht einlaufen und die Stadt in Besitz nehmen. Und innerhalb einer Woche würde ganz Europa wissen, daß England dem stolzen Erbfeind wiederum einen Schlag versetzt hatte und tatsächlich auf französischem Boden gelandet war.

Hinter sich auf den Planken hörte Herrick Schritte und sah Bolitho zur Luvreling spähen, das Haar vom Sprühwasser fest an den Kopf geklebt. Anscheinend hatte er nie länger als ein paar Minuten geschlafen, aber Herrick kannte ihn gut genug, um seine ständige Anwesenheit nicht als Mißtrauen aufzufassen. So war er nun einmal, und das würde sich auch nicht ändern.

Bolitho überschrie den Wind: »Schon Land in Sicht?«

Herrick schüttelte den Kopf. »Nein, Sir. Ich habe den Kurs wie befohlen geändert, aber die Sicht beträgt nur noch eine knappe halbe Meile.«

Bolitho nickte. »Kommen Sie in den Kartenraum.«

Nach dem Chaos an Deck schien Herrick der kleine Kartenraum mit dem dunkelpolierten Holz und der kreisenden Laterne eine andere, friedliche Welt zu sein, trotz der arbeitenden Balken und knarrenden Möbel.

Auf die Ellbogen gestützt, sehr nachdenklich, studierte Bolitho die

Karte. Mit den Spitzen des Messingstechzirkels tippte er im Takt zu seinen Worten aufs Papier: »Mr. Gossett ist sicher, daß es morgen abflaut, Thomas. Er irrt sich selten.«

Skeptisch studierte Herrick das Gewirr der Kurs- und Peillinien auf der Karte, das nur zu deutlich zeigte, wie schwer sich die *Hyperion* mit ihrem Auf- und Abpatrouillieren vor der südlichen Einfahrt von St. Clar getan hatte. Die kleine Bucht, an der vor Zeiten ein paar unternehmungslustige Fischer den Ort St. Clar gegründet hatten, war wie von eines Riesen Axt in die Küstenlinie gekerbt. Im Norden und Süden von steilen Vorgebirgen geschützt, war die Einfahrt etwa eine Meile breit und bot auch dem größten Fahrzeug einen geschützten Ankerplatz. Weiter landeinwärts verengte sie sich beträchtlich, bis sie schließlich in die Mündung eines kleinen, aber reißenden Flusses überging, der von den Bergen herunterkam. Der Fluß war zu wenig anderem nütze, als die Stadt in zwei Hälften zu teilen; der nord-südliche Verkehr mußte über eine steinerne Brücke am Ende des Hafens.

Gesäumt wurde die Bucht von ungastlichen Klippen und scharfkantigen Felsen. Somit war der Hafen selbst der einzig sichere Ort für einen Landfall. Doch wenn man dabei auf Widerstand traf, brauchte es zehnmal stärkere Kräfte, als Pomfret zur Verfügung hatte. Und selbst dann konnte alles mit Mißerfolg und beträchtlichen Menschenverlusten enden.

Nachdenklich sagte Bolitho: »Sehr schade, daß wir nicht eher gelandet sind, Thomas. Seit meinen Verhandlungen mit dem Bürgermeister ist über ein Monat vergangen. Der erste konspirative Eifer mag inzwischen abgestumpft sein.«

Herrick grunzte zweifelnd. »Sir Edmund hat ja angeblich dafür gesorgt, daß die Franzmänner uns helfen werden.«

»Vielleicht. Doch immerhin waren sie es, die Verhandlungen begonnen haben, und zwar, damit wir ihnen helfen. Es geht ihnen in erster Linie um die eigenen Interessen, vergessen Sie das nicht. Die wollen doch nicht als Verräter, sondern als Patrioten dastehen, ob der Plan nun so oder so ausgeht.«

Herrick blickte ihn neugierig an. »Halten Sie denn nichts von diesem Plan, Sir?«

»Für unsere Ziele konnten wir uns gar keinen besseren erhoffen. Mit einer solchen zusätzlichen Unterstützung hätte Lord Hood normalerweise nie rechnen können.« Er runzelte die Stirn. »Aber für den Bürgermeister und seine Freunde wird er, fürchte ich, schlimmere

Auswirkungen haben als jede Niederlage im Kampf.«

Draußen auf dem Gang näherten sich rasche Schritte, und Midshipman Piper rief atemlos: »Captain, Sir! Mr. Caswell läßt respektvoll melden, daß wir ein kleines Boot gesichtet haben!«

Herrick sagte: »Wahrscheinlich Treibgut. Bei diesem Wetter ist bestimmt kein Boot draußen.«

Bolitho lächelte flüchtig. »Das ist Mr. Caswells erste Sichtmeldung als Leutnant. Sie müssen ein bißchen großzügig sein.«

»Wenn Sie meinen, Sir?« grinste Herrick.

Regen und heulender Wind empfing sie an Deck, und Bolitho mußte sich an den Netzen festhalten. Eifrig gegen den Lärm anschreiend, wies Caswell nach Backbord, wo die schaumgekrönten Wellen sich in eine chaotische Brandung verwandelten, mit der sich die *Hyperion* noch würde auseinandersetzen müssen.

»Bei Gott, Sir!« rief Herrick. »Er hat recht.« Mit halb zugekniffenen Augen spähte er in den Wind, Gesicht und Brust trieften so stark, als sei er eben aus dem Wasser gehievt worden.

Bolitho wartete ab, bis sich das Schiff wieder hob; dann sah er etwas Schwarzes sich von den weißschäumenden Wellen abheben, und sekundenlang tauchte darüber das Dreieck eines braunen Segels auf.

»Ein Fischer, Sir!« schrie Caswell. »Er kentert hier draußen, wenn er nicht in ruhigeres Wasser kreuzt!«

»Vier Meilen bis zum nächsten Land, Mr. Caswell«, erwiderte Bolitho. »Wenn er ruhigeres Wasser wollte, wäre er nicht so weit hinausgefahren.«

»Ein Licht!« meldete der Ausguck aufgeregt. »Er zeigt ein Licht.«

Bolitho lehnte sich an einen Neunpfünder. »Beidrehen, Mr. Herrick!« Er sah des Leutnants erstaunte Miene und erklärte ungeduldig: »Das Fahrzeug treibt mit Wind und Strömung ab. Es in einem Boot einzuholen, wäre hoffnungslos.« Er blickte zu den steinharten Segeln auf. »Wir lassen ihn auf uns zutreiben. Teilen Sie ein paar Leute ein, die ihn längsholen sollen. Ein paar Minuten, um die Besatzung dieses Bootes an Bord zu holen, und dann lassen Sie es driften!«

Herrick öffnete den Mund, schloß ihn aber gleich wieder und sagte nur: »Aye, aye, Sir.« Er hangelte sich zur Achterdeckreling hinüber und brüllte: »Mr. Tomlin! Wir holen das Boot längsseit! Draggen klar!« Seine Stimme ging fast unter im Zischen des überkommenden Wassers und dem Crescendo des Sturms in der Takelage. »Klar zum Beidrehen! An die Brassen!«

Mit einem Kreischen wie reißende Seide fiel das Vorbramsegel in sich zusammen und explodierte in wild flatternde Tuchstreifen. Aber die *Hyperion* ging dennoch majestätisch stampfend in den Wind. Das Manöver erhöhte noch den Lärm an Bord. Deckoffiziere und Steuermannsmaaten mußten noch lauter schreien, damit ihre Befehle verstanden wurden.

Das kleine Boot war schon fast vollgeschlagen, und als es schwerfällig auf die Bordwand zutrieb, sah Bolitho die Seen über das Dollbord schlagen und ungehindert die geduckten Gestalten am Ruder umspülen. Die *Hyperion* erzitterte kaum, als es gegen die Bordwand krachte. Matrosen fluchten und schrien gegen den Wind an; bei einem zweiten Anprall knickte der Mast des Bootes wie ein Streichholz, der Sturm riß das nasse Segel weg und wehte es wie ein entfesseltes Gespenst über das Deck der *Hyperion*.

»Schnell!« schrie Herrick. »Es treibt ab!« Zwei bezopfte Matrosen hingen bereits an Leinen außenbords und mühten sich, das Boot zu erreichen. Es brach jetzt rasch auseinander; sein Bug geriet, wie Bolitho vom Achterdeck aus sah, unter die Wölbung des Schiffsrumpfes, und über zwanzig Mann hatten zu tun, um es an den Draggen längsseits zu halten. Lieutenant Inch kämpfte sich zum Fallreep vor und rief durch die hohlen Hände: »Sir! Wir haben Sie: ein Mann und ein Junge!« Er stolperte, als das Schiff schwer überholte. Die Masten vibrierten, als wollten sie ausbrechen.

Bolitho winkte. »Loswerfen! Gehen Sie wieder auf Kurs, Mr. Herrick!« Er blinzelte Salzschaum aus den Augen. Die Toppgasten enterten auf, um die noch stehenden Segel zu sichern. Bei der bloßen Vorstellung, mit dort oben zu arbeiten, schwindelte ihn.

Mit einem Knall wie ein Pistolenschuß brach eine steife Draggenleine und schleuderte die gegenhaltenden Matrosen in einem wüsten Haufen auf die Planken. Aber der Bootsmann bekam den zweiten Draggen klar, und mit einem hohlen Ton, einem Seufzer ähnlich, kenterte das Boot und verschwand im Gischt.

Doch die Matrosen hatten die beiden Insassen dem Meer entrissen und hielten sie fest. Der eine hing schlaff in der Schlinge; der zweite, kleinere, schien sich zu wehren.

»Schaffen Sie die beiden nach achtern, Mr. Tomlin!« befahl Bolitho. Hinter sich hörte er das Rad unter der vereinten Kraft der beiden Rudergänger knarren, und dann ertönte Gossetts Stimme: »Wir sind auf Kurs, Sir! Nord zu West, voll und bei!«

»Das war knapp, Sir«, sagte Herrick und schüttelte sich wie ein nasser Hund. »Hätte nie gedacht, daß ich mal erleben würde, wie ein Linienschiff so tut, als wäre es ein Amüsierkahn!«

Bolitho antwortete nicht. Er schaute der schlaffen Gestalt entgegen, die Tomlins Matrosen heranbrachten, und selbst in diesem Halbdunkel konnte er die durchweichte Uniform, den großen Schnurrbart erkennen, den die Nässe schief an die Wange des Mannes klebte, als gehöre er dort überhaupt nicht hin.

Herrick sah Bolitho zusammenzucken. »Wer ist das, Sir?« fragte er.

Leise erwiderte Bolitho: »Lieutenant Charlois. Der Mann, der die Verhandlungen eingeleitet hat.« Er rief: »Den Arzt zu mir! Und bringt den Mann in meine Kajüte!«

Die Matrosen nahmen den Leblosen wieder hoch, und Bolitho wandte sich dem Jungen zu. Er war etwa so alt wie Seton, doch breitschultrig und ebenso schwarzhaarig wie Bolitho selbst. »Was ist geschehen?« fragte er ihn. »Sprichst du englisch, Junge?«

Der Junge murmelte etwas und spuckte dann verächtlich aus. Kalt sagte Tomlin: »Benimm dich, Bengel!« Er verpaßte ihm eine rasche Ohrfeige; doch dann riß er entsetzt die Augen auf, denn der Junge sank zu seinen Füßen hin. »Allmächtiger!«

»Bringen Sie ihn unter Deck, Bootsmann«, sagte Bolitho, »und sorgen Sie dafür, daß er trocken und warm wird. Ich spreche nachher mit ihm. Jetzt muß ich zu Charlois.«

Breitbeinig schritt Inch das schräge Deck hinan und sah gerade noch den Schiffsarzt hinter Bolitho herhasten. »Also wirklich, Mr. Herrick«, sagte er, »das ist mir ein Rätsel!«

Herrick biß sich auf die Lippen und beobachtete die Segel. »Eins ist sicher, Mr. Inch: daß der Mann hier draußen fast ertrunken ist, hat seinen Grund – aber bestimmt keinen guten!«

Bolitho stand in der Tür seiner Schlafkajüte und sah zu, wie Rowlstone, sich mit einer Hand an der schwankenden Koje festhaltend, die Untersuchung des bewußtlosen Charlois abschloß. Allday und ein Sanitätsmaat hielten Laternen hoch.

Der Schiffsarzt reckte die schmalen Schultern und sagte endlich: »Tut mir leid, Sir.« Er zuckte die Achseln. »Hat eine Kugel im linken Lungenflügel. Nichts mehr zu machen, fürchte ich.«

Bolitho trat herzu und sah auf das breite Gesicht des Franzosen und die nur flach atmende Brust nieder.

»Hätte ich ihn früher bekommen«, sagte Rowlstone bedeutsam, »wäre er möglicherweise zu retten gewesen. Aber die Wunde ist schon ziemlich alt. Drei Tage vielleicht. Sehen Sie den schwarzen Rand um den Einschuß? Schlimm.«

Bolitho brauchte nicht erst hinzusehen, er konnte es riechen. »Wundbrand?« fragte er leise.

Rowlstone nickte. »Mir unverständlich, daß er überhaupt noch lebt.«

»Nun – sorgen Sie dafür, daß es ihm so leicht wie möglich wird.« Er wollte sich schon abwenden und gehen; da sah er, daß Charlois' Augenlider zuckten und sich hoben. Sekundenlang starrten diese Augen nur blicklos und verständnislos, als gehörten sie gar nicht zu dem Mann, dessen Gesicht im Lampenlicht talgweiß glänzte.

»Sind Sie das, *capitaine*?« Die schmerzverzerrten Lippen bewegten sich fast unmerklich; Bolitho mußte sich bücken, um die Worte zu verstehen, und sein Magen rebellierte bei dem fauligen Gestank der Wunde.

Charlois schloß die Augen wieder. »Gott sei Lob und Dank!«

»Ich bin es«, sagte Bolitho. »Aber warum haben Sie St. Clar verlassen?«

Es war schmerzlich anzusehen, wie der Mann gegen seinen Tod ankämpfte, um noch einmal klar zu denken. Doch er mußte Bolitho wissen lassen, was los war.

»Mein Sohn?« fragte Charlois schwach. »Ist er in Sicherheit?«

Bolitho nickte. »Wohlbehalten und gesund. Ein tapferer Junge, hat bei diesem Wetter die Pinne bis zuletzt nicht losgelassen.«

Charlois versuchte zu nicken. »Braver Kerl . . . Aber nun haßt er mich. Verabscheut mich als Verräter Frankreichs!« Eine Träne rann ihm aus dem Augenwinkel, doch er sprach weiter. »Er begleitete mich nur, weil er es für seine Sohnespflicht hielt – nur deswegen!«

Die Anstrengung des Sprechens machte sich bemerkbar, und Rowlstone sah Bolitho mit stummer Warnung an. Doch Bolitho mußte weiterfragen. »Aber warum sind Sie ausgelaufen?«

»Ich gab Ihnen damals mein Wort, *capitaine*. Wir haben uns gegenseitig etwas versprochen, Sie und ich. Ich dachte, es würde alles sehr schnell gehen, aber Ihr Admiral war anderer Meinung.«

»Wie lange waren Sie auf See?« fragte Bolitho.

Charlois seufzte. »Zwei, drei Tage. Als das Schiff nach St. Clar kam, wußte ich, alles ist aus, und deshalb suchte ich Sie. Aber wir wurden beschossen. Mich trafen sie ...« Mit schmerzverzerrtem Gesicht warf er den Kopf auf dem rauhen Kissen hin und her. »Mit uns ist es aus, *capitaine*!«

»Was für ein Schiff?« Bolitho legte die Hand auf Charlois' Schulter und fühlte das feuchtkalte Fleisch. »Reden Sie, Mann!«

Abgehackt murmelte Charlois: »Sie floh vor dem Sturm ... Beschädigt im Kampf mit Ihnen ... Die *Saphir*.«

Traurig blickte Bolitho ihn an. Es war eine Ironie des Schicksals, daß ausgerechnet die *Saphir*, die Bolitho im Gefecht besiegt hatte, so unerwartet in St. Clar erschienen war.

Charlois' Stimme klang jetzt kräftiger. »Ihr Kommandant ist ein kleiner Parvenü. Er verdankt sein Kommando dem Blut seiner Vorgänger, die besser waren als er, aber auf Befehl des Revolutionsrats umgebracht wurden. Er hat schnell gemerkt, daß etwas nicht stimmt, und schickte Kavallerie nach Toulouse. Dort sind viele Soldaten.« Seine Stimme wurde wieder schwächer, sein Atem ging kürzer und rasselte laut in der engen Kabine. »Es ist aus. Das müssen Sie Ihrem Admiral sagen.«

Bolitho blickte zur Seite. Diese endlose, tobende Wasserwüste, die Dunkelheit, die sein Schiff umschloß ... Irgendwo, weit im Nordosten, ritt Pomfrets Geschwader den Sturm ab. Die *Hyperion* würde die ganze Nacht brauchen, um ihn zu finden, vielleicht noch länger. Bis dahin mußte es zu spät sein. Pomfret würde in die Bucht segeln und von der geballten Feuerkraft eines vor Anker liegenden Achtzig-Kanonen-Schiffes empfangen werden. Wahrscheinlich würde auch die Küstenbatterie auf das Geschwader feuern; da ihre Gegenrebellion bereits verloren war, konnten sie nichts anderes tun. Und Pomfret würde stur weiter angreifen, Schiffe und Männer verlieren, die er bitter nötig hatte. Seine Kampfstärke reichte zwar aus, um die Stadt zu besetzen, aber nicht, um sie gegen einen Feind zu verteidigen, der jeden Moment Verstärkung aus Toulouse bekommen konnte. Reiter schafften das in einem Tag, oder in Anbetracht der vom Regen aufgeweichten Wege in einem Tag und einer Nacht, wenn sie scharf ritten. Und das würden sie, dachte er grimmig. Die Garnison von Toulouse bestand aus Berufssoldaten, die dort die Bergstraßen zur spanischen Grenze sicherten. Wie lange würden sie für den Marsch nach St. Clar brauchen? Drei Tage? Wenn die Franzosen in Falmouth gelandet wären – wie lange würden dann englische Truppen brauchen, um sich gegen die Invasoren zu wenden? Nur sehr kurze Zeit.

Gossett hatte ihm versichert, daß der Sturm abflauen würde. Nichts würde also Pomfret aufhalten, und Bolitho hatte keine Zeit, ihn zu suchen.

Charlois sprach weiter: »Sie haben Hafensperren ausgelegt. Glauben Sie mir, *capitaine*, die sind auf alles vorbereitet!«

»Danke, *lieutenant*. Seien Sie versichert, daß wir Ihnen das nicht vergessen werden.«

»Zu spät.« Unter ihren Augen schwand Charlois' Leben dahin. »Es hätte gutgehen können, wenn Sie nur rechtzeitig gekommen wären! Aber es gab Zweifler und Ängstliche. Wir brauchten ein Signal, verstehen Sie? Eine Geste des Vertrauens!«

Bolitho trat zurück. »Holt seinen Sohn. Es geht zu Ende mit ihm.«

Sobald der zitternde Junge in die Kajüte geführt wurde, ging Bolitho hinaus aufs Achterdeck. Der Junge haßte die Engländer, nicht seinen Vater. Es war richtig, daß die beiden jetzt beieinander waren.

Herrick fragte: »Das mit dem Angriff, kann das stimmen?«

Bolitho blickte in den fliegenden Gischt und horchte auf den Wind, der im Rigg heulte. »Halb und halb, Thomas«, erwiderte er. »Die *Saphir* liegt jedenfalls in St. Clar. Wenn unsere Leute den Hafen zu stürmen versuchen, gibt es ein Blutbad.«

Nachdenklich sagte Herrick: »Dann müssen wir vor der Bucht kreuzen, Sir. So können wir auf das Geschwader stoßen und den Angriff verhindern.«

Bolitho schien laut zu denken. »Ein Signal brauchen sie. Eine Geste des Vertrauens.«

Dann fuhr er herum und packte Herrick beim Arm. Seine Miene war entschlossen. »Und das sollen sie haben! Die *Saphir* ist mir einmal entwischt, Thomas. Jetzt soll sie uns nicht mehr aufhalten!«

Herrick verstand nicht gleich. »Sie wollen angreifen, Sir?«

Er nickte heftig. »Ja, das will ich! Im Schutze der Dunkelheit und so bald wie möglich.«

Er brach ab, denn der junge Franzose kam an Deck. Er ging mühsam, Allday hatte ihm den Arm um die Schultern gelegt. Für Charlois war alles vorbei.

Verbittert sagte Bolitho: »Das war ein tapferer Mann, Thomas. Ich habe kein Mitleid mit einem, der sein Leben aus Ehrgeiz einbüßt. Aber ein Mann, der für eine gute Sache stirbt, mag der Erfolg auch noch so ungewiß sein, darf nicht vergessen werden!« Er verschränkte die Hände auf dem Rücken und starrte zum dunklen Himmel auf. »Fallen Sie jetzt zwei Strich nach Backbord ab, und setzen Sie einen neuen Kurs auf die südliche Landzunge ab. Dort sind wir geschützter, und bei dieser schlechten Sicht wird man uns nicht bemerken.«

Herrick erwiderte: »Das ist gegen den Befehl des Admirals, Sir.«

Sekundenlang blickte Bolitho ihn wie abwesend an. Dann antwortete er gepreßt: »Ich gehe ein bißchen auf und ab, Thomas. Stören Sie mich erst, wenn wir eine Meile vor Land sind.«

Regen und Spritzwasser peitschten übers Deck, als die *Hyperion* sich näher an das im Dunkel liegende Land herankämpfte. Ruhelos marschierte Bolitho in Luv auf und ab, Kinn in der Halsbinde, Hände auf dem Rücken verkrampft. Er war barhäuptig, doch schienen ihm Wind und Wasser nichts auszumachen. Er war mit seinen Gedanken beschäftigt.

In der Offiziersmesse der *Hyperion* war es feucht und stickig; die schaukelnden Laternen hüllte der Rauch mehrerer Pfeifen ein. Stumm lauschten die Offiziere der ruhigen Stimme ihres Kommandanten. Vor den abgedichteten Heckfenstern schien das Tosen der See schwächer geworden zu sein; jedenfalls waren die Schiffsbewegungen jetzt, da man der Bucht näher und durch die Landzunge vor dem Wind etwas geschützt war, nicht mehr so heftig.

Bolitho stützte sich auf die entrollte Seekarte und blickte in die gespannten Gesichter ringsum. Die Mienen waren so verschieden wie die Männer selbst: einige offensichtlich nervös, andere nur aufgeregt, ohne sich viel dabei zu denken. Manche, darunter Herrick, waren offensichtlich enttäuscht, weil sie an der eigentlichen Aktion erst in der Schlußphase beteiligt sein würden.

Gemessen sagte Bolitho: »Das ist ein Unternehmen für Boote, meine Herren. So muß es auch sein, wenn wir die Chance zur Überraschung haben sollen.« Er blickte auf die Karte, achtete aber nicht auf die gekritzelten Details, sondern prüfte nur sorgfältig, ob er etwas vergessen oder, was noch schlimmer gewesen wäre, nicht ganz genau und vollständig erklärt hatte. Er sprach jetzt rasch. »Wir nehmen die Barkasse, beide Kutter, die Gig und die Jolle. Gesamtstärke: neunzig Offiziere und Matrosen. Bewaffnung: Entermesser und Pistolen, aber letztere nur für die Älteren. Ich will nicht, daß ein Übereifriger vorzeitig losknallt und alles verrät!«

Heiser fragte Gossett: »Sie sagen, am Nordarm der Bucht ist ein Leuchtfeuer, Sir?« Er beugte sich vor und tippte mit der langen Pfeife auf die Karte. »Hier steht, daß es seit der Kriegserklärung nicht mehr brennt.«

»Ganz recht.« Vor unterdrückter Erregung zitterten Bolitho die Knie. »Das wissen wir, denn wir sahen schon kein Feuer, als wir das erstemal hier waren. Die Franzosen denken vermutlich, daß niemand dumm genug ist, bei Nacht und ohne Leuchtfeuer in die Bucht zu segeln. Aber natürlich trifft das auf uns nicht zu.«

Einige lächelten, und er wunderte sich, daß eine so oberflächliche Bemerkung anderes als Bedenken und Zweifel auslöste. Der ganze Plan war schon in seinem Anfangsstadium geplatzt, wenn sie von einem Wachtposten oder Patrouillenboot gesichtet wurden. Rasch sprach er weiter, um die Vorstellung zu verdrängen, daß seine jungen eifrigen Offiziere vielleicht in Kürze tot oder verwundet unter diesem feindlichen Himmel lagen. »Mr. Herrick, Sie wissen, was zu tun ist: Sie kreuzen vor der Einfahrt und warten auf das Feuer der Leuchtboje. Das ist das Signal für Sie, in den Hafen einzulaufen.« Über die Köpfe der anderen blickte er in Herricks Augen und sprach nur für ihn weiter. »Erscheint das Feuer nicht, versuchen Sie unter keinen Umständen, die Einfahrt zu erzwingen. Dann werden Sie das Geschwader suchen und sich bemühen, Sir Edmund zu überreden, daß er der Küste fern bleibt.« Nun sah er wieder in die anderen Gesichter. »Denn wenn alles dunkel bleibt, meine Herren, haben wir es nicht geschafft.«

»Und dann, Sir«, warf Rooke ein, »ist der Teufel los.«

Bolitho lächelte gelassen. »Und wenn wir Erfolg haben, vielleicht auch.« Er richtete sich auf. »Noch Fragen?«

Das war nicht der Fall. Sie kannten ihre Instruktionen. Vermutlich würden sie, ebenso wie er selbst, froh sein, wenn sie es hinter sich hatten, so oder so.

Als sie die Kajüte verließen und zum Oberdeck gingen, sagte Herrick leise: »Ich wünschte, Sie würden mich mitnehmen, Sir.«

»Ich weiß.« Oben wurden die angetretenen Matrosen von den Deckoffizieren kontrolliert; andere machten unter Mr. Tomlins Aufsicht die Boote zum Ausfieren klar. »Aber dieses Schiff braucht einen guten Kommandanten, Thomas. Würde ich bei einem Gefecht auf See fallen, so wäre es ohnedies in Ihren Händen.« Er hob die Schultern. »Falle ich heute nacht, dann ist es ebenso.«

Aber Herrick blieb hartnäckig. »Trotzdem, Sir. Mir wäre wohler, wenn ich bei Ihnen wäre.«

Bolitho faßte ihn am Ärmel. »Dennoch werden Sie hierbleiben und meine Befehle ausführen – eh?«

Der Bootsmann kam über das von Leuten wimmelnde Deck und tippte grüßend an die Stirn. »Alles klar, Sir.«

»Recht so, Mr. Tomlin. Bemannen Sie die Boote.«

Sekunden später wandte sich das Schiff auf ein leises Kommando der Küste zu und drehte bei. Die Geräusche der Rahen, der Segel, das Quietschen und Klappern der Taljen und Blöcke, als die Boote hoch über Deck ausgeschwungen wurden, kam Bolitho unglaublich laut vor; aber bei nur etwas Glück würde man sie in dem Brausen von Wind und See an Land nicht hören.

»Sobald wir abgelegt haben«, sagte er zu Herrick, »machen Sie klar zum Gefecht. Sie sind zwar knapp an Offizieren, aber Matrosen haben Sie reichlich.«

Herrick grinste mühsam. »Ich habe den Master und Mr. Caswell, Sir. Den ältesten und den jüngsten. Und natürlich die ›Bullen‹*.«

Bolitho hielt die Arme hoch und ließ sich von Allday den Degen umgürten. Kurz faßte er nach dem abgewetzten Griff an seiner Seite und sagte dann: »Die *Hyperion* gehört jetzt Ihnen. Passen Sie gut auf sie auf.« Damit stieg er auf den Decksgang und spähte zu den längsseits festgemachten Booten hinab. Sie füllten sich mit Männern, und selbst in der Finsternis konnte er die karierten Hemden der Matrosen, das Glitzern der Waffen und hier und da die dunklere Gestalt eines Offiziers unterscheiden.

»Also dann, Mr. Rooke«, rief er, »ablegen!«

Er beobachtete, wie die große Barkasse und der erste Kutter mit bereits eingesetzten Riemen von der Bordwand wegtrieben. Rooke und ein Midshipman hatten das Kommando, und in Sekunden waren beide Boote in der Nacht verschwunden. Als nächster legte Inch mit dem zweiten Kutter ab und pullte, eigentlich mit mehr Geräusch als nötig, um den Bug herum. Nun warteten nur noch die Kommandantengig und die kleine Jolle, unter Fowler, dem Dritten Offizier, und Midshipman Piper.

Bolitho atmete tief ein und sah sich rasch auf der *Hyperion* um. Herrick und Gossett blickten vom Achterdeck herüber, ebenso Hauptmann Ashby, der achtern an der Kampanjeleiter stand und vermutlich darüber wütend war, daß seine Seesoldaten den Überfall nicht mitmachen durften.

Ailday sagte: »Wenn Sie soweit sind, Captain?« In der Finsternis

* Marine-Infanteristen

schimmerten seine Zähne sehr weiß.

Bolitho nickte und schwang sich in die Großrüsten hinunter, wartete, bis die Jolle sich mit einer Welle hob, und sprang dann zu den anderen ins Boot.

Er beugte sich über das Dollbord und winkte zur Gig hin. »Mr. Fowler, halten Sie sich dicht hinter mir!« Dann befahl er Midshipman Piper, der neben ihm saß: »Legen Sie ab, Mr. Piper! Wir haben einen langen Pull vor uns.«

Die Jolle kam schwankend klar von der glitzernden Bordwand der *Hyperion*, ihre Riemen bissen in das wirbelnde Wasser, sie wendete und nahm Kurs auf die Küste. Das kleine Boot hatte außer den Männern an den Riemen noch zehn Matrosen, dazu Allday und die Offiziere an Bord. Die Männer würden schwer zu pullen haben.

Zu Bolithos Füßen hockte Seton. Woran mochte der wohl denken? Das jetzt war etwas anderes als sein erster Besuch in St. Clar!

Achteraus konnte Bolitho sein Schiff kaum noch ausmachen. Bis auf den milchigen Schaum unter dem Steven war es schon völlig mit dem dunklen Himmel verschmolzen.

Stetig folgte die Gig in ihrem Kielwasser, taktmäßig hoben und senkten sich die Riemen, die schwarzen Köpfe bewegten sich wie Teile einer Maschine. Von den anderen Booten war nichts zu entdecken, und Bolitho erwischte sich dabei, daß er sie in Gedanken beschwor, leise und sicher ihre vorbestimmten Ziele anzufahren und nicht etwa einem französischen Wachtboot in die Arme zu laufen.

Er hörte Alldays groben Befehl: »Lenzen! Sonst haben wir bald mehr Wasser im Boot als unterm Kiel!« Und zu Bolitho gewandt: »Wir werden mindestens zwei Stunden brauchen, bis wir auf Position sind, Captain.«

»Das werden wir.« Mit vorgebeugtem Oberkörper glich Bolitho die heftigen Schwankungen des Bootes aus. »Wenn es stimmt, was Mr. Inch sagt, werden wir die Kirchturmuhr schlagen hören, sobald wir um die Landzunge sind.« Er sprach etwas lauter, damit die Männer an den Riemen ihn verstanden. »Die werden wir den ganzen Weg lang hören, bis zum Hafen, Jungs. In England würdet ihr um diese Zeit im Bett liegen.«

Er wandte sich ab, um den dunkleren Schatten der Küste zu studieren, und hörte ein paar Männer über seine Bemerkung lachen. Gebe Gott, daß sie die Uhr noch die Morgenstunden schlagen hören, dachte er.

Zu seinen Füßen hörte er Seton würgen. Der war noch schlimmer dran als die anderen – außer Angst hatte er auch die Seekrankheit.

XII Nachtgefecht

Sie brauchten über eine Stunde, um das ruhigere Wasser zwischen den beiden Landzungen zu erreichen, und dann keuchten die Ruderer vor Erschöpfung. Da sie ständig lenzen und sich an den Riemen regelmäßig ablösen mußten, kam kein zügiges Rudern zustande; Piper konnte weiter nichts tun, als einen möglichst steten Kurs zu halten und aufzupassen, daß sie nicht allzusehr aus dem Takt kamen oder laut wurden.

Bolitho spähte nach achtern und sah die dunkle Form der Gig etwa fünfzig Fuß entfernt. Leutnant Fowler hatte mehr Männer an den Riemen, aber dafür war sein Boot auch entsprechend schwerer, und zweifellos starrte er sich die Augen nach seinem Kommandanten aus dem Kopf und betete um eine kleine Ruhepause.

Aber die Strecke war noch weit, das Boot schlingerte und stampfte plötzlich im Sog einer ablandigen Strömung, und Bolitho fragte sich, wie Rooke und seine Abteilung wohl vorankamen. Als sie zwischen den Landzungen in die Bucht einfuhren, hatte er den schwachen Umriß des niedrigen weißen Leuchtturms gesehen, der wie ein Gespenst oben auf der Klippe stand, und hatte inständig gehofft, daß Rooke sie einnehmen konnte, ohne Alarm auszulösen. Er hatte auch Inch und seinen Kutter gesehen, doch nur ein paar Sekunden, dann war er in einer winzigen Seitenbucht der südlichen Landzunge verschwunden. Die Männer in der Jolle hatten Zeit und Atem gefunden, um zu fluchen und Inchs Abteilung zu beneiden. Die konnten sich wenigstens jetzt über die Riemen beugen und ausruhen, während der Kutter ankerte und auf den Moment seines Eingreifens wartete.

Der Bugmann stieß ein scharfes Zischen aus. »Da ist sie, Cap'n!« Er deutete mit dem Bootshaken voraus. Seine gebeugten Schultern hoben sich scharf wie eine Galionsfigur gegen das dunkle Wasser ab. »Die Sperre, Sir.«

»Stopp, Jungs!« befahl Bolitho. »Bootshaken klar!« Etwa zwei Sekunden lang öffnete Allday die Blende seiner Laterne und richtete sie nach achtern. Die umwickelten Riemen der Gig hoben sich tropfend und verstummten. Lautlos glitten die beiden Boote an die behelfsmäßige Sperre heran, und die Männer im Bug setzten die Haken sorgfältig ein. Die Sperre bestand aus einem dicken Kabel, das sich in schwarzem Halbkreis in der Finsternis verlor. In regelmäßigen Abständen wurde es von großen Fässern an der Wasseroberfläche gehalten; obwohl in aller Eile zusammengebaut, reichte diese Sperre doch völlig aus, um ein Schiff am Einlaufen zu hindern.

Bolitho kletterte über die eingezogenen Riemen nach vorn und stützte sich auf die Schultern der keuchenden Matrosen. Das Kabel hatte sich vollgesaugt und war mit schleimigen Algen behangen, und er konnte sehen, daß es sich zu beiden Seiten unter dem Druck der Strömung ausbuchtete. So hatte er es auch erhofft und erwartet. Der andauernde heftige Regen, selten genug in diesen Breiten, hatte den kleinen Fluß auf den doppelten Wasserstand anschwellen lassen, so daß er sich nun brausend von den Bergen in die wartende See ergoß.

Überrascht schaute Bolitho hoch – der Regen hatte aufgehört. Selbst die Wolken kamen ihm dünner, nicht mehr so drohend vor, und sekundenlang überfiel ihn Panik. Dann schlug die ferne Kirchturmuhr einmal. Es war also entweder ein oder halb zwei Uhr; der Klang gab ihm die Ruhe wieder, und ohne etwas zu sagen, kletterte er zurück. Es blieb noch viel Zeit, seine Männer mußten sich ausruhen. Leutnant Fowler beugte sich aus der Gig und flüsterte gepreßt: »Kommen wir hinüber, Sir?«

Bolitho nickte. »Wir zuerst. Sie folgen, sobald wir klar sind. Das Kabel hängt zwischen den Bojen tief durch, es wird nicht schwierig.«

Dann erstarrte er, denn ein Matrose keuchte: »Sir – Boot in Steuerbord voraus!«

Sie saßen stocksteif. Die Matrosen hielten die Boote voneinander ab, um die Geräusche zu dämpfen. Erst unbestimmt und fern, dann deutlicher und näher hörten sie das Spritzen und Knirschen von Riemen.

»Wachboot«, flüsterte Bolitho. Wegen der kabbeligen Wellen war es unmöglich, das Boot selbst auszumachen, aber der regelmäßige Schlag der Riemen, der flache weiße Gischtschnurrbart um den Bug waren genug. Bolitho hörte einen Mann leise pfeifen und, völlig unerwartet und dadurch doppelt erschreckend, ein lautes zufriedenes Gähnen.

»Sie patrouillieren an der Sperre, Sir«, flüsterte Piper. Er zitterte heftig, ob aus Angst oder Kälte, blieb Bolitho unklar.

Er hörte, wie das Boot vor ihnen mit spritzenden Riemen vorbeizog;

bei jedem Schlag wurde das Geräusch unbestimmter. Natürlich hielt der französische Bootssteurer bei dieser Strömung reichlich Abstand von der Sperre, auch würde die Besatzung ohne ausdrücklichen Befehl nicht allzu scharf Ausschau halten, wenn die ganze Sperre noch intakt war. Schließlich konnte kein Schiff darüber hinweg, und da sie an beiden Enden bewacht war, mußte man es sofort merken, falls sie zerschnitten wurde.

Bolitho entspannte sich ein wenig, als das Wachboot in der Finsternis verschwand. Es würde vermutlich am anderen Ende eine Weile pausieren, ehe es wieder zurückruderte, bei einigem Glück eine Viertelstunde lang. Und inzwischen ... Er wandte sich um und befahl kurz: »Also dann, Jungs! Hinüber!«

Quietschend und scheuernd, von flachen Riemenschlägen getrieben, rutschten die beiden Boote über das durchhängende Kabel und glitten in den Hafen hinein. Ein direkt hinter ihnen liegendes Faß sprang im Wasser hoch, und Bolitho erwartete fast einen plötzlichen Anruf oder ein Lichtsignal, daß sie entdeckt waren. Doch nichts geschah, und mit frischer Energie legten sich die Männer wieder in die Riemen. Als es vom Kirchturm zwei Uhr schlug, kämpften sie sich mitten im enger werdenden Fahrwasser voran. Mit jeder mühseligen Minute wurde der Gegenstrom stärker.

Selbst in der Finsternis konnte man die weißgekalkten Häuser zu beiden Seiten des Hafens ausmachen. Sie standen terrassenförmig am Hang; die unteren Fenster der hinteren Reihe blickten jeweils über die Dächer der vorderen. Genau wie ein Fischerhafen zu Hause in Cornwall, dachte Bolitho. Leicht konnte er sich die steilen engen Gassen vorstellen, welche die Terrassen miteinander verbanden, die zum Trocknen aufgehängten Netze, den Geruch nach Fisch und Teer.

Heiser sagte Allday: »Da ist sie, Captain. Die *Saphir*.«

Der Rumpf des Zweideckers war nur ein dunklerer Schatten, aber vor den helleren Häusern hoben sich seine Masten und Rahen wie schwarzes Spinngewebe ab. Allday legte ganz leicht Ruder; gefolgt von der Gig, glitten sie weiter in die Fahrwassermitte und von dem schlafenden Schiff weg.

Der scharfe Geruch nach verkohltem Holz und verbrannter Farbe, den der Wind herantrug, erinnerte Bolitho an das Gefecht. Hier und da konnte er an Bord eine Blendlaterne ausmachen, auch den sanften Schimmer des Oberlichts auf der Back. Doch kein Anruf ließ sich hören, kein plötzlicher alarmierender Schrei.

Die eroberte Schaluppe *Fairfax* lag zwei Kabellängen hinter dem Franzosen in flacherem Wasser. Sie schwojte unruhig in der Strömung, den schlanken Bug landeinwärts gerichtet. Bolitho musterte sie genau, während die beiden Boote vorüberglitten. Sein erstes Kommando war eine Schaluppe gewesen, und auf einmal verspürte er Mitgefühl für die kleine *Fairfax*. Ein Schiff in Feindeshand stimmt einen stets irgendwie traurig, dachte er. Ohne ihre gewohnte Besatzung, ohne Schiffsführung in der Muttersprache, mit neuem Namen und nach den Bedürfnissen des Siegers umgerüstet, blieb sie trotz allem doch dasselbe Schiff.

»Die Brücke, Sir!« flüsterte Piper. Es war nicht viel mehr zu sehen als ein grauer Buckel, aber Bolitho wußte, daß sie das Ende des Hafens erreicht hatten; und wie zur Bestätigung seiner Berechnungen schlug die Kirchturmuhr dreimal. Beim Aufblicken sah er, daß jetzt durch Risse in den Wolken hier und da ein Stern blinkte. Also war der Sturm vorbei.

Unvermittelt kam der Augenblick der Entscheidung. Seine Männer konnten nicht mehr rudern; unter der Brücke rauschte die Strömung wie ein Wildwasser, und für die müden, schwitzenden Ruderer gab es deshalb keine Rastchance.

Rasch blickte er sich im Boot um. »So, Jungs. Wir lassen uns jetzt also wie besprochen vom Strom treiben. Wir nehmen die Großrüsten; Mr. Fowler entert über die Back auf.« Leise zog er seinen Degen und deutete über Bord. »Abfallen, Allday! Bleiben Sie klar von der Gig – wir wollen Mr. Fowler nicht in die Quere kommen, er hat genug zu tun.«

Allday drückte die Pinne herum, die Riemen wurden leise eingezogen, und das Boot nahm direkten Kurs auf die schlanke Schaluppe. Alle hielten den Atem an, als das Wasser an der Außenhaut, das Kratzen von gezogenem Stahl erschreckend laut klangen. Selbst das Bilgewasser unter den Bodenbrettern schwappte so vernehmlich, daß mancher Mann erschrocken zusammenfuhr.

Plötzlich dräute die *Fairfax* über ihnen. Fast schienen die Masten mit den angeschlagenen Segeln an die Sterne zu rühren. Dann, als Allday die Pinne noch stärker umlegte und die Jolle schwerfällig auf die Rüsten zuschwang, zerriß eine Stimme direkt über ihnen die Stille.

»*Qui va là?*«

Schwarz hoben sich Kopf und Schultern des Mannes vom festgemachten Großsegel ab. Mit einer zügigen Bewegung riß Bolitho Midshipman Seton hoch und zischte: »Los, Junge! Antworte ihm!«

Seton fühlte sich noch schlapp von der Seekrankheit, und in der plötzlichen Stille klang seine Stimme gebrochen und schwankend. »*Le patrouilleur.*« Er würgte, als Bolitho ihn nochmals rüttelte. »*L'officier de garde!*«

Bolitho fühlte sich krampfhaft grinsen und flüsterte: »Gut gemacht!« Von oben her war ein Gemurmel zu hören, das nun, da alles in Ordnung schien, eher ärgerlich als besorgt klang.

Dumpf stieß der Bootssteven gegen den Schiffsrumpf, die Enterhaken flogen über das Schanzkleid. Bolitho sprang in die Rüsten, der Degen baumelte ihm vom Handgelenk, irritiert von den ungewohnten Aufbauten zog er sich hoch und über die Schanz. In der Dunkelheit hörte er unter sich einen scharfen Schrei und den scheußlichen Laut, mit dem sich ein Entermesser in Fleisch und Knochen grub. Dann war außer schwerem Atmen und dem Klatschen nackter Füße an Deck nichts mehr zu hören.

»Allday! Nehmen Sie mit zehn Mann das Logisdeck! Wahrscheinlich schlafen sie alle, verlassen sich auf die Ankerwache.« Bolitho deutete mit dem Degen zum Niedergang.

Unten in Höhe des Wasserstags war jetzt das Aneinanderschlagen von Riemen und ein ärgerlicher Ruf zu hören; Bolitho eilte über das finstere Deck und sah Fowlers Leute auf der Back, die gerade den Festmacher der Gig belegten.

»Still da! Was, zum Donnerwetter, fällt euch ein?« zischte er.

Ungeschickt kletterte Fowler über den Kranbalken und keuchte: »Tut mir leid, Sir! Einer ist auf mich gefallen. Geht alles klar, Sir?«

Trotz seiner nervösen Spannung mußte Bolitho grinsen. »Sieht so aus, Mr. Fowler.« Er wandte sich um, denn ein riesiger Ire namens O'Neil kam eben übers Deck und tippte sich grüßend an Stirn. »Was ist?«

»In der Kapitänskajüte is' keiner, Sir. Aber Ihr Bootsmann hat unten 'n paar Franzmänner gefunden.« Er deutete zum Niedergang und wiegte dabei unternehmend das Entermesser in der mächtigen Hand. »Vielleicht sollt' man sie erledigen?«

»Kommt nicht in Frage, O'Neil«, sagte Bolitho scharf und wandte sich wieder Fowler zu. »Gehen Sie mit Ihren Männern sofort an die Arbeit. Jedes Stück Tuch, jede Spiere, überhaupt alles Brennbare, am Vormast aufstapeln!«

Fowler erschauerte leicht und blickte über Bord, als die Schaluppe zur Strommitte hin schwojte. »Aye, aye, Sir. Ein paar Männer schaffen schon das Öl aus der Gig herauf. Mein Gott, das Schiff wird bei diesem Wind wie 'ne Fackel brennen!«

»Ich weiß«, nickte Bolitho. »Schlimm. Ich tu's wahrhaftig nicht gern.«

Schon kamen die Männer mit den kleinen Ölkanistern vom Bug herbeigeeilt. »Muß es denn wirklich sein?« fragte Fowler.

»Das Schiff ist nicht so viel wert wie das Leben unserer Leute, Mr. Fowler. Vorausgesetzt, daß der Wind nicht umschlägt, können wir die Trosse kappen und es auf die *Saphir* zutreiben lassen.« Er ließ den Degen in die Scheide gleiten und schloß: »Nichts richtet solche Panik an wie ein Brander.«

Midshipman Piper spähte aus dem Niedergang zu ihm hoch, seine Augen glitzerten vor Erregung. »Sir – da unten!« Anscheinend war er so durcheinander, daß ihm die Worte fehlten. »Allday hat was gefunden . . .« Er brach ab, denn eben kam der Bootssteurer raschen Schrittes an den geschäftigen Matrosen vorbei, einen kleinen Mann, der ein flatterndes Hemd und nicht viel mehr am Leibe trug, hinter sich herziehend.

»Wer ist dieser Mann?« fragte Bolitho scharf.

Allday starrte kurz den wachsenden Haufen Zunder beim Vormast an und antwortete dann gelassen: »Er ist der Steuermannsmaat, der hier die Aufsicht hatte, Captain.« Er atmete tief. »Aber um ihn geht's nicht. Da unten liegen über dreißig verwundete Franzosen. Der junge Mr. Seton spricht jetzt mit ihnen und beruhigt sie, so gut es geht.«

Bolitho drehte sich um und blickte zu der fernen *Saphir* hinüber. »Schwer verwundet?« fragte er schließlich.

»Aye, Captain. Anscheinend Leute von der *Saphir*. Mr. Seton sagt, sie wollten morgen in See gehen und versuchen, die Blockade von Marseille zu durchbrechen.« Er schüttelte den Kopf. »Aber ich glaube, manche werden den Morgen nicht mehr erleben.«

Erregt stieß Fowler hervor: »Also, das ist nicht zu ändern. Sie hätten ja bei den Breitseiten ebenfalls sterben können. Verbrennen ist ein ziemlich schneller Tod.«

Bolitho versuchte, seine rasenden Gedanken zu ordnen. Alldays Entdeckung kam wie ein Schlag ins Gesicht. Er hatte mit allem nur Menschenmöglichen gerechnet: daß sie sich den Weg an Bord erkämpfen mußten, daß eine tüchtige Ankerwache oder Patrouille sie abschlug. Dann hätte die Gig von der anderen Flanke her eingreifen müssen oder hätte zumindest die Überlebenden in Sicherheit oder schlimmstenfalls in Gefangenschaft gebracht. Nun starrte er ratlos auf die emsig arbeitenden Matrosen. Der Magen drehte sich ihm um.

Fowlers Worte über die verwundeten Matrosen hatten ebenso etwas für sich wie seine eigenen: ». . . nicht so wertvoll wie das Leben unserer Leute«, hatte er gesagt. Der Plan, das wußte er, hätte geklappt. Wenn die Schaluppe erst einmal brannte, wäre sie wie ein Bote der Hölle auf den schlafenden Zweidecker zugetrieben. Die *Saphir* hätte ebenfalls in Brand geraten müssen, beide Schiffe wären bis zur Wasserlinie heruntergebrannt, und die Gefahr für Pomfrets Landung wäre beseitigt gewesen. Die Mannschaft der *Saphir* hatte Mut und Geschick im Gefecht bewiesen; aber müde Männer, die im sicheren Hafen erwachten, ihre Welt in Flammen stehen sahen und wußten, wenn das Feuer das Magazin erreichte, würden sie allesamt in die Luft fliegen, solche Männer konnten kaum noch Kampfeswillen aufbringen.

Plötzlich mußte er an Rooke und die Abteilung am Leuchtfeuer denken. Es mußte inzwischen in ihrer Hand sein, sonst wäre Alarm gegeben worden. Rooke würde schon nach Flammen Ausschau halten. Unterhalb der Landspitze warteten Inch und seine Männer, um die Sperre zu kappen. Dessen Aufgabe wäre die leichteste gewesen, denn kein Wachboot patrouillierte im Hafen, wenn das eigene Schiff verbrannte.

Tonlos sagte er: »Ich schicke keinen Menschen in einen solchen Tod.« Er sah Allday an. »Wie stark war die Ankerwache?«

»Sieben Mann, Captain«, entgegnete Allday. »Ich hab' sie wie befohlen gefesselt, nur einen mußten wir niederschlagen.« Unsicher fuhr er fort: »Niemand kann Ihnen einen Vorwurf machen, Captain. Wenn's andersrum wäre – bestimmt würden die Sie lebendig braten.«

Ernst blickte Bolitho ihn an. »Solche Vermutungen helfen mir wenig.« Er sah zum Himmel auf. Es klarte rasch auf, und nach Osten zu standen die Sterne wie ein Stickereimuster überm Horizont. Irgendwo da draußen kreuzte Herrick und hielt sorgenvoll Ausschau nach dem Leuchtfeuer, das ihn in den Hafen leiten sollte, ehe der Morgen graute; denn sobald es hell wurde, war er nackt und schutzlos.

Er faßte einen Entschluß. »Schafft die Leute an Deck. Die Schaluppe hat zwei Boote, und wir nehmen auch noch eins von unseren.« Er sprach sehr rasch, wie um sich selbst zu überzeugen. »Schont sie soweit wie möglich, aber beeilt euch, um Gottes willen!« Er erwischte Piper beim Ärmel. »Sie, mein Junge, haben die Aufsicht beim Ausbooten. Auf der *Hyperion* haben Sie das oft genug gemacht; aber diesmal muß es ohne jedes Geräusch vor sich gehen!«

Piper nickte und rief im Wegeilen ein paar Namen. Bolitho sah ihm nach, bis die Finsternis den kleinen Kerl verschluckt hatte, und fühlte sich seltsam bewegt. Dann riß er sich aus seiner Bedrücktheit und wandte sich an Fowler. Es hatte keinen Zeck, in Midshipmen nur sechzehnjährige Knaben zu sehen. Sie waren Offiziere des Königs, und es war weder möglich noch zweckmäßig, sie anders zu behandeln.

»Wenn die Franzmänner drüben nicht stocktaub sind«, bemerkte Fowler sachlich, »dann müssen sie merken, daß irgendwas in Gange ist, Sir.« Bitter fügte er hinzu: »Vielleicht hatte dieser Charlois doch recht!«

Nachdenklich blickte Bolitho ihn an. »Würden Sie das Schiff mit all diesen hilflosen Menschen da unten in Brand stecken?«

Fowler trat von einem Fuß auf den anderen und entgegnete schließlich: »Wenn es mir befohlen wird – ja.«

»Danach habe ich nicht gefragt«, erwiderte Bolitho kalt. »Befehle auszuführen, ist immer leichter, als sie zu erteilen. Wenn Sie so lange leben, daß Sie selbst kommandieren, werden Sie sich daran erinnern.«

Betreten murmelte der Leutnant: »Entschuldigung, Sir.«

Ein dumpfes Geräusch, ein Schmerzensschrei, und der erste Verwundete wurde durch den Niedergang heraufgeschafft. Bolitho vernahm Setons Stimme; besänftigend, beschwörend, versuchte er, den Ausbruch einer Panik unter den erschreckten Franzosen zu verhindern. Bolitho verstand nicht recht, was der Junge sagte, aber er schien Erfolg zu haben, denn der Mann lag jetzt ganz still beim Schanzkleid, als das erste Boot aus seinen Halterungen gehoben und an knarrenden Taljen ausgeschwenkt wurde. Piper tanzte fast vor Aufregung: »Leise! Hol an!« Und als das Boot über der Reling verschwand, krächzte er: »Fier ab – sachte!«

»Nehmen Sie die Gig«, sagte Bolitho, »und machen Sie sie achtern fest. Wir müssen die Jolle zur Küste schicken, fürchte ich.«

»Sie war schon vorher überladen«, sagte Fowler. »Wenn jetzt noch Ihre Abteilung dazukommt . . .«

Allday rannte heran. »Bloß noch drei Mann, Sir. Einer ist tot, den lasse ich liegen.«

Das zweite Boot klatschte längsseit ins Meer, und die Matrosen der *Hyperion* begannen, die Verwundeten über die Reling zu heben. Gefesselt, verängstigt, von mehreren Bewaffneten bewacht, stand die französische Ankerwache am Großmast, und ihr toter Kamerad lag noch an der Schanz als Warnung für jeden, der etwa an Widerstand dachte.

Die Männer arbeiteten rasch und leise, doch mit der Zeit wurde die Spannung unerträglich. Bolitho versuchte, nicht zum Himmel aufzusehen, denn der war jedesmal heller. »Mr. Seton«, sagte er, »machen Sie diesen Franzosen klar, daß sie in den Booten mausestill zu sein haben! Ein Laut, und ich spicke sie mit Schrapnell, ehe sie eine halbe Kabellänge weg sind!«

»Aye, aye, Sir«, nickte Seton, schwankend vor Erschöpfung und Schrecken. »T-tut mir leid, daß es nicht l-leiser ging, Sir.«

Bolitho legte ihm die Hand auf die Schulter. »Sie haben das sehr gut gemacht, mein Junge! Ich bin stolz auf Sie.«

Allday trat zur Seite, als Seton an ihm vorüberrannte, und meinte gelassen: »Der ist gar nicht so übel, Captain.«

»So sagten Sie schon.« Die Kirchturmuhr schlug vier, und Bolitho schob den Hut zurück. »Es wird spät, Allday. Wie viele noch?«

Der Bootsführer blickte übers Deck. »Nur noch die beiden da an der Schanz. Ich schaff' sie hinunter.« Doch als er herzutrat, geriet einer der beiden Hilflosen ins Rollen und stieß einen schrillen Schmerzensschrei aus, so plötzlich und unerwartet, daß alle erstarrten. Doch dann warf sich Allday über ihn, preßte die Hände auf den Mund des armen Kerls, und der Schrei riß ab, als sei eine Tür zugeschlagen worden.

»Tot, Captain«, sagte Allday leise und stand auf. Bolitho beobachtete die vor Anker liegende *Saphir*. Auf ihrem Achterdeck waren einige schattenhafte Gestalten erschienen. Laternen bewegten sich. »Spielt keine Rolle mehr, Allday«, entgegnete er. »Er hat sie geweckt.«

Alle versteinerten, als von drüben der schneidende Ton einer Trompete über das schwarze Wasser schallte; und gleich darauf wirbelte eine Trommel. Überall im Hafen wurden Fenster hell. Hunde bellten, Seevögel schrien verschlafen.

Als Bolitho sich umwandte, sah er, daß seine Leute zu ihm aufsahen; seine Verzweiflung wich einer verzehrenden, bitteren Wut. Diese Männer hatten ihm vertraut, hatten seinen Befehlen ohne zu fragen gehorcht, auch angesichts des überwältigenden Risikos. Nun standen sie da und warteten, während man dort, jenseits des Wassers auf dem französischen Schiff zu den Waffen griff. Aus dem Augenwinkel sah er, wie einer aus seiner Bootsmannschaft sich bekreuzigte; ein anderer lehnte an der Reling und starrte zum Land hinüber, als sähe er es zum letztenmal. Irgend etwas hakte in Bolitho aus; und als er sprach, erkannte er seine Stimme selbst kaum wieder: »Stoßen Sie die Boote ab, Allday!« Und zu Fowler: »Fertig zum Kabelkappen; und sagen Sie Piper, er soll die Gig übernehmen!« Doch Fowler starrte ihn nur wortlos an; da packte Bolitho ihn beim Handgelenk. »Wir sind nicht von so weit gekommen, um jetzt so schnell aufzugeben.« Er wandte sich an die stumm dastehenden Matrosen: »Na, Jungs – kämpfen oder schwimmen wir?«

Wie auf Signal schien die Betäubung zu weichen; sie rannten zur Back, und jemand rief: »Los, Leute! Wir braten diese Hunde, ehe sie uns vollspucken!«

Ein dumpfes Krachen, und eine schlecht gezielte Kugel hüpfte fünfzig Yards vor dem Bug übers Wasser. Jemand auf der *Saphir* hatte offenbar ein Buggeschütz bemannt; aber da beide Schiffe in Wind und Strom heftig schwojten, blieb das eine leere Geste.

Der letzte der französischen Ankerwache sprang über die Reling, das Boot warf die Leinen los, und Fowler schrie: »Vorn alles klar, Sir!«

»Kappen!« brüllte Bolitho.

Mit einem Knall brach das steife Ankertau und schnellte peitschengleich über den Bug. Das kleine Schiff trieb sofort ab, krängte steil in seiner plötzlichen Freiheit.

»Anzünden, Captain?« schrie Allday.

Doch Bolitho spähte über den Bug zu dem anderen Schiff hinüber. Er konnte heisere Kommandos hören, das Rumpeln der aufgehenden Stückpforten, das beredte Knarren und Quietschen ausfahrender Lafetten.

»Noch nicht!«

Wahrscheinlich dachte der Kommandant der *Saphir*, daß es sich um einen Überfall handelte, mit dem die Engländer die *Fairfax* befreien wollten. Was es auch später kosten mochte, er mußte sie möglichst lange in diesem Glauben halten.

Allday schluckte und griff nach seinem Entermesser. Der Wind drückte die Schaluppe weiter in die Strommitte, und Bolitho sah die Doppelreihe der feindlichen Geschützpforten. Einige standen schon offen, andere öffneten sich jetzt, denn immer mehr Männer gehorchten dem fordernden Ton der Trompete und eilten auf Gefechtsstationen.

Der ganze Hafen war jetzt hell, als hätte ein einziger Blitz alle Lampen angezündet. Der erste Salve krachte und hallte zwischen den Berghängen wider. Hohe Wassersäulen stiegen rechts und links empor; Bolitho sah etwas Helles, Deformiertes an der Bordwand der Sloop entlangreiben; Schreie brachen unvermittelt ab, als das zerschmetterte Boot kenterte und sank. Eine Kugel mußte es getroffen und entzweigeschlagen haben, gerade als die freigelassenen Franzosen versuchten, ihre Verwundeten an Land zu rudern.

Noch mehr Geschütze brüllten auf, und der Widerschein ihrer langen, orangeroten Feuerzungen auf dem Wasser sah aus wie eine zweite Batterie. Bolitho fühlte, wie sich der Schiffsrumpf unter ihm hob, und hörte das splitternde Krachen aufgerissener Planken, als die schweren Kugeln durch das untere Deck pflügten, als wollten sie der Schaluppe das Herz aus dem Leibe reißen.

Ein Mann schrie: »Der Großtopp kommt von oben! In Deckung!«

Wild fuhr alles auseinander, als die gesplitterte Stenge mit ihrer Rah auf das Achterdeck niederdonnerte und die gerissenen Leinen wie mit Klauen nach den Männern hieben und einen sogar über Bord rissen.

Wieder eine Reihe von Blitzen, diesmal aber näher und besser gezielt. Die *Fairfax* schüttelte sich wie im Krampf, Planken und Decksbalken bogen sich aufwärts – es war, als verfluche das Schiff die Männer, die es tatenlos zugrunde gehen ließen.

Bolitho krallte sich an der Reling fest; eine Kugel durchschlug die Steuerbordschanz und zerfetzte zwei Matrosen, die eben einen Verwundeten wegschleiften. Er war dankbar für die Finsternis, obwohl sie die formlose, zuckende Menschenmasse weder ganz verhüllen, noch das gräßliche Schreien und Winseln ersticken konnte.

Er wappnete sein Bewußtsein dagegen und brüllte: »Legt Feuer!«

Geduckt schleuderte ein Matrose eine Laterne in den Stapel aus Tuch und Holz, und sekundenlang sah Bolitho im Gesicht des Mannes, der hier seinem Zorn freien Lauf ließ, eine unbeschreibliche Maske des Hasses und der Rachsucht.

Die Entfernung zwischen den beiden Schiffen betrug nur noch knapp siebzig Yards, und zunächst dachte Bolitho, es sei schon zu spät. Er konnte auf dem Decksgang der *Saphir* bereits Männer sehen, die zu der Stelle rannten, wo die beiden Schiffe einander berühren würden. Er konnte ihr triumphierendes Geschrei hören – wie das Kläffen eines wilden Rudels kurz vor dem Reißen der Beute.

Flammen huschten über das Deck wie Funken einer Lunte, und als sie den ölgetränkten Stapel erreichten, schien die ganze Schaluppe in Flammen aufzugehen, so daß die Männer zurücktaumelten und die Augen mit den Händen schützten, fasziniert und erschüttert von dem, was sie da angerichtet hatten. Wieder schlug eine Salve ein; unter Deck hörte Bolitho Wasser gurgeln und Schotts einreißen – die See wollte ihren Sieg vollenden.

Der Wind trieb den Rauch von der Back nach achtern, und Bolitho hustete heftig. Er rieb sich die Tränen aus den Augen. Vormast und Vorbramrah flammten auf wie ein riesiges brennendes Kruzifix. Das Feuer verbreitete sich mit phantastischer Schnelligkeit. An Bord der *Saphir* verwandelte sich der Jubel bereits in Schreckensrufe. Jemand zog die Reißleine eines Schwenkgeschützes; Schrot hagelte an Bolithos Gesicht vorbei und schlug gegenüber ins Deck. Ein Matrose wurde von den Füßen gerissen; noch in der Luft brach sein Schrei ab, und er fiel als zuckendes Bündel an Deck zurück, wo sein Todeskampf eine Blutspur auf die Planken zeichnete.

Bolitho sah Seton geduckt, die Hand vor dem Mund, nach achtern rennen, und mußte ihn mehrmals beim Namen rufen, ehe er ein Zeichen des Verstehens erkannte.

»In die Gig, Mr. Seton! Alles von Bord!« Jenseits der Flammen sah er die hohe Bordwand des Zweideckers; jedes Geschützrohr glänzte in seiner Pforte wie in hellem Sonnenlicht, als der Brander immer nähertrieb.

»Kommen Sie, Captain!« brüllte Allday. »Wir sind gleich . . .«

Wieder fegte ein Schrotschuß übers Deck, jagte aus den Flammen Funken hoch und riß mehrere Männer nieder, die Fowler nach achtern trieb.

Seton faßte nach seiner Schulter und sagte schwach: »Ich bin getroffen, Sir!« Dann sank er um. Und gerade, als ein Matrose zu ihm hineilte, stieß der angekohlte Bugspriet der *Fairfax* wie eine Lanze ins Klüvergeschirr der *Saphir*.

»Zurück, Sir!« brüllte Fowler. »Schnell, sie entern uns!«

Schon sprangen Franzosen aufs Deck der Schaluppe, einige rannten zu den Flammen, andere tasteten sich durch den Rauch, feuerten mit Pistolen, hieben mit Entermessern nach Todwunden und Lebenden.

Bolitho sah einen französischen Matrosen auf sich zukommen und spürte den Luftzug einer Kugel an der Wange, ehe er die Pistole aus dem Gürtel riß. Aber dann zuckte die Waffe in seiner Hand auch schon im Rückstoß, der Mann taumelte, schrie auf, griff an die Brust und fiel zurück in den Qualm. Bolitho schleuderte die leergeschossene Pistole einem anderen Gegner ins Gesicht und zog den Degen. Immer mehr Gestalten erschienen auf dem Achterdeck, tasteten sich wie Blinde mit ausgestreckten Armen durch den treibenden Vorhang aus Qualm und Flugasche. Undeutlich hörte Bolitho die Kirchturmuhr schlagen, doch jetzt aus einer anderen Richtung – daran merkte er, daß beide Schiffe zusammen abtrieben. Jemand an Bord der *Saphir* hatte noch die Ankertrosse gekappt; doch als eine Bö sekundenlang den Rauch teilte, sah er, daß es bereits zu spät war: Flammenzungen liefen die Takelage hinauf, das Schiff brannte unrettbar.

Dann ballte sich der Rauch wieder zu einer erstickenden Wolke zusammen. Heulend trieb der Wind die Flammen über das Deck der Schaluppe, Funkengeysire zischten himmelwärts, noch über den Masttopp hinaus. Um ihn herum fochten Männer; das scharfe Klirren von Stahl auf Stahl und vereinzelte Pistolenschüsse setzten spitze Akzente im dumpfen Kampfeslärm. Er fühlte das Deck unter seinen Füßen absacken, die Planken vibrierten im einströmenden Wasser. Es war ein Wettrennen zwischen dem Feuer und der See. Die *Fairfax* hatte ihre Aufgabe vollbracht; jetzt konnte sie unter die Wasseroberfläche gleiten, sei es auch nur, um ihren elenden Zustand zu verbergen.

Fowler war jetzt wieder neben Bolitho; sein Degen blitzte im Feuerschein, als er die Klingen der immer noch aus Rauch und Aschenregen anstürmenden Franzosen parierte.

»Wir müssen die Verwundeten zurücklassen, Sir!« überbrüllte er den Kampfeslärm. Er machte einen Ausfall, und ein Gegner taumelte schreiend gegen das Schanzkleid. Bei dem Fall schien sich das Deck unter seinem Rücken zu öffnen, Flammen sprühten zwischen verkohlten Planken hoch, so daß der Mann sich krümmte wie eine arme Seele im Höllenpfuhl; seine Haare brannten, seine Schreie gingen unter im furchtbaren Brausen der Flammen, die jetzt aus dem Schiffsrumpf schossen.

Bolitho stolperte vorwärts und fand Seton noch an der Reling liegen, den Kopf wie im Schlaf auf dem gebogenen Arm. Der Matrose, der ihn in die Gig schaffen sollte, war geflohen oder tot; mit fast wahnsinniger Wut stellte Bolitho sich breitbeinig über den Jungen, hieb einen Angreifer nieder und erwischte mit dem gleichen Schwung einen anderen, der beim Ruder gegen Allday kämpfte.

Aber es wurde immer gefährlicher. Lange konnte es nicht mehr dauern. Die Franzosen schienen so von Sinnen vor Wut und Verzweiflung, daß sie mehr danach trachteten, die Handvoll britischer Matrosen zu vernichten, als ihr eigenes Schiff zu retten.

Fowler ließ den Degen fallen und schlug die Hände vors Gesicht. »O Jesus, o mein Gott!« brüllte er. Im Licht der flackernden Flammen glitzerte sein Blut, das ihm über Hals und Brust strömte, wie schwarzes Glas. Gurgelnd brach er in die Knie, und ein französischer Leutnant, barhaupt, den Uniformrock in verkohlten Fetzen, riß den Degen hoch, um Fowlers ungeschützten Schädel zu spalten. Bolitho sprang nach vorn, blieb mit dem Fuß an einer gesplitterten Planke hängen und sah, wie die Klinge des Franzosen die Richtung wechselte und sausend die Luft durchschnitt. Mit letzter Kraft hielt er sich im Gleichgewicht und hob instinktiv den linken Arm zum Schutz. Die Klinge fuhr in seinen Unterarm; er fühlte einen betäubenden Schmerz. Aber der französische Leutnant rutschte aus, die Wucht seines Angriffs warf ihn fast um; sein Gesicht glühte im Feuer wie eine Maske aus Metall, mit funkelnden Augen starrte er Bolithos Degen entgegen, der über Setons Körper eine Finte schlug – dann stach die rasiermesserscharfe Klinge zu. Der Franzose schrie nicht einmal auf, sondern taumelte zurück, die Finger in die Brust gekrallt, den Rücken wie in grotesker Verneigung gekrümmt.

»Sie sinkt, Captain!« brüllte Allday. Bolitho blinzelte und versuchte, sich den Schweiß aus den Augen zu wischen. Aber sein Arm hing wie tot herab, und mit ungläubigem Schrecken sah er, daß Blut an seiner Seite niederrann, sein Hosenbein durchfeuchtete und an Deck tropfte. Betäubt schüttelte er den Kopf und starrte zum Bug. Die hohe Flammenwand hatte sich auf die *Saphir* verlagert, wo aufgegeite Segel und geteerte Leinen als peitschende Flammenschnüre davonflogen; kleinere Feuerherde huschten, vom Wind getrieben, zum Achterschiff und setzten alles in Brand, was sie unterwegs berührten. Durch die verlassenen Stückpforten konnte er sehen, daß das Schiff auch innen wie ein Schmelzofen brannte. Blindlings sprangen Männer über Bord und schrien furchtbar, wenn sie zwischen die brennenden Rümpfe gerieten und zu einem blutigen Brei zerquetscht wurden.

Aber das Deck der Schaluppe kippte nun schnell ab. Unten strömte die See ein und erstickte die Flammen mit triumphierendem Zischen. Der Fockmast war ganz über Bord gegangen; das hatte Bolitho in dem Chaos aus Tod und Vernichtung überhaupt nicht gemerkt. Leichen rollten die Deckschräge abwärts, einige Verwundete krochen wimmernd von den Flammen weg oder versuchten mit letzter Kraft, das

Achterdeck zu erreichen.

»Gig ist klar!« brüllte Allday. »Los, Captain, ich helfe Ihnen!«

Bolitho blickte sich noch immer um, als erwarte er den nächsten Angriff. Aber außer ihm waren nur noch Tote an Bord.

»Keiner mehr da«, schrie Allday. »Sie haben alle erledigt!« Dann sah er Bolithos Arm. »Hier, Captain, meine Hand!« Sie gerieten beide ins Taumeln, denn die Sloop legte sich schwerfällig auf die Seite, die leichten Deckgeschütze rissen sich aus ihren Halterungen, rutschten polternd zum Schanzkleid oder stürzten zischend in den feurigen Krater.

Bolitho sprach mit zusammengebissenen Zähnen, denn der Schmerz wühlte in seinem Arm wie mit glühenden Zangen. »Der Junge! Hol ihn, Allday!« Mühsam schob er die blutverklebte Klinge in die Scheide und zog sich mit dem gesunden Arm zur Heckreling, während Allday den bewußtlosen Seton aufnahm und über die Schulter warf.

An der Reling stand O'Neil, nackt bis zum Gürtel, und wickelte sein Hemd um Fowlers Gesicht, wobei der Leutnant hin und her schwankte und zu sprechen versuchte, aber Stoff und Blut erstickten seine Worte.

»Hab' getan, was ich konnte«, sagte der Ire und duckte sich, als eins der Geschütze in der Hitze explodierte, wie von unsichtbarer Hand abgefeuert. »Der arme Kerl hat fast kein Gesicht mehr!«

Bolitho konnte nur krächzen. »Da ist die Gig! Wir müssen springen!« Er fühlte kaum den Sprung, spürte aber Salzwasser in seinen Lungen kratzen und kühle Luft im Gesicht, als er wieder an die Oberfläche kam. Turmhoch erschien ihm die Gig, aber da war Piper, das kleine Affengesicht rauchgeschwärzt; er gestikulierte mit seinem Dolch und kreischte: »Da ist der Captain! Helft ihm, Jungs!«

Bolitho packte das Dollbord und keuchte: »Holt Fowler und Seton!« Wie kalt das Wasser ist, fuhr es ihm durch den Kopf; und als er aufblickte, war der Himmel über der Rauchwolke schon bleich und sternenleer, und die Möwen, die mit wütendem Geschrei hoch über dem Hafen kreisten, schimmerten golden. Nicht vom Feuerschein, sondern in der Morgensonne. Während Männer starben und Schiffe verbrannten, war die Morgenröte über den Horizont gestiegen. Als er den Kopf hob, wunderte er sich noch mehr, denn dort, wo er den Kirchturm erwartet hatte, lag jetzt die Steilküste; und darauf schimmerte hell unter seiner Laterne der Leuchtturm.

Bolitho biß vor Schmerz die Zähne zusammen, als mehrere Hände ihn packten und ins Boot hoben, wo er keuchend neben Allday und den anderen liegenblieb. Er wollte die Augen schließen, sich dem heranschwebenden schwarzen Vorhang überlassen, der schon darauf wartete, seine wachsenden Schmerzen zu lindern; und das Krachen des explodierenden Schießpulvers, das Prasseln der fallenden Spieren, mit dem sich die *Saphir* zum Sinken anschickte, zu betäuben. Schon war das Wasser bis an die Stückpforten gestiegen, und das Hauptdeck brannte in ganzer Ausdehnung.

»Wie viele haben wir verloren?« Er klammerte sich an Alldays Knie, während Piper versuchte, das Blut seiner Armwunde zu stillen. »Sagen Sie doch, Mann!«

Alldays grobes Gesicht glänzte in dem schwachen Sonnenlicht; als er Bolitho so ansah, kam er diesem irgendwie fern und unzerstörbar vor. Ruhig entgegnete er: »Lassen Sie nur, Captain. Was es auch gekostet hat – dieser Anblick ist es wert.« Und mit Pipers Hilfe stützte er Bolitho etwas, damit er über das Dollbord sehen konnte. Die Matrosen lagen über ihren Riemen und blickten fast scheu zu Bolitho herüber.

Die *Saphir* war verloren – von dem einst so stolzen Schiff war kaum noch etwas übrig. Bord an Bord mit der Schaluppe war sie durch den ganzen Hafen gedriftet, und jetzt saß sie völlig ausgebrannt dicht unterhalb des eroberten Leuchtturms auf Grund.

Doch Bolitho hatte weder Augen für sie noch für das Treibgut, welches die Stelle markierte, wo die *Fairfax* gesunken war. Denn mitten in der Einfahrt lief nur unter Bramsegeln und Klüver sein Schiff, seine alte *Hyperion*, in den Hafen ein. Ihre Stückpforten standen offen, und als sie sich leicht dem Ankerplatz zuwandte, spielte die Morgensonne auf der Doppelreihe der Geschütze und ließ die Rundung ihres Rumpfes golden aufglänzen.

Bolitho leckte sich die trockenen Lippen und versuchte zu lächeln, als er Ashbys Seesoldaten im Karree auf dem Achterdeck angetreten sah und die schwachen Klänge der kleinen Bordkapelle vernahm. Schwach waren sie, weil von Hurrarufen übertönt. Die Matrosen in der Takelage und am Ankerspill, die Geschützführer mit ihren bunten Kopftüchern und die Scharfschützen in den Masten, sie jubelten alle.

Als der alte Vierundsiebziger die gekappte Sperre passierte, wartete Inch hutschwenkend im Kutter; seine Stimme verlor sich auf die Distanz, doch sein Stolz war um so augenfälliger.

Leise sagte Allday: »Sehen Sie da, Captain!«, und zeigte zum Land, wo die Brustwehr der Küstenbatterie über Steinen, blanker Erde und nassem Gras herüberdrohte.

Eine Flagge wehte über den unsichtbaren Kanonen, aber es war nicht die Trikolore: hell und leicht stand sie im abflauenden Wind, so daß man im Sonnenlicht deutlich die goldenen Lilien erkannte.

»Sie haben ihnen das Signal gegeben, das sie brauchten, Captain«, sagte Allday. »Und da ist ihre Antwort an Sie.«

Undeutlich murmelte Fowler unter dem durchgebluteten Verband: »Mein Gesicht – Jesus, mein Gesicht!«

Doch Bolitho spähte wieder nach seinem Schiff aus, das jetzt majestätisch in den Wind ging. Die Segel wehten aus wie Banner, als der Anker dort ins Wasser klatschte, wo die *Saphir* gelegen hatte. Vorsichtig näherten sich ein paar Boote von Land, jedes führte die königstreue Flagge und war voll winkender, jubelnder Stadtbewohner.

»Rudert an, zugleich!« kommandierte Allday und fügte für die Ohren der gesamten Bootsbesatzung noch hinzu: »Die wollen unseren Captain sehen, Jungs!« Lächelnd blickte er auf Bolitho hinab. »Und das sollen sie auch.«

XIII Wieder auf Cozar

Die Mannschaft des Kommandantenboots stellte die Riemen hoch und saß reglos auf den Bänken, während das Boot ruhig an den Landungssteg glitt, wo es unverzüglich an den großen rostigen Eisenringen festmachte.

Bolitho schlug den Mantel um sich, trat vorsichtig auf die glatten Stufen, blieb einen Moment stehen und überblickte den voller Schiffe liegenden Hafen von St. Clar. Es war Abend, und in dem purpurnen Dämmerlicht wirkten sie friedlich, beinahe heiter mit ihren blinkenden Laternen und den wegen der feuchten Hitze des Tages offenen, von innen schwach erhellten Stückpforten. Das Flaggschiff, die *Tenacious,* ankerte in der Mitte; Schnüre mit bunten Laternen waren längs der Kampanje gespannt, und von dem alten Steg aus konnte Bolitho eines jener melancholischen Lieder hören, die alle Seeleute der Welt lieben.

Wenn er sich so umsah, ließ sich schwer glauben, daß so viel passiert war, daß die *Hyperion* erst im Morgengrauen desselben Tages an der noch schwelenden *Saphir* vorbeigesegelt war, um den Hafen zu übernehmen. Er rückte seinen verwundeten Arm unter dem Mantel zurecht, und ein stechender Schmerz durchfuhr ihn. Wieder durchlebte er die scheußlichen Minuten, als Rowlstone ihm den Rock- und Hemdärmel aufgeschnitten, die klaffende Wunde freigelegt und von Blut und Stoffetzen gereinigt hatte, wobei das Blut von neuem aus dem tiefen Schnitt zu strömen begann. Er hatte die Zähne zusammengebissen, zögernd einen Finger nach dem anderen bewegt und Gott dafür gedankt, daß der Arzt den Arm nicht zu amputieren brauchte.

Jetzt stieg Herrick aus dem Boot, blieb neben ihm stehen und sagte: »Kaum zu glauben, daß wir in Frankreich sind, Sir. Diese Schiffe sehen aus, als ob sie seit langem hierher gehörten.«

Das stimmte. In den wenigen Stunden seit der Ankunft von Pomfrets Geschwader waren die Transporter entladen worden; dankbar, der Enge des Schiffes entronnen zu sein, hatten sich die Soldaten im hellen Sonnenlicht formiert, waren dann durch das Städtchen auf die Berge zu marschiert und hatten auch längs der Küstenstraße Stellungen bezogen. Außer Oberst Cobbans Infanterie und einer kleinen Abteilung leichter Artillerie waren noch tausend Mann spanische Fußtruppen und sogar Kavalleri mitgekommen, eine prächtige, stolze Schwadron in hellgelben Uniformröcken. Auf ihren herrlichen Pferden waren sie durch die engen Gassen getrabt, fasziniert und ehrfurchtsvoll von den Bürgern angestarrt und von den Kindern bejubelt.

Aber jetzt lag das Städtchen wie tot da, denn sobald die gelandeten Truppen von den Straßen verschwunden waren, hatte Pomfret Ausgangssperre verhängt. Die engen Gassen, die Brücke über den Fluß wurden von britischen Marine-Infanteristen bewacht, und ständig sorgten Patrouillen dafür, daß Pomfrets Anordnungen eingehalten wurden.

Die Sperre vor dem Hafen war nicht erneuert worden, aber ein halbes Dutzend Wachboote fuhren regelmäßige Patrouillen. Die verkohlte Hulk der *Saphir* mochte jedermann daran erinnern, wie teuer Sorglosigkeit und Vertrauensseligkeit zu stehen kamen.

»Fahren Sie zum Schiff zurück, Allday«, sagte Bolitho. »Ich signalisiere, wenn ich das Boot brauche.«

Allday nahm Haltung an und faßte an den Hut. »Aye, aye, Captain.« Seine Stimme klang besorgt, aber Bolitho beruhigte ihn: »Ich glaube nicht, daß sich dieser Besuch lange hinziehen wird.«

Wäre der besorgte Allday bei dieser Unterredung dabeigewesen, hätte sie ihm noch mehr Kummer gemacht.

Der Admiral hatte Bolitho sehr kühl empfangen. Den Bericht über den Überfall und die Ereignisse, die dazu geführt hatten, hörte er sich wortlos an, ohne eine Miene zu verziehen.

Dann sagte er ärgerlich: »Sie nehmen sich zu viel heraus! Sie kannten meine Befehle, und doch haben Sie völlig nach eigenem Ermessen gehandelt!« Dabei war er aufgestanden und in der Kajüte auf und ab gegangen. »Es wäre durchaus möglich gewesen, daß die Franzosen ein doppeltes Spiel trieben. Diese angeblich glühende Loyalität für ihren toten König konnte ebensogut ein taktisches Manöver sein, um unsere Operationen zu verzögern.«

Bolitho hatte an Charlois gedacht und an seine verzweifelte Entschlossenheit, ihn zu warnen. »Charlois hat sein Leben dafür gelassen, Sir. Ich handelte, wie ich es für richtig hielt, um eine militärische Katastrophe mit großen Verlusten an Menschen und Material zu verhindern.«

Mißtrauisch blickte Pomfret ihn an. »Aber Sie sind als erster in den Hafen eingelaufen, Bolitho – vor mir und dem Geschwader! Das kam Ihnen wohl sehr gelegen?«

Bolitho entgegnete: »Ich konnte nicht rechtzeitig Verbindung mit Ihnen aufnehmen, Sir. Ich mußte so handeln.«

»Es gibt einen Punkt, an dem Hartnäckigkeit zur Dummheit wird!« Pomfret hatte sich dann nicht weiter über die Angelegenheit ausgelassen, denn in diesem Augenblick war Kapitän Dash eingetreten und hatte gemeldet, daß die Soldaten zur Ausschiffung bereit seien.

Bolitho war zu müde, zu schwach und zu krank gewesen, um sich über Pomfrets kleinliche Wut lange zu ärgern. Später, in der Erinnerung, kam es ihm so vor, als hätte der Admiral ihn tatsächlich im Verdacht gehabt, er hätte den Überfall auf die *Saphir* nur geplant und ausgeführt, um Ansehen, Lob und Anerkennung für sich selbst zu erringen, auch auf die Gefahr hin, sein Schiff und jeden Mann an Bord zu verlieren.

So also war diese erste Unterredung verlaufen. Jetzt sagte Bolitho zu Herrick: »Der Admiral wünscht mit den Offizieren seines Stabes ein Glas Wein zu trinken. Wir wollen lieber sehen, daß wir pünktlich sind.«

Wortlos wanderten sie durch eine enge, kopfsteingepflasterte Gasse, deren Häuser sich einander zuneigten, als wollten sie sich berühren.

Endlich fragte Herrick: »Wie lange wird es dauern, bis der Feind einen Gegenangriff auf den Hafen unternimmt, Sir?«

»Wer kann das sagen? Aber Cobban hat seine Späher ringsum aufgestellt, und zweifellos wird Sir Edmund weiter Küstenpatrouillen fahren lassen, um die Straße nach Norden zu überwachen.« Das sollte möglichst beiläufig klingen, doch konnte er seine Enttäuschung darüber, wie sich die Dinge in St. Clar entwickelten, nicht ganz verbergen. Die Anordnungen und Befehle, die Pomfret als Ortskommandant erließ, warfen einen dunklen Schatten. Diese abendliche Ausgangssperre zum Beispiel. Die Bürger hatten Schiffe und Soldaten begrüßt, als seien es ihre eigenen, hatten den grinsenden Rotröcken Blumen zugeworfen, als wollten sie zeigen, wie sehr sie an diese Unternehmung glaubten. Schließlich waren sie nicht ganz unbeteiligt daran, auch sie würden die Kosten dafür zu tragen haben – unter Umständen mit Leib und Leben.

Und die helle Begeisterung an Bord der *Hyperion* war sehr schnell vergangen, als Pomfret lediglich den kurzen Befehl gab, Truppen und Vorräte so schnell wie möglich auszuladen. Hätte er nur ein Wort der Anerkennung gesagt! Die *Hyperion* hatte fünfzehn Tote und Vermißte verloren, und zehn weitere waren schwer verwundet. Im Verhältnis zu den Verlusten, die entstanden wären, wenn sie die *Saphir* nicht versenkt hätten, schien das zwar geringfügig. Aber innerhalb der Schiffsbesatzung war es ein ganz persönlicher, tiefgreifender Verlust.

Pomfret hatte es sehr eilig gehabt, seine Flagge an Land zu hissen. Als Bolitho und Herrick über den schattenverhangenen Marktplatz gingen, sahen sie, daß der Admiral sein neues Hauptquartier mit größter Sorgfalt ausgesucht hatte. Es war das Haus eines reichen Weinkaufmanns, ein hübsches, großzügiges Bauwerk mit Säulenportal, von hohen Mauern umgeben. Seesoldaten mit über der Brust gekreuzten Riemen standen stramm, nervös blickende Bediente erwarteten an den hohen Doppeltüren die von den Schiffen und aus der Garnison eintreffenden Offiziere und nahmen ihnen Kopfbedeckungen und Mäntel ab.

Besorgt sah Herrick zu, wie Bolitho seinen verbundenen Arm möglichst bequem unter dem Uniformrock zurechtrückte; wieder fiel ihm auf, wie scharf die Linien um Bolithos Mund geworden waren, wie ihm der Schweiß unter der rebellischen Locke auf die Stirn trat. »Sie hätten mich allein gehen lassen sollen«, sagte er schließlich. »Sie sind noch nicht wieder hergestellt, Sir. Noch lange nicht!«

Bolitho verzog das Gesicht. »Und mir dieses schöne Haus entgehen lassen? Kommt gar nicht in Frage!«

Herrick sah sich um: die Gobelins an den Wänden, die glitzernden, wundervoll zum Raum passenden Kronleuchter. »Sir Edmund ist anscheinend der Ansicht, daß ihm ein gewisser Luxus zusteht, Sir.« Herrick sagte das mit unverhüllter Bitterkeit. Warum ist er so wütend auf Pomfret? überlegte Bolitho. Wegen der alten Geschichten oder der neuen Ungerechtigkeit, die sich der Admiral – jedenfalls nach Herricks Ansicht – mit seinem Kapitän leistete?

»Sie werden eines Tages noch über Ihre Zunge stolpern, Thomas«, entgegnete er mit flüchtigem Lächeln.

Ein Lakai mit Perücke riß die Tür auf und rief, nachdem ein britischer Unteroffizier ihm etwas ins Ohr gemurmelt hatte, lauthals: »*Capitaine de vaisseau M'sieur Boli...*« Der Unteroffizier starrte ihn wütend an und bellte dann selbst mit einer Stimme, die eher für seine Scharfschützen im Masttopp geeignet war: »Kommandant Richard Bolitho von Seiner Britannischen Majestät Linienschiff *Hyperion!*«

Lächelnd trat Bolitho in den langgestreckten, holzgetäfelten Saal voller Menschen, anscheinend ausschließlich Heeres- und Marineoffiziere. Alle Gesichter wandten sich ihm zu, und das laute Durcheinander der Gespräche verstummte. Als erster fing Bellamy von der *Chanticleer* an, in die Hände zu klatschen, und während Bolitho etwas verwirrt stehenblieb, ging das Händeklatschen in Hurrarufe über; der Lärm erfaßte das ganze Haus und drang in den stillen Garten, wo die Wachtposten die Hälse reckten, um der Ovation zu lauschen.

Unsicher schritt Bolitho an den Männern vorbei, die ihn da mit fröhlichem Jubel empfingen. Er verstand kaum, was sie ihm zuriefen, und merkte auch nur vage, daß Herrick treulich an seiner Seite blieb, um mit seinem Körper den verwundeten Arm vor allzu begeisterten Offizieren zu schützen.

Pomfret erwartete sie am hinteren Ende des Saales, prächtig in Gala, den Kopf zur Seite geneigt, die Lippen zusammengepreßt – ob amüsiert oder ärgerlich, das war nicht ohne weiteres zu unterscheiden. Er wartete, bis ein Lakai Bolitho ein Glas Wein gereicht hatte; dann hob er, Stille gebietend, die Hand und sagte: »Wir haben bereits auf Seine Majestät getrunken. Und jetzt: Auf unseren Sieg! Und Tod den Franzosen!«

Bolitho nippte an seinem Wein. Der Lärm und die Hektik ringsum verwirrten ihn. Er fand den Trinkspruch banal und unter den Umständen wenig angebracht. Doch als er sich rasch im Raum umblickte, sah er zu seiner Überraschung keinen einzigen französischen Offizier und auch keinen der Honoratioren von St. Clar.

Pomfret sprach ihn jetzt an: »Das war ein rührender Empfang, Bolitho! Die Heimkehr des Helden, wenn ich so sagen darf.« Sein Gesicht war fleckig vor Hitze, und seine Augen glänzten übermäßig.

Leise fragte Bolitho: »Ist denn keiner der maßgebenden Franzosen gekommen, Sir?«

Kalt blickte Pomfret ihm ins Gesicht. »Ich habe keinen eingeladen.«

In Bolitho stieg der Zorn hoch, und seine Wunde fing an zu pulsieren. »Aber Sir, es war doch eine Gemeinschaftsaktion. Die Bürger wollten genau wie wir die Revolutionsregierung stürzen! Darin gleichen wir uns doch.«

»Wir gleichen uns?« Pomfret blickte ihn mit milder Überlegenheit an. »In den Augen des Allmächtigen vielleicht. Aber in meinen Augen sind sie Franzosen, und denen ist nicht zu trauen! Das sagte ich Ihnen schon früher. Ich habe hier das Kommando und lasse mir von diesen verdammten Bauern nicht dreinreden!«

Er wandte sich um und bemerkte jetzt zum erstenmal Herrick. »Ah – Ihr tüchtiger Leutnant. Hoffentlich hat er sich damit abgefunden, daß es bei diesem Unternehmen keine Prisengelder gab? Jetzt, da *Saphir* und *Fairfax* versenkt sind, kann es noch ein Weilchen dauern, bis wir wieder ein halbwegs lohnendes Schiff erwischen – eh?«

Herrick wurde rot. »Ich hörte nicht, daß sich jemand darüber beklagt hätte, Sir. Menschenleben sind meiner Ansicht nach wichtiger als Geld.«

Pomfret lächelte kühl. »Ich wüßte nicht, daß ich Sie um Ihre Meinung gebeten hätte, Mr. Herrick.« Er wandte sich brüsk um, denn soeben schob sich Oberst Cobbans massige Gestalt durch die Versammelten.

»Ah, Sir Tonquil! Sind inzwischen all Ihre Truppen in Stellung?«

Mit einem Grunzen nahm der Colonel ein Glas von dem silbernen Tablett. »Schanzen aufgeworfen, Geschütze in Stellung.« Grinsend zeigte er die Zähne. »Hier können wir bis in alle Ewigkeit sitzen, wenn's nötig ist.«

Bolitho fragte: »War das angebracht, Sir? Es ist doch nicht sehr wahrscheinlich, daß wir hier lange bleiben. Sobald Verstärkung eintrifft, müssen wir landeinwärts marschieren, wenn das ganze Unternehmen überhaupt Sinn haben soll.«

Langsam drehte sich Cobban zu ihm um. »Darf ich fragen, was, zum

Teufel, Sie das überhaupt angeht, Sir?«

Bolitho konnte den Brandy in Cobbans Atem beinahe schmecken. Unbewegt erwiderte er: »Es geht mich eine ganze Menge an. Und ich sehe keinen Grund für Ihre Flüche.«

Pomfret unterbrach lächelnd die Kontroverse. »Beruhigen Sie sich, Sir Tonquil. Captain Bolitho ist der Mann, der diesen Hafen eingenommen hat. Ihm liegt natürlich sehr daran, daß seine Bemühungen nicht umsonst waren.«

Cobban blickte von einem zum anderen. Dann sagte er grob: »Ich bin Soldat, und mir paßt es nicht, mich von solchen Leuten ausfragen zu lassen.«

Plötzlich waren alle totenstill. Bolitho erwiderte gelassen: »Sehr bedauerlich, Colonel. Und noch bedauerlicher ist es, daß Sie, als Sie sich Ihren Dienstgrad kauften, sich nicht gleich die nötigen Manieren mitgekauft haben!«

Cobban wurde blutrot. Er sagte, und es klang, als ersticke er in seinem hohen Kragen: »Sie impertinenter Emporkömmling! Wie können Sie es wagen, so mit mir zu sprechen?«

Kühl unterbrach Pomfret: »Das reicht, meine Herren! Das reicht durchaus!« Er richtete die blassen Augen auf Bolitho. »Ich weiß, daß Duelle in Ihrer Familie nichts Ungewöhnliches sind, Captain Bolitho, aber unter meiner Flagge dulde ich sie nicht.«

Wütend murmelte Cobban: »Wie Sie meinen, Sir Edmund. Aber wenn es nach mir ginge . . .«

»Sie finden mich jederzeit bereit, Colonel, wenn Sie mir Gelegenheit geben«, sagte Bolitho. In seinem Kopf hämmerte es wie auf einem Amboß, und der Wein brannte ihm heiß im Magen. Aber ihm war jetzt alles gleichgültig. Pomfrets leise Bösartigkeit und Cobbans grobschlächtige Dummheit ließen ihn alle Vorsicht vergessen. Er sah in Herricks besorgtes, wachsames Gesicht und blickte dann überrascht hinunter, denn Pomfret legte ihm die Hand auf den Arm. »Ihre Wunde macht Ihnen sicher zu schaffen«, sagte er. »Ich will Ihnen deshalb den Ausbruch nicht übelnehmen.« Er seufzte, als sei das alles nicht so wichtig. »Sie gehen morgen wieder in See, Bolitho. Zurück nach Cozar.« Abwesend schaute er in den Saal. »Sie können der Garnison meine Depeschen bringen, und wenn Sie zurückkommen, nehmen Sie Miss Seton mit.« Er wurde beinahe vertraulich und jovial. »Wir werden den Leuten hier schon zeigen, daß wir zu bleiben gedenken. Vielleicht gebe ich sogar eine Art Empfang für sie, eh?«

Cobban hatte sich ein wenig beruhigt. »Und die Hochzeit, Sir Edmund? Werden Sie sie in St. Clar feiern?«

Pomfret, die Augen noch auf Bolithos ernstes Gesicht gerichtet, nickte. »Ja. Als Zeichen unseres Vertrauens in die Zukunft.« Er lächelte. »Das Pünktchen auf dem i, genau im richtigen Augenblick.«

Bolitho schwamm der Kopf. Pomfret machte sich über ihn lustig, das war offensichtlich. Und die *Hyperion* wurde schon wieder hinausbeordert. Dieses Schiff kam anscheinend nie zur Ruhe. Bekam nie Zeit, sich zu erholen und seine Wunden zu heilen.

Möglichst beiläufig erwiderte er: »Mit einer Fregatte ginge es schneller, Sir.«

»Ich möchte aber, daß *Sie* segeln, Bolitho. Dabei können Sie sich gleich ein bißchen erholen. Und inzwischen werden wir versuchen, diesen Krieg so zu führen, daß auch Sie damit zufrieden sind.«

»Ist das alles, Sir?«

Der Admiral dachte ein paar Sekunden nach. »Im Moment, ja.«

Ein Lakai präsentierte Pomfret ein Tablett mit Gläsern, aber er winkte ab und sagte abschließend: »Wollen Sie mich jetzt entschuldigen, Bolitho?« Unvermittelt wandte er sich um und ging auf die geschwungene Treppe zu.

»Ich werde Ihre Worte von vorhin nicht vergessen, Captain! Sie werden Ihnen noch leid tun, seien Sie sicher«, knurrte Cobban.

»Wollen wir wieder an Bord zurück?« fragte Bolitho und ging mit Herrick zur Tür, ohne Cobban eines Blickes zu würdigen.

Herrick folgte ihm verwirrt. Ihm schwirrte immer noch der Kopf von diesen nur mühsam kaschierten Beleidigungen. Es trieb ihn, den hier versammelten Offizieren laut und deutlich auseinanderzusetzen, was Bolitho für sie getan hatte und was jeder einzelne ihm verdankte. Draußen tat Bolitho einen tiefen Atemzug und starrte zu den blinkenden Sternen empor. Sein Gesicht war entspannt, aber er sah merkwürdig traurig aus.

Herrick bemerkte leise: »Der Admiral hat ein zweites Glas Wein abgelehnt, Sir. Ich begreife das nicht. An Bord der *Phalarope* hat er ziemlich viel getrunken.«

Bolitho hörte ihn gar nicht. Er dachte an Cheney Seton. Diesmal würde es noch schwerer sein, sie als Passagier an Bord zu haben. Wenn die *Hyperion* hier wieder Anker warf, würde Cheney heiraten.

Er hakte seinen Degen ein und sagte abwesend: »Wir werden, bevor wir an Bord gehen, mit Monsieur Labouret ein Glas Wein trinken. Ich habe einen üblen Geschmack im Mund.« Ohne ein weiteres Wort schritt er durch die Tore und hinunter zum Hafen.

»Laß fallen Anker!« Herricks Stimme hallte über die ganze Bucht. Er senkte das Sprachrohr, der Anker klatschte ins Wasser, kleine Wellen breiteten sich in Kreisen aus und verliefen zu den Klippen hin. Die Vormittagswache hatte kaum begonnen, doch nach der freien Luft auf offenem Meer fühlten sie sich in dem umschlossenen Naturhafen bereits wie in einem Ofen.

Wortlos beobachtete Bolitho die routinemäßige Geschäftigkeit auf dem leise an seiner Trosse arbeitenden Schiff: das Ausfieren der Boote und Aufriggen von Sonnendächern an Deck. Cozar hat sich nicht verändert, dachte er. Das einzige unter der Steilküste ankernde Schiff war die Fregatte *Harvester;* auch ohne Teleskop konnte er sehen, daß Leach, ihr Kommandant, mit seinen Reparaturen beinahe fertig war.

Langsam schritt er zu den Netzen und schaute zur Bergfestung hinauf. Vor der Hafeneinfahrt hing Dunst, der schon dem sich langsam nähernden Schiff grüßend entgegengekommen war, löschte den Horizont aus, schmiegte sich um die grauen Mauern der Festung und der Batterie wie eine Nebelwolke. Ein leichter Schauer überlief ihn, und er hielt den bandagierten Arm etwas vom Körper ab. Sie hatten die Insel schon gestern früh gesichtet, doch wegen des ungünstigen Windes mußten sie die Nacht beidrehen und konnten die Festung, die aus dem schützenden Nebel wie ein Zauberschloß aufragte, nur aus der Ferne betrachten.

Herrick tippte an den Hut und meldete: »Boote zu Wasser, Sir!« Er blickte flüchtig zu den Berghängen hinüber. »Sieht so aus, als wären da noch eine ganze Menge Soldaten für St. Clar, Sir.«

Bolitho nickte. Den sonnengedörrten Hang bedeckten Reihen kleiner Zelte, hier und da konnte er eine rotuniformierte Gestalt mit blinkendem Bajonett ausmachen. Aber alles war sehr ruhig, als hätten die Inseleinsamkeit, die Hitze und der Staub allen Lebensmut aus der Garnison vertrieben.

»Ich habe Mr. Seton Bescheid sagen lassen, Sir«, fuhr Herrick fort und sah Bolitho dabei besorgt an. »Er ist zur Überfahrt bereit. Geht das in Ordnung?«

»Ja.« Eben bog die Jolle unten aus dem Schatten des Schiffsrumpfes; zwei Midshipmen saßen nebeneinander im Heck. Es war schon richtig, daß Seton Gelegenheit bekam, seine Schwester allein zu sehen, bevor die Hektik des Auslaufens wieder begann. Der Junge hatte sich bemerkenswert rasch erholt und schien tatsächlich bei den Kämpfen auf der brennenden *Fairfax* an Persönlichkeit gewonnen zu haben. Die Kugel, die ihn niederriß, hatte eine böse Schramme in seine Schulter gebrannt, aber außer dem Schock und dem Blutverlust hatte er nichts Ernstliches davongetragen. Aber einen Zoll oder so tiefer, und ... Bolitho biß sich auf die Lippen. Die Riemen nahmen Schlag auf und pullten die Jolle zur Pier.

War es ihm wirklich um Setons Gefühle gegangen, als er ihm den Besuch seiner Schwester erlaubt hatte? Oder war es nur ein Versuch, das Unvermeidliche hinauszuzögern?

»Wie geht es Mr. Fowler?« fragte er.

Herrick schüttelte den Kopf. »Der Schiffsarzt macht sich mächtig Sorgen um ihn. Sein Gesicht sieht furchtbar aus. An Fowlers Stelle wäre ich lieber tot.«

Halb zu sich selbst meinte Bolitho: »Das sagt sich so leicht, Thomas. Ich habe manchmal vor oder beim Kampf darum gebetet, lieber zu fallen, als verstümmelt zu werden. Aber als mir Rowlstone den Ärmel vom Rock schnitt, habe ich ebenso ernsthaft ums Überleben gebetet.«

Besorgt fragte Herrick: »Was macht die Wunde, Sir?«

Bolitho zuckte die Achseln. »Ohne sie wäre mir wohler.« Ihm war nicht nach einer Unterhaltung zumute, nicht einmal mit Herrick. Während der kurzen Reise nach Cozar hatte er sich von seinen Offizieren ferngehalten und sich mit einem gelegentlichen Gang längs der Schanz begnügt, meist jedoch die Abgeschlossenheit seiner Kajüte vorgezogen. Das war unrealistisch und dumm, er wußte es. Immer noch fühlte er sich etwas fiebrig. Deshalb und wegen des ständig pochenden Wundschmerzes war er so niedergeschlagen. Oder redete sich das jedenfalls ein.

Er versuchte, sich für die bevorstehende Offensive mit St. Clar als Ausgangspunkt zu interessieren, doch das half nur wenig, seinen sonst so regen Sinn für taktische Probleme und Gefechtsvorbereitungen anzustacheln. Aber persönliche Verbitterung stand dem Kommandanten eines Linienschiffes nicht an. Er mußte seine Zweifel und bösen Ahnungen beiseite schieben und all das Unheil wieder gutmachen, das Pomfrets Gleichgültigkeit auf seinem Schiff angerichtet hatte.

Eines Nachts, als ihn der quälende Schmerz im Arm aus der Koje getrieben hatte, war er auf das finstere Achterdeck hinausgetreten und hatte eine Unterhaltung zwischen Rooke und Gossett mit angehört.

»Was wir auch machen, ist verkehrt«, hatte Rooke wütend gesagt. »Wenn wir allein angreifen, kriegen wir hinterher Vorwürfe. Und wenn wir dabei Erfolg haben, kassiert immer jemand anderer die Anerkennung!« Der Master hatte gebrummt: »Es geht eben manchmal hart zu, wenn alte Rechnungen auf anderer Leute Kosten beglichen werden, Mr. Rooke. An sich macht der Admiral seine Sache ja ganz gut. Aber wie er unseren Captain behandelt, das kann ich ihm nicht verzeihen.« Und Rooke hatte sehr scharf darauf geantwortet: »Es ist verdammt unfair, wenn das ganze Schiff darunter leiden muß, daß sich die beiden nicht ausstehen können!«

»Bei allem Respekt, Mr. Rooke«, hatte Gossett sehr bestimmt erwidert, »meiner Ansicht nach hat der Captain gerade Sie mehr als fair behandelt!«

»Was, zum Teufel, wollen Sie damit sagen? Ich hätte Erster werden müssen, das stand mir zu!«

»Wir wissen beide, daß *das* nicht gemeint ist«, hatte Gossett sehr gelassen und kalt erwidert. »Unter Captain Turner wären Sie bei passender Gelegenheit rascher befördert worden, das mag schon sein.« Er senkte die Stimme. »Aber Cap'n Bolitho hat kein Wort über Glücksspiel zu Ihnen gesagt, nicht wahr? Nicht ein einziges Mal hat er gedroht, etwas gegen Sie zu unternehmen, weil Sie dem armen Mr. Quarme alle Ersparnisse abgeknöpft und Dalby zum Kameradendiebstahl getrieben haben. Wenn Sie wollen, tragen Sie mich ins Logbuch ein, weil ich das gesagt habe – aber meiner Meinung nach hat der Captain Sie mehr als milde behandelt. Ihre Bedürfnisse sind größer als Ihr Geldbeutel, und daher bessern Sie ihn mit dem einzigen auf, was Sie außer Kämpfen ausgezeichnet können.« Und Rooke hatte kein Wort darauf erwidert.

Während Bolitho nun zusah, wie die kleine Jolle an der Pier festmachte, grübelte er darüber nach, warum er Rooke nicht daraufhin angesprochen hatte. Vielleicht wegen seines eigenen hitzigen Wortwechsels mit Cobban. Schon während des Sprechens hatte er sich selbst mit ganz anderen Augen gesehen. Er glich also doch seinem Bruder. Hätte er Gelegenheit bekommen, so hätte er sich auf ein sinnloses Duell eingelassen. Es war eine entnervende Entdeckung, um so mehr, als auch Pomfret das begriffen hatte.

Herrick sagte: »Nichts von den Sträflingen zu sehen, Sir. Wahrscheinlich arbeiten sie auf der anderen Seite der Insel.«

Bolitho nickte. Die *Justice* war nach England zurückgesegelt. Ihrem Kapitän waren die Sträflinge gleichgültig; seinetwegen mochten sie allesamt auf Cozar verrecken und verfaulen.

Unvermittelt sagte Bolitho: »Lassen Sie bitte mein Boot klarmachen. Ich gehe jetzt an Land.« Er konnte seine Unruhe nicht länger verbergen.

Herrick musterte ihn besorgt. »Hören Sie, Sir, es geht mich ja nichts an; aber als Sie im Fieber lagen, habe ich dies und das gehört.« Unter Bolithos unbeirrtem Blick schlug er die Augen nieder. »Ich muß es nicht erst sagen, Sie wissen auch so, daß ich alles für Sie tun würde. Das ist gar keine Frage. Ich würde sofort mein Leben hingeben, wenn es nötig wäre.« Und er schaute mit seinen trotzigen blauen Augen wieder auf. »Ich glaube, das gibt mir das Recht, offen zu sprechen.«

»Und worüber?« fragte Bolitho.

»Nur über dieses: Sir Edmund ist ein mächtiger Gegner, Sir. Er muß großen Einfluß haben, sonst hätte er den Verlust seines ersten Kommandos und all den Ärger, den er verursacht hat, dienstlich nicht überstehen können. Er ist trotz allem Flaggoffizier geworden. Er würde keinen Moment zögern, seinen Einfluß und seine Autorität gegen Sie zu verwenden, wenn er auch nur einen Moment dächte, Sie interessierten sich für seine Verlobte, Sir.«

»Ist das alles?« fragte Bolitho sehr ruhig.

Herrick nickte. »Aye, Sir. Ich kann nicht still und stumm dabeistehen und zusehen, wie so etwas passiert.«

Bolitho preßte die Finger zusammen, daß der Schmerz ihm wie mit Messern durch den Arm fuhr. »Dann können Sie jetzt mein Boot abrufen, Mr. Herrick.« Unbewegten Gesichts, obwohl er innerlich kochte, wandte er sich ab. Daß Herrick vollkommen recht hatte, war nur ein geringer Trost, ebenso wie der Gedanke, was es ihn gekostet haben mußte, das auszusprechen. »Sie brauchen meinetwegen nichts zu fürchten«, sagte er kühl und abschließend, »aber in Zukunft wäre es mir lieber, wenn Sie nicht versuchen würden, mein Leben für mich zu leben.« Er sah Gimlett bei der Schanztreppe stehen und rief ihm scharf zu: »Legen Sie meine Landuniform heraus!« Dann ging er, drehte sich aber neben dem unbesetzten Ruder noch einmal um und blickte in Herricks sorgenvolles Gesicht. »Also lassen wir es auf sich beruhen.«

Zwanzig Minuten später schritt Bolitho zur Fallreepspforte. Sein verwundeter Arm lag unter dem schweren Mantel in einer Binde. Herrick stand bei den anderen Offizieren, und Bolitho fühlte sich versucht, ihn beiseitezunehmen und diese dumme Verstimmung zu bereinigen, an der nur er selbst die Schuld trug. Wütend über sich – und noch wütender, weil Herrick seine kläglichen Verteidigungsversuche durchschaut hatte –, blaffte er: »Übernehmen Sie!«, lüftete den Dreispitz und kletterte in das wartende Boot.

Die Pfeifen schrillten und verklangen, als die Gig aus dem schützenden Schatten des Schiffsrumpfes glitt; wenn er achteraus blickte, sah er Herrick immer noch an Deck stehen und ihm nachschauen. weine untersetzte Gestalt wirkte auf einmal ganz klein im Vergleich zur haushohen Bordwand der *Hyperion.*

Leise fragte Allday: »Ist der Arm besser, Captain?« Dann sah er Bolithos steif zurückgedrückte Schultern und schob die Lippen vor. Da kann sich der eine oder andere noch auf was gefaßt machen, dachte er. Während er Kurs auf den Pier nahm, achtete er sorgfältig auf ein Zeichen, eine winzige Veränderung in Bolithos grimmigen Zügen. Er konnte sich nicht erinnern, ihn jemals so gesehen zu haben; und tiefgreifende Veränderungen paßten nicht zu Alldays Phlegma. Irgendwie schien ihm Bolitho unter einer merkwürdigen Spannung zu leiden, untereiner nervösen Erwartung, die ihm sonst völlig fremd war. Aber vor sich selbst konnte er ihn nicht schützen, und die Tragweite dieser Entdeckung machte ihm große Sorgen.

Zu seiner Überraschung und seinem Ärger wurde Bolitho am Pier von einem jungen Infanterieoffizier begrüßt. In Erwiderung der strammen Ehrenbezeugungtippte er an den Hut. »Fähnrich Cowper, Sir, vom 91. Infanterieregiment«, stellte sich der junge Mann vor. Er schluckte heftig, weil Bolitho ihn nur stumm und ohne zu lächeln anblickte, und fuhr unsicher fort: »Ich habe ein Pferd mitgeracht, Sir; ich – ich dachte, das wäre bequemer für Sie.«

Bolitho nickte. »Sehr aufmerksam von Ihnen.« Er hatte eigentlich zu Fuß aufdie Festung gehen wollen, damit er Zeit zum Nachdenken bekam und um sich zu überlegen, was er sagen wollte.

Der Fähnrich bemerkte sein Zögern und sagte hilfsbereit: »Wenn Sie nicht reiten können, Sir, führe ich das Tier am Zügel.«

Bolitho musterte ihn kühl. »Ich mag ja Seeoffizier sein, Mr. Cowper, aber außerdem stamme ich aus Cornwall. Pferde sind in meiner Heimat nicht ganz unbekannt.«

Mit aller Würde, die er aufbringen konnte, schwang er sich auf das schläfrige Tier. Seine Bootsmannschaft und die Ordonnanz des Fähnrichs sahen ehrfürchtig und bewundernd zu.

Langsam trotteten sie den Sandweg hinan, und bei jedem Stolpern des Pferdes zuckte der Schmerz erneut durch Bolithos Arm. Er zwang sich dazu, die Umgebung zu studieren, wenn auch nur, um sich von seinen trüben Gedanken abzulenken. Der Weg war bis auf einen müden Wachtposten völlig menschenleer. Von den Schäden, die die Karronnade und Ashbys siegestrunkene Seesoldaten angerichtet hatten, war nichts mehr zu sehen. Hinter der Wegbiegung erblickte er die Festung und die geraden Reihen der Armeezelte.

»Ich nehme an, Sie freuen sich darauf, wieder zu Ihren Kameraden in St. Clar zu stoßen?« fragte er.

Der junge Fähnrich wandte sich leicht im Sattel um und blickte ihn überrascht an. »Ich weiß nicht recht, wie es weitergehen soll, Sir.«

Bolitho starrte die Festung an. »Hoffentlich ist Ihr Kommandeur besser informiert.«

Ungerührt von Bolithos Sarkasmus grinste Cowper. »Aber, Sir, der Kommandeur bin ich.«

Bolitho parierte sein Pferd und musterte den Fähnrich. »*Was* sind Sie?«

Cowpers Grinsen verschwand, und er rückte unter Bolithos wütendem Starren ungemütlich im Sattel hin und her. »Also, das heißt, ich bin der einzige Offizier hier.«

Bolitho deutete auf die Zelte. »Und Sie allein befehligen all diese Männer? Um Gottes willen, was reden Sie da?«

Der junge Mann breitete die Hände aus. »Also – es sind ja nur noch zwanzig Mann und ein Sergeant. Die Zelte sind bloße Atrappen für den Fall, daß eine französische Fregatte rekognoszieren kommt.«

Bolitho fühlte das Pferd unter sich schwanken, während er Cowpers wahnwitzige Erklärung zu verdauen suchte. »Keine Verstärkung für St. Clar? Überhaupt nichts?«

»Gar nichts, Sir. Ich habe vor zwei Tagen Instruktionen von Lord Hood bekommen. Aus Toulon.« Er bewegte die Zügel, denn Bolitho hatte sein Pferd wieder angetrieben. »Meine Befehle lauten, die Stellung hier bis auf weiteres zu halten. Außerdem das Lager so weit wie möglich auszudehnen und zu erweitern.« Er sprach so rasch, als hätte er Angst vor dem, was Bolitho dazu sagen würde. »Wir haben jedes Stück Leinwand zurechtgeschnitten, das wir auftreiben konnten. Alte Segel, Hängematten, alles. Meine Leute gehen nur herum, zünden Lagerfeuer an und haben ein Auge auf die Sträflinge.« Seine schmalen Schultern sanken etwas zusammen. »Es macht einen richtig nervös.«

Bolitho schaute ihn mit plötzlichem Mitgefühl an. Ein Junge, mehr nicht. Er konnte noch nicht lange genug im Dienst sein, um viel Kampferfahrung zu besitzen, und doch hatte man ihm eine Aufgabe zugemutet, bei der ältere als er vor der Zeit graue Haare bekommen würden.

»Also steht es in Toulon nicht gut?« fragte er.

Cowper nickte. »Sieht so aus, Sir. Lord Hood hatte zwei Regimenter mit, aber sie können nicht viel mehr tun, als die Stadt zu besetzen und die Forts in der Umgebung zu halten. Anscheinend sind viele Franzosen, die man für treue Royalisten hielt, zu den Revolutionären übergegangen.«

»Und für St. Clar sind keine Truppen übrig.« Bolitho sprach seine Gedanken laut aus. »Aber zweifellos hat Lord Hood die Situation in der Hand.«

»Das steht zu hoffen, Sir«, sagte Cowper, aber es klang wenig überzeugt.

Stumm passierten sie die Holzbrücke über den tiefen Graben mit den gefährlich aussehenden spitzen Pfählen und ritten durch die offenen Tore in die Festung ein. Nur ein einsamer Soldat schritt an der Brustwehr auf und ab; ein zweiter rannte herbei, um die Pferde zu übernehmen. Außer ihm war der einzig sichtbare Mensch ein halbnackter, an ein Lafettenrad gebundener Mann, dem die Haut vom Sonnenbrand in Fetzen ging und der sich mit offenem Mund mitleiderregend in der glühenden Sonne wand. »Wegen Wachvergehens, Sir«, erläuterte Cowper bedrückt. »Mein Sergeant sagt, das wäre die einzig richtige Strafe.« Er wandte sich ab. »Disziplin muß wohl mit solchen Mitteln erzwungen werden.«

»Bestrafung im Felde ist gut und richtig, wenn Sie eine ganze Armee hinter sich haben, Mr. Cowper«, entgegnete Bolitho. »Aber Sie sollten Ihrem Sergeanten lieber klarmachen, daß im Ernstfall ein schlechter Soldat immer noch besser ist als ein toter.«

Cowper nickte entschlossen. »Danke, Sir. Das sage ich ihm bestimmt.«

War man erst einmal in dem runden Turm, so fühlte sich die Luft nach der Gluthitze im Hof kühl, beinahe eisig an. Als Bolitho hinter dem Fähnrich die Stufen emporstieg, mußte er an damals zurückdenken, als der enge Raum voller Musketenqualm gewesen war und von den Schreien und Flüchen Verwundeter und Sterbender gebebt hatte.

Das Quartier, in dem Jahr für Jahr ein Festungskommandant nach dem anderen gehaust hatte, war düster und charakterlos. Der Hauptraum, der auf die Landspitze hinausblickte, war der Form des Turmes entsprechend gerundet, und seine schmalen, tiefeingeschnittenen Fenster leuchteten wie frohe Bilder aus einer anderen Welt. Hier lagen ein paar Binsenmatten auf dem Fußboden, und er sah auch einige der einfachen, aber wohlgeformten Möbel, die der Schiffszimmermann der *Hyperion* gebaut hatte.

Eine kleine Seitentür öffnete sich, und das Mädchen, gefolgt von ihrem Bruder und Midshipman Piper, trat ins Zimmer. »Captain Bolitho möchte Sie besuchen, Ma'am«, sagte Cowper mit einem drohenden Blick auf die Midshipmen. »Wenn Sie mich begleiten wollen, meine Herren, zeige ich Ihnen gern die – äh – ganze Festung.«

»Entschuldigen Sie, Sir, daß ich nicht an der Pier war, als Sie kamen, Sir«, stotterte Seton.

Etwas unbestimmt entgegnete Bolitho: »Ich habe auch nicht damit gerechnet.« Er blickte dem Mädchen nach, das an ein Fenster trat. Cheney trug ein lockeres weißes Kleid, und das volle kastanienbraune Haar hing ihr offen über die Schultern.

Als die anderen aus dem Zimmer gingen, sagte sie: »Sie sind mir willkommen, Captain.« Ihre Augen richteten sich auf seinen leeren Ärmel. »Ich hörte von meinem Bruder, was geschehen ist. Es muß schrecklich gewesen sein.«

»Er hat sich gut gehalten, Miss Seton«, sagte Bolitho gepreßt. »Seine eigene Verwundung wäre auch für einen alten Seemann schlimm genug gewesen.«

Doch schien sie das gar nicht zu hören. »Als ich ihn mit seinem verbundenen Arm sah, glaubte ich, daß ich Sie hasse. Er ist doch noch ein Knabe und für so ein Leben überhaupt nicht geeignet.« Ihre Augen schimmerten im Licht der Sonne so grün wie das Wasser unten. »Diese Reaktion ist für eine Schwester wohl ganz natürlich. Aber als ich ihn reden hörte, wurde mir klar, daß er sich verändert hat. Mein Gott, und wie er sich verändert hat!« Sie blickte ihm voll ins Gesicht. »Er spricht überhaupt nur von Ihnen. Wußten Sie das?«

Ihm fehlten die Worte. All seine sorgfältig eingeübten Sätze waren ihm entfallen, als sie ins Zimmer kam. Ungeschickt erwiderte er: »Auch das ist ganz natürlich. Als ich so alt war wie er, dachte ich von meinem Kommandanten nicht anders.«

Sie lächelte zum erstenmal. »Gut, daß wenigstens Sie sich nicht verändert haben, Captain. Manchmal mache ich in der Abendkühle einen Spaziergang auf der Brustwehr und denke dabei an unsere Reise von

Gibraltar nach Cozar.« Ihr Blick schweifte in die Ferne. »Dann kann ich das Schiff sogar noch riechen und höre den Donner dieser gräßlichen Kanonen.«

»Und nun bin ich gekommen, um Sie nach St. Clar zu bringen.« Die Worte schienen ihm im Hals steckenbleiben zu wollen. »Doch Sie haben ja wohl erwartet, daß ein Schiff kommen würde?«

»Ein Schiff, ja.« Sie nickte, und bei der Bewegung ihres Halses und ihres Haares brannte ihm aufs neue das Herz. »Aber nicht Ihr Schiff, Captain.« Sie blickte starr zu ihm empor, die Hände fest verschränkt. »Wurde Ihnen befohlen, mich abzuholen?«

»Aye. Es war der Wunsch Ihres – Sir Edmunds Wunsch.«

»Tut mir leid, daß gerade Sie es sein mußten. Ich dachte, wir würden uns nie wiedersehen – wir beide.«

»Ich weiß.« Er konnte seine Verbitterung nicht länger verbergen. »Wahrscheinlich muß ich sogar zusehen, wenn Sie Lady Pomfret werden.«

Sie trat einen Schritt zurück und errötete unter ihrer Bräune. »Also verachten Sie mich, Captain? Erlaubt Ihr Stolz es Ihnen nie, einen Fehler zu machen oder etwas zu tun, das gegen Ihr Pflichtgefühl geht?« Sie hob die Hand. »Nein, sagen Sie nichts. Ihr Gesicht verrät deutlich, was Sie denken.«

»Ich könnte Sie nie verachten«, entgegnete Bolitho leise. »Was Sie tun, ist Ihre Sache. Ich bin eben einer von Sir Edmunds Offizieren. Er hätte auch jeden anderen schicken können.«

Sie strich sich mit der Hand eine lose Locke aus dem Gesicht – eine Geste, an die er sich schmerzhaft deutlich erinnerte. »Lassen Sie mich Ihnen etwas erzählen, Captain. Als meine Mutter während des Aufstandes auf Jamaika starb, stand es schon schlimm genug mit uns. Aber kurz danach kam ein großer Sturm, und viele Schiffe gingen verloren. Darunter die zwei, die meinem Vater gehörten. Die Aufständischen hatten den größten Teil unserer Ernte vernichtet und alle Gebäude zerstört. Mein Vater hätte diese beiden Schiffe dringend gebraucht, um uns und eine letzte Ladung Waren nach England zu bringen, verstehen Sie? Er brauchte sie!«

Mit wachsender Hilflosigkeit sah Bolitho ihre bittere Verzweiflung. »Ich habe von diesem Sturm gehört.«

»Er hat meinen Vater ruiniert. Und nach dem Tod meiner Mutter brach er gesundheitlich völlig zusammen. Sir Edmund kam nach Jamaika, um den Aufstand niederzuschlagen. Er hätte es nicht nötig gehabt, uns zu helfen; aber er zögerte keinen Augenblick. Er bezahlte unsere Überfahrt nach England und meines Vaters Schulden. Wir konnten es ihm niemals zurückerstatten, weil meines Vaters Geist so krank wurde wie sein Körper.« Sie machte eine hilflose Handbewegung. »Wir durften sogar Sir Edmunds Haus in London bewohnen, als wäre es unser eigenes, und er kam für Ruperts Erziehung auf; er redete ihm sogar zu, auf ein Schiff des Königs zu gehen – auf Ihr Schiff, Captain!«

»Entschuldigen Sie.« Bolitho hatte das Verlangen, die Hand auszustrecken und sie zu berühren, doch seine Glieder waren wie aus Stein.

Beschwörend blickte sie in seine Augen. »Schauen Sie mich an, Captain. Ich bin sechsundzwanzig. Da Rupert auf See ist, stehe ich jetzt ganz allein da. Ich weiß, Sir Edmund liebt mich nicht, aber er braucht eine Frau. Das zum wenigsten bin ich ihm schuldig.«

»Die Jahre verstreichen«, erwiderte Bolitho, »und dann merkt man auf einmal, daß einem etwas entgangen ist ...« Er brach ab, denn sie trat einen Schritt auf ihn zu, ein schmerzliches Erschrecken im Gesicht. »Ich sagte es Ihnen ja, Captain, ich bin schon sechsundzwanzig. Das soll aber nicht heißen, daß ich mich dem Erstbesten an den Hals werfen muß. Doch Sir Edmund braucht mich, und so muß es eben sein.«

Bolitho sah zu Boden. »Ich meinte mich selbst, nicht Sie.« Er wagte nicht, ihr ins Gesicht zu blicken, bevor er ausgeredet hatte. Danach würde er gehen. »Ich bin zehn Jahre älter als Sie, und bis zu dem Tag, als wir uns zum erstenmal sahen, habe ich nie etwas bedauert. Mein Heim liegt in Cornwall, aber ich bin immer nur vorübergehend dort. Man hat zwar irgendwo seine Wurzeln, doch bleiben kann man nicht.« Er wartete auf einen plötzlichen Ausbruch, doch sie blieb stumm. »Ich kann Ihnen nicht das elegante London bieten, auch nicht Sir Edmunds Lebensstil, aber eines kann ich Ihnen bieten ...«

Seine Worte verklangen, und dann fragte sie ganz ruhig: »Was, Captain?«

Er fand seine Stimme wieder. »Ich kann Ihnen meine Liebe anbieten. Ich erwarte nicht, daß Sie sie in gleichem Maße erwidern; aber wenn Sie mir eine Chance geben wollen, nur eine Chance, will ich versuchen, Sie glücklich zu machen und Ihnen den Frieden zu geben, den Sie nach allem Leid verdienen.« Er spürte die tiefe Stille im Raum und hörte das ferne Anschlagen der Wellen draußen. Und lauter als alles das schmerzhafte Klopfen seines Herzens.

Endlich sagte sie: »Ich brauche Zeit zum Nachdenken.« Sie trat rasch an ein Fenster, so daß er ihr Gesicht nicht sehen konnte. »Wissen Sie auch, was Sie tun, Captain? Was das für Sie bedeuten kann?«

»Ich weiß nur, was Sie mir bedeuten. Wie Sie sich auch entscheiden – daran wird sich nichts ändern.« Er sah, daß ihre Schultern zitterten, und fuhr ruhiger fort: »Ich würde mit Sir Edmund sprechen, wenn Sie . . .«

Sie schüttelte den Kopf. »Nein. Ich muß das selbst durchstehen.« Wie von ferne sprach sie weiter. »Sir Edmund kann sehr hart sein. Es könnte schlimme Folgen für Sie haben.«

Bolithos Herz tat einen Sprung. »Dann denken Sie also . . . Ich meine – Sie könnten wirklich . . .?«

Sie wandte sich um und legte ihm beide Hände auf die Schultern. Ihre Augen leuchteten so, daß sie ihr ganzes Gesicht beherrschten. »Hat es daran je Zweifel gegeben?« Doch als er sie mit dem gesunden Arm umfassen wollte, trat sie einen Schritt zurück und hob die Hände. »Bitte jetzt nicht. Ich muß nachdenken. Bitte laß mich allein.«

Bolitho trat zurück und wandte sich zur Tür. Der Kopf wirbelte ihm vor Gedanken und Ideen. »Aber willst du mich heiraten? Sag es mir nur einmal, bevor ich gehe!«

Ihre Lippen zitterten, und eine Träne rollte über ihre Wange. »Du bist der Mann, den mein Bruder verehrt, und noch viel mehr dazu. Ja, mit Freuden will ich dich heiraten.«

Nachher, als sein Boot ihn wieder zur *Hyperion* brachte, war er immer noch wie betäubt. Der Offizier der Wache machte seine Meldung, als er aufs Achterdeck kam, aber er hörte weder, was er sagte, noch erinnerte er sich hinterher, was er geantwortet hatte.

Einsam stand Herrick, das Teleskop unterm Arm, an der Schanzleiter. Rasch überquerte Bolitho das Deck und sprach ihn an: »Ich muß mich bei Ihnen entschuldigen, Thomas.« Mit einer Handbewegung wischte er Herricks unausgesprochenen Protest beiseite. »Mein Benehmen war unverzeihlich, und was ich da gesagt habe, war schlechthin lächerlich.«

Herrick musterte ihn besorgt. »Haben Sie Schmerzen im Arm, Sir?« Verständnislos starrte Bolitho ihn an. »Schmerzen? Arm? Ach was!«

»Tja, Sir«, sagte Herrick unsicher, »mir tat das auch leid. Aber ich kann einfach nicht mitansehen, wie Sie sich selbst in Schwierigkeiten bringen.« Er seufzte tief auf. »Doch jetzt können wir bald auslaufen, und nach der Hochzeit kommt alles wieder in Ordnung.« Er grinste erleichtert. »Und das ist auch gut so.«

Vergnügt sah Bolitho ihn an und überlegte, ob er ihm gleich reinen Wein einschenken sollte. »Die Hochzeit wird verschoben, Thomas«, sagte er schließlich.

»Verschoben, Sir?« Herrick war ganz durcheinander. »Das verstehe ich nicht.«

Bolitho massierte sich den verbundenen Arm. »Ich denke, Falmouth ist dafür ein passenderer Ort, finden Sie nicht? Und Sie sollen Brautführer sein, Thomas, wenn Sie mir diesen Dienst erweisen wollen.«

Herrick verschlug es fast die Sprache. »Sie haben doch nicht etwa . . . Aber das ist doch nicht möglich!« Er bekam den Mund nicht zu vor Verwirrung. »Doch nicht Miss Seton, Sir? Des Admirals Braut?«

»Genau die, Thomas«, grinste Bolitho. Er trat unter die Kampanje, und Herrick hörte ihn pfeifen, bis die Kajütentür zuschlug. Das hatte Bolitho noch nie getan.

Herrich hielt sich an der Reling fest. »Da hol' mich doch der Teufel«, murmelte er und schüttelte sich wie ein Hund. »Da hol' mich der Teufel kreuzweise!«

XIV Schwere Entscheidungen

Die Rückkehr der *Hyperion* nach St. Clar verursachte wenig Erregung oder Interesse, und als sie achtern vom Flaggschiff vor Anker ging, merkte Bolitho bald, daß die Bürger andere Sorgen hatten als die Ankunft dieses Schiffes, auch wenn es seinerzeit eine Folge von Ereignissen ausgelöst hatte, die sie jetzt nicht mehr beeinflussen konnten.

Die royalistischen Flaggen wehten immer noch tapfer von den Häusern und auf der Landspitze, aber die Luft in den engen Gassen war schwer und dick von Spekulationen und Spannung. Manchmal blieben die Leute stehen und brachen ihre Unterhaltungen ab, wenn ferner Kanonendonner oder ein schnell vorbeifahrendes Lafettengeschütz sie plötzlich daran erinnerte, wie nahe sie den Krieg auf dem Hals hatten.

Wenige Minuten nach dem Ankern war eine Barkasse längsseit gekommen, und Fanshawe, Pomfrets vielgeplagter Adjutant, brachte Cheney Seton an Land.

Auf der langsamen Überfahrt von Cozar hatte Bolitho nur kurz mit ihr besprochen, was zu tun war. Er wollte sich und ihr den Frieden ihres neugefundenen Glückes nicht verderben, und als sie sich trennten, war er immer noch dagegen, daß sie die ganze Last auf sich nehmen und Pomfret allein gegenübertreten wollte. Aber darin war sie unnachgiebig. Es schmerzte regelrecht, als er sie ins Boot steigen sah, und nur mit Mühe konnte er sich davon zurückhalten, ihr zu folgen.

Das war nun drei Tage her. Geschäftig hatte er an der Verbesserung der Hafenverteidigung mitgearbeitet und in jeder Minute erwartet, etwas von Pomfret zu hören. Es gab viel zu tun. Besatzungen für eine hastig zusammengestellte Flottille von Fischerbooten und Luggern mußten aufgetrieben werden, welche die zahllosen kleinen Grotten und Buchten um die Einfahrt patrouillieren sollte, damit nicht feindliche Kräfte unbemerkt einsickern und überraschend angreifen konnten. Auch Cobbans Feldwachen und die weit umherstreifende spanische Kavallerie paßten scharf auf.

Die Nachrichten waren wenig ermutigend. Längs der Landstraße ins Binnenland sollte schwere Artillerie gesichtet worden sein, und kaum ein Tag verging ohne Zusammenstoß mit feindlichen Patrouillen. Eine Schule der Stadt wurde als Feldlazarett eingerichtet, und es sollte bereits Pläne zur Lebensmittelrationierung geben für den Fall einer regelrechten Belagerung.

Jeden Tag, sobald Bolitho in die Stille seiner Kajüte zurückkehrte, erwartete er, eine Nachricht von Pomfret vorzufinden. Wenn dann alles auf dem Schiff ruhig war und es wieder Nacht wurde, nahm er den Brief vor, den er von Cheney bekommen hatte, und las ihn immer wieder wie zum erstenmal. Sie wohnte nicht in Pomfrets Hauptquartier, sondern beim Bürgermeister und seiner Familie, wenigstens fürs erste. Der Brief schloß mit den Worten: ». . . und von meinem Fenster aus kann ich Dein Schiff sehen. Dort, bei Dir, ist mein Herz.«

Bolitho hielt es für richtig, daß sie sich jetzt nicht sahen. Vermutlich war die Kunde von seinem Wagnis bereits in der ganzen Hafenstadt verbreitet, aber es hatte keinen Sinn, dem Feuer, das Pomfret unter ihm anzünden würde, noch mehr Brennstoff zuzuführen.

Am dritten Tag kam die Aufforderung: »Alle Kommandanten und Truppenoffiziere sofort im Hauptquartier melden!«

Im Nachmittagssonnenschein wirkte das Haus nicht so imposant; und es fiel Bolitho auf, daß sich die Marine-Infanteristen am Tor Passanten gegenüber nicht mehr so gleichmütig verhielten, sondern ihre Musketen mit den aufgepflanzten Bajonetten aktionsbereit trugen und sich in der Nähe der Wachstube hielten. Man wollte gehört haben, daß viele Bürger bereits in die Berge geflohen seien, entweder aus Sorge um die Sicherheit ihrer Familien oder um die geeignete Zeit für einen Frontenwechsel abzuwarten. Bolitho konnte sie deswegen nicht verurteilen. Pomfret hatte einen zu tiefen Graben zwischen seinen Streitkräften und der Bevölkerung von St. Clar gezogen. Aus deren berechtigtem Ressentiment würde bestimmt noch Schlimmeres werden, wenn nicht bald bessere Nachrichten von der Front kamen.

Beim Eintreten sah Bolitho einige Diener Porzellan und Glas in Kisten verpacken – anscheinend wollte der rechtmäßige Besitzer des Hauses seine Habe in Sicherheit bringen, ehe es zu spät war.

Eine Ordonnanz wies Bolitho in ein dunkelgetäfeltes Arbeitszimmer, wo bereits eine Anzahl Offiziere versammelt waren. Wie er sah, waren alle Kommandanten außer jenen der beiden Schaluppen anwesend. Die Schaluppen hielten an der nördlichen Zufahrt ein wachsames Auge auf die Küstenstraße, wo sich feindliche Truppen im Falle eines größeren Angriffs nähern mußten.

Pomfret stand neben dem Schreibtisch und sprach mit Oberst Cobban und einem großen, schlanken, hochmütig aussehenden Spanier, vermutlich Don Joaquin Salgado, dem Ranghöchsten ihrer Verbündeten. Sonst waren noch mehrere Heeresoffiziere sowie zwei oder drei von der Marine-Infanterie anwesend. Zu wenig, um standzuhalten, wenn die Franzosen mit gesammelter Kraft angriffen, dachte Bolitho grimmig.

Fanshawe flüsterte Pomfret etwas zu, und dieser sah kurz zu Bolitho herüber. Nur eine Sekunde lang – und bei diesem kurzen Blickwechsel las Bolitho nichts, gar nichts in Pomfrets blassen, vorstehenden Augen.

»Nehmen Sie Platz, meine Herren«, sagte der Admiral knapp. Ungeduldig tippte er mit der Fingerspitze auf, bis das Scharren und Murmeln vorbei war. »Vor drei Tagen hat mir die *Hyperion* Depeschen aus Cozar überbracht.« Wieder ein flüchtiger Blick, eiskalt und fremd. »Anscheinend bekommen wir die Verstärkung, auf die wir gezählt haben, noch nicht.«

Ein Gemurmel stieg auf; Pomfret wartete, bis es vorbei war, und fuhr dann fort: »Aber sie kommt, meine Herren, sie kommt bestimmt.« Er fuhr mit der Hand über seine Landkarte. »Diese Aktion in St. Clar kann der erste Schritt zu unserem Einzug in Paris sein! Haben wir mehr Schiffe und Soldaten zur Verfügung, dann können wir so tief in den weichen Unterleib Frankreichs stoßen, daß der Feind um Frieden bettelt!« Blitzend fuhr sein Blick durch den Raum. »Aber den werden wir ihm nicht bewilligen. Diesmalgibt es weder Frieden noch Verhandlungen, sondern nur den Sieg, den totalen Sieg!«

»Sehr richtig«, sagte jemand; aber abgesehen von dieser einsamen Stimme herrschte völlige Stille.

Bolitho wandte sich zum nächsten Fenster. Die staubigen Scheiben blinkten in der Sonne, große Insekten summten um die gepflegten Blumenbeete. In Cornwall dachte man jetzt wohl bereits an den Winter und legte Vorräte von Brennholz und Viehfutter an. Auf dem Lande war der Winter ein Feind, den man in Schach halten mußte, und zwar mit nicht weniger Entschlossenheit, als sie hier in St. Clar brauchten. Plötzlich fiel ihm Cheney ein. Was würde sie für ein Gesicht machen, wenn er sie in dem alten grauen Herrenhaus unterhalb der Festung herumführte? Mit ihr konnte das Haus wieder lebendig werden. Es würde nicht mehr eine bloße Stätte der Erinnerung sein, sondern ein Heim werden.

Pomfret sprach bereits weiter. »Der Patrouillendienst muß ständig aufrechterhalten werden, aber keinesfalls darf ein größeres Gefecht gesucht werden, ehe wir mehr Truppen und Artillerie haben; es sei denn, es gibt keine Alternative.«

Er nickte Cobban zu und ließ sich dann in einen hochlehnigen Stuhl mit vergoldeter Lehne fallen. Sein Blick war abwesend und grüblerisch. Cobban stand auf; seine Stiefel knarrten auf dem prächtigen Teppich. »Habe dem nicht viel hinzuzufügen«, sagte er. »Meine Männer sind ausgeruht und kampfbereit. Wir erlitten bereits ein paar Verluste, aber das war zu erwarten. Spähen und Wachen lautet die Devise, meine Herren. Wir halten diesen Hafen, und der Feind soll noch wünschen, er wäre nie gegen uns angetreten!«

Ohne aufzublicken, bemerkte Don Salgado beiläufig: »Sehr schöne Worte, Colonel. Aber ich bin nicht sonderlich beeindruckt.« Anscheinend tief in Gedanken versunken, spielte er mit dem reichen Besatz seines gelben Uniformrocks. »Ich bin Kavallerist und es nicht gewohnt, hinter Hecken zu lauern und mich von irgendwelchen zerlumpten Flintenmännern beschießen zu lassen, die ich nicht einmal sehen kann!«

Cobban musterte ihn wütend, weil er seine wohlgesetzte Rede so brüsk unterbrochen hatte. Arrogant erwiderte er: »Das ist aber, wenn ich so sagen darf, nicht Ihre Angelegenheit!«

Langsam hob der Spanier die dunklen Augen und heftete sie auf Cobbans rotes Gesicht. »Tapfere Worte. Aber vielleicht haben Sie einen wichtigen Punkt übersehen? *Ich* befehlige nämlich die Hälfte unserer Streitkräfte, und nicht Sie.« Seine Stimme biß wie ein Degenstich. »Es war ausgemacht, daß ich meine Infanterie und Kavallerie Ihrem Oberbefehl unterstelle, *vorausgesetzt* –«, das Wort hing reglos in der Luft –, »vorausgesetzt, daß die Engländer Verstärkung schicken.« Vielsagend hob er die Schultern. »Ihr Admiral Hood vermag in Toulon mit zwei Regimentern nichts auszurichten. Wie also können Sie hoffen, mit einer Handvoll Infanteristen mehr zu erreichen?« Er lächelte kühl. »Hoffentlich werden Sie daran denken, wenn Sie mir wieder einmal erzählen, was hier meine Pflicht ist.«

Pomfret schien aus seiner Trance zu erwachen. »Das genügt, meine Herren! Die Stadt ist vom Feind umgeben. Wir haben noch schwere Zeiten vor uns. Aber ich bin sicher, daß bereits jetzt, während Sie hier sitzen und sich streiten wie alte Weiber, starke Hilfskräfte unterwegs sind.«

Bolitho beobachtete ihn genau. Wenn Pomfret log, um die bedrückte und gespannte Stimmung zu heben, so tat er es sehr überzeugend. Mit plötzlicher Klarheit erinnerte er sich an eine Äußerung Herricks über Pomfrets Vergangenheit und an die Bedeutung, die dieser ganze Feldzug für ihn haben mußte. Er mußte einfach Erfolg haben und würde keine Einmischung und keine Unsicherheit dulden. Bolitho dachte auch an Sir William Moresby, der unter der Batterie von Cozar auf dem Achterdeck der *Hyperion* gefallen war. Sir William hatte zwar gewußt, was seine Pflicht war; jedoch in allem, was darüber hinausging, war er unsicher gewesen. Pomfret dagegen war zielstrebig und von sich überzeugt bis zum Fanatismus.

»Anscheinend«, sagte der Admiral abschließend, »hat jeder gesagt, was er zu sagen hatte. Sonst noch Fragen?«

Kapitän Greig von der Fregatte *Bat* stand auf. »Aber wenn die Verstärkung ausbleibt, Sir, dann sehe ich nicht, wie . . .«

Weiter kam er nicht. Pomfret mußte sich schon seit einiger Zeit zurückgehalten haben; die Skepsis des jungen Kommandanten war der Tropfen, der das Faß zum Überlaufen brachte.

»Hören Sie um Gottes willen auf zu jammern, Mann!« Seine Stimme überschlug sich, er fing an zu schreien, doch das schien ihm gleich zu sein. »Was, im Namen des Allmächtigen, wissen denn Sie davon? Ihr jungen Fregattenkapitäne seid alle gleich, seht nicht über einen kurzen Konflikt hinaus, oder ihr seid nur auf der Jagd nach Prisengeldern.« Anklagend wies er mit dem Finger auf Greig, der ganz blaß geworden war. »Schließlich war es Ihr Schiff, das die *Saphir* in den Hafen gelassen hat! Wenn Sie sie gesichtet hätten, wenn Sie sich bemüht hätten, Ihren Sold zu verdienen, statt wie ein liebeskranker Bauernjunge zu träumen und zu trödeln, dann wäre es vielleicht gar nicht so weit gekommen.«

Greig erwiderte gepreßt: »Ich habe meine Station nicht verlassen, weil Sie mir befohlen hatten, mich nördlich der Einfahrt zu halten.«

»Seien Sie still!« kreischte Pomfret. »Wie können Sie es wagen, meine Worte anzuzweifeln? Noch einen Mucks von Ihnen, Sie Wurm, und ich bringe Sie vors Kriegsgericht, verstanden?« Schwitzend vor Wut wandte er sich den anderen zu. »Ich sage es zum letztenmal, und das gilt für alle!« Er schlug mit der Faust auf die Landkarte. »Hier sind wir, und hier bleiben wir! Wir haben Befehl, diesen Hafen zu halten, bis wir den Kampf ins Binnenland tragen können. Und genau das ist meine Absicht!«

Bolitho sah sehr deutlich, was für eine Wirkung Pomfrets Worte auf die schweigenden Offiziere hatten. Sie schienen von seinem Ausbruch wie gelähmt zu sein. Dash von der *Tenacious* schien verwirrt und verlegen, nur der spanische Oberst war anscheinend unbeeindruckt. Wie er dasaß und auf seine Stiefel blickte, schien er fast zu lächeln.

Cobban räusperte sich unsicher. »Das ist alles, meine Herren.« Er begann, seine Papiere aufzunehmen, ließ sie aber wieder fallen.

Pomfret hatte sich wieder in seinen vergoldeten Sessel gesetzt, und als die Offiziere sich zum Hinausgehen anschickten, nahm er einen Messingzirkel vom Tisch und stach damit in die Lüft. »Ein Wort noch, Captain Bolitho!«

Bolitho hörte die Tür hinter den anderen zufallen und stand reglos am Tisch. Cobban war schwer atmend wie nach einem raschen Lauf an ein Fenster getreten. Seine Anwesenheit schien Pomfret nicht zu stören, aber Fanshawe, der noch in Papieren kramte, blaffte er an: »Raus!«

»Sie wünschen, Sir?« fragte Bolitho dienstlich.

Der Admiral hatte sich im Stuhl zurückgelehnt und musterte ihn, während sein Zirkel einen kleinen Wirbel auf die Tischplatte schlug. Er sprach jetzt wieder vollkommen gelassen. »Nach Dash sind Sie hier der dienstälteste Kapitän. Es ist nicht ausgeschlossen, daß der Feind versuchen wird, uns von See her anzugreifen oder zumindest unseren Nachschub abzuschneiden.« Tapp, tapp, tapp machte der Zirkel. »Sie werden daher morgen früh bei Sonnenaufgang mit der *Hyperion* auslaufen und nördlich der Einfahrt patrouillieren.«

Unbewegt blickte Bolitho ihm ins Gesicht. »Bis wann, Sir?«

»Bis ich etwas anderes anordne.« Pomfret warf den Zirkel auf den Tisch. »Ich brauche mein Flaggschiff hier im Hafen, falls sich diese schlappschwänzigen Fischer ebenso dumm anstellen wie dieser Narr Greig.«

»Aha.« Bolitho spürte, wie Hitze in seinem verwundeten Arm hochstieg, und die Kehle wurde ihm plötzlich trocken, als er begriff, was Pomfrets Worte bedeuteten.

Pomfret ließ ihm keine Zeit zu einem Einwand. Fast beiläufig fuhr er fort: »Übrigens, da mich Miss Seton über ihren neuen Status informiert hat, halte ich es für angebracht, daß sie mit dem ersten verfügbaren Schiff die Stadt verläßt.«

Gepreßt erwiderte Bolitho: »Ich verstehe Ihre Gefühle, Sir, aber sie können kein Grund dafür sein, Miss Seton noch mehr Unbequemlichkeiten und Strapazen auszusetzen.«

»Was Sie nicht sagen!« Pomfret tupfte sich die Stirn mit einem seidenen Taschentuch. »Sie haben vielleicht übersehen, daß Miss Seton auf meine Veranlassung hier ist. Als englische Staatsangehörige steht sie unter meinem Schutz.« Seine Stimme wurde lauter. »Und als Flaggoffizier und Oberbefehlshaber beabsichtige ich, diese Protektion unverzüglich und vollständig auszuüben.«

»Ist das Ihr letztes Wort, Sir?« Jedes Verständnis, jedes Mitgefühl, das er für Pomfrets unglückliche Lage empfunden haben mochte, war ihm nun vergangen. Es konnte Wochen dauern, bis ein Schiff verfügbar war, das Cheney Seton nach England oder einem anderen sicheren Hafen bringen konnte. Und in der Zwischenzeit, während die Situation in und um St. Clar immer bedrohlicher wurde und die Belagerung sich zum offenen Krieg ausweitete, würde sie unter Feinden allein sein, während er draußen isoliert patrouillierte und sie weder sehen noch unterstützen konnte.

»Jawohl, mein letztes Wort.« Pomfrets Augen waren ausdrucks- und mitleidslos. »Ich mag Sie nicht, Bolitho, denn ich kann es nicht vertragen, wenn man sich von Gefühlen leiten läßt. Seien Sie also gewarnt!« Heftig stand er auf und trat zum Fenster. »Sie können gehen!«

Bolitho hieb sich den Dreispitz auf den Kopf und stürmte durch die Tür, ohne recht zu wissen, was er tat. Er mußte sofort zu Cheney. Es war immer noch Zeit, etwas zu arrangieren.

Unten an der Treppe sah er Seton und Piper sich leise miteinander unterhalten und blieb stehen. »Was machen Sie hier?«

Piper faßte an seinen Hut und sagte finster: »Ich habe Seton im Boot an Land gebracht, Sir. « Sein Affengesicht war ganz schwer vor Traurigkeit. »Er sollte sich sofort hier melden, Sir.«

Bolitho blickte Seton an. »Wissen Sie den Grund, mein Junge?«

»J-jawohl, Sir. Auf Sir Edmunds Befehl soll ich als . . .« Er hielt verlegen inne, und Piper schaltete sich ein: »Er wird als Signaloffizier zur Armee abgeordnet, Sir.«

Bolitho schluckte seine kalte Wut hinunter und sagte ruhig: »Wenn alles vorbei ist, werde ich mich freuen, Sie wieder an Bord zu haben, Mr. Seton. Sie haben sich gut, sogar sehr gut gehalten, und ich bin sicher, daß Sie auch in Ihrem neuen Dienst dem Schiff Ehre machen werden.«

Setons Lider zuckten. »D-danke sehr, S-sir.«

Es war nichts Ungewöhnliches, daß Midshipmen für solche Zwecke eingesetzt wurden; aber die Tatsache, daß Pomfret nichts davon erwähnt hatte, war für Bolitho ein Beweis, daß es sich hier um keine normale Abkommandierung handelte. Jedoch – das Leben eines Knaben als Mittel zur Rache zu benutzen, dazu konnte eigentlich niemand, nicht einmal Pomfret fähig sein. Dann fiel ihm wieder ein, mit welch plötzlicher Wut der Admiral den jungen Greig zusammengestaucht hatte, und es lief ihm kalt den Rücken hinunter.

Er streckte die Hand aus, und Seton drückte sie krampfhaft. »Ich werde dafür sorgen, daß Ihre Schwester gut nach Hause kommt.« Es war merkwürdig, fast erschütternd, daß ihm dieser schmächtige Midshipman jetzt so nahestand wie einst sein eigener Bruder. Und als er in das bleiche Gesicht des Knaben sah, wußte er, daß er ihm noch viel näherstehen würde.

»Ich freue mich aufrichtig, daß es mit Ihnen und meiner Schwester so gekommen ist, Sir«, sagte Seton und schritt rasch ins Haus; erst auf dem Marktplatz wurde es Bolitho klar, daß der Junge bei seinem letzten Satz nicht gestottert hatte.

Unten an der Landungsbrücke fragte Piper: »Glauben Sie, daß er's schaffen wird, Sir?« Er mußte sich in Trab setzen, um mit Bolithos weitausgreifenden Schritten mitzukommen. »Ich meine, Sir, wenn ich nicht auf ihn aufpasse, ist er doch verraten und verkauft.«

Bolitho blieb am Boot stehen und sah auf Piper hinunter. »Bestimmt wird er das, Mr. Piper. Er hatte ja einen guten Lehrmeister.« Und als er ins Boot sprang, versuchte er, sich einzureden, daß seine Worte keine Lüge gewesen waren.

Mit dem ersten Licht des nächsten Tages ging die *Hyperion* Anker auf und segelte, die Rahen rundgebraßt, um die schwache nordwestliche Brise voll auszunutzen, langsam an den schützenden Armen der Hafeneinfahrt vorbei und hinaus auf die offene See.

Das Städtchen schien noch zu schlafen; abgesehen von den Wachtposten und ein paar müden Matrosen waren Landungsbrücke und Uferstraße verlassen und still.

Herrick stand an der Achterdeckreling, die Hände in den Hüften, und blickte kritisch zu den in den Masten arbeitenden Männern empor, deren nackte Arme im steigenden Sonnenlicht golden glänzten. Ein paar Unbeschäftigte standen auf den Decksgängen und starrten zum langsam vorbeigleitenden Panorama der Hügel und Häuser hinüber; und bei den ausgerichteten Rudern stand Piper mit der Jollenbesatzung, welche die letzten Zurrings klarierte, ehe das Schiff die offene See erreichte. Der Midshipman starrte, die Augen mit der Hand beschattend, nach Backbord; wahrscheinlich dachte er immer noch an seinen Freund.

Als Herrick sich von der Reling abwandte, merkte er, daß Bolitho ebenfalls starr nach achtern blickte; mit dem gesunden Arm stützte er ein Teleskop auf die Netze.

»Anker ist verstaut, Sir, Schiff seeklar«, meldete Herrick.

Bolitho ließ das Glas sinken. Die niedrigen Hügel der Landzunge verdeckten jetzt die Sicht auf die Stadt. In den endlosen Minuten, als das Schiff langsam auf die Hafenausfahrt zusegelte, hatte er sie noch sehen können, hatte ihre schlanke Gestalt bis zum allerletzten Moment im Teleskop behalten. Sie stand auf einem kleinen Balkon direkt über dem Wasser; hell hob sich ihr Kleid vom offenen Fenster ab, und ihr Gesicht war so nah und klar, daß er beinahe glaubte, sie berühren zu können. Als er das Glas sinken ließ, verschwanden Häuser und ankernde Schiffe; schon war die Verbindung abgerissen.

Er wandte das Gesicht in den Wind und erschauerte leicht, als er durch das offene Hemd an seine Brust rührte.

Gimlett hatte ihn vor Sonnenaufgang geweckt, aber er hatte noch minutenlang reglos in seiner Koje gelegen. Ganz leicht konnte er ihre Nähe, die Berührung ihrer Hand, sogar den Duft ihres Haares spüren. Es war ein hastiger Abschied im Hause Labourets gewesen. Als er danach in seiner Koje lag, waren ihm die warmen Decken wie ihre Umarmung vorgekommen, und als er aufgestanden war und sich vor seinem Spiegel rasierte, dachte er an ihre Hand, die ihn gestreichelt hatte.

»Mr. Herrick«, sagte er unvermittelt, »sobald wir klar von Land sind, lassen Sie Fock, Besan- und Großsegel setzen. Wir steuern Nordost und nutzen diesen ablandigen Wind aus.«

Herrick nickte. »In der Südsee habe ich mir geschworen, ich würde niemals mehr um Wind beten. Aber selbst die Nordsee im Winter ist besser als diese Flaute.«

Bolithos Blick war abwesend. »Ich weiß. Ein scharfer Wind, der einem gefrierenden Gischt ins Gesicht treibt, verjagt die trüben Gedanken, oder wenigstens tun sie dann nicht mehr so weh.«

Gossett spähte nach dem fernen Leuchtturm aus. Automatisch berechnete er im Kopf Abdrift und Kompaßkurs. »Klar zum Halsen, Sir.«

Zögernd fragte Herrick: »Ist alles gutgegangen, Sir? Ich meine, haben Sie alles arrangieren können?«

Bolitho seufzte. »Zum Teil, Thomas. Labouret wird tun, was er kann, das hat er mir versprochen. Und dann habe ich in Captain Ashby einen guten Verbündeten. Unter diesen Umständen bin ich jedenfalls froh, daß er an Land bleibt.«

Jetzt kam das Schiff klar von der Landspitze und überließ sich bereitwillig der wartenden Dünung. Das Sonnenlicht schoß durch das straffe Rigg und spielte auf der Krone des Titanenhauptes unterm Bugspriet.

Bolitho riß sich aus seinen trüben Gedanken. »Klar zur Halse, bitte!« Herrick wartete ab, bis der Befehl wiederholt und ausgepfiffen war, und fragte dann: »Noch Befehle, Sir?«

Plötzlich fiel Bolitho der frischgebrühte Kaffee in seiner Kajüte ein. Vorhin hätte er ihn nicht anrühren mögen; jetzt brauchte er ihn, und sei es auch nur, um allein zu sein. »Wir exerzieren um acht Glasen mit der unteren Batterie, Mr. Herrick«, sagte er. »Ich will nicht, daß die

Geschütze rosten, nur weil sie nicht benutzt werden.«

Lächelnd sah Herrick ihm nach, als er unter den Kampanje verschwand. Er macht das Beste daraus, dachte er. Und er hat ganz recht, wenn er Schiff und Mannschaft gerade jetzt scharf hernimmt. Die Kommandeure der *Hyperion* kamen und gingen, aber sie selbst mußte gesegelt und in Betrieb gehalten werden, und dazu waren die Männer da, die auf ihr Dienst taten.

Er nahm seine Sprechtrompete auf. »Mr. Pearse: Untere Batterie exerziert um acht Glasen! Und ich bitte mir aus, daß Sie bis zur Feuerbereitschaft zwei Minuten weniger brauchen als letztesmal!«

Der Stückmeister nickte, und Herrick begann, auf dem Achterdeck auf und ab zu gehen. Ich rede schon wie Bolitho, dachte er. Diese Erkenntnis freute ihn, und er beschleunigte seine Schritte.

Die Nacht erreichte die *Hyperion* gut zwanzig Meilen nordöstlich von St. Clar. Fast reglos hingen ihre Segel, sie dümpelte träge in der hohen, ablandigen Dünung. Die Luft in Bolithos Kajüte war stickig, die anwesenden Offiziere drängten sich nach Möglichkeit unter dem offenen Skylight zusammen, und ihre Gesichter glänzten feucht im Licht der schwingenden Lampen.

Stumm, mit dem Rücken zum Heckfenster, sah Bolitho Gimlett zu, der nervös hin und her huschte, die Gläser der Offiziere nachfüllte und den Pfeifentabak herumreichte. Hier hinter dem Schott war es ungewöhnlich ruhig, nur das ums Ruderblatt gurgelnde Wasser und das Knarren der Ruderzüge tönten herein, gerade laut genug, um zu unterstreichen, wie wenig Fahrt sie machten. Aber das spielt gar keine Rolle, dachte Bolitho bitter. Bei seiner Patrouille kam es weder auf Schnelligkeit noch auf den Kurs an. Das Schiff mußte lediglich da sein. Nur hatten seine Leute bei diesem Schleichtempo, dieser langweiligen Routine, zu wenig Beschäftigung und zu viel Zeit, um über die Zwecklosigkeit ihres Auftrags nachzugrübeln. Was auch geschah, er mußte dafür sorgen, daß sie nicht unter der Isolierung zu leiden hatten, die Pomfret ihm aufzwang. Er hatte seine Offiziere zu einem außerdienstlichen Zusammensein gebeten, als ersten Schritt eines psychologischen Feldzugs, der konsequent weitergeführt werden mußte, wenn nicht die sorgfältig aufgebaute Kampfmoral vor seinen Augen verrotten sollte.

Langsam blickte er im Kreis der Gesichter umher, und dabei wurde ihm wieder einmal klar, daß sein Offizierskorps nicht nur zahlenmäßig kleiner geworden war, sondern auch wesentliche personelle Veränderungen erlitten hatte. Quarme und Dalby waren tot; die beiden Marine-Infanteristen und der junge Seton waren in St. Clar geblieben. Und die noch Anwesenden wirkten durch die unaufhörliche dienstliche Überbeanspruchung müde und erschöpft. Fast jeder Seemann schimpfte ständig über sein schweres Los; aber diese hier hatten auch allen Grund dazu. Der junge Piper zum Beispiel war gerade sechzehn, war mit dreizehn Jahren an Bord gekommen und hatte bis zu diesem Tag kaum jemals den Fuß an Land gesetzt, allenfalls hatte er mit seiner geliebten Jolle kleine Aufträge ausgeführt. Den meisten anderen in diesem überfüllten Schiff ging es ähnlich. Das harte Leben war bei der Marine etwas ganz Selbstverständliches; und so brauchte man sich nicht zu wundern, daß die Landbewohner die Preßkommandos* fürchteten wie die Pest und schon beim bloßen Anblick einer Marineuniform Angst bekamen. Und doch waren diese Männer, die neben ihren Geschützen lebten, sie jeden Tag sahen, sobald sie nur erwachten, unschlagbar im Gefecht, und anscheinend war auch ihr Kampfgeist nicht zu brechen. Oft genug mußten sie hungern, wenn der Kommandant ein Geizkragen, oder wurden ausgepeitscht wie Tiere, wenn er ein Tyrann war. Doch sobald sie zum Kampf gerufen wurden, versagten sie kaum jemals. Das konnte Bolitho nie ganz verstehen. Manche sagten, sie wären aus Angst so tapfer; andere meinten, Tradition und Disziplin der Marine seien die wirklichen Gründe. Er jedoch glaubte, daß die Ursachen tiefer lagen. Ein Kriegsschiff war eine Lebensgemeinschaft. Vaterland und Flagge standen oft genug erst an zweiter Stelle. Die Männer in den vollgestopften Decks kämpften, um einander zu schützen, um alte Kameraden zu rächen, und sie kämpften um ihr Schiff.

Mit ruhiger Stimme begann er zu sprechen. »Ich habe Sie hergebeten, meine Herren, damit Sie die Schwierigkeiten, die auf uns zukommen, klar erkennen. Es kann Wochen dauern, bis wir zurückgerufen werden. Niemand weiß, was die Franzosen planen und auszuführen imstande sind. Aber angesichts dieser Umstände ist unser Platz die hohe See. Was der Feind auch für Siege in Europa erringt, er kann den Krieg nicht gewinnen, solange unsere Schiffe bereit sind, ihn zu bekämpfen.« Er bemerkte, daß Herrick sachlich nickte und der junge Caswell sich auf die Lippen biß. »Wir werden täglich exerzieren. Aber wir müssen noch weitergehen. Versuchen Sie zu erreichen, daß die

* Pressen nannte man die gewaltsame Rekrutierung zur Kriegsmarine.

Leute sich nicht zu viel mit sich selbst beschäftigen. Arrangieren Sie Wettkämpfe, ganz egal wie banal und unbeträchtlich; tun Sie Ihr Bestes, um ihnen Mut zu machen. Was vorher an Gutem oder Schlechtem unbemerkt geblieben ist, bricht hervor, wenn wir mit Langeweile und Einsamkeit nicht fertig werden.« Er hob sein Glas. »In diesem Sinne meine Herren, trinken wir auf unser Schiff. Gott segne es!«

Die Gläser klangen, und die Offiziere warteten darauf, daß Bolitho weitersprach. Etwas schärfer fuhr er fort: »Da sich unsere Anzahl verringert hat, befördere ich Midshipman Gordon zum Vizeleutnant. Er wird Mr. Rooke bei der unteren Batterie assistieren.«

Er hielt inne, denn die anderen Midshipmen hieben Gordon auf die Schultern; dessen Gesicht, eine einzige Ansammlung von Sommersprossen, spaltete sich zu einem überraschten Grinsen. Bolitho warf Rooke einen schnellen Blick zu; der sagte nichts, nickte aber. Es war eine wohldurchdachte Entscheidung, denn Gordon war bei der Erstürmung des Leuchtfeuers von St. Clar anscheinend sehr gut mit Rooke ausgekommen; vermutlich weil sie beide aus alter, einflußreicher Familie stammten. Gordons Onkel war Konteradmiral, und wahrscheinlich hielt Rooke deswegen sein unangenehmes Temperament etwas im Zaum.

»Außerdem«, fuhr Bolitho fort, und das Stimmengewirr erstarb, »meine ich, einer der Steuermannsmaaten könnte als Wachoffizier Dienst tun, bis Mr. Fowler wieder gesund ist.«

Inch sah auf. »Darf ich Bunce vorschlagen, Sir? Ein sehr verläßlicher Mann.«

»Sie dürfen, Mr. Inch. Sagen Sie es ihm gleich nachher.« Inch nickte und nahm einen Zug aus seinem Glas. Er hatte sich vielleicht am meisten von allen verändert. Vom Fünften und jüngsten Offizier war er zum Vierten aufgestiegen, aber was noch wichtiger war, er hatte auch das dazugehörige Selbstvertrauen gewonnen.

Plötzlich richteten sich aller Augen auf das Skylight, denn von dort erklang ein gedämpfter Ruf: »Halt! Mensch, was machst du denn, zum Teufel?« Es folgten das Geräusch rennender Füße und dann dieselbe Stimme, jedoch laut und schallend: »Achtung – Mann über Bord!«

Die Offiziere eilten an Deck, und Gossett brüllte: »Kreuzmarssegel back! Kutter zu Wasser!«

Das Achterdeck lag ganz im Finstern, kein Stern war durch die reglosen Wolken zu sehen. Dunkle Gestalten liefen die Decksgänge entlang, und achtern hörte Bolitho, wie die Männer der Kutterbesatzung, vom Alarmruf aufgeschreckt, sich gegenseitig umrannten. »Was ist los, Gossett?« rief Bolitho, »Wie war das möglich?«

Bunce, der untersetzte Steuermannsmaat, den Inch vorhin erwähnt hatte, schob sich durch die eilenden Männer. »Hab's gesehen, Sir«, erklärte er mit dienstlichem Gruß. »Ich stand am Ruder, weil einer meiner Leute gerade die Kompaßlampen auswechselte.« Er schauerte. »Als ich hochsehe, Sir, glotzt mich plötzlich sein Gesicht an! Herrgott, war das scheußlich – ich bete zu meinem Schöpfer, daß ich so was nicht noch mal sehen muß!«

Das backgestellte Segel schlug donnernd, das Schiff rollte wie betrunken, und irgendwo jenseits der Kampanje hörte Bolitho das Platschen von Riemen im Wasser und die Befehlsrufe des Bootsmanns im Kutter.

»Mr. Fowler war's, Sir«, berichtete Bunce weiter. »Er hatte sich die Verbände abgerissen, hielt einen Spiegel in der Hand und weinte wie ein kleines Kind. Die ganze Zeit starrte er dabei sein Gesicht im Spiegel an!«

»Stimmt, Sir«, kam eine Stimme aus dem Dunkel. »Es war alles zerfetzt von den Augen bis zum Kinn, und überhaupt keine Nase mehr!«

Langsam schritt Bolitho zu den Netzen. Der arme Fowler ... Er war ein schmucker Leutnant gewesen, bis er, von einem Degenhieb gefällt, mit zerfetztem Gesicht neben ihm auf die Planken gesunken war.

»Ich wollt' ihn noch aufhalten, Sir«, sagte Bunce zu Herrick, »aber er war ja wie verrückt. Und beinahe nackt; ich konnt' ihn einfach nich' zu fassen kriegen.« Wieder überlief ihn ein Schauer. »Rannte los und sprang über Bord, ehe wir ihn erwischten.«

Bolitho sah das Boot auf dem ebenholzschwarzen Wasser tanzen, die Riemen zogen phosphoreszierendes Meeresleuchten nach.

»Kann nichts sehn, Sir«, schrie der Bootsmaat herauf, der aufrecht im Kutter stand.

»Rufen Sie das Boot zurück, Mr. Herrick«, befahl Bolitho knapp. »Und nehmen Sie wieder Fahrt auf!«

Er ging an den stummen Gestalten vorbei, die ihn anstarrten, und sah noch, wie Inch den Midshipman Lory tröstete, der mit Fowler eng befreundet gewesen war. »Mr. Inch«, sagte er, »Sie sind jetzt Dritter Offizier. Hoffentlich ist das für einige Zeit die letzte Beförderung aus diesen Anlässen.«

Steifbeinig ging er in seine Kajüte und starrte auf die herumstehenden Weingläser. Er versuchte, den Stöpsel aus einer Karaffe zu ziehen, aber er stak zu fest; und da er sie mit seinem verwundeten Arm nicht entkorken konnte, knallte er die Karaffe wütend auf denTisch. »Gimlett!« brüllte er. Angstvoll stürzte der Steward in die Kajüte. »Ein Glas Wein, aber schnell!« Als er es an die Lippen setzte, zitterte seine Hand heftig, aber er konnte sie nicht beherrschen. Diesmal war es nicht das Fieber – Wut und Verzweiflung stiegen wie eine Flutwelle so hoch in ihm, daß er das leere Glas fast an die Wand geworfen hätte. Hätte er Fowler auf der brennenden *Fairfax* gelassen, würde er jetzt als tapferer Seemann im Gedächtnis der Besatzung fortleben und nicht als armseliger, irrer Selbstmörder. Warum hatte er so ohne Würde sterben müssen? Wie konnte es sein, daß ein Mann, den er kannte, dessen Gewohnheiten ihm so geläufig waren wie seine eigenen, in Sekunden zu einer leeren Menschenhülle geworden war?

Er knallte das Glas auf den Tisch. »Nachfüllen!«

Und eben hatte er noch den Offizieren Vorträge darüber gehalten, wie gewisse Vorkommnisse der Moral schaden konnten! War Fowler schon kein Mensch mehr, sondern ein Vorkommnis?

Er dachte an Pomfret und daran, was dieser ihm antat, ihm und dem ganzen Schiff. »Hol dich der Teufel! Zur Hölle mit dir, du Elender!« Seine Stimme bebte so vor Wut, daß Gimlett sich wie ein geprügelter Hund in die Ecke drückte.

Schließlich riß sich Bolitho mit einem Ruck zusammen. »Ist schon gut, Gimlett. Keine Angst. « Er hob den Becher ans Licht der Lampe und wartete, bis der Wein still und blutrot im Glas stand. »Sie habe ich nicht gemeint, Gimlett. Sie können jetzt gehen.«

Als Bolitho wieder allein war, zog er Cheneys Brief aus der Brusttasche und begann zu lesen.

XV Zuerst die Menschen!

Gewiß war Bolitho darauf vorbereitet und gewillt, die Stimmung im Schiff trotz Pomfrets Winkelzügen nicht absinken zu lassen, doch die Wirklichkeit wurde viel schlimmer, als selbst er vorausgesehen hatte. Woche um Woche fuhr die *Hyperion* ihre anscheinend endlose Patrouille, ein riesiges, eintöniges Rechteck auf dem offenen Meer. Nur gelegentlich unterbrach die ferne Küste Frankreichs oder der lauernde Schatten der Insel Cozar die Leere.

Zweimal begegneten sie der Schaluppe *Chanticleer;* sie hatte wenig zu melden, was Bolithos wachsende Nervosität hätte beschwichtigen können. Die Situation der Schaluppe war genauso scheußlich wie seine eigene, denn die unberechenbaren Wetterverhältnisse des Mittelmeeres spielten einem so kleinen Fahrzeug besonders mit. Bellamy, der Kommandant, konnte sich das Ausbleiben jeglicher Nachrichten aus Pomfrets Hauptquartier ebensowenig erklären wie Bolitho selbst. Es gab nur Gerüchte. Angeblich bombardierten die Franzosen St. Clar mit Belagerungsgeschützen; im Weichbild der Stadt würde bereits gekämpft, so daß man kaum noch ohne Gefahr auf die Straßen könne.

Aber an Bord der *Hyperion* waren solche Spekulationen ebenso unnütz wie fernliegend, denn in ihren menschenwimmelnden Decks bedeutete Wirklichkeit: heute – und allenfalls morgen. Bolitho wußte, daß seine Leute sich alle Mühe gaben, ihre Enttäuschung, ihren Mißmut nicht zu zeigen. Sie verhielten sich wunschgemäß, einen ganzen Monat lang gab es ständig Wettkämpfe und freundschaftliche Konkurrenzen aller Art. Verschiedene Preise wurden ausgesetzt; für die beste Spleißarbeit, das schönste Schiffsmodell, für Hornpipe- und Jigtänzer, sogar für die zahllosen kleinen Gegenstände, welche die älteren Matrosen mit großer Liebe und Sorgfalt herstellten: winzige, zierliche Schnupftabaksdosen, aus steinhart getrocknetem Salzfleisch geschnitzt und dann poliert, oder Kämme und Broschen aus Knochen und Glasstückchen.

Aber das konnte nicht von Dauer sein. Kleine Streitigkeiten wuchsen sich zu Schlägereien aus, Unzufriedenheit und Beschwerden zogen wie Giftschwaden durch das Gedränge an Bord; und einmal schlug ein wütender Matrose einen Unteroffizier ins Gesicht. Das brachte ihm selbstverständlich Prügelstrafe ein. Und diese blieb nicht die einzige.

Auch die Offiziere waren gegen die wachsende Unruhe und Unzufriedenheit nicht immun. Bei einem Kartenspiel in der Offiziersmesse hatte Rooke den Zahlmeister des Falschspiels bezichtigt. Hätte Herrick nicht mit fester Hand eingegriffen, hätte der Vorfall blutige Konsequenzen gehabt. Doch auch Herricks wachsames Auge konnte nicht alles sehen.

Der einzige Verbündete Bolithos war das Wetter. Im Verlauf der Wochen verschlechterte es sich beträchtlich, und häufig mußten die Matrosen in einer einzigen Stunde alle Segel setzen und wieder reffen; dann waren sie so müde, daß sie nicht einmal die Energie zum Essen aufbrachten. Allerdings gab es auch nichts Vernünftiges mehr zu essen. Was Bolitho in St. Clar an frischen Lebensmitteln hatte auftreiben können, war bald verbraucht, und jetzt lebte das ganze Schiff von den Grundrationen: Salzfleisch und Schiffszwieback – viel mehr gab es nicht.

In der elften Woche, als die *Hyperion* die südliche Strecke ihrer Patrouille absegelte, flaute die scharfe Brise ab, die sie tagelang begleitet hatte. Der Wind krimpte ein paar Strich, und dieser Wechsel brachte Regen.

Bolitho stand in Luv auf dem Achterdeck und sah den Regen wie einen eisernen Vorhang auf das Schiff zukommen. Er trug weder Rock noch Hut und ließ sich richtig durchweichen. Im Vergleich zu dem fauligen Trinkwasser schmeckte der Regen wie Wein; und als er mit zusammengekniffenen Augen in den Wind spähte, sah er mehrere der auf dem Oberdeck arbeitenden Matrosen gleich ihm in diesem Himmelsguß stehen, als wollten sie ihre Wut und Niedergeschlagenheit abwaschen lassen.

Tomlin, der Bootsmann, ließ im Vorschiff eiligst Segeltucheimer aufstellen; und Crane, der Küfer, trieb seine Maaten an, die leeren Fässer fertigzumachen, damit sie gefüllt werden konnten, ehe der Regen aufhörte. Und jetzt kann ich nicht einmal mehr sagen, daß ich den Hafen anlaufen muß, um Trinkwasser aufzunehmen, dachte Bolitho mißmutig. So schnell kann aus einem Freund ein Feind werden!

Herrick kam übers Deck. Sein triefendes Haar klebte auf der Stirn. »Wenn es jetzt aufklart, müssen wir Cozar Backbord voraus in Sicht bekommen, Sir.« Er verzog das Gesicht. »Ich sage anscheinend immer wieder dasselbe.«

Da hatte er recht. Wenn sie die Insel sichteten, bedeutete das nur, daß sie eine Seitenlänge ihres Patrouillenreviers absolviert hatten. Die *Hyperion* fuhr eine Wende und begab sich zum soundsovielten Male auf den langen und langweiligen Törn in Richtung Festland.

Bolitho lehnte sich über die Reling und achtete nicht darauf, daß Regen und Sprühwasser ihm Rücken und Hosenbeine durchnäßten. Kein Wunder, daß die *Hyperion* so langsam war, bei dem jahrealten Bewuchs an ihrem Unterwasserschiff! Jede Strähne Seegras, jeder Streifen Tang bedeutete eine Meile Ozean unter ihrem geteerten Kiel, jede Muschelkolonie hundert Drehungen des Ruderrades. Bolitho schmeckte Salz zwischen den Zähnen und sah beim Aufblicken, daß der Regen abgezogen war und nur noch im Osten die knüppeligen Wellen aufrauhte.

»An Deck!« Die Stimme des Ausgucks im Masttopp übertönte den

Wind. »Segel Backbord voraus!«

Bolitho blickte Herrick an. Sie hatten beide gedacht, der Mann würde Cozar in Sicht melden. Ein Schiff – das war etwas Ungewöhnliches, ein Ereignis. »Lassen Sie das zweite Reff herausnehmen, Mr. Herrick«, sagte Bolitho. »Wir sehen uns das mal näher an.«

Aber das wäre gar nicht nötig gewesen; denn sobald die Bramsegel des fremden Schiffes in einem breiten Streifen Sonnenlicht über der Kimm standen, halste es und nahm Kurs direkt auf die *Hyperion.*

Piper war bereits mit seinem Teleskop in den Besanwanten, als sich die ersten Flaggen an der Rah des Fremden entfalteten.

»Es ist die *Harvester,* Sir!« Er spuckte aus, denn ein plötzlicher Schwall Spritzwasser war in Luv übergekommen und hätte ihn beinahe von seinem unsicheren Platz gefegt. »*Harvester* an *Hyperion«,* keuchte er. »›Habe Depeschen für Sie‹.«

Bolitho überlief es; er hätte kaum auf dergleichen zu hoffen gewagt. »Klar zum Beidrehen, Mr. Herrick!«

Kaum hatte die *Hyperion* mit ihren klatschnassen, laut schlagenden Segeln das Manöver beendet, da war die schnelle Fregatte schon so nahe, daß man die breiten Salzstreifen an ihrem Rumpf erkennen konnte und das nackte Holz, wo die ruhelose See die Farbe wie mit Messern weggekratzt hatte.

Unruhig bebten die Rahen der Fregatte, und das schmale Deck neigte sich, denn Leach drehte in den Wind, bis sein Schiff stampfend in Lee der *Hyperion* lag.

»Das ist seltsam, Sir«, sagte Herrick. »Er hätte die Depeschen doch an der Leine herüberdriften lassen können. Bei diesem Wind hat ein Boot mächtig zu pullen, bis es hier ist.«

Aber die *Harvester* ließ bereits ein Boot zu Wasser, und als es endlich von der Bordwand klargekommen war, sah Bolitho, daß nicht etwa ein Midshipman im Boot saß, sondern Captain Leach persönlich.

»Es muß wichtig sein.« Bolitho biß sich auf die Lippen, als das Boot auf einer mächtigen, weißbemähnten Welle beinahe querschlug. »Mr. Tomlin soll sich bereit halten, das Boot längsseit zu nehmen!«

Dann kletterte Leach das Fallreep der *Hyperion* herauf, nahm sich kaum Zeit zum Atemholen und eilte, den triefenden Dreispitz schief auf dem Kopf, die Augen rotgerändert vor Übermüdung, zum Achterdeck.

Bolitho ging ihm mit langen Schritten entgegen. »Willkommen an Bord! Es ist lange her, daß ich solch einen Beweis bester Seemannschaft gesehen habe!«

Leach starrte Bolithos nasses Hemd und sein zerrauftes Haar an, als erkenne er ihn erst jetzt. Doch er lächelte nicht. »Kann ich Sie allein sprechen, Sir?«

Bolitho wandte sich zur Kampanje; er merkte, daß seine Offiziere aufmerksam geworden waren und daß das Erscheinen der Fregatte gespannte Erregung hervorgerufen hatte. In der schwankenden Kajüte ließ er Leach zunächst ein volles Glas Brandy austrinken und fragte dann: »Nun, was machen Sie hier draußen?«

Leach nahm in einem der grünen Ledersessel Platz und schluckte. »Ich bin hier, weil ich Sie bitten möchte, nach St. Clar zurückzukommen, Sir.« Er wischte sich die salzwunden Lippen, die von dem starken Schnaps heftig brannten.

»Und die Depeschen?« fragte Bolitho. »Sind sie vom Admiral?«

Mit sorgengefurchter Miene blickte Leach auf die Tischplatte nieder. »Ich habe keine Depeschen, Sir. Aber ich mußte irgendeinen Grund angeben, wollte Ihre Männer nicht noch zusätzlich beunruhigen. Es gibt auch so Ärger genug.«

Bolitho setzte sich. »Lassen Sie sich Zeit, Leach. Kommen Sie aus St. Clar?«

Leach schüttelte den Kopf. »Von Cozar. Ich habe gerade die letzte Handvoll Soldaten abgeholt.« Verzweifelt hob er die Augen zur Dekke. »Anschließend sollte ich Sie suchen, Sir. Zwei Tage bin ich hinter Ihnen her.«

Bolitho schenkte ihm nochmals ein. »Ich weiß nicht«, fuhr Leach fort, »ob ich richtig handele oder ob das Meuterei ist. Wie die Dinge liegen, kann ich meinem eigenen Urteil nicht mehr trauen.«

Ganz langsam atmete Bolitho aus und zwang seine verkrampften Muskeln, sich zu entspannen. »In St. Clar steht es also schlecht, nehme ich an?«

Leach nickte. »Seit Wochen hämmern die französischen Geschütze auf den Hafen ein. Ich habe Patrouille nach Südosten gefahren; aber jedesmal, wenn ich zum Hafen kam, war es schlimmer. Der Feind machte einen Scheinangriff und brachte es irgendwie fertig, die spanischen Truppen aus ihren Stellungen zu locken.« Er seufzte. »Die feindliche Kavallerie hat sie in Stücke gehauen. Es war ein Massaker. Anscheinend hat niemand gewußt, daß die Franzosen überhaupt Kavallerie hier haben. Und es waren Elitetruppen, Dragoner aus Toulouse.«

»Was plant der Admiral, Leach?« Bolithos Stimme klang ganz ruhig, aber er kochte innerlich bei der Vorstellung, wie die auseinandergetriebene Infanterie unter den gnadenlosen Reitersäbeln fiel.

Unvermittelt und mit steinernem Gesicht stand Leach auf. »Das ist es ja gerade, Sir. Sir Edmund sagt keinen Ton. Keine Befehle, keine Vorbereitungen für einen Gegenangriff, auch nicht für eine Evakuierung!« Fast verzweifelt blickte er Bolitho an. »Anscheinend vertritt ihn Captain Dash. Der hat mich beauftragt, Sie zu suchen und zurückzubringen.«

»Haben Sie Sir Edmund nicht gesprochen?«

»Nein, Sir.« Hilflos hob Leach die Hände. »Ich glaube, er ist krank; aber Dash hat nur sehr wenig erzählt.« Er beugte sich vor. »Die Lage ist verzweifelt, Sir! Überall Panik, und wenn nicht bald was geschieht, fällt die ganze Truppe in Feindeshand!«

Bolitho stand auf und kam zum Tisch herüber. »Sie sagen, Sie haben Leute von Cozar an Bord?«

»Nur ein paar Soldaten und einen jungen Fähnrich«, entgegnete Leach müde.

»Und die Sträflinge?«

Mit ausdrucksloser Stimme erwiderte Leach: »Was die betrifft, so hatte ich keine Befehle. Die Sträflinge sind noch dort.«

Bolitho wandte sich ab. Es lag nahe, Leach als einen herzlosen Narren zu verurteilen. Aber es lag noch näher, die Schwierigkeiten und Bedenken zu sehen, mit denen er konfrontiert war. Dash war Flaggkapitän; doch da er keine schriftliche Order besaß, mußte Leach schon jetzt das Kriegsgericht oder Schlimmeres befürchten.

»Danke, daß Sie offen zu mir sind«, sagte Bolitho ruhig. »Ich segle sofort nach St. Clar zurück.« Nun, da er auf Leachs Vorschlag einging, war er kein bloßer Zuschauer mehr, sondern hatte teil an der Verschwörung. Sein Ton wurde schärfer. »Aber ehe Sie wieder zu mir stoßen, werden Sie nach Cozar zurücksegeln und jeden einzelnen Sträfling von der Insel holen, verstehen Sie?«

Leach nickte. »Wenn das Ihr Wunsch ist, Sir . . .«

»Es ist ein Befehl. Diese Männer haben mit der ganzen Geschichte nichts zu tun, und ich habe ihnen mein Wort gegeben. Ich will nicht noch mehr Leid verursachen.«

Es klopfte an die Tür, und Herrick meldete: »Entschuldigung, Sir, aber der Wind frischt weiter auf. Er wird bald so stark sein, daß das Boot nicht mehr zur *Harvester* zurück kann.«

Bolitho nickte. »Captain Leach geht gleich von Bord.« Auf Herricks fragenden Blick fuhr er fort: »Sobald er weg ist, gehen Sie über Stag und nehmen Kurs auf St. Clar. Aber mit jedem Fetzen Tuch, den das Schiff verkraften kann – ist das klar?«

Herrick eilte davon, und Leach sagte tonlos: »Danke, Sir. Was jetzt auch kommt, ich werde nicht bereuen, daß ich bei Ihnen war.«

Bolitho ergriff seine Hand. »Hoffentlich hat keiner von uns es zu bereuen.«

Sobald das Boot der Fregatte abgelegt hatte, schwangen die schweren Rahen herum, und während das Schiff im starken Wind krängte, schwärmten die Toppgasten hinauf, um sich mit den killenden Segeln herumzuschlagen – mit vorgeneigtem Leib preßten sie sich an die Rahen und krallten sich an die Fußpferde, um nicht aufs Deck oder in die kochende See zu stürzen.

Herrick wischte sich schwungvoll einen Schuß Sprühwasser aus den Augen und rief zu Bolitho hinüber: »Ist es in St. Clar schlimmer geworden, Sir?«

Bolitho spürte, wie das Deck unter seinen gespreizten Beinen bockte. Das alte Schiff tat sich schwer bei dem Manöver. Er konnte die Spieren und Planken unter dem verstärkten Druck knarren und quietschen hören; doch als sich mehr und mehr Segel hoch oben mit Wind füllten, bemühte er sich, diese unheimlichen Geräusche, mit denen das Schiff gegen die rauhe Behandlung protestierte, einfach nicht zu hören. »Ich fürchte ja«, beantwortete er Herricks Frage. »Anscheinend wird der Belagerungsring um den Hafen immer enger.«

Ehe Herrick weiterfragen konnte, schritt Bolitho zur Luvreling hinüber. Es hatte keinen Sinn, ihm zu erklären, daß ein gut Teil von dem, was St. Clar jetzt zu leiden hatte, offenbar aus der Stadt selbst kam. Vielleicht nahm Herrick es ihm übel, daß er so auf Distanz gehalten wurde; aber wenn es zu einer Kriegsgerichtsverhandlung kam, konnte er dann wenigstens nicht als Mitschuldiger gelten.

Gossett fragte: »Sie wollen doch nicht etwa die Royals setzen, Mr. Herrick?«

Bolitho fuhr herum. »Aber ich, Mr. Gossett! Sie haben immer den Mund vollgenommen, was das Schiff alles leisten könne. Jetzt beweisen Sie es!«

Gossett wollte protestieren, sah aber Bolithos trotzige Schulterhaltung, und da ließ er es lieber.

»Pfeifen Sie ›Alle Mann‹!« befahl Herrick. »Und der Segelmacher soll kommen, damit jedes Segel, das reißt, gleich ersetzt werden kann.« Er wandte sich wieder um und schaute besorgt zu Bolitho hinüber, der auf dem schrägen Deck auf und ab ging. Er war bis auf die Haut durchnäßt, und sein verwundeter Arm, der nicht mehr verbunden war und aus dem der Arzt erst kürzlich die Fäden gezogen hatte, streifte beim Gehen gegen die Netze; aber das schien er gar nicht zu bemerken.

Er trägt für uns alle, dachte Herrick. Immer sorgt er sich, aber helfen lassen will er sich nicht. Er packte die Reling, denn ein langer Brecher hob das Heck und rollte tosend unter den Decksgängen dahin. Die Pumpen klapperten lauter denn je, und als Herrick sich die brennenden Augen wischte, sah er, daß sich die Rahen unter dem Druck der geschwellten Segel bogen, die so hart schienen wie Stahl. Aber die *Hyperion* reagierte. Gott mag wissen wie, dachte er verwundert, aber dieser alte Kasten scheint zu verstehen, wie wichtig es für den Captain ist – sogar besser als wir.

Und doch brauchte die *Hyperion* zwei volle, nervenzermürbende Tage bis St. Clar, denn sie mußte fast gegen den Wind segeln, und keiner an Bord kam zur Ruhe. Wenn die Matrosen nicht beim Segelsetzen waren oder an den Pumpen werkten, hatten sie es mit einer immer länger werdenden Reparaturliste zu tun: es gab zu flicken und zu spleißen, als hinge das Leben davon ab – und das war auch der Fall. Denn obwohl der Wind ständig in den strapazierten Segeln heulte und die *Hyperion* so gefährlich krängte, daß die See über die unteren Stückpforten wusch, knüppelte Bolitho das Schiff ohne Rast oder Rücksicht auf Verluste voran. Es war ein Kampf, in dem Schiff und Kapitän miteinander wetteiferten; der wütende Wind und die grollende See waren beider gemeinsame Feinde.

Weder Offiziere noch Matrosen beobachteten mehr die gefährlich gebogenen Rahen oder hörten das schmerzliche Jaulen des Rigges. Darüber waren sie hinaus. Wer noch Zeit und Kraft zum Nachdenken hatte, sparte sie für Bolitho auf, der das Schiff durch eine Krise nach der anderen führte und wunderbarerweise weder Essen noch Schlaf zu brauchen schien.

Während der Vormittagswache des zweiten Tages rundete die *Hyperion* den nördlichen Arm der Bucht und kreuzte dankbar in die Hafeneinfahrt. Aber jede Hoffnung auf eine Atempause schwand sofort bei dem Anblick, der die müde Mannschaft erwartete; und angstvolle

Minuten vergingen, bis der Anker ganz vorn, noch zwischen den Armen der Hafeneinfahrt, fiel. Hier, im tiefen Wasser, wo sie vor der vollen Kraft des Windes geschützt waren, hörten sie deutlich das bedrohliche Donnern der Artillerie und gelegentlich auch das Krachen einstürzenden Mauerwerks, wenn eine wohlgezielte Kanonenkugel ein Haus in der Stadt getroffen hatte.

Bolitho suchte mit dem Glas die Uferfront ab und sah den großen Rauchpilz hinter den geduckten Häusern, die wüsten Narben und Löcher. Er hatte so weit draußen ankern müssen, weil der innere Hafen voller Schiffe lag, die das Geschützfeuer von draußen hereingetrieben hatte. Die *Tenacious* und die *Princesa*, das spanische Schiff, lagen am nächsten bei der Stadt; zwei Transporter schwojten an den Ankertrossen und hatten kaum genug Zwischenraum, um nicht zu kollidieren, wenn der Wind plötzlich umsprang. Bolitho schob das Glas heftig zusammen. Zusammengetrieben. In der letzten Zuflucht, die ihnen noch blieb und im Angesicht des Feindes zusammengedrängt. Keine Rückzugsmöglichkeit mehr. Nur noch die See im Rücken.

»Mein Boot!« befahl er scharf. »Ich fahre ins Hauptquartier zum Admiral.« Er hatte sofort gesehen, daß die Admiralsflagge nicht mehr auf der *Tenacious* wehte.

Herrick kam raschen Schrittes nach achtern. »Soll ich mitkommen, Sir?«

Bolitho schüttelte den Kopf. »Sie übernehmen das Schiff, bis ich zurückkehre. Passen Sie gut auf die Ankertrosse auf, damit sie sich nicht losreißt und zu ihrer alten Feindin an die Küste treibt.« Trübe starrte er auf die verkohlten Reste der *Saphir* unterhalb des Leuchtfeuers. »Anscheinend sind wir gerade zum letzten Akt der Tragödie zurechtgekommen.«

Allday kommandierte die Männer an den Davits, die sein Boot über die Leeschanz abfierten. »Ich nehme Mr. Inch und zwölf gute Männer, bewaffnet und in anständigen Uniformen. Ganz gleich, wie es steht, meine Leute sollen nicht wie ein Haufen Zigeuner aussehen.«

Gossett sagte in die Luft hinein: »Wie ich sehe, ist die *Vanessa*, das Transportschiff, ausgelaufen. Kann froh sein, daß sie weg ist.«

Bolitho ließ sich von Gimlett in den Uniformrock helfen. Daß die *Vanessa* St. Clar verlassen hat, dachte er grimmig, ist noch der einzige Lichtblick an diesem Wolkenhimmel. Er hatte Ashby ausdrücklich angewiesen, das Mädchen auf das erste Schiff zu setzen, das nach England auslief, hatte Cheney Geld und einen Brief an seine Schwester in

Falmouth mitgegeben. Wenn sie es tatsächlich bis nach Falmouth schaffte, würde sie gut versorgt sein.

»Boot ist klar, Sir.« Leutnant Rooke sah ihn gespannt an. »Sieht so aus, als sei alles umsonst gewesen, Sir, nicht wahr?«

Bolitho zog den Dreispitz fest in die Stirn und entgegnete: »Ein kalkuliertes Risiko ist niemals völlig umsonst, Mr. Rooke. Als Kartenspieler müßten Sie das doch wissen.« Dann kletterte er eilends ins Boot, wo Inch und seine Abteilung bereits zusammengepreßt wie Heringe in der Tonne hockten.

Während das Boot stetig an den anderen Schiffen vorbeizog, sah Bolitho deren Matrosen auf den Decksgängen oder in den Masten stehen. Stumm und aufmerksam beobachteten sie die Stadt. Vermutlich wußten sie, daß ihre Schiffe unter diesen Umständen völlig hilflos waren. Sie konnten weiter nichts tun als aufpassen und auf den unvermeidbaren Rückzug warten.

Weiter drin im Hafen war eine zweite Sperre gelegt worden, doch nicht, um Schiffe an der Einfahrt zu hindern. Bolitho sah längs der Balken die Wracks mehrerer Fischerboote und anderer kleiner Fahrzeuge, manche bis zur Unkenntlichkeit verbrannt. Die Sperre hatte wohl verhindern sollen, daß sie auf die ankernden Schiffe zutrieben. Ein Brander mußte dieses vollgestopfte Hafenbecken in eine Flammenhölle verwandeln, aus der kein Mensch mehr herauskam.

Stumm pullten die Rudergasten; ihre Blicke flogen umher und entdeckten ein Unheilszeichen nach dem anderen. Am schlimmsten waren die Häuser der Nordseite getroffen. Mehr als eins brannte lichterloh, anscheinend ohne daß jemand löschte. Aufgerissene Dachstühle gähnten den Himmel an. Auch am Landungssteg lagen einige kleinere Wracks, und beim Anlegen bemerkte Bolitho ein bleiches, nach oben gewandtes Gesicht unter der klaren Wasseroberfläche, das mit weit offenen Augen noch in das Land der Lebenden starrte. Kurz befahl er: »Allday, Sie bleiben mit der Mannschaft hier. Ich gehe in die Stadt.« Er hakte den Degen im Gehänge los. »Kann sein, daß es Ärger gibt, also passen Sie gut auf!«

Allday nickte und zog seinen Entersäbel. »Aye, aye, Captain.« Er schnupperte in der Luft wie ein Hund. »Sie brauchen bloß Bescheid zu sagen, dann kommen wir.«

Eilends schritt Bolitho die ansteigende Straße hinauf, die Matrosen der Landeabteilung hielten sich dicht hinter ihm. Es war noch viel schlimmer, als er befürchtet hatte. Geduckte Gestalten hockten wie

Tiere in den Ruinen. Aus Angst oder Trotz wollten sie ihre zerstörten Heimstätten wohl nicht verlassen. Im Trümmergeröll, in dem allgemeinen Durcheinander offenbar übersehen, lagen Leichen. Über den prasselnden Flammen hörte er ab und zu das Jaulen eines Artilleriegeschosses, dem jedesmal ein krachender Einschlag folgte.

Keuchend und schweißüberströmt rannte Inch neben ihm. »Hört sich nach schwerem Kaliber an, Sir. Die Franzosen müssen schon in den südlichen Bergen sitzen, daß sie bis hier hereinschießen können.« Er zuckte zusammen, als es krachend in ein nahes Haus einschlug und eine Lawine von Staub und zerbrochenen Ziegeln herunterprasselte.

An der Ecke des Marktplatzes sah Bolitho ein kleines Detachement pulvergeschwärzter Marine-Infanteristen. Sie lagerten um ein Feuer und starrten wortlos auf einen mächtigen schwarzen Topf darüber. Überrascht sah er, daß es Männer von der *Hyperion* waren. Auch sie wandten sich nach ihm um; ein riesiger Sergeant sprang auf und nahm Haltung an, den dampfenden Napf noch in der Hand.

Bolitho nickte grüßend. »Sergeant Best, freut mich, daß ihr es euch gemütlich macht.«

Der Seesoldat grinste über das ganze schmutzige Gesicht. »Aye, Sir. Hauptmann Ashby hat unsere Leute rings um das Hauptquartier verteilt.« Er deutete zum Haus hinüber. »Die Artillerie versucht immer wieder, 'ne Breitseite draufzusetzen, aber die Kirche ist im Wege.« Er verstummte, denn eine Kugel schlug in die Kirchturmspitze und riß den blinkenden Wetterhahn ab, der wie ein Vogelbalg auf den Platz fiel. »Besser gezielt diesmal«, bemerkte er mit der Sachlichkeit des Berufssoldaten.

Wütend schritt Bolitho zum Tor. Hinter der Mauer waren noch mehr Seesoldaten. Einige schliefen neben den zusammengesetzten Musketen, andere standen herum oder hockten auf den Treppenstufen. Ihre Gesichter waren von Müdigkeit und Anstrengung gezeichnet. Doch als Bolitho näher kam, kommandierte ein Korporal heiser: »*Hyperion*, Ach . . . tung!« Wie aus einer Art Betäubung erwacht, taumelten sie hoch, rissen sich zusammen und nahmen Haltung an. Und auf den trübseligen Gesichtern erschien tatsächlich eine Art Freudenschimmer, als sie ihren Kommandanten erkannten. Einer rief: »Fein, daß Sie wieder da sind, Sir! Wann kommen wir hier weg?«

Eilig schritt Bolitho zur Tür. »Ich dachte, euch geht's hier zu gut, da bin ich lieber gekommen, damit ihr wieder vernünftig zu tun kriegt!«

Es war erschütternd, daß sie über diese dumme Bemerkung lachten.

Sie vertrauten ihm; sein bloßer Anblick gab ihnen Sicherheit, als könne seine Leutseligkeit und das Gefühl, zum selben Schiff zu gehören, ihre Lage völlig ändern.

Drinnen sah er Kapitän Dash an Pomfrets großem Schreibtisch sitzen, den Kopf auf die Arme gesunken.

Er sagte zu Inch: »Warten Sie draußen und halten Sie die Leute beisammen!« Damit schloß er die Tür hinter sich und trat zum Schreibtisch.

Dash rieb sich die Augen und starrte ihn an. »Mein Gott, ich träume wohl noch!« Unsicher stand er auf. »Freue mich, daß Sie da sind.«

Bolitho setzte sich auf die Tischecke. »Ich wäre schon früher gekommen, aber ...« Er zuckte die Achseln. Das lag jetzt alles in der Vergangenheit. »Wie schlecht steht es?«

Müde und lustlos schlug Dash auf die große Karte. »Hoffnungslos, Bolitho. Der Feind bekommt jeden Tag mehr Verstärkung.« Sein Finger zog den Lageplan der Stadt nach. »Unsere Leute sind hier eingeschlossen. Wir mußten die Bergstellung aufgeben, und die Straße auch. Die ganze Front weicht zurück. Morgen kämpfen wir vielleicht schon in den Straßen.« Er tippte auf den südlichen Arm der Bucht. »Wenn sie uns da rausschmeißen, sind wir erledigt. Sobald die Franzosen Artillerie auf dem Landvorsprung haben, können sie in ein paar Stunden unsere Schiffe zu Brennholz schießen. Wir kämen nicht mal aus dem Hafen!«

Bolitho musterte Dash scharf. Irgendwie hatte er sich verändert. »Und was tut der Admiral?« fragte er leise.

Dash fuhr zusammen und erbleichte. »Sir Edmund ist krank«, antwortete er. »Ich dachte, Sie wissen das.«

»Ja, Leach hat mir so was angedeutet.« Er sah, daß Dashs Hände nervös zuckten. »Aber was ist nun wirklich mit ihm?«

Dash ging ans Fenster. »Eine Brigg brachte Depeschen aus Toulon. Die ganze Geschichte ist aus und vorbei. Lord Hood hatte Order gegeben, den Hafen zu räumen und vorher alle Hafenanlagen zu zerstören.« Er duckte sich unwillkürlich, denn ein naher Einschlag ließ weißen Staub von der Decke rieseln. Dann fuhr er wütend fort: »Als ob es hier noch viel zu zerstören gäbe!«

Bolithos Bauchmuskeln krampften sich zusammen. »Und Toulon?« fragte er. Aber er konnte sich die Antwort schon denken.

Dash zuckte heftig die Achseln. »Da steht es genauso schlecht. Innerhalb der nächsten Wochen räumen wir Toulon.«

Bolitho stand auf und verschränkte die Hände auf dem Rücken. »Aber was hat nun der Admiral gesagt?«

»Ich dachte, er wird verrückt.« Dash wandte sich ab, so daß sein Gesicht im Schatten lag. »Er tobte und raste, beschimpfte alle, mich eingeschlossen, und dann zog er sich in sein Zimmer zurück.«

»Wann war das?« Bolitho wußte, daß er das Schlimmste noch nicht gehört hatte.

»Vor zwei Wochen.«

»Zwei Wochen!« Bolitho starrte Dash entsetzt an. »Und was, um Gottes willen, haben *Sie* in der Zeit unternommen?«

Dash wurde rot. »Sie müssen das von meinem Standpunkt aus betrachten, Bolitho. Ich bin kein Aristokrat, das wissen Sie. Ich habe mich mit Zähnen und Klauen vom Unterdeck nach oben gekämpft. Um die Wahrheit zu sagen, ich glaubte nie, daß ich so weit kommen würde.« Seine Stimme wurde hart. »Aber nun, da ich es geschafft habe, werde ich auch alles tun, um meinen Rang zu behalten.«

Kalt entgegnete Bolitho: »Ob es Ihnen nun paßt oder nicht – Sie haben hier den Oberbefehl, solange Pomfret krank ist.« Er schlug mit der Faust auf den Tisch. »Sie müssen handeln! Sie haben gar keine andere Möglichkeit!«

Dash hob die Arme. »Diese Verantwortung kann ich nicht übernehmen. Was würde Sir Edmund mit mir anstellen? Und was würde man in England dazu sagen?«

Bolitho musterte ihn sekundenlang. In der Schlacht hatte Dash bestimmt vor nichts und niemandem Angst. Mit halbzerschossenem Schiff und gegen jede Übermacht hätte er bis zum bitteren Ende gekämpft. Aber einer Situation wie dieser war er nicht gewachsen.

Dann dachte er an die zerschossene Stadt, an Männer wie Fowler, die damals den ersten Sieg ermöglicht hatten. Schonungslos erwiderte er: »Glauben Sie tatsächlich, Ihre Karriere oder sogar Ihr Leben seien so wichtig?« Er sah, daß Dash sich wie unter einem Schlag krümmte, fuhr aber fort: »Denken Sie an die Menschen, die von Ihnen abhängig sind – und dann sagen Sie mir, daß Sie immer noch zögern!«

Gepreßt entgegnete Dash: »Ich habe nach Ihnen geschickt, weil Sie Bescheid wissen sollten . . .«

»Ich weiß schon, wozu Sie mich brauchen, Captain Dash!« Bolitho blickte ihm über die staubbedeckte Karte hinweg in die Augen. »Ich soll Ihnen den Rücken stärken, Ihnen bestätigen, daß Ihre Maßnahme richtig ist.« Er wandte sich ab, denn von Dashs Unsicherheit und der

Grausamkeit seiner eigenen Worte wurde ihm fast übel.

»Das will ich nicht bestreiten«, erwiderte Dash schweratmend. »Ich war immer ein Mann, der Befehle ausführt. Dienst ist Dienst und Schnaps ist Schnaps, dafür reicht's bei mir. Aber in einer solchen Situation bin ich verloren, so wahr mir Gott helfe!« Er senkte den Blick auf die Karte.

»Na schön.« Bolitho hätte gern den Schmerz gelindert, den er diesem Mann zugefügt hatte; doch die Zeit drängte. Es war überhaupt keine Zeit mehr. »Ich rede mit Pomfret. Inzwischen berufen Sie eine Lagebesprechung ein.« Er bemühte sich, seine Bitterkeit zu überwinden. »Bitten Sie alle Offiziere hier in dieses Zimmer. In einer Stunde – können Sie das schaffen? Und holen Sie auch Labouret dazu, den Bürgermeister.«

»Sind Sie sich auch klar, daß ... Und wenn jetzt etwas schiefgeht, Bolitho?« murmelte Dash.

»Dann müssen Sie den Kopf hinhalten, Dash. Und ich genauso – aber das wird Ihnen kein Trost sein.«

Er schritt zur Tür und sagte abschließend: »Eins jedoch ist ganz sicher, Captain Dash. Wenn Sie hier sitzenbleiben und nichts tun, werden Sie Ihr Gesicht nie wieder im Spiegel sehen können. Denn das würde bedeuten, daß Sie der Verantwortung, nach der Sie Ihr Leben lang gestrebt haben, nicht gewachsen waren. Daß Sie das eine Mal, als es wirklich darauf ankam, versagten.«

Damit wandte er sich ab und trat hinaus. »Mr. Inch«, befahl er kurz, »melden Sie sich bei Captain Dash. Er wird Ordonnanzen brauchen. Kümmern Sie sich sofort darum!«

Sodann eilte er die geschwungene Treppe hinauf. Oben stand ein Marine-Infanterist vor einer Tür Posten. Drinnen im Zimmer war es stockdunkel; und während Bolitho sich zum Fenster tastete, rollte etwas unter seinem Fuß weg und klirrte gegen die Wand. Aber seine Nase hatte ihm schon verraten, was es mit Pomfrets Krankheit auf sich hatte. Als er die Vorhänge aufzog und sich im Zimmer umsah, stieg Übelkeit in ihm hoch.

Pomfret lag, Arme und Beine von sich gestreckt, auf dem breiten Bett. Sein Mund stand weit offen, sein Atem ging schwer und mühsam. Um das Bett herum und überall auf dem prächtigen Teppich lagen leere Flaschen, zerbrochene Gläser, allerlei Kleidungsstücke, Möbel, die so aussahen, als hätte sie der Admiral mit bloßen Händen zertrümmert.

Bolitho biß die Zähne zusammen und beugte sich über das Bett. Pomfrets unrasiertes Gesicht war wächsern und verschwitzt. Auf der Bettdecke lag Erbrochenes, und der ganze Raum stank wie eine üble Spelunke. Er faßte Pomfret bei der Schulter und schüttelte ihn; es war ihm völlig egal, wie der Admiral darauf reagierte. Doch er schien einen Leichnam zu schütteln. »Wachen Sie auf, verdammt!« Er schüttelte stärker. Pomfret stöhnte dumpf, aber das war auch alles. Dann fiel Bolithos Blick auf ein zerknülltes Stück Papier auf dem Nachttisch. Er sah das wohlbekannte Dienstsiegel, das Wappen über dem sauber geschriebenen Text. Er ging um das Bett herum und machte sich daran, Pomfrets Order aus Toulon zu lesen. Einmal hielt er inne und wandte den Kopf, um in Pomfrets schlaffes Gesicht zu blicken. Jetzt wurde ihm alles klar: Herricks Bemerkung, daß Pomfret hier seine letzte Bewährungschance bekommen hatte. Die Verbissenheit, mit der er von St. Clar aus den Sieg über Frankreich erzwingen wollte. Und hätte er Hilfe und die versprochenen Verstärkungen bekommen, wäre ihm das vielleicht sogar geglückt – ein trauriger Gedanke.

Bolitho las weiter; und mit jeder Zeile begriff er mehr, wuchs seine Verzweiflung. Niemals war wirklich beabsichtigt gewesen, St. Clar länger zu halten als nötig, um den Feind von Toulon abzulenken. Pomfret hatte die Kastanien aus dem Feuer holen sollen, weiter nichts. Wäre die Invasion von Toulon aus erfolgreich gewesen – nun ja. Aber wie die Dinge lagen, blieb Lord Hood jetzt keine Zeit mehr für Pomfrets Sorgen – er hatte seine eigenen. Die Order enthielt genaue Anweisungen für die Zerstörung der Hafeneinrichtungen vor der Räumung; doch Bolitho blieb an dem letzten Teil des Textes hängen – sein Herz erstarrte bei dem eiskalten Satz: »In Anbetracht des beschränkten Schiffsraums und der Nähe der feindlichen Streitkräfte ist keinerlei Evakuierung von Zivilisten möglich.«

Bolitho starrte auf die säuberliche Schrift, bis sie vor seinen Augen zu tanzen begann. So mußte Pomfret hier gesessen und den Befehl gelesen haben. In Zukunft würde er der Mann sein, der die königstreuen Bürger von St. Clar ihrem Schicksal überlassen hatte, einer mörderischen Vergeltung, zu schrecklich, um sie sich auszudenken. Wieder wandte sich Bolitho um und blickte in des Admirals Gesicht. »Und er hatte keine Schuld«, sagte er laut. »Herrgott im Himmel, es war von Anfang an nur eine Finte und hatte überhaupt nichts zu bedeuten!« Mit einem Fluch knüllte er das Papier zusammen und schleuderte es durch den Raum.

Er erinnerte sich an Herricks Erstaunen, als Pomfret damals das Glas Wein abgelehnt hatte. Auch damit war es jetzt vorbei. In immer schrecklicherer Deutlichkeit sah er, wie unheilbar Pomfret ruiniert war.

Während dieser ganzen Zeit, als Menschen starben und Familien von den Trümmern ihrer Häuser zerschmettert wurden, hatten zwei Männer tatenlos zugesehen und sich geweigert zu handeln: Unten im Erdgeschoß hatte Dash auf einen Befehl gewartet, der ihm die Verantwortung abnahm; und was Cobban getan hatte, wußte Gott allein – vielleicht lebte er auch gar nicht mehr.

Beim Aufstehen erblickte sich Bolitho in einem goldgerahmten Spiegel. Seine Augen glühten, und tiefe Linien der Erschütterung zogen sich um seinen Mund. Er war sich selbst ganz fremd. »*Ich* habe das Ganze angefangen – nicht er«, murmelte er. Pomfret auf seinem Bett stöhnte, Speichel rann ihm über die Wange. Draußen stand Fanshawe müßig an einem Flurfenster. »Kommen Sie herein!« Der Flaggleutnant fuhr herum, als hätte jemand auf ihn geschossen. Bolitho blickte ihn unbewegt an, und als er sprach, war seine Stimme eiskalt. »Kümmern Sie sich um den Admiral und lassen Sie das Zimmer saubermachen!«

Nervös blickte Fanshawe zur Tür. »Die Dienerschaft ist geflohen, Sir.«

Bolitho packte ihn beim Ärmel. »Dann machen Sie eben selbst sauber. Wenn ich zurückkomme, ist es in Ordnung! Ich schicke Ihnen meinen Bootsmann, der kann Ihnen helfen, aber sonst kriegt kein Mensch den Admiral so zu sehen, *verstanden*?« Heftig schüttelte er den Leutnant am Arm, um seine Worte zu unterstreichen. »Unsere Leute wissen davon nichts.« Er senkte die Stimme. »Und sie sind von uns abhängig, Gott helfe ihnen!«

Ohne ein weiteres Wort ging er die Treppe hinunter. Der Kopf wirbelte ihm; kaum vernahm er das Dröhnen der Geschütze rings um die Stadt.

Er trat ins Freie und machte eine Runde um das Haus, damit sich seine Gedanken sammeln konnten. Als er wieder in das getäfelte Arbeitszimmer trat, warteten die anderen bereits.

Labouret saß in einem Sessel, das Kinn war ihm auf die Brust gesunken; aber als Bolitho durch die Tür trat, sprang er auf und ergriff stumm seine beiden Hände.

Bolitho blickte ihn an; nur zu deutlich sah er den Schmerz und die

Verzweiflung in den dunklen Augen des Bürgermeisters. »Ich weiß, Labouret«, sagte er leise. »Glauben Sie mir, ich verstehe alles.«

Trübe nickte Labouret. »Es hätte ein großer Sieg werden können, *m'sieur*.« Er senkte die Augen, aber Bolitho hatte schon gesehen, daß ihm die Tränen über die Wangen liefen.

Hauptmann Ashby grinste: »Es freut mich, daß Sie wieder hier sind, Sir, mehr, als ich sagen kann!«

Bolitho blickte sich im Zimmer um. »Wo ist Colonel Cobban?«

Ein junger Infanterie-Hauptmann sagte rasch: »Er hat mich geschickt, Sir. Er, äh, konnte nicht kommen.«

»Spielt auch keine Rolle«, sagte Bolitho kalt. Der spanische Oberst saß in demselben Sessel wie damals; seine Uniform war so sauber und gepflegt, als käme er geradewegs von der Parade. Er nickte Bolitho kurz zu und starrte dann wieder auf seine Stiefel.

Mühsam sagte Kapitän Dash: »Äh – wenn Sie anfangen wollen, Bolitho?«

Bolitho wandte sich den anderen zu. Dash hatte noch nicht offiziell bekanntgegeben, daß er Bolitho die Befehlsgewalt übertragen hatte. »Viel Zeit bleibt nicht mehr«, sagte er gelassen. »Wir beginnen unverzüglich mit der totalen Räumung.« Sie sahen einander an. Überrascht? Erleichtert? Schwer zu sagen. Er fuhr fort: »Wir geben ein generelles Signal an das gesamte Geschwader, damit es Boote schickt. Zuerst die Verwundeten – sind es viele?«

»Über vierhundert, Sir«, meldete ein Infanterist.

»Schön. Sie werden unverzüglich an Bord der *Erebus* und der *Welland* geschafft. Captain Dash regelt den Einsatz unserer Matrosen, die bei der Einschiffung helfen.« Er blickte kurz zu Dash hinüber; halb und halb erwartete er einen Einwand, aber Dash nickte bloß und murmelte: »Wird sofort erledigt.«

Bolitho sah ihm nach, als er hinausging. Mein Gott, dachte er müde, der ist froh, daß er hier weg kann.

Dann vergaß er Dash, als Labouret leise fragte: »Was soll ich meinen Leuten sagen, *capitaine*? Wie kann ich ihnen noch ins Gesicht sehen?« Offenbar wußte er, was in Pomfrets Order stand, oder er konnte es sich denken.

Bolitho sah ihn an. »Bis Sie festgestellt haben, wie viele Ihrer Mitbürger die Stadt mit uns verlassen wollen, werden wir mit der Einschiffung der Verwundeten fertig sein, *monsieur*.« Er sah, wie die Lippen des Franzosen zitterten, und fuhr rasch fort: »Alle, die wegwollen, fahren mit. Ich kann Ihnen nicht viel versprechen, mein Freund, aber wenigstens werden sie ihres Lebens sicher sein.«

Sekundenlang starrte Labouret ihn an, als wolle er ein Geheimnis enträtseln. Dann erwiderte er erstickt: »Das werden wir Ihnen nie vergessen, *capitaine*! Niemals!« Damit ging er.

Dann fuhr Bolitho fort: »Die *Harvester* wird bald einlaufen, sie hat die Sträflinge an Bord. Auch die müssen auf die beiden Transporter verteilt werden.«

Jetzt fuhr der spanische Oberst aus seinem Sessel auf. »Was reden Sie da? Verwundete und elende Bauern und obendrein noch Sträflinge? Was aber wird aus meinen Pferden, *capitano*? Wie kann ich die auf zwei Schiffen unterbringen?«

Zögernd schloß sich der Infanteriehauptmann seiner Frage an: »Und die Geschütze, Sir?«

Bolitho blickte durch die offene Tür. Eben führte ein Seesoldat Allday die Treppe hinauf zu Pomfrets Zimmer. »Die müssen eben hierbleiben, meine Herren«, erwiderte er kühl. »Zuerst kommen die Menschen.« Sie starrten ihn an, doch er blickte ihnen in die Augen, bis sie wegsahen. »Dieses eine Mal kommen die Menschen zuerst.«

Der Oberst stand auf und ging zur Tür. Heiser sagte er über die Schulter zurück: »Ich halte Sie für einen Narren, *capitano*. Aber einen tapferen Narren.«

Als draußen sein Pferd hinweggetrabt war, sagte Bolitho: »Jetzt zeigen Sie mir unsere Infanteriestellungen. Diese Operation muß absolut glatt und ohne Panik ablaufen, wenn sie klappen soll.«

Eine halbe Stunde später gingen sie, alle außer Ashby. Bolitho fühlte sich völlig ausgelaugt. »Nun, Ashby, haben Sie noch Fragen?«

Ashby zog sich den Uniformrock glatt und rückte an seinem Koppel. Dann sagte er: »Ich hatte noch keine Zeit, es Ihnen zu sagen, Sir. Aber Miss Seton ist noch hier in St. Clar.«

»Was?« Bolitho starrte ihn entsetzt an.

»Ich habe versucht, sie an Bord der *Vanessa* zu bringen, Sir«, erklärte Ashby mit unglücklicher Miene. »Aber sie wollte unbedingt bleiben. Sie hilft im Lazarett.« Seine Augen glänzten in dem staubigen Sonnenlicht. »Sie ist ein Beispiel und Vorbild für alle, Sir.«

»Danke, Ashby«, entgegnete Bolitho ruhig. »Ich werde selbst mit ihr sprechen.« Er nahm seinen Hut und trat hinaus auf die Straße, in das Krachen des Artilleriebeschusses.

Bolitho brachte sein geliehenes Pferd hinter einer Steinhütte in Deckung und sprang aus dem Sattel. Ashby, der den ganzen Nachmittag bei ihm gewesen war, saß ebenfalls ab und lehnte sich an die Mauer. Sein Atem ging schwer vor Erschöpfung.

Es war erst später Nachmittag, und doch konnte man glauben, die Nacht bräche herein, so dick war der ziehende Qualm. In der wachsenden Dämmerung schien die Stadt von einem geschlossenen Ring aus dem Mündungsfeuer der Kanonen und Musketen umgeben. Ashby deutete auf das bleiche Band der Landstraße. »Weiter können wir nicht vorgehen, Sir«, sagte er. »Hundert Yards vor uns sind die Franzosen.«

Bolitho duckte sich hinter einer primitiven Barrikade aus Wagen und sandgefüllten Fässern. Er konnte die verstreute Linie der Soldaten sehen, die sich nach rechts und links erstreckte. Mit langsamen, regelmäßigen Bewegungen luden sie und feuerten in Richtung auf die Landstraße. Dunkel hoben sich ihre roten Uniformröcke von dem staubigen Geröll ab.

Ein junger Leutnant kroch hinter einem umgestürzten Bauernwagen hervor und kam zu Bolitho gerannt. Wie seine Männer war er schmutzig und abgerissen, doch seine Stimme klang ruhig, als er, auf die tief verschatteten Hügel deutend, die Lage erläuterte: »Wir mußten in der letzten Stunde etwa fünfzig Yards zurückgehen, Sir.« Er duckte sich vor einer Musketenkugel. »Viel länger kann ich mich hier nicht halten. Ich habe die Hälfte meiner Männer verloren, und die noch kampffähig sind, haben kaum mehr Munition.«

Bolitho zog sein Taschenteleskop aus und spähte über die Barrikade. Vor dem aufblitzenden Mündungsfeuer konnte er die Gefallenen und Verwundeten mit den leuchtend weißen Brustriemen liegen sehen, die jeden Meter des Rückzugs kennzeichneten. Hier und da hob einer den Arm, und einmal hörte er während einer kurzen Feuerpause den halberstickten Ruf nach Wasser.

Er dachte an das provisorische Lazarett am Hafen. Da hatten sich ihre Blicke ein paar Sekunden lang über die gebeugten Köpfe und ausgestreckten Leiber hinweg gefunden. Bolitho hatte dem dienstältesten Feldscher gesagt, was er vorhatte, aber dabei nur zu dem Mädchen hinübergeblickt. Der Sanitäter hatte ihn erst ziemlich ungläubig gemustert, doch als eben wieder ein Verwundeter weggetragen wurde, sagte er müde: »Wir werden sie an Bord bringen, Captain, und wenn wir sie auf den Rücken nehmen und schwimmen müssen!«

Bolitho war mit Cheney in einen kleinen Nebenraum getreten, der einmal so etwas wie ein Kindergarten gewesen sein mußte. Haufenweise lagen verschmutzte Verbände und zerfetzte Uniformen herum. Die Wände waren mit primitiven Bildern bedeckt, gemalt von Kindern, die jetzt in der belagerten Stadt eingeschlossen und vom Tod bedroht waren.

»Ich wußte, daß du kommen würdest, Richard«, hatte sie gesagt, »ich wußte es ganz sicher!«

Er hatte sie an seine Brust gezogen und ihre Verkrampfung gespürt, die plötzliche Schwere ihres Kopfes an seiner Schulter. »Du bist ja völlig erschöpft! Du hättest mit der *Vanessa* segeln sollen.«

»Ich konnte unmöglich weg, bevor du zurückkamst, Richard.« Sie hob das Kinn und blickte ihm lange ins Gesicht. »Jetzt geht es mir wieder besser.«

Draußen vor dem Haus vibrierte die Luft vor Artilleriefeuer und den Rufen rennender Männer. Aber in diesen wenigen Sekunden waren sie miteinander allein gewesen, weit weg von der bitteren Wirklichkeit und allem Leid um sie herum.

Sanft löste er ihre Hände von seinen Rockaufschlägen. »Matrosen des Geschwaders werden sehr bald eintreffen. Alles wird getan, um St. Clar zu evakuieren. Bitte sag mir, daß du mitfahren wirst.« Forschend blickte er ihr ins Gesicht. »Nur das will ich wissen.«

Langsam nickte sie. »Alle sagen, daß die Evakuierung dein Werk ist, Richard. Sie reden von nichts anderem. Daß du entgegen dem Befehl zurückgekommen bist, um uns zu helfen.« Tränen glänzten in ihren Augen. »Ich bin froh, daß ich geblieben bin – jetzt habe ich gesehen, wie du wirklich bist.«

»Wir stecken alle miteinander bis zum Hals in dieser Geschichte. Ich konnte gar nicht anders.«

Sie schüttelte den Kopf; und diese Bewegung war ihm in der Erinnerung besonders teuer. »Du magst es so nennen, Richard, aber ich kenne dich besser, als du denkst. Sir Edmund hat überhaupt nichts getan, alle anderen haben nur abgewartet, und inzwischen sind viele Menschen sinnlos umgekommen.«

»Sei nicht zu hart mit dem Admiral.« Seine Worte kamen ihm selbst seltsam vor, als hätte er in diesen Stunden gelernt, Pomfret mit ganz anderen Augen zu sehen und ihn sogar ein wenig zu verstehen. »Er und ich wollten dasselbe. Nur unsere Motive waren verschieden.«

Da erschienen auch schon die ersten Matrosen im Lazarett. In ihren sauberen, karierten Hemden, mit ihrem zielstrebigen Zupacken wirkten sie an diesem Ort der Verzweiflung und des Todes wie Fremde.

Noch jetzt, als er hinter dieser elenden Barrikade hockte, stand ihm ihr Bild deutlich vor Augen: eine schmale, trotzige Gestalt inmitten der Ernte des Krieges; sie hatte sogar ein Lächeln zustande gebracht, als er aufgesessen war.

Ein Soldat stieß einen schrillen Schrei aus, stürzte rücklings von der niedrigen Mauer und fiel kopfüber neben seinem Kameraden zu Boden. Doch der wandte nicht einmal den Kopf, sondern lud und schoß. Der Tod war etwas Selbstverständliches geworden – man kümmerte sich nicht mehr darum. Überleben war nur noch eine vage Möglichkeit.

Bolitho wandte sich um. Dort hinter ihm war die Brücke, und unter jenem Streifen Erde und verbranntem Gras lag der Fluß. Er entschloß sich. »Haben Sie die Sprengladungen gelegt, Leutnant?«

Der Offizier nickte erleichtert.

»Gut. Dann ziehen Sie sich über den Fluß zurück, und sprengen Sie die Brücke.«

Plötzlich vernahm man das Klirren von Zaumzeug. Bolitho fuhr herum und erblickte den spanischen Oberst, der gelassen auf dem schmalen Weg dahintrabte. Hinter ihm ritten die Reste seiner Kavallerie. Ihre Kürasse und Helme blitzten wie Silber im Mündungsfeuer der Artillerie.

Geduckt rannte Bolitho zur Scheune zurück. »Was tun Sie hier, Oberst?« rief er. »Ich habe Ihnen doch gesagt, Sie sollen Ihre Leute zur Evakuierung vorbereiten!«

Völlig reglos saß Don Joaquin Salgado im Sattel. Als er lächelte, glänzten seine Zähne weiß in der Dunkelheit. »Sie haben heute noch viel zu erledigen, *capitano*. Seien Sie so freundlich und trauen Sie mir zu, daß ich mein Handwerk ebensogut verstehe wie Sie das Ihre.«

»Hinter dieser Schützenlinie ist nur noch offenes Gelände und der Feind, Oberst!«

Der Spanier nickte. »Eben. Und wie vorhin jemand mit Recht bemerkte, sind Sie alle verloren, wenn der Feind den südlichen Arm der Bucht erreicht, ehe Sie die offene See gewonnen haben.« Er beugte sich etwas vor; der Sattel knirschte unter ihm. »Ich lasse meine Pferde nicht hier verkommen, *capitano*, und erschießen werde ich sie auch nicht. Ich habe genug von dieser Art Kriegführung!« Er richtete sich wieder auf und zog seinen gebogenen Säbel. »Viel Glück, *capitano*!« Und ohne zurückzublicken, gab er seinem Pferd die Sporen und galoppierte auf die Barrikade zu. Seine Männer reagierten sofort. Brüllend wie Irre jagten sie hinter ihm her; die fliegenden Hufe streiften fast die erschrockenen Soldaten bei der Barrikade. Mit blitzenden Säbeln schwärmten sie fächerförmig zur Attacke auf die feindliche Linie aus.

»Rückzug, Leutnant!« brüllte Bolitho. »Das ist unsere Chance! So ein Verrückter!« Die Soldaten sprangen hoch und zogen sich auf die Brücke zurück. Bolitho starrte den attackierenden Reitern nach. »Und dieser Mann hat gesagt, *ich* sei tapfer!«

In der Dunkelheit hörte er das Wiehern verwundeter Pferde, knatternde Schüsse, und über allem das scharfe Trompetensignal der Kavallerie. Endlich war das feindliche Sperrfeuer verstummt. Indessen war keine Zeit, stehenzubleiben und die Tapferkeit eines einzelnen zu bewundern. Jetzt nicht. Später vielleicht. Bolitho riß sich aus seinen Gedanken und rannte zu seinem Pferd.

»Von denen kommt keiner lebend davon«, schrie Ashby. »Bei Gott, Sir, dieser Mann muß verrückt sein!«

Bolitho trieb sein Pferd auf die Brücke zu. »Das ist pure Wut, Hauptmann Ashby. Weiß Gott, ich kann ihn verstehen!«

Im Hafen herrschte hektisches Getriebe. An der Pier lagen Boote aller Art und Größe; pausenlos schleppten bezopfte Matrosen Frauen und Kinder die Straßen hinunter und übergaben sie ihren Kameraden in den Booten, so selbstverständlich und geschickt, als hätten sie jahrelang nichts anderes getan.

Überall ertönten Rufe und Schreie. Matrosen und Seesoldaten stritten sich mit einigen Bürgern herum, die anscheinend fest entschlossen waren, so viel an Möbeln und Gepäck mitzunehmen, wie die Boote irgend tragen konnten. Da verhandelte ein Unteroffizier mit einer alten Frau, die mit einem Kalb am Strick dastand und es nicht loslassen wollte. Leutnant Inch schob sich durch das Gewimmel und faßte grüßend an den Hut. »Die Verwundeten sind an Bord, Sir.« Er mußte schreien, um das Stimmengewirr zu übertönen. »Dies hier sind die letzten Stadtbewohner, die weg wollen.«

Bolitho nickte. »Und die anderen?«

»Tauchen höchstwahrscheinlich unter, Sir.« Er zuckte zusammen, denn eine dumpfe Explosion erschütterte die Gebäude oberhalb des Kais. »Was war denn das?«

»Die Brücke.« Bolitho schritt zum Wasser und sah den stromabwärts fahrenden Booten nach.

Ein Leutnant trat herzu und meldete: »Die *Harvester* hat die, äh, Sträflinge an Land gebracht, Sir.«

»Gut.« Bolitho löste den Blick von den hastenden, verzweifelten, plötzlich der Unsicherheit der Flucht preisgegebenen Menschen. »Ich komme gleich und spreche zu ihnen.«

Die Sträflinge waren in einem niedrigen Schuppen zusammengepfercht. Bolitho erkannte Captain Poole vom Transporter *Erebus*, der kopfschüttelnd diesen Haufen zusätzlicher Passagiere betrachtete.

»Sind alle bereit?« fragte Bolitho.

Poole grinste. »Mein Schiff sieht vielleicht aus, Captain. Man findet kaum einen Belegnagel vor lauter Menschen.« Da er bemerkte, daß sich die Falten in Bolithos Gesicht vertieften, fuhr er zuversichtlich fort: »Aber keine Angst, ich bringe sie schon alle von hier weg.«

Bolitho stieg auf eine Kiste und schaute in die gespannten Gesichter. Selbst im schwachen Laternenschein konnte er feststellen, daß die meisten Sträflinge jetzt gesünder aussahen als beim letzten Mal. Wie lange war das her? Tatsächlich erst vier Monate?

Er begann zu sprechen. »Ihr geht jetzt auf die *Erebus*, ohne Wachen und Handschellen.« Durch die dichtgedrängten Gestalten fuhr ein Schauer der Erregung. »Captain Poole hat schriftliche Order von Admiral Pomfret, die er dem Standortkommandanten in Gibraltar überreichen wird.« Wie leicht ihm die Lüge von den Lippen kam! Die Order war zwar mit Pomfrets Petschaft gesiegelt, aber unterschrieben hatte Bolitho selbst. »Ich bin überzeugt, daß vielen von euch Straferlaß gewährt wird; obwohl manche vielleicht mit dem nächsten Konvoi nach Neu-Holland segeln wollen, um sich in einem neuen Land ein neues Leben aufzubauen.« Fast übermannte ihn die Erschöpfung, aber er fuhr fort: »Ihr habt euch anständig verhalten und nicht wenig Mut gezeigt. Das ist zumindest eine Belohnung wert.«

Er wandte sich zum Gehen, doch da ertönte eine Stimme: »Augenblick, Captain!« Als er sich ihnen wieder zuwandte, starrten sie ihn alle an. Ihre Augen glitzerten im Lampenschein. Und wieder die Stimme: »Wir wissen, was Sie für uns getan haben, Captain. Nicht wahr, Jungs?« Zustimmendes Gemurmel. »Manche Leute hätten uns auf Cozar verfaulen lassen, aber Sie haben uns da weggeholt. Wir möchten Ihnen bloß sagen, daß Sie uns mehr gegeben haben als die Hoffnung auf Freiheit: unsere Selbstachtung!«

Noch halb geblendet schritt Bolitho in die Dunkelheit hinaus, und ihr Hurrageschrei verebbte hinter ihm. Poole grinste unverhohlen und sagte irgend etwas, aber seine Worte gingen im Lärm unter.

Dann sah Bolitho Midshipman Seton an der Pier stehen. Seine eine Hand war verbunden; mit der anderen hielt er ein erschöpftes Pferd beim Zügel. »Darf ich wieder an Bord, Sir?« fragte der Junge.

»Gott sei Dank, daß Sie in Sicherheit sind«, sagte Bolitho und faßte ihn bei der Schulter. »Ich habe Sie den ganzen Nachmittag gesucht.«

Seton blickte verlegen drein. »Ich hatte mich verirrt, Sir. Das Pferd ist mir durchgegangen, und ich brauchte zwei Tage, um durch die feindlichen Linien zu kommen.«

Bolitho lächelte müde. »Mr. Piper wird sich freuen, daß Sie wieder da sind. Er dachte sich schon, daß Sie irgendwelche Dummheiten angestellt haben.«

Er sah sich um. Die Sträflinge strömten die Stufen hinunter zu den eben angekommenen Booten. »Bleiben Sie erst mal hier und helfen Sie diesen Leuten, Mr. Seton. Wenn alle verladen sind, können Sie ins Admiralshauptquartier kommen. Ich werde dort sein.«

»Ist es vorbei, Sir?« fragte der Midshipman.

»So ziemlich«, erwiderte Bolitho; doch seine Worte hatten etwas Endgültiges. »Morgen früh bei Sonnenaufgang holen wir die letzten Soldaten an Bord.« Er zuckte die Achseln. »An diesen Tag werden Sie wahrscheinlich noch lange denken.«

Mit plötzlichem Ernst nickte Seton. »Ich habe mit meiner Schwester gesprochen, bevor sie an Bord ging, Sir. Sie hat mir alles erzählt.« Verlegen trat er von einem Fuß auf den anderen. »A-alles, was passiert ist, S-Sir.«

Bolitho sah, daß Ashby schon bei den Pferden wartete, und entgegnete leise: »Aber Mr. Seton, Sie stottern ja schon wieder!« Damit ging er, und der Junge starrte ihm nach.

Der Marktplatz vor Pomfrets Hauptquartier war leer bis auf ein paar Marine-Infanteristen und einen stöbernden Hund. Das feindliche Bombardement hatte aufgehört, und tiefe Stille lag über der zerschlagenen Stadt, als hielte sie den Atem an vor dem kommenden Tageslicht und dem letzten Akt der Tragödie.

Bolitho trat ins Haus und fand das getäfelte Arbeitszimmer verlassen; die Karte lag neben Pomfrets Schreibtisch am Boden. Als er sich in einen Sessel fallen ließ, sah er Allday in der offenen Tür stehen.

»Der Admiral schläft, Captain. Ich habe ihn saubergemacht. Mr.

Fashawe ist oben und paßt auf.« Dann wurde sein Ton persönlicher und bestimmter. »Aber Sie sollten auch ein bißchen schlafen, Captain. Sie sehen völlig erledigt aus, wenn ich so sagen darf.«

»Sie dürfen nicht, Allday.« Aber als Allday sich bückte, um ihm die Stiefel auszuziehen und dcn Degengurt abzuhaken, ließ er ihn gewähren.

»Ich bringe Ihnen Suppe, Captain, damit Sie was in den Leib kriegen.«

Leise vor sich hin pfeifend ging er davon, und Bolitho ließ den Kopf gegen die Sessellehne sinken. Plötzlich fühlte er sich vollständig ausgehöhlt. Und es war noch so viel zu tun. Er hatte Cobban immer noch nicht gefunden und auch noch nicht die endgültige Zerstörung der wenigen noch intakten Hafeneinrichtungen vorbereitet. Er dachte an Cheneys Gesicht und an den Glanz ihrer Augen beim Abschied. Im ersten Frühlicht würden die Transporter auslaufen. Die Kriegsschiffe blieben noch, um die letzte Phase des Rückzuges zu decken.

Rückzug. Das Wort traf ihn wie eine Beleidigung. Ein Rückzug war nicht leicht zu akzeptieren, mochte er auch noch so unvermeidlich sein. Der Kopf sank ihm auf die Brust, Müdigkeit hüllte ihn ein wie ein Mantel. Vage hörte er noch, daß Allday wiederkam, und spürte eine Decke um seine müden, schmerzenden Schultern. Wie von fern hörte er Allday murmeln: »Ganz recht, Captain, schlafen Sie ruhig! Eine Menge Menschen können heute ruhig schlafen, bloß weil Sie da waren. Ich hoffe zu Gott, daß sie auch wissen, wer sie gerettet hat.«

Leutnant Herrick stieß sich von der Achterdecksreling ab und rieb sich heftig die Augen. Noch eine Sekunde, und er wäre im Stehen eingeschlafen. Das ganze dunkle Schiff schien zu schlafen, tiefe Stille lag über dem geschützten Hafenbecken. Nur ab und zu hörte man die scharrenden Schritte eines Wachtpostens und das Stöhnen des Windes im Rigg.

Der Himmel hatte sich während der Nacht bewölkt, und Herrick spürte ein paar sanfte Regentropfen auf der Wange, als er langsam zur Kampanjeleiter ging. Die Morgenröte war nicht mehr fern; schon lag ein diffuses Licht wie mattes Zinn über der Kimmung.

Er hörte Bootsmann Tomlins ärgerliche Stimme in der Finsternis – wahrscheinlich hatte er einen unglücklichen Wachmatrosen beim Schlafen überrascht. Kein Wunder. Die Männer hatten wie die Teufel gearbeitet, bis das letzte Boot des Geschwaders im Abendlicht zwischen den ankernden Schiffen verschwunden war. Die scheinbar hoffnungslose Aufgabe war geschafft; aber wie das in so relativ kurzer Zeit hatte geschehen können, wußte keiner zu sagen. Männer, Frauen und Kinder von St. Clar. Verwundete Soldaten und die eiligst zurückgerufenen Truppen von der Brücke. Irgendwie waren sie alle in die Transporter gequetscht worden; doch Herrick bezweifelte, daß dort jemand zum Schlafen kam. Der Landwind trug den Gestank nach Feuer und Tod heran und erinnerte sie an das, was sie hinter sich lassen mußten.

Irgendwo dort hinter dem dunklen Ufer ist Bolitho noch an der Arbeit, dachte er grimmig, und nimmt auf seine eigenen Schultern, was von Rechts wegen andere tragen müßten.

Er hörte Schritte neben sich. Schwarz hob sich Gossetts mächtige, in einen langen Ölmantel gehüllte Gestalt von den gebleichten Decksplanken ab.

»Dauert nicht mehr lange, Mr. Herrick«, sagte der Master gelassen.

»Sie konnten also auch nicht schlafen?« Herrick schlug die Arme zusammen, um das Blut wieder in Gang zu bringen. »Mein Gott, das war eine lange Nacht!«

»Ich habe keine Ruhe, ehe nicht alle unsere Leute wieder an Bord sind«, knurrte Gossett. Er hob die Hand, denn ein Pfiff wie von einem aufgeschreckten Seevogel schrillte über das Wasser. »Sie pfeifen ›Alle Mann‹ auf den Transportern. Die gehen gleich Anker auf.«

»Gut.« In den kalten Wind spähend, sah Herrick, wie das Licht einer kleinen Laterne über das Deck des einen Transporters huschte. Wenn ein neuer Tag über den Ruinen von St. Clar aufging, würde der kleine Konvoi in See stechen, mit der *Princesa* als Hauptgeleitschiff; bis Gibraltar sollte noch die Fregatte *Bat* und eine der Schaluppen dazustoßen.

Gossett schien Herricks Gedanken gelesen zu haben. »Diesmal wenigstens können wir uns auf die *Princesa* verlassen. Sie ist auf Heimatkurs, da findet sie schon hin«, sagte er bitter.

Beide fuhren zusammen, denn vom Steuerborddecksgang ertönte ein Ruf: »Boot ahoi!«

Aus dem Dunkel kam sofort die Antwort: »Aye, *Hyperion*!«

»Das ist komisch«, murmelte Gossett. »Anscheinend eins von unseren eigenen Booten, aber der Käpt'n sitzt nicht drin.«

Herrick nickte und schritt zum Fallreep. »Der kommt auch nicht, ehe nicht alle anderen weg sind, Mr. Gossett.«

Der Master seufzte. »Das brauchen Sie mir nicht erst zu sagen.«

Das Boot machte an den Großrüsten fest, und Sekunden später kam

Allday durch die Fallreepspforte. Als er den Leutnant sah, klopfte er grüßend an die Stirn.

»Kompliment vom Kommandanten, Sir.« Er spähte zum Boot hinunter und zischte: »Schnauze halten, da unten!« Dann fuhr er fort: »Würden Sie bitte mit anfassen, damit wir den Admiral an Bord kriegen, Sir?«

Herrick starrte ihn an. »Den Admiral?« Jetzt kam Rowlstone durch die Fallreepspforte, ihm folgte der kleine Piper. Gelassen fuhr Allday fort: »Befehl vom Kommandanten: Sir Edmund wird in seine Schlafkabine gebracht, Sir.« Er bemerkte, daß Herrick sich nach dem Bootsmannsmaat der Wache umsah, und warnte rasch: »Er hat gesagt: keinen Wirbel, und niemand kriegt den Admiral zu sehen, bis er wieder auf den Beinen ist.«

Herrick nickte. Er kannte Allday lange genug; niemals hatte er erlebt, daß dieser verwirrt war oder seine Befehle durcheinanderbrachte. Wenn Bolitho wollte, daß Pomfret unbemerkt an Bord kam, dann hatte er bestimmt Gründe dafür.

Er winkte Gossett: »He, fassen Sie mit an!«

Wie Verschwörer schoben und hoben sie den in eine Decke gewikkelten Pomfret durch die Pforte und dann zum Achterdeck. Der Adjudant des Admirals legte mit Hand an die primitive Tragbahre. Auch der hat wahrscheinlich die ganze Nacht nicht geschlafen, dachte Herrick.

Allday führte die kleine Kolonne an, die ihren Weg zur Kampanje nahm. »Der Captain kommt mit der Nachhut, Sir.« Er rieb sich das Kinn, es knirschte wie Sandpapier. »Dann muß aber alles schnell gehen.«

Herrick nickte. »Wir sind seeklar.« Er hielt Allday an, der sich eben umwandte, um wieder zum Boot zu gehen. »Sagen Sie Captain Bolitho . . .« Er brach ab, wußte nicht, wie er seine Gefühle ausdrücken sollte.

Allday grinste in der Dunkelheit. »Dem brauch' ich nichts zu sagen, Sir. Er weiß schon, was Sie denken, keine Angst.«

Herrick blickte dem Boot nach, als es von der Bordwand abstieß. Die Riemen strichen schwer und müde, so müde wie die Männer selbst.

Ein Matrose rief: »Die Transporter haben Anker kurzstag, Sir! Und die *Erebus* setzt auch schon Bramsegel!«

»Gut.« Herrick sah jetzt, wie die fahle Leinwand auch auf den anderen Schiffen Form und Identität bekam. Ein Schiff nach dem anderen machte sich klar zum Auslaufen. Er befahl: »Sagen Sie Mr. Tomlin, er soll in einer Viertelstunde ›Alle Mann‹ pfeifen; und die Kombüse soll Feuer machen.« Ein leichter Schauer überlief ihn. »Es wird wohl eine Weile dauern, bis wir danach die nächste warme Mahlzeit in den Bauch kriegen.«

Gossett trat zu ihm an die Reling. »Was bedeutet das alles, Mr. Herrick? Warum ist Sir Edmund bei uns und nicht auf dem Flaggschiff?«

Herrick blickte kurz zur *Tenacious* hinüber. »Warum? Das geht uns nichts an. Aber bei Sonnenaufgang werden wir Sir Edmunds Flagge am Besanmast hissen.« Er spürte, wie Gossett ihn anstarrte. »Und wo die Flagge ist, da ist auch die Verantwortung – oder ich müßte mich sehr irren.«

Als das erste Sonnenlicht die Berge berührte und in die voller Trümmer liegenden Straßen sickerte, eröffnete die feindliche Artillerie wieder das Feuer. Schwarze Rauchwolken quollen von der Pier auf. Helle Funken und Flugasche markierten die letzte Phase der Zerstörung: Soldaten warfen ölgetränkte Lappen in Lagerschuppen und Fischerboote und zündeten sie an.

Mit grimmigem Gesicht stand Hauptmann Ashby neben seiner Abteilung Seesoldaten und beobachtete, wie die letzten Männer eilig von der Feuerlinie zurückkamen und zu den Booten strömten; manche schleppten verwundete Kameraden, andere gebrauchten ihre Musketen als Krücken.

Im Hauptquartier stand Bolitho an einem offenen Fenster, die Hände auf das Fensterbrett gestützt, und blickte aufmerksam in die Berge jenseits der Stadt. Hinter sich hörte er Stiefel knirschen. Ein junger Infanterieoffizier, schwarz vor Pulverrauch, stand da und sah ihn an. »Alles fertig?«

Der Offizier nickte. »Die letzte Gruppe geht eben zurück, Sir.« Er wandte sich um und nahm Haltung an, denn ein junger Leutnant mit drei Mann in voller Ausrüstung bog unten um die Straßenecke, im Gleichschritt wie bei der Parade. Der Leutnant trug die Regimentsfahne, und als er an Bolitho vorbeikam, sah dieser, daß Tränen helle Bahnen in das geschwärzte Gesicht gezogen hatten.

Bolitho trat ins Zimmer zurück. Schon war das Haus leer und halbzerstört; kaum deutete etwas darauf hin, daß Pomfret einst von hier aus seinen »ersten Schritt nach Paris« hatte tun wollen.

Draußen auf dem Platz stand Ashby und grüßte dienstlich. »Sprengladungen gelegt, Sir. Die *Frogs* können jetzt jede Minute kommen.«

Bolitho nickte und horchte auf das Gewitter der schweren Artillerie, die ein letztes Sperrfeuer auf die ausharrende Stellung der Rotröcke legte. Deutlich sah er die hinter Barrikaden und Erdaufschüttungen kauernden Gestalten, die scheinbar bereit und entschlossen waren, auch noch diesem letzten Angriff standzuhalten. Dies war beinahe das Scheußlichste an dieser scheußlichen Geschichte, dachte er. Denn kurz vor Sonnenaufgang, als die erschöpften Truppen sich aus ihren Stellungen zurückzogen, hatten Lieutenant Inch und eine Abteilung Matrosen nach seinen Anordnungen die letzte Nachhutstellung vorbereitet. Doch wenn die Franzosen nun bald das Feuer einstellen und in die Stadt stürmen würden, konnten diese Soldaten weder zurückschießen noch ihre Waffen wegwerfen und sich ergeben; denn sie waren schon tot. Aus dem Feldlazarett und von den Erdschanzen hatten Matrosen die Gefallenen, die nicht mehr dagegen protestieren konnten, zusammengetragen und sie mit ihren Musketen zu einer stillen Feuerlinie aufgebaut. Sogar eine Fahne wehte über ihren blicklosen Gesichtern, als letzter, grimmiger Hohn.

Bolitho riß sich aus seinen trüben Gedanken. Tote spürten keine Schmerzen mehr, die Lebenden mußten gerettet werden.

»Los, Ashby«, befahl er. »Lunten an!«

Er hörte Trompetenklang und eine Welle von Hurras – die ersten französischen Soldaten stürmten von der Küstenstraße in die Stadt. Die Seesoldaten zogen sich in kleinen Gruppen auf die zerschossene Pier zurück, die aufgepflanzten Bajonette noch auf die dunklen Gassen gerichtet.

Von den Bürgern, die in St. Clar bleiben wollten, war nichts zu sehen. Sie waren untergetaucht. Nach der ersten Welle der Wut und des Blutvergießens würden sie hervorkommen und Frieden mit ihren Landsleuten machen. Sie würden Freunde, ja sogar Verwandte denunzieren, um ihre Treue zur Revolution zu beweisen. Das wird eine strenge und langwierige Abrechnung, dachte Bolitho.

Eben jetzt mußten die Franzosen auf die toten letzten Verteidiger starren und überlegen, was dieser Versuch, ihren endgültigen Sieg zu verzögern, wohl bedeutete.

In diesem Moment hatte die erste Lunte den Zünder erreicht, und die ganze Stadt schien unter der Wucht der Explosion zu schwanken.

»Das ist das Hauptmagazin, Sir«, sagte Ashby heiser. »Da werden noch ein paar von diesen Bastarden draufgegangen sein.« Er schwenkte den Degen. »In die Boote!«

Unter dem Krachen einer zweiten mächtigen Explosion eilten die Seesoldaten in die Boote und folgten denen, die bereits den Fluß hinunterruderten. Ein paar französische Scharfschützen mußten in die Häuser am Hafen eingedrungen sein, denn die abziehenden Boote wurden beschossen, und kleine fedrige Wasserfontänen stiegen längsseit hoch.

Bolitho blickte seinem Leutnant entgegen, der mit bloßem Kopf, eine rauchende Lunte in der Hand, über den Platz gerannt kam. »Alles klar, Shanks?«

»Die letzte Ladung ist gezündet, Sir.« Shanks verzog das Gesicht, denn eben riß eine mächtige Detonation ein ganzes Haus am Anfang einer engen Gasse nieder, und die Schockwelle schleuderte ihn beinahe ins Wasser.

Die Barkasse hatte an der Pier festgemacht; als gerade die letzten Seesoldaten hineinkletterten, schrie Allday: »Da kommt französische Kavallerie, Captain!«

Es waren etwa ein Dutzend Reiter. Sie brachen aus einer Seitengasse hervor, und als sie die Barkasse gewahrten, kamen sie im gestreckten Galopp durch den Rauch der letzten Explosion. Bolitho warf einen raschen Blick umher und sprang dann an Bord.

Als das Boot ablegte, richtete ein Matrose geduckt die Drehbasse aus, trat beiseite und zog die Abzugsleine. Das Boot schwankte im Rückstoß nach dem letzten Schuß dieses Feldzuges.

Bolitho klammerte sich ans Dollbord, als die Pinne das Boot herumriß, bis die abgedeckten Häuser die blutigen Überreste von Pferden und Reitern, welche die doppelte Ladung Schrapnell niedergemäht hatte, den Blicken entzogen.

Aus und vorbei. Bolitho fragte sich, was aus Oberst Cobban geworden sein mochte; aber er konnte beim besten Willen kein Mitgefühl für ihn aufbringen. In der Nacht, als er in Pomfrets leerem Arbeitszimmer eingeschlafen war, hatte ihm eine atemlose Ordonnanz gemeldet, daß Cobban unter Parlamentärflagge zu dem französischen Kommandeur gegangen sei. »Um einen ehrenvollen Frieden auszuhandeln«, wie er sich ausgedrückt hatte. Jetzt in der grimmigen Wirklichkeit des hellen Tages würden die Franzosen Cobbans kläglichen Versuch, sein eigenes Fell zu retten, nur als Verzögerungsmanöver zur Deckung des britischen Rückzugs ansehen. Groteske Vorstellung, daß man Cobban in England vielleicht gerade dieser Haltung wegen als einen aufopfernden, mutigen Offizier im Gedächtnis behalten würde.

Die Boote waren jetzt im tieferen Wasser der Bucht, und Bolitho richtete sich mühsam auf, denn die beiden Linienschiffe erwarteten ihn. Dann sah er Pomfrets Admiralswimpel vom Besan der *Hyperion* wehen und wußte, daß Herrick die Maßnahme seines Kommandanten verstanden hatte, auch wenn er sie vielleicht nicht billigte.

Eine halbe Stunde später hatte beide Schiffe Anker gelichtet; und als der auffrischende Wind den Rauch der brennenden Stadt aufs Meer hinaustrieb, stand Bolitho an den Finknetzen, die Hände auf dem Rücken ineinander verschränkt. Im stillen Wasser des Hafenbekkens spiegelten sich die Flammen wider.

Als die Segel der *Hyperion* sich füllten, und sie Kurs auf die offene See nahm, kam die allerletzte Szene dieser Tragödie – wie ausgesucht und genau für diesen Moment berechnet.

Ein einzelner Reiter erschien hoch auf dem südlichen Vorland der Bucht; hell leuchtete sein gelber Uniformrock im bleichen Licht, als er den auslaufenden Schiffen nachsah. Bolitho brauchte kein Fernrohr, um den spanischen Oberst zu erkennen. Kein Wunder, daß die Schiffe vom Vorland aus nicht beschossen worden waren. Salgados Kavallerie hatte gute Arbeit geleistet; aber um welchen Preis, das sah man an dieser einsamen Gestalt.

Noch während Bolitho hinsah, sank der Spanier seitlich aus dem Sattel und blieb am Rand der Klippe liegen. Hatte ihn ein Musketenschuß gefällt, dessen Knall nicht bis zu Bolitho gedrungen war, oder war er vorher schon so schwer verwundet worden, daß er jetzt vom Pferd stürzte? Niemand wußte es.

Salgados Pferd trat zurück und beschnupperte seinen Herrn, als wolle es ihn zum Leben erwecken. Noch lange, nachdem die Schiffe die offene See gewonnen hatten, stand das Pferd als scharfumrissene Silhouette vor dem wolkenverhangenen Himmel wie ein Monument.

Bolitho wandte sich ab. Ein Monument für unsere Toten, dachte er.

Dann sah er Herrick müde an. »Sobald die *Harvester* und die *Chanticleer* heran sind, setzen Sie einen Kurs ab, mit dem wir Cozar umrunden, Mr. Herrick«, sagte er.

»Wir stoßen also wieder zur Flotte, Sir?«

Bolitho nickte und wandte sich abermals der wirbelnden Rauchwolke zu. »Hier haben wir nichts mehr zu suchen.«

Ashby wartete, bis Bolitho das Achterdeck verlassen hatte, und sagte dann langsam: »Aber bei Gott, die Franzosen werden sich an unseren Besuch noch lange erinnern, Mr. Herrick!«

Herrick seufzte tief auf. »Und ich auch, Hauptmann Ashby. Ich auch.«

Dann zog er sein Teleskop auf und richtete es auf die *Tenacious*, die dem Signal gehorchte und über Stag ging, um ihre achterliche Station einzunehmen.

Vom Heckfenster seiner Kajüte aus beobachtete Bolitho den Dreidecker ebenfalls. Kalkweiß standen die Segel im Frühlicht. Was wohl Dash jetzt denken mochte? Und ob er sich an seine Loyalitätsbeteuerungen noch erinnern würde, wenn die Aufregung über die Kämpfe und den Rückzug vorbei war und die Admiralität kühl die Untersuchung des Falles einleitete und vielleicht sogar einen Sündenbock suchte?

Er drehte sich um, denn Inch stand in der Tür. »Wollen Sie mich sprechen?«

Inch starrte noch von Schmutz und Rauch der brennenden Stadt, und sein Pferdegesicht war schlaff vor Erschöpfung. Er suchte etwas in seiner Tasche. »Bitte um Entschuldigung, aber in der Hitze des Gefechts und über dem Arrangieren der toten Soldaten habe ich ganz vergessen, Ihnen das hier zu übergeben.« Er zog einen kleinen Gegenstand hervor, der unter den tanzenden Lichtreflexen des Kielwassers hell aufglänzte.

Bolitho starrte auf Inchs Hand und konnte kaum begreifen, was er mit seinen eigenen Augen sah. »Wo haben Sie das her?« fragte er.

»Ein Sträfling hat ihn mir gegeben, Sir«, berichtete Inch, »kurz bevor die letzten an Bord der *Erebus* gebracht wurden.«

Bolitho ergriff den Ring und betrachtete ihn auf der offenen Handfläche.

Inch musterte seinen Kommandanten neugierig. »Dieser Mann kam in der allerletzten Sekunde, hielt mir den Ring hin und sagte, ich solle ihn persönlich an Sie übergeben.« Er zögerte. »Sie sollten ihn Ihrer, äh, Braut schenken, sagte er.«

Bolitho war zumute, als würde die Kajüte ganz eng. Es war doch unmöglich . . . Unsicher fragte Inch: »Kennen Sie den Ring, Sir?«

Bolitho ging nicht darauf ein, sondern fragte: »Diesen Mann – haben Sie ihn genauer gesehen?« Er trat einen Schritt auf Inch zu. »Ja oder nein?«

Inch wich zurück. »Es war schon dunkel, Sir.« Er kniff die Augen nachdenklich zusammen. »Sein Haar war schon grau, aber er war durchaus ein Gentleman, würde ich sagen . . .«

Er verstummte, denn Bolitho schob ihn zur Seite und eilte aufs Achterdeck. Herrick starrte ihn erschrocken an, aber er kümmerte sich nicht darum. Er riß einem verstörten Midshipman das Teleskop aus der Hand und enterte ein Stück in die Besanwanten auf. Sein Herz trommelte gegen die Rippen, als er weit voraus den Geleitzug erblickte, dicht unter der Kimm, beinahe schon außer Sicht. In einer Woche etwa würde er Gibraltar erreichen, dann würde die menschliche Fracht sich für immer in alle Winde zerstreuen.

Unsicheren Fußes enterte er wieder ab, blieb an Deck stehen und sah lange auf den Ring nieder. Grauhaarig und ein Gentleman, hatte Inch gesagt. Aber er war schon angegraut gewesen, als sie einander das letzte Mal gesehen hatten. Vor zehn, nein, vor elf Jahren. Und in all diesen letzten Monaten hatte dieser Mann, nur ein Sträfling unter vielen, ihn beobachtet, während er, Bolitho, keine Ahnung gehabt, während er geglaubt hatte, sein Bruder sei lange tot.

Doch hätte er es gewußt – was hätte er tun können? Hugh war also wie die anderen wegen irgendeines kleinen Vergehens auf dem Weg nach Neu-Holland, unter falschem Namen selbstverständlich. Nur ein Zeichen des Erkennens, und er mußte belangt werden als das, was er wirklich war: ein Deserteur der Königlichen Marine, ein amerikanischer Hochverräter. Und Bolithos eigenes Leben wäre ruiniert gewesen, hätte er auch nur einen Finger für Hugh gerührt.

Also hatte Hugh gewartet, war bis zum letztmöglichen Augenblick im Verborgenen geblieben und hatte ihm seine heimliche Botschaft erst gesandt, als kein persönliches Zusammentreffen mehr möglich war. Dieser Ring, den sie beide kannten, mußte Richard Bolitho mehr sagen als alle Worte.

Herrick trat herzu und musterte den Ring interessiert. »Ein schönes Stück, Sir.«

Bolithos Blick schien durch Herrick hindurchzugehen. »Er hat meiner Mutter gehört.« Ohne ein weiteres Wort ging er wieder unter Deck in seine Kajüte.

XVII Die Franzosen sind durch!

Als acht Glasen angeschlagen wurden und den Beginn der Vormittagswache verkündeten, kam Bolitho unter der Kampanje hervor und nahm seinen gewohnten Platz an der Luvseite des Achterdecks ein. Der Himmel war voll niedriger, rasch ziehender Wolken, der halbe Wind von Steuerbord ließ heftigen Regen erwarten.

Bolitho rückte die Schultern in seinem schweren Mantel zurecht und musterte eingehend die *Tenacious*. Zur Nacht hatte sie Segel gekürzt, um nicht den langsameren Schiffen davonzulaufen; nun lag sie ein paar Meilen an Steuerbord achteraus. Der Horizont war ganz verhangen, und gegen die trüben Wolken und die bleigraue See schimmerte der mächtige Dreidecker in beinahe unirdischem Licht.

Bolitho faßte in die Netze und wandte den Kopf wieder in den Wind. Da lag die Insel Cozar etwa sechs Meilen entfernt, die scharfen Umrisse ihrer Felsen von Wolken und Dunst verhüllt. Während er mißgelaunt in seinem Frühstück herumstocherte, hatte er sich vorgestellt, wie es dort wohl aussehen mochte, hatte über die Hoffnungen und Torheiten nachgedacht, für die ihm der Name dieser Insel inzwischen Symbol geworden war.

In den drei Tagen, seit sie die rauchenden Ruinen von St. Clar hinter sich gelassen hatten, war er immer wieder in Gedanken den Ablauf dieses kurzen Feldzuges durchgegangen; hatte versucht, die Operation mit unparteiischen Augen zu sehen, die Tatsachen so aneinanderzureihen, wie es ein Historiker tun würde. Unverwandt starrte er auf die buckelige Umrißlinie der Insel und biß sich auf die Lippen. Hundertmal war sie im Lauf ihrer Geschichte besetzt, verloren, wieder okkupiert worden. Nun lag sie aufgegeben da und wartete auf den Nächsten, der sich ihrer bemächtigen wollte. Zur Zeit war Cozar menschenleer und wüst; nur die vielen Toten bewachten diese dürre Hinterlassenschaft.

Herrick war zu ihm an die Finknetze getreten. »Ob wir sie jemals wiedersehen werden, Sir?«

Bolitho blieb stumm. Er beobachtete die hart unter Land segelnde *Chanticleer*, deren Takelage sich wie eine Radierung von den düsteren Klippen abhob. Vermutlich dachte Bellamy dort drüben jetzt an seine Mitwirkung bei der Einnahme von Cozar. Die erregende Kühnheit, ja Unverschämtheit der Operation mochte ihm nun wie ein Spaß erscheinen. Aber Herrick hatte irgend etwas gesagt . . . »Wollten Sie etwas Dienstliches?« fragte Bolitho.

Herricks Miene entspannte sich. »Nun ja, Sir, eigentlich . . .«

»Na dann schießen Sie los, Thomas.« Bolitho wandte sich von der Insel ab. »Ich war in letzter Zeit ein schlechter Gesellschafter. Sie müssen mir das nachsehen.« In der Tat hatte er seit St. Clar kaum mit Herrick gesprochen. Seine Offiziere mußten seinen Wunsch, allein zu sein und nachzudenken, respektiert haben, denn bei seinen seltenen Spaziergängen auf dem Achterdeck hatten sie dafür gesorgt, daß er die Luvseite für sich hatte und dort ungestört war.

Herrick räusperte sich laut. »Haben Sie heute vormittag den Admiral gesprochen, Sir?«

Bolitho lächelte. Herrick hatte schnell und überhastet gefragt; wahrscheinlich hatte er schon seit Tagen darüber gebrütet, was er sagen wollte. »Mr. Rowlstone ist jetzt bei ihm, Thomas. Sir Edmund ist sehr krank, mehr kann ich Ihnen zur Zeit nicht sagen.«

Der arme Rowlstone wußte ebensowenig wie der jüngste Matrose, was mit Pomfret los war. Allerdings sah der Admiral ein bißchen besser aus; aber wenn sich auch sein Körper bemühte, wieder zu Kräften zu kommen, so blieb er doch geistig wie erstarrt und war kaum ansprechbar, als hätten der Schock und die Angst vor der Realität, die zu akzeptieren er sich immer noch weigerte, all sein Denken blockiert. In der Tat wirkte Pomfret wie ein lebender Leichnam. Er ließ sich von Gimlett rasieren und waschen. Wenn er Suppe oder kleingeschnittenes Fleisch bekam, öffnete er den Mund wie ein Kind zum Füttern. Und nie sagte er ein Wort.

Herrick war jedoch hartnäckig. »Erlauben Sie, Sir, ich muß es aussprechen. Meiner Meinung nach haben Sie Sir Edmund gegenüber keine Verpflichtungen, es ist eher umgekehrt.« Er deutete zur *Tenacious* hinüber. »Warum übergeben Sie nicht Captain Dash die Verantwortung, bevor wir die Flotte in Sicht bekommen? Er ist der Dienstältere, und es wäre ungerecht, daß Sie für ihn den Kopf hinhalten sollen.«

Bolitho seufzte. »Sie haben doch Sir Edmund gesehen, nicht wahr?« Und als Herrick nickte, sprach er ruhig und eindringlich weiter: »Wollen Sie ihm den letzten Fetzen Selbstachtung wegnehmen und darauf herumtrampeln?« Er schüttelte den Kopf. »Wenn wir wieder bei der Flotte sind, soll Sir Edmund wenigstens unter dem Schutz seiner Flagge stehen und nicht zur Abrechnung geschleppt werden wie ein verschnürtes Huhn zum Kochtopf.« Er preßte die Hände auf dem

Rücken zusammen. »Nein, Thomas, so etwas mache ich nicht mit.«

Herrick öffnete den Mund, um etwas einzuwenden, schloß ihn aber wieder, denn Bolitho fuhr herum und spähte über den Bug wie ein Hund, der etwas wittert.

»Hören Sie?« Bolitho packte die Reling und beugte sich vor. »Ich weiß nicht . . . Es war nur so ein Gefühl, aber . . .« Er blickte Herrick an, bis dieser zu begreifen schien.

»Donner?« murmelte er; ihre Augen trafen sich. »Oder Geschützfeuer?«

Bolitho rief durch die hohlen Hände: »Mr. Inch! Die Royals setzen!« Er trat zum Kompaß hinüber, und schon durchbrach das Schrillen der Pfeifen die Stille. »Einen Strich höher!« Gespannt wartete er, bis der Mann am Ruder aussang: »Kurs Nord zu Ost, Sir!«

»Wo, um Gottes willen, steckt die *Harvester*?« fragte sich Bolitho laut.

Herrick beobachtete die hastig aufenternden Matrosen. »Irgendwo an Backbord voraus, Sir.«

Langsam trat Bolitho an Herricks Seite. »Also – das kam von keiner Fregatte, Thomas. Da war schwereres Kaliber!«

Er spähte achtern und bemerkte, daß die *Tenacious* nach noch auf gleicher Höhe war, obgleich sein Schiff jetzt mehr Segel fuhr. Taktmäßig schlug er mit der Faust auf die Reling, um seine Gedanken zu unterstreichen. Wenn sie nur den Dreck am Kiel hätte loswerden können, dann würde die alte *Hyperion* ihnen allen etwas zeigen!

»Vielleicht ein Schiff der Blockade?« unterbrach Herrick sein Grübeln.

»Unwahrscheinlich.« Bolitho starrte auf den Dunst, der die Kimm verbarg. »Lord Hood kann sich nicht mehr um die Blockade irgendwelcher Küstenstriche kümmern, er hat jetzt zu viel am Hals. Der Abzug seiner Streitkräfte aus Toulon – das ist tausendmal schlimmer als unser Rückzug aus St. Clar, Thomas.«

»An Deck! Segel in Luv voraus, Sir!«

Sie blickten zu dem schwingenden Masttopp empor, dann sagte Bolitho gelassen: »Nun, wir werden bald mehr wissen. Entern Sie auf, Thomas, und sagen Sie Bescheid, sobald Sie etwas festgestellt haben.«

Midshipman Piper erschien wie hergezaubert. »Sir, die *Harvester* signalisiert!«

Bolitho nahm ein Teleskop aus der Halterung und spähte an Pipers ausgestrecktem Arm entlang. Die Fregatte lag gut sichtbar an Backbord voraus, und auf einmal hatte er sie scharf und klar in der Linse, denn eine plötzliche Bö fegte den Dunst hinweg wie Rauch.

»›Schiffe in Nordost‹«, übermittelte Piper das Signal. Er hielt inne und blätterte in seinem Handbuch. »›Schätzung: sechs Linienschiffe‹.«

Automatisch verarbeitete Bolithos Verstand die Information der Fregatte und ordnete sie in seine eigenen Erkenntnisse ein. Die Schiffe, wer sie auch sein mochten, lagen fast genau auf dem Kurs der *Hyperion*. Langsamer als diese konnten sie kaum sein, also war anzunehmen, daß sie Gegenkurs fuhren und direkt auf sie zukamen.

Heiser rief Herrick hinunter: »An Deck! Da ist eine Verfolgung im Gange, Sir! Vielleicht fünf oder sechs Linienschiffe in Kiellinie!«

Bolitho warf einen kurzen Blick zur *Tenacious* hinüber. »Kommen Sie an Deck, Mr. Herrick!« Er winkte Inch und befahl: »Signal an alle Schiffe, Mr. Inch: ›Machen Sie gefechtsklar!‹.«

Während die Signalflaggen hochgingen, landete Herrick über ein Backstag mit einem Knall direkt neben Bolitho. Der blickte ihn ernst an. »Lassen Sie ›Klar Schiff zum Gefecht‹ anschlagen!«

Herrick faßte an den Hut. »Aye, aye, Sir!« Dann grinste er. »Glauben Sie, wir können denen die Prise direkt vor der Nase wegschnappen, Sir?«

Doch Bolitho lächelte nicht. »Ich fürchte, das Schiff, das da gejagt wird, ist eines von uns, Mr. Herrick.«

Übers Wasser kam der rasselnde Trommelwirbel, mit dem die *Tenacious* Klarschiff einle itete. Wahrscheinlich dachte Dash, Bolitho sei verrückt geworden, denn er hielt es wohl ebenso wie Herrick für unmöglich, daß der Feind bereits in solcher Stärke das offene Meer gewonnen hatte.

Die Trommler der *Hyperion* nahmen das Signal auf; und während die Männer aus den Niedergängen an Deck strömten und von den Maaten, die noch im Laufen die Namen aufriefen, an ihre Gefechtsstationen dirigiert wurden, blickte Bolitho noch einmal zu Pomfrets Wimpel auf, der lustig am Besan flatterte.

Dann verstummte der betriebsame Lärm. Herrick eilte wieder aufs Achterdeck und meldete: »Schiff klar zum Gefecht, Sir.«

Immer noch blickte Bolitho nachdenklich zum Masttopp empor. »Die *Hyperion* wurde zu lange abseits gehalten, Thomas. Die Admiralsflagge wird dafür sorgen, daß wir heute im Zentrum des Geschehens sind.« Trotz Herricks beunruhigtem Blick sprach er gelassen weiter: »Da sehen Sie also, daß ich Sir Edmund nicht auf die *Tenacious* überführen kann, selbst wenn ich es wollte.«

Piper war ins Eselshoofd* aufgeentert, um besser sehen zu können. »An Deck!« rief er. »Das vorderste Schiff führt unsere Flagge, Sir!«

Bolitho schlug die Faust in die andere Handfläche. »Hab ich's nicht gesagt, Thomas?« Innerlich zitterte er vor Spannung. »Lassen Sie die Rahen mit Ketten sichern und die Boote in Schlepp nehmen! Heute darf uns kein überflüssiges Kleinholz um die Ohren fliegen, Thomas!«

Herrick gab den Befehl weiter und trat beiseite, als ein paar Matrosen aus Tomlins Abteilung nach achtern rannten, um die Schleppleine zu belegen. Wenn eine Kanonenkugel ein Boot an Deck traf, dann barst es in einem Hagel mörderischer Splitter. Trotzdem verspürte Herrick Unbehagen, als ein Boot nach dem anderen über Bord gefiert wurde. Es war, als werfe man die letzte Überlebenschance weg.

Bolitho schien an dergleichen nicht zu denken. »Signal an *Chanticleer*: ›Position in Lee einnehmen!‹. Ich will nicht, daß es ihr geht wie der *Snipe*.« Auch er beobachtete das Abfieren der Boote. »Die Schaluppe kann der Schlacht zusehen und uns moralisch unterstützen«, schloß er.

Herrick starrte ihn verwundert an. Wie schaffte er es bloß, so ruhig, so völlig unbeteiligt zu wirken angesichts der unmittelbaren Gefahr? Aber Bolitho sah gar nicht Herricks Gesicht, aufmerksam musterte er sein Schiff, denn jede Einzelheit mußte geprüft werden. Bald war dazu keine Zeit mehr.

Jedes Geschütz war bemannt, jeder Geschützführer kontrollierte geschäftig Mannschaft und Gerät. Zwischen Pulverkammer und Batterien eilten die kleinen »Pulveraffen« hin und her, Schiffsjungen mit Kartuschen und Ladepfropfen, die Augen weit aufgerissen und die Gesichter vor Konzentration verzerrt: heute war es ihre einzige Aufgabe, jene Rohre mit Nachschub zu versorgen.

Die Seesoldaten standen an den Netzen, Bajonette aufgepflanzt, Musketen schußfertig. Im Vorschiff konnte Bolitho Lieutenant Shanks und seine Abteilung bei den Karronaden sehen, den Rücken zum Feind, den Blick zum Achterdeck gerichtet.

Rooke und der junge Gordon schritten miteinander die Reihen ihrer Geschütze ab; und Bolitho fragte sich flüchtig, was sie wohl so angelegentlich zu diskutieren hätten. Zuletzt musterte er das Achterdeck, das Nervenzentrum des Schiffes, wo die Entscheidung über alles

* Mast und Stenge des Großmasten.

Leben an Bord fiel. Caswell stand bei den Neunpfündern, doch seine Augen hingen an Piper und Seton, die bei den Signalleinen warteten. Das alles erinnerte ihn an seine eigene Vergangenheit, und das Warten wurde ihm unerträglich.

»Ich gehe nach unten, Mr. Herrick«, sagte er, »um den Admiral aufzusuchen.« Er warf einen Blick auf den Verklicker* oben. »Es wird noch eine Stunde dauern, bis wir Feindberührung haben.« Das abgerissene Geschützfeuer klang noch wie ferner Donner.

Unten stockten die routinemäßigen Arbeiten zur Gefechtsvorbereitung sekundenlang, als er erschien. Ein paar einzelne Gesichter fielen ihm auf, die ihn an frühere Gefechte erinnerten. Ein grauhaariger Geschützführer tippte sich grüßend an die Stirn und sagte: »Denen zeigen wir's heute, Sir!« Er legte die schwielige Hand auf den Verschluß seines Zwölfpfünders. »Unsere olle Maggie hier wartet schon darauf.« Seine Männer nickten grinsend dazu.

Bolitho verhielt einen Augenblick. »Tut euer Bestes, Leute!« Gewaltsam verdrängte er den Gedanken, daß in ein paar Stunden manche von diesen Männern tot sein und andere um ein schnelles Sterben beten würden. »Und paßt auf«, sagte er zu dem Geschützführer, »daß die Leute ihre Halstücher um die Ohren binden. Sie sollen es noch hören können, wie die Landratten in England Hurra schreien, wenn wir nach Hause kommen!« Im Weggehen hörte er sie lachen und rufen und fühlte sich beschämt.

Fast blindlings stieg er den nächsten Niedergang hinab und blieb einen Moment stehen, um die Augen an die Dunkelheit zu gewöhnen. Im unteren Batteriedeck war es Nacht im Vergleich zum Dämmerlicht der oberen Batterie. Doch bald würden die Stückpforten offen stehen, und dieses niedere, balkendurchzogene Gewölbe würde wie unter den Schlägen höllischer Vorschlaghämmer erzittern. Inch war jetzt bei seinen Vierundzwanzigpfündern und grinste tatsächlich, als er auf seinen Kommandanten zuging.

»Halten Sie unbedingt Kontakt zur oberen Batterie«, sagte Bolitho. »Und sehen Sie zu, daß Ihre Kanoniere Ruhe bewahren. Auf Sie kommt es heute an.«

Inch nickte. »Midshipman Lory ist bei mir, Sir. Der kann mich auf dem laufenden halten.«

Bolitho schaute an der Doppelreihe der Kanonen entlang. Im Dun-

* Wimpel, der Windrichtung und -stärke anzeigt.

kel glitzerten die Augen der Männer, alle blickten ihn an. »Viel Glück, Jungs!« Deck und Bordwände waren rot gestrichen, damit man das Blut nicht so deutlich sah; aber was es zu sehen gab, würde schlimm genug sein. Der Midshipman starrte ihn unverwandt an – Bolitho dachte an das Furchtbare, das er seinerzeit auf seinem ersten Schiff erlebt hatte. Knapp dreizehn Jahre war er alt gewesen, da hatte er in der unteren Batterie eines Schiffes wie der *Hyperion* Dienst getan. Vielleicht war der Schrecken so unfaßbar gewesen, daß er an Wirklichkeit verlor; anders war kaum zu erklären, weshalb er damals nicht verrückt geworden war.

Dankbar kehrte er ans Tageslicht zurück und überlegte, was er mit Pomfret anfangen sollte. Wie würde er es geistig und seelisch verkraften, wenn er unten im Orlopdeck verstaut wurde?

Rowlstone stand am Fenster der Kapitänskajüte und starrte blicklos zur *Tenacious* hinüber. »Soll ich auf Station gehen, Sir?« fragte er.

Bolitho antwortete nicht gleich. Er trat an die offene Tür der Schlafkabine und blickte an Fanshawe, der zusammengesunken dasaß, vorbei zur Koje hin. Pomfret lehnte beinahe aufrecht im Bett, die Brust in der stickigen Luft entblößt; seine Blicke folgten der schwingenden Deckslaterne.

Bolitho sprach ruhig zu ihm. »Wir stehen kurz vor einem Gefecht, Sir. Haben Sie irgendwelche Befehle?«

Die blassen Augen hefteten sich auf Bolithos Gesicht.

Hilflos sagte Fanshawe: »Ich glaube, er versteht Sie nicht, Sir.«

Langsam und deutlich sagte Bolitho: »Sir Edmund, die Franzosen sind durchgebrochen!« Doch Pomfret zuckte mit keiner Wimper.

Hinter ihm sprach jetzt Rowlstone: »Ich werde ihn ins Orlop schaffen, Sir, da kann ich ein Auge auf ihn halten.«

Bolitho faßte ihn beim Arm. »Moment noch!« Pomfrets Hände hatten sich an den Kojenrändern festgekrallt; die Knöchel waren weiß vor Anstrengung. Er öffnete den Mund, brachte aber kein Wort hervor.

Bolitho sah Pomfret in die Augen, hielt sie mit seinem Blick fest, wollte ihn durch pure Willenskraft zum Sprechen zwingen. Einen Sekundenbruchteil glaubte er, einen Funken des Begreifens in diesen Augen zu lesen.

Leise befahl Bolitho: »Sie bleiben hier bei ihm, Fanshawe.« Pomfrets Finger entspannten sich etwas. »Ich werde den Admiral informiert halten, soweit ich kann.« Dann wandte er sich schnell ab und ging wieder aufs Achterdeck.

Der ferne Kanonendonner war verstummt, die Schiffe ließen sich jetzt im Teleskop klar erkennen. Das verfolgte Schiff war ein Vierundsiebziger wie die *Hyperion,* und als es sich leicht in den Wind legte, sah er, daß es den Besanmast verloren hatte. Doch war ein Behelfsmast aufgeriggt, und der Gefechtswimpel flatterte tapfer über den durchlöcherten Segeln. Eben stieg eine Reihe Signalflaggen zur Rah hinauf.

»Die *Zenith*, vierundsiebzig Kanonen, Kommandant Kapitän Steward, Sir«, erklang Pipers schrille Stimme.

Bolitho nickte, hielt aber sein Glas über das havarierte Schiff hinweg auf das Gedränge der stumpf-weißen Bramsegel gerichtet. Er zählte sechs feindliche Schiffe; dann mußte er das Glas absetzen, um sein Auge auszuruhen. Sie fuhren in unregelmäßiger Gefechtsformation und luvten bereits langsam an.

Herrick senkte sein Glas. »Die haben den Windvorteil, Sir, daran ist nicht zu rütteln«, sagte er.

Bolitho schaute über das Achterdeck. »Signal an alle: ›Formieren zur Gefechtslinie vor und hinter dem Flaggschiff!‹« Unter den Signalgasten brach fieberhafte Tätigkeit aus, aber er sah nicht hin. Steward war ihm nicht ganz unbekannt. Ein guter Kapitän. Schon begann er zu halsen, um Front gegen den Feind zu machen und die Spitze der britischen Formation zu übernehmen. Achteraus bestätigte Dash soeben Bolithos Signal; Minuten später schwangen auch die Rahen der *Tenacious* herum, und sie manövrierte sich behäbig hinter das Flaggschiff.

Bolitho empfand dieses Wort als Hohn: Flaggschiff. Pomfret war der Sprache nicht mehr mächtig, fiel als Befehlshaber völlig aus. Und es war elf Jahre her, seit Bolitho an einer richtigen Seeschlacht beteiligt gewesen war. In der Schlacht bei den Saintes hatte er eine kleine Fregatte kommandiert. Und damals waren die gegnerischen Streitkräfte an Bewaffnung und Kampferfahrung seinen eigenen ungefähr gleich gewesen.

Er wandte sich noch einmal zu den feindlichen Schiffen um. Zwei zu eins. Selbst Rooke würde das Risiko für ziemlich hoch halten.

»Wir passieren Backbord zu Backbord, Sir«, sagte Herrick. »Ihren Kurs zu kreuzen, das schaffen wir nicht mehr.«

Bolitho nickte. Cozar lag in Luv; anscheinend kam er von diesem verdammten Stück Erde nicht los, er konnte machen, was er wollte. Jetzt wirkte die Insel als Barriere, die ihn daran hinderte, nach Luv aufzukreuzen. Und wenn er seinen jetzigen Kurs beibehielt, würden die französischen Schiffe die *Hyperion* an Backbord passieren und sie der Länge nach bestreichen, ehe sie wenden und wieder feuern konnte.

»Signal an alle: ›Segel kürzen!‹« befahl er. Die *Zenith* hatte ihr Manöver beendet und war jetzt an der Spitze. Durch sein Glas konnte er erkennen, wie die Buggeschütze des Feindes sie zugerichtet hatten; besonders die Heckaufbauten waren stark beschädigt. Gelassen sagte er: »Wir durchbrechen die feindliche Linie in der Mitte, meine Herren. So erringen wir den Windvorteil und jagen ihnen einen Schrecken ein.« Er sah Herrick bestürzte Blicke mit Ashby tauschen und sprach weiter: »Das heißt, daß uns nur drei Breitseiten bevorstehen statt sechs!«

Er wandte sich um, denn hinter sich hörte er Alldays Schritte, der ihm Galarock und -hut brachte. Stumm sahen die Männer auf dem Achterdeck zu, wie ihr Kommandant den Rock seiner Alltagsmontur auszog und in die Ärmel des anderen fuhr. Das tat er vor jedem Gefecht. War es Wahnsinn oder Eitelkeit? Er wußte es nicht genau. Vielleicht wollte er auch im Gegensatz zu seinem Vorgänger auf der *Hyperion* nichts Wertvolles hinterlassen, wenn er heute fallen sollte. Die schiere Dummheit dieses Gedankens beruhigte ihn, und die zuschauenden Matrosen und Seesoldaten sahen ihn sogar schwach lächeln. Allday hielt ihm den Degen hin und fragte leise: »Muß ich beim Admiral bleiben, Sir?« Verzweifelt sah er zu den knienden Geschützbedienungen hin. »Mein Platz ist doch hier.«

»Ihren Platz bestimme ich, Allday! Aber ich finde Sie schon, wenn ich Sie brauche, keine Sorge«, entgegnete Bolitho und nickte ihm zu.

»Beide Schiffe haben bestätigt, Sir!« rief Piper. In der tiefen Stille klang seine Stimme überlaut.

»Recht so. Jetzt bereiten Sie ein weiteres Signal vor, Mr. Piper, aber hissen Sie es noch nicht: ›Der Reihe nach wenden und wieder Gefechtslinie formieren!‹«

Er zog den Degen und wog die Klinge in Händen. Der Stahl war eiskalt. Zu allen auf dem Achterdeck sagte er dann: »Anschließend folgt ein letztes Signal. Und das bleibt stehen, bis ich Gegenorder gebe!«

Piper sah von seiner Schreibtafel auf, das Gesicht vor angestrengter Konzentration verzerrt. »Fertig, Sir!«

Bolitho blickte den näher kommenden Schiffen entgegen. Jetzt dauerte es nicht mehr lange. Zu Piper sagte er: »Wenn wir die gegnerische Formation durchbrechen, hissen Sie ›Kampf auf kürzeste Distanz‹!«

Damit stieß er den Degen in die Scheide zurück. »Und jetzt, Mr.

Herrick, können Sie Befehl zum Laden und Ausrennen geben.« Noch eine Sekunde blickte er Herrick an, wollte ihm die Hand drücken, irgend etwas Persönliches oder auch nur Banalesagen. Aber der rechte Moment war schon vorbei.

Herrick faßte an den Hut und hob sein Sprachrohr. Er hatte den Schmerz in Bolithos Augen gesehen und wußte Bescheid, auch ohne Worte.

Er brüllte seine Befehle übers Deck, und dort wurde es lebendig. Die Stückpforten wurden aufgerissen, ein Geschützführer nach dem anderen gab sein Handzeichen. Rooke rief: »Ausrennen!«, wandte sich dann ebenfalls um und blickte Bolitho erwartungsvoll an.

Unregelmäßiger Kanonendonner rollte über das Wasser, und durch die straffen Wanten sah Herrick, wie eine Wolke Pulverrauch herantrieb und die *Zenith* einhüllte.

Mit zusammengebissenen Zähnen befahl Gossett seinem Maaten: ›Tragen Sie ins Logbuch ein: Feindberührung um zwei Glasen der Vormittagswache!‹« Dann räusperte er sich und murmelte: »Und Gott steh' uns bei!«

Das Warten auf ihr Eingreifen riß an den Nerven. Bolitho zwang sich, reglos an der Reling zu stehen und zuzusehen, wie die angeschlagene *Zenith* die volle feindliche Breitseite zu spüren bekam. Mit nur siebzig Fuß Distanz passierte der Zweidecker das französische Führungsschiff; doch als eine Fallbö den wirbelnden Rauch teilte, sah Bolitho erleichtert, daß die Masten der *Zenith* noch standen und ihre Rohre eben wieder ausgerannt wurden, um sich mit dem nächsten Gegner zu messen. Das zweite Schiff des feindlichen Geschwaders war ein Dreidecker, und Bolitho zuckte zusammen, als dessen vorliche Geschütze krachend Feuer spuckten. Über der hochsteigenden Rauchwand sah er die bunten Farben des feindlichen Wimpels am Masttopp – es war die Kommandoflagge eines Admirals.

»Achtung! Klar zum Feuern!« brüllte er, verbannte das Bild der detonierenden Kanonen und konzentrierte sich auf das Führungsschiff, dessen Bugspriet jetzt den der *Hyperion* überlappte, so daß sich zwei Riesenspeere zu kreuzen schienen; die Männer an den vorderen Geschützen sahen durch die offenen Pforten das drohend näher kommende Vorschiff des Feindes Gestalt annehmen.

»Feuer!« schrie Rooke.

Wie trunken schwankte die *Hyperion* unter dem Rückstoß der Breitseite, die in Doppellinie an ihrem Rumpf entlanglief; die Rohre fuhren gegen die Halterungen zurück, die Kanoniere husteten und fluchten, als der scharfe Pulverqualm durch die Stückpforten hereinwehte und ihnen in die Augen biß; aber sie tappten schon wieder blindlings nach der nächsten Ladung.

Bolitho beschattete die tränenden Augen mit der Hand und starrte hinauf zum Vormast des Feindes, der langsam und stetig aus dem Qualm wuchs, bis er direkt über ihm in der Luft zu hängen schien. Dann schoß der Franzose. Die rötlich-gelben Flammen stachen in den dichten Pulverrauch und verliehen ihm ein bösartiges Eigenleben. Er spürte, wie die Kugeln in den Rumpf krachten und die Planken unter seinen gespreizten Beinen donnernd barsten, als wolle das ganze Deck aufbrechen.

»Und noch mal, Jungs!« brüllte er. »Verpaßt ihnen noch eine!«

Sein Schädel dröhnte, als hinter ihm die Neunpfünder in das wilde Getümmel einstimmten; durch den ohrenbetäubenden Donner hörte er die halberstickten Schreie von Verwundeten und das Befehlsgebrüll bei den Seesoldaten, die jetzt mit ihren Musketen blind in den alles einhüllenden Rauch feuerten.

Ein Einschlag in die Reling, dicht neben seiner Hand, und ein langer Holzsplitter stak schräg wie ein Federkiel im Handlauf.

»Holt die Scharfschützen dort drüben runter, Kerls!« brüllte Ashby nach oben.

Ein Korporal der Marine-Infanterie feuerte mit dem Schwenkgeschütz im Großmast, und noch bevor der dicke braune Qualm sich verzogen hatte, sah Bolitho, daß ein halbes Dutzend Männer von den Schrapnells aus dem Masttopp des Feindes gefegt wurde und wie Abfall ins Meer stürzte.

Blinkend fuhr Rookes Degen nieder: »Ausrennen! Feuer!« Und wieder das grollende Donnern beider Batterien und danach das Krachen von Eisen gegen Holz – die volle Breitseite der *Hyperion* lag im Ziel.

Bolitho wischte sich das Gesicht mit dem Ärmel. Das erste gegnerische Schiff hatte die *Hyperion* bereits passiert, ohne daß seine Treffer, soweit er im Moment sehen konnte, viel Schaden angerichtet hatten. Er unterdrückte ein Lächeln. Die *Tenacious* würde dem feindlichen Führungsschiff rasch den Gnadenstoß geben, dachte er triumphierend.

»Ruhig, Jungs!« rief er durch die hohlen Hände. »Jetzt kommt das Flaggschiff!« Er hörte Hohngeschrei bei den Kanonen. »Schießt ihm ordentlich Salut!«

Dann rannte er zur anderen Deckseite und schaute angestrengt nach der *Zenith* aus. Er sah ihre Großbramstenge mit dem Gefechtswimpel noch über dem Rauch schweben; sie war bereits in Höhe des dritten feindlichen Schiffes. Ihr Vormast war weg, aber ihre Geschütze feuerten noch, und zwischen den wütenden Breitseiten konnte er Hurragebrüll hören. Die Männer mußten alle Vorsicht und Vernunft zum Teufel geschickt haben.

»Mr. Piper!« rief er. »Heiß Signal!« Die Flaggen schossen zur Rah empor, und er blickte erwartungsvoll zu der hart getroffenen *Zenith* hinüber. Da nur noch ein Mast sichtbar war, ließ sich ihre Position schwer abschätzen.

Doch Piper paßte auf. »Sie bestätigt, Sir!« Er klammerte sich an die Wanten und starrte hinüber, scherte sich nicht um den heransegelnden feindlichen Dreidecker.

Mit angehaltenem Atem beobachtete Bolitho, wie Captain Steward eine Wende fuhr und den Feind direkt anging. Gegen die gebraßten Rahen des vierten französischen Schiffes hob sich der Großtopp der *Zenith* mit dem wehenden Gefechtswimpel klar ab. Jetzt luvte sie an, und Bolitho mußte sich an der Reling festhalten, um nicht noch weiter zum anderen Ende des Decks zu rennen, wo er besser hätte sehen können, wie sie durch den Wind ging, bis ihr Bug entschlossen den Kurs des Feindes kreuzte. Wild feuerten ihre Geschütze nach beiden Seiten – sie gab sich wirklich alle Mühe, Bolithos letztem Signal zu gehorchen.

»Sie ist durch!« schrie Herrick. »Bei Gott, sie hat die Formation durchbrochen!«

Hurrageschrei ertönte hinter dem Rauch; manche wußten vielleicht gar nicht, warum sie schrien, schrien nur aus dem verzweifelten Wunsch, ihre eigene Angst zu übertönen.

»Achtung, Mr. Rooke!« brüllte Bolitho und rannte wieder an die Netze. Wie ein Steilhang hob sich das französische Flaggschiff über den Rauch, vom Vorderkastell trommelte Musketenfeuer, die Buggeschütze bleckten bereits ihre langen roten Zungen, doch ihre Schüsse lagen noch fünfzig Yards zu kurz.

»Feuer frei!« kommandierte Rooke. Er rannte übers Oberdeck, und ein Geschützführer nach dem anderen zog, wenn er vorbeikam, seine Reißleine ab; immer ohrbetäubender wurde der Donner der Kanonen.

Jetzt warf achtern auch die *Tenacious* ihre starke Feuerkraft in den Kampf; doch das kam Bolitho gar nicht recht zu Bewußtsein, denn das Deck bockte unter ihm wie ein scheuendes Pferd. Ein zwanzig Fuß langes Stück des Backborddecksganges sauste durch die Luft und schleuderte Männer und brennende Splitter in den Rauch hinein.

Die über dem Oberdeck ausgespannten Schutznetze beulten sich unter dem Aufprall ausgerissener Blöcke und zerfetzten Segeltuchs; doch standen noch alle Masten, und keine Rah war beschädigt.

»Bei Aufwärtsfahrt feuern, Mr. Rooke!« rief er. Denn an den gebraßten Rahen des Franzosen hatte er die Farben eines Signals entdeckt, das dort plötzlich im Winde flatterte. Der französische Admiral versucht, unseren Durchbruch zu stoppen, schoß es ihm durch den Kopf. Er zog den Degen und hielt ihn hoch. »Auf mein Kommando! Seine Takelage muß runter!« Er war heiser vor Anstrengung und Qualm.

Wieder durchbrach eine unregelmäßige Breitseite die Rauchwand, und zwei Zwölfpfünder wurden wie Papierknäuel über Deck geschleudert. Bolitho blickte nicht zu den Männern hin, die darunter lagen, versuchte, ihre Schmerzensschrei zu überhören – die Rohre mußten fast rotglühend gewesen sein.

Er hieb den Degen abwärts: »Feuer!«

Die *Hyperion* rollte schwer und kam im Rückstoß beider Breitseiten noch stärker über.

Der Vormast des Franzosen neigte sich mit einer Art würdevoller Trauer; die Stage und Wanten hielten ihn gerade noch lange genug, um den Männern im Topp noch ein paar Sekunden Hoffnung zu geben. Dann aber stürzte die ganze Masse der Takelage mit einem mächtigen Seufzer nach vorn in den Rauch, pflügte durch die Kanoniere im Vorschiff und kippte über Bord in das brodelnde Wasser.

Bolitho tastete sich hinüber zum Ruder, zu Gossett. »Klar zur Wende!« befahl er. Eine Musketenkugel peitschte an seinem Kopf vorbei und schlug in die Kampanjetreppe ein. »Jetzt kreuzen *wir* die feindliche Formation, wenn Sie soweit sind!«

Er wartete die Antwort nicht ab, sondern eilte zur Achterdecksreling zurück. Das feindliche Schiff rollte steuerlos vor dem Wind; die nachgeschleppte Masse der Takelage wirkte wie ein riesiger Treibanker. Jenseits des Bugs, der unter dem Gewirr fast verschwand, konnte Bolitho bereits die turmhohe Segelpyramide der *Tenacious* sehen, und noch ehe er seine Augen ab – und dem nächsten feindlichen Schiff zuwandte, erkannte er, daß die Breitseite des Dreideckers in das französische Flaggschiff schmetterte – dessen Großbramstenge kam von oben und erhöhte noch das Chaos an Deck.

»Jetzt!« Bolitho mußte zweimal rufen, denn hinter ihm bellten gerade die Neunpfünder bösartig los. »*Jetzt*, Mr. Gossett!«

Gespannt beobachtete er, wie das große Doppelrad sich zu drehen begann – die Rudergasten mußten bei ihrem Kampf mit den Speichen über zwei tote Kameraden hinwegsteigen. Von der Achterdecksreling her brüllte Herrick: »An die Brassen! Loswerfen und überholen!«

Das dritte Schiff feuerte bereits durch den Rauch über den schmalen Streifen Wasser. Die Kugeln hämmerten in den Rumpf der *Hyperion*, durchschlugen Bramsegel und oberen Besan, zerfetzten Fallen und Wanten, wirbelten Holzsplitter hoch in die Luft.

Doch das alte Schiff reagierte. Langsam glitt sein Bugspriet auf das Heck des Feindes zu, und Bolitho sah eine Anzahl französischer Matrosen herbeirennen, als wollten sie einen Enterangriff abwehren. Doch als sie merkten, was die *Hyperion* vorhatte, eröffneten sie, von ihren Offizieren und der Wut des Kampfes getrieben, ein wildes Pistolen- und Musketenfeuer.

An der abgekehrten Bordseite sah Bolitho ein anderes Schiff gespenstisch durch den Qualm aufkommen; beinahe ungläubig stellte er fest, daß die *Hyperion* tatsächlich die feindliche Linie durchbrochen hatte; ihr Bugspriet mit dem killenden Klüver stieß bereits aus dem Rauch und hatte die Luvseite des Feindes erreicht.

»Achtung, Steuerbordbatterie! Jetzt seid ihr dran, Jungs!« schrie er.

Ein Mann stürzte von einem Neunpfünder rücklings an Deck, das Gesicht zu einem blutigen Brei zerschmettert; Bolitho sah, wie der junge Caswell, bleich, aber entschlossen, einen anderen Mann an dessen Platz wies.

Die Kanoniere an Steuerbord warteten auf den richtigen Moment. Der Rauch verbarg noch den Hauptteil dieses vierten Schiffes, aber der schwarze Bugspriet und die glänzende Galionsfigur boten ein ausgezeichnetes Ziel.

»Feuer frei!« schrie Rooke.

Die *Hyperion* reagierte weiterhin auf Wind und Ruder und passierte zielstrebig das Heck des dritten Schiffes, während ihre Steuerbordbatterie das Feuer auf ihr hilfloses Gegenüber eröffnete. Jeweils zwei Geschütze bellten auf und fuhren zurück; innenbords wischten die Bedienung unter Hurragebrüll die Rohre aus und hatten schon neu geladen, ehe auch die achteren Geschütze abgefeuert waren.

In Fetzen flog das Schanzkleid des unglückseligen Schiffes gen Himmel, und die Vorstagsegel wehten in Streifen davon wie alte Lumpen.

Bolitho wartete, bis die Masttopps der *Tenacious* hinter ihm in Kiellinie standen. Denn Dash zog nach; aus dem krachenden Gebrüll der eigenen Geschütze konnte er den tieferen Donner seiner Zweiunddreißigpfünder heraushören, mit denen der Dreidecker auf den Feind einhämmerte.

Als die *Hyperion* elegant durch den Wind ging, klärte der Rauch über ihrem Deck auf, als hätte eine Riesenhand ihn weggewischt. Mit einem Male lagen alle ihre Wunden bloß; und Bolitho war von dem furchtbaren Anblick wie gelähmt.

Überall auf dem Oberdeck lagen Tote und Verwundete. Die übrigen arbeiteten, die nackten Oberkörper schweißglänzend und pulvergeschwärzt, an ihren Kanonen mit so verzweifelter Wildheit wie Verdammte in der Hölle.

Das große Netz über dem splitterbesäten Deck war voller Leinwandfetzen und Holzstücke, und hier und da wand sich ein Mann, der oben abgeschossen worden war, mit gebrochenen Gliedern in den Maschen wie eine Fliege im Spinngewebe.

Die Marine-Infanteristen unterhielten von den Wanten aus lebhaftes Musketenfeuer, beschimpften beim Laden den Feind und tauschten ermutigende Zurufe mit ihren Kameraden in den schwankenden Masttopps.

Auch die Backbordbatterie feuerte jetzt wieder; ihre Kugeln hatten kaum zwanzig Yards bis zum Heck des Feindes zu überqueren, auf dem es bald wie in einem blutigen Schlachthaus aussah.

Bolitho hieb mit der Faust auf die Reling, als wolle er sein Schiff anspornen, die Wende zu vollenden. Aber es konnte nicht so gut weitergehen. Bald mußten sich die anderen französischen Schiffe erholt haben, sich erneut zur Gefechtslinie formieren und den Kampf wieder aufnehmen. Ehe es soweit war, mußte er das feindliche Flaggschiff gestellt und die drei vordersten Schiffe so stark beschädigt haben, daß sie den Kampf aufgaben.

Er fuhr herum, denn Piper rief: »Signal von *Zenith*: ›Brauche Hilfe‹!«

Bolitho hatte es bereits gesehen. Der Zweidecker war total entmastet, nur vom Großmast stand noch ein Stumpf; manövrierunfähig trieb er mit dem Wind dem Flaggschiff vor den Bug. Wo die beiden Schiffe kollidierten, war bereits der Kampf Mann gegen Mann im Gange, und über den schmalen Wasserkeil zwischen den Rümpfen feuerten die Batterien beider Schiffe pausenlos aufeinander – mit wenigen Fuß Abstand.

Bolitho schüttelte den Kopf. »Signalisieren Sie: ›Nicht möglich‹, Mr. Piper!« Als die Wimpel hochflogen, befahl er: »Und jetzt das andere Signal – lebhaft, Mr. Piper!«

Bolitho kümmerte sich nicht weiter um das unregelmäßige Feuer seiner eigenen Geschütze, die das am nächsten liegende Schiff beschossen – es klang wie das trotzige Gebell von Höllenhunden. Der Feind schoß kaum zurück, und er konnte auf dem zerstörten Deck so etwas wie Panik erkennen, als die *Tenacious* gravitätisch durch die Lücke in der Gefechtsformation brach und ihre dreifache Reihe Kanonen auf das ungeschützte Heck des Franzosen richtete. Er packte Herrick an der Schulter und merkte, daß dieser bei der plötzlichen Berührung zusammenzuckte. Wahrscheinlich, dachte Bolitho grimmig, erwartet er genau wie ich eine Musketenkugel.

»Die *Zenith* ist so gut wie erledigt, Thomas . . .« Er brach ab, denn eine Kanonenkugel pflügte durch die Achterdecksleiter in eine Gruppe kniender Seesoldaten. Ihm wurde übel, als sich das Blut wie rote Farbe über die Planken ergoß – es schien überhaupt nicht versiegen zu wollen. Aus dem Chaos zerschmetterter Glieder und schreiender Männer rollte ein Kopf mit weitaufgerissenen, stieren Augen über Deck.

Er mußte schlucken, um den Brechreiz zu unterdrücken. »Wir müssen unbedingt das feindliche Flaggschiff nehmen, Thomas!« In Herricks rußverschmierten Zügen leuchtete Begreifen auf. Er fuhr herum, denn irgend jemand hatte einen halberstickten Hurraruf ausgestoßen: der junge Caswell war es; er deutete auf das letzte Signal und schwenkte wie ein Verrückter den Hut: »Kampf auf kürzeste Distanz!«

Durch den wirbelnden Rauch leckte eine neue Reihe gelbroter Feuerzungen, und Caswell war tot. Er hatte eben eine Hand vor die Brust gehalten; die Kugel trieb sie durch seine Rippen und zerschnitt sein Hurra wie mit einem Messer.

Bolitho wandte sich dem gigantischen Dreidecker zu. Rasende Wut, Haß, Verzweiflung, Bitterkeit kochten in ihm. Er hatte den Degen in der Faust, und als er ihn schwenkte, riß ihm eine Musketenkugel den

Hut vom Kopf, so daß ihm die rebellische Strähne übers Auge fiel und er den zerfetzten Körper Caswells mit den ungläubigen Augen nicht mehr sah.

»Steuerbordgeschützbedienungen klar zum Entern!« Seine Stimme überschlug sich beinahe. »Los, Jungs, England braucht den Sieg – worauf wartet ihr noch?«

Er hörte das Jubelgeschrei nicht, denn er rannte bereits den Backborddecksgang hinunter. Er sprang über das zerschossene Schanzkleid und über die halbnackten Kanoniere, den Degen in der Faust und die Augen starr auf das eine bunte Stück Tuch gerichtet, das noch im Masttopp des feindlichen Schiffes flatterte.

XVIII Zwei tapfere Männer

Als Bolitho auf das feindliche Vorderkastell sprang, hatte der Bugspriet der *Hyperion* Enternetze und Wanten des Franzosen durchstoßen und ragte wie die Lanze eines Riesen über den Steuerborddecksgang. Er sah sich nach den zum Sprung geduckten Matrosen und Marine-Infanteristen um. »Hinüber mit euch, Jungs!« rief er. Und dann, als beide Rümpfe kollidierten, sprang er von einem Kranbalken ab, teilte mit wilden Degenhieben die Netze und suchte wankend nach einem Halt für seine Füße.

Auf der anderen Seite leistete die entmastete, steuerlose *Zenith* immer noch verbissen Widerstand; vor einer starken Welle feindlicher Enterer hatten sich die englischen Matrosen jedoch schon bis zum Achterdeck zurückziehen müssen. Entermesser und -beile blitzten im Rauch, die Luft erzitterte von Kampf- und Wutgebrüll; immer mehr verloren sie an Boden und mußten über die Leichen ihrer gefallenen Kameraden weiter zurückweichen.

Aber als Bolithos Entermannschaft an Deck sprang, kam der französische Angriff ins Stocken, und auf ein Trompetensignal hin ließen eine ganze Anzahl Franzosen ab und sprangen auf ihr eigenes Schiff zurück, um es gegen die Enterer zu verteidigen.

Leutnant Shanks von der Marine-Infanterie, dem der Säbel am Handgelenk baumelte, zog sich an dem schlaffen Netz hoch und feuerte seine Männer durch lauten Zuruf an. Ein schnurrbärtiger französischer Soldat kam über den Decksgang gerannt und bohrte, ehe Shanks aus dem Netz springen konnte, sein Bajonett tief in den Leib des Offiziers. Mit einem schrillen Aufschrei fiel Shanks wie ein Stein ins Wasser.

Bolitho sah noch die Beine des Leutnants über der Wasseroberfläche, doch als die Schiffsrümpfe gegeneinandertrieben, faßten sie den Körper im Zangengriff, zerquetschten ihn und hielten ihn fest – noch ein paar Sekunden zuckten die Beine wie im Krampf, dann war es vorbei.

Mit einem letzten Degenhieb kam Bolitho vom Netz frei und sprang aufs Oberdeck. Schon wandte sich derselbe französische Soldat ihm entgegen, aber ein Bootsmannsmaat stieß Bolitho beiseite; mit wütendem Gebrüll hieb er den Franzosen nieder – durch die Schulter bis fast in die Achselhöhle fuhr die Schneide des Enterbeils.

Immer mehr Männer sprangen von der *Hyperion* herüber, so daß es schwer wurde, Freund und Feind zu unterscheiden. Bolitho feuerte einen Pistolenschuß nach dem Ruder ab, und der letzte Rudergänger stürzte zuckend auf die zersplitterten Planken. Dann stellte er sich mit dem Rücken gegen die Kampanjeleiter und kreuzte die Klinge mit einem wildäugigen Unteroffizier, während um ihn herum der schreckliche Kampf tobte.

Bolitho parierte den schweren Säbel und stieß nach dem Hals des Franzosen. Er fühlte den Schock des Widerstands bis ins Handgelenk und fuhr herum, um sich einen anderen Gegner zu suchen, während der Mann, dem das Blut aus der großen Halswunde spritzte, über der Reling hing.

Ein paar Schritte weiter rannte ein französischer Seesoldat sein Bajonett einem schreienden Midshipman in den Leib; da wirbelte Tomlin, der Bootsmann, sein mächtiges Enterbeil wie ein Spielzeug und schlug sich einen Pfad durch das Oberdeck, die Schultern voller Blut – ob sein eigenes oder das seiner Opfer, war nicht zu sagen.

Ein französischer Leutnant hatte den Degen weggeworfen, schlaff vor Schrecken stand sein Mund offen, und er versuchte, Bolithos Arm zu ergreifen. Er wollte sich ergeben, vielleicht sogar mit dem ganzen Schiff, aber daraus wurde nichts. Die britischen Matrosen waren noch nicht in der Stimmung für Pardon. Stöhnend schlug der Mann die Hände vors Gesicht, da sah Bolitho einen Entersäbel blitzen, der die Hände des Offiziers an den Gelenken abtrennte und ihn selber auf die Planken streckte.

Sergeant Best, der eine kurze Lanze wie eine Keule schwang, arbeitete sich durchs Kampfgetümmel zu Bolitho und zerrte einen französischen Offizier mit. »Das ist der Admiral, Sir«, brüllte er und führte dabei einen wütenden Hieb nach einem bereits verwundeten Matrosen, der schreiend über einem verlassenen Schwenkgeschütz zusammenbrach.

Sekundenlang starrte Bolitho den kleinen Admiral an, ehe er in der Erregung des Kampfes begriff, was das bedeutete. »Bringen Sie ihn nach achtern, Sergeant!« Er sah noch, wie sich das angstverzerrte Gesicht des Admirals etwas entspannte, und fuhr fort: »Und dann holt um Gottes willen die Flagge runter und hißt unsere eigene!«

Der Admiral setzte zum Sprechen an. Vielleicht war er sogar froh, daß alles vorbei war, oder aber er wollte gegen Bests rauhen Zugriff protestieren, der ihn wegzerrte wie einen Sack. Wahrscheinlich, dachte Bolitho, wäre er bereits tot, hätte ihn der starke Arm des Marine-Infanteristen nicht beschützt.

Da hörte er Tomlins Stiergebrüll: »Zurück da! Laßt sie leben!« Und als Bolitho, einen Toten mit dem Fuß beiseite schiebend, auf den Decksgang rannte, sah er zu seiner Überraschung, daß die französischen Matrosen ihre Waffen wegwarfen und sich zum Bug zurückzogen. Von der *Zenith* kam wildes Hurrageschrei, und die Kanoniere der *Hyperion* standen neben ihren rauchenden Rohren und brüllten mit.

Doch der Anblick der Schäden auf der *Hyperion* ernüchterte ihn rasch. Von dem hohen Dreidecker aus waren sie nur allzu deutlich zu sehen. Wo er hinblickte, lagen Tote und Sterbende. Die Bordwand war furchtbar zerschossen, doch auf dem Unterdeck steckten die Matrosen die Köpfe aus den Stückpforten und stimmten in das wilde Siegesgeschrei ein.

Ein wie betrunken schwankender Leutnant ergriff Bolithos Hand und bearbeitete sie wie einen Pumpenschwengel. Seine Augen glänzten vor Freude. »Ich bin von der *Zenith*, Captain. O Gott, was für ein Sieg!«

Brüsk schob Bolitho ihn beiseite. »Übernehmen Sie hier das Kommando, Leutnant!« befahl er, denn eiskalt durchfuhr der Schreck sein Hirn: dort drüben kam ein weiteres französisches Schiff vor dem Wind auf die *Hyperion* zu.

»Zu mir, Leute!« brüllte er seinen Männern zu. »Zurück auf die *Hyperion!*«

Der Leutnant lief ihm nach. »Was soll ich tun, Sir?« Bolitho antwortete nicht gleich, sondern beobachtete, wie seine Männer eiligst auf ihr Schiff hinübersprangen. Aber der Leutnant blieb hartnäckig.

»Captain Steward ist gefallen, als wir die französische Gefechtslinie durchbrachen, Sir!«

Bolitho wandte sich ihm zu und musterte ihn nachdenklich. »Also – treiben Sie die Franzosen unter Deck zusammen und stellen Sie Posten an die Niedergänge.« Er blickte zu den zerfetzten Segeln hoch. »Am besten holen Sie jeden gesunden Mann von Ihrem Schiff herüber und machen alles klar, um die *Zenith* ins Schlepptau zu nehmen.« Er schlug dem verwirrten Leutnant auf die Schulter. »Dabei können Sie viel lernen!« Damit wandte er sich ab und sprang hinter seinen letzten Männern her übers Schanzkleid.

Herrick hatte bereits befohlen, die Enterhaken am Rumpf des französischen Schiffes zu kappen. Als er Bolitho sah, keuchte er: »Gott sei Dank, Sir! Ich hatte Sie drüben aus den Augen verloren.«

Bolitho grinste und deutete mit seinem Degen nach Luv. »Sehen Sie da drüben, Thomas! Das muß das fünfte Schiff der Fanzosen sein. Das vierte ist mit dem Wind abgetrieben und wird uns mit seinen Buggeschützen jedenfalls nicht mehr ärgern.«

Von Deck erscholl Rookes Ruf: »Wir kommen nicht klar, Sir!«

»Verdammt!« Herrick eilte an die Netze und spähte zu dem eroberten Schiff hinüber. »Wir müssen stärker gedriftet sein, als ich dachte, Sir.« Mit plötzlichem Schrecken starrte er über Bolithos Schulter. »Bei Gott, der Kerl geht über Stag!« Er winkte den Männern der Steuerbordbatterie: »Feuer eröffnen! Aber schnell, wenn ihr das nächste Morgenrot noch sehen wollt!«

Der Kommandant des ansegelnden Linienschiffes hatte reichlich Zeit gehabt, seinen nächsten Zug zu planen. Während die *Zenith* und die *Hyperion* in den Nahkampf verwickelt waren und Dash die beiden anderen Schiffe zusammenschoß, hatte er stark angeluvt; und da ihn dichter Rauch verbarg, hatte niemand gemerkt, daß er sich so den Windvorteil verschaffte.

Jetzt, während die Männer der *Hyperion* wieder an die Geschütze rannten, kam er langsam herum und präsentierte seine volle Breitseite auf eine Entfernung von siebzig Yards. Er braucht den Nahkampf nicht zu riskieren, dachte Bolitho und spürte auch schon Feuer und Eisen aus der doppelten Reihe Kanonen.

Wie ein sengender Sturmwind, der jede Orientierung hinwegfegte, schmetterte die Breitseite des Franzosen ins Achterschiff der *Hyperion* und verheerte es wie eine Lawine.

Ihr folgte erstickender Rauch: inmitten seiner schreienden und fluchenden Männer starrte Bolitho wie betäubt empor – der Besan war knapp zwanzig Fuß über der Kampanje gesplittert.

Dann antworteten seine eigenen Kanoniere, doch unsicher und zerrissen, denn sie mußten sich durch die wirbelnde Dunkelheit tasten und rutschten auf den schlüpfrigen Planken aus; zollhoch stand das Blut in den Speigatten. Bolitho sprang zur Seite, denn die Besangaffel stürzte aufs Achterdeck und schmetterte in das Gewühl wie die Axt eines Riesen.

Er hörte Gossett brüllen: »Ruder ist ausgefallen, Sir!« Dann ein Fluch. »Scher dich auf Station, Mensch!«

Der Franzose war noch da; er braßte seine Rahen rund, um noch eine Breitseite abzufeuern. Eine Sekunde lang herrschte Stille, dann donnerten wieder Kanonen, und staunend sah Bolitho, daß Segel und Rigg des Feindes wild schwankten, daß mehrere Spieren brachen und längsseit fielen. Durch den Rauch konnte er sekundenlang die gerefften Bramsegel des Franzosen erkennen: Captain Leach mußte den richtigen Moment abgepaßt haben, um mit seiner leichteren *Harvester* aus nächster Nähe in den Kampf der Giganten einzugreifen.

Zwischen dem Krachen der Geschütze waren Axtschläge zu hören, denn Tomlin trieb seine Männer aufs Äußerste an, die Pardunen des gebrochenen Besan zu kappen; andere rannten durch das blutige Inferno nach achtern, um Gossett beim Aufriggen eines Notruders zu helfen. Doch dazu reichte die Zeit nicht, dachte Bolitho resigniert.

Fast außer sich, lief Rooke an der Steuerbordbatterie entlang und schlug mit seinem Degen den blutenden, verstörten Geschützbedienungen den Takt, die ihre Geschosse und Kartuschen in die Rohre rammten und die Zwölfpfünder auf dem krängenden Deck für die nächste Salve ausrannten. Aber manche Stückpforte war leer; umgestürzte Kanonen und die zerfetzten Überreste ihrer Bedienungen lagen in gräßlichem Durcheinander auf den Planken. Hoch über dem zerschossenen Deck hingen Tote und Sterbende in der Takelage, und ein Schrapnellhagel jaulte wie ein höllischer Trompetenstoß durchs Rigg.

Rooke hieb den Degen nach unten. »Feuer!«

Bolitho taumelte, als die Rohre in ihre Halterungen zurückstießen; und da sah er, daß Rooke, wie von einer unsichtbaren Riesenhand gehoben, aufrecht durch die Luft flog und aufs Deck schmetterte. Es war so grausig, daß Bolitho fast übel wurde: Rooke schrie eben noch degenschwenkend seine schwitzenden Kanoniere an, und eine halbe Sekunde später lag er an der Backbordschanz mit verdrehten, gebrochenen Gliedern, und schon strömte sein Blut aus einem Dutzend Wunden. Von dem Mann, der einmal Rooke hieß, war nichts mehr übrig.

Aus allen Richtungen zugleich schienen die Schüsse zu kommen; vermutlich waren auf dem dritten Schiff der französischen Gefechtsformation doch noch ein paar Kanonen kampffähig, mochte es auch von der *Tenacious* schwer angeschlagen und seine Männer halb blind vor Rauch sein. Trotzdem trafen einige Kugeln das Achterdeck der *Hyperion*, wo sie weitere Schäden und blutige Verluste verursachten.

Bolitho wandte sich um und stand wie erstarrt. Sekundenlang glaubte er, in der wilden Wut des Kampfes tatsächlich den Verstand verloren zu haben. Denn mitten auf dem Achterdeck stand in voller Galauniform, die sich hell vom Gewirr der zerfetzten Planken und Leinen abhob, Admiral Pomfret und musterte die furchtbare Szene, als sei er völlig immun gegen Gefahr.

»Ich wollte ihn zurückhalten, Captain«, schrie Allday und taumelte mit einem wütenden Fluch beiseite, denn neben ihm hatte Leutnant Fanshawe eine Musketenkugel in die Brust bekommen und klammerte sich sterbend an seinen Arm.

Pomfret sah gar nicht hin. »Wie steht's, Bolitho?«

In Bolithos Kopf drehte sich alles. »Der französische Admiral hat die Flagge gestrichen, Sir. Mindestens zwei weitere Schiffe sind kampfunfähig. Aber wenn Sie unbedingt hierbleiben wollen, Sir Edmund, schlage ich vor, daß Sie sich etwas Bewegung machen. Die Franzosen haben Scharfschützen in den Masten, und Ihre Uniform bietet ein zu gutes Ziel.«

Pomfret zuckte die Achseln. »Na schön, wenn Sie meinen«, und er spazierte seelenruhig das Deck entlang, Bolitho immer neben ihm.

»Freut mich, daß es Ihnen besser geht, Sir.«

Pomfret nickte gleichgültig. »Gerade zur rechten Zeit, wie mir scheint.« Er blieb stehen, denn Piper kam durch den Qualm auf ihn zugerannt, lachend und weinend vor Erregung, ein großes Flaggentuch in Händen. Er faßte nicht einmal an den Hut, als er Pomfret ansprach: »Hier, Sir Edmund«, rief er, »die feindliche Flagge! Für Sie!«

Bolitho mußte trotz seiner geschundenen Nerven lächeln. »Ihr Sieg, Sir. Ein schönes Souvenir.«

Eine Musketenkugel riß Pomfret den Hut vom Kopf; und als Bolitho sich bückte, um ihn aufzuheben, sah er, daß der Admiral erschrokken die Hand ausgestreckt hatte. Zum erstenmal seit Wochen verriet er eine gewisse Gemütsbewegung.

Bolitho wandte sich halb um und sah den Grund: Piper lag auf den Knien, die Flagge an die Brust gepreßt. Mitten im Tuch klaffte ein schwarzes Loch; Bolitho wollte zufassen und Piper stützen, da furchte sich dessen Knabengesicht vor Qual; leblos fiel er dem Admiral vor die Füße.

Seton kam taumelnd durch den Rauch und brach neben dem Toten auf die Knie; aber Bolitho faßte zu und richtete ihn auf. »Die Signale, Mr. Seton!« Der Junge starrte ihn betäubt an, doch Bolitho sprach scharf weiter: »Für die Signale sind jetzt Sie verantwortlich!«

Herrick sah Seton nach, der wie ein Blinder davontappte; seine Sohlen scharrten auf dem blutverschmierten Deck, die Hände hingen ihm an den Seiten nieder, als wollten sie ihm nicht mehr gehorchen.

Dann beugte er sich über den toten Midshipman, doch Pomfret befahl: »Lassen Sie ihn, Mr. Herrick! Tun Sie Ihre Pflicht!« Ohne einen Blick für Herrick oder Bolitho drehte er den Toten auf den Rücken und deckte behutsam die eroberte Flagge über sein Gesicht. »Tapferer Junge«, murmelte er. »Wenn ich nur in St. Clar mehr seiner Art gehabt hätte!«

Bolitho riß sich von der Szene los. Undeutlich wurde ihm bewußt, daß die Kanonen schwiegen. Er ging zur Reling: dort zog das feindliche Schiff vorm Wind davon, seine Bramsegel füllten sich, während der Rumpf tiefer in den dichten Qualm stieß.

Um ihn herum schrien und tanzten die Männer siegestrunken, sogar ein paar Verwundete zogen sich an der zerschossenen Schanz in die Höhe, um dem fliehenden Schiff nachzusehen und mit den anderen zu brüllen.

Da rief Seton: »Signal von der *Tenacious*, Sir!« Seine Stimme klang völlig ausdruckslos. »›Zwei feindliche Schiffe ziehen sich zurück. Die anderen haben kapituliert.‹«

Bolitho packte die Reling fester. Arme und Beine zitterten ihm, ohne daß er etwas dagegen tun konnte. Unmöglich, aber wahr: durch Rauch und Trümmer hörte er das Hurra seiner Männer, immer lauter und länger, als wolle es nie aufhören. Die Matrosen sprangen in dem blutigen Durcheinander auf, um einander die Hände zu schütteln oder auch nur, um einen Freund zu begrüßen, der das wüste Gemetzel irgendwie überstanden hatte.

»Captain, Sir!«

Bolitho stieß sich von der Reling ab; fast erwartete er, daß ihn seine

Beine nicht mehr trugen. Als er sich umwandte, sah er zu seiner Bestürzung, daß Rowlstone neben dem Admiral kniete, der reglos auf den Planken lag.

Mit zitternder Stimme sagte der Arzt: »Sir Edmund ist tot, Sir.« Er hatte die Hand unter dem goldbetreßten Uniformrock, und als er sie herauszog, war sie voller Blut.

Gossett murmelte: »Mein Gott, er muß schon vorher verwundet gewesen sein und hat nichts gesagt!« Er nahm seinen verwitterten Hut ab und starrte ihn an, als sähe er ihn zum erstenmal.

Gedämpft berichtete Allday: »Als der Franzose unser Heck kreuzte, Captain, flog eine Kugel in den Kartenraum.« Unter Bolithos wortlosem Blick schlug er die Augen nieder. »Sie tötete den armen Gimlett, und ein Splitter traf den Admiral.« Er ließ den Kopf hängen. »Ich mußte ihm schwören, daß ich Ihnen nichts davon sage. Dann mußte ich ihm seine Galauniform anziehen. Tut mir furchtbar leid, Captain, ich hätt's Ihnen vielleicht doch sagen sollen.«

Bolitho sah an ihm vorbei. »Nicht Ihre Schuld, Allday.« So hatte Pomfret also schließlich doch nichts von diesem Sieg. Aber eines hatte er begriffen: daß er dabei sein mußte. Sein verwüstetes Gehirn hatte doch noch die Stärke und den Willen aufgebracht, Anerkennung auf die einzige Art zu zeigen, zu der er fähig war.

»Ein tapferer Mann, das muß man ihm lassen«, sagte Herrick halblaut.

Bolitho blickte auf die beiden Toten nieder, die nebeneinander auf dem zerschossenen Deck lagen. Admiral und Midshipman. »*Zwei* tapfere Männer, Thomas«, sagte er heiser.

Der Rauch trieb jetzt ab und enthüllte die bei Sieger und Besiegten angerichteten Schäden. Die beiden letzten französischen Schiffe segelten bereits unter Vollzeug davon. Nicht daß ihre Kommandanten jetzt noch etwas zu fürchten hätten, dachte Bolitho bedauernd. Abgesehen von der *Chanticleer* – und die war weit weg –, hatten alle britischen Schiffe zusammen kaum genug intakte Segel, um ein einziges Schiff auszurüsten, so daß von einer Verfolgung gar nicht die Rede sein konnte. Wenn nur die Männer mit ihrem Siegesgebrüll aufgehört hätten! Eben kam Inch unsicheren Schrittes übers Oberdeck. Bei Rookes Leichnam blieb er stehen, blickte kurz hinunter und ging dann weiter. Es sah beinahe so aus, als zucke er die Achseln. Er selbst lebte noch, das war Mirakel genug für einen Tag und einen Mann.

Seton rief: »Masttopp meldet Schiffe in Nordost, Sir!« Bolitho war vom Kanonendonner noch so taub, daß er nicht richtig verstand. »Diesmal sind es unsere, Sir«, erläuterte Seton. Doch dann starrte er auf den toten Piper hinunter und begann zu zittern.

Traurig folgte Herrick seinem Blick. »Wenn sie früher gekommen wären . . .« Er ließ den Satz unbeendet.

Bolitho legte ihm die Hand auf den Arm und sagte ruhig: »Lassen Sie eine neue Admiralsflagge heißen, Thomas. Es ist immer noch Pomfrets Schiff.« Er mußte die Augen abwenden, weil er Tränen darin brennen fühlte. »Und dann folgendes Signal . . .« Er zögerte, denn noch einmal sah er all diese Gesichter vor sich: Caswell und Shanks, Rooke und den kleinen Piper. Wie so viele andere vor ihnen gehörten sie schon der Vergangenheit an. Mit gefestigter Stimme gab er das Signal an: »*Hyperion* an Flaggschiff: ›Wir schließen zum Geschwader auf‹.«

Herrick tippte an den Hut und schritt an den jubelnden Matrosen vorbei. Sekunden später stiegen die Flaggen zu einer noch intakten Rah hoch und ersetzten das Signal, das dort so lange gestanden hatte. Irgendwie hatte Piper es geschafft, daß es während der ganzen Schlacht oben blieb – er mußte es ein paarmal ausgewechselt haben.

Herrick nahm Seton das Teleskop aus der schlaffen Hand und richtete es auf die fernen Schiffe. Seine Lippen bewegten sich wie in leisem Selbstgespräch. Dann wandte er sich Bolitho zu und berichtete: »*Victory* an *Hyperion*: ›Willkommen. England ist stolz auf Sie‹.« Dann wandte er sich ab, denn er konnte Bolithos traurige Augen nicht ertragen.

Gossett drängte sich durch die immer noch johlenden Matrosen heran und meldete: »Notruder funktioniert, Sir.«

Bolitho fuhr herum und wischte sich das Gesicht mit dem Ärmel. Er hatte seine Gelassenheit wieder. »Danke, Mr. Gossett. Seien Sie so gut und nehmen Sie Fahrt auf.« Er strich mit der Hand die zersplitterte Reling und fühlte den Schmerz des alten Schiffes wie seinen eigenen. »Wir haben noch einen langen Weg vor uns.«

Gosset wollte etwas antworten, doch Herrick schüttelte den Kopf. Besser als jeder andere wußte er, daß Bolitho den letzten Satz zu seinem Schiff gesprochen hatte. Und in dieses Zwiegespräch sollte sich niemand einmischen.

Epilog

Der Sommeranfang brachte den Menschen die unterschiedlichsten Dinge. Es war bisher der zweite Sommer in einem Krieg, der anscheinend nie mehr enden wollte. In den Städten begrüßten ihn diejenigen mit Erleichterung, die fast schon gefürchtet hatten, daß ihre Insel unter die Ferse des Diktators gerate. Für andere, denen der Krieg viel abgefordert hatte, die verwitwet, verwaist oder fern von ihren Lieben waren, bezeichnete er nur einen weiteren Meilenstein auf dem langen Weg der Einsamkeit und Verzweiflung.

Doch in Cornwall, und speziell im Seehafen Falmouth, wurde er dankbar begrüßt als gerechte Belohnung für Nöte und Gefahren dunklerer Tage. Im Binnenland waren die üppigen Felder, die blühenden Hecken, die Hügel mit ihren verstreut grasenden Schafen und zufriedenen Rindern die sichtbaren Zeichen des Überlebens und des Glaubens an die Zukunft.

In der Stadt selbst herrschte beinahe Feierstimmung. Wenn Falmouth auch klein war, lebte es doch von der See, den Schiffen und Männern, die wie Ebbe und Flut kamen und gingen. Viele Generationen von Seeleuten, für die das Leuchtfeuer von St. Anthony kein bloßes Seezeichen, sondern der erste Gruß der Heimat war, hatten echtes Verständnis für die Angelegenheiten der weiten Welt und erheblichen Einfluß in der Stadt.

Selbst die Nachrichten wurden besser, als versprächen Wärme und blauer Himmel endlich den Sieg. Erst in dieser Woche hatten die städtischen Ausrufer in den engen Straßen und an der geschäftigen Hafenfront das Neueste zur Kenntnis gebracht. Und das Allerneueste war kein bloßes Gerücht, sondern etwas, das auch zage Herzen ermutigte.

Lord Howe hatte im Atlantik gegen eine französische Flotte gekämpft und sie geschlagen, und diese Seeschlacht trug bereits den stolzen Namen »Der glorreiche Erste Juni«. Die Kunde davon wirkte wie ein stärkender Trunk. Nach den Rückschlägen und Mißerfolgen auf Grund mangelnder Vorbereitung und Leichtsinn an höherer Stelle war es genau das, was das Land brauchte. Selbst daß Hood vor sechs Monaten hatte Toulon aufgeben müssen, schien nun weniger wichtig, als gehöre es schon zu den vergangenen und vergessenen Mißhelligkeiten des harten Winters.

Für die Leute von Falmouth war alles, was vorher geschehen war, nur noch Geschichte. England war bereit, notfalls bis ans Ende aller

Zeiten zu kämpfen, um den französischen Tyrannen ein für allemal zu bezwingen.

Neue Namen, neue Ideen kamen jeden Tag auf und fegten die alten, überholten hinweg: Namen wie Saumarez und Hardy, Collingwood und der des jungen Kapitän Nelson, dessen Taten bereits die Phantasie der Nation beflügelten.

Doch Falmouth brauchte nicht über die eigenen Mauern hinauszublicken, um einen Mann zu finden, dem es zujubeln konnte. Und an diesem Tag waren viele von den umliegenden Dörfern und Weilern zur Stadt geritten, und mancher Fischkutter war im Hafen geblieben, statt draußen seinen Verdienst zu suchen; sie alle gesellten sich der Menge zu, die wartend die alte graue Kirche von König Charles dem Märtyrer umstand. Denn hier wurde nicht irgendein beliebiger Seeoffizier getraut, sondern ein Sohn der Stadt, ein Mann, dessen Familie ebenso ein Teil von Falmouth war wie die Steinquadern der Kirche oder die Brandung am Fuße von Pendennis Point. Die Familie Bolitho war schon immer ein interessantes Gesprächsthema gewesen, wenn man an dunklen Winterabenden zusammensaß; und diese vieldiskutierte Heirat war so ungewöhnlich und aufregend wie die meisten Abenteuer der Familiengeschichte.

Die Braut war bildschön und mitten in einem Schneesturm in Falmouth angekommen. Nur wenige hatten sie wirklich gesehen, doch es hieß, sie gehe regelmäßig auf den Pfaden oberhalb des Stammsitzes der Familie Bolitho spazieren und schaue nach einem Schiff aus, das anscheinend nie kam.

Doch jetzt war das Warten zu Ende und Richard Bolitho wieder da. Sogar die Kneipen leerten sich, als er zur Kirche schritt, die Leute riefen seinen Namen, obwohl die meisten ihn noch nie gesehen hatten. Aber er war ein Symbol, er gehörte zu ihnen. Das war mehr als genug.

Für den besagten Mann verging der Tag in einem Wirbel undeutlicher Bilder und aufgeregten Stimmengewirrs, mit Belehrungen in letzter Minute und widersprechenden Ratschlägen. Nur ein paar Ereignisse stachen daraus hervor, und auch diese schienen einen ganz anderen zu betreffen; er selbst kam sich fast vor wie ein Zuschauer.

Zum Beispiel der erste wirklich ruhige Augenblick: da saß er steif im vordersten Gestühl der überfüllten Kirche und wußte, daß ihn jeder anstarrte; dennoch konnte er sich nicht umdrehen und wütend zurückstarren. Einmal kam er sich vor wie ein Kind, verwirrt und verirrt, und in der nächsten Sekunde wie ein alter Mann. Alles war so anders;

selbst Herrick sah in seiner neuen Kapitänsuniform fremd aus. Er hatte auf seine Uhr sehen wollen, aber gerade noch bemerkt, daß der alte Pastor Welmsley ihn strafend anblickte; da hatte er es sich lieber versagt.

Der arme Herrick. Anscheinend war er über seine Beförderung zum Kapitän ebenso verwirrt wie über ihre neue Beziehung, die damit einherging. Bolitho hatte wohl bemerkt, wie nervös er die vielen Ahnentafeln an der Wand neben der Kanzel gemustert hatte, die Zeugen des weit zurückreichenden Stammbaums von Bolitho. Die letzte Tafel war klein und schlicht: »Lieutenant Hugh Bolitho, geboren 1752, gestorben 1782«. Weiter nichts. Und Bolitho hatte immer noch nicht Zeit gefunden, darüber nachzudenken, was Herrick wohl gesagt hätte, wenn ihm die Wahrheit über seinen Bruder offenbart worden wäre. Irgendwo auf der anderen Seite des Globus mochte Hugh jetzt an Falmouth denken und vielleicht sogar über den makabren Scherz lächeln, den das Leben sich mit ihm erlaubt hatte.

Dann war Bolithos Grübelei abgerissen, denn die Orgel brauste, und hinter ihm schlug die Volksstimmung kleine Wellen. Als er sich umwandte, sah er viele bekannte Gesichter in der Gemeinde, und manche riefen Erinnerungen wach, die zu schmerzlich waren, um bei ihnen zu verweilen. Die *Hyperion* lag in Plymouth, wo die Schäden der Schlacht repariert wurden. Aber Inch war da und Gossett; sogar Hauptmann Ashby, der lieber hätte wegbleiben sollen. Er hatte einen Arm verloren, hatte sich aber anscheinend durch nichts am Kommen hindern lassen. In einem Monat oder so würde Bolitho wieder mit der *Hyperion* in See gehen, aber bestimmt schon lange vorher an Bord sein müssen. Er würde neue Offiziere um sich haben und lauter unausgebildete Männer, die er für das Leben auf dem alten Schiff schulen mußte. Aber diesmal würde kein Herrick dabei sein; überhaupt nur sehr wenige der alten Besatzung. Er wußte, daß Herrick mit der Admiralität haderte, weil er, Bolitho, nicht auch befördert worden war. Aber es war Pomfrets Sieg gewesen. So stand es jedenfalls in der *Gazette**, obwohl jeder Matrose der Flotte es besser wußte.

Doch Bolitho vergaß alles, als die Braut am Arm ihres Bruders in der Kirchentür erschien. Sonnenlicht umrahmte ihre schlanke Gestalt. Und der junge Seton sah in Zivil seltsam aus. Noch seltsamer war, daß er jetzt als vermögender und wichtiger Mann galt. Pomfrets Testament

* dem amtlichen Nachrichtenblatt der Kriegsmarine

besagte klar und deutlich, daß er als Universalerbe seinen Landbesitz, das Haus in London und eine ganze Menge Geld erhielt. Die einzige Bedingung: er durfte nicht mehr zur See fahren. Seton wollte zuerst nicht darauf eingehen, aber Bolitho hatte ihm zugeredet. Es gab Männer, die schlugen die Schlachten und gaben alles für ihr Vaterland, ohne zu wägen und rechnen. Bolitho und Herrick gehörten dazu. Aber wenn England die wachsenden Verluste des Krieges überstehen sollte, dann brauchte es auch Männer wie Seton, die in der Heimat arbeiten: loyale, verständige, anständige, ideenreiche Männer. Sie würden die Ruinen wieder aufbauen, wenn es nicht mehr notwendig war, fürs Vaterland zu sterben.

An das, was nachher kam, hatte Bolitho nur verschwommene Erinnerungen. Cheney hatte neben ihm Platz genommen, und die eigentliche Trauung hatte begonnen. Die Berührung ihrer Hand, das tiefe Verständnis in ihren Augen, die so glänzten wie die See; die dünne Stimme des Pfarrers; und Herricks Bekräftigung als Trauzeuge, als er die Ringe hervorholte. Bei seinem zu lauten und nicht recht angebrachten »Aye, aye, Sir« kicherte die ganze Kirchengemeinde.

Jetzt war es vorbei, und die See unterhalb des Vorgebirges lag im tiefen Abendrot. Trinksprüche, Schulterklopfen, die Tränen seiner Schwester – alles war vorbei, und die schwere Tür des Herrenhauses war verschlossen.

Hinter sich, in dem hohen Zimmer, hörte er das Rascheln des Bettzeugs. »Was ist denn, Richard?« rief sie.

Aber er blickte noch aus dem Fenster auf ein Schiff, das weit draußen ankerte und auf die Morgenflut wartete. Ein Kriegsschiff, wahrscheinlich eine Fregatte, dachte er. Leicht konnte er sich vorstellen, wie die Offiziere in der Messe geruhsam bei ihren Pfeifen und Bierkrügen saßen, wie im Mannschaftslogis ein Fiedler aufspielte, wie der Wind im Rigg jaulte und das Schiff ungeduldig am Kabel zerrte. Matrosen klagten und schimpften, wenn sie das Land hinter sich ließen, aber ein Schiff freute sich immer.

»Alle Männer meiner Familie waren Seeleute«, antwortete er, »und ich bin es auch. Immer wird da draußen ein Schiff auf mich warten.«

Er wandte sich um und sah ihre Arme hell aus dem Dunkel leuchten. »Das weiß ich, Liebster. Aber jedesmal, wenn du heimkommst, warte *ich* hier auf dich, Richard.«

Unten in dem verlassenen Speisezimmer starrte Allday die geleerten Gläser und abgegessenen Teller an. Dann griff er sich einen Becher und goß sich ein volles Maß Brandy ein. Damit ging er in den Nebenraum und starrte den Degen an, der über dem steinernen Kaminsims hing. Irgendwie wirkt er ja ganz friedlich, dachte er. In einem Zug kippte er den Brandy hinunter und ging langsam hinaus. Er pfiff ein altes Lied, dessen Text er längst vergessen hatte.

Kurzbiographie
des Seehelden

Richard Bolitho

Historische Romanserie
von Alexander Kent

1756: Geboren in Falmouth, Cornwall, als Sohn des James Bolitho, aus einer alten Seefahrer-Familie.

1768: Erstmals im Dienste des Königs auf der *Manxman.*

1772: Midshipman auf der *Gorgon.* Siehe *Die Feuertaufe* und *Strandwölfe.*

1774: Beförderung zum Leutnant auf der *Destiny.* Siehe *Kanonenfutter.*

1775/77: Leutnant auf der *Trojan* während der amerikanischen Revolution. Siehe *Zerfetzte Flaggen.*

1778: Ernennung zum Kommandanten der *Sparrow.* Siehe *Klar Schiff zum Gefecht* und *Die Entscheidung.*
Schlacht in der Chesapeake Bay.

1782: Als Kommandant der *Phalarope* in Westindien. Siehe *Bruderkampf.*

1784: Kommandant der *Undine.* Indien und Java. Siehe *Der Piratenfürst.*

1787: Kommandant der *Tempest.* Australien und Tahiti. Siehe *Fieber an Bord.*

1793: Kommandant der *Hyperion.* Mittelmeer, Biskaya, Westindien. Siehe *Nahkampf der Giganten, Feind in Sicht* und *Des Königs Konterbande.*

1795: Beförderung zum Kommandanten des Flaggschiffs *Euryalus.* Verwickelt in die Große Meuterei. Mittelmeer. Beförderung zum Kommodore. Schlacht von Abukir 1798. Siehe *Der Stolz der Flotte* und *Eine letzte Breitseite.*

1800: Beförderung zum Konteradmiral. Schlacht von Kopenhagen. Ostsee und Biskaya. Siehe *Galeeren in der Ostsee* und *Admiral Bolithos Erbe.*

1802: Beförderung zum Vizeadmiral. Westindien. Siehe *Der Brander* und *Donner unter der Kimm.*

1805: Schlacht von Trafalgar. Siehe *Die Seemannsbraut* und *Mauern aus Holz, Männer aus Eisen.*

1812: Beförderung zum Admiral. Der zweite Krieg mit Amerika.

1815: Auf See gefallen.

Ullstein

Alexander Kent

Die Richard-Bolitho-Romane

Ullstein

Die Feuertaufe *(UB 40044)*

Strandwölfe *(UB 40065)*

Kanonenfutter *(UB 22933)*

Zerfetzte Flaggen *(UB 23192)*

Klar Schiff zum Gefecht *(UB 23063)*

Die Entscheidung *(UB 22725)*

Bruderkampf *(UB 23219)*

Der Piratenfürst *(UB 3463)*

Fieber an Bord *(UB 22460)*

Des Königs Konterbande *(UB 22330)*

Nahkampf der Giganten *(UB 23493)*

Feind in Sicht *(UB 20006)*

Der Stolz der Flotte *(UB 23519)*

Eine letzte Breitseite *(UB 20022)*

Galeeren in der Ostsee *(UB 20072)*

Admiral Bolithos Erbe *(UB 20485)*

Der Brander *(UB 20591)*

Donner unter der Kimm *(UB 20973)*

Die Seemannsbraut *(UB 22177)*

Mauern aus Holz, Männer aus Eisen *(UB 22824)*